I0576845

Karl Weber

Archiv für die sächsische Geschichte

Karl Weber

Archiv für die sächsische Geschichte

ISBN/EAN: 9783741151781

Hergestellt in Europa, USA, Kanada, Australien, Japan

Cover: Foto ©Andreas Hilbeck / pixelio.de

Manufactured and distributed by brebook publishing software
(www.brebook.com)

Karl Weber

Archiv für die sächsische Geschichte

Archiv

für die

Sächsische Geschichte.

Herausgegeben

von

Dr. Karl von Weber

Ministerialrath, Director des Haupt Staatsarchivs
in Dresden.

Fünften Bandes Viertes Heft.

Verlag von Bernhard Tauchnitz
Leipzig 1867.

Das Archiv für die Sächsische Geschichte erscheint in vierteljährlichen Heften von 6 bis 7 Bogen zum Preise von ¹/₂ Thlr. — Vier Hefte bilden einen Band, doch wird jedes Heft auch einzeln verkauft.

Beiträge werden, wenn es Originalaufsätze sind, mit Sechszehn Thalern pro Druckbogen von 16 Seiten honorirt, abschriftliche Mittheilungen nach Verhältniß geringer. Die Zusendungen werden unter der Adresse der Verlagshandlung erbeten.

Separatbrücke der aufgenommenen Aufsätze werden grundsätzlich nicht abgegeben.

Archiv

für die

Sächsische Geschichte.

———

Archiv

für die

Sächsische Geschichte.

Herausgegeben

von

Dr. Karl von Weber

Ministerialrath, Director des Haupt-Staatsarchivs
in Dresden.

Fünfter Band.

Verlag von Bernhard Tauchnitz

Leipzig 1867.

Inhalt des fünften Bandes.

	Seite
Aus den Dänischen Büchern. Von Dr. G. Droysen	1
Geschichte der Pfarrei Göda bei Budissin bis zur Einführung der Reformation. Von Dr. Hermann Knothe, Professor beim Königl. Cadettencorps zu Dresden	77
Miscellen	111
Instruction des Kurfürsten Friedrich des Sanftmüthigen für seine Gesandten an den Papst Pius II. zum Tag zu Mantua 1459. Von Dr. Karl von Weber	113
Heinrich von Könnerit und seine sechs Söhne. Zeitbilder aus dem sechzehnten Jahrhundert von Julius Traugott Jacob von Könnerit, Staatsminister a. D.	130
Der Streit um die sächsische Kurwürde bis zur Entscheidung durch Kaiser Karl IV. Von Dr. Friedrich Sachse	209
Miscellen	230
Das Lehnsverhältniß zwischen dem Stifte Hersfeld in Hessen und den Markgrafen von Meißen. Von Advocat A. Gautsch in Dresden	233
Die sächsisch-schwedischen Verhandlungen zu Kötzschenbroda und Eilenburg 1645 und 1646. Nach den Quellen des K. S. Haupt-Staatsarchivs von Prof. Karl Gustav Helbig	264
Zur Chronik Dresdens. Von Dr. Karl von Weber	289
Der kurf. General der Infanterie Wostromirsky von Rochlitnis. Von Carl Sahrer von Sahr auf Dahlen	306
Sachsens wüste Marken. (Nachtrag.) Von Dr. E. Herzog in Zwickau	319
Miscellen	326

Seite

Die Rößel von Genßing. Bon Prof. Dr. Haßwich 337

Der Alchymist Sebaſtian Siebenfreund. Bon Dr. Karl von Weber 378

Des Kurfürſten Auguſts portugieſiſcher Pfefferhandel. Bon Dr.
Johannes Falle 390

Miscellen 411

Realſter 439

Aus den Dänischen Büchern.

Von Dr. G. Droysen.

II.
Erichs Brautwerbungen.

Unsere früheren Mittheilungen aus den Dänischen Büchern[1] schlossen mit der Rostocker Versammlung von 1363. Der Zweck dieser Versammlung war gewesen, zwischen den kriegführenden Mächten Schweden und Dänemark Frieden zu stiften, zu „interponiren". Dieser Zweck war von den interponirenden Mächten (Kursachsen und Hessen) nicht erreicht worden. Dänemark hatte verhindert, daß man ihn erreiche. Es war im Felde glücklich gewesen und versprach sich von der Fortsetzung des Krieges mehr Vortheil als von einem Friedensschlusse. Um ihn mit desto größerer Energie fortzusetzen, schloß es, während zu Rostock über den Frieden verhandelt wurde, ein Bündniß mit Polen. All diese Verhältnisse: die Rostocker Versammlung und die Erfolglosigkeit der auf ihr gepflogenen Verhandlungen, das Bündniß zwischen Dänemark und Polen und die Machtvergrößerung, die Dänemark dadurch erhielt —: das Alles mußte von bedeutendem Einflusse auf die nordischen Verhältnisse sein. Es mußte sie verändern, erweitern. Es mußte den Gegner Dänemarks zwingen, sich nach Unterstützung umzusehen, die jener entsprach, welche in Zukunft Dänemark von

---

[1] Im Archive Band II. Heft 4.

Polen zu erwarten hatte. Wenn vordem die Annäherung
König Erichs an Hessen, wenn das ganze schwedisch-hessische
Heirathsproject ein Plan über den Nothbedarf hinaus gewesen
war, so waren solche Annäherungsversuche fortan für Schweden eine Nothwendigkeit, eine Pflicht. Trotz der Rostocker
Interpositionsversuche war Dänemark Schwedens Gegner geblieben, und dieser Gegner hatte sich durch den Bund mit
Polen gestärkt. Auch Schweden mußte Bündnisse schließen
oder andere Mittel an die Hand nehmen, die seine Macht zu
stärken geeignet waren.

Und hier ist der Punkt, an welchem wir anknüpfen. Wir
sehen König Erich unter dem Scheine eines verliebten Aben-
teurers ernstem Plane nachgehen; wir sehen König Friedrich
von Dänemark auf der Lauer, die schwedischen Unternehmungen
zu durchkreuzen. Die Sache ist kurz die, daß Erich, obschon
er um die hessische Prinzessin anhielt, doch auch seine Bemühungen um die Hand der englischen Elisabeth fortzusetzen
für nützlich befand.[2] So ungestüm raffte der Nordländer
jede Gelegenheit auf, aus der er für seine großen Pläne
Vortheil ziehen zu können glaubte, daß er die möglichen Gefahren nicht gegen das Wagniß abwog, in welches er sich
stürzte. Um in der großen Gegenstellung der nordeuropäi-
schen Welt zwei Häuser an sich zu fesseln, ging er mit beiden
Beziehungen ein, die nicht über Plänemachen und Verhandeln
hinauskommen durften.[3] Denn sobald er mit einem von
ihnen, sei es mit England oder mit Hessen, in eheliche Verbindung trat, mußte das andere sich hintergangen erkennen
und ihm feind werden, wo es sonst vielleicht neutral geblieben wäre.

Da geschah folgendes. Ein englischer Kaufmannssohn,

_____

[2] Vergl. Karl v. Weber, Aus vier Jahrhunderten, N. F. Band I.
S. 22 ff.

[3] Daher in dem weiter unten mitzutheilenden landgräflichen Bescheid:
„daß Ihr Kfo. Lbd. Meinung in volnziehung deß heurats uff conditionn
und zuckhünfftigen ungewissen dingen gestanden, Nemblich..." u. s. w.

„Anthonius Wastlinu"⁴, follte Briefe⁵ von Erich an Elisabeth nach England hinüber beförbern, die seiner eignen — später abgelegten — Aussage nach eine nochmalige Bewerbung Erichs um die Hand der englischen Königin enthielten. Die Abfertigung des Engländers aus Schweden geschah im October 1563. Aber auf der Reise wurde er von bänischen Schiffen angehalten, der „schwedische Bulenbrief" ihm abgenommen, sein Inhalt von Friedrich bekannt gemacht, die ganze Sache als ein Scandal hingestellt, der Erich, welcher in der letzten Zeit auch im Kriege kein Glück gehabt hatte, vielen Schaden bringen mußte.

Leider bin ich nicht im Stande, zu sagen, wann die Nachricht von Erichs Bewerbung um Elisabeth am hessischen Hofe bekannt geworden ist. Es wäre das für eine Reihe von Schriftstücken in ben Tänischen Büchern, welche über die hessische Heirath handeln, von größter Wichtigkeit. Wären sie später verfaßt, so würden sie charakterisiren, auf welche Weise Hessen die Heirathsunterhandlungen mit Schweden abbrach; sollten sie aber schon vorher aufgesetzt sein, so erführen wir aus ihnen, wie Hessen, je länger je mehr, die Empfindung überkam, daß das ganze hessische Heirathsproject für Erich nur ein Mittel für andere Zwecke sei, und daß ihm weit mehr an den Beziehungen zu den hessischen Fürsten⁶, als an der Hand des „hessischen Fräulein" liege. Es scheint fast, als ob das letztere die richtige Annahme sei; wenigstens finden sich Andeutungen von dem Mistrauen Hessens gegen die

---

⁴ So wird der Name in ben Tän. Büchern angegeben. Vergl. über die Angelegenheit Archives de la maison d'Orange I. No. LXXIII.

⁵ (d. d. 15. Octbr. 1563) dem Inhalt nach bei Karl v. Weber a. a. O. S. 28. Vergl. dazu Karl v. Weber „Zur Lebensgesch. b. Prinzessin Anna von Oranien" im Arch. f. b. sächs. Gesch. II. 270 f.

⁶ Wie der Landgraf Philipp am 14. März 1561 (also als ihm wegen der schwedischen Projecte die Augen bereits aufgegangen waren) an Kurfürst August schreibt, „baß die schwedischen Gesandten, so jüngstlich bey uns gewesen, nicht allein beß vorgeworfenen heuraths halben, sondern auch Reutter unnd Knecht uffzupringen (beß puntten sie aber geschwiegen) bevelch gehabt."

Aufrichtigkeit der Bewerbungen Erichs weit eher als im
Herbst 1563.[7]

Dasjenige Schriftstück aber, welches mir für die Entwickelung des schwedisch-hessischen Heirathsprojects besonders
wichtig zu sein scheint, ist betitelt: „Laundtgrefflicher Bescheidt
denn Schwedischen Gesandten den 18. Februarii Anno 64
gegeben". Da es viel zu umfangreich ist, als daß es an dieser
Stelle in seinem ganzen Wortlaute mitgetheilt werden könnte,
führe ich nur Einzelnes von unmittelbar schlagendem Interesse
daraus an.

Es handelt sich in Betreff der Heirathsangelegenheit um
eine von Hessen Erich abverlangte „runde Erclarung von
volnziehung deß heuraths". Hessen beklagt sich, die Angelegenheit sei „dermaßen verstenndig unnd chlar nitt, wie
manß gesucht, unnd die notdurfft bißes handelß erfordert
helte, dann also lautenn Irer Rho. W. Wortte:

> Das wie wir auch unnser Meinung gemüth unnd
> erbietten zuuor und ehr gewesenn, die ge-
> suechte unnd beschlossene heurath mit C. L.
> Dochter zu volnziehen bewogen sein. Da C. L.
> gleichfals an Iro kein Mangel sein lassenn
> werdenn.

Ob nun woll Ire Rhß. Wde. allhie den heurath beschlossenn
nennen So braucht doch sein Rhön. Wde. das wortt bewogen,
welches denn Sentenz schleußt, unnd daran am allermeisten
gelegenn, dasselbige Wortt ab. fall nach Artt Teutsch sprach,
denn verstanndt nicht, daß es Ire Rhß. Würde bräcisen unnd
unwiderrueflich zu bisenn heuratt obligiren unnd verbinden
thonnen.

Weiter unnd vorß annder Ist ernelte Jrer Rho. Wb.
erllerung mit dieffenn hier zugefezten worttenn qualificiert,
Nemblich Ire Rho. Wrde. seyenn der Meinung, gemüts unnd
Erbietens, wie sie zuuor unb Je gewesen.

[7] Vergl. in dem früheren Artikel S. 308 die aus Jeniz' Relat. II.
(vom 28. Mai) mitgetheilte Stelle.

Nun weißenn aber Jre Kho. Wde. hier oben gemelte
Instruction Memorial unb gerebte heuratts Nettel clerlichen
auß, baß Jrer Kho. Wb. Meinung Jn volnziehung des heurats uff conditionn, unb zuekhünfftigen ungewiſſen Dingen
geſtanden, Nemblich wann bie conſoederatio, unnd alle anbere ſachenn, Jn Schweden geſchloſſen unnd confirmirt ꝛc.,
baß bann erſt ber Heuratt ſolle voluzogenn werbenn, welche
condition ſich Jrer Kho. Wb. biß noch mit bem wenigſten
webber expreſſo noch tacite begeben hatt.

Zum brittenn ſetzen Jre Kho. Wde. biß Wortt hinzue;
ba E. L. gleichfalß an Jr keinen mangel ſein laſſen
werben. Nun halt aber ſein f. Ob. ſich jeber Zeit, mit
guetten Runben beutſchen unnb gantz unbiſputirlichenn wor-
ben bahin erclert, baß an ſ. f. G. ber volnziehung halber
khein Maungel uberall geweſen, noch ſein ſoll, Sonbern ſ. F.
G. gebachtenn bas Jhenige, ſo ſie ein mall zugeſagt, fürſtlich
unnb uffrichtigt zu halten. Allein bas Jre Kho. Wbe. ſich
auch herwiber runbt erclerten, baß ſie bas Fräulein ohn
condition unwiberufflichen vor Jr ehegemahel haben unnb
behaltenn wolltenn . . ."

Ferner werben bie Worte citirt:

„Uf baß kein wepter zweiffl ober auch bilation
unnb aufhalt barburch anbere Mittel unnter
beß, ſo wol unns als E. L. vorſtehen ſo bei
ſeittß geſetzt vorfallenn möcht . . .

Diſe Wortt geben chlerlichenn zuuerſten, bas Jre Kho.
Wbe. ſich in bemſelben Jrem ſchreibenn, zu nichts annberß
erpflichtet, auch noch zur zeitt b. heuratt webber ab- noch
zugeſchribenn haben wollenn, Sonbern bas Jrer Kho. Wb.
kintlich gemuet Jn biſer ſachen bahin gerichtet ſei, benn
heuratshannbel an b. hannbt villeicht zu Jrer Kho. Wbe.
vortheill unnb gelegenheitt gern zu behaltenn. Damit
Jrer Kho. Wbe. bennſelben hiernegſt, nach Jrem gefallen
unnb gelegennheitt, enbtweber zu volnziehen hatten ob.
nicht."

Im Verlaufe dieses Bescheids wird dann auch von Erichs „schlechter neigung" zu der hessischen Prinzessin gesprochen, und daß „von hohen und geringen Standes Perssonnen s. f. G. zu mehr mallen allerhandt bericht geschehen, daß Ire Kho. W. sych vernehmen lassen, sie wißte noch nicht wann s. f. G. dochter das Fraulein in Schweden anleme, ob sie würden hochzeill machen, dann da Irer Kho. Wrd. daß Frawlein gefielle, so helte es seinen wegl, wo nicht, so würden Ire Kho. W. sonnsten Radt finbten."

Dafür, daß dieses Schriftstück vor dem Bekanntwerden der schwedischen Briefe an England verfaßt ist, spricht theils sein Inhalt, theils der Umstand, daß selbst Kurfürst August erst im Frühjahr 1564 um die Sache weiß. Erst in seinem Briefe an König Friedrich v. 9. April findet sie sich erwähnt, und zwar mit der Bemerkung, daß sie Schweden „grossen unglimpf und verhassung geberen" werde; „wirbet er sonder zweifel alle list erdenden wie er dasselbig entweder gar vorleugnen, oder sonst verdechtig machen möchte, Sollten nun E. Ko. W. mit guter gewißheit nicht gefaßt sein, würde es Engelland unnd dem Landgrauen allerlei nachbencken machen."

Daß übrigens nach dieser Geschichte einer Vermählung der hessischen Prinzessin mit Erich nicht weiter gedacht wurde, versteht sich von selbst. Es wurde bald hernach ihre Verbindung mit Adolf von Holstein eingeleitet, die Ehe noch 1564 geschlossen, „welche[a] Heirat und freuntschafft wir für unser Person gern sehen. Der Almechtig gebe glug unnd seinen gottlichen segen darzu."

Desgleichen, daß an eine Heirath Friedrichs von Dänemark mit der schottischen Königin gedacht wurde, kunnte als Beweis gelten, wie die Verhältnisse daran waren, auch offenkundig größere Dimensionen anzunehmen.

Wir haben über diese ziemlich unbekannte Sache[b] in den

---

[a] August an Friedrich d. d. Dresden, 29. Mai 1564.

[b] Bei Raumer (Beiträge z. neuern Gesch. I.) u. A. habe ich vergeblich nach Andeutungen gesucht.

Dänischen Büchern einige Notizen, welche der Mittheilung
werth sind. So schreibt Friedrich am 20. Juni (1564) aus
Kopenhagen, die Königin Maria habe erklärt, daß sie „nicht
weniger guten willens hieher halt, als sie von uns gewarten
thett". Dies habe ihr Gesandter in Dänemark gesagt, „mit
mehreren andern, bomit er vast greifflich zu versehn gibt, das
bo wir lust zum Heyrabt habenn, wir villeicht bessen boselbst
wol geweret werden möchten". Auch habe sich die Königin
erklärt, „mit schwedisch zu sein, Sondern unns auch müg-
lichen beystandt erbietten thut."

August schreibt in der Instruction für seinen Gesandten
an Friedrich („unsern Amptman zum Henichen und Bitterfeldt
und lieben getrewen Heinrichen von Gleissenthal") d. d. Merseburg, den 22. Septbr. (1564) über das dänisch-schottische Heirathsproject: er habe aus Friedrichs Schreiben vermerkt,
„wie embsig Seiner Kö. W. die bewuste Heirath Sache an-
gelegen were", es habe ihm Friedrich früher berichtet, „bas
die heirat mit der Königin aus Schottland In Seiner Kö. W.
hanbt und zu berselben gefallen stünde". Er bittet um weitere Aufschlüsse und Angaben, „hetten wir unß auch umb derselbigen Königin zu Schotten gelegenheit unvormerkt so viel
uns müglich gewesen, mit gantzem vleiß erkunbiget und be-
fraget. Konten auch nicht anders berichtet werden ban das
es eine löbliche tugentreiche Konnigin von gutter vernunfft
gesuntheit und gar schöner gestalt sey."

„Do nun Irer Ko. W. gemüth zu ermelter Königin auch
freundlich genaigt were, annd sie Inn Rath Irer getrewen
Reichsstenbe besinden, bas es berselben thunlich, auch Iren
Königreichenn landen und leuten zutreglich und nützlich, So
wüsten wir es Irer Ko. W. nicht zu widerrathen, sondern es
möchten Ire Ko. W. im Nahmen Gottes bamit fortfarenn.

Es würden auch Ire Ko. W. auff den fall, die heiratt
wohl zu gutter gelegenheit, durch Ire eigene Reichs Rethe
und vertraute leute bestenbigklich abhanbeln lassen unnb berselben Königreiche bestes zu bebenckenn wissenn. Dann wir

wüſſen biß orths, do wir unbekant wenig fürderung zulhun.
Allein deß würden wir berichtet, das ſich ermelte
Königin ohne Jrer Mutter brubers des Carbinals
von Lottringen und des Königs zu Franckreich rath
und vorwiſſen nicht leichtlich In eine heirat begeben
würbe. Do nun Jre Ko. W. durch den Franzöſiſchen Legaten
Carolum Danzeum einen vorſtand hierinne halten, So were
es unſers erachtens umb ſo viel beſto beſſer, und würden Jre
Ko. W. hirinne und in b. ganzen tractation dieſer heiratſach
wohl Jre Reputation notturftig zubedencken wiſſenn.“

Und am 31. Octbr. (1564) ſchreibt Auguſt an Friedrich
aus Dresden folgende ziemlich dunklen Worte:

„. . . Was bann E. Ko. W. bewuſte vertraute heiratſach anlangt, der wollen wir Jreu f. bedenken nach, biß auff
nahenn Reichstag anſtandt geben, und auff den fall dz der
eine weg nicht zuerhaltenn Soll alsban der ander an bie
hand genommen werden wie wir ban darzu albereit durch
unſern vertrauen Diener b. Morb.[10] vorbereitung machen
laſſen. Do uns auch mittler zeit ferner erklerung des orts
einkommen mochte, ſoll dieſelbig E. Ko. W. ohne vorzug zu
wiſſen gethan werden. Und ſtellenn Jnn E. Ko. W. rath und
gefallen waß ſie zu dem andern vorſchlag mit Schotlen für
willen unnb naigung tragen. Dan In ſolchen handeln ſoll
eines jden gemülh billich und unbedrengt bleiben . . . .“

Taß dieſer ſchottiſch-däniſche Heiralhsplan recht wohl
in die allgemeinen Combinationen hineinpaßte, iſt offenbar.
Schottland, von jeher in Feinbſchaft mit England; England
aber mit Rußland durch die neuen Handelsbeziehungen befreundet; und Rußland wieder mit Schweden im Bunde: das
Alles mußte zur Genüge kund thun, daß Schottland ſeinen
natürlichen Rückhalt in den Schweden feindlichen Mächten
hatte, in Dänemark und Kurſachſen. Und wenn auf der andern Seite vor allem die confeſſionellen Beziehungen Maria

---

[10] Der Kanzler Dr. Ulrich Morbeiſen.

den lothringischen Interessen nahe brachten, so entstand daraus
eine Doppelheit der Stellung, wie sie gerade jenen Zeiten so
häufig und geläufig war.

Ich bin bisher nicht im Stande gewesen, dieses schottisch-
dänische Heirathsproject weiter zu verfolgen. Besonders vermag ich nicht die Gründe anzugeben, welche die Angelegenheit so wenig weit haben kommen lassen. Möglich, daß sie
zum Theil in dem Wesen Maria's zu suchen sind. Ich
möchte vermuthen, daß ihr die Rücksicht auf die katholisch-
lothringischen Beziehungen eine Verbindung mit einer evan-
gelisch-antilothringischen Macht verboten. Es scheint das
ganze Project eben nur eine, vielleicht durch die Besorgniß
vor England herbeigeführte, leichte politische Wendung gewesen zu sein; eine zufällig in die Form einer Heirathssache
eingekleidete momentane Anlehnung an die Gegner Englands;
eine Maßregel, die für etwaige Eventualitäten mehr andeuten
sollte, wie man sich zu stellen gedachte, als daß sie auf alle
Fälle zur Anbahnung einer festen Richtung bestimmt war.

Daß aber gerade in der Zeit, aus welcher die Andeutungen über dieses Heirathsproject stammen, aufs Neue die
französisch-lothringischen Interessen sich der auswärtigen Politik zuwenden zu wollen schienen, bezeugen die Dänischen
Bücher.

Wenigstens fürchtete man eine derartige Wendung. So
schreibt Friedrich am 4. Januar an August [11], er habe von
„einer glaubwürdigen betrauten person“ erfahren, „als solte
der Landgraff zu Hessen in ehliche verstendnus mit Franckreich
Lothringen, unnd anderen mehr Ständen Im H. Reich gegen
unns sthen, unnd die sich mit dem dohinaus gerathen würden,
das wir durch unnser Fürstenhaus Holstein aus Deutschland
gegen den nechsten Frueling angriffen werden solltenn [12],
Dabey dann auch ausdrücklich vermeldet, das die Herrn von

11 1564. Aus Kolding.
12 Man verfolge diesen Plan durch die folgenden Mittheilungen.

Weymar gutt schwedisch sein". Und weiter: „. . . . Unns hatt newlich auch, das der Schwed bewerbung in Franckreich auf sechstausendt Gastonier an sich zubringen haben solle, als ein bestendigs eingebildt werden wollenn, welchs, ob es wol auch vilerhandt bewegnus halber fremdbt, und unvermuthlich, dannoch auch gedancken macht, unnd würde Jn Summa, da nuhn etlvas daran, E. L. auch vil so wol als unns daran gelegen sein. Wir wollen geschweigen, was sich für ein zerrüttung fridens Jnn Deutschlandt daraus sprießen und erfolgen wollte . . ."

Mit ähnlichen Vermuthungen, wie sie hier in so überaus interessanter Weise gegen August ausgesprochen sind, trat Friedrich dem Landgrafen selbst entgegen. Philipp aber erklärte[13], daß „er mit Franckreich und Lothringen gegen E. Königl. W. in Practicken stehe Jnn dem seint Jre Königl. W. viel zu mild berichtet, dann wir deshalben weder von Franckreich noch Lothringen niemals ersucht viel weiniger haben wir uns darzu erbotten."

„Wir können auch Jnn unnser Kopff nicht bringen das Franckreich gegen Jre Königl. W. sich solte bewegen lassen, aus ursachen das die Jennigen, so ieder Zeit beym jungen Könnig Jm hochsten Regiment unnd ansehen, dem hauß Lottringen unnd Guisen so geneigt nicht seinn, das sie denselben zu gutem vil befordern werdenn.

So gedencken wir unns auch Jnn solchen sachen unnd handel nicht zu stecken . . . . Darumb Jre Kon. W. sich bisfals vor unns nicht zubefarenn sondern vil mehr als guts zuuersetzen . . ."

Wie weit diese Versicherungen des Landgrafen, von dem, wie wir früher sahen, zur Zeit der Rostocker Versammlung die Rede ging, daß er gut schwedisch sei, der Wahrheit gemäß waren, läßt sich nicht ermitteln. Vielleicht, daß ihn nur die erste Aufwallung über das Scheitern des schwedisch-hessischen

---

[13] Schreibn aus Cassel d. d. 19. Febr. 1564.

Heirathsprojects zu so weitgehenden und unverblümten Erklärungen hinriß. Denn das jedenfalls ist gewiß, daß er
damals, als Spanien und Frankreich feind waren, auf französischer Seite stand. König Philipp nannte Cassel das Rüst-
haus der Franzosen.[14]

Bewegungen in Teutschland.

Derjenige Punkt, auf dem all diese Bemühungen und
Bewegungen fremder Mächte einwirkend trafen, war immer
und immer wieder Teutschland, welches, von Unruhen bewegt,
die es in hundert verschiedene Interessen gespalten zu haben
schienen, ein noch erregteres Leben bot, als der Horizont
ringsum.

Da es von unserer Absicht, Mittheilungen aus den Dänischen Büchern zu machen, zu weit abführen würde, wenn wir
all diesen Wirren, den Zusammenschließungen und Zersetzungen
in Deutschland weiter nachfolgen wollten, so begnügen wir uns
mit Andeutungen, wie sie zur Erklärung und zur Verbindung
wichtiger Stellen aus unserer Quelle nothwenbig sind.

Schon früher ist der Zusammenhang, der zwischen Grumbach und den Gegnern Kursachsens bestand, bemerkt worden;
es ist von seiner nahen Stellung zu Johann Friedrich geredet
worden; wie er in französische Dienste trat, und wie es sogar
hieß, daß er für Schweden würbe.

Im Herbst 1563 finden wir ihn an der Spitze einer
großen Bewegung in Deutschland. Was er unternahm und
wollte, davon werden wir weiter unten zu reden haben.

In demselben 1563. Jahre geschah eine andere Bewegung
mehr im deutschen Norden. Herzog Erich von Braunschweig, vorher, wie Grumbach in französischen, so in spanischen Diensten, begann mit großen Werbungen; kein Mensch

---

[14] Rommel, Philipp der Großmüthige I. 557. Uebrigens ist gerade
die landgräfliche Politik, deren eingehende Betrachtung von unserm Thema
natürlich zu weit ab liegt, im höchsten Maße interessant.

wußte, wozu und für wen. Er selbst sagte: „wan[15] sein
hembd seine Gedancken wissen solte, das er dasselbig auß-
ziehnn und weg werfen wolte". Von allen Seiten strömten
ihm Schaaren zu.[16] Sie suchten vorübergehend Dienst bei
ihm. Er verlangte, sie sollten ihm Treue schwören auf sechs
Monate. Das machte sie unwillig: aber sie schwuren. Dann
setzt sich der gewaltige Zug in Bewegung. Und als der wilde
Herzog an der Spitze seiner Schaaren hoch zu Roß durch die
Stadt zieht, in der sein Gemahl wohnt, sprengt er dem Hause
stumm vorüber, zum andern Thore hinaus. Seine Habe macht
er zu Münze, seine Preciosen verkauft er um 7000 Thaler.
Geld kommt ihm aus Brabant. Und wenn dann die Rede ging,
daß er sich mit seinem Kriegsvolke nach einander dem Papste, den
Niederländern, dem Könige von Schweden und zuletzt Dänemark
verschrieben hätte, so erschien den Einen diese Unstetigkeit räthsel-
haft, während Andere einen tieferen Sinn in ihr ahnten.

Es ist wahr, der Charakter, den das Umherziehen Herzog
Erichs hatte, war von „seltsam aussehen", war dem der irren-
den Ritter früherer Zeiten ähnlich.[17] Aber so improvisirt
seine Fahrten immer erscheinen mochten, sie hatten in mancher
Beziehung zu große Bedeutung, als daß man ihnen nicht
sorgfältige Aufmerksamkeit schenken müßte.

Allerdings hatte er sich Dänemark angeboten, wie aus
einem Schreiben von Ranzau an König Friedrich[18] hervor-

---

[15] Worte aus Jeniz' Relat. I. d. d. Marburg, 22. Mai 1563.

[16] Havemann, Gesch. v. Braunschweig-Lüneburg II. 343 ff. Nach
ihm soll er sein Heer auf 12,000 Knechte und 2000 Reiter verstärkt haben.

[17] Aber auch dem Shakspearschen Perch. Erwähnt werden mag
immer jenes Wort Lonborps in seiner Continuatio Sleidani über Erich:
„Ipse fortassis quo tenderet ignarus." Hingegen schreibt der Graf
v. Reuenar an Oranien (De Meurs ce 8e de 9bre 1563): „On dict icy
pour certain, que le duc Eric est a Bruxelles, pour certaines
grandes entreprises, more solito." I. 123. Ueberhaupt enthalten die
Archives de la Maison d'Orange viel wichtiges Material zur Geschichte
von Herzog Erich.

[18] d. d. Blankenese, b. 6. Juli 1563.

geht. Ein Schreiben, welches ich deshalb mittheile, weil es
zugleich zeigt, wie in dänischen Kreisen über die Bewegung
Erichs geurtheilt wurde:

„. . . . Als viel Hertzogen Erichs kunftige Handelung
mit Euer Kön. Maitt. belangt, will mich bedüncken, das f.
f. g. derselbigenn Kriegsvolck gerne E. Kon. Mait. in die
Handt practiciren wolle, Wo nun gleich der grosse unkosten,
so der uff unnotiger weiß zuwendenn, solte vorachtet und in
den Wind geschlagen werdenn, welcher dennoch nit zu geringe
zuhaltenn ist, So will doch bedenclich seinn, Sintemal E.
Kön. Maitt. sich erclert, das E. Kön. Maitt. Kriegsvolck kei-
nenn standt des Reichs solle beschwerlich fallenn, das E. Kön.
Maitt. diese leute, welche in dem westuhalischen Kreiß ge-
branktschatzt unndt allerlei notzwang gelibt, Inn ihrenn
dienst ummesmen unnd darburch schimpfliche nachrebe unnd
mißtrauen in gemein unnd insonderheit der stende des west-
uhälischen Kreiß in diesen Leuften auff sich laden solle. Und
sondte Hertzog Erichen angezeiget werdenn das E. Kön. Maitt.
zu erhaltung Irer Reputation glaubens unnd vortrawens bei
denn stenden mit diesen Kriegsleutenn aus gehorten ursachenn
sich nicht sonte beladenn Viel weniger vonn wegen derselbigen
zusammenlauff unnd underhaltung bis ann diese Zeit erstattung thun — unb were barauf f. f. g. zurathenn, bamit an-
beren beschwerlichenn mittelnn vorgebeuet, bas f. f. g. ihr
Kriegsvolck helte peurlaubt unnd badurch sich selbst unnd
die stende alles fürstehenden unraths erledigt. Damit aber
gleichwol sein f. g. gewonnen und in henden auff künftigen
fürsall in werender Kriegsübung behalten werde, lasse ichs
zu E. Kön. Maitt. gnedigstem bedencken gestelt seinn, ob nicht
f. f. g. entweder eine Jerliche Pension solle zuuormachen unnd
eine genante Summa gelts vorehrungsweiß zuuorsprechenn
seinn, Dategenn f. f. g. nicht allein diesen werenden Krieg
über gegen E. Kön. Maitt. mit dienste sondernn auch mit den
freien Lauffplatze in s. f. g. Landenn sich vorpflicht gemacht
hatte . . .“

Wie man sieht, war Dänemark vor Herzog Erich in
Sorge; nicht bloß deßhalb, weil es seine Anerbietungen aus-
schlug — das wäre am Ende noch kein Grund zur Feindschaft
gewesen — sondern gerade darum, weil trotz seiner Anerbietungen Erich in einer für Dänemark gefährlichen Stellung zu
verharren schien. Die Andeutungen, welche wir über diese
Stellung Erichs, über seinen Platz in den allgemeineren Combinationen der damaligen Politik haben, sind so überaus spärlich und dürftig, daß eine Stelle aus einem Briefe Granvella's
an Philipp II. um so schätzbarer ist. Granvella schrieb[19]: „es
heißt, daß Erichs Rüstungen zu Gunsten von Schweden ver-
anstaltet sind, um, wenn letzteres von Dänemark angegriffen
wird, in Holstein einzubrechen". Mit diesem Worte ist eigentlich Alles gesagt. Wie Grumbach im südlichen Deutschland,
so arbeitete im nördlichen Herzog Erich zu Gunsten Schwe-
bens.[20] Beide trugen sie dazu bei, den großen Gegensatz
zwischen Schweden und Dänemark weiterzutragen, ihn — so
zu sagen — zu verdeutschen; ihn europäischer zu machen.

Freilich in durchaus verschiedener Weise.

Denn während das Unternehmen des Braunschweigers,
in Uebereinstimmung mit seinem unsteten Charakter, durch-
gehends etwas Zufälliges, eine gewisse Unsicherheit an sich
trug, trat bei der Bewegung, die sich an Grumbachs Namen
knüpft, die, wenn ich so sagen darf, principielle Seite der
Frage von Anfang an auf das schärfste hervor.[21] Und es

---

[19] Nach der Angabe bei Havemann a. a. O. S. 345.

[20] Languet schreibt von Herzog Erich: „qui eadem et quidem ma-
jora commisit quam Grombachius." Ich bemerke, daß Zusammenhang
zwischen beiden, zwischen Herzog Erich und Grumbach, unzweifelhaft bestand. Vergl. Weiß, Papiers d'état VII. S. 390 f., vor allem VIII.
S. 240 Schreiben vom 13. Aug. 1564: „Le dict baron m'envoye ung
avertissement en allemand, que luy est venu de Franconie, faisant
mention de quelques practiques entre Crombach et le duc Erich
Brunswich etc."

[21] Wegele erklärt (v. Sybel, Hist. Zeitschr. Bd. II.), meiner Auffassung
von den s. g. Grumbachschen Händeln nicht beistimmen zu können. Alles,

schien, als ob die Umstände selbst stets dafür Sorge trügen,
daß die Grumbachische Angelegenheit sich nicht in Zufällig-
keiten verliefe; daß sie, die so sehr private, specielle Interessen
betraf, doch zugleich allgemeinste umfassendste Interessen berührte.

Alles das, was bei der Grumbachischen Sache seine Person und seine unmittelbaren Beziehungen angeht, kommt für
uns wenig in Betracht. Es giebt darüber bereits eingehende
Arbeiten, und das Dresdner Archiv bewahrt überdem noch
reiches Material dafür. Aber das Alles ist im Verhältnisse
zu der principiellen Seite der ganzen Angelegenheit, bei der
auch er eine Rolle spielte, äußerst nebensächlich, so daß sein
persönlicher Antheil in der That nur zu einem unbedeutenden
Intermezzo wird, das obenein, aus dem Zusammenhange des
Ganzen herausgeschällt, stets in einem falschen Lichte erscheinen muß.

Der Zusammenhang der Grumbachischen Angelegenheit,
zunächst schon jener Angriff auf Würzburg, mit den allgemeinen Bewegungen jener Zeit geht aus früheren Mittheilungen
und Bemerkungen zur Genüge hervor. Daß vollends, seitdem Grumbach und Johann Friedrich von Gotha enger zu-
sammenhielten, die Richtung, in der jener ging, dieselbe war,
wie die der Gegner Kursachsens, und durch die Beziehungen
Kurfürst Augusts zu Dänemark, die der Ernestiner zu Frank-
reich-Lothringen, überhaupt einer der beiden großen Richtungen zugehörte, in welchen sich damals ein so großer Theil
Europas bewegte, ist nicht zu verkennen.

---

was ich im Folgenden über sie mittheile, beruht auf Archivalien, von denen
jedes einzelne Stück fast ein Beweis für den Zusammenhang der Grumbachschen Bewegung mit den allgemeinen seiner Zeit ist. Grumbach zu
apotheosiren bin ich nicht gewillt, und daß er in die große Politik seiner
Zeit eingriff, macht seinen Charakter weder besser noch schlechter. Die
Bewegung aber, die sich an seinen Namen knüpft, erhält durch diesen
Eingriff erst ihre wahre Bedeutung. In dem engen Rahmen eines Fami-
lienbildes diese Bewegung auszumalen, hieße, so scheint es mir, ihre Bedeutung verringern.

In den Tagen der Einnahme von Würzburg (October 1563) schreibt August: „Aber ungeachtet Hertzog Erich berürter maßen gestillet, gelangt uns an, das Wilhelm von Grumpach sampt seinem Anhang durch fürderung etzlicher Herren, einen Newen lauff und vorgauerung über dem Duringer Walde nachen lande zu Francken machen sollen, Jn fürhaben wie unsere kundschaften melden, Jn 2000 pferd und 3000 knechte Jn Eil zusamblen seine güter den Bischoffen widerumb abzudringen, und sich villeicht seines schadens durch Brandschatzung an den Stifften Bamberg und Würzburg zuerhalteun. Wo nun diß fewer nicht Jun gutten gedempfft, konte sich wohl allerlei Weitterung darauß anspinnen und zutragen.“

Es war in der That nicht anders, als daß die Interessen der gesammten fränkischen Ritterschaft hinter Grumbach standen; daß der Zug gegen Würzburg im Interesse beider unternommen zu sein schien.

Aber nicht das allein. Wie in der würzburgischen Sache die fränkische Ritterschaft, so war hernach im gothischen Kriege der Aelteste der Ernestiner durchaus auf seiner Seite. Grumbachs Sache war, wie dort die des deutschen Abels, hier die des seiner Kurwürde beraubten sächsischen Hauses. Das Bestreben, Rechte, auf die sie Ansprüche hatte oder zu haben glaubte, zu wahren oder wiederzuerringen, war der Gedanke dieser ganzen Partei, in deren vordersten Reihen wir Grumbach kämpfen sehen: darin beruhte die politische Wichtigkeit der Bewegung für Deutschland. Jn beiden Fällen, in Franken sowohl wie vor Gotha glich die Bewegung, welche Grumbach leitete oder doch zu leiten schien, einer Selbsthülfe, die deshalb eintrat, weil andere Gewalten, mit denen man eines gemeinschaftlichen Rechtes genoß und die bei fremden Anmaßungen oder Beeinträchtigungen schützend hätten auftreten sollen, selbst es waren, die beeinträchtigend und anmaßend verfahren waren und noch verführen. Es würde zu weit führen, die darauf bezüglichen Zustände Teutschlands zu entwickeln. Ueberdies sind sie meist bekannt und in die Augen springend.

Zu all den Verwickelungen, zu diesen überdies schon complicirten Gestaltungen und Bezügen im deutschen Reiche trat etwas hinzu, was in ähnlicher Weise wohl früher schon manchmal versucht worden war, jetzt aber in eigenthümlichster Weise die Wirren entwickeln helfen sollte. Dieses Gebilde, zu einem weit andern Zwecke entworfen, als der war, dem es, einmal ausgeführt, Vorschub leisten sollte, war der Landsberger Bund. So bekannt seine Existenz ist, so unbekannt und unerforscht ist seine Geschichte. Das Charakteristische an ihm war, daß er zum Schutze des Friedens im Reiche war gegründet worden, daß er sich aber in der Folgezeit als ein Schutzmittel des Katholicismus und der ihm günstigen Interessen in Deutschland erwies. Da nur katholische Fürsten dem Bunde beigetreten waren, konnte man von vorn herein kaum etwas anderes als solchen Schutz von ihm erwarten. Die Ansicht aber, daß man „durch den Land- und Religionsfrieden schon genugsam im Reiche versichert wäre"[17], hielt die wenigen evangelischen Fürsten, welche an einen Beitritt gedacht hatten, von ihm ab, da sie durch einen solchen die Gültigkeit des Bundes und seine Fähigkeit, neben oder trotz der herkömmlichen Art, über den Landfrieden zu wachen, anerkannt haben würden, während sie, im Bunde stets in der Minorität, doch nie sich selbst nützliche Resultate hätten durchsetzen können.

Daß der Landsberger Bund es war, der gegen Grumbach auftrat, wird man um so begreiflicher finden, wenn man bedenkt, daß der Bischof von Würzburg ihm angehörte. In diesem einfachen Umstande barg sich der Schwerpunkt einer Frage, bei der das Gewicht nicht sowohl darauf ruhte, daß sie gelöst würde, als darauf, wie solche Lösung geschah.

---

[17] Häberlin, Neue Teutsche Reichs-Gesch. IV. S. 283.

So entschieden diejenige Richtung im Reiche, welcher Kurfürst August angehörte, der Bewegung Grumbachs entgegen war — und zwar hauptsächlich nicht sowohl um Grumbachs, sondern um des Anhangs willen, welchen er hatte —: ebenso entschieden war diese Richtung doch auch derjenigen entgegen, welche der Landsberger Bund, der in staatsrechtlichen Dingen eine so allem Herkommen widerstreitende Entscheidung beanspruchte, vertrat. Mochten die dem Bunde nicht angehörigen Fürsten sein Auftreten gegen Grumbach immerhin gerne sehen: sie durften doch den Grund, aus dem er die Pflicht eines solchen Auftretens herleitete, nicht billigen. Thaten sie das, so sanctionirten sie die Gewalt, welche sich der Bund aus eigner Machtvollkommenheit anmaßte.

Und dazu mußte als weiteres Bedenken kommen, daß man keinen Anhaltpunkt dafür hatte, wie weit das Einschreiten des Bundes gegen Grumbach aus einem reichsrechtlichen Prinzip herflösse, und wie weit es eine Folge katholischer und ähnlicher Interessen war, die in diesem Falle unter der Maske eines reichsrechtlichen Acts — zu dessen Vollziehung am wenigsten der Bund ein Recht hatte — eine Sache vertheidigen wollten, welche sie im Uebrigen mit gleicher Strenge durchzuführen keineswegs gewillt sein konnten. Daß der Landsberger Bund in dem bisher unbestrittenen Besitze eines durchaus nur beanspruchten allgemeinen Rechts als Vertheidiger von lediglich eigenartigen Interessen auftrat, das war es, was zu fürchten stand. Wie man sieht, befand sich Deutschland in einer Krisis, die dadurch um so bedeutender wurde, daß unmittelbar auch auswärtige Mächte dabei betheiligt waren.

Da war es Kurfürst August, der die Entscheidung brachte. Er vermochte den Kaiser, daß die Vollstreckung der über Grumbach verhängten Acht[33] nicht dem Landsberger Bunde, sondern

---

[33] 6. Novbr. 1563). Vergl. übrigens Voigt Wilhelm v. Grumbach u. s. Händel (bei Raumer, h. st. Taschenbuch. Neue Folge, 8. Jahrg.) S. 97. Anm. 2.

ihm übertragen wurde.[24] Die Verhandlungen, die zur Achtserklärung führten, die Beurtheilung der Frage, ob sie, wie
sie jetzt ausgesprochen wurde, nach den Reichsgesetzen gültig
war oder nicht, gehört nicht in diesen Zusammenhang. Das,
was hier hervorgehoben zu werden verdient, ist eben, daß
Kurfürst August der Achtsvollstrecker wurde.

Sofort, nachdem Grumbach in die Acht erklärt ist, tritt
es hervor, daß er in seiner Angelegenheit eine Angelegenheit
des gesammten fränkischen Adels sieht, oder sie zu einer solchen
erheben will.

Im Februar 1564 schreibt er an die Ritterschaft[25] einen
offnen Brief, fordert sie zur Gegenwehr gegen das kaiserliche
Achtsmandat auf. „Denn was jetzo ihnen, dem Grumbach
und seinen Mitverwandten widerfahren wäre, könnte einem
Jeden von ihnen über Nacht erwachsen, weil, wenn der
Stärkste die Macht haben sollte, den Schwächsten allerwege
zu unterdrücken, sie, die Edelleute, sehr bald um ihre adligen
Ehren und Freiheiten gebracht und den Bauern gleichgemacht
werden würden". Es sei das eine Sache von größter Im-
portanz, eine Sache, welche „die ganze Ritterschaft der teut-

<hr>

[24] Die ganze Sache zum ersten Male scharf bei Joh. Gust. Droysen,
Preuß. Pol. II. 2. Ich kann die dort gegebene Ausführung („indem
August so dem Kaiser das gegen Grumbach gezückte Schwert aus der
Hand nahm, kehrte er es gegen diejenigen, durch welche Grumbach für
ihn gefährlich war") des Weiteren belegen. Es kantelte sich dazumal
um gleichmäßiges Einschreiten gegen Grumbach und gegen Herzog Erich.
Kurfürst August, indem er sich zum Achtsvollstrecker gegen Grumbach
machen läßt, spricht über Herzog Erich in überaus versöhnlichem Tone
(9. April 1564): „seind wohl leut gewesen, die es wider unsern schwager
Herzog Erichen ernst und geschwind genug gesucht, do man denselben zu-
gestimpt. Es würde aber den Stenden ungelegen sein, eines Jeden halben
alsbald einen Krieg im Reich anzufahen, und man hette Inen dardurch
verursacht, sich villeicht zu andern leutten zuschlahen und noch mehr un-
ruh anzurichten". Begreifliches Zartgefühl! denn Erich hatte keine für
August bedrohliche Nachhut, wie Grumbach.

[25] Bei Häberlin a. a. O. VI. S. 19 ff. nach einem losen Drucke in 4º;
der Titel ist dort in der Anm. angegeben.

2*

schen Nation zu Erhaltung ihrer Freiheit, zu Erledigung
ihrer Unterdrückung und zu Abhaltung ihrer Beschwerden
beträfe."

Und diese Auffassung schien in der That sehr verbreitet
zu sein. Denn nicht nur sandte die „freie Ritterschaft der
sechs Orte in Franken" Deputirte nach Wien, beim Kaiser
Fürsprach für Grumbach zu thun (28. Febr.); auch Fürsten
verwandten sich für ihn und suchten den Kaiser trotz der erlassenen Acht zu gütlicher Beilegung des Streits zu bewegen.
Schon daß Kurmainz und Kurpfalz dem Würzburger Bischofe
Versöhnlichkeit und Aussöhnung anempfahlen, ist zu beachten.
Vor Allem aber: Joachim II. schrieb besorglich an den Kaiser
(Pfingsten 1564): „es werde der ganze Adel gleiche Beschwerung und Unterdrückung fürchten; es werde eine allgemeine
Empörung des Adels die Folge sein; drum möge der Kaiser
dahin wirken, daß es bei dem Vergleich bleibe, den der Bischof
mit Grumbach und dessen Genossen gemacht habe". Dazu
kamen dann die nahen Beziehungen, in denen Grumbach mit
der ernestinischen Linie des Hauses Sachsen stand. Trotz der
über ihn verhängten Acht fand er in Gotha Aufnahme. Im
April (1564) schrieb Kurfürst August: „das der alte Herr zu
Weimar Jnen unnd seine mittverwanthe Aechter auffenthaltt
denselben Hülff unnd fürderung thut, das geschieht nicht heimlich sondern Grumpach soll öffentlich zu Gotha in ein gemeinen Herberg am Podagra liegen und sich menniglich sehen
lassen". Und weiter schreibt er: „Es soll sich aber unser
vetter der alter Herzog zu Saxen gegen d. Kay. Mt. seinethalben erbothen habenn, das er sich zu recht aus der Acht
würdenn wölle, das aber der alte Landtgrave Grumpachs sach
verwanth sein solte, haben wir bishero nicht spüren konnen,
Ist auch vielweniger zuuormuthenn, das s. L. sich derselben
künftig annehmen werde . . ."[25]

    [25] Ohne Zweifel der schwedisch-hessischen Heirathssache halber; denn
wie wir im Folgenden sehen werden, waren die Beziehungen Grumbachs
zu Schweden besonders lebhaft.

Nun rüstete Kurfürst August zur Achtsvollziehung. Er nimmt „1500 Pferd guter erfarner geübter Kriegsleut zu erhaltung gemeines friedens im Reich und vorhütung allerlei vorgabberung und gewalsamer überfallung ... uff 3 Monat in ein wartgelt". „Gleichergestalt hat sich d. Herzog zu Gülich von des Reichs wegen auch mit etzlich hundert pferden gefaßt gemacht."[27] — Aber zur Vollstreckung der Acht sollte es noch nicht kommen. Der Tod des Kaisers (Juli 1564) hinderte daran. Er war von Einfluß auf viele Angelegenheiten. Auch auf die Grumbachische. „Dann[28] ohne das sich nach absterben der negstgewesenen Kay. Mayt. hochloblicher gedechtnus allerhandt practiken und Kriegsgewerb Im heiligen Reich deutscher Nation wiederumb erregen, So nimpt Wilhelm von Grumbach sampt seinem anhang diese bequemligkeit auch zu seinem vortheill und unterstheht sich nuhmer eine außsönung bei der jtzigen Kay. May. unserm allergnedigsten herrn entweder mit gewalt zu ertringen oder do solchs nicht zuerhalten villeicht mit seinem anhang Ihtwas anders fürzunehmen, derhalbenn Ire Kay. Maytt. uns wiederumb gnedigst auferlegt die 1000 pferde so wir bishero Im wartegeldt gehabt noch auf drei Monat zu besprechen und zu behalten, Uns auch des Obersten Ampts darüber ferner zu untersahen, und sonst auf die Leuffte und fürstehenden Practiken nolttürfftige vleissige auffachtung zu haben und mit Irer Kay. Mayt. underthenigste gutte Correspondenz zu haben."

Die namentlich in den ersten Jahren seiner Regierung nahen Beziehungen Maximilians zu Kurfürst August sind bekannt. Tem Verlangen des Kurfürsten, die Acht gegen

---

[27] Dazu vergl. ein Schreiben König Friedrichs an August d. d. Kopenhagen, 16. Juni 1564: „daß sich Herzog Friedrich Grumbachs und anderer Aechter so hart annimmt, giebt uns nicht wenig Wunders und vernehmen gerne daneben, daß sich C. L. und der von Jülich .... mit etlichen Kriegsvoll gegen allerhand zu besorgende vorfälle gefaßt gemacht."

[28] August an Friedrich d. d. Merseburg, 14. Septbr. 1564.

Grumbach zu vollstrecken, trat der Wunsch von anderen mächtigen Fürsten im Reiche entgegen, von Mainz, Pfalz, von dem
alten Landgrafen u. A., die gütliche Beilegung des Streits
wünschten. Maximilian konnte in dieser deutschen Angelegenheit dem Einen nicht nachgeben, ohne sich die Vielen zu ver-
feinden; mochte er umgekehrt den Vielen nicht willfahren, um
nicht seinen Kurfürsten zu verlieren. So kam er beim Beginn
seiner Regierung zu seiner gleichsam indifferenten Haltung in
der Grumbachischen Sache, durch die er Keinen befriedigte und
Keinen erzürnte.

Aber da er in ihr dem Kurfürsten August mit seinen so
bestimmten Wünschen nicht gewillfahrt hatte, willfahrte[29] er
ihm in einer Angelegenheit, bei welcher in dem Maße als
August kaum ein anderer Fürst interessirt war. Das war
die baltische Frage.

Interpositionsversuche.

Im höchsten Maße beachtenswerth ist die Stellung, welche
der Wiener Hof in den letzten Tagen Ferdinands zu den nordischen Angelegenheiten einzunehmen begann. Aus seiner bisherigen Gleichgültigkeit trat er heraus; er begann sich für
gütliche Beilegung der baltischen Frage zu verwenden; er fing
an die Rolle weiterzuführen, die Kursachsen und Hessen bisher
gespielt hatten.

Die ersten deutlichen Spuren dieser Wendung in dem
Verhältnisse des kaiserlichen Hofs zur baltischen Frage finde
ich in einem kursächsischen Schreiben schon vom März 1564.[30]
Aber man wird annehmen dürfen, daß nicht der hinfällige

---

[29] Maximilian schreibt an August d. d. Wien, den 10. August 1564
(der Brief ist unten mitgetheilt): „... deiner Lieb, als von der die
vorgehabte gütliche umbehandlung fast maisten thails herrüret."

[30] In einem Schreiben Friedrichs an August d. d. Kopenhagen, den
10. April 1564 angedeutet. Vergl. Oraniens Brief an Kurfürst August
d. d. Brüssel, den 16. April 1564. Archives I. No. LXXXII.

Kaiser es ist, der diese Wendung ausführte und so gleichsam
die Politik seines Lebens auf seinem Sterbebette änderte, sondern daß es sein Nachfolger war, den mehr als eine Rücksicht
zu einer durchaus von Ferdinand abweichenden Stellung in
der großen Politik — wenigstens in den großen Angelegenheiten des Nordens aufforderte. Am 18. März hatte der
dänische König an August unter andern geschrieben, daß er
den Lübeckern gerathen habe, „die Römische Kayser und
Königliche Maiesteten für sich als des Reichs unbdertzanen
zuersuchen, Nachdem sie neben andern stellen des heiligen
Reichs, vom Schweden an der Narnischen farti, daran, wie
ein kaiserlich schreiben, so derhalb verrückter Zeit in Schweden
gethan, außdrücklich meldelt, des Reichs stende auch merklich
Interesse mit haben, gewaltthertiger weis freuentlich überfallen, beschedigt und gehindert worden, Inen als den be-
schwerdten, vermöge des Keyserlichen landtfriedts gebürende
hülf zu leisten, zu dem ende das da der Schwede auf solchem
widerrechtlichen fürnhehmen, gegen die unbterthanen des heiligen Reichs, wie er uhun thutt, beharren wirtt, Er in die
Acht erklert, und durch diß Mittell Ime also der Paß, umb
so vil besser und bequemer der orten genommen unnd abge-
schnitten werden möcht". Er glaubt auf eine derartige „für-
derliche Anregung" Lübecks beim Kaiser mit Gewißheit rechnen
zu können, und bittet August deshalb, „wan die sach, wie
ungezweifellt geschehen wirtt, an C. L. unnd andere Churfürsten gelanget, denselben uns zu ehren und schwegerlichen
gefallen, souil zugeschehen, befürderung zuthun. Man hette
Exempel bey weilannd Kaysers Maximiliani zeitern und unsers vorfarn König Hansen, In eynem fall, da das heilige
Reich kein Interesse gegen Schweden hett, für sich. So achten
wie er Schwede, werde je die furcht und ansehen nicht haben
Im heiligen Reich, das man In solchen sachen seinethalben
ettwas bewegung oder hintterdenkens haben werde ...."
Worauf ihm August am 9. April, freilich in bedenklicher
Weise, antwortet: „was dann anlangt, das C. Ko. M. denen

von Lübeck gerathenn die Ro. Kay. Mt. für sich als des
Reichs unterthanen auff den Landtfrieden umb hülff unnd
Achtserklerung wider den Schweden anzuruffen 2c.　Mögen
die von Lübeck solchs bey Jrer Kay. Mt. wohl suchenn.　Wir
besorgen aber Jre Kay. Mt. werde sich ohne vorwissen und
bewilligung gemeiner Reichsstende, gar iu nichts bewegen
lassen, zuvorab weil Jre Kay. Mt. sich neulich gütlicher handlung unterfangenn, So wirdet auch gemeinen stenden bedencklich sein, sich wid. Schweden veintlich zu erkleren, und erstreckt
sich der landtfried nicht auff die so ausserhalb des Ro. Reichs
sein.　Dann ob wohl E. Ro. W. das Exempel mit derselben
loblichen vorfaren König Johansen anziehen So hat doch seine
Ro. W. damals nicht allein vonn wegen des Hertzogtumb Holsteins sondern als ein König zu Dennemarck unnd Schweden
selbst umb die acht wid. etliche Rebellen Jnn Schweden bei
J. Ro. Kay. ML angesucht und sich mit beiden Königreichen
und desselben unterthanen Jrer Ro. Kay. Mt. unnd des heiligen Reichs Jurisdiction unterwerffig gemacht, darauff dan
auch die Citation und Achtserklerung wider die schwedischen
Rebellen am Cammergericht ervolget.　Jedoch weill Jnn dreien
Monaten ein gemeiner Reichstag ausgeschrieben und gehalten
werden soll, mochte alsdan derhalb durch die von Lübeck an-
suchung geschehen . . ."

Diese Lübische Angelegenheit, sieht man, war gleichsam
die Formel, welche der deutschen Kaiserkrone, handelnd in die
baltische Frage einzutreten, das Recht gab — welche es ihr
geradezu zur Pflicht zu machen schien.

Anderorts werden sich über diese bedeutsame Wendung
der Politik des Wiener Hofs zweifelsohne Materialien finden,
welche sie schrittweise zu verfolgen ermöglichen.　So viel erhellt auch aus unserem Materiale, daß es zu dem Beschlusse
einer neuen Jnterposilionshandlung kommt; daß die
Fürsten, die vordem zu demselben Zwecke in Rostock zusam-
mengekommen waren, auch zu der neuen Versammlung zugezogen werden sollen; daß sie wiederum in Rostock stattfinden

wird.[31] Bereits im Mai sind die schwedischen Abgesandten ernannt; schreiben sie nach Kopenhagen um Paß durch Dänemark; erhalten sie ihn. Bereits im Juli erfährt man, daß auch Frankreich den Roslocker Tag beschicken will; und die Bemerkung, die August an diese Nachricht anfügt, ist für die Bedeutung und den Charakter der bevorstehenden Versammlung höchst bezeichnend: „wehre[32] gleichwohl nicht unziemlich (noch unbequem) das die Rom. Kay. und Ko. Mayt. dessen durch Ihnen den König zu Frankreich, oder Ihr Euer Kön. Würde berichtet würden, Dann wie derselbe bewußt, so haben die Kay. Mayt. diese handlung als vor sich angestellt, und unns andere Chur und Fürsten nur darzu gezogen."

Schon waren die Commissäre des Kaisers und Gesandte anderer Fürsten in Roslock versammelt[33] — da zerschlug sich die Angelegenheit von Neuem.

Am 9. Juli schrieb König Erich an den Kaiser aus Stockholm, daß er ihm für seine Friedensbemühungen dankbar sei; daß er aus ihnen seine „freundliche gutte Naigung und mit was bewogener freundschafft und nachbarschafft Sy uns zugethann gnuglamb erspüret" habe; allein daß er dennoch auf diese Friedensbemühungen so ohne weiteres nicht eingehen könne. Denn erstens stünde er mit Polen „in ungutem" und zwar wegen des Meisters in Ließland. Weil aber der Kaiser mit so naher Freundschaft Polen verwandt sei, sei er gewillt, Kaiserlicher Majestät „zu sonderlichen Eren und gefallen mit Irer Ko. Würde auf billiche und leibliche Mittel handlung einzureumen . . . ."

„Wollen auch nicht zweifeln, weiln wir mit Irer Ko. W. khaine sonderliche unfreundtschafft, dann von wegen des

---

[31] Das Alles nach bei Lebzeiten Ferdinands.

[32] August an Friedrich d. d. Königstein, d. 10. Juli 1564.

[33] Vergl. Oraniens Schreiben an Graf Günther zu Schwarzburg v. 8. Aug. 1564 in Archives I. No. LXXXVII.

Jermaisters haben, die sachen werden derwegen desto leicht-
licher one beschwer derglichen … werden."

Zweitens sei er auch mit den Lübeckern feind, weil sie
etliche „dermeinte Privilegia don unserm vater, welche nicht
allein uns und unsern Reichen zum höchsten scheblich unnd
nachtaillig, sondern auch gannz unnd gar zue derberb unnd
Undergang desselben gerichtet gewesen, durch betrieglichkeit'
unnd dolo malo erlangt". Gleichwohl wolle er dem Kaiser
„zu freundlichem Willen und gefallen" friedliche Handlung
auch mit Lübeck bewilligen, „doch mit dem Beschaid, daß sie
sich don dem Rhönige don Dennemarcken genzlich absonndern,
unnd ferner jegen unns nichts fürnemen."

Was aber drittens den König von Dänemark anlange,
so schlage der alle Mittel zum Frieden aus, wofür ein Beleg
für diele sei, daß er früher den schwedischen Gesandten nach
Rostock den Paß verweigert habe. Wolle Dänemark seine Gesandten zu ihm schicken, „Seind wir freundlich gewillet …"
„dz wir dzjenige wz wir one schaden thuen, Eur. Kon. M.
halben gerne einreumen wollen". Und zwar schlage er als
den Ort solcher Derhandlung Calmar, seines Reichs Grenze vor,
als den Platz, „da die sachen füeglicher und bequemer tractiret
werden möchten …" „Mittler weil aber unnd so lange
wir mit dem Rhönige don Dennemarken undertragen, werden wir unns jegen Jme wie in solchen fellen breuchlich als
unsern dheindten derhalten und was zur defension gehöret
fürnemben …"

So reisten denn die kaiserlichen Gesandten, weil sie, wie
Maximilian sagte [34], aus dem schwedischen Schreiben, das sie
dort in Rostock erbrochen, verstanden haben, „das Schweden
annders nit, dann mit sonderer maß, die guetlich unnder-
handlung einreumen wollen, unnd also diser zeit zu frucht-
barer handlung wenig hoffnung mehr gewesen" von Rostock ab.

---

[34] Schreiben an August d. d. Wien, 5. Aug. 1564

„Die weill [35] aber dannoch gemellter König zu Schweden sich gleichwoll mit besonnderer maß und gedingen zu weillere hanndlung so woll gegen unnseren freundtlichen lieben Brudern und Schwagern, dem König zue Pollen, als auch gegen gedachten ... König zu Dennemarch unnd dann auch dennen von Lübegg erpeut, So seind wir bedacht, von angeregtem Schwedischen schreiben, Jezbemellten beiden Königen Poln unnd Dennemarch deßgleichen auch dem Rath zu Lübegg Copey überschickhen zu lassen. In gelegenheit und nollurfft darüber weiter wissen zubedenckhen und zuhanndeln ...“

In der That hatte es dann doch wieder oft den Anschein, als ob König Erich nichts sehnlicher wünsche, als den Frieden. Gegen den Diener des französischen Gesandten Danzäus, der in der Zeit der zweiten Versammlung zu Rostock zu ihm nach Schweden hinübergekommen war, hat er sich „mit [36] vielen wortten von der friedshandlung vornehmen lassen, und offendtlich bezeuget, das er den frieden und denselbigen langwirig und bestendig begere". Danzäus hat nichts Eiligeres zu thun, als das sofort seinem Könige zu referiren und ihn zu ermahnen, „daß er die angefangene fridshandlung nicht genßlich fallen ließe, Sondern derselben nochmals an beide Ire Maytt. zum vleißigsten und embsigsten schreiben wolle, zuuorsichtlich er werde auch dasselbige keineswegs unterlassenn, Sintemal der friede beiden Iren Maytt. meines verstandts am nützlichsten und nöttigsten sey; auch zu bestettigung eines gemeinen fridens in der Christenheit dienstlich ...“

Von Neuem drängten sich die Gedanken einer friedlichen Lösung der baltischen Frage zu. Fast wie mit Pendelschwingungen war es mit all diesen Interpositionsversuchen: immer in entgegengesetzten Plänen arbeitet man. Zuerst, in der Zeit jener ersten Rostocker Versammlung, befindet man sich gleichsam an dem äußersten Pole der vermittelnden Richtung. In

---

[35] Aus demselben kaiserlichen Schreiben vom 5. Aug. 1564.
[36] Danzäus an Auguß d. d. Copenhagen, d. 12. Aug. 1564.

der zweiten Roſtocker Verſammlung und den ihr folgenden
Verſuchen zu interponiren, gelangt man, je länger, zu einem
ſtets deſto geringeren Ziele, bis endlich das Spiel friede-
ſuchender Gedanken, bis das Planen anderen heftigeren Bewegungen völlig Platz macht. Schon ſind von den ſämmt-
lichen pommerſchen Herzögen an Dänemark, an Schweden
und Polen Geſandte mit Inſtruction wegen gütlicher Handlung geſchickt (1. September). Friedrich hört ſie gnädig an,
erklärt ſich zu Friedenstractaten bereit, unter der Bedingung,
daß Lübeck und Polen in den Vertrag eingeſchloſſen werden.
Und zwar anvertraut ſich Dänemark ganz der Leitung, dem
Gutdünken Kurſachſens. Friedrich bittet Auguſt[37]: „was uns
zum beſten, auch E. Lb. nicht bedenklich ſein wolle“. Halte
es der Kurfürſt für gut, ſo zweifele Friedrich nicht, er werde
es „bei den andern beiden Lbn.[38] ob. ſonſten ander geſtalt,
wie es E. L. für gut anſehen“ befördern.

Es iſt in der That im Laufe des Herbſtes 1564 ſo weit
gekommen, daß Schweden um Handlung geſucht, Lübeck emſig
um ſie gebeten, Dänemark in ſie eingewilligt hat, von Polen
bekannt war, daß es nicht difficultiren würde; daß man zur
Handlung ſchreiten wollte, ſobald die pommerſchen Geſandten
von Polen und Schweden zurückgekommen wären.[39]

Und doch kam es wieder nicht zur Handlung, geſchweige
denn zum Frieden.

Im Gegentheile, Erich und Friedrich legten die Hand
ans Schwert und traten plötzlich aus den Friedensplanen auf
den Kampfplan hinaus.

Sie ſchüttelten alle Kleinigkeitskrämerei ab, und die
große Frage trat wieder in ihrer unverhüllten Großheit
hervor.

---

[37] Friedrich an Auguſt d. d. Flensburg, d. 30. Septbr. 1564.

[38] Das ſind Heinrich der Jüngere von Braunſchweig und Markgraf
Joachim von Brandenburg.

[39] Graf Ludwig von Eberſtein an Dr. Wolf Crakau (kurfürſtl. ſächſ.
Rath und Profeſſor zu Wittenberg) d. d. 31. Octbr. 1564.

Die baltische Frage.

Friedrich mochte wohl erkennen, daß es seinem königlichen Gegner mit seinen Stillstands- und Friedenswünschen nicht allzu ernst sei. Gegen Kurfürst August hat er sich ausgesprochen [10], „das wir gegen künfftige vor Jhar, sofern Sich der Kriegk zuuor nicht enden wirdt, die Segelation durch unsere Ström hin und herwider gentzlich zuschließenn im Werck sein. Wir haben Solchs Mittell, wiewol es vast beschwerlich aussiehet, wir auch bis daher ungern darahn gewolt, aus dabey angezeigten ursachen endtlich nicht wol umbzugehen. Dann ob wol die communication vast der gantzen Ost-Sehe dadurch behindert werden will, derhalbenn wir dann auch billich damitt nicht eylen sollen, Seint wir dannoch Jtzo Jn dem zwang gespannen, Tho wir ahn Schwedenn etwas schaffen wollen, das wir ein Sollichs nicht unterlassen mugen. Wir haben an Franckreich derwegen albereit geschrieben .... und hat uns der Legat Danzneus hoffnung gemacht, es werde des ortts kein sonderlich bedencken geben. Mit Hispanien, und andern, denen es zu wissen vonnöten, wollen wir so lang einhalten, biß uns E. L. hierauff beantworten ...."

Auf welchen Plan, die Segelation zu schließen, ihm August folgende wichtige Einwendungen macht [11]:

„Erstlich das wir nicht wissen ob Ewer Ko. W. solchs auch werdenn thun und Jns werck richten konnen, zum andern ob sie auch ohne letzung der alten Bündtnus vortrege und freyheiten, so die Königreiche Hispanien Franckreich Engelandt Schottlandt, Niberlande und andere Stende und Seestedte, der freyen Segelation halben auff der Ostsee villeicht mit E. Ko. W. und dem Reich Dennemarck ob, sonst haben mochten fuglich und billich hinzukommen mögen."

Ad 1. König Friedrich sage selbst, daß etliche englische, schottische und holländische Schiffe an Norwegen vorbeigesegelt und Schweden Zufuhr gebracht haben. „Darauß so viel ab-

---

[10] Friedrich an August d. d. Schloß Nyburg, b. 6. Novbr. 1564.
[11] August an Friedrich d. d. Lochau, b. 27. Novbr. 1564.

zunehmen, das man Schweden gleichwohl zuführen konne, ob
man E. Kön. W. Ströme und hafen schon nicht berüre."
Zugleich aber alle Zufuhren zu sperren und zugleich auf des
Feindes Flotte zu achten, das, meint Augusi, „mochte unsers
erachtens schwör und gefehrlich sein."

„Sollten dann E. Kö. W. solchs den Freybeutern er-
leuben und befehlen, werden alle zugriffe Jnn der sehe auff
Jrer K. Ko. W. schlag und nahmen geschehen, unnd derselben
dardurch großer unglimpf und vorhassung zugezogen werden.
So ist uns auch verborgen, ob man etwo andere Schifffarten
suchen und finden und also Ewer Ko. W. Ströhme gentzlich
meidenn könte."

Ad 2. Er kenne die Verträge Dänemarks mit den
Staaten „so an der West- und Ostsee liegen und sich der
Segelation gebrauchen müssen nicht". Er wisse auch nicht,
„ob auch dergleichen mittel hiebevorn bei Ewer Ko. W. vorfarn, die gleichwohl auch Kriege wid. Schweden gefurth,
breuchlich gewesen. Dann auß Ewer Ko. W. eigenem Schreiben ann Polen und Franckreich ist so viel zuuorstehen, auch
sonst leichtlich zuermessen, das gedachten Königreichen und
lendern auch andern Stenden des Reichs solche gentzliche
schlißung der Schifffartten gantz beschwörlich und zum höchsten
nachteilig sein werde. Und obwohl die Stadt Lübeck auff
Ewer Ko. W. untertzandlung derselben zu ehren und gefallen
auch umb itzo fürstehenden sorglichen gefahr willen die Naruen-
farth eine zeitlang einstellen mochte, So glauben wir doch
nicht das Jnen gelegen ob. treglich, sich derselben Jnn die
lenge zu enthalten. Dan unsers bedünkens Jst die erhaltung
solcher freyen schifffarth nicht die geringste ursach gewesen,
warumb sie sich dieses Kriegs teilhaftig gemacht. Es dörfften
sich auch zulezt die benachbarten wohl unterstehen mit gewalt
durchzudringen, ob. neue schiffarten zu besörderung Jrer
handtirung zuerfinden. Zu geschweigen waß abgang und
nachteil Ewer Ko. W. selbst und derselben eigenen Königreichen und leuten daraus erfolgen wirdet . . ."

Weil aber König Friedrich seine Absicht schon an Frankreich und Polen mitgetheilt habe, so müsse er seines Erachtens auch deren Antwort abwarten, bevor er etwas unterninmt. „Dan do es denselbigen zuwider, werden sie die andern des vielmehr beschwören, und wusten desfalls nicht wie E. Ko. W. daffelbig füglich ins Werck richten konten, Wan sie aber geschehen ließen, alsdann möchten Ewer Ko. W. solches der Ko. W. zu Hispanien auch d. Königin zu Engellandt, Schotten, d. Gubernantin In Niberlanden, den Hertzogen zu Medelnburg Pommern und andern Stenden und Stedten so sich der See gebrauchenn, gleichergestalt zuuorn zuerkennen geben, So würden E. Ko. W. von denselbigen wohl allerlei gelegenheit vormercken uud Iren vorschlag darnach zu richten wissen.“

Auch König Erich rüstet wie zu großen Dingen. Er schaut sich nach Hülfe um; er sucht sich mit allen denen, gegen die eben in diesem Moment Kampf nicht nothwendig ist, zu verständigen. Er erhält eben jetzt auf englischen und schottischen Schiffen heimlich Munition und Proviant [42] „unterm Schein moschowytischer Hantirung“. Nicht viel später erfahren wir auch von Zufuhr, die niederländische Schiffe nach Schweden brachten, obschon sie den Dänen im Sunde hatten schwören müssen, solches nicht thun zu wollen. Er schließt (September 1564) mit Rußland Frieden. Er wendet gegen Lothringen sein altes Manöver des Brautwerbens an. Languet hat bereits im Herbst 1564 darüber Gerüchte.[43] Kurfürst August berührt die Angelegenheit in einem Schreiben an Friedrich aus dem folgenden Jahre, als ihr die veränderten

---

[42] Salz und Hopfen, woran in Schweden große Noth ist. Schreiben von König Friedrich d. d. 6. Novbr. 1564.

[43] Languet an Mordeisen d. d. Leipzig, 23. Octbr. 1564. „De conjugio inter Suecum & Lotharingicam audiuerat (d. i. Dr. Pencerus, mit dem er zusammen gewesen) & dicebat per illud coniugium hoc agi, vt viribus Gallicis, Hispanicis, & Suecicis, Regnum Daniae Duci Lotharingiae asseratur, hocque esse constitutum, cum Rex Galliae esset in Lotharingia, vix credo Suecum tunc cogitasse de coniugio.“

Umstände freilich eine weit andere Beleuchtung gaben." Er sucht vor Allem friedliche Handlung mit Polen. Natürlich, denn wenn sie zu Resultaten führen, ist Dänemark seines baltischen Bundesgenossen beraubt und steht desto leichter zu besiegen da. Er schickt an Sigismund August von Polen Gesandte, um wegen des Friedens zu unterhandeln. Es liegt

44 d. d. Torgau, d. 24. Novbr. 1565: „wie uns ein vornehmer herr, des orts gesessen vertreulich zugeschrieben, So hat die alte herzogin zu Lottringen selbst zu Ime gesaget, der Kön. zu Schweden helte Ire Tochter ohn alle Mitgift begert und sich erboten, wan ehr den König zu Dn. vertrieben, so wolte ehr Jrem ellisten sohn Jn das königreich setzen". Höchst bedeutend ist, was Wilhelm von Hessen um dieselbe Zeit (d. d. Cassel, d. 17. Aug. 1565) an Ludwig von Nassau schreibt (mütgrth. Archives i. No. CXIV. S. 268 ff.): „Mir ist vor eine Warhait angezaigt, die alte herzoginn von Lotringen seie, sampt iren baide döchtern in Niederlande zu Brüssel, und sie solle zu Antorf vermal hundert tausend Thaler bekommen, im willens solch gelt zu behuff des Kriegs contra Denmarck zu brauchen. Sie, die herzogin soll auch stattlicher hielffe auß den Niederländern bald zu wasser und land, mit schiffen, bold und gelt vertröstet sain: zudem soll ihre tochter, Madame René, dem König zu Schweden etlichen versprochen und ein stattliche bündniß zwischen Schweden, Lothringen und etlichen stenden im Hailigen Raiche beschlossen sain wider Denmarck und saine adherente darüber wol etwa die Creutz bei den weg möchten kommen. Wiewol ich nun dem landemans gerüchten nit so unwolfelichen glauben gebe wie dem Halligen Evangelio, so dubitire oder veracht ichs doch nit, wie die fabulas Aesopi oder Amadis de Gaule: dan ich wol benden kann, daß die herzoginne allein biren zu bratten oder eine galiarde zu dantzen nit sei in das Niederland gezogen und ire ambassadores in Schweden geschickt". Ich hoffe, demnächst anderorts Gelegenheit zu haben, auf die schwedisch-lothringischen Beziehungen im Zusammenhange einzugehen. Hier begnüge ich mich, zu den beiden Angaben eine dritte etwas frühere mitzutheilen, deren Inhalt sehr wunderbar erscheint. Wilhelm von Hessen schreibt an Graf Ludwig von Nassau aus Cassel am 13. Jan. 1564 (Archives I. No. LXVI.): „Wo auch der Rhünig von Hispanien durch die seinen ann Rhünig von Schweben hette lassen gelangen, daß er sich mit Denmarck nit vertragen solte, were wol zu vermuten, daß etwan gemelter Rhünig von Hispanien möcht vorhabens sein, mit solchem Kriegsvolck, die Herzogin von Lotringen in diesem Tumult Jns Rhünigreich Dennemarck einzusetzen". Vergl. dazu den folgenden Brief No. LXVII. u. I. No. CXIV.

ein von Albrecht dem Aeltern, Markgrafen in Preußen, unterzeichnetes, aus Neuhaus, den 22. September 1564 batirtes,
überaus anziehendes Schreiben vor, in welchem die Ansicht
ausgesprochen ist, Polen werde nichts vornehmen, ohne sich
vorher mit König Friedrich zu „berathen und vergleichen“.
„Ob nuhann woll E. Kon. W. Ihre gelegenheit unnd was
thunlich mit Ihrem hochweisen rath schliessenn, auch die wege
suchen unnd vornehmen, das beide E. Kon. May. Reichen
nicht getrenntt, sondern beharrlich bey einander pleiben auch
nicht leichter bey friede, der dem Schweden zu großem vorteill geschehe eingehen werdenn, So müssenn E. Kon. W.
gleichwoll wir zu bedeincken führenn, was derhalben ahn
unns wetter vor warhafftig gelangt, Unns wird gesagt,
das der Schwede der entlichen meinung sey, Es
gesche auch uber kurz oder langl das er darnach zu
trachten entschlossen, wie er einn solcher Herr sein
moge, als der König auf Hispanien ist, soll sagen,
er müste mehr Reich unnd Lande unter sich zubrengen endtlichenn versuchenn oder wolte seine krone
nicht haben Soll auch zu solichem vorhabenn eine
grosse anzall Krigsvolck zu roß unnd fuß Inn
Deutschlandt Inn bestallung oder bespruch haben,
Auf welche Ime monatlich wie es überschlagen, ahne die
übersolde, ein dreymahll hundert tausent thaler lauffen wolte,
da ehr nuhnn oben berhürtter Reiche eins nur uff kleine Zeitt
zu friedenn haben und die versprochenen oder bestelten leuthe
zusammen und ahnn sich brengen möchte, wolde ehr leichte
ursach finden das der gemachte friede auch nichts sein solle,
unnd darnach sehen, wie er der begirligkeitt seines Regierens ein genügen thunn und seinen willen volnstrecken
mochte.

Die vberfart vermeindt der Schwedt vonn Rostock, Gripswalbt unnd anbernn Pommerischenn Stedienn zu habenn,
welche ehr hinwibberumb mit der Kaufmanschafft und grossen
freyungen vertröstet, darumb bie eins teils, Inenn mil grossenn

Summen geldes zuuerstrecken willens seinn sollen. Derhalben so haltenn es die Leuthe, so unns diese dinge vertrawlich mit= geteilet, gewißlich darfür, der Schwede werde mit nie= mandt friede langer, dann allennn zu seinem vor= teill haltenn Mhann berede auch denn wie jmmer möglich Jnn der handelung aber mochte ehr sich vielleicht schiedlich findenn lassenn, unnd damit ehr E. Kon. Wden trennen koudte, dorffte ehr auch unleidtliche conditiones unnd capitulationes eingehen, Solche aber nicht lenger wie eben zu seinem vorteill haltenn.

Zu solichem eingehen bringet Jhnen die zuuor erzehlte noht unnd seine zusage, unnd das er gar keinn dienst Kriegs= volck hatt, Ohne was er von allerley deutschen handwerdern Kaufleuten und andere des Reichs Einwohnern beides zu Roß und Fuß aufgeworget und mit gewalt zum ausrüsten genöttig= get, unnd dann auch etzlichen wenigen deutschenn guten hof= leuthenn mit welcher versammlung ehr etzliche seine Lender sonderlich Finlandt hoch und hardt entbloßt haben Also auch das sie schier bloß unnd gar übell besetzet und versehen sein sollen."

Und nun folgt in diesem merkwürdigen Schriftstücke ein Vorschlag für den Krieg gegen Schweden. Weil die Macht Schwedens in „gewaldigen schiessen unnd treffentliche Geschütz" bestehe, seine Schwäche in „mangelung der victualien auch leuthe", so solle Friedrich „gar frühe und herbstzeit spath dem Schweden vor denn Scheeren nach Wachsholm zu wasser nicht geringen schadenn thun können, und so E. Kön. W. die eingen, so der örter sein sollen mit einem Schiff zweien versenneten, oder den Jungferfund einbekämmen, sollen E. Kön. W. denn Schweden die Macht der Sehe benehmen unnd wehren kon= nen; welches, wie sie daruonn reden, ohne gefahr zu thunn sey . . ."

So geht es von Neuem in den Krieg. Dänemark beeilt sich, ihn nach Schweden selbst zu spielen. Unter Graf Günther

von Schwarzburg [15], dessen militärisches Renommé besser
war, als seine kriegerischen Talente, setzt ein dänisches Heer
nach Schweden über. Aber es richtet nicht viel aus. Es führte
mehr mit dem Vieh auf der Weide, als mit den Menschen
Krieg. Der Graf von Schwarzburg wünschte sich möglichst
wenig Mühe, aber möglichst viele Beute zu machen. Kurfürst
August bemerkt mit vollkommnem Rechte [46]: „Uns ist nicht
wenig befremdlich, ob wohl d. allmechtig Gott Ewer 2c. 2l.
Kriegsvolcke diesen werenden Krieg zu Wasser und Lande
etlich mahl ziemlich glug und sieg verliehen, das man doch
kein mahl daruff fortgerudt, noch dem veinde wie sich gebürlt
mit ernst nachgesezt". Aber, wie Jemand aus König Friedrichs
Umgebung damals berichtet [47]: „Ihro Majestät hat sich bei
seinen Leuten keiner Treue zu versehen, noch weniger gutes
Rathes; er spürt auch die Untreue, ist noch ein junger Herr,
will zuweilen die Gedanken mit Trinken und Jagen vertreiben;
darüber werden die Händel nicht abgewartet, noch weniger
eine Sache, wie es die Noth erfordert, berathschlagt, und
kommt dadurch der junge Herr und das ganze Reich in große
Gefahr. Dem Kriegsvolke ist der König sehr viel schuldig
und hat kein Geld [48], denn die Holsteiner wollen nicht mehr
creditiren, haben auch schon die besten Häuser durch Ver-
pfändung in ihren Händen. Also steht die Sache des Königs
sehr gefährlich, und wo von den Ostsee-Städten mit Schiffen

---

[45] Ueber ihn Immanuel Weber, Kurz-gefaßte Memoire von
Leben und Thaten des Weyland Hochgebohrnen Graffen und Herrn Iln.
Günther i zugenannt Bellicosi, Grafen zu Schwartzburg ... 1720.

[46] August an Friedrich d. d. Lochau, b. 27. Novbr. 1564.

[47] Mitgetheilt von Voigt bei Schmidt, Zeitschr. VII. 240.

[48] Von Schwarzburg selbst stammt die Erklärung an K. Friedrich:
„daß wir letzlichen, da wir schier des lieben Brodts nicht mehr, wir
wollen geschweigen etwas anders, zu essen gehabt, und keinen einzigen
Menschen zu bekommen gewußt, der uns die Wege in Schweden gezeigt
hätte". ..... „Ferner ist auch unlaugbar wahr und gnugsam zu beschri-
ren, daß solche Zeit über, viel guter redlicher leut zu Roß und Fuß, wie
die Fliegen dahin gefallen und gestorben sein."

3*

nicht Hülfe geleistet wird, so ist es, menschlich davon zu reden, mit Dänemark gar aus, denn der Schwede steht sehr im Vortheil, hat Geld, ein williges Landvolk, und die Narvischen Schilde, die er genommen, haben ihm die Kriegskosten decken helfen."

Besonders viel Verluste erlitten die Dänen in dem Seekriege, der so blutig war, „daß man dergleichen in der Ostsee nie erfahren".[49] Schon Anfang 1565 muß Friedrich 28 Kriegsschiffe neu ausrüsten, um den Schweden die Stange halten zu können; dadurch aber erschöpfte er den Staatsschatz, steigerte er die Schuldenmasse.[50]

Schweden wandte der doppelköpfige Mars seine lachende Seite zu. Erichs Truppen nehmen Robneby mit Sturm; von Calmar müssen die dänischen Belagerungstruppen zurückgehen u. s. w. Besonders zur See sind sie glücklich: am 7. Juli schlägt ihre Flotte die dänische bei Bornholm. Und mit den Erfolgen wuchs der Anhang Schwedens. Erichs Schwager, der Pfalzgraf Georg Johann von Veldenz, der zu England in nahen Beziehungen stand, ist am Rheine für ihn thätig. Die Herzöge von Mecklenburg und Braunschweig sind auf seine Seite getreten; auch einige junge Fürsten von Sachsen. Von Markgraf Hans erfuhr man, er solle „bös dänisch seyn, und es werde mit ihm wie mit mehrern andern, viel practicirt, um sich wider Dänemark brauchen zu lassen". Am Dresdner Hofe verlautet es von „heimlichen Praktiken", die „der König zu Schweden durch Lothringen wider Euer Kön. W. treiben."[51]

[49] Bericht v. 31. Juli 1565.

[50] Voigt bei Schmidt, Zeitschr., nach Zeitungsnachrichten aus Lübeck v. 31. Mai 1565.

[51] August an Friedrich d. d. Dresden, b. 18. März 1565. Ueber Peter Oxe's Antheil bei den Beziehungen zwischen Schweden und Lothringen hat Andeutungen Voigt bei Schmidt, Zeitschr. VII.; Raumer, neuere Gesch. III. S. 219. Dazu Languetus Epp. (Ep. CV.) d. d. Spirae, 7. Novbr. 1564. Erwähnt ist er auch bei Holberg, Dänische Reichshistorie II. S. 464.

Deutschland und die baltische Frage.

Und eben hier, in dem wachsenden Interesse immer neuer Fürsten an der Sache Schwedens, ist der Punkt, an welchen sich Grumbachs Angelegenheiten mit den allgemeinen Fragen der Zeit — an welchem sie sich vor Allem mit der baltischen Frage berührt. Auf jene zuletzt angeführten Worte heißt es in dem Briefe des Kurfürsten weiter: „Wir können aber noch zur zeitt hinter den rechten grund nicht kommen, Allein giebt man vor gewiß für, das sich Peter Ochs und Wilhelm von Grumbach mitt seinem Anhang Inn dieser sach sehr bemühen, und brauchen lassen"[b], Sich auch gelbes so ihnen aus Schweden zukommen rühmen sollen, doch ist bis uff diese stund keine offene gewisse bestallung viel weniger einig gelbt außgegeben."

Bald hernach aber konnte bereits Graf Ludwig von Eberstein an Kurfürst August (aus Neugarten am 12. Mai 1565) Näheres über Grumbach berichten: daß derselbe „gegen redlichen gutten Leuthen des Kriegs zwischen Dennemarck unnd Schwedenn gedacht, was man sich bekümmern dürfte, Leuthe in Schweden zu bringen. Der recht grieff were hieraußer in teutschlandt holtstenn, unnd die vonn Lübeck ahnzugreiffen, verhoffte es würde in Kurzem etwas geschehen, dadurch seine sache mit dem Bischoff gar aus zu machen." „Ob nun — fügt Eberstein hinzu — die Lothringischen Practiken mit unterlaufen werden, werde August besser wissen."

Ein Brief von der höchsten Wichtigkeit, der mitten in jene Pläne einführt, welche damals die der schwedischen Politik Zugethanen in Deutschland hegen. Denn diese deutschen

---

[b] Ich bemerke, daß Languet bereits am 7. Novbr. 1564 aus Speier schreibt: „Affirmant etiam multi Grombachium condixisse suam operam Succo, & ratiocinantur Suecum, vel alios nomine Sueci velle facessere negotium Illustrissimo nostro Principi, vt suis rebus occupatus Danicas minus curare possit." Jedenfalls eine Notiz von höchstem Interesse. Also auch, daß Erich sich Grumbachs bediente, um den Kurfürsten August abzuhalten, Dänemark Hülfe zu bringen, tauchte bei Zeitgenossen als Vermuthung auf!

Bundesgenossen Schwedens wirkten für Erich nicht dadurch etwa, daß sie ihm Truppen zuschickten. Wenigstens dadurch nicht allein. Sie bildeten unter sich einen förmlichen Bund, arbeiteten in Gemeinschaft Erich gleichsam in die Hände. Ihr Plan war ein umfassendes Unternehmen zunächst innerhalb der Grenzen Deutschlands. Zum Anfange sollte es dem feindlichen Vetter des Pfalzgrafen von Veldenz, dem Pfalzgrafen Wolfgang von Zweibrücken gelten. Wenn man ihn abgethan, wollte man sich gegen die Bisthümer Würzburg und Bamberg wenden, Grumbach an beiden zu rächen. Dann sollte es weiter auf Schleswig-Holstein gehen: das sollte befreit, in Dänemark, wenn es Noth thäte, ein Einfall gemacht, auch Lübeck nicht vergessen werden. Man hofft, bis dahin Markgraf Hans von Cüstrin auf seiner Seite zu haben. Wie dem Pfalzgrafen von Veldenz zu Gunsten der Pfalzgraf von Zweibrücken, wie für Grumbach Würzburg und Bamberg, so wollte man dem Markgrafen und seinen Ansprüchen an den Herzogthümern zu Gunsten den Zug in die jütische Halbinsel thun.

Jedenfalls, die verschiedensten Interessen, von welchen bisher jedes für sich allein bestehend erschienen sein mochte, nehmen während des Sommers 1565 eine auffallende Gleichartigkeit der Bewegung an. Sie alle steigern sich dahin, Schluß und Ziel in den Beziehungen zur baltischen Frage zu haben.

Absichtlich unterlasse ich es hier, wo es eine Fülle von Inhalt mitzutheilen gilt, allgemeine Betrachtungen anzustellen. Ich will die Thatsachen reden lassen. Eben das Jahr 1565 ist jenes, in welchem Brandenburg seine Ansprüche an die Elbherzogthümer erhebt; in einer Weise erhebt, die es wie gewaltsam in den Kern der baltischen Frage hineindrängen. Denn eben mitten in das Unglück der dänischen Waffen hinein ertönt die feste Forderung des Markgrafen Hans, auf welche die schwedischen Bundesgenossen in Deutschland hoffend harrten: Anerkennung der brandenburgischen Erbansprüche in Schleswig-Holstein. Der Markgraf weiß die

Gelegenheit günstig; er weiß, daß jetzt, wo die baltische Frage
brennend ist, seine Forderung neuen Zündstoff geben wird:
er will, daß seine Ansprüche in dem großen Zusammenhange
der Dinge durchgesetzt werden. Schon im Juni, als Hans
in Warmbrunn badete und im Gespräche mit des Herzogs
Albrecht von Preußen Kämmerer, Herrn Friedrich v. Kanitz,
„des dänischen und schwedischen Krieges gedachte, und was
wohl von Practiken hin und wieder auf der Bahn sein möchten", eröffnete Hans ihm, was er „nebst dem Churfürsten,
S. f. Gn. Bruder, wohl vor rechtmässige An- und Zusprüche
wider Dänemark Holsteins und etzlicher schulden halber hätte",
und entwickelte ihm in weitläuftiger Darlegung den Grund
dieser Ansprüche seines Hauses; erzählte ihm auch, wie er
dieser Ansprüche halber nach Kopenhagen geschrieben, und
für den Fall, daß man sie anerkennte, seine Hülfe in dem
Kriege zugesagt; wie aber Friedrich ihn keiner Antwort ge-
würdigt hätte.[13] Kanitz, der seinem Herrn das alles heim
berichtet, bemerkt dazu: „Nun vermerke, gnädigster Herr, ich
so viel, daß Seine fürstl. Gnaden mit solchem Verzuge übel
zufrieden, hätten sich auch wohl verhofft solche freundliche
Suchung würde von Ihrer Königl. Majestät in mehrer Acht
gehalten und das, was die Billigkeit, darauf erfolgt sein.
So befinde ich gleichwohl daneben aus vielen Umständen, die
der Feder nicht zu vertrauen, daß Seine fürstl. Gnaden, da
sie gerne wollten oder Lust dazu hätten, ohne Jemandes
Hinderung das thun könnten, das Ihrer Majestät jetziger
Gelegenheit nach viel zu schwer und zum höchsten ungelegen
fallen wollte und obwohl Seine fürstl. Gnaden dergleichen
etwas vorzunehmen Bedenken tragen und nicht so leicht zu
den Wegen die Ew. fürstl. Gnaden wohl verstehen schreiten
möchten, so könnten dennoch Seine fürstl. Gnaden,
wo die Königl. Majestät Seiner fürstl. Gnaden in

---

[13] Der Brief des Markgrafen an Friedrich ist vom 10. März 1665;
drei Monate zögert Friedrich mit der Antwort.

ermeldetem Handel nicht bei Zeiten freundlich wiederum begegnen würden, dazu von Leuten, die oft bei Seiner fürstl. Gnaden anklopfen[54], bewogen und verursacht werden, dass sie das thäten, was man wohl nicht meinen und hernach, wenn es nicht zu wiederbringen, gerne anders sehen wollte."

Begreiflich, daß Schweden und Lothringen allen Eifers den Markgrafen für sich zu gewinnen suchten, daß sie ihm Anerbietungen machten, „die nicht zu verachten seyen."

Aber Markgraf Hans zögerte noch. Er wollte sich nicht eher entscheiden, als bis Dänemark seine endliche Resolution getroffen hätte. Träfe es sie aber nicht bald, oder fiele sie wider sein Erwarten aus, so wäre er gewillt, „die ihm gemachten Vorschläge anzunehmen und dahin zu trachten, wie er seine Ansprüche geltend machen könnte."

Welchen Verlauf es mit den brandenburgischen Ansprüchen auf die Elbherzogthümer damals nahm, ist gerade heutiges Tags sicherlich jedem bekannt. Der Markgraf schickt im Juli seinen Kanzler Hieronymus Birckholz und seinen Kammermeister Leonhard Stör mit Instruction an den dänischen Hof, die am 10. März schriftlich erhobenen Ansprüche von Neuem geltend zu machen. Am 6. August erhalten sie von Friedrich zur Antwort, daß er dem Markgrafen unter dem 14. Juli geschrieben habe und hoffe, daß er, der Markgraf, ihn fortan, oder wenigstens bis zu gelegnerer Zeit mit seinen Forderungen verschonen werde. Die Gesandten reichen eine Replik ein (9. August), auf welche folgenden Tags der König kurz erklärt, daß er in seinem jüngst gegebenen Bescheid, auch in seinem Schreiben vom 14. Juli seine Meinung abgegeben habe; daß er keinen Grund sähe, von dieser abzugehen. Markgraf Hans, nachdem er von dem Briefe und dem Verlaufe der Verhandlung mit seinen Gesandten Kenntniß genommen, schreibt an Friedrich in herbem Ernste und

---

[54] Auf Grumbach zu beziehen.

bitterm Spotte (3. September)[55]: Er hätte gehofft, Friedrich würde sich „ja so weit in der Handlung auf geschehenes Er-bieten der Unsern erklärt und eingelassen haben, daß man zum wenigsten doch Vorschläge von ihnen gehört hätte . . . Weil es aber über allen angewandten Fleiß der Unsern nicht hat Statt finden mögen und Ew. Königl. Würde nochmals darauf berufen, als daß kaiserliche Confirmationen und Be-lehnungen, königliche Revers und Schuldverschreibung als unerheblich geachtet, so müssen wir gedenken, daß wir das Stündlein auf diesmal bei Ew. königl. Würde nicht gefunden, darin Sie unsern angebotenen freundlichen und geneigten Willen in Acht genommen und sich darauf gegen uns freund-lich erzeigt hätten u. s. w."

Er ist in heftigem Zorne. Er erklärt „gegen vornehme Leute in einem geheimen Gespräche": „es[56] wehre an deme das der Khönig von Schweden hülfelig mit Ihme handlen lassen, und noch täglich bei sein Frl. G. angehalten, und gutte conditiones vorgeschlagen würden, auch danebenst geldt vor-handen wehre, das seine Frl. G. sich wol khunthen lassen ge-brauchen, das sollte die Khön. Wierde zue Dhennemargkh billich acht habenn, unnd man khunte den leuthen souil ursache gebenn, wie bedenchlich Es auch sein muchte, das dieselben zum andern vorhaben sich einließen."

Er beginnt mit mächtigen Rüstungen; er baut an seinen Festungen; er sammelt neue Truppenmassen. Die um-wohnenden Fürsten und Herren gerathen in Furcht und Besorgniß.

Vor allen besorgt ist der Herzog Albrecht von Preußen, nunmehr ein alter Herr, dessen aus langem und wechselvollem Leben geschöpfte Weisheit Friedenliebe und Ruhehalten war; der außerdem in verwandtschaftlichen Beziehungen zum däni-

---

[55] Der Brief mitgetheilt von Voigt bei Schmidt a. a. O., dessen Auf-satz ich mehrfach benutze.

[56] Ludwig Graf von Eberstein an August d. d. Raugarthen, den 12. Octbr. 1563.

schen Königshause stand.[57] Er sah heraufsteigende Kriegs-
gefahren nicht blos hier in dem Streite, der sich um Schleswig-
Holstein zu entspinnen schien. Und furchtbarer schien ihm der
Krieg zu entstehen, da er tiefe Einblicke in die Pläne und Beziehungen Rußlands hatte. Bald an den kursächsischen, bald
an den kurbranbenburgischen Hof, auch an die Herzöge von
Pommern, an Johann Albrecht von Mecklenburg, noch an
Andere schickt er seinen Rath, den Herrn Friedrich von Kaniß,
vertraut ihnen seine Beobachtungen an, stellt ihnen die drohenden Gefahren vor, ermahnt sie zum Frieden.

Eine schon um einige Zeit früher angestellte Betrachtung
Albrechts ist hierfür von Wichtigkeit. In dem Kaniß für seine
Reise an den kursächsischen Hof mitgegebenen Memorial heißt
es: „Dieser krieg wehre eigenbtlichen der Kön. Mai. gantz
zuwider, hetten Ihres unnd unnsers wissens Im weinigstenn
darzu keine ursach gegeben". Schweden sei an allem Unheile
schuld „unb sehe es dafür an, daß dem Schweben wol durch
Liefland mehr abbruchs, benn auf der andern seitenn aus
Dennemarck allerley ursachen halben, die dem erfarenen unnd
kundigen berer örter bewust, geschen könnblen, Nhun hette
wol unser gnebiger Herr der König zu Polen rc. vormüge der
vorbunbnus und brüberlichen voreinigung bißher unb sonber-
lichen Anno 63. sich etwas wider benn Schwedenn Inn Lisf-
lannbt unnterstanden, Aber weil gleichwol Ire Kön. May. die
größte Macht wider benn Muschkowitter allezeit hetten wen-
benn müssen, Wehere wol nach gelegenheit etwas, aber nicht
so viel als mhann gern gewolt wiber benn Schweben dieses
ortßs geschaft worden, Ob uunß nhun wol Im weinigsten
nicht zweifelt Ire Mai. nochmhals das Ihrige thun, unnb
ahnn Ihrer guthwilligkeit nichts erwinden wurde, So trugen
wir bannochs noch Immer diese besorge, So lange der Musch-
cowierische kriegt stunbe, bas Ihre Kön. Mai. keine sonder-

<hr>

[57] Seine erste, 1547 gestorbne Gemahlin Dorothea war König
Friedrichs Vatersschwester.

liche grosse macht wider den Schweedenn, ob sie gerne wolten,
würden gebrauchen können, Unnd solichs nicht allein darumb,
das der Muschcowitter ein gewaltiger feindt, unnd ahnn volck
unnd andern seher mechtig, Dagegen auch grosses widerstannn-
des nöthig, Sonndern es legen unns auch diese ursachen und
vorhinderungen Jm wege. Erstlichen das die Kön. Mat. zu
Polenn rc. der Execution halben, darauf vom gemeinen mhanne
unnd dem landbothenn Jnn der Chronn Polenn, so heftig bishero gedrungenn, unnd noch, Souil zu thun, das man dafür
fast zu keinen andernn rathschlegenn, weiniger zu so stath-
lichem widerstande denn beeden feinden Muschcowitter unb
Schweeden, zugleich also wol (bo sie gezwungen werden solten) vonnöten, zuthun, vor enbigung obgedachter Execution
kommen konndte, Vors andere wehere auch noch zur Zeit die
Union zwischen Polenn unnd Littawen (.....) nicht ge-
schlossenn. Unnd zum brittenn, das der deutsche Meister bisher allerley mit dem Muschcowitter nicht so gar ohne furcht
(wie sichs ahnnsiehenn liesse) practiciret, unnd nhumher der
sachen fast einig sein sollenn, Solte nhun der deutsche Meister sich etwann was vonn braussen auch unterstehenn, unnd
mhann also an breien örtenn weheren müsse, würde aber-
mhals der widerstanndt ahnn einem jeden orthe souiel geringer sein, ober bo was stathliches unnb ahnnsehennliches
aufgerichtet werden solte, ahn einem orthe, bo es ahm nötig-
stenn, unnb wie man sagt, das hertz ist, alleine alle macht
mussenn gewendet, das übrige aber Godt unnd der zeit be-
sholen ober wider willenn auch mit schaden mit dem feinde
der Christennheit ahnnstanndt gemacht werdenn. Unb solte
bann also von dieser Seiten burch Lieslannb dem Schweden
nicht gewaltiger bann bishero obennan geneigter ursachenn
halbenn, wie leicht geschehen können, zugesetzt werdenn, Möchte
der Kön. W. zu Dennemarck die lenge der Krieg auß Jhrem
Reich auch vielleicht was schwer fallenn unb baraus allerley
unheil (.....) erwachsenn ..."

Wir werden hernach erzählen, wie Herzog Albrecht, so-

bald er von Johann Albrecht's von Mecklenburgs Werbungen
für Schweden hört, ihn von seinem Vorhaben abzubringen
sucht. Auf die Nachricht davon, daß des Markgrafen Hans
Rüstungen für Schweden und gegen Dänemark seien, hat
Herzog Albrecht sofort nach Dänemark geschrieben[58]; sofort
Gesandte an den Markgrafen geschickt, die von ihm in Erfahrung bringen sollen, ob in der That, wie verlautet, seine
Rüstungen gegen Dänemark und Lübeck und für Schweden
seien; die, wäre es der Fall, alles anwenden sollen, „dem
Markgrafen dieses Vorhaben zu widerrathen, und ihm insbesondere vorstellen, wie übel es der König von Polen aufnehmen werde[59], wenn der Markgraf seinem offenen Feinde,
dem Schweden, Beistand leiste. Auch sollen sie ihm zu bedenken geben, der König von Dänemark werde, sobald er
erfahre, der König von Schweden gewinne solchen Anhang,
daß er ihm mit eigener Kraft ohne große Gefahr nicht mehr
werde widerstehen können, sich unfehlbar an den König von
Spanien und das Haus Burgund wenden, wovon dann die
Folge sein werde, daß die alten Practiken, welche alle Könige,
Fürsten und östlichen Länder und Städte, die auf der Ostsee
das Interesse ihres Handels gefördert, bisher gefährdet, wieder hervorgerufen, und somit alle in Aufregung und Bedrängniß gebracht werden würden, was dann nothwendig den Markgrafen und seine Unterthanen mit treffen müßte."

J. Voigt hat die Acten aus dem Königsberger Archive
mitgetheilt, aus welchen die Gründe erhellen, um derentwillen
Markgraf Hans seine Erbansprüche an die Elbherzogthümer

---

[58] Alles aus der Instruction vom 25. Octbr. Mitgetheilt von Voigt
bei Schmidt a. a. O.

[59] Genau so sagt er bei entsprechender Gelegenheit an Johann Albrecht von Mecklenburg. Ueberhaupt sind die Beziehungen zu beachten,
in denen Herzog Albrecht zu Polen und zu Rußland steht, die Rücksichten,
die er auf beide Mächte nimmt. Die Sache ist für das Verständniß der
baltischen Frage in ihrem weitern Umfange wichtig; ich kann hier natürlich darauf nicht näher eingehen.

jetzt aufgab. Vor allem war gegen seinen Wunsch die Angelegenheit zu weit herumgeirreden. König Friedrich hatte an
Kurfürst August von allen ihren Einzelnheiten Mittheilung
gemacht; August dem Kaiser. Der Kaiser schrieb dann wieder
mehrfach an den Markgrafen. Auch von Polen — dem natürlich Friedrich erst recht nichts verschwiegen — hatte er in
„harten Worten“ geschriebene Briefe, hernach von dort her
eine Gesandtschaft erhalten.

Markgraf Hans, der bei Beginn des Jahres 1565, damals, als er zuerst laut mit seinen Ansprüchen an Schleswig-
Holstein hervortrat, gehofft hatte, mit ihnen in der großen
baltischen Frage aufzugehen, sich selbstverständlich der einen
großen Richtung derselben anzuschließen: sah sich plötzlich in
den Vordergrund gedrängt, und trotz des schwedischen Kriegs
fast alle Staaten ringsum, soweit sie an der baltischen Frage
Theil nahmen, gegen sich Front machen. Es war in der
That die ganze antischwedische Richtung — Dänemark, Kursachsen, Polen, dazu als fragwürdige Gestalt im Hintergrunde
der deutsche Kaiser — die Hans sich im Nacken fühlte. Und
selbst der Herzog Albrecht zuckte die Achsel und hielt Ruhig-
sein und Friedenhalten für das Wünschenswertheste und Beste.

Da zog Hans zurück. Er löschte das Gespenst, das er
an die Wand gemalt, rasch hinweg, als er merkte, es wäre
wirklich im Anzuge. Er ging auf den dänischen Vorschlag
ein, mit seinen Ansprüchen gelegenere Zeit abzuwarten.

Kaiserliche Mandate gegen Schweden.

In der Zeit, da man noch nicht sah, wohinaus es mit
den brandenburgischen Erbansprüchen an die Herzogthümer
gehen werde, da es vielmehr noch schien, als werde Markgraf
Hans zum Schwerte greifen — mitten im Sommer 1565 —
hatte es den Anschein, als ob auch jene Pläne des schwedischen
Anhangs in Deutschland zur Ausführung kommen sollten.

Im Laufe des Juli mehren sich die Berichte von Trup-
penzusammenziehungen in Niederdeutschland. Da heißt es

(17. Juli): „das an der weſer unnd ahnn der elben allerley begadderung verhanden geweſen, und wie mich der handell anſichtt das es ſchwediſche und lottringiſche Hand- lungen ſein, und das rielleicht Pfalzgraff Georg Hans [60] mit Jhm Spiele". Sie ſollen „auff Holſtein Jren zugl zu nemen geſunnen ſein". Wir ſahen, daß man auch Lübeck, den däniſchen Bundesgenoſſen, bei dem Vorrücken gegen die jütliſche Halbinſel nicht vergeſſen wollte. Eben um dieſe Zeit finden ſich Lamentationen der einſt ſo ſtolzen Hanſeſtadt gegen Auguſt, ſie wäre mit feindlichem Angriff bedroht, ſie nicht minder als Holſtein. „Wenn man dieſem nicht bei Zeiten ſteure, iſt zu beſorgen es möchte nicht ein geringes ſeuer ha- dadurch angezündet werden". Sie vor allen betreiben es beim Kaiſer, daß er Mandate gegen Schweden publicire.

So ſehr alſo waren damals die deutſchen und die bal- tiſchen Angelegenheiten in einander verwebt, daß der von deutſchen Fürſten und Heeren bedrohte deutſche Bundesgenoſſe Dänemarks, um ſich zu ſichern und zu ſtärken, den Kaiſer aufruft, gegen Schweden einen feindlichen Schritt zu thun. Und allerdings, Schweden war gefährlich, wurde mit jedem Tage gefährlicher. Es war in ſtetem Siegen, und faſt wuchs nach jedem Siege die Zahl ſeines Heeres. Da hat der Herzog Johann Albrecht von Mecklenburg „faſt offentlich dem Schwe- ben zu gut" etliche Fähnlein Knechte und in 1500 Pferde geworben, ſie bei Domitz anreiten laſſen; zweifellos, bemerkt Kurfürſt Auguſt, will auch er auf Lübeck. Von ſeinem Bru- ber Ulrich, mit dem er wegen Roſtock in Streit lag, haben wir die Bemerkung [81], daß Johann Albrechts Truppen „mit ſchwediſchen Thalern bezahlt ſein ſollen"; daß er noch dieſen Winter und den kommenden Frühling aus Roſtock und dem Hafen zu Warnemünde Schweden ſtärken wolle; daß Schweden

[60] Es iſt oben angegeben, daß der Pfalzgraf Georg Johann von Velden; mit zu der ſchwediſchen Partei in Deutſchland gehörte.
[81] Herzog Ulrich v. Mecklenburg an König Friedrich d. d. 31. Octbr. 1565.

ihm dagegen mit den „zwei Dänischen Ländlein Falster und
Laland künstiglich zu beschner reciprochen“. Vergebens schickt
Herzog Albrecht von Preußen Kanitz an ihn, um ihn vor dem
Bunde mit Schweden zu warnen, ihn an die gefährliche Stellung zu erinnern, in welche er dadurch nicht allein gegen den
König von Polen, sondern auch gegen ihn, den Herzog Albrecht
selbst, kommen werde, wenn er die Waffenmacht ihres Feindes,
des Schweden, verstärken helfe. Graf Ludwig von Eberstein
schreibt an Kurfürst August aus Naugarten (12. Octbr. 1565)
von „der örther bewerbungen“. Er meint: „und sei umb die
bewerbung gewandt wie es wolle, So ist doch ohne allen
zweiffel das vornehme Practiken unnd anschlege dem Schweden mit zue gutth heraußen vorhanden seindt.“   .

Vor allem aber ist es die Bewegung in Deutschland,
durch welche sich Schweden mächtiger fühlt und fester auftritt.
„Es siehet uns gentzlich dafür an“ — schreibt August am
24. Octbr. 1564 an Dänemark — „daß der Schwede in seinem trutz von denen so sich in Deutschland ahn Ihn hengen
nicht weinigt gesterckt werde“. Oder, wie Friedrich, weiter
umblickend, weniges später darauf antwortet: „Es mag wol
sein, das der Schwede durch die außlendischen deutschen Practiken ettwas muttiger gemacht werde, wiewol es, so viel
Marggraff Johannsenns zu Cüstrin fürhaben anlangt, das
ansehen bey uns noch nicht haben kan, das es so grosse
gefhär, Er mag auch von frembden Potentaten und bestal-
lungen rhümen was er wolle, hinder sich habe. Dan wir
uns berichten lassen, das gedachter Marggraff ungern die
vorlage andern leuthen zum besten von dem seinen thuen soll,
So weiß man wol, das bei lotthringen ein geringer vorrath.
Schweden aber will auch vom gelde nicht, wie alle Kundschaft
zusammen stimmen, und mag vieleicht der grosse Schatz auch
ein loch gewonnen haben. So haben wir von Frankreich,
Hispanien, Engellandt, Schottland, wie E. L. wissen, die Er-
clerung, das wir uns daher nicht sonders zubetharen haben,
dorumb machen wir uns keine ungewisse hofnung, Sonderlich

weil es gegen den winter angefangen, es werde das geschrei
deßfals, welch's dan in diesem kriege nicht das erst ist, wie
E. L. wissen, etwas grösser als die gebhär sein."

Den Fortschritten Schwedens ging wachsende Besorgniß
vor allen auch Kaiser Maximilians zur Seite. Nicht bloß
von den Lübeckern mag er Klagen zu hören bekommen, Aufforderung, gegen den Feind aus Norden einzuschreiten, erhalten haben. Waffen schienen Erich keinen Widerstand zu thun,
vielleicht daß das Wort des Kaisers ihn bezwang!

In eben dem Sommer 1565 scheinen Maximilian und
August in Betreff der nordischen Dinge in lebhafter Correspondenz gewesen zu sein. Auch zwischen ihnen beiden, denen
die Grumbachische Sache von besonderer Wichtigkeit war, handelte es sich zugleich darum, welche Stellung sie zur baltischen
Frage einnehmen sollten.

Im Juli sandte Maximilian seinen Hofrath Phil. Gotten
mit Instruction[62] an den Kurfürsten. Wir erinnern uns der
kaiserlichen Interpositionsgedanken in der baltischen Frage
vom vorigen Jahre. Sie waren gleichsam eine erste Position
gewesen, die Ferdinands Nachfolger in dieser Angelegenheit
einnahm. Es muß von größter Wichtigkeit sein, zu erkennen,
wie ein Jahr später derselbe erste Herrscher der Christenheit
über dieselbe Angelegenheit dachte. Es heißt in der Instruction: „Dieweil nun die sachen dermaßen verändert, daß, wie
wir berichtet werden, der König von Schweden sich der domi-
nation und beherschung der OstSehe gewolltiglich und dermassen
unbsleen solle, bз Ehr nicht allein die freien Commerzien und
hantierung auff solicher OstSehe under seinen einzigen Gewalt
zubezwingen Sich mit macht undersleen, Sond. auch den von
Lübeckh alß einem Mittglide des Reichs[63] mit aller seiner
Kriegsmacht Sy under seinen gewaldt zu bringen zum hefftig-
sten zusetzen, daß es also auch verner vilen andern der See

[62] Die Instruction ist datirt Wien, 20. Juli 1565.

[63] Da haben wir den alten Anknüpfungspunkt und Vorwand für
des Kaisers Theilnahme an der baltischen Frage! Vergl. oben. S. 24.

anrainenben und nahl gesessen Reichsstenben und zugethanen
nicht mit geringer vorstenter gefar gelitten will Damit nun
zu gebürlichen und des könige zu Tennemardh auch seiner des
Churf. Liebben einsehen das Zkenig dazu gethan das uns
als dem Oberhaubte und Römischen Kayser Jnn solchem vhall
ungefärlich gepürtt, ... So haben wir auf zweierlei weg
und mittel . . . . wolmeinentlich nachgebacht.

1) baß wir auß eigner bewögnuß an den König zu
Sweben ain sollich Sendschreiben, mit angehefter communication . . . gefertigt und dasselbe ermeltem König durch einen
eignen Unsern Hofdiener uberschidt hetten, damit er also unser
mißfallen, ob seiner von aim Jar eruolgten Enteusserung
und abschlagung . . . . vorgenahmer Rostodhischen guetlichen
unberhanblung und dann fürthern unberstehung diesen und
Zhenen Stand deß Reichs zu betheiligen und baß wir sambt
den Churf. fürsten und Stenben solliches allso Jnn die Jare
zuzusehen mitt nichten gemaint wären, eigentlich und wol
versteen möchte."

2) Wäre er — heißt es weiter — entschlossen, einem
bereits an die vier rheinischen Kurfürsten geschidten Rath
und Gesandten „Thimotheum Jung" einen Courrier nach-
zuschiden „und Jren L. durch mittel der Manbaten nicht allein
proponiren sonb. auch souil zuverstehen geben z. lassen, barauß
Jre Liebben genugsamlich abzunehmen, baß wir zu Publication sollcher Manbaten ganz wol genaigt, dieselben auch für
nuß und nöttig achteten, jedoch Jrer L. bebenten barüber
zuuernehmen begehrten."

Die Antwort, welche Kurfürst August dem Kaiser auf die
Mittheilung dieses seines Plans giebt[44], ist zu lehrreich, für
seine Theilnahme, sein Verständniß der baltischen Dinge zu
wichtig, als baß sie nicht ausführlicher mitgetheilt werben sollte.

Das Sendschreiben an Erich billigt er, bittet aber, falls
der Schwebe „dasselbig verächtlich halten" würbe, er wolle

---

[44] Sie ist d. d. Walchenstein, 1. August 1565.

Dänemarl und Lübed ſich „beuolen ſein laſſen, und fürderlich auf ſolche Mittel bedacht ſein, domit irer Mat. bedratwung nach des heiligen Reichs angehörige vor unrechtmeßiger gewalt geſchützt und bei friben und rechten erhalten werden möchten."

In Betreff der Mandate gegen Schweden und des Rathes der vier rheiniſchen Kurfürſten ihretwegen, meint er, er hätte Ihrer Majeſtät „keine maß zu geben". „Wir betten aber unberthéniglich, bo etliche unber ben Churfürſten mit Irer Mat. bisfals nicht einſtimmen würden, wie wir ban wool erachten möchten, das darüber ſonderbare bebenden gefallen würden, Ire Mat. wolle nicht deſto weniger bie nolturfft biſer großwichtigen ſachen für ſich erwegen, und wan gleich von den Churfürſten einhellige antwort berenthalben nicht gefallen ſolt, Jedoch borinnen Irer Mat. aulhoritet und des Reichs nuh und wolfart fürſetzen.

Dan ire Mat. gnedigſt zu bebenken dieweil unzweiffelich des Königs von Schweden entlich fürhaben dahin ſtünde, der Sehe berer ortt alleine gewaltig zu werben, bie handblung, gewerbe und commertien ſeines gefallens zu hindern, bie freie Schiffartt zuſtopfen, baſſ baran nicht allein ben benachbarten Stenben ſondern auch bem ganzen heiligen Römiſchen Reiche auch anbern mehr groſſen und hohen Potentaten zum höchſten gelegen ſein wölle.

So ſeie es auch für ſich ſelbſt pillig bas ſich Ire Mat. und bas Reich bes Reichs angehörige glieber annehme und bieſelbigen unpilliger weiße nicht vorgewaltigen und bebrängen laſſe."

Was ferner bie Publication ber Mandate anbelangt, ſo würbe es „bem Reich wenig fürtragen und zu nuß und vortcil gereichen, bas bie manbaten ſo langſamb und zu ber zeitt bes Jhars bo bie Sigillation auf ber Oſt Sehe ane bas aufhören und bes winters halber eingeſtellet würbe, ausgehen und publicirt werben ſollte". Deshalb: „So hetten wir zu ſchleuniger beförberung und erſter bequemer fortſetzung unber-

theniglich[65] bedacht, das dise wort, von erwartung des Schwe-
ben antwort, außzulassen, und der Churfürsten bedenden der
Mandaten halber allein in gemein one einigen anhang von
Jren libben zuerfordern sein solte". Dann hätte er, der
Kaiser, selbst „zu schliessen, zu welcher zeit die publication der
Mandaten nach gelegenheit des Schrebens fürhaben und an-
derer des heiligen Reichs notturft am besten, und dem heiligen
Reich am nützlichsten sein möchte."

Ueber die Publicirung dieser gegen Schweden gerichteten
kaiserlichen Mandate liegt eine ganze Reihe Schriftstücke vor.[66]
Da bitten die Lübecker den Kurfürsten August (vigilia S. Michaelis), sich bei Maximilian für möglichst schleunige („eheste")
Publicirung derselben zu verwenden; da sagt ihnen August, sich
verwenden zu wollen, zu (4. Octbr.); schreibt er (15. Octbr.)
an den Kaiser auf Grund von Lübeds Bitte in demselben
Sinne, wie das von ihm mitgetheilte Schreiben vom 1. Aug.

Daneben her geht des Kaisers Correspondenz mit den
vier rheinischen Kurfürsten.[67] Sie nehmen eine Kursachsen
entgegengesetzte Stellung zu der Frage ein. Sie erkennen und
erklären „einträchtiglich": „das mit Publication solcher Mandaten nit zu eilen, sondern dieselbig noch zur zeit, und sonderlich dieweil der Reichstag so nahend vor der Thür, biß daselbst eingestellt und alßdann auf solchem Reichstag die sach
berürter Mandaten halben ... nit allein durch Jre Liebden
und derselben Mitchurfürsten, sondern auch andere Fürsten
und gemeine Stände des heil. Reichs davon notürftiglich
tractirt erwogen und berathschlagt ... werden solle und

---

[65] Am Rande: „(dieweil in solchen sachen am vorzuge nicht wenig
gelegen)".

[66] Welchen Antheil Mordeisen bei ihrer Publication und der Verzögerung derselben hatte (vergl. Holberg, Dänische Reichshist. 11. S. 456 f.),
vermag ich nicht anzugeben. Es wäre überhaupt dankenswerthe Aufgabe,
über Mordeisen nähere Mittheilungen zu machen.

[67] Das Folgende aus Kaiser Maximilians Schreiben an August
d. d. Wien, 12. Octbr. 1565.

möchte was unser und des heil. Reichs Reputation und der
Sachen gelegenheit und Notdurft erfordern möchte. So seind
wir — erklären die rheinischen Kurfürsten dem Kaiser weiter
— auch sonst von andern orten her wolmeindtlich gewarnet
worden, in allweg wol zuerwegen und zubedenken, da solche
Mandat nit von allen Ständen bewilligt' und durch einen
oder mehr der benachbarten oder anderer Stände nit exequirt
werden solten, was solche Mandat bei Schweden würden,
auch was uns und dem heil. Reich für Schimpf und Spott
auf solchen Fall daraus erfolgen würde, und deswegen mit
solchen Mandaten ohne Vorwissen, Rath und Zuthun gemeiner des heil. Reichs Stände nicht fürzugehen". Der Kaiser
fügt diesen Nachrichten bei: August möge ihn deshalb entschuldigt halten, wenn er wegen der Mandate bis auf den
nächsten Reichstag nichts vornehme.

Worauf dann der Kurfürst aus Torgau am 24. Octbr.
dem Kaiser erklärt, zu dem Vorschlage der rheinischen Kurfürsten, die Mandate bis zum Reichstage einzustellen, „darzu
weiß E. K. Mt. ich kein mhas zu geben. Ahn benn ist es
aber, das ich von anfangk wol gewust, das gemelte Kurfürsten also gesinnet sein, und darzu nicht rathen würden aus
Ursachen so E. K. M. eben so wol als mir gnedigst bewust.
Ob ich mir nhun wol neben den Churf. zu Brandenburg
underthenigst gefallen lasse, daß E. K. M. S. L. Jr vorhaben solcher Mandaten halben gnedigst zu erkennen geben,
So hat es doch den vorstand bei mir gehabt", daß er, der
Kaiser, trotz der rheinischen Kurfürsten zu Herbeiführung des
allgemeinen Friedens mit der Publication der Mandate eilen
müsse. „Bevorab, weil man teglich spürt, das solchs kriegs
halben und unterm schein desselbigen allerlei seltzame practiken
vor sein, So zu zerrüttung gemeinen Vaterlands leichtlich ursache geben und aus geringen fünklein wol ein groß feur In
Deutschland angerichtet werden könte". Er erwähnt die Werbung des Mecklenburgers als bedeutendes Beispiel. Dann fährt
er fort: „das aber E. K. Mst. von andern mher ansehenlichen

stablichen orthern gewarnt worden, mit den Mandaten Inne zuhalten, stelle ich an seinen ort, wohin d.selben gedancken gerichtet. Ich besorge aber E. R. Mst. werde leider noch erfaren, das meine underthänigste getrewe warnungen nicht unerheblich gewesen. Und haben E. R. Mt. bei sich gnedigst wol zuermessen, wan es gleich auf den Reichstag verschoben, das alsdan die so sampt Irer adherenten halben darzu nicht geneigt, eben so weinigk alß Ihr dazu stimmen werden."

Am Rande des Concepts zu diesem Briefe befindet sich die Bemerkung:

„Auf diß schreiben hat d. Kaiser die Mandata gegen Schweden publiciret ꝛc. nunciante Legato Rudolff Khuen."

In der That wurde Rudolf Kuhn vom Kaiser zum Kurfürsten gesandt; er sollte ihm erklären, daß er, Maximilian, die wiederholte Anfrage bei den vier rheinischen Kurfürsten gethan habe, um eben auch ihre Meinung zu hören, „aber wie dem allen und bieweil Ir sein des Churf. L. bestendiglich vermeint, das bise Mandaten sovil gutes würckten, und sonderlich zur abwendung der vorschwebenden Practiken, und daraus besorgter Unruhen, nit wenig sondern hoch und vil ersprißlich sein mögen . . . So weren wir dem allen nach nit ungeneigt, Ja dahin gentzlich resolvirt und entschlossen, die beruerten Mandaten zu abstruckung aller schwedischen fürschiebung, auch unerwartet der Rheinischen Churfürsten Jetzigen gewartenden beantwortungen, im Namen des almechtigen Gottes außgeen zulassen". Die kaiserliche Kanzlei habe schon den Auftrag, die Mandaten zum Druck fertig zu machen.

Unter dem 5. Novbr. 1565 wurden sie veröffentlicht. Sie erhielten das Verbot jeder Art von Unterstützung Schwedens (Waffen, Munition, Lebensmittel u. s. f.) „bei Unserer und des heiligen Reichs schweren Ungnad und Straf."

„Die schwedischen und Lottringischen Practiken — schreibt August kurz nach der Publication der Mandate, am 12. Novbr.[*]

---

[*] Aus Torgau an König Friedrich.

— werden sonder Zweifel dadurch ein Loch gewinnen, und sonst viele anschlege stecken bleiben, sonderlich do der Schwebe mit volck nicht gesterdet wirtt, wie wir den noch zur zeit nicht vornummen, das jme etwas zukummen."

Die Beziehungen 1565 und 1566.

Die Dinge waren bereits sehr verändert, als August diese Worte schrieb; die schwedischen Pläne hatten bereits ein Loch bekommen, als die Mandaten publicirt wurden. Wir wenden unsern Blick noch einmal rückwärts, um zu erkennen, in welchem Zusammenhange das geschehen war.

Schon seit dem April 1565 finden wir von Neuem Pläne zu einem Frieden zwischen Schweden und Dänemark. König Friedrichs Mutter, Dorothea, erscheint als diejenige, von der sie ausgingen, die ihrer Verwirklichung besondern Eifer widmete.[60] Sie will in Person nach Schweden. Friedrich, der von dem ganzen Plane zuerst nichts gewußt hat, hernach, da er ihn erfahren, nichts von ihm wissen will, sucht diese Reise zu hintertreiben. Gleichwohl scheint es mit den Bemühungen Dorothea's guten Fortgang gehabt zu haben.

---

[60] Zum ersten Male finde ich von dieser Angelegenheit gehandelt in einem Briefe Augusts an Friedrich d. d. Dresden, 7. April 1565, den ich wegen seiner Wichtigkeit für diese ganze Sache, die ich nicht ausführlich verfolgen will, hier stückweis mittheile: „... Betreffend die beide fürstehend E. Kö. W. geliebter fraw Mutter und dan die Pommerische friebenshandlung, kommen wir bei uns nicht erachten, wie beide handlungen neben einander zugleich fruchtbarlich für sich gehen mochten Wissen auch nit Theil b. Schweb von E. Kon. W. geliebten fraw Mutter vollkomnliche befelch und annemliche conditiones mitzubringen begert, wie sich desfals Ihr Ko. M. gegen E. Ko. W. confederaten und Kriegsverwanthen gnugsam vorwahren konne. Zudem ist sich von dem Schweden solcher Zusammenkunst allerlei zu besahren. Derhalben und dieweil diese zusammenkunst hinter E. Ko. W. unnd ohne derselben wissen fürgenomen, sie auch nichts damit zuschaffen haben wollen, Ist wohl vonnöthen, aufachtung zu haben, das Ewer ob. auch Irer Ko. W. hieraus kein schimpf erfolge ..."

Wenigstens erhalten noch im Laufe des April die pommerschen Herzöge von König Erich Notiz über diese Bemühungen
und Friedensversuche seiner „geliebten Mhumen der Kuni-
ginnen", welcher er „die begehrte Zusammenkunft nit wol
abschlahenn" könne. Den Sommer hindurch, während der
Glückszeit der schwedischen Waffen, betreibt dann die dänische
Partei das Zustandekommen der Verhandlungen mit großem
Eifer. Vor allen pommersche Gesandte arbeiten am schwedischen Hofe. Auf ihre Instruction ertheilt ihnen (Juli) Erich
die Antwort, ihm wären Friedensverhandlungen recht. Er
wolle sie zu Calmar haben. Und zwar sollten sie Michaelis
1565 stattfinden. Eher wäre ihm auch recht. Aber nicht
später. Er, Dänemark, Polen sollten je sechs, Lübeck drei
Gesandte schicken.

Eine wenig hoffnungsreiche Sprache und Forderungen,
auf die einzugehen Dänemark trotz alles momentanen Mis-
geschicks doch wohl Bedenken tragen durfte. Auf die Nachricht
von der Erklärung Erichs schreibt Friedrich seine sehr verständigen Bemerkungen an die pommerschen Herzöge.[10] Was
den Ort der Versammlung beträfe, so sei Calmar ein „locus
hostilis"; weil von Polen. Rostock oder „weil es da stirbt"
eine andere Stadt auf der deutschen Seite sei besser, denn der
Vertrag vom Jahre 41 (daß Streit zwischen Schweden und
Dänemark auf der Grenze ausgetragen werden solle) binde
die Conföderirten nicht.

Was die Zeit beträfe, so sei die Versammlung zu nahe
angesetzt. Sie müsse weiter hinausgeschoben werden. Schweden
habe weislich als spätesten Termin Michaelis gewählt, damit
die polnischen Gesandten nicht zur rechten Zeit ankommen
könnten.

Mit einem Worte, die Basis der Friedensverhandlungen,
die Erich den pommerschen Gesandten gegenüber forderte, ergab
mit mehr wie genügender Deutlichkeit, „das — wie Friedrich

---

[10] d. d. Kopenhagen, d. 24. August 1565.

an August schreibt [71] — der Schwed die Ehr bey der handlung haben will, das wir, und unsere Einigungsverwandten an die ortt, die Jme gefellig, zur handlung schicken sollen, welches unns dann nicht ohne ursach ... bedencklich."

Und nun kam jene Zeit, in welcher der Mecklenburger für Erich rüstete, in welcher Lübeck sich hülfesuchend an den Kaiser wandte, in welcher Kurfürst August die oben angeführte Bemerkung macht: es sehe ihm gänzlich dafür an, daß der Schwede in seinem Trotz von denen, die sich in Deutschland an ihn hängen, nicht wenig gestärkt werde. In eben dem Briefe schreibt er an Friedrich, daß ihm die Verhandlungen Erichs mit den pommerschen Gesandten offenbar macht, „daß ehr (Erich) die guetliche handlung gentzlich abschlaget, Sinthemall ehr auff der Mhalstadt Calmar so feste beharrt, unnd die Herzoge zu Pommern als verdechtigt anzeuhet". Deshalb müsse sich König Friedrich und die Seinen zu „beharrung des Kriegs gefaßt machen."

Da bewirkte die Wendung des Kriegs einen Umschwung in der Hinneigung der kämpfenden Parteien zum Frieden. Am 15. Octbr. erfochten die Dänen den Sieg auf der Falkenberger Haide; am 26. über ein doppelt so starkes schwedisches Heer den Sieg bei Swalerö in Halland. Nicht lange hernach wurden, wie früher berichtet ist, die kaiserlichen Mandate gegen Schweden publicirt.

Die Stellung Erichs fing an bedenklich zu werden. Und seine Gegner glaubten erwarten zu dürfen, daß er jetzt dem Frieden geneigter sein, daß er — wie Friedrich an August aus Kopenhagen am 11. Novbr. schreibt — „etwas besser als er sich im abschied vermerken lassen, bewegnus zum frieden" haben werde. Und August antwortete darauf (Dresden, den 1. Decbr.) und auf den Bericht von dem Siege der Dänen, der „dem Schweden die trenen abgedrungen": „ob ehr sich nhun in seiner lateinischen Antwortt noch etwas trutzigt und

[71] d. d. Kopenhagen, b. 22. August 1565.

teck gestellet, So glauben wir doch, ehr werde es folgends
viel wolfeiler geben und do ehr E. K. W. ernst darlegen
siehet, sich dermaffen in die sache schicken, das E. K. W.
nhumer zu viel bequemern friedtsmitteln kummen, In deme
sich dan E. K. W. Reihe, So von E. K. W. zu den handlungen auf d. Grentzen verordnet, wol werden zuuorhaltenn
und den siegk nachgestelten sachen zu nutz zu achten wiffen."

Er schreibt weiter: „Unsers ermessens könten sich E. K.
W. ohne nachtheill keine ander conditionen vortragen laffen
wan gleich dero sachen durch den erlangten siegk, diesen vort-
theil nicht überkummen hetten, Sintemal E. K. W. durchauß
mit einander zugleich aufheben keine erstattung des kostens,
noch sonst etwas erlangen, wir wollen geschweigen das die
asseccuration, dauor E. K. W. alle Zeit zum höchsten gesorget,
auch fast geringer und schwach ist."

Und wenige Tage später, am 6. Decbr., schreibt August
an Friedrich wie in der Entwickelung seiner Ansichten fort-
fahrend: „sollte aber auch der Schwede ungeachtet der empfangenen schnappe noch auf seinem hochmuth und trutz beharren, und keine tregliche conditiones des friedens annehmen
wollen ... So wolle warlich unsers erachtens E. K. W. hohe
nottturfft sein sich mit rath und hülffe Jrer getrewen Reichs
Stende widerumb etwo mit einem Regiment frischer Lands-
knechte und ungefehr 600 teutschen Pferden gefast zu machen,
und noch bei dieser winterzeit zuuorsuchen, Ob E. Kon. W.
Calmar erobern und darnach ferner greifen könten ... Zu
welcher anzahl Kriegsvolck E. Ko. W. geliebten Vettern die
Hertzoge vonn Holstein und Herzog Ulrich zu Mecelnburg
derselben itzo leichtlich hülfflich sein konten". Ebenso zweifelt
er nicht, daß Hamburg ihm mit drei bis vier wohlausgerüste-
ten Orlogschiffen gegen künftigen Frühling zu Hülfe kommen
würde. Und zu dem allen, fügt er bei, kämen ihm die kaiserlichen Mandate zu statten.

Es war weise von August, daß er in seinen Briefen an
Dänemark nicht bloß der naturgemäß erscheinenden Folge der

Niederlage Schwedens, sondern auch der andern Eventualität
gedachte, daß Erich trotz der Niederlagen den Frieden im
Ernste nicht suche. Und er suchte ihn im Ernste nicht. Was
auch waren dem, dessen durstiger Blick über ein ganzes Meer
hin schweiste, der in fernen und fernsten Gegenden hülfreiche
Freunde wußte; vor Allem, dessen kühlem Herzen Furcht und
Besorgniß fremd war —: was waren dem ein paar Niederlagen seiner Heere? Welche Wirkung die dänischen Siege auf
dieses Nordländers Gemüth machten, bezeichnet nichts besser
als ein Wort, das der kaiserliche Gesandte damals von ihm
mit herüber brachte: Er habe gemerkt, daß der König zu
Schweden noch wenig Neigung zum Frieden hätte, „sondern
wolle sich erstlich gerne des Spotts so er in nächster Niederlage erlitten, entledigen."

Eben jetzt, seit Anfang des Jahres 1566, wo fast alle
an der baltischen Frage interessirten Fürsten ihre Sehnsucht zur
frieblichen Beilegung des schwedisch-dänischen Kriegs unver-
holner auszusprechen beginnen, wo die Bevölkerung Schwedens selbst den Frieden wünscht, der gemeine Mann dem
Könige in einer Botschaft erklärt, „da er nicht frieden machen
wolt, wolten sie hauß und alles verlassen, und Ihnen keinen
Schutz mehr geben"; der Adel eine ähnliche Erklärung thut —:
eben jetzt entscheidet Erich sich für die Fortsetzung des Krieges.[72]
Schon hat er seinen Plan entworfen. Der kaiserliche Gesandte
bringt ihn mit nach Deutschland: „Er gedenckte Bahuß mitt
dem erstenn so muglich zubelegernn, dan dasselbig läge Ihm
wol zur Handt barnach gelte es Holmstedt, und so fort diesem

---

[72] Das Verhältniß von Jörg Persen (über den ich eine Fülle interes-
santen Materials besitze) zu Erich übergehe ich hier. Für die schwedische
Geschichte der folgenden Jahre ist die Beziehung zwischen ihnen beiden
bekanntlich von größter Bedeutung. Inwiefern, sagt unter andern ein
Ausspruch aus des kaiserlichen Gesandten Referat, aus welchem im Texte
mehrere Stellen mitgetheilt sind: der gemeine Mann und der Adel mit
ihren Friedenspetitionen sind von Erich „wenig gehört worden, denn der
König glaubt keinem Schweden, ohn allein Jorgen Persen."

Haule". Es beginnt ein Durcheinander von Versuchen, den Frieden zu stiften, und neuen Kriegen, wie wir es schon früher als etwas Eigenthümliches dieser Angelegenheiten des europäischen Nordens erkannt haben.

Insbesondere tritt jetzt wieder der Kaiser in den Vordergrund der Interpositionspartei. Kurfürst August scheint ihn in dieser Richtung nicht wenig zu bestärken. Gerade er wünscht den Frieden; wünscht ihn noch mehr wie zur Zeit der ersten Rostocker Versammlung. Wir werden von dem naheliegenden Grunde hernach sprechen.

Maximilian hat, um den Frieden zu erwirken, in Schweden Gesandte, wie er deren in Dänemark hat. Aber Erich erklärt, die Schuld an dem ganzen gegenwärtigen Kriege trüge nicht er, sondern Friedrich von Dänemark. Damals, als man eine Versammlung nach Rostock ausgeschrieben hatte, um sich dort zu vertragen, habe Dänemark den Krieg gleichwohl fortgesetzt, habe Schloß Elsburg überfallen, es erobert und erst nach der Eroberung den Krieg erklärt. Und als hernach der Landgraf von Hessen ihn, Erich, nochmals angegangen sei, Gesandte nach Rostock zu schicken, habe Friedrich ein schwedisches Schiff, „der finnisch Falck" genannt, angegriffen und in den Grund verderbet. Das Geleit, das er gefordert, um sich in See zu begeben, habe Dänemark ihm abgeschlagen. Das sei der Grund, weshalb die schwedischen Gesandten nicht hätten kommen können. Uebrigens sei ihm, Erich, von dem Briefe des Landgrafen vor dem Tage von Rostock nichts bekannt gewesen. Die alten Verträge zwischen Schweden und Dänemark, besonders der Receß von 1541 besagten, „daß die gebrechen die sich beiderseits zutrugen an den Reichsgränzen sollen verglichen und beigelegt werden". Aber er, Erich, hätte Bedenken gehabt, daß von den Unterhändlern manche den Dänen befreundet, ihm „zuwider und verdechtig" seien.

Auf den Reichstag aber — der damals zu Augsburg gehalten wurde — erbiete er sich gern Gesandte zu schicken, die darlegen sollen, „wie sich dieser Krieg zugetragen, und wer desselben ein Anfänger sei."

Auch zu dem Kriege mit Lübeck erklärt Erich unschuldig zu sein. „Aber die Lübischen haben unbillich und Seiner L. Reiche schedliche Priuilegien zuerhalten vermaint, damit sie S. L. und derselben unterthanen die gannze Weßt See und durch den Sundt zulaufen, desgleichen, das kein frembder one ihre Zulassung jm Reich hanndlen noch Sein L. ainicherley Priuilegia Jemands aus gnaden nachzulassen mechtig sein sollen abzuschneiden, Sich auch der Naruischen Siegellation und vill anderer beschwerlicher Puncten met unverstanden hetten, Sein L. sich baide der Priuilegien auch des Reussischen Handels halben, also gegen Jnen denen von Lübegg erbetten, das Sy sich mit billichait, über Sein Lieb nicht zubeschweren."

Aber auf Betreiben Augusts erhielt Erich für seine Gesandten vom Kaiser doch kein Geleit nach Augsburg; „weil — schreibt August an Friedrich den 16. April — sie sonder Zweifel nichts dann beschwerliche rheden wider E. K. W. und allerhand böse practicen bey vielen andern Fürsten würden getrieben haben, Sonderlich wan wir nicht zur stele gewesen weren."

Den Frieden aber wünscht August gleichwohl. Er hat den Kaiser vermocht, an den König Erich noch „ein ernst schreiben" zu schicken, in welchem er nochmals zum Frieden und Räthe nach Rostock oder an einen andern Ort zu schicken aufgefordert wird.

Erich aber bleibt dabei, den faulen Interessen von allen möglichen Herren und Ländern nicht seine energische und zweckbewußte Politik aufzuopfern. Durch all die schönen Redensarten und mehr oder minder schmeichelhaften Ersuche, die schöne Tugend der Friedfertigkeit zu üben, ertönt sein klares und kurzes Nein.

Freilich, wenn er die augenblickliche Lage überschaute, konnte er sich nicht verhehlen, daß der Horizont sich ihm bedenklich verfinstert habe. Nicht allein die Siege Dänemarks, auch die Publication der kaiserlichen Mandate, auch daß der

Kaiser den schwedischen Gesandten das Geleit zum Reichstage
versagt hatte, auch daß eben dieser Reichstag nachträglich die
Acht gegen Grumbach beschloß: das und Anderes mußte Erich
bedenklich machen.

Aber auf der andern Seite waren Bewegungen an weit
entlegnen Orten Europas wach geworden, von denen vorauszusehen war, daß sie die Eine Bewegung im Norden compli-
ciren würden. Im Süden begann eben jetzt das Zerwürfniß
mit dem Sultan, das in den nächsten Jahren so folgenschwer
werden sollte.[13] Es zog einen Theil der Aufmerksamkeit
Maximilians nach dieser Seite hin. Und in den Niederlanden hatte sich vor Kurzem die „Liga der Edelleute von
Flandern gegen die spanische Inquisition" gebildet; kam es
eben jetzt zu dem Compromisse.

Es würde einer umfangreichen Darstellung bedürfen,
wenn man all diese Bewegungen in ihrem Zusammenhange,
in ihren Wechselwirkungen vorführen wollte. Hier sollen nur
ein paar Angaben unserer Quellen angeführt werden, die
wenigstens ahnen lassen, wie sehr die verschiedenen europäischen Fragen damals in einander zu arbeiten begannen.

Herzog Albrechts Bemerkungen in der Kaniß für Johann
Albrecht von Mecklenburg mitgegebenen Instruction (vom
25. Octbr. 1565) sind oben bereits angeführt. Der Herzog
solle bedenken, daß der König von Dänemark sich, sobald er
erfahren, König Erich gewinne so großen Anhang, daß er
ihm allein nicht werde widerstehen können, unfehlbar an den
König von Spanien und an das Haus Burgund wenden
werde u. s. w.

Fast ein Jahr früher (7. Novbr. 1564) hatte Languet
bereits aus Speier von Spaniens Aufmerksamkeit auf die
schwedisch-Grumbachischen Verhältnisse geschrieben.[74]

---

[13] Vergl. Zinkeisen, osman. Gesch. II. 904 f.

[74] Die ganze wichtige Stelle (Ep. CV.) lautet: „ Affirmant etiam
multi Grombachium condixisse suam operam Sueco, & ratiocinantur Suecum, vel alios nomine Sueci velle facessere negotium

Von größter Wichtigkeit aber ist eine eingehende Betrachtung des Grafen Ludwig von Eberstein in einem am
12. Octbr. 1565 an Kurfürst August geschriebenen Briefe,
aus welchem Anderes bereits oben mitgetheilt ist. Eberstein
berichtet von Markgraf Hans' Werbungen. Er führt die Erklärung von ihm an, daß der König von Schweden vielfältig
mit ihm handeln lassen; daß Dänemark sich vorsehen solle,
denn „Es auch sein mochte, daß er zum andern vorhaben
einließe", d. h. nicht dänisch, sondern schwedisch würde. Dann
fährt er fort: daß diese Gedanken und Anschläge weder allein
schwedisch wären (sie könnten bei sich nicht schließen „das der
Schwede eine ansehnliche Anzahl frembder Leuthe Ins Reich,
wie auch bis anhero nicht geschen, gestatten werde, oder her-
ausser Im Reich gegen yemandts mehr sich vorwirglhen . . .")
noch lothringisch und von dessen Anhang herrührend, „(obwol
die Heyrabt dißer örter vor Jhar gewiß gehalten wirdt) . . . .
auch alle der Meinung und vhorhaben dahin nicht gerichtet
sey, das sie gerne siegen oder wollten, daß der Schwede wider
Dhennemarkh die uberhandt behielte, und der Reiche auch
mechtig würde, und das auß vielen vernünftigen Ursachen,
zue dem der Khönig von Frankreich Lottringen dasselbige nicht

Illustrissimo nostro Principi, et suis rebus occupatus Danicas minus curare posset. Aiunt Hispanum esse istarum rerum conscium,
& tanquam praecipuum actorem istius fabulae, iamque aliquos ex
ipsius stipendiariis admonitos esse, vt se parent . . . . Alii putant
Regem Hispaniae velle redigere in ordinem Proceres Belgicos,
qui se cardinali opposuerant: nam aiunt persuasum Regi, ipsos
clam fouere eos, qui sunt nostrae religionis suae potentiae causa . . ."
Es ist zu bemerken, daß der Gedanke an Spanien überhaupt bei ben an
der baltischen Frage interessirten Fürsten nicht selten ist. So schreibt
August an Friedrich aus Dresden d. 29. Jan. 1565: „Es kan auch bedacht
werdenn, ob nicht gut das der König zu Hispanien und sonderlich der König
zu Frankreich, welcher sich dieses Kriegs durch schickung und Schriften
auch angenummen, In solche assocuration mitgezogen und freundlich
vermöcht wurde, weil Rö. Maj. denen Königreichen nahe gesessen, und zu
Execution und handhabung des friedens oder vortrags vor andern viel
thun kondte . . ."

vorhengen würbe, viel weniger bey sich abnehmen müghen,
das die Practilhen auff die Herzogen zu Hoelstein und die
Stadt Lübeck seindt gerichtet;

Sondern bas es im grunde Burgundische und
also Spanische und Oesterreichische anschläge und
vorhaben mit wehren, Wie ban die allten geschichten
geben, was sie vor dieser Zeibt auch in den Khriegen
derselben beyde Khönigreiche von wegen des Sundes
benselben einzübekhommen vor anschlege und muße-
seligikheibt getrieben haben, alß auch Burgunbien
und dem Haus Oesterreich nichts gelegener wehre,
Ire Macht und gewalbt zuerweittern, den ba sie den
bhenischen Sundt khunt mechtig werden, unnd Ein-
bekhommen, und in sonnderheit Oesterreich kheinen
bessern unnd gelegenern Weeglh hette baburch die
Cron Polen, Littow, Lifflanndt, unnd Preussen
an sich zubrengen, wie ahne bas barumb die ยะ๋ zige
Kheyf. Mt. in hefftiger und bleissiger sollicitation
stehet.

Demnach also unterm Schein des Schweden allerley anschleege machen und Practilen treyben, bem
Schweden in geheimb auch anfenglich jetzt beyflandt
leisten muchten, Zue bem Ende bas sie die Khön.
Wirbe zu Dhennemargkh vollends wollten helffen
ausrotten, boburch die Sthende der Crone Dhennemargkh zue ben gebandkhen und vornahmen bewegen
unnd verursachen wollten, bas sie numher mit Schweben kheinen frieden zuuerhoffen. Die Khön. Würbe sie
auch ferner nicht beschützen khunthe, ben Höhnn unnd spotth
von ben Schweben nicht gewerttig sein, vielweniger benselbigen
sich unterwerffen würben, berhalben auff andere Weege unnd
herschaft zuuerwellenn, die bem Schweben gewachsen, Ihme
nicht allein widerstanbt sondern auch wieder abbruch thuen,
Sie banebenst schützen unnd hanbhaben khunthe, zugebenchen,
In beme auch allbereibt Ihre Anschläge haben möchten."

Diese Vermuthung, heißt es weiter, wird dadurch bestärkt, daß glaubhafte, mit der K. W. es getreulich meinende Leute sagen, „Das die Reichs Rhette der Cronn Dhennemargk albereidt wie obsteht Sich umb andere Herschaft umbthuen . . .“ (Den König wolle man mit Schonen oder Jütland abfinden). „Man wil auch sagen das die berahtschlagung in beysein der Rhon. Wirde, und wol ein merhers unnd beschwerlicher dinge sey vorgelauffen, Ich thans aber vor meine Person nicht glauben, das mit der Cronn Dhennemargkh in den terminis stehen sollte.“

Weiter heißt es: Obschon Kurfürst August mit dem Kaiser in gutem Vertrauen stünde und „vielleicht von Spanien nicht weniger guten verstand haben, So wils doch dahin bedacht werden, das man khünftig die beschönung damit suchen wollte, als were man beruessen und erwehlet worden, und sich der gelegenheit nicht vorsiehen hette, Jha wollen vorgeben werden das man solichs dem Heiligen Röm. Reich zum besten gethan, dadurch Lyfflandt und Preussen wieder ahns Reich zubringen . . .“

Ich lasse es bei der bloßen Mittheilung dieser, wie man sieht, überaus wichtigen Bemerkungen. Ihnen weiter nachgehen, sie controlirend und interpretirend, hieße eine Reihe ganz neuer Fragen aufwerfen und den Umfang der vorliegenden Abhandlung unendlich erweitern.

Verfolgen wir an der Hand der Dänischen Bücher weiter die Ereignisse des Jahres 1566.

Im Juli schrieb August nach Dänemark, man erkenne aus den Schreiben Erichs wohl, „das der Schwede zu bestendigen friedshandlungen noch keine Lust hat. Welches uns gleichwohl befrembdlich ist, Sintemahl wir keine rechnung darauf machen können, auf wehn ehr sich verlasse, Es gelangt wol von fern ahn uns, Ehr solle mit dem Muscowiter einen Verstandt haben und sich seiner hülffe getrösten, auch damit

umbgehen, dz er . . . . den Muscowiter Neuel mit besondern
conditionen übergebe und einreume, weil ehr es villeicht
ohne das nicht zuerhalten vormeint."

Aber diese sehr naturgemäßen Beziehungen Schwedens
zu Rußland, dem natürlichen Gegner Polens, waren nicht
das einzige. August berichtet Friedrich in eben diesem Briefe
weiter: „Es kumpt uns bestendige kuntschaft ein ehr (d. i. Erich)
habe helmlich seine gesante bey unserm Vettern H. Johan
Friderich zu Gota gehabt, und daselbst mit Grumbach unnd
den andern Echtern Practiciren lassen."

Und eben diese ganze Adelspartei war ein weiterer natür-
licher Bundesgenosse Schwedens. Wir haben von dem Verhältnisse des fränkischen Adels, Grumbachs, der Ernestiner zu
den loyalen Fürsten, zu Kurfürst August und Dänemark früher
zur Genüge geredet. Eben jetzt, auf dem Augsburger Reichstage, und eben damit, daß auf ihm der eine größere Theil des
Reichs die kaiserliche Acht gegen den kleinern Theil nachträglich anerkannte und sanctionirte, war der offene Bruch beider
Parteien im Reiche ausgesprochen. Und wenn der Anhänger
Dänemarks und dessen Politik für die eine der beiden Parteien eintrat, so war es nur natürlich, daß der Gegner Dänemarks es als seinen größten Vortheil ansehen mußte, sich mit
der Gegenpartei möglichst eng zu verbinden; ihr Beschützer und
Vertheidiger zu werden. Wenn August schreibt, daß durch die
vom ganzen Reiche zu Augsburg einhellig beschlossene Acht
„denen so etwan mit unter der Decken gelegen, ein ziemlicher
vortheil abgelaufen" sei, so übersieht er die Situation doch
nicht ganz. Denn es war eben nicht allein die Erbitterung
des Adels, die schon schlimm genug gewesen wäre, welche man
auf sich zog. Jene Erbitterung, von welcher damals (15. Mai)
der Abt von Minderau an den Abt von Weingarten schrieb:
daß über die Achtserklärung gegen Grumbach „vil von Adel
sauer gesehen das man also mit dem Adel umbgehen sol. Und
fürcht man solliche unrueige leut richten im Reich ein unrue
an". Es war nicht das allein. Wenn auf eben dem Reichs-

tage zu Augsburg gerade Kurfürst August „etlichen Stenden im Fürstenrath gegenüber" Erneuerung und Verschärfung der gegen Schweden erlassenen Mandate fordert, so war diese Verschärfung ein offensibler Act vom Reiche ebenso gegen Schweden, wie die Acht gegen Grumbach ein Act gegen die der schwedischen Sache zugethane Partei im Reiche war. Bemerkungen von den verschiedensten Seiten her machen es unzweifelhaft, daß Erich während des Sommers 1566 festern Zusammenhang mit dieser Partei in Deutschland zu gewinnen sucht und gewinnt.

Zugleich, und das ist im höchsten Maße bezeichnend, nimmt er die alten Beziehungen zu Frankreich=Lothringen, die in letzter Zeit im Sande verlaufen zu sollen geschienen hatten, mit neuer Lebhaftigkeit wieder auf. Es ist bezeichnend, denn die Ernestiner, Grumbach, Herzog Erich und andere der deutschen Adelspartei lehnten sich, wie wir früher anzudeuten Gelegenheit hatten, an Frankreich=Lothringen an, waren dort zum Theil in Kriegsdienst gewesen, hatten alle mehr oder mindere Hoffnung, mehr oder mindern Grund, von dorther auf Hülfe zu rechnen. Schon im Sommer erfahren wir von Briefen, die Johann Friedrich und Grumbach an den französischen König schreiben, in denen sie von einem Reichsbeschlusse berichten, nach welchem die Stadt Metz mit Waffen dem Reiche zurückerobert werden solle, wenn auch nicht gleich im laufenden Jahre.[75] „Hoc autem iam agi — fährt Languet in seinem Schreiben fort, in welchem er August darüber berichtet, — vt ipsi opprimantur, ne Rex habeat quorum opera vtatur, si necessitate adigatur ad conscribendum militem Germanicum. Inde autem apparere Grombachium ideo oppugnari quia habeat a Rege Galliae stipendium, & sit erga Galliam bene affectus . . . ."

Daß schwedische Gesandte (man darf wohl sagen wieder — denn woher sonst die ausdrücklichen Notizen darüber?)

---

[75] Languet. Ep. II. Ein Reichsbeschluß, der Frankreich so feindlich war, wie ihnen die vom Reiche beschlossene Acht gegen Grumbach.

am lothringischen Hofe sind, meldet Languet mehrmals an seinen Herrn.[76] Und in einem Schreiben aus Paris vom 23. September heißt es bereits, daß daselbst für Schweden Truppen geworben und in Rüstung sind. Sie seien unwillig, daß es sich mit dem Abmarsche so lange verziehe; sie fürchten, auf diese Weise möchte er am Ende ganz unterbleiben; man könnte zu früh davon sprechen, „und damit der Rhunig in Frandreich gegen den Kunig zu Dennemarckh nit in offentlichen verdacht khome, die knecht mit auffsitzen lassen werde. Dann diese knechte haben alls heimlich, on wissen und willen des Rhunigs von Jnen selbst dem Schweden auf seinen Sold zueziehen sollen, unnd sich der Rhunig, alls b. unwissenheit entschuldigen hat mögen.‟

. . . .

„Zubem seind in Anfangs Septembris alhie beim Eisen- kreiz ein herberge, des Herzoge von Sachsen und Weimar Diener und gesandte dern Namen ich nit weiß, allein Peter Aler, der albegern die teutsche knecht unnd Rheuter von des Rhunigs wegen bezallt hat, ankhomen, und bis auf dato den 23.[77] verharrt, bei denen sich ein französischer Kriegscommis- farius, so ein geborner Schwede, aber ob den 28 Jaren nie in Schweden gewest, und des Rhuniges von Frandreich ob den 22 Jarn Diener verharrt, Jm kriegen gar erfarn, und mir gar wol bekhanndt, durch welchen Jch, das die ein neue Conspiration gemacht haben, darinn gedachter commissarius nach langem anhalten sich begeben jnner 4 tagen alls er gueter bing was, verstanden und gesagt es ist beschlossen, ehe zwen monat außgeen soll man sehen was Jch kan, wir wollen den Thennen also nennen sie den Rhunig in Dennemkh. Herzog Augustus zu Sachsen und Herzog zu Holstein lassen sehen was wir thünden, und den Tennen für den Teufl jagen,

---

[76] Languet. Ep. II. Lutetiae, 12. Juli 1566; Ep. III. Paris., 14. August 1566.

[77] b. i. September.

Ir sollt, sagt er, sehen, ehe zwei monat verscheinen, was für wunderbarliche handlungen beschehen werden, denn Ich weis an einem Ort 60,000 Taler, die allein wartten wann es angeen sol, auf der knecht lauf, So seind Sie bis in die 11,000 Pferdt berheit, die allein des zuezugs wartten, wir wollen ein solchen Lermen machen und anfahen, davon nie vil gehört ist worden, welches Ich mit Lachen verantwort, damit er khein argwon auf mich hab, der es am morgen als Ich Ime beßhalben ansprach, bekhannbt, und sagt. Ja Ich hab ben willen geben. Ir werbet wie ich gesagt hab, schönen scherz sehen, und ist gewißlich nit one, es in Sachsen und Denemarkh angeen wirbet, und mögen Sy was auf Ir seiten ausrichten, Juen fürstenbig, bleibt es gewiß nit dabey, biß hab Ich auch auf eur guetbedüncken anzeigen wollen, Ich wil gegen meniglich ausserhalb meines gnedigen herrn unuermeldet sein. Hiemit Ire Zeichen.[78]

Und ist enntlich der beschluß, das der Thenn auf wasser unnb lande angegriffen wirbet, sambt seinen mituerwandten, das wir noch heut vernommen."

Erich war unermeßlich stark. Er hatte ein großes Netz um ben albertinisch-bänischen Bund gezogen. Es schien, daß der Moment nicht mehr fern sei, es zuzuschnüren. Anbeutungen von weitaussehenden, großartigen schwedisch-lothringischen Plänen, wie die eben mitgetheilten, kreuzen sich mit häufigen Nachrichten von Unterstützungen der Schweden, der Franzosen in Deutschland, dort in der Metropole der schwedischen Interessen im Reiche, zu Gotha; von deutschen Truppenwerbungen für Schweden.

Ende (29.) October erhält August aus Stolpe barüber ein ausführliches Referat: „baß die beiden Fürsten Markgraf Hans und Herzog Hans Albrecht im Werk haben, gegen künftigen Frühling in Eil einen lauf zu machen, und etlich Volk in Schweden zu bringen, weil der Schwebe großen Mangel

---

[78] liegen Dän. Buch IX. bei fol. 234.

an Leute hat". Und ein mecklenburgischer, nach Schweden
beorderter Hauptmann, der nicht lange hernach (zugleich mit
Dr. Jonas) von den Dänen aufgefangen wurde, berichtet:
„Herzog Hansen meiste Rethe seindt gut schwedisch, und wo
sie nhur den Schweden fürdern können, das thun sie gerne,
. . . Herzog Hans ist gut schwedisch, wo er dem König kan
heimblich hülf beweisenn, das thuet er gerne. . . . Ich solte
auch dem König (d. i. Erich) sagen, da Ihm etwas mangelte
Solte er herzog Hansen schreiben das wolle er Ihm schicken."[70]

August weiß am 5. Octbr. 1566 dem Könige Friedrich
von einem „übermüthigen und hoffertigen schreiben" Erichs
an Danzäus zu erzählen, eine königlich schwedische Satire auf
den Frieden und die Friedenssehnsucht seiner Feinde. „Dan
wie wir — schreibt August — von anfang dieses Krieges
vormerkt, so wollen die Schweden, ungeacht aller
empfangenen scheußlichen schnappen, das letzte Wort
haben und Iren Unrach wie groß d. auch sey ver-
decken". Er giebt „der jetzigen geschwinden läufte gelegenheit und fast allgemeine unruhe an allen orthen" schuld, daß
er gegen seinen Vetter noch nicht eingeschritten sei.

Und in der That, so weit man blicken mochte, war alles
in wildester Gährung. In den Niederlanden war Aufregung
über die Nachricht, daß der König in Person herüber kommen

---

[70] Aus diesem Geständnisse muß ich die der im Texte mitgetheilten
vorangehende und nachfolgende Stellen wenigstens anmerkungsweise mittheilen, da sie von großer Wichtigkeit sind. Jene lautet: „Marlgraff
Hans und Herzog Hans seindt oft heimblich zusammen gewest, und heimblich mit einander practiciret, und hat Herzog Hans oftmals brief an dem
Herrn von Sachsen geschickt, und ist gewiß, das die drey in einer Ver-
bündtnuß sein". Diese lautet: „Item auch ist Herzog Hans und der
Bischoff von Brehmen diß vergangen Jhar oft zusammen gwest. Sie
practiciren auch heimblich zusammen, und halten gar heimblich was sie
vor haben". Hinrich Harbensiebt ist des Herzogs Zwischenträger zwischen
Beiden, „doraus hab ich wol vermerkt, das der Bischoff gern wider am
Delmarschen were, und hette gemeint, Delhmarschen hörte unterm
Thumb zu Brehmen."

oder Alba senden wolle; in den kaiserlichen Landen haußten
die Türken, zogen vor Sigeth. In Deutschland stieg die
Erbitterung der Parteien. Es ist bezeichnend — abgesehen
davon, ob es wahr oder erdichtet ist — daß eben damals
Kurfürst August zu fürchten begann, sein Vetter zu Gotha
trachte ihm nach dem Leben.

Vollends in Schweden gährte es. Die Bewegung, in
die Deutschland gerathen war, hatte auch nach Schweden hin-
übergegriffen. Der Adel murrte über Erichs Regiment; daß
er rücksichtslos herrschte; daß er beschlösse, ohne sie zu hören.
Erich stand auf einem Vulkane. Noch hielt er die Bewegung
nieder. Eine starke, nach außen hin gewendete Politik ist das
wirksamste Mittel gegen jede Opposition im Innern eines Staats.
Wir sehen das zu allen Zeiten. Aber nur so lange eine solche
Politik glücklich ist, vermag sie heimische Oppositionen nieder-
zuhalten. Mit ihrer ersten Niederlage wird, was im Innern
gährte, zum Ausbruche kommen. Den äußeren Niederlagen
werden die inneren folgen. Wenn an dem großen Netze, das
Erich bilden half, eine Masche sich löste, so war das Schlimme
nicht allein, daß der einen Lockerung neue folgen, daß das
ganze Gewinde vielleicht zergehen mochte: das Schlimme war
zugleich die Rückwirkung dieser Wendungen der äußern Politik auf die inneren Verhältnisse Schwedens.

Nun triumphirt eben in dieser Zeit der Kaiser — er, der
gegen Schweden Mandate publicirt und gegen schwedische Ver-
bündete die Acht erlassen hatte — über die Schaaren des
Sultan. An den Wällen von Sigeth scheiterte die türkische
Macht.

In den Niederlanden begann kurz hernach schneidende Luft
zu wehen, die der Ankunft Alba's voranging. In Deutschland
wurde bald darauf die Acht gegen Johann Friedrich von Gotha,
Grumbachs Beschützer, erlassen (18. Decbr. 1566). Schon im
November 1566 theilte König Friedrich August den Ausspruch
Carls von Mornay mit (der nebst dem schwedischen Feldobristen Jacob Heirichs gefangen worden war): „das wo fern

sich der Schwed mit seinem Bruder Herzog Hannes in Finn-
landt nit vertrag, unnd ledig saß, die Ritter unnd Landschafft
bedacht sey, Jenenn zuuerlassenn, unnd gedachtenn Herzogenn
zu einem König aufzuwerffen". Es war eine Prophezeihung
— wenn man das Eintreffen von so Nahebevorstehendem noch
Prophezeihung nennen will — die sich in nur allzufurcht-
barer Weise erfüllte. Der Sturenmord, Erichs wahrer oder
erheuchelter Wahnsinn, seine ziellose Flucht, Johanns ganzes
Auftreten, das durch den Beifall des schwedischen Adels an
Macht wuchs — wie denn Johann das eigentliche Haupt der
Adelspartei jener schwedischen Malcontents [90] war —: das
alles folgte in rapider Hast aufeinander.

Gotha und Schweden.

Der tragischen Katastrophe von Erichs Königthum ging
die Einnahme von Gotha vorher. Sie war ein vollständiger
Sieg der gesammten antischwedischen Interessen in Deutschland.
Die kaiserliche Acht wurde durch den treusten Bundesgenossen
Dänemarks vollstreckt, an denen, die von Erich Truppenunter-
stützungen verheißen bekommen hatten, von denen es zweifellos ist, daß sie mit ihm in engsten Beziehungen standen.[91]

Es kann um so weniger meine Absicht sein, hier eine
eingehende Geschichte der Belagerung von Gotha zu geben,
als von dem H. Präsidenten Dr. Ortloff in Jena umfassende
Vorarbeiten für sie bereits gemacht sind.

Nur an ein paar Dinge will ich erinnern. Mehrmals
ist im Vorhergehenden die Grumbachische Angelegenheit in

---

[90] ein würdiges Vorbild des Grafen Karl v. Artois.

[91] Koch (Quellen zur Gesch. Kaiser Maximilians II.) theilt beachtens-
werthes Material mit. So (aus der „Zeittung von der Belegerung Gotta
de dato den 6. Februarii 1567": „Der Churfürst hat ainen schwedischen
Botten niedergeworffen der brieff gehabt hat an herzog Joh. Friedrich,
darinnen der König schreibt, Er solle nur Reutter und Knecht aufnemen.
Wo er käme, so wolle er das Schwedengeld sein, auf das man dem Churfürsten von Sachsen ein Dankhet wird schenkhen."

einem allgemeinern Zusammenhange betrachtet worden: nicht
bloß in jenem mit der baltischen Frage, sondern auch in Zusammenhang mit den Interessen des deutschen Adels, den
regierenden Fürsten gegenüber. In der großen Gegenstellung
im Reiche waren sie auf der dem Kaiser entgegengesetzten
Seite. Und wenn die albertinische Kur am Wiener Hofe all-
zubegreiflicher Weise als das Natürliche, das Rechtmäßige
anerkannt wurde, so waren die ernestinischen Herzöge selbstverständlich der Adelspartei zugehörig. Und so natürlich es
war, daß Kurfürst August auf Seiten Dänemarks stand, daß
Kaiser Maximilian sich der dänischen Politik zuneigte, ebenso
natürlich war die Verbindung von Augusts Gegnern, von
den Gegnern des kaiserlichen landsbergischen Bundes mit
Schweden.

Was der Abt von Minderau von der gegen Grumbach
verhängten Acht sagt, daß „darob vil von Adel sauer gesehen u. s. w.", das ist früher angeführt worden. In der
Zeit der Gothaer Belagerung, am 13. März 1567, schrieb
der Kaiser an Herzog Christoph von Würtemberg einen Brief,
den Koch (S. 63) mittheilt. Maximilian redet da von einem
„Aufstand und empörung des gemeinen Adels wider unns,
die Churfürsten, Fürsten und andere Landtfürstliche Lehen
Herrn Im H. Reich teutscher Nation"; von Herzog Johann
Friedrich als dem „Haupt einer solichen Faction". Nicht
minder bezeichnend sind die Bemerkungen Augusts in seinem
im Heerlager von Gotha, den 3. Febr. 1567 an Friedrich geschriebenen Briefe: „Es ist hohe zeit mit dieser Execution und
das wir das ganze Reich auf unsere Seite gebracht, gewesen.
Denn ohne das hette Johan mit seiner Echterischen Bluetrotte
diesen Summer einen aufruer des adels in Deutschland erweckt,
und unß in unsern landen unvorsehens überfallen, welches
C. R. W. aus dem f. abzunehmen, das ehr sich jetzo eines
newen Titels, nemlich Geborner Churfürst gebraucht, und
die Churschwerter im Wappen und auf d. Müntze führet, und
befindet sich daß er die stempfel albereit vor 2 Jaren darzu

machen und sich an seinen Hof durchlauchtigst schelten und
nennen hat lassen. Daraus genugsamb abzunehmen, wormit
ehr umbgangen, und wie ehr die geschworne Erbeinung und
vorträge zu halten bedacht gewesen". Seine Wächter, erzählt
er hernach, haben „diese zwo negste nechte H. Johan Fis und
b. Schier boten niedergeworffen und gefangen", „Bei denen
brief gefunden worden, daraus wir (ungeacht das meiste mit
seltzahmen caractern geschrieben) alle ihre aufrürische anschläge
und zu rwheme sie sich entsatzung vertrösten, was sie vorhaben,
von wheme sie die hülffe mit gewarten, und wie sie es an-
zugreifen bedacht, was sie für obersten und Rittmeister dazu-
befleußt erfahren haben."

Später, am 15. März 1570, schrieb Languetus an Kurfürst August einen Brief [62], der zu wichtig ist, als daß er hier
übergangen werden dürfte. Er berichtet von einer Erneuerung
jener Verschwörung, die vor der Gothaer Belagerung von
einigen vom Abel gegen die Fürsten angezettelt worden war
(„renouari conspirationem, quae ante obsidionem Gotta-
nam instituta erat a quibusdam ex nobilitate aduersus
Principes."). Nach der eignen Aussage der Verschwornen
sei ihre Absicht „redigere Imperium Germanicum ad for-
mam Regni Gallici: hoc est, vt Principes in nobilitatem
nihil habeant Imperii, sed solus Imperator vtrisque
aequaliter imperet". Diese Verschwörung ist bereits weit-
verbreitet, zählt zahlreiche Anhänger, die beklagen, daß ihnen
ein Haupt fehle (deesse Principem, qui se ipsis Ducem
praebeat) und sich anklagen, zugelassen zu haben, daß Johann
Friedrich bezwungen wurde. Mancher andern Stelle, unter
andern der gereimten Grabschrift von Cleobulus [63], wird man
sich erinnern, um diesen Andeutungen mehr Bedeutung zuzu-
gestehen, als Manche ihnen zugestehen wollen.

Vor allen die letzten Schicksale von Justus Jonas kommen

---

[62] Ep. LXXIV.
[63] mitgetheilt bei Koch S. 83 ff.

hier in Betracht. Auch in Betreff ihrer müssen an dieser
Stelle wenige Worte genügen. Doctor Jonas war früher
in Dienst des kursächsischen Hofes gewesen, dann bezeichnend
genug durch Mordeisen von dort weggebissen worden; war im
Frühling 1565 zu Johann Friedrich nach Gotha gegangen;
in dessen Dienste getreten, von hier mit Aufträgen nach
Schweden gesandt worden, aber auf der Hinreise, noch vor
der Einnahme von Gotha, in dänische Gefangenschaft gerathen.
In Kopenhagen wurde er dann bekanntlich im Juni (26.) 1567
auf Kurfürst Augusts Wunsch und Betrieb geköpft. Während
der Belagerung von Gotha nun, in jenem oben angeführten
Briefe an Friedrich vom 3. Febr. 1567 drückt August seine
Freude darüber aus, daß Friedrich „den leichtfertigen, ehren-
vergessenen und newlichen Buben Doctor Jonas" gefangen
habe. „Müssen es auch dafür halten, daß es sonderliche
schickung Gottes damit E. K. W. und wir hinter dieselben
Echterische und schwedische Practiken kommen". Und
nicht lange hernach, am 21. Febr., schreibt August aus dem
Lager vor Gotha an Friedrich: „Die größte gefhar ist uns
von den schwedischen Practiken vorgestanden, darzu sich der
verlogene eidtvergessene Jonas wider E. K. W. und uns hat
gebrauchen lassen, und mag E. K. W. Jr ganz und gar keinen zweifel machen, das ehr das übergebene vorzeichnus nhur
auß d. Luft gefangen, und E. K. W. mit lautern lugen berichtet hat, wie uns dan in gleichem fhal von Jme auch
begegnet, Daher es E. K. W. bey solchen seinen erdichteten
bericht nicht wollen bewenden lassen, Sondern weill E. K. W.
königreich, auch unsern landen und leuten zum höchsten daran
gelegen, das wir d. rechten grund erfahren, so bitten wir E.
K. W. wollen sich jüngsten unserm schreiben gemeß bej Jme
erzeigen". Dann erinnert er den König, was dem Jonas,
als auf Seite und im Dienste der Aechter stehend, für Strafe
gebühre. „Denn ob ehr wol vorgiebt, ehr habe die instruction
außm schrecken von sich geworffen, So ist es doch ein lauter
geticht, so siehet man auch, wie meisterlich ehr die In-

struction verbreet hat, als ob E. K. W. und unserer
legen Schweden gar zu keinem unguten gedacht, und
sein Herr H. Johan F. gar kein wasser getrübet hette, da wir
doch das widerspiel an allen orthen und sonderlich aus den
aufgefangenen briefen anders befinden und unzweiflich
ist, das solch gesucht verbündniß des Schweden nicht
allein wider E. K. W. und uns sondern auch wid.
die Kai. Mst. ist getrieben worden. Und das Jwe
Markgraff Hans neben herzog Johan Albrechts zu
Mecklenburg sond. allen zweifel sonderlichen neben
bevehelich gegeben haben bessen er doch gar geschwieget."

Und wenn man noch tiefern Einblick in die Gedanken
Augusts über den Zusammenhang von Johann Friedrichs und
Grumbachs Angelegenheit mit den allgemeinen Verhältnissen,
in seine Ueberzeugung von der Verbindung zwischen Gotha
und Stockholm, die Dr. Jonas lebendig erhalten sollte, haben
will, so höre man von den „Interrogatoria", welche er bereits seinem Briefe vom 3. Febr. beilegt, folgende Fragen,
die Jonas in dem mit ihm anzustellenden Verhöre beantworten sollte: Ob er auch an den Herzog Johann Albrecht zu
Mecklenburg und Markgraf Hans zu Brandenburg Werbung
gehabt? — Was die Aechter für Pläne auf den nächsten
Sommer gehabt hätten „und ob nicht ein vorschlag vorhanden, Holstein zu überfallen, und wie derselbe gemacht?" —
„Was Herzog Johannes Friedrich und Grumbach der Zeit
über für Practiken in Frankreich gemacht, und wessen sie von
Frankreich vertröstet?"[84] — u. dgl. m.

Gewiß, auch ein locales Interesse und eine locale Bedeutung hat die Geschichte von Grumbach, die Belagerung
von Gotha, das trübe Schicksal Johann Friedrichs. Daß es
zugleich in einem Zusammenhange mit den wichtigsten Fragen

---

[84] Es würde zu weit führen, wenn ich auf Einzelheiten einginge.
Eben darum schweige ich auch über das so interessante „Examen des Dr.
Jonas". Vielleicht bietet sich an anderen Orts Gelegenheit, auf dasselbe zu
sprechen zu kommen.

der Zeit steht, wird als das Wichtigere erscheinen. Daran haben die freilich nur abgerissenen Mittheilungen und kurzen Bemerkungen erinnern sollen.

Und so beschließen wir diese zweite Reihe von Betrachtungen mit der Einnahme von Gotha, durch welche die schwedische Politik in ihrem Kerne noch nicht getroffen wurde, welche aber einen ihrer Vorposten, und von ihnen den wichtigsten und stärksten, schlug, vernichtete.

Geschichte der Pfarrei Göda bei Budissin bis zur Einführung der Reformation.

Von Dr. Hermann Knothe,
Professor beim Königl. Cadettencorps zu Dresden.

Die Geschichte einer Dorfpfarrei und noch dazu einer wendischen — was könne die wohl für allgemein interessante Momente aufzuweisen haben? — So fragt sich vielleicht mancher Leser des „Archivs", wenn er die Ueberschrift gegenwärtigen Aufsatzes überließ.

Und doch glauben wir das Interesse der Leser in der That beanspruchen zu dürfen für diese Pfarrei Göda, die eine der allererlsen war in dem oberlausitzischen Wendenlande, — die von einem Bischofe gegründet ist, den die katholische Kirche noch heut unter der Zahl ihrer Heiligen verehrt, — deren Pfarrer nicht nur zwei andere Pfarrstellen zu vergeben hatten, sondern zugleich Erb-, Lehn- und Gerichtsherren in dem eignen Dorfe waren, — die von der einen allgemeinen Kirchenversammlung mit dem Interdikte belegt und von der nächstfolgenden mit einem besonderen Privilegium gegen die Verhängung des Interdikts begnadigt ward, — die endlich bereits mitten in dem Reformationsjahrhunderte auf kurze Zeit der Zufluchtsort eines wunderthätigen Marienbildes wurde. — So eröffnet auch die Geschichte dieser einen Kirche manchen Einblick in das Gesammtgetriebe mittelalterlichen Kirchenthums.

———

Das etwa zwei Stunden westlich von Budissin an der
großen, nach Dresden führenden Straße gelegene Dorf Göda
war schon in der vorchristlichen Wendenzeit der Mittelpunkt
eines besonderen Wehr- und Gerichtsbezirks. Als solchen
erweist dasselbe die dicht vor dem Orte befindliche Sorben-
schanze, welche noch anfangs des 11. Jahrhunderts als
castellum bezeichnet wird. Unter der Herrschaft der Deutschen ward es Mittelpunkt eines besonderen Burgwards[1],
dessen weit nach Westen sich erstreckende Grenzen in der bekannten oberlausitzischen Grenzurkunde von 1241 beschrieben
werden.[2] Unter den bischöflich meißnischen Besitzungen in der
Oberlausitz bildete es den Hauptort des „wendischen Kreises", und noch Ende des 16. Jahrhunderts, als all diese
Güter längst mit Kursachsen vereinigt worden waren, kannte
man wenigstens in administrativer Beziehung noch immer
einen besonderen „districtus", „Pflege", „Amt" Göda.

Dieses Göda nun sammt den dazu gehörigen Ortschaften
schenkte Kaiser Heinrich II. am 1. Jan. 1006[3] zugleich mit
zwei anderen oberlausitzischen Burgbezirken dem jüngst errich-
teten Bisthume Meißen und dessen Bischofe Eico und legte

---

[1] Cod. dipl. Sax. II. 1. 86. Bischof Benno von Meißen überweist
1071 dem Slaven Bor nebst anderen Dörfern eins in burewardo
Godiwo, nämlich Drogobudiwize (Drauschkowitz).

[2] Ebend. II. 1. 110.

[3] Ebend. II. 1. 24. ... tria nostri juris castella cum omnibus
eorum pertinentiis ... in pago Milzani ... quorum nomina haec
sunt: Ostrusna, Trebista, Godouui ... misnensi ecclesiae ... do-
nando confirmamus. Sehr mit Unrecht deutet Dr. Neumann (Lau s.
Magaz. 1859. [Bd. XXXV.] S. 243) zum Theil auf Grund unrichtiger
Entzifferung der Urkunde (vergl. Köhler, cod. dipl. Lus. sup. [ed. II.]
I. Anhang S. 6) den Ortsnamen Godouui auf Kuhna bei Görlitz, von
dem keinerlei Andeutung vorliegt, daß es je bischöflich meißnisches Besitz-
thum geworden sei, während Göda bekanntlich bis 1559 zu Meißen gehörte.
Noch Anfang des 16. Jahrh. wußte man auf der bischöflichen Residenz
Stolpen ganz gut, daß Göda ein Geschenk Kaiser Heinrichs III. sei; vergl.
Emser, vita Bennonis. Lips. 1512. cap. 17.

hierdurch den Grund zu dem ausgedehnten Territorialbesitze, welchen die Bischöfe von Meißen über ein halbes Jahrtausend in der heutigen Oberlausitz inne gehabt haben.

Die Bischöfe gaben später das Gut Göda an deutsche Ritter zu Lehn, die sich nun nach demselben nannten, und so werden in den bischöflich meißnischen Urkunden, zumal des 13. Jahrhunderts, ziemlich häufig Glieder dieses Vasallengeschlechts v. Göba erwähnt; so 1228 (oder 1213?) Rudolf v. Godow als einer der Commissare, denen die Feststellung der Grenzen zwischen dem bischöflich meißnischen und dem königlich böhmischen Gebiete in der Oberlausitz übertragen war[4]; so 1222 Wolfger und Wolfgang v. Godowe als Zeugen bei Bischof Bruno[5]; so 1226 Heinrich v. Godowe, Ministeriale des Bischofs Bruno von Meißen, der von demselben Güter zu Lehn erhalten, die König Ottokar von Böhmen ihm widerrechtlich entfremdet hatte[6]; so endlich 1237 Vlvericus de Gholowe[7] (vielleicht identisch mit dem obengenannten Wolfger), der als Kämmerer des Bischof Heinrich bezeichnet wird.[8]

---

[4] Cod. dipl. Sax. II. 1. 109.

[5] Ebend. 87.

[6] Ebend. 94.

[7] Cod. dipl. Lus. I. 47.

[8] Möglicher Weise gehörten dieser Familie auch jener Heinrich v. Godow, dessen Jahresgedächtniß in Meißen 1311 erwähnt wird (Cod. dipl. Sax. II. 1. 277), und jener Dietrich v. Godow an, der um die Mitte des 14. Jahrh. Pfarrer in Göda, später aber Capitular im Domstifte Budissin war, und dem an letzterem Orte von seinem Freunde, dem Domherrn Johann v. Kaltenborn durch Urf. vom 2. Jan. 1367 ein Jahresgedächtniß gestiftet ward. — Johannes de Caldinborn, cantor et canonicus — ob remedium animarum ipsius domini Johannis et Theodorici de Godow, quondam canonici ipsius Budissinensis ecclesiae piae memoriae, quem dilexit in vita, vult etiam diligere eum in morte, mediam marcam comparavit. (Copialbuch im Domstiftsarchive zu Budissin.) — 1465 wird ein Magister Johannes Gebaw als Canonikus zu Budissin, 1546 ein Hans v. Göbau, auf Weißig gesessen, 1581 ein Albrecht v. Gödaw „zum Litschen“ gesessen (ebendas.).

Auf diesem ihrem Gute Göda hielten sich aber auch die
Bischöfe von Meißen selbst bisweilen auf, wie aus mehreren
von ihnen daselbst ausgestellten Urkunden hervorgeht.[9] Ganz
besonders gern weilte daselbst der durch nichts widerlegten
Tradition zufolge Bischof Benno (1066—1106) und machte
es zu seinem Standquartiere während seiner häufigen Visi-
tationsreisen in der Oberlausitz. Ja er soll sogar das dasige
bischöfliche Vorwerk seiner alten Mutter Bezela, Gräfin von
Wolbenberg, zum Wohnsitze angewiesen haben, als dieselbe
ihrem auf den bischöflichen Stuhl erhobenen Lieblingssohne
aus ihrer Heimath bei Goslar in das Meißner Land gefolgt
war. Wenigstens lebte Anfang des 16. Jahrhunderts, als
Herzog Georg der Bärtige von Sachsen die Heiligsprechung
Bischof Benno's eifrig betrieb und durch seinen Secretär und
Rath Hieronymus Emser zu Dresden 1512 das bekannte
Werk: Divi Bennonis misnensis quondam episcopi vita,
miracula etc. (Lpz. 1512. fol.) abfassen ließ, im Dorfe Göda
noch die Erinnerung an den einstigen Aufenthalt Bezela's daselbst. Ja Benno ist sogar von manchen Schriftstellern für
aus Göda gebürtig gehalten worden, da seine Mutter dort
gelebt und er selbst so häufig sich daselbst aufgehalten habe.[10]
Da soll denn Benno, — man nennt, freilich ohne allen Anspruch auf historische Sicherheit, das Jahr 1076 — in Göda
auch ein Kirchlein, das erste in der ganzen Gegend, erbaut
und es den Aposteln Petrus und Paulus gewidmet haben.[11]

1699 aber ein Georg v. Göda erwähnt, der bis 1626 ein Gut in Königs-
warthe besaß.

[9] Vergl. z. B. die beiden am 25. Febr. 1222 von Bischof Bruno von
Göda datirten Urkunden. Cod. dipl. Sax. II. 1. 87 und Cod. dipl.
Lus. I. 29.

[10] Emser, l. l. cap. 17. 18. Invaluit inde rumor apud postc-
ros, divum Bennonem nostrum in Gedau fuisse natum, quoniam
memoria proditum foret et incolis in hodiernum usque diem con-
stat, matrem suam in Gedan aliquando habitasse.

[11] Die Jahrzahl 1076, sowie die Schutzpatrone Petrus und Paulus
haben wir zuerst bei Hedel, histor. Beschreib. v. Bischofswerda, 1713. 4.

— Außer diesem geistigen Segen glaubten noch Jahrhunderte später die Bewohner von Göda, dem frommen Bischofe auch einen weit materielleren zu verdanken. Längs der Feldraine, auf denen der heilige Mann, wenn er in der Kirche Amt gehalten, in frommen Betrachtungen gewandelt, und die er durch „den Tritt seiner heiligen Füße" geweiht, sollten die Felder sich einer besonderen Fruchtbarkeit erfreuen, sollten die Saaten früher, als irgendwo rings umher, reifen. Davon wollte sich Hieronymus Emser (1512) mit eignen Augen überzeugt haben; dies hatte auch der damalige Pfarrer von Göda zu Stolpen vor dem Bischofe eidlich erhärtet.[12] Und in der That wird hierauf sogar in der Canonisationsbulle Papst Hadrians VI. vom 13. Mai 1523 bei Aufzählung der von Benno bewirkten Wunder Bezug genommen.[13]

Von dieser ältesten Kirche zu Göda steht jetzt freilich wohl kein Stein mehr auf dem andern. Wenn nicht früher schon einmal, so ward nachweislich gegen Anfang des 16. Jahrhunderts unter Bischof Johann VI. von Meißen (vor 1512) die Kirche „größtentheils aus dem Fundamente" neu erbaut[14], und den 16. Jan. 1580 brannte dieselbe abermals

S. 340 genannt, aber weder für die eine, noch für die anderen irgend einen urkundlichen Beleg gefunden. Eine im Haupt-Staatsarchive zu Dresden befindliche, leider gerade an der Stelle des betreffenden Namens sehr beschädigte Urkunde vom 9. October 1388 besagt, daß der Cardinallegat Philipp von Alenconis, Bischof von Ostia, in Vollmacht des Papstes Urban II. allen denen, welche parochialem ecclesiam S. Matthei in G. d...... besuchen würden, 40 Tage Ablaß verleiht. Wenn hiermit, wie man glaubt, die Pfarrkirche zu Göda gemeint sein sollte, so würde sich daraus ergeben, daß sie dem Apostel Matthäus gewidmet gewesen sei.

[12] Emser, l. l. cap. 29. In certis agrorum semitis, quas ille ibidem more suo post divini officii pensum deambulando meditadoque pedibus suis sanctissimis calcavit, frumentum adhuc hodie citius flavescit maturescitque, quin fertilior etiam longo seges in eodem loco, quam per vicina circumquaque rura nascitur.

[13] Calles, series episc. Mism. pag. 100.

[14] Gercken, Stolpen 678.

nieder, wobei auch die sechs alten Glocken auf dem Thurme zu Grunde gingen.[15]

Und dennoch haben sich von dem Kirchlein Benno's noch einige architektonische Ornamentstücke erhalten, welche bei Gelegenheit einer Reparatur an dem Altarplatze 1826 ausgegraben und 1848 an den Alterthumsverein zu Dresden abgeliefert worden sind.[16] Sie befinden sich in den Sammlungen des letzteren im Palais des großen Gartens (Nr. 1374 fgg.) und bestehen in einem byzantinischen Capitäl, einem ähnlichen Sockelstück mit Blattornament und einem runden Schlußstücke, welches einen geflügelten Stier (Symbol des Evangelisten Lukas?) zeigt. Sämmtliche Stücke, sorgfältig und scharf aus Pirna'schem Sandsteine gearbeitet, schmückten jedenfalls das Innere der kleinen, in byzantinischem Stile erbauten Kirche.

Der neu begründeten Parochie Göda wurden sämmtliche Ortschaften in weitestem Umkreise einverleibt. Noch 1559 betrug die Zahl der eingepfarrten Dörfer nicht weniger als 66, und doch hatten sich damals einzelne Theile der Parochie schon seit Jahrhunderten als selbständige Kirchspiele abgetrennt.

Von den Pfarrern zu Göda in ältester Zeit werden namentlich erwähnt Pribizlaus (sacerdos de Godowe), der nebst seinem Bruder Petrus 7 Hufen zu Zabel bei Meißen an den Abt von Altzelle verkauft hatte, was letzterem den 12. Jan. 1216 durch Markgraf Dietrich von Meißen bestätigt ward[17]; ferner Johann (plebanus in Godowe), der den 8. Juni 1314 als Zeuge bei Bischof Withego in Meißen vorkommt.[18] Bis 1343 folgten dann auf einander der oben

---

[15] Hedel, Bischoffsw. 875.

[16] Vergl. Lauf. Magaz. 1837. S. 177, wo die Steine auch abgebildet sind. Der Stein unter Nr. 4, scheinbar ein Weib mit Fischschwanz darstellend, ist nicht unter den zu Dresden befindlichen Stücken.

[17] Haupt-Staatsarchiv.

[18] Ebend.

erwähnte Dietrich v. Gobow, Leuther v. Penzig und Magister Benedikt.[19]

Da brachte die Mitte des 14. Jahrh. eine verhängnißvolle Aenderung in die pfarramtlichen Verhältnisse. Die Finanzen des Domstifts Meißen befanden sich eben damals, wie öfter, in sehr trauriger Verfassung. Es hatten, wie der damalige Bischof Johann I. selbst erklärt, die geistlichen Herren die gemeinsamen Capiteleinkünfte in unbesonnener und unkluger Weise (improvido et inconsulte) veräußert und geschmälert, so daß das Capitel von den noch übrig gebliebenen Revenuen den übernommenen Pflichten nicht mehr nachzukommen vermochte. Desgleichen war das Einkommen der einzelnen Domherren-Präbenden so gering, daß sich beinahe niemand mehr fand, der diese Würden zu übernehmen Lust hatte. Darum schlug Bischof Johann durch Urk. vom 9. März 1350[20] die Einkünfte mehrerer zur Collatur des Bisthums gehörigen Pfarreien zu einzelnen Pfründen des Domstifts und incorporirte demgemäß auch die Pfarrei Göda sammt allen Nutzungen und Rechten der Custodie zu Meißen, so daß also der jedesmalige Domherr Custos daselbst der eigentliche Pfarrer zu Göda sein und daher auch dem Dompropste zu Budissin, als dem Ordinarius dieser Kirche[21], den Handschlag ablegen sollte. Das mühselige Amt aber verwaltete ein armer Vikar, für dessen entsprechenden Unterhalt (congruam sustentationem) natürlich der Pfründner zu sorgen hatte. — Allein es stellten sich bei dieser neuen Ordnung der Dinge alsbald soviel Unzuträglichkeiten heraus, daß dieselbe nicht gut länger beibehalten werden konnte, und so sah sich Bischof Johann I. schon d. 14. März 1355[22] veranlaßt, jene Incorporationen wieder

---

[19] Gerden, Stolpen 655.

[20] Cod. dipl. Sax. II. 1. 377.

[21] Calles, ser. ep. 377.

[22] Cod. dipl. Sax. II. 1. 407. Cum incorporationes ... propter plura supervenientia impedimenta non possint procedere nec commode observari ... omnes ac singulas tollimus et revocamus.

aufzuheben und wieder wirkliche Pfarrer in die Parochien zu setzen.

In Göda finden wir 1366 als solchen, und wie es scheint, als jüngst erst angetreten, Herrn Leuther v. Hoyndorf (oder Hoendorf), der von da an ein langes Menschenleben hindurch dies Amt verwaltet hat. Die Geschichte seiner Amtirung läßt uns manchen nicht uninteressanten Blick thun in die Bestrebungen, die Sorgen und Freuden eines mittelalterlichen Pfarrherrn. Es war ein kräftiger, energischer Mann, der vor allem die unter der unmittelbar vorangegangenen Verwaltung in Verfall gekommenen Rechte seines Amts wieder geltend zu machen suchte.

Zu diesen gehörte, — man wußte schon damals nicht mehr, seit wie lange — die Erb- und Gerichtsherrlichkeit über einen Theil von Göda. Jedenfalls hatte ein früherer Bischof, um die Einkünfte der Stelle zu vermehren, dem Pfarrer nicht nur den ehemaligen herrschaftlichen Hof[13], der noch heut den weil von der Kirche abgelegenen Pfarrhof bildet, sondern auch die gutsherrlichen Rechte über einen Theil der Dorfbewohner überlassen, welcher infolge dessen bis 1836 eine besondere Gemeinde mit besonderem Richter und Schöppen ausmachte, und dessen Erb-, Lehn- und Gerichtsherr der jedesmalige Pfarrer war. Als solcher bezog derselbe von seinen Unterthanen Erbzins, erhielt Robotleistungen, ertheilte gegen Erlegung des üblichen Lehngeldes bei Käufen und Vererbungen die Lehn über die betreffenden Grundstücke, hielt selbst oder durch seinen Bevollmächtigten Gerichtstag, kurz übte all die Rechte der sogenannten niederen Gerichtsbarkeit[14], während

---

[13] Davon, daß derselbe jemals mit Thoren, Gräben, steinerner Brücke, Schießscharten ꝛc. versehen gewesen sei, wie Schumann, Lexik. v. Sachs. III. 193 behauptet, findet sich nirgends eine Spur, ebensowenig, daß die Kirche in Göda noch im 16. Jahrh. eine Stiftskirche oder ein halber Dom genannt worden sei (ebend. 192).

[14] Ebenso war der Primarius zu Löbau Erbherr von Rohmarsdorf, der Pfarrer zu Kittlitz Erbherr von Breitendorf und einem Theile von

die Obergerichte oder die Criminaljustiz dem bischöflichen Amte
zu Stolpen vorbehalten waren. — Die Ausübung dieser Rechte
scheint damals in Verfall gerathen zu sein. Es galt daher, sie
aufs neue förmlich anerkennen zu lassen. Daher berief Pfarrer
Leuther den 30. April 1366 in Gegenwart von Notar und
Zeugen seine sämmtlichen Pfarrbotalen in den Pfarrhof an
Gerichtsstelle und befragte sie, jeden einzeln, ob sie ihn als
Erb- und Gerichtsherrn anerkennten. Und alle sagten aus,
daß der jedesmalige Pfarrherr zu Göda und sonst niemand
ihr rechtmäßiger Erbherr sei, dem sie zu gehorchen, vor dessen
Gericht sie zu erscheinen, ihre Grundstücke aufzulassen und in
Lehn zu empfangen hätten. So hätten die früheren, vor dem
Regierungsantritte des jetzigen Bischofs Johann I. (1343)
amtirenden Pfarrer die Gerichtsbarkeit über sie geübt, und
auch von ihren Vorfahren hätten sie nie gehört, daß es
jemals anders gewesen sei. Hierüber nun ließ Herr Leuther
vorsorglicher Weise ein notarielles Protokoll aufnehmen. [25]

Aber auch in die allgemeine Pfarrerklage wegen lässiger
Entrichtung des Decems hatte er einzustimmen. So war ein
gewisser Nicolaus aus dem benachbarten Dorfe Döbschke,
der ein Bauergut zu Göda besaß, mit seinem Decem von diesem Gute noch in Rückstand. Da ließ ihn der Pfarrer Leuther
den 19. März 1376 zu sich vor Notar und Zeugen auf die
Pfarre citiren. Und derselbe bekannte sich schuldig und bat,
gnädiglich mit ihm zu verfahren (gracioso secum agere)
und versprach, die 3 Schock kleine, oder was gleich gerechnet
wurde, 1½ Schock große Garben Korn wie Hafer, die er
noch zu entrichten hatte, bei nächster Ernte mit 1 Scheffel
Korn und 1 Scheffel Hafer richtig abzutragen. Auch hierüber
ward ein notarielles Instrument aufgesetzt. [26] Im ähnlicher
Weise verfuhr er gegen einen andern säumigen Bauer, Namens

Aitlitz selbst, der Pfarrer zu Ratibor Erbherr von Ramina. Vergl.
Oberlaus. Kirchengallerie 376.

[25] Gercken, Stolpen 561.

[26] Ebend. 556.

Nicolaus, Besitzer des ehemals Slaybor'schen Erbeguts
zu Göda. In Begleitung von Notar und Zeugen suchte er
ihn mitten in der Ernte (12. Aug. 1376) auf dem Felde auf
und ließ sich sofort den schuldigen Garbendecem, 3 Mandeln
Korn und Hafer, überweisen und denselben, ausnahmsweis
und unter Protest, auf seine Kosten in die Pfarrscheune abführen, sowie über den ganzen Vorgang ein Protokoll aufnehmen.[17]

Es galt überhaupt, die Decempflichtigkeit der einzelnen
Güter, von denen Zehnt zu geben war, amtlich festzustellen.
Bis dahin hatten die Pfarrer keinen andern Rechtstitel aufzuweisen gehabt, als die in zwei alten, auf Pergament
geschriebenen, der Kirche gehörigen Missalien[18] nach Landes-
brauch (secundum antiquam consuetudinem patriae) hinten
angefügten Decemregister in sehr alter Schrift (de scriptura
valde antiqua). Diese ließ sich nun Herr Leuther sowohl von
der Propstei zu Budissin, seiner nächstvorgesetzten Behörde
(4. Febr. 1377), als auch durch das bischöfliche Amt zu Stolpen
selbst (10. Juli 1377) durch besondere Transsumte confirmiren
und konnte nun jedem Contravenienten gegenüber sein Recht
auf diese Decemerhebung erweisen.

An Veranlassung hierzu sollte es nicht fehlen. Ein gewisser Johann Flemming aus Döbschke hatte von einem
Lehngute den festen Decem von jährlich 3 Schock Garben Korn
wie Hafer, von einem Erbgute aber „den vollen Decem",
d. i. wirklich den zehnten Theil von allen darauf wachsenden
Feldfrüchten zu geben. Es war nun in der That für den
Pfarrer sehr verdrießlich, zu sehen, wie der Bauer von den
ersteren Aeckern reiche Ernten von Getreide jeder Art erzielte,

---

[17] Grundmann, Collectanea zur Meißn. Gesch. Msc. im Haupt-
Staatsarchive vol. II. fol. 123.

[18] Gerden 562 sq. ... duos libros missales, in pergameno
conscriptos, continentes scripturas valde antiquas cum usuali
musica seu cantu antiquitus consueto cantari. Diese Missalien sind
leider nicht mehr vorhanden.

da er — sie tüchtig düngte, während auf den anderen Feldern
nur spärlicher Hafer wuchs, da der Bauer seit Jahren keinen
Dünger darauf geführt hatte, um in echter Bauernbeschränkt-
heit dem Pfarrer seinen zehnten Theil der Ernte möglichst zu
verkürzen. Da klagte letzterer bei dem Executor der Provin-
zialbeschlüsse der Magdeburger Synode, Tihlo Pechstein, und
dieser verordnete eine besondere Commission nach Göda, um
den Fall zu untersuchen. Das von derselben über den That-
bestand am 23. Juni 1381 aufgenommene Protokoll siehe bei
Gersdorf, Stolp. 560 ffg.

Aber auch andere längst bestehende pfarramtliche Rechte
ließ sich Herr Leuther amtlich verbriefen. Seit alter Zeit
stand dem jedesmaligen Pfarrer zu Göda das Collaturrecht
über die beiden Pfarreien zu Neschwitz und zu Gaußig, die
jedenfalls einst Filiale von Göda gewesen waren, zu. Als
Zeichen der Anerkennung dieses Rechts hatten ihm die Pfarrer
jener Dörfer jährlich 20 böhm. Groschen „Restauer“ zu entrichten. Auch dieses Recht ließ sich Leuther durch den Official
des erzbischöflichen Stuhls zu Prag in Gegenwart des Officials
des meißnischen Bischofs 1383 confirmiren.[*]

Und wenn die oben (S. 81, Anm.) erwähnte Verleihung
eines 40tägigen Ablasses wirklich der Kirche zu Göda und
nicht einer anderen gilt, so dürfen wir annehmen, daß es
gewiß Herr Leuther gewesen war, der selbst die päpstliche
Gnade in Bewegung setzte, um seiner Kirche und seinem Amte
neue Einkommenquellen zu eröffnen.

Und doch sollte er selbst den Schmerz erleben, daß über
seine Kirche und seine Pfarrei die schwerste Kirchenstrafe, das
Interdikt, verhängt wurde. Es war im Jahre 1415, zur
Zeit des Costnitzer Concils, als auch der Propst Petrus
Boleste aus Lenczig im Erzbisthum Gnesen, Protonotar
des päpstlichen Stuhles, zum Concile reiste. Da wurde seine

[*] Hedel, Bischoffswerda 371. Derselbe führt ähnliche Bestäti-
gungen in Betreff Gaußigs von 1422 und 1424 an.

Dienerschaft (familiares) in der Nähe von Göda von Wege-
lagerern überfallen und sämmtlicher Effecten und Gelder des
Propstes, die derselbe für den langen und kostspieligen Aufenthalt zu Costnitz mitgenommen, beraubt, einige der Leute sogar
gefangen fortgeschleppt. Der Propst, entrüstet und in großer
Geldverlegenheit, hatte deshalb sofort bei dem Concile Klage
erhoben, und so wurde auf Grund eines kurz vorher einge-
schärften Beschlusses, der gegen alle, welche die nach Costnitz
Reisenden unterwegs behelligen oder gar berauben würden,
die härtesten Strafen verhängte, von der Kirchenversammlung
über die Pfarrkirche zu Göda und die umliegenden Ortschaften, als auf deren Grund und Boden jener Frevel verübt
worden, das Interdikt ausgesprochen. Die betreffende Bulle
ist leider nicht mehr vorhanden.

Wahrscheinlich gleichzeitig hatte aber das Concil unter
d. 20. Decbr. 1415 auch ein Schreiben an Bischof Rudolph
von Meißen, als den betreffenden Diöcesanbischof, erlassen
und demselben sehr ernst anbefohlen, zunächst mit allem Eifer
Nachforschungen anzustellen, wer die Räuber seien und sodann
die völlige Rückgabe des Raubes zu erwirken.[30] — Den gemeinsamen Bemühungen des Bischofs, sowie des Markgrafen
Friedrich von Meißen und des Herzogs Johann von
Sagan, an welche ähnliche Aufforderungen ergangen zu
sein scheinen, gelang es, die Räuber ausfindig zu machen.
Es war ein gewisser Lutold v. Rotenhoff[31] aus Schlesien
(vir famosus, Lutoldus, armiger Wratislaviensis dioecesis)
mit seinen Genossen Heinrich Dobrisch und Erasmus
Kamin. Es schien aber am gerathensten, mit dem Straßen-
räuber in gütliche Verhandlung zu treten (in via amicabilis
compositionis). Und so erschien denn den 11. Febr. 1416
vor dem Bischofe und den markgräflichen Räthen zu Meißen
nicht nur ein Sachwalter des beraubten Propstes, der polnische

30 Cod. dipl. Sax. II. 2. 423.
31 Kurze Zeit darauf kommen die v. Rotenhoff als Besitzer von
Arnsdorf im Görlitzer Weichbilde vor.

Geistliche Swanthoslaus Jasconides, der dankend den
von den drei Fürsten in dieser Angelegenheit bewiesenen Eifer
anerkannte, auch bestätigte, daß der Raub gar nicht auf
bischöflich oder markgräflich meißnischem Territorium geschehen
sei, sondern auch Lutold v. Notenhoff selbst. Derselbe
bekannte sich zu der That, die er damit rechtfertigte, daß er
sie als offener Feind des Königs von Polen unternommen
und vollbracht habe. Aus Rücksicht gegen den Bischof und
den Markgrafen von Meißen aber erklärte er sich jetzt bereit,
all die geraubten Gegenstände, 16 Schock Groschen — mehr
sei wirklich wenigstens in seine Hände nicht gekommen, —
eine Menge Silbergeräth, vier Pferde mit Sätteln und Geschirr, geistliche Gewänder 2c. auf den 27. Febr. in der Herberge zu Bischofswerda dem Bevollmächtigten des Propstes
einzuhändigen. Auch gab er einem bis daher in Gefangenschaft
gehaltenen Diener des Propstes, Stephan Czabrophsky,
vor dem Bischofe die Freiheit wieder. Swanthoslaus ging auf
das Abkommen ein und versprach, auch die Brüder Lutolds,
wohnhaft auf einer Burg, „wohin der Raub geschafft worden
sei, nicht in dem Verdacht haben zu wollen", daß sie um die
That gewußt hätten.[38]

Aber auch Pfarrer Leuther von Göda that nun die
geeigneten Schritte, um seine an dem Frevel in der That
ganz unschuldige Kirchengemeinde wieder von dem drückenden
Fluche der Kirche zu befreien. Er richtete an die „ehrwürdig-
sten Väter" der heiligen Kirchenversammlung zu Costnitz
ein sehr geschickt abgefaßtes (wörtlich in die sogleich zu erwäh-
nende Bulle aufgenommenes) Schreiben, worin er auf die
Schmach und den Nachtheil (gravissimum scandalum et
detrimentum), den die Beobachtung des Interdikts seinen
Parochianen bringe, sowie auf die Härte und Folgewidrigkeit
(sit valde grave et absonum) hinwies, die darin liege, „daß
der Gerechte um des Ungerechten willen so leiden solle", zumal

---

[38] Cod. dipl. Sax. II. 2. 427.

wenn durch solche Strafe das Vergehen selbst gar nicht geahn-
det werde. Er bat daher, nochmals untersuchen zu lassen, ob
bei der ganzen Angelegenheit seine Gemeinde irgend welche
Schuld treffe, und im entgegengesetzten Falle das Interdikt
für Göda aufzuheben und es nur für die Ortschaften in
Kraft zu belassen, wohin sich die Räuber gewendet, oder wo
sie Aufnahme gefunden hätten. — Dies Gesuch ließ er durch
Magister Jakob Baruth (wohl dem alten Oberlausitzer
Adelsgeschlechte v. Baruth angehörig), den er und die Gemeinde zu ihrem Sachwalter bei dem Concile angenommen
hatte (dictae villae Godaw procurator et syndicus) überreichen. Und so wurde denn infolge eines zwischen diesem
Jakob Baruth und Magister Johann Haghemann, als
Sachwalter des Klägers, gepflogenen Termins von dem
Bischofe Jakob von Plock (in Polen) und dem Bischofe
Johannes von Lavaur (in Languedoc), als den vom Concile verordneten Richtern in dieser Sache und ähnlichen, unter
dem 4. Juli 1416 [33] eine neue Bulle, gerichtet an den Propst
zu Budissin und den Archidiakonus der Niederlausitz, erlassen
mit dem Befehle, binnen 6 Tagen nach Empfang desselben
genau zu untersuchen, ob die Angaben des Pfarrer Leuther
wahr seien, und in diesem Falle das Interdikt in Bezug auf
Göda aufzuheben. Dies thaten denn der Propst Johann
v. Schleinitz und der Archidiakonus Walther v. Köckeritz,
nachdem sie sich durch Abhörung vieler Zeugen von der völligen Unschuld der Gemeinde Göda überzeugt hatten, mittels
eines zu Meißen den 1. Octbr. 1416 [34] ausgestellten Erlasses,
worin sie anordneten, daß die kirchlichen Handlungen in
Göda wieder aufgenommen werden dürften (divina so-
lemnia resumi).

Herr Leuther überlebte übrigens diese seiner Gemeinde
gewordene Ehrenerklärung noch geraume Zeit. Von 1418—

---

[33] Cod. dipl. Sax. II. 2. 429.
[34] Ebend. 436.

1434 wird sein Name häufig in den Rathsrechnungen der
Stadt Görlitz genannt, welche ihre jährliche Bischofsrente von
120 Schock an ihn, als des Bischofs „Official", ja „Kanzler", abzuliefern pflegte. Bisweilen cassirte er sie wohl auch
selbst in Görlitz ein, wobei er dann jedesmal von der Stadt
mit Wein und Bier „geehrt", aus der Herberge gelöst und
nöthigen Falls in den unruhigen Zeiten auch unter Bedeckung
von Schützen nach Hause geleitet wurde. Auch in anderen
kirchlichen Angelegenheiten wendeten sich die Görlitzer meistentheils zunächst an Herrn Leuther in Göda, so z. B. wegen
eines Schulmeisters, so (1423) wegen der beabsichtigten Erweiterung ihrer Peterskirche. Ihm zeigten sie die eingegan-
genen Briefe und Bullen vor, nahmen ihm wohl auch „ein
Legel Wein" für seine Mühwaltung mit.

    Daß seine treuen Dienste bei den Bischöfen von Meißen
dankbare Anerkennung fanden, ist natürlich. Vielleicht waren
die 2 Malter Bischofszehnt zu Rackel im budissinischen
Weichbilde, die er 1414 an Heinrich v. Ponikau verkaufte,
ein bischöfliches Geschenk.[35] Auch das Domstift zu Budissin
hatte ihn unter seine Capitularen aufgenommen.[36] Um sich
in der Pfarrei, „der er selbst so vieles verdankte", ein bleibendes Andenken zu stiften und einem für die dasigen Geistlichen sehr fühlbaren Mangel abzuhelfen, kaufte er von den
Gebrüdern v. Haugwitz aus eigenen Mitteln einen Wald
bei Tautlewalde, genannt „Debislow", und ein Bauergut zu Neukirch mit 11 gr. Zins und verschiedenen Diensten
und ließ beides durch Bischof Rudolph der Pfarrei Göda
(1421) incorporiren. Es ist dies der noch heut zur Kirche
gehörige „Pfarrbusch". Es war gewiß ein wohlverdientes
Lob, das ihm der Bischof hierbei urkundlich ausstellte, daß
er diese Incorporation um so lieber bestätige „ob accepta
merita, quibus praefatus plebanus in nostris et praede-

    [35] Grundmann, collect. I. 210b.
    [36] Siehe die folg. Anmerkg.

cessorum nostrorum serviciis multis annis probata fideli-
tate claruit, multoque labore sudavit."[37]

Nach einer nachweislich fast 70jährigen Amtirung zu
Göba (1366—1434) muß Herr Leuther v. Hoendorf in
einem Alter von fast 100 Jahren gestorben sein.

Noch aber war jene übereilte Verhängung des Interdilts
in der Gemeinde Göba unvergessen. Als daher bei der Kirchenversammlung zu Basel auch von anderen Seiten ähnliche Beschwerden einliefen, richtete auch der Pfarrer und die gesammte
Kirchfahrt von Göba[38] ein Gesuch an das Concil, worin sie
hervorhoben, wie die ganze Kirchgemeinde öfter (saepius)
wegen einzelner Personen, die nur innerhalb, ja z. Th. sogar
außerhalb der Parochie wohnhaft seien, ohne irgend Ver-
schuldung oder Veranlassung des gesammten Ortes oder auch
nur der dasigen Herrschaft, ja einmal (aliquando) sogar infolge der Frevelthat einer einzelnen Privatperson dem Inter-
bitte unterworfen worden sei, und nun um ein geeignetes
Mittel (de opportuno remedio), solchem Uebelstande in Zukunft vorzubeugen, baten. — Darauf hin erließ denn die
Sacrosancta generalis synodus Basiliensis, in spiritu sancto
legitime congregata d. 4. Juli 1437[39] unter anhängendem
Bleisiegel eine Bulle, durch welche der Kirche und der Kirchgemeinde Göba aus besonderer Gnade das Privilegium
ertheilt wird (de speciali gracia indulgemus), daß außer
infolge eines Vergehens der ganzen Gemeinde oder der dasigen Herrschaft oder Geistlichkeit das Interdikt nicht wieder
über sie solle verhängt werden dürfen, und daß, selbst wenn
es aus dem angegebenen Grunde habe ausgesprochen werden
müssen, doch sobald der oder die Schuldigen aus dem Orte
entfernt worden seien, von der Geistlichkeit sofort wieder jede
Art Gottesdienst bei offenen Thüren, unter dem Geläute der

---

[37] Copie dieser Incorporationsurk. im Pfarrarchive zu Göba.

[38] .. petitio .. rectoris ac universorum parochianorum utrius-
que sexus parochiae .. in Godow.

[39] Haupt-Staatsarchiv Nr. 6447.

Glocken und mit lauter Stimme öffentlich vor der Kirchgemeinde abgehalten werden dürfe.

Bald darauf ließ übrigens ein Nachfolger des Pfarrers
Leuther, Peter Pistoris, selbst den Bann über zwei seiner
Kirchkinder verhängen. Die damaligen Besitzer jenes Bauer-
guts zu Göda, das schon 1381 zu einer rechtlichen Klage
Anlaß gegeben hatte (s. oben S. 86.), Andreas aus Besche-
witz (Pietschwitz) und Peter, genannt Czyst, hatten abermals
den Decem verweigert; der Pfarrer hatte sie daher bei dem
Executor der Synodalbeschlüsse für die Meißner Diöcese,
Jakobus, verklagt, und als dieser sie citirt und renitent
befunden hatte, so belegte er sie mit dem Kirchenbanne und
machte dies in einem Schreiben vom 20. Septbr. 1451 der
Pfarrgeistlichkeit der nordwestlichen Oberlausitz bekannt.[40]

Der Name dieses Pfarrers wird noch einmal bei Gelegenheit einer Stiftung genannt. Der Besitzer von Pietschwitz
(„Betschitz“), Joachim v. Bolberitz, hatte aus „sonderlicher
Andacht und Entzündung des Geistes“ ein ewiges Gedächtniß
seiner Aeltern mit Vigilien und Messe in der Kirche zu Göda
bestellt und dafür dem Pfarrer Peter Pistoris und seinen
Nachfolgern 1 Mark Zins auf einem Erbgute zu Groß-
hainichen überwiesen.[41] Als nun dieses Dorf bald darauf
an Hinko v. Hermannsdorf bei dem Taucher gesessen verkauft wurde, stellte letzterer eine Urkunde aus, daß er sich
jenes Gutes, worauf die Mark Zins stehe, nicht unterziehen
und des Pfarrers zu Göda Lehn und Gerichte über dasselbe
respectiren wolle.[42]

Da sollte kurz darauf der Pfarrei Göda eine abermalige
Beeinträchtigung durch ihren eignen Patron, den Bischof von
Meißen, bevorstehn. Wieder stand es schlimm um die Finanzen
des Bisthums[43], besonders um die des sogenannten „bischöf-

---

[40] Grunbmann, cod. dipl. suppl. hist. eccl. Mien. I. 36.

[41] Hedel, Bischoffsw. 370 sagt, es sei dies 1450 geschehen.

[42] Grunbmann, collect. 123b.

[43] Schon 1409 hatte Bischof Thomas zu dem Zwecke seiner Reise

lichen Tisches". Die „fast 50jährigen" Hussitenunruhen
hatten nicht nur viele der bischöflichen Tafelgüter verwüstet
und ertraglos gemacht, sondern es hatte auch die unausgesetzt
nothwendige Vertheidigung oder Instandhaltung der bischöflichen Schlösser die Einkünfte des Bischofs so erschöpft, daß
viele Güter mit ihrem Innerrtrage, ja sogar bewegliches Gut
hatte müssen verkauft werden, und daß sich die festen und
sicheren Revenüen des bischöflichen Tisches auf nur noch
1200 fl. rh. beliefen. Deshalb richtete Bischof Caspar an
Papst Pius II. das Gesuch, die Pfarrei Göda und die
Maria-Magdalenenkapelle auf dem Schlosse zu Meißen, die
beide unter der Collatur des Bischofs ständen, und von denen
die erstere 7 Mark Silber, die andere 10 Mark jährlichen
Ertrag abwerfe (gewiß absichtlich sehr niedrig angegeben!),
seinem bischöflichen Tische zu incorporiren. Der Papst
gewährte die Bitte durch Bulle v. 21. Juli 1459 [44] und verlangte nur, daß die Pfarrei zu Göda durch einen tauglichen
Priester, den übrigens der Bischof nach Belieben ein- und
absetzen könne, verwaltet und die Seelsorge daselbst nicht
vernachlässigt werde.

So war denn abermals das große Pfarramt in die
Hände eines bloßen, spärlich besoldeten Vikars gelegt. Zur

---

zum Concile in Pisa unter anderm von Albrecht v. Lutitz 500 Schock
Groschen erborgt und ihm dafür auch das Vorwerk zu Göda als Unter-
pfand überlassen (Cod. dipl. Sax. II. 2. 364), und so wurde denn letzterer
1411 auch wirklich von dem Capitel zu Meißen als „Albr. v. Lutitz zu
Göda" bezeichnet (S. 374). Aber er mahnte den neuen Bisch. Rudolph
v. Planitz ungestüm um Rückzahlung des Geldes, und so erborgte denn
letzterer von seinem Better Vincenz v. Planitz eine Summe Geldes
„zum Wiederkauf des Vorwerks zu Göda" (1412, 24. Aug.; ebend. 387 fg.).
Aber noch in demselben Jahre (13. Nobbr.; ebend. 391) mußte er gegen
Vorstreckung einer Summe von 130 Schock dasselbe abermals, und zwar
wie es lag und stand, mit allen Nutzungen auf 3 Jahr an Hans v.
Gautzig auf Semichau versetzen. Es wurde, wie es scheint, 1413
wieder eingelöst (ebend. 396).

[44] d. Mantua; Haupt-Staatsarchiv.

Bestellung des Pfarrguts und zu Erhebung sämmtlicher pfarramtlichen Einkünfte wurde vom Bischofe ein „Hofemeister"
(magister curiae, Verwalter) eingesetzt. Die unausbleiblichen
Folgen zeigten sich aber alsbald. Der Hofemeister lieferte
dem Bischofe kein Geld ab, sondern verbrauchte für sich und
sein Hauswesen das Gesammteinkommen der Pfarrei und erklärte, damit noch nicht auszukommen[45], und die Vikare ver-
sahen ihr Amt nachläßig (negligenter praefuerunt). Da
entschloß sich denn Bischof Johann VI. alsbald nach seinem
Regierungsantritte (1487), durch Schreiben v. 3. Juni 1488[46]
das Pfarramt mit all seinen Einkünften wieder an einen
wirklichen Pfarrer zu übergeben, nur daß derselbe jährlich
40 fl. (für jene Zeit eine sehr hohe Steuer!) in halbjährigen
Raten an die bischöfliche Kammer zu Stolpen zu erlegen haben
solle. Als Pfarrer setzte er Martin Zachmann ein, der
schon anderswo Pfarrer gewesen war, und über dessen Ruf
und Befähigung der Bischof die besten Versicherungen erhalten hatte. So war denn nach 19jähriger Zwischenzeit das
Pfarramt in all seinen Rechten und Pflichten wieder hergestellt.

Auch das Kirchengebäude verdankte demselben Bischof
Johann VI. (v. Salhausen) eine völlige Erneuerung. Sei
es, daß die alte Kirche durch Feuer zerstört oder nur für die
große Kirchgemeinde zu klein geworden war, kurz sie wurde,
wie bereits oben (S. 81.) erwähnt, und zwar um das Jahr
1505 völlig neu gebaut. Pfarrer war zu jener Zeit Johannes Gabelenz, wie dessen noch jetzt an der Kanzel zu
lesender Name beweist.

Die neue Kirche erlangte bald auch neuen Schmuck und
Glanz durch die Errichtung mehrerer neuer Altäre, wie sich
denn bekanntlich gerade kurz vor der Reformationszeit das
religiöse Bedürfniß aller Orten in der Menge solcher kirchlichen

---

[45] Gercken, Stolpen 665.
[46] d. Stolpen; Haupt-Staatsarchiv.

Stiftungen ausſprach. Auch eine neue Proʒeſſion mit dem Venerabile ward 1521 der Kirche beſtätigt.[47]

Da ſollte ſchon mitten in den Wehen der neuen Zeit der Kirche ʒu Göda die Ehre und der Vortheil ʒutheil werden, den Zufluchtsort für ein wunderthätiges Muttergottesbild ʒu bilden.

An der nördlichen Seite des Taucherwaldes bei Uhyſt (ſonſt Tewerwald genannt), der einſt von den Brüdern v. Guſt (Gaußig) an die Aebtiſſin ʒu Marienſtern, Anna v. Kamenʒ, verkauft worden[48], ſpäter aber in den Beſiß des Magiſtrats ʒu Budiſſin übergegangen war, befand ſich eine kleine, hölʒerne Kapelle, in welcher ein für wunderthätig gehaltenes Marienbild nah und fern in großer Verehrung ſtand. Es konnte nicht fehlen, daß bei Gelegenheit der häufigen, dahin unternommenen Wallfahrten allerlei Unſittlichkeit und Räuberei verübt wurde, was die Abgelegenheit des Ortes und der nahe Wald hier mehr als anderswo begünſtigte. Infolge deſſen wendete ſich der Rath ʒu Budiſſin, welcher dieſen Scandal auf ſeinem Grunde und Boden beſeitigt wünſchte, auch damals bereits der neuen Lehre huldigte, an Biſchof Johann VII. von Meißen mit der Bitte, jene Holʒkapelle abbrechen und auf den neuen Kirchhof vor dem Reichenthore ʒu Budiſſin verſeßen ʒu dürfen. Der Biſchof gab mittels ʒweier Schreiben vom 22. u. 26. Juli 1523[49] hierʒu ſeine Zuſtimmung, und ſo ward die Kapelle ſammt ihren Altären (auch ſammt ihrem anſehnlichen Kirchenvermögen)

---

[47] Lauſ. Magaʒ. 1859. 386.

[48] Beſtätigungsurkunde des König Wenʒel von Böhmen d. 1. Mai 1382 im Archive ʒu Marienſtern Nr. 34.

[49] Senff, Kirchengeſch. Stolpens 1719. S. 83. Nobis expoſitum fuit, quod magna populi frequentia ex singulari devotione, quam ad gloriosissimam virginem Mariam gerunt, in dies ad capellam ejusdem in silva Taucher prope Ugist confluat, et cum is locus multum sit invius, in solitudine positus, ita quod multi illiciti et inconcessi actus, adulteria, stupra et latrocinia, experientia rei docente, perpetrantur.

nach Budissin transferirt, wo auch die neue 1598 an ihre
Stelle gebaute Dreifaltigkeitskirche noch jetzt gewöhnlich die
Taucherkirche heißt. In Betreff des Marienbildes aber
verordnete der Bischof, daß es durch den damals noch katholischen Pfarrer von Uhyst mit aller Feierlichkeit in die dasige
Kirche [50] übergesiedelt werde, „damit das Volk seiner Verehrung nicht beraubt werde", wogegen der Pfarrer von dem
Opfergelde der Wallfahrer den dritten Theil, als portio cano-
nica, an den Bischof abzuliefern habe. Die Opferspenden
flossen reichlich; ihnen verdankt noch heut die Kirche zu Uhyst
ihr ansehnliches Vermögen. [51] Allein 1551 ward auch hier
die Reformation eingeführt. Da soll der glaubwürdigen
Tradition zufolge das Gnadenbild von dem damaligen, noch
katholischen Pfarrer zu Göda in seine Kirche gebracht worden
sein. Und auch hierher folgte der Strom der Wallfahrer.
So ward die Kirche zu Göda auf kurze Zeit eine Wall-
fahrtskirche. [52]

Dieser Pfarrer, wahrscheinlich der Nachfolger des 1540
erwähnten Martin Jentsch [53], war Johann Themler [54],
der letzte katholische Geistliche in Göda.

Schon längst war in der Oberlausitz die Reformation,
ausgehend von den Städten, fast überall auch auf dem Lande,
meist ohne alles Widerstreben der Gemeinden, von den adlichen
Kirchenpatronen eingeführt worden. Nur auf den unter Collatur der geistlichen Stifter, nämlich der beiden Klöster Marienthal

---

[50] Dieselbe war 1252 durch Papst Innocenz IV. zur Filialkirche von
Kittlitz erklärt worden. Cod. dipl. Lus. I. 81.

[51] Vergl. Oberlaus. Kirchengallerie 301.

[52] Müller, Oberlaus. Reformationsgesch. 630 sagt zwar, das Gnadenbild habe sich in einer Kapelle auf einem Hügel vor dem Dorfe befunden. Doch findet sich in den Kirchenvisitationsacten von 1559 von solch
einer Kapelle keine Andeutung.

[53] Derselbe kaufte mit seinem Bruder Briccius Jentsch, Pfarrer
zu Crostwitz, das Dorf Großhähnchen. Heckel, Bischofsw. 177.

[54] So schreibt er sich selbst, nicht: Temler, noch weniger: Tremler.
(Kittlag, Chronik von Bischofswerda 1861 S. 238.)

und Marienstern, des Domstifts zu Budissin und des Bisthums Meißen stehenden Ortschaften hatte sich meistentheils
„die alte Religion" behauptet; und doch hatten auch hier
manche Pfarrer eigenmächtig die deutsche Messe eingeführt
oder warteten nur auf die Gelegenheit, offen das Evangelium
bekennen zu dürfen.⁵⁵ Diese Gelegenheit bot sich für die
bischöflich meißnischen Dörfer in der Besitzergreifung von dem
bischöflichen Amte Stolpen durch Kurfürst August von Sachsen.

Bischof Johann IX. v. Haugwitz hatte in der That
vor seiner Erwählung (1555) dem Kurfürsten insgeheim nicht
nur die schriftliche Zusicherung gegeben, die Reformation im
Stiftsgebiete einzuführen⁵⁶, sondern auch, wie es scheint, versprochen, das Amt Stolpen nebst Göda, Ostra und Lieben-
thal gegen das kurfürstliche Amt Mühlberg, welches letztere
nachweislich mehr Renten abwarf, als jene Güter zusammen,
dem Kurfürsten zu beßrer Abrundung seines Territoriums
tauschweise abzutreten. Nach seiner Wahl weigerte sich der
Bischof, jene Zusagen zu erfüllen. Da gab die bekannte
Fehde⁵⁷ des kurfürstlichen Stallmeisters Hans v. Carlowitz gegen Bischof Johann IX. dem Kurfürsten, als Ober-
schutzherrn des Bisthums und aller Unterthanen desselben,
erwünschten Anlaß, ohne Schwertstreich die Städte Stolpen
und Bischofswerda zu besetzen und dadurch den Bischof endlich
zur Unterzeichnung der Abtretungs- oder Tauschurkunde zu
nöthigen (22. Jan. 1559). — Schon vorher aber, nämlich
gleichzeitig mit der Besitzergreifung, hatte der Kurfürst auch
die Einführung der Reformation in den neuerworbenen
Ortschaften angeordnet. Eine Visitationscommission, be-

---

⁵⁵ In Betreff der bischöflich meißnischen Dörfer vergl. Mittag,
Bischofsw. 235 ffg.
⁵⁶ Urk. v. 25. April 1555; Haupt-Staatsarchiv: „daß er unsre
warhaftige Christliche Religion, wie die itzo ihn diesen Landen gehalten
wirth, ihm ganzen Stifft Meißen ... eigner person, so vil ihm ihmmer
möglich, pflanzen, ahnrichten und dabey bleiben wirth."
⁵⁷ Bisher am ausführlichsten dargestellt bei Mittag a. a. D. 214 ffg.

stehend aus dem Superintendenten Daniel Greser (Krieser)
aus Dresden, dem Superintendenten Anton Lauterbach
aus Pirna und dem kurfürstl. Rathe Christoph v. Bernstein, erschien am 28. Decbr. 1558 zu Bischofswerda, citirte
dahin die Geistlichen, Collatoren und Kirchväter der einzelnen
Ortschaften und vollzog so von Bischofswerda aus das Visi-
tationsgeschäft.

Man stieß nirgends auf Widerstand von Seiten der Gemeinden. Die Pfarrer wurden über die vornehmsten Stücke
der christlichen Religion nach Inhalt der Augsburgischen Confession examinirt, und wenn sie „rein in der Lehre“ befunden
wurden und gelobten, demgemäß künftig lehren und die Sa-
cramente verwalten zu wollen, in ihrem Amte belassen; wenn
sie aber „in die wahre, heilige, christliche Religion nicht willigen wollten“, so wurden sie abgesetzt und Geistliche lutherischen Bekenntnisses in ihre Stellen berufen. Es war die
einfache Durchführung des damals geltenden Satzes: cujus
regio, ejus religio. Immerhin aber kann man ein warmes
Mitgefühl denen nicht versagen, die sich hierdurch genöthigt
sahen, ihrer Gewissenspflicht und Ueberzeugung Amt und
Stellung zum Opfer zu bringen. Zu diesen gehörte auch der
Pfarrer Joh. Themler zu Göda.

Derselbe erscheint bei näherer Betrachtung keineswegs als
jener fanatische Papist, als welchen ihn die geschichtsschreiben-
den protestantischen Geistlichen meist dargestellt haben[58], sondern vielmehr als ein verständiger, in der Praxis sogar sehr
milder, nur freilich dem Bekenntnisse, in dem er geboren und
erzogen, und auf dessen Verkündigung er berufen war, getreuer
Mann. — Allerdings hatte er, wie oben erzählt, das zu Uhyst
heimathlos gewordene Muttergottesbild in seiner Kirche aufgenommen; allerdings hatte er in dem unter seiner Collatur
stehenden Neschwitz die Anstellung eines lutherischen Geistlichen,

---

[58] Senff, Kirchengesch. Stolpens 266. Nach ihm alle Späteren.
Auch ist der Abzug Themlers nach Senff von den Späteren fälschlich in
das Jahr 1557 gesetzt.

7 *

welche die dortigen Gutsbesitzer Hans und Caspar Gebrüder
v. Schreibersdorf begehrten, zu verhindern gewußt.[59] Da
mußte er denn in den ersten Tagen[60] des Januars 1559 der
Citation der kurfürstlich sächsischen Visitatoren nach Bischofswerda ebenfalls Folge leisten.

Er erklärte zufolge des Visitationsberichts[61], daß er sich
„dem Evangelio yßund nicht wolle untergeben", um so mehr,
da er erst „neulich von dem Bischoffe mit pflichten eyngenom-
men worden sey, das er keyne verenderung des orts [Göda
in Religionsangelegenheiten] solle vornehmen". Dennoch erbat
er sich vier Tage Bedenkzeit, nach deren Verlauf er „persönlich
abermals erscheinen vnd sich mündlich declariren" wolle. Er
hatte der Commission angezeigt, „sich gegen Bubißin wenden
zu wollen", wo er an dem Domstifte eine Vikarie besaß. Dort
wird er sich Raths erholt haben; dort dürfte er von dem
Domherrn Johann Leisentritt, der bald darauf als Domdechant eine für die religiösen Angelegenheiten der Oberlausitz
so wichtige Rolle zu spielen bestimmt war, im treuen Aus-
harren bei der katholischen Kirche bestärkt worden sein. Nach
Ablauf jener viertägigen Frist erließ er daher „Sonntags nach
trium regum 1559" (d. 8. Jan.) von Göda aus ein jenem
Visitationsberichte im Originale beigefügtes Schreiben an
die Visitatoren, das uns den Mann achten lehrt und unser
Mitgefühl erregt. Bescheiden und höflich entschuldigt er sich,
daß er nicht persönlich erschienen sei, „dieweil ich dan itzo in
Warheyt nitt abkhumen khan", und insonderheit „das ich von
der alden Catholischen vnd Christlichen Relligion keines wegs
zu scheitten bedocht, khan auch Inhalt vnd vermöge meiner
elben vnnd Pflichten es mitt guttenn gewissen nitt thuen".

---

[59] Vergl. Oberlaus. Kirchengallerie 343.

[60] Die Angabe Millags (Bischofsw. 231), daß Göda den 12. Jan.
visitirt worden sei, erweist sich nach dem später zu erwähnenden Briefe
Themlers als ungenau.

[61] „Stolpische vnd Bischoffswerdische vnd Gödische Visitation bey
denen Kirchen 1559". Haupt-Staatsarchiv Loc. 7431.

Er wies darauf hin „das alhie ku Godaw das gantze kyrchen-
spiel (ausgenommen die vom Adell) mit ihm woll zufriden,
ihn auch gerne haben", vnd daß die gesammte Kirchgemeinde,
alles gottesfürchtige, fromme Leute, „eines sinnes, willen vnd
maynung sein", — „auff vnd bey der althen, Christlichen
Bahn biß zum ende zuuorharrenn, In tröstlicher zuuorsicht,
des hayligen Römischen Reichs beschluß, handel vnd abschides
zu geniessenn, vngezwungen vnd vngedrungen". Er sei „le-
gittima via zu dieser Pfahr khomen vnd inuestirt worden,
habe mitt allem vleiß seinen Schäfflein vorgestanden", auch
in der Zeit des großen Sterbens für dieselben Leib und
Leben gewagt, auch sein Vermögen in seinem Amte „ein vnd
zugebust"; auch sei „keynem, so sich in diesem kyrchenspiell
auff die Augspurgische Confession begeben wollen", weder
durch ihn, noch durch die Seinigen „nitt gewehret wordenn,
wie auch mihr vnd den meynen zu förderung der Christlichen
eynigkeyt anders zu thuen nüt geburett. Derowegen abermals mein hochdemüttige bitt, E. A. vnd Gnaden geruhn
aus ahngeborner Christlicher mittleidung vnd barmhertzigkeit,
mich vnd mihr bevolende eingepfarte In berürter Religion
biß zu gemeiner, des heyligen Römischen Reichs Stende
weytter Voreinigung, darauff sich menniglich frewet, vnd der
Almechtige gott dartzu gnade vorleihe, vnuorhindert bleyben
zu lassen."

Dieses Schreiben hatte natürlich keinen Erfolg. Die
Visitatoren berichteten, nachdem der Pfarrer anfangs seine
Pfarre freiwillig resignirt vnd in ihre Hände aufgelassen,
habe er ihnen nach etlichen Tagen schriftlich angezeigt, daß
er gedenke, bei seiner Papisterei zu bleiben und die Pfarre
nicht zu räumen, bis er von seiner ordentlichen Obrigkeit dazu
Befehl erhalten werde; sie hatten daher sofort zum neuen
lutherischen Pfarrer Jakob Finkler, geboren 1527 zu Budissin, ordinirt 1550 zu Leipzig, bisher Caplan zu Löbau,
dann Pfarrer zu Melaune, „einen gelerten vnnd der Win-
dischen sprache wolberichten man", verordnet vnd demselben

ben bisherigen Diakonus zu Stolpen, Georg Benser, als Diakonus beigegeben. Schon am 2. Febr. 1559 wurde von dem neuen Pastor die erste evangelische Predigt zu Göda gehalten.

Johann Themler erscheint von da ab als Pfarrer in dem katholisch gebliebenen, unter der Collatur des Klosters Marienstern stehenden Dorfe Crostwitz, wo er 1573 gestorben ist.[62] Die Tradition erzählt, daß er das wunderthätige Marienbild aus der ehemaligen Taucherkapelle mit sich nach Crostwitz genommen habe, und daß es von da in das spätere Filiale von Crostwitz, nach Rosenthal bei Kamenz gekommen und daher jenes selbige Gnadenbild zu Rosenthal[63] sei, welches noch heut von Tausenden von Wallfahrern, zumal aus dem nördlichen Böhmen, besucht wird. Noch heut ziehen dieselben von Göda aus bis Crostwitz auf demselben Fußwege, den damals der Pfarrer Themler mit dem Gnadenbilde gegangen sein soll, und lange noch hieß dieser Weg der „Muttergottessteg", an welchem hin das Getreide besonders üppig wachsen und früh reisen sollte.

[62] Oberlauf. Kirchengall. 338. Die daselbst aufgeführten beiden Themler, Georg und Johann, sind ein und dieselbe Person, indem der Pfarrer (nach einer Notiz im Domstiftsarchive zu Bublssin) eigentlich Johann Georg Themler hieß.

[63] Ueber dieses Marienbild zu Rosenthal schrieb der Jesuit Jakob Ticinus die bekannte Schrift: Epitome historiae Rosenthalensis; Pragae 1692. 12., worin freilich ein weit wunderbarerer Ursprung des Bildes behauptet wird. Urkundlich haben wir das Dorf Rosenthal zuerst in einer Urk. Kaiser Karls IV. v. 13. Febr. 1350 (im Archive zu Marienstern Nr. 117) erwähnt gefunden, worin dem Hospitale zu Kamenz eine Schenkung von 3 Hufen, altos in villa Rosental, durch den Pfarrer Johann v. Neukirch, der dieselben dem Johann v. Doberswitz abgekauft hatte, bestätigt wird. Die dasige Kapelle wird bereits in dem liber episcopi Johannis do Salhausen, der 1487—1518 regierte, erwähnt als capella beatae Mariae virginis in Rosenthal prope Camentz und zwar als unter der Collatur des Bischofs stehend (collaciones ad episcopum spectantes) im Distrikte Stolpen. Grunmann, Collect. I. 57b.

Die Reformation war nun zwar in Göda eingeführt; allein die neuen Geistlichen hatten zunächst noch einen sehr schwie= rigen Stand. — Theuler hatte Recht gehabt, daß die der übergroßen Mehrzahl nach wendische Kirchfahrt durchaus katholisch gesinnt sei. An einem der nächsten Sonntage nach Anstellung des neuen Geistlichen nahmen an 150 Personen aus dem Kirchspiele Göda das Abendmahl unter einer Ge= stalt bei dem Pfarrer Lukas Jentzsch (Genitsch) zu Gaußig, der, obwohl sehr im Widerspruche mit seinem Gutsherrn, Ernst v. Gersdorf, der katholischen Lehre noch eifrig anhing und jetzt der einzig noch übrige katholische Landgeistliche in der Gegend war. Und noch später fand eine zweite Visitations= commission in Göda die Wenden „zu Gottes Wort sehr un= geneigt."

Jene erste Commission nämlich hatte in ihrem Berichte darauf hingewiesen, daß man wegen „Weitläufigkeit" der pfarramtlichen Verhältnisse die Dotirung der neuen Kirchen= diener noch nicht habe bewerkstelligen können, und daß zu die= sem Zwecke „eine sonderliche Commission" von nöthen sei. Eine solche, bestehend, wie es scheint, aus denselben Personen, wie die vorige, erschien daher kurz vor Ostern 1559 diesmal in Göda selbst.[64] Sie fand die Parochialverhältnisse sehr verwickelt.

Obgleich das Dorf Göda selbst damals nur 45 Hausnum= mern zählte, theilten sich darein doch nicht weniger, als vier verschiedene Grundherrschaften. Acht „besessene Mann", worunter die drei Kretschame, gehörten unmittelbar unter das bisher bischöfliche Amt Stolpen. Der Richter dieses Dorf= antheils war zugleich der Amtslandrichter der ganzen wendischen Pflege des Bisthums, an welchen die geschäftlichen Zuschriften des bischöflichen Amtes zu ergehen pflegten, und

---

[64] Das Folgende ist meist nach den Acten des Pfarrarchivs zu Göda und des Gerichtsamts zu Budissin dargestellt, von denen wir Abschriften oder Auszüge der gütigen Mittheilung des Herrn Lehrer Liesche in Göda zu danken haben.

der dieselben an die übrigen Dörfer weiter zu befördern hatte. Vor diesem Amtslandrichter und den drei aus anderen Dörfern erwählten Amtslandschöppen wurden seit ältester Zeit und bis Anfang des gegenwärtigen Jahrhunderts (1810) durch einen Justizbeamten aus Stolpen jene Gerichtstage[65] (Ehdinge) abgehalten, wo alle Rechtsangelegenheiten für die sämmtlichen 24 zum „Dingstuhl" Göda gehörigen Dörfer oder Dorfantheile erledigt wurden.

Andere 13 „Mann" gehörten dem Domkapitel zu Budissin und zwar der Präbende des Cantors daselbst. Es hatte nämlich 1383 der damalige Inhaber der Cantorei, Johann v. Kaltenborn, für das von ihm gestiftete Altar der Dornenkrone Christi in der Hauptkirche zu Budissin 5 Mark 18 gr. jährlichen Zins zu Göda und außerdem ein Erbgut daselbst von Johann v. Maxen, der diesen Antheil von dem Bischofe zu Lehn hatte, erkauft und diese Zinsen der Cantorei einverleibt, was Bischof Nicolaus den 28. Mai 1383 bestätigte.[66] Seitdem hatte auch der Domherr-Cantor das Recht, dreimal jährlich in Göda Gerichtstag zu halten, wobei er oder sein Stellvertreter von der kleinen Gemeinde in Speis und Trank freigehalten werden mußte.[67] Dieser Antheil scheint durch eine Schenkung Heinrichs v. Bolberitz (auf Seitschen) erweitert worden zu sein.[68]

Weitere 5 Mann gehörten Balthasar v. Haugwitz[69] auf Nebaschütz und endlich 18 Mann dem Pfarrer, als dessen Dotalen.

Nach Göda eingepfarrt fand die Commission 60 Dörfer,

---

[65] Dieses „judicium in Göda" wird selbst in den von den Bischöfen Caspar (1451) und Dietrich (1463) vor ihrer Erwählung zu beschwörenden Eidesformeln erwähnt. Haupt-Staatsarchiv; Abschriften aus dem Stiftsarchive zu Meißen IV. 557 b.

[66] Domstiftsarchiv zu Budissin.

[67] Ebend. Urk. v. 17. März 1387.

[68] Lausitz. Magaz. 1850. 386.

[69] Mit diesem Antheile war 1493 und 1519 Peter v. Haugwitz und 1528 dessen Söhne belehnt worden. Gercken, Stolpen 192.

15 auf biſchöflichem, jetzt kurfürſtlich ſächſiſchem, 51 auf ober-
lauſitziſchem, zum Königreiche Böhmen gehörigem Gebiete. Nur
ſehr wenige dieſer Ortſchaften lieferten Decem; 8 der letzteren
ſtanden unter der Herrſchaft des Kloſters Marienſtern und
hatten von der Aebtiſſin Befehl erhalten, die lutheriſch gewordene Kirche zu Göda fortan nicht mehr zu beſuchen, ſondern
ſich in andere katholiſche Kirchſpiele zu halten. So war denn
auch auf die 12 Scheffel Korn und 12 Scheffel Hafer und
11 Schock 30 Garben Korn, wie Hafer, welche bisher von
dieſen Dörfern jährlich an Decem geſchüttet worden waren,
ferner nicht mehr zu rechnen.[70]   Auch mehrere andere Ortſchaften bezeigten ſchon damals und beſonders 1561 Luſt, ſich
nicht mehr nach dem entfernten Göda zu halten, ſondern in
Dobirſchau eine neue Kirche und Kirchgemeinde zu begründen.
Nicht minder fielen die 20 gr., welche ſowohl der Neſchwitzer,
als der Gaußiger Pfarrer in Anerkennung der Collaturrechte
an das Pfarramt zu Göda zu zahlen gehabt, jetzt weg, da der
katholiſche Geiſtliche zu Gaußig den neuen evangeliſchen Col-
legen zu Göda nicht anerkannte, und der zu Neſchwitz von dem
Domkapitel zu Budiſſin ſeiner Verpflichtung gegen Göda entbunden worden war, in der unter fremder Souveränetät
ſtehenden Oberlauſitz aber die Rechte des jetzt ſächſiſchen
Pfarramtes zu Göda nicht mit Erfolg geltend gemacht werden
konnten.

Zu dem Kirchenvermögen gehörten eine Anzahl, wie üblich,
mit beſonderen Zinſen, z. Th. ſelbſt mit Häuſern und Aeckern

---

[70] Die Einkünfte des Pfarrers zu Göda, ungerechnet die Acci-
dentien, werden Anfang des 16. Jahrh. in dem liber episc. Joh. de Salhauſen folgendermaßen angegeben. Habet autem haec parochia jura
parochialia, quae ſatis fructuoſa ſunt, in cenſibus ut infra: In
cenſu pecuniario 4 ſexagen. 46 groſſ.; 24 modos ſiliginis, 30 mod.
avenae; 53 pullos, 18 ſexagen. ovorum; 47 falces pro abſcindendis
frugibus; tria aratra, quodlibet per triduum; tres albos panes et
3 caſeos. Item habet de decimis 21 ſexag. manipulorum ſiliginis
et 21 ſexag. et 30 manipulos avenae. Et ultra habet agros proprios,
prata et ligna pro ſuo uſu. Grundmann, Collectanea I. 64 b.

botirte Altarstiftungen, so ein corporis-Christi-[71] oder
Brüderschafts-Lehn seit 1410, ein Maria-Magdalenen-Lehn
seit 1469, ein Trinitatis-Lehn seit 1495 und endlich ein Anna-
Lehn seit 1523.[72] Diese geistlichen Lehen wurden jetzt sämmtlich zur Dotirung der geistlichen Stellen verwendet. Ein zum
Maria-Magdalenen-Lehn gehöriges Bauergut von 90 Scheffeln
verkaufte man für 400 fl. Capital, um dadurch einen festen
Jahreszins von 20 fl. zu erzielen. Und trotz alledem berichtete die Visitationscommission, daß an festem Einkommen von
Getreide- und Geldzinsen, Hühnern und Diensten, zusammen
nicht über 70 fl. befunden worden, daß man daher den drei
Kirchendienerstellen, Pastorat, Diakonat und Schule, ein sehr
geringes jährliches Einkommen habe auswerfen können (nämlich 40⅔, 20⅓, 9 fl.); deshalb bat sie den Kurfürsten, aus
dem Amte Stolpen noch jährlich 15 fl. zu jenen Besoldungen
zuschießen zu wollen.

Jedenfalls in dem Glauben, die festen Einkünfte dieser
Stellen möglichst sicher zu stellen und zu erhöhen, kamen 1569
der Superintendent zu Bischofswerda, der Pfarrer, der Richter
und die Kirchväter zu Göda mit Genehmigung des Kurfürsten
überein, auch alle übrigen Pfarräcker, den Pfarrbusch bei
Tauttewalde nebst dem Bauer in Neukirch, desgleichen die Gerichtsherrlichkeit des Pfarrers über die Dotalen und alle demselben zustehenden Frohndienste nicht etwa blos auf Wiederkauf,
sondern erblich zu verkaufen.[73] Der kurfürstl. Amtsschösser
Matthias Richter zu Stolpen erbot sich, für alles zusammen
4000 fl. und zwar an die kurfürstliche Rentkammer zu zahlen,

---

[71] So verkaufte z. B. 1413 die epiphan. dom. Heinrich v. Luttitz,
Pfarrer in Clux, dem ehrenwerthen Herrn Jenichin Breslin, Altaristen
am Corporis-Christi-Altar zu Göda, eine Mark Jahreszins auf seinen
Gütern im Dorfe „Sgarizt". Grundmann, cod. dipl. VI. No. 1422.

[72] Hedel, Bischofsw. 370.

[73] Ganz ebenso bat 1539 der Pfarrer zu Bischofswerda, seine Pfarräcker gegen einen Jahreszins an den Stadtrath daselbst verkaufen zu
dürfen. Mittag, Bischofsw. 40.

aus der dafür die jährlichen Zinsen mit 175 fl. an die drei geistlichen Lehen ausgezahlt werden sollten.

So waren denn jetzt zum dritten Male die eigentlichen, stiftungsmäßigen Einkünfte der Pfarrei in fremde Hände übergegangen. Man hatte dadurch das Uebel nur noch verschlimmert. Der Pfarrer mußte natürlich nun den Pfarrhof räumen und in die bisherige Diakonatswohnung am Kirchhofe ziehen, „welches ein alt, dachlos und baufällig Altaristenhaus [zum Maria-Magdalenen-Lehn gehörig] gewest, darin ein paar klein Stüblein, und sonst zur Haushaltung unbequem". Man mußte also einen anstoßenden Garten am Kirchhofe kaufen, um darauf für den Pfarrer wenigstens eine ordentliche Wohnung nebst Scheune und Stall aufbauen zu können. Desgleichen mußte man nun für eine andere Diakonatswohnung und ebenso für ein Schulhaus sorgen, welches noch dazu alsbald wieder abbrannte. Ferner hatte der Pfarrer jetzt kein Stückchen Wiese noch Acker mehr und mußte doch dem Caplan oder Diakonus „ein Lehnroß", auch bescheidener: „einen Reitklepper", zur Besorgung der Kranken in der ausgedehnten Parochie halten. Man mußte also jetzt neue Wiesen, neue Aecker kaufen und nun alle Handdienste theuer verlohnen. Zur Bestreitung all dieser Ausgaben schoß der Kurfürst 500 fl. vor.

Da sah sich Andreas Richter, der Sohn jenes Matthias Richter, „Erbsaß zu Göbav" und Fischmeister zu Hohnstein, infolge von allerhand Resten, die er der kurfürstlichen Fischkasse schuldete, genöthigt, 1589 die Pfarrgüter zu Göba wieder zu veräußern. Und jetzt boten Superintendent, sowie die Geistlichkeit und Gemeinde zu Göba ihm gern wieder jene Summe, die einst sein Vater dafür gezahlt hatte. So verzichteten denn die Kirchendiener zu Göba auf die bisher aus dem kurfürstlichen Procuraturamte Meißen bezogene Rente von 175 fl.; dafür zahlte das Amt an Richter die Summe von 3500 fl. (später erhielt er durch Vergleich noch 275 fl.) und die werthvollen Kirchengüter waren nun auch wieder Kirchenlehn geworden (16. Octbr. 1589).

Nun konnten auch die beiden bisherigen Matrikeln von 1559 und 1575 in „Der Pfarrer zu Göbau neuer Bestallung aus dem Alten Forberge oder Pfargütern Bf Michaelis 1589" eine wesentliche Ergänzung und Verbesserung erfahren.

Schon die gegenwärtige Generation denkt kaum mehr daran, aus wie vielen geringfügigen Einzelnheiten sonst das Einkommen eines Dorfpastors sich zusammensetzte; die künftige wird es nur noch aus den betreffenden Ablösungsrecessen erfahren können. Vielleicht ist es nicht uninteressant, zu ersehen, wie man im 16. Jahrh. die Einkünfte von Pastor, Diakonus und Schullehrer in einer Parochie normirte, in welcher bis dahin noch ;das volle mittelalterliche Kirchenthum Geltung gehabt hatte.

Die jetzt 20 Pfarrdotalen bestanden aus 3 Halbhüfnern, 11 Gärtnern, 6 Häuslern. Von diesen hatte jeder Bauer jährlich 14 gr. Erbzins, 1 Schock Eier und 8 Hühner zu entrichten, 12 Tage Roßdienst zur Ackerarbeit und 4 dergleichen zur Saatzeit, und mit 3 Sensen, 3 Sicheln, 3 Rechen Handdienste zu leisten. Jeder Gärtner hatte 3 gr. Erbzins, 30 Eier und 3 Hühner zu geben und 4 Sicheln, 7 Rechen Handdienste zu thun. Die Häusler hatten meistentheils 2 gr. Zins zu zahlen und 4 Sensen-, 4 Sichel- und 4 Rechentage zu dienen. Man theilte diese Dotalen jetzt so, daß der Pastor 2 Bauern, 7 Gärtner und 4 Häusler, der Diakonus 1 Bauer, 4 Gärtner, 2 Häusler erhielt. Doch blieben die Gerichte und die Lehn über alle dem Pastor allein vorbehalten. Desgleichen hatten 15 Bauern zu Dretschen und 6 Bauern zu Cossern je einen Tag Handdienste auf dem Felde zu leisten gehabt. Diese Dienste waren zwar von dem Amtschösser Richter an den Kurfürsten verkauft worden; aber sie sollten der Kirche zu Göba restituirt und dann dem Pastor die ersteren, dem Diakonus die letzteren Bauern zugewiesen werden. — Die für Jahresgedächtnisse besonders von dem eingepfarrten Adel ausgesetzten Gestiftsgelder erhielt der Pastor. Die Zinsgelder von mehreren Altären wurden zwischen ihm und dem

Diakonus getheilt. — Von dem noch gelieferten Decem bekam der Pastor 4 Scheffel Korn und 8 Scheffel Hafer an Sackzehnt, und 13 Schock Korn, 11³/₄ Schock Hafer in Garben, der Diakonus dagegen 9 Scheffel Korn und 11 Scheffel Hafer, 7¹/₄ Schock Korn, wie Hafer in Garben. Den Garbenzehnt mußten sich die Geistlichen selbst von den Dörfern holen lassen. Dem Pastor wurde jetzt der geräumige Pfarrhof mit seinen Nebengebäuden, unter denen im 16. Jahrh. die „Badestube" niemals fehlen durfte, zurückgestellt; nur mußte er ihn auch selbst in baulichem Stande erhalten. Er hatte 90 Scheffel Feld und Wiesewachs zu 12 Fuder Heu und 5 Fuder Grummet, ausreichend für 12 Kühe und 3 Pferde. Der Diakonus bekam das ehemalige Altaristenhaus in der Nähe des Kirchhofs, das bisher als Pfarrwohnung gedient hatte, 48 Scheffel Feld, Wiesen zu 5 Fuder Heu, 2 Fuder Grummet, genug für 5 Kühe und 2 Pferde. Aus dem Pfarrwalde erhielt der Pastor 12, der Diakonus 6 Klaftern Holz und das Reißig ward zu ²/₃ und ¹/₃ vertheilt. Das übliche Recht der Pfarrer, für den eignen Tisch fremde Biere und Weine einlegen, auch für sein Haus, wenn es ihm gefällig, brauen zu dürfen, ward nicht vergessen. Auch gehörten dem Pastor die Leichentücher und die aus deren Benutzung fließenden Einkünfte.

Die Schule zu Göda ist erst eine Schöpfung der protestantischen Visitatoren aus Kursachsen. Mit kluger Umsicht wünschten sie, aus derselben eine Pflanzstätte für wendische Geistliche zu machen. Darum sollte „sie so bestellt sein, daß wendische Knaben auch lateinisch und ihre principia grammatices darinne lernen sammt Musicen, auf daß man wendische Knaben erziehe, die man in die Fürstenschulen befördern könne, wie der Kurfürst von Sachsen gnädigst angeordnet". Und so berichtete schon die Visitation von 1680, daß der Schulmeister „Catonem liest und den Knaben Latein aus den Sententiis Salomonis giebt". Er hatte damals 24 Schüler im Ganzen, deren jeder wöchentlich einen Pfennig zahlte. Zur Wohnung hatte man ihm das zum Trinitatislehn gehörige Haus überlaffen, zur Dotation feiner Stelle die noch gangbaren Zinfen des Maria-Magdalenen- und des Trinitatislehns, zufammen etwa 15 fl., verwendet und ihm felbst 2 Scheffel Korn, 8 Scheffel Hafer Zehnt, 6 Scheffel Acker und eine Wiefe zu zwei Kühen, und außerdem 2 Klaftern Holzdeputat zugewiefen. Dann waren ihm noch „zwei Bitten", zu Michaelis und zu Oftern, die zufammen etwa 7 Schock Eier und 7 Schock Käfe eintrugen und ein Gregoriusumgang geftattet.

Auf der Grundlage diefer Einkünfte hat fich feitdem die Pfarrei Göda zu einer der größten und einträglichften im fächfifchen Wendenlande fortentwickelt.

Miscellen.

1.

Daß Luther 2 Schwäger, Namens Hans und Clemens von Bora hatte, ist bekannt, wenig aber wissen wir von ihren Lebensumständen. Die folgenden Notizen über den Erstern dürften daher von einigem Interesse sein.

Hans v. Bora besaß anfänglich das Rittergut Steinlausigk bei Bitterfeld, ein secularisirtes Franziskanerkloster, bis ihm im Jahre 1545 der Kurfürst auf Verwenden Dr. Luthers für einen billigen Preiß das ebenfalls aus einem secularisirten Kloster entstandene Rittergut Karthause bei Crimmitschau überließ, wie dieß der in Göpferts Gesch. des Pleißengrundes (Zwickau 1794) S. 428 vollständig abgebr. Kauf- u. Lehnbrief nachweist. Gleichzeitig oder im J. 1546 wurde er auch kurfürstl. Amtmann des aus den ansehnlichen Besitzungen des ehemaligen Klosters Grünhain gebildeten Amtes Grünhain[1], als welcher er bis 1552 fungirte. Von seiner ersten Frau Apollonia, Jobst Marschalls Tochter, geschieden, heirathete er den 25. Sept. 1550 eine Zwickauer Bürgerstochter, Anna Schildschmidl, welche nebst ihren beiden Schwestern ihrer Schönheit wegen unter dem Namen der „drei Lilien" bekannt war, und kaufte 1559 in Zwickau, um daselbst seinen Wohnsitz aufzuschlagen, ein Haus am Kornmarkte (jetzt Nr. 98), welches er Sonnabend nach Luciä dess. Jahres seiner Frau in Lehn reichen ließ. Das Gut Karthause aber verkaufte er im J. 1560, nachdem ihm am Mittwoch nach Reminiscere dess. J. sein einziger Sohn Jobst zu Zwickau gestorben, mit Einwilligung seines seit 1550 mitbelehnten Bruders Clemens wieder an Hans v. Weißenbach.

---

[1] Nach Rudolphi, Gotha diplomat. I. 237 soll er jedoch schon 1541 Amtmann in Grünhain gewesen sein.

Er scheint zu Ende der 1570er Jahre gestorben zu sein. Seine ihm bald nachgefolgte Wittwe vermachte ihr Zwickauer Haus ihren beiden Schwestern Ursula verehel. Heller und Martha verehel. M. Malechow.

Zu bemerken ist noch, daß der oberwähnte Clemens v. B. einen Freihof in Dohna besaß (f. Unschuld. Nachr. 1732 S. 875) und 3 Söhne, Florian, Wolf und Siegmund, hinterließ, von welchen letztere beide noch 1590 am Leben waren. Mit diesen scheinen zu Anfang des 17. Jahrhunderts Die v. Bora ganz erloschen zu sein, von welchen wir zuerst in einer Altzellischen Klosterurk. des Haupt-Staatsarchivs 1198 Rüdiger v. Bore finden, der später als Burgmann des Meißner Schlosses vorkommt, sowie 1220 auf dem Colmberger Landtage die Gebrüder Arnold, Hilbebrand und Dietrich v. Bor. Mehr über Die v. Bora f. in den Dresdner gelehrten Anzeigen 1774 Nr. 38, Beyer, das Kloster Altzelle S. 284 ff., de Wette, Luthers Briefe, Bd. VI. S. 647 ff., und in Gauhe's Adelslexikon. Das Wappen giebt Siebmacher in seinem Wappenbuche I. T. 155. Nr. 1.

Zw.   Dr. Hg.

2.

In mehreren Schriften (u. a. Zedlers Universallexicon III. 1242, Pierer Universallexicon II. 658) wird die Erfindung des Bergbohrers dem Professor der Physik zu Leipzig, Dr. Johann Christian Lehmann beigemessen, der im J. 1714 eine Beschreibung des Instruments veröffentlicht hat. Eine völlig neue Erfindung war der Erdbohrer aber damals nicht, denn Kurfürst August ließ bereits im Jahre 1579 im Zeughaus zu Dresden einen stählernen „Wasserbohrer" fertigen, der 9 Ctr. 19 Pfund wog. Er beabsichtigte ihn bei Erforschung der Salzquellen zu gebrauchen und befahl am 21. April 1579 das Instrument nach Annaberg zu senden, um dort eine Probe damit vornehmen zu können.[1]

---

[1] Haupt-Staatsarchiv-Copial no 449 Bl. 69 b.

Instruction des Kurfürsten Friedrich des Sanftmüthigen für seine Gesandten an den Papst Pius II. zum Tag zu Mantua 1459.

Von Dr. Karl von Weber.

Unter dem 13. October 1458 erließ der Papst Pius II. ein sehr ausführliches Schreiben an den Kaiser und alle deutsche geistliche und weltliche Fürsten, „qui suis legibus vivunt et ad defensionem fidei aliquid praesidii afferre possunt", in welchem er, unter lebhafter Schilderung der von den Türken drohenden Gefahren, sie einlud, den 1. Juni des kommenden Jahres in Mantua oder Udine in Person oder durch Gesandte zu erscheinen, um in Gemeinschaft mit ihm über einen Türkenzug zu verhandeln. Ein solches Schreiben gelangte auch an den Kurfürsten Friedrich den Sanftmüthigen zu Sachsen.[1] Ihm folgte ein kurzes päpstliches Schreiben vom 25. Januar 1459[2], worin, unter Bezugnahme auf das erste, die Einladung bringend wiederholt, Mantua definitiv als der Versammlungsort bezeichnet und bemerkt wird, daß der Papst sich bereits von Rom aus auf die Reise begeben habe. Es handelte sich demnach nicht um ein Concilium, sondern um einen Congreß zu Verhandlungen über einen Türkenzug.

Friedrich der Sanftmüthige trug Bedenken, die weite Reise selbst zu unternehmen und beschloß, die Doctoren Joh. Swoffi-

---

[1] Urkunde im Haupt-Staatsarchive no. 7587.
[2] Urkunde no. 7601.

heim und Heinrich Leubniß nach Mantua abzufenden. Die
ausführliche Instruction, welche er ihnen ertheilte, findet sich
in einem, auch an anderen historischen Documenten reichen
Copial des Haupt-Staatsarchivs (no. 1317, Bl. 273 ff.), das
die Bezeichnung „liber unionum" trägt. Diese Urkunde, die
zeither, soviel dem Verfasser bekannt, ganz unbeachtet geblieben ist, bietet mannichfaches Interesse, führt uns in mehrere
zum Theil noch wenig bekannte Staatsverhältniffe und Thatsachen ein, und erschien daher dem Verfasser der Veröffent-
lichung und der Erläuterung aus anderen Actenstücken und
Urkunden, die an vielen Orten zerstreut sich finden, wohl
werth. Obwohl das Schriftstück kein Datum trägt, so läßt
doch der Inhalt deffelben, in Verbindung mit den bereits
gedachten Vorgängen und anderen von uns noch zu erwähnenden Thatsachen, keinen Zweifel darüber, daß sich die Instruction auf den Tag zu Mantua im J. 1459 bezieht. Das
Document beginnt (in neuerer Orthographie) also:

„Werbung jen Mantua, Doctor Joh. Swoffheim
mitgegeben.

Unserm heiligen Vater dem Papst, soll er unsere unterthänigen willigen Dienste und Gehorsam mit gebührlicher
Ehrerbietung sagen und seiner Heiligkeit unsere Crebenzbriefe
übergeben.

Item Seiner Heiligkeit vollen Gehorsam thun von unsertwegen, als eines christlichen Fürsten in der besten Form und
uns gegen Seine Heiligkeit und wo es sonst nöthig ist, aufs
Beste entschuldigen, daß wir zu dem Tage persönlich nicht
kommen, angesehn Alter und Schwerheit unseres Leibes und
Fährlichkeit der langen Wege.

Item auf Erörterung Seiner Heiligkeit schicken wir noch
würdige Herrn, neben dem Doctor noch den würdigen Herrn
Heinrich Leubniß, Doctor, auch unsern Rath und heimlichen
lieben Getreuen, auf den Tag jen Mantua bei dem Handel
der Türken antreffend, zu rathschlagen, wie dem zu wider-

stehn sei, als unser heiliger Vater der Papst uns hat geschrieben.   Was unsere Meinung in dem ist, haben wir den
würdigen Doctor Johann Swoffheim gänzlich lassen unter-
richten.

Item soll er allen Cardinälen, Bischöfen, Prälaten, der
König und Fürsten Botschaftern, die jetzt zu Mantua sind,
unsere willige und freundliche Dienste sagen, jeglichem nach
seinem Statu und Gebührniß, die Botschafter auch bitten,
ihren Herrn unsere freundliche und willige Dienste zu sagen,
angesehn wo das Fuge haben will (wo es sich paßt).

Item dem Papst soll ihr erzählen die Richtung zwischen
der Krone Böhmen und uns zu Eger geschehn[3] und auch die
Freundschaft, die um des heiligen Christen Glauben und um
des Römischen Reichs und Frieden willen geschehn und vorgenommen sind.

Item Seine Heiligkeit soll ihr bitten, daß er sich die
Richtung und Freundschaft also geschehn, behäglich und angenehm sein lassen wolle.

Item daß Seine Heiligkeit uns, unsere Söhne, alle die
Unsern, unsere Lande und Leute in seine Befohlniß, Schutz,
Schirm und Handhabung gnädiglich geruhe zu haben, als
wir und unsere Söhne des eine ganze Zuversicht und Vertrauen zu Seiner Heiligkeit haben.

Item Seiner Heiligkeit zu erkennen zu geben, daß wir
mit dem hochgebornen Fürsten Herrn Albrecht Markgrafen zu
Brandenburg eine Freundschaft übereingekommen wären, daß
unser Sohn Herzog Albrecht seine Tochter Fräulein Ursula
zum Sacrament der heiligen Ehe nehmen soll, daß nun mit
unserer Beiden auch unserer Herrn und Freunde tiefem Rathe
gewandelt ist also, daß unser Sohn Albrecht die Freundschaft
läßt abstein[4] und greift zu der heiligen Ehe mit Fräulein

---

[3] Der Eger'sche Vergleich vom 25. April 1459, durch welchen die
Verhältnisse zu Böhmen geregelt wurden.

[4] Herzog Albrecht war, kaum vierzehnjährig, mit Ursula, der Tochter
des Markgrafen Albert Achilles von Brandenburg verlobt worden; dieses

8*

Sebena, ehelichen Tochter des durchlauchtigen Herrn Jorgen,
König in Böhmen, um Friede Willen zu Trost, Nutz und
Stärkung des heiligen Christen Glauben, darauf ferner zu
reden ihr seid unterwiesen."

Hierauf folgt ein längerer Satz in der Instruction über
ein Verhältniß, das beim Mangel anderer Nachrichten nicht
ganz sich aufklärt. Der Kurfürst gedenkt einer Forderung an
das Bisthum Würzburg im Betrage von 2000 Gulden jährlich, herrührend von seinem Bruder Herzog Siglsmund, der
bis zum J. 1443 Bischof von Würzburg war. Es wird erwähnt, daß deshalb ein Proceß in Rom anhängig sei und
daß der Bischof von Würzburg meine, den Markgrafen „mit
geistlicher Mühung vom Deputat zu drängen". Der Gesandte
sollte beim Papste dahin wirken, daß die Ladung abgestellt
werde und der Bischof und das Capitel ihrer Verpflichtung
nachkämen.

Der nächste Punkt bezieht sich auch auf eine Geldange-
legenheit, deren eigenthümliche Beschaffenheit wir aus anderen
Schriften ersehn, die sich in der Abtheilung des Haupt-Staatsarchivs finden, welche die aus dem ehemaligen Wittenberger
Gesammtarchive nach Dresden gelangten Schriftstücke enthält.
Sie geben uns ausführliche Auskunft über Vorgänge und
Verhandlungen mit einem päpstlichen Abgesandten, Marinus
be Fregeno, über die wir in anderen Quellen nur wenige
und ungenügende Notizen finden. Das chronicon Magde-
burgense[5] erzählt, daß im J. 1456 ein Italiener Marianus
große päpstliche Indulgenzen zum Besten des Königreichs und
Königs von Cypern überbracht habe, sich aber mehr um das
Geld, als um das Heil der Seelen gekümmert; er sei deshalb

Verhältniß ward jetzt mit Einverständniß aller Betheiligten gelöst, da die
Beförderung der Verbindung mit dem Könige von Böhmen, Georg Podiebrad, wichtiger erschien. Die Vermählung Albrechts mit Podiebrads
Tochter Sidonie ward bereits auf den Martinstag 1459 festgesetzt. Näheres s. v. Langenn, Herzog Albrecht der Beherzte. S. 37 fl.
[5] Meibom rer. Germ. Scriptores II. p. 363.

vom Biſchof von Meißen, Caspar (von Schönberg), feſtge-
nommen, aber vom Kurfürſten Friedrich von Sachſen wieder
in Freiheit geſetzt worden, nachdem ſeine Betrügerei vom Papſte
erkannt und ihm eine geringe Strafe auferlegt worden: er habe
eine große Summe Geldes mit ſich genommen. Der Chroniſt
ſchließt mit den Worten: „heu caecitas Almanorum“. Aehnliche Angaben wiederholt Schöttgen in ſeiner auf der königl.
Bibliothek zu Dresden und in der Bibliothek des Haupt-
Staatsarchivs befindlichen handſchriftl. Geſchichte der Biſchöfe
zu Meißen.⁶ Allein dieſe Notizen bedürfen mehrfacher Be-
richtigung.

Marinus de Fregeno, ein Rechtsgelehrter aus Parma,
kam als päpſtlicher Legat zu Anfang des Jahres 1458 nach
Sachſen, um im Auftrage des Papſtes Calixtus III. († 8. Aug.
1458) Ablaß zu verkaufen. Der Ertrag ſollte zu Beſtreitung
der Koſten eines Türkenzugs dienen. In Sachſen war man
nicht ſehr geneigt, große Summen Geldes außer Landes gehn
zu laſſen, die man ſelbſt beſſer gebrauchen konnte; waren doch
durch die blutigen Kriege mit Böhmen die Kräfte des Landes
und die Mittel des Kurfürſten ganz erſchöpft. Es ward daher zwiſchen den kurfürſtlichen Räthen und dem Legaten unter
dem 2. März 1458 ein Abkommen dahin geſchloſſen, daß die
Hälfte des Ertrags, den der Verkauf des Ablaſſes ergeben
werde, dem Kurfürſten zufallen ſolle, um davon die Koſten
des Kriegs gegen „Girzil von Böhmen“ (Georg Podiebrad)
zu beſtreiten. Fregeno ſicherte dabei zu, daß er „ohne Arg-
liſt“ dieſe Hälfte nach Abzug der Koſten binnen 14 Tagen
zahlen wolle, wobei noch im Vertrage hinzugeſetzt ward:
„doch ſoll er oder die Seinen keiner Koſten ferner gebrauchen,
denn der allein, ohne die er Verkündigung der Römiſchen
Gnaden und Ablaß ungefährlich nicht vollenden möge“.
Fregeno und den Seinen ward dagegen freies Geleit zugeſagt.

---

⁶ Das in der Bibliothek des Haupt-Staatsarchivs befindliche Exemplar hat werthvolle Nachträge von Grundmann.

Dieses Abkommen genehmigte der Kurfürst Friedrich der Sanftmüthige noch am Tage des Abschlusses mittelst einer besondern Verschreibung. Fregeno bestärkte seine Zusage auch mittelst Eides und versprach Geheimhaltung des Umstandes, daß der Kurfürst einen Antheil an dem Ertrage haben solle. Um die eingehenden Gelder sicher zu stellen, verfügte der Kurfürst an den Obermarschall v. Einsiedel und den Kanzler v. Heugwitz, sie sollten dem Legaten gestatten, einen Kasten in die Kirche zu setzen, jedoch verwahrt, daß er ihn nicht allein öffnen könne.[7] Man scheint aber dem päpstlichen Legaten wenig getraut zu haben, denn man ergriff auch noch eine andere Sicherungsmaßregel, indem der Caplan Mathäus von der Dhame dem Legaten als Controleur beigegeben ward. Dieser Anordnung wollte aber Fregeno sich nicht fügen, er behauptete in einem Schreiben, es gereiche diese Maßnehmung „ad scandalum sacrae legationis et in praejudicium ac dedecus S. dom. nostr. Papae", sie sei auch unzweckmäßig, da die Abgeordneten, die in seinem Auftrage die einzelnen Ortschaften bereisten, Verdacht schöpfen würden, wenn sie bemerkten, daß an der Uebernahme der Gelder ein kurfürstlicher Beauftragter Theil nehme. Indessen die kurfürstlichen Räthe blieben, trotz des Widerspruchs Fregeno's gegen die ihm sehr unliebsame Controle, bei ihrer Anordnung stehn und suchten den Legaten, dessen Beihülfe man gleichzeitig in einer andern Angelegenheit bedurfte, durch beruhigende Versicherungen bei Gutem zu erhalten. An demselben Tage nämlich, an welchem das Abkommen mit Fregeno getroffen worden, am 2. März 1458, war Georg Pobiebrad zum Könige von Böhmen erwählt worden. Der Bruder des Kurfürsten Friedrich, Herzog Wilhelm, glaubte durch seine Gemahlin Anna, die Schwester des letztverstorbenen böhmischen Königs Ladislaw, Ansprüche auf die böhmische Krone machen zu können, weil die Wahl eines

---

[7] Dieselbe Vorschrift ward auch in einem ähnlichen Falle im J. 1490 von Herzog Albrecht von Sachsen getroffen, s. v. Langen a. a. D. S. 881.

neuen Königs erst dann stattfinden sollte, wenn „von dem königlichen Samen oder Geschlecht, Mann oder Frau, Niemand mehr am Leben sei". Er legte daher am 11. März eine Protestation gegen Pobiebrads Wahl ein und Kurfürst Friedrich verwendete sich eifrig im Interesse seines Bruders bei den benachbarten Fürsten, ja er ging auch Fregeno deshalb an.[a] Auf einen Brief des Kurfürsten d. d. Leipzig, den 14. März 1458, worin er Fregeno aufforderte, er möge die Wahl und Krönung Pobiebrads verhindern, antwortete dieser am 23. März, er möge ihm auf seine Kosten einen Boten verschaffen, durch welchen er dem Papst von der „verabscheuungswürdigen" Wahl Georgs von Pobiebrad Nachricht geben könne: er bedürfe eines solchen Boten, da er die Italiener seiner Begleitung entlassen habe. Das Gesuch ist jedenfalls genehmigt worden, denn wir sehn, daß Fregeno unter dem 7. April aus Zwickau an den Papst berichtete: „über die Wahl des Ketzers Georg", sowie über den Widerspruch der rechtgläubigen Gegenpartei und die Gegenbemühungen deutscher, insbesondere der sächsischen Fürsten. Indessen Pobiebrad ward am 7. Mai 1458, aller Gegenbestrebungen ungeachtet, zu Prag gekrönt und Angesichts dieser Thatsache fiel denn auch die Rücksicht, die man bis dahin Fregeno gezollt hatte, hinweg und man begann ihm noch genauer auf die Finger zu sehn. Dies war um so nöthiger, da der Caplan von der Dhame bereits gegen den Kanzler von Haugwitz seine Ueberzeugung ausgesprochen hatte, daß der Legat die eingehenden Gelder nicht gehörig verrechne. Fregeno zeigte sich aber, als ihm dies zu Ohren kam, sehr entrüstet und suchte in einem Schreiben d. d. Görlitz, den 13. Juni 1458 den Verdacht zu widerlegen: „daß er sich die Milch und die Wolle" der sächsischen Unterthanen anmaße. Er lieferte auch 200 Rhfl. und 136 Sch. Schildgroschen ab und legte Rechnungen vor, nach welchen er einen Nobel (eine englische Geldmünze), 683 fl. 293 Sch. 26 gr.

---

[a] Palacky, Geschichte von Böhmen Bd. 4, Abth. 2, S. 36.

in baarem Gelde und außerdem 20½ Loth Silber, 9 goldne
und 10 silberne Ringe, ferner eine Anzahl silberner Schüsseln,
Löffel, Becher und andere Silbergeräthe, 1 Kreuz ꝛc. eingenommen halte. Allein seine Angaben stimmten mit der von
Mathäus von der Thann geführten Controle nicht überein.
Ein von Letzterm zusammengestelltes Verzeichniß der von
Fregeno unterschlagenen Gelder aus der Dresdner und
Leipziger Gegend berechnet dieselben auf 87 fl. 11 Sch. 22 gr.;
dasselbe führt u. a. auf Klötzschembroda mit 18 Sch., Dahlen
mit 12 Sch. und 1 Pferd, 3 Sch. werth. Der Kurfürst verfügte nun, daß Fregeno und die Substituten, welche dieser
nach verschiedenen Orten gesendet, festgenommen werden sollten, er ließ auch eine größere Summe, welche Fregeno beim
Rathe zu Halle deponirt hatte, mit Beschlag belegen. Fregeno
ward, auf Veranlassung des Bischofs zu Meißen, Caspar von
Schönberg, durch Heinrich Löser und dessen Genossen in Chemnitz angehalten[9], die ihm zugleich, wie er behauptete, seine
sämmtlichen Effecten, Pferde, Silbergeräthe und Kleinobe abnahmen. In seinem Grimme schleuderte Fregeno einen Bann-
strahl gegen sie ab. In Freiberg, wohin er gebracht worden,
stellte er unter dem 17. Septbr. 1458 für den Licentiaten
Michael Mapnel eine Vollmacht aus, um mit dem Kurfürsten
zu verhandeln, da er selbst, „durch Gefangenschaft verhindert",
nicht zu diesem kommen könne. Die Verhandlungen hatten
das Ergebniß, daß Fregeno zwar nicht in Freiheit gesetzt, aber
in das Schloß zu Leisnig abgeführt ward, wo er nach kur-
fürstlichem Befehle nicht als Gefangener gehalten werden sollte;
auch willigte Fregeno (Leisnig, 4. Octbr. 1458) in die Los-
sprechung Heinrich Lösers und seiner Genossen von der Excom-

---

[9] Grundmann in einer Anmerkung zu Schöttgens (handschriftlicher)
Geschichte der meißnischen Bischöfe bestätigt, daß der Bischof von Meißen
die Arretur Fregeno's veranlaßt habe mit den Worten: caspar ep.
Mien. Martinum de Frene (Fregeno) nuncium sedis apostolicae ob
scandala varia ab eo commissa, in carcerem conjici jussit in castro
nempe Kempnicensi (ex libro Theodorici episc. mien).

munication. Er benutzte aber die ihm gewordene mehrere Freiheit, um zu entfliehn. In einem Schreiben v. 27. Octbr. versicherte er, er habe sich nur dem Arrest, in den er durch einige
Verräther gerathen, entzogen, indem er beifügte, „non au-
fugisse censeo". Auf ein kurfürstl. Schreiben, d. d. Rochlitz,
den 4. Novbr. 1458, in welchem er an die Mittheilung einer
versprochenen Nachricht über seine heimliche Entweichung erinnert ward, finden wir keine eingehende Antwort, wohl aber
ein Schreiben Fregeno's, d. d. Fulba, den 12. Novbr., in
welchem er bittet, ihm zu senden: „meas tunicas, quas de
romana curia detuli et librum orandi et librum expensarum, quae omnia dereliqui". Fregeno hatte sich wahrscheinlich auch beim Papste Pius II. über die erlittenen Ver-
folgungen beschwert und dieser erließ unter dem 6. März 1459
an den Probst zu Nürnberg, Johann Luchner, ein Breve, worin
dieser mit Revision der Angelegenheit des Collectors M. de
Fregeno beauftragt ward, jedoch mit der Weisung, er solle
ihm nicht „in aliqua re molestus" sein, da Fregeno die
Sache mit dem Papste abmachen solle.

So lag die Angelegenheit, als die Instruction für die
sächsischen Abgesandten für die Versammlung zu Mantua entworfen ward. In derselben heißt es nun in Beziehung hierauf: „item Papst Calixtus hat Ehrn Marinus von Fregeno
seinen Sendboten in unsere Lande und Fürstenthum gesandt,
Geld beieinander in unsere Lande und Fürstenthum zu bringen, hat er gemerkt die großen Kriege, so wir mit den Böhmen lange Zeit gehabt und die Zeit noch halten und hat uns
zugesagt zu unserer Aufhaltung der Böhmen und Widerlegung
unserer empfangenen Schäden, die Hälfte des Geldes, das er
in unsern Landen und Fürstenthum erwerbe, hat er Marinus
in dem sich vergessen, ist seiner Zusage die er glaublich gethan,
nicht nachgekommen und hat uns solch zugesagtes Geld nicht
gegeben, daß Seine Heiligkeit Ehrn Marinum vielgenannt
anweise und unterrichte, Entrichtung und Bezahlung solches
zugesagten Geldes uns zu thun, das nehmen wir von Ehrn

Marino in gutem Willen". Um den Papst in dieser Angelegenheit günstig zu stimmen, nahm Kurfürst Friedrich auch
die Beschlagnahme des in Halle niedergelegten Geldes zurück
und der päpstliche Kämmerer, Cardinal von Aquileja, Laurentius de Damaso, konnte unter dem 27. Juni 1459 quittiren über die aus Halle „zum Krieg gegen die Türken ein-
gezahlten 706 alte Sch. 50 gr. 838 Rh. Goldgulden und 100
ungarische Gulden". Pius II. genehmigte auch in einem
Schreiben aus Mantua vom 17. Decbr. 1459, daß der Kurfürst die Hälfte der gesammelten Gelder erhalte, da Fregeno
dies zugesagt habe, „cum consideramus tuum ardentissi-
mum zelum erga tuitionem christianae religionis et quod
saepe pro fide catholica contra Bohemos decertans gra-
vissima pericula et expensarum onera subiisti". Es kam
nun also nur noch darauf an, von Fregeno die Schlußrech-
nung und Ablieferung der rückständigen Gelder zu erlangen.
Fregeno hatte sich immittelst nach Göttingen begeben und
erbot sich, von dort nach Merseburg, wo er nöthigen Falls
Schutz beim Bischof zu finden hoffen konnte, zu kommen, was
der Kurfürst aber ablehnte, indem er verlangte, Fregeno solle
sich zu ihm nach Meißen oder Dresden begeben. Der Legat
blieb aber bei seinem Vorschlag in einem Schreiben aus Merseburg vom 8. März 1460 stehn und erklärte, er werde noch
einige Tage daselbst abwarten, ob der Kurfürst Bevollmächtigte
dahin senden werde. Kurfürst Friedrich gab nun nach und
beauftragte unter dem 10. März 1460 den Bischof Caspar zu
Meißen, in Gemeinschaft mit dem Bischofe zu Merseburg,
Dr. Dietrich von Burgsdorf und dem Hauptmann zu Meißen,
von Teuchern, Verhandlungen mit Fregeno zu pflegen. Diese
fanden am 13. März 1460 in Merseburg statt, führten aber
zu keinem Ergebnisse. Sie wurden später wieder aufgenommen und nach einem Vertrage vom 27. April 1460 begnügte
sich der Kurfürst mit der geringen Aversionalsumme von 60
Rhein. Goldgulden, auch stellte er Fregeno eine Urkunde aus,
daß er ihn nach Beilegung der zwischen ihnen obgewalteten

Irrungen wieder in seine Gunst aufgenommen habe und gab
ihm — vielleicht um ihn los zu werden — noch einen Empfehlungsbrief an den König von Dänemark mit, in dessen
Landen er sein einträgliches Gewerbe wahrscheinlich fortgesetzt
hat. Sachsen hat er wenigstens, durch die gemachten Erfahrungen gewißigt, soviel wir zu ersehn vermögen, nicht weiter
behelligt.

Wir kehren nun zu der Instruction der Gesandten zurück,
die in dem nächstfolgenden Puncte also lautet:

„Item es haben unsere Aeltern vom Stuhle zu Rom
und von Königen Freiheit erworben, daß Niemand unsere
Unterfassen aus unsern Landen und Fürstenthümern in andere
Lande vor Gericht ziehn oder laden solle, als das päpstliche
und königliche Bullen und Briefe ausweisen.¹⁰ Daß S. Heil-
ligkeit solche Freiheit uns gnädiglich geruhe zu bestätigen und
zu erneuern in der besten Form.

Item daß S. Heiligkeit uns unsere Freiheit, Gerechtig-
keit, Gewohnheiten und alles Herkommen vom Stuhle zu Rom
und von Kaiser und Königen erworben, gnädiglich geruhe zu
bestätigen und zu erneuern.

Item in unsern Landen und Fürstenthümern gebraucht
man in der Fasten böses Oel, davon die Leute und voran
Wir an unserer Person, zuweilen werden sehr gebrechlich, daß
S. Heiligkeit uns so gnädig geruht zu werden, und uns, allen
den Unsern, Geistlichen und weltlichen Mannen und Frauen
durch alle unsere Lande und Fürstenthümer zu geben und gnä-
biglich erlauben, daß wir mit sammt ihnen, in der Fasten Butter
und Milchwerk zu unserer Enthaltung mögen gebrauchen¹¹ und
Gott dem Allmächtigen die Zeit besto förderlicher dienen.

---

¹⁰ Solche Privilegien de non evocandis subditis finden sich mehrere, so von Bonifacius d. XI. v. J. 1401, Innocenz VII. v. J. 1405,
Martin V. v. J. 1421, K. Sigismund v. J. 1423.

¹¹ Also die Bitte um einen sogenannten Butterbrief, eine Dispensa-
tion, die vielfach auch zu Unterstützung frommer Werke, z. B. Kirchen-
bauten ertheilt ward. Auch Papst Paul II. gestattete im J. 1467 dem

Es kommen viele Gratien in unsere Lande und Fürstenthümer, in die Stifte Meißen, Merseburg und Naumburg und
andere geistliche Prälaten, dadurch die Personen zum Kriege
werden gereizt (in Streit gerathen), Kosten und Zehrung jen
Rom müssen tragen, zuweilen ihr väterliches Erbe, Kleinode
und Anderes, was sie haben zu Enthaltung ihrer Kriege zu
Rom müssen lösen, dadurch viele Personen in Armuth fallen.
Daß S. Heiligkeit uns, unsere Lande, Fürstenthümer mit den
obgedachten Stiftern und geistlichen Prälaten gnädiglich geruhe zu versorgen, daß keine Gratien in unsere Lande und
Fürstenthümer auf die Stifter und Prälaten gegeben noch
gesandt werden, daß unsere Lande und Fürstenthümer derhalben sogar nicht verarmten wie solches andern Fürsten zu-
gegeben ist.

Item es werden geistliche und weltliche Personen aus
unsern Landen und Fürstenthümern jen Rom um weltliche
Sachen geladen, daß Seine Heiligkeit dafür sein wolle, ob
Jemand hinführ solches mehr vornehmen wollte, daß die
Person vor die Gerichte in unsern Landen und Fürstenthümern
gewiesen werde, da die Sache billig sollte werden gehandelt.‟

Der nächste Satz bezieht sich auf Altenburg, der Kurfürst
sagt darin:

„Gott dem Allmächtigen zu Lobe, haben wir eine ehrliche
neue Capelle nahe bei unserm Schloß und Stadt zu Altenburg
zu bauen haben lassen errichten, in der Ehren des heiligen
wahren Leichnams unseres Herrn Jesu Christi, wollet Seine
Heiligkeit demüthiglich von unsertwegen bitten, etliche Heiligthümer und merklichen Ablaß zu derselben Capelle zu geben
und daß uns das bei euch senden, daß die Capelle förderlicher durch das Christenvolk zu Ablegung ihrer Sünde besucht
werde.‟

Zu diesem Punkte ward den Abgesandten noch eine spe-

K. Ernst und H. Albrecht: „wegen Mangel des Oelbaums in der Fasten
mit den Ihrigen und Dienern Butter zu gebrauchen mit Ausnahme der
heiligen Woche.‟ S. des Verfassers: Zur Chronik Dresdens S. 60.

ciellere Anweisung mittelst eines besondern Schreibens ertheilt, das also lautete:

„Würdiger lieber Herre, Also in dem Werbungszettel unter andern bezeichnet ist, Heiligthum und Ablaß zur Capelle des heiligen wahren Leichnams bei Altenburg gelegen zu erwerben, an unserm heiligen Vater den Papst ꝛc. wollet wissen, daß die vorigen Päpste Ablaß zu selbiger Capelle haben gegeben, allein auf Donnerstag unseres Herrn Leichnamstag, der im Jahr einmal kommt, wollet ferner arbeiten, daß derselbe gegebene Ablaß auf Donnerstag unseres Herrn Leichnamstag, erstreckt werde auf die ganze Woche aus und auf alle großen Feste das ganze Jahr in Ewigkeit. Auch ist dieselbe Capelle annectirt der Kirche St. Georgen auf unserm Schlosse Altenburg gelegen, daß solcher Ablaß auch der genannten Kirche Sanct Georgen werde gegeben, also der Capelle vorberührt, und daß das Capitel zu Altenburg in Sanct Georgens Kirche möge an des heiligen Leichnamstage und die ganze Woche und die großen Feste über Jahr Beichtväter setzen in Sanct Georgen Kirche und auch in des heiligen Leichnams Capelle, des Volk Beichte zu hören und entbinden _a casibus papalibus_ also nächstens (vor Kurzem) er Marinus, Sendbote unseres heiligen Vaters des Papstes Macht gehabt hat, wollet euch in dem getreulich befleißigen zu erlangen, an Se. Heiligkeit und auch um das Heiligthum wie gemeldet ist, das wollen wir in allem Guten gegen euch erkennen und beschulbigen.“

In der Instruction heißt es dann weiter. „Desgleichen haben wir auch eine neue Capelle zu Meißen am Domstift in der Ehren Marien der Himmelkönigin, der heiligen drei Könige und aller Gottes Heiligen lassen bauen, die vollkommen und vollbracht ist, darin unser Vater, Mutter, Sohn und Bruder leiblich begraben ruhen, daß Seine Heiligkeit, derselben Capelle auch etliche merkliche Heiligthümer und Ablaß gnädiglich geruhe zu geben und uns das bei euch senden zu unserer und der Unsern Innigkeit Vollbringung.“

Diese Stelle ist in mehrfacher Beziehung von Interesse. Friedrich der Sanftmüthige sagt zunächst, daß er die Begräbnißcapelle (Fürstencapelle) am Dome zu Meißen erbaut habe. Ihre Erbauung wird aber, und zwar mit Recht, nicht ihm, sondern seinem Vater Friedrich dem Streitbaren zugeschrieben. Diese Thatsache stellen mehrere Urkunden außer Zweifel. Zunächst eine vom 18. Febr. 1424, ausgestellt von Friedrich dem Sanftmüthigen [12], worin er sagt, daß sein Vater eine neue Capelle auf dem Schlosse zu Meißen hinter dem Dome unter dem rothen Thurme erbaut habe: zugleich kennzeichnet dieses Document die Lage des rothen Thurms, der bekanntlich zu den Hersfelder Lehnen gehörte, deren Geschichte noch der Aufklärung bedarf. Dieser Urkunde schließt sich eine andere an, welche im Archive des Domstifts zu Meißen liegt und von der eine Abschrift sich im Haupt-Staatsarchive befindet.[13] Sie ist von Friedrich dem Sanftmüthigen und seinem Bruder Herzog Wilhelm III. ausgestellt am nächsten Sonntage nach S. Kilianstag (11. Juli) 1445; es heißt darin, daß „unser lieben Herrn und Vater clarer Gedechtnisse Herrn Friedrich etwan Herczog zu Sachsen eyne nuwe Capelle uf unserm Schlosse Missen an die Kirchen ane Mittel rurende, darynne er liphaftig begraben lyt siner und siner elbern und vorfarn selen zu trost und selikeit von nuwens gestiftet erhobenn und ufgericht hat“. Hiermit steht nun allerdings die Angabe in der Instruction im anscheinenden Widerspruche, der sich aber dadurch löst oder erklären läßt, daß, wenn auch der Bau nicht von Friedrich dem Sanftmüthigen begonnen ward, derselbe doch wahrscheinlich den Ausbau vollendet und jedenfalls, wie aus dem weitern Context der Urkunde vom J. 1445 hervorgeht, einen neuen Altar zu Häupten des Grabes seines Vaters

---

[12] Copial des Haupt-Staatsarchivs no. 34, Bl. 100; abgedruckt bei Horn, Lebens- und Helden-Geschichte Friedrich des Streitbaren S. 589.

[13] In den Reinhardschen Abschriften der Urkunden des archivum magnum in der Domkirche zu Meißen Bd. II, Abth. II, no. 669, Bl. 522 ff. S. auch Ursinus, Geschichte der Domkirche zu Meißen S. 15.

und seiner Mutter errichtet, ihn mit Priestern besetzt und reich
dotirt hat. Sollte diese thatsächliche Erklärung unseren Lesern
nicht genügen, nun so wollen wir einräumen, daß Friedrich
des Sanftmüthigen Auslassung auch als Beleg dafür dienen
kann, daß man schon im 15. Jahrhunderte bei diplomatischen
Verhandlungen es mit der Wahrheit nicht so genau nahm,
wenn man durch eine kleine Abweichung von derselben eher
zum Ziele zu kommen hoffen konnte. Wenn nämlich der Papst
glaubte, daß es sich um Errichtung eines neuen Gott gefäl-
ligen Werkes handle, dessen Stifter eine Anerkennung wohl
zu erwarten hatte, so mußte er sich wohl leichter geneigt
zeigen, die Capelle in der erbetenen Weise auszustatten, als
wenn er erfuhr, daß sie schon vor langen Jahren von dem
Vater Friedrich des Sanftmüthigen gegründet worden und
daß unbeschadet des Mangels von Reliquien die dort bestat-
teten Fürsten zeither sanft darin geruht hatten.

Unsere Instruction bestätigt ferner ausdrücklich, was schon
die Urkunde vom J. 1445 angibt, daß Friedrich der Streitbare [14], dessen Gemahlin Katharina und dessen Sohn Heinrich
(† 22. Juli 1435) in der Fürstencapelle ruhen [15]: sie sagt aber
auch, daß ein Sohn Friedrich des Sanftmüthigen dort begraben liege, was die Urk. vom J. 1445 nicht enthält. Friedrich
der Sanftmüthige hatte im J. 1459 bereits drei Söhne durch
den Tod verloren, Heinrich († 22. Juli 1435), Alexander
(† 14. Septbr. 1446) und Friedrich († 18. Decbr. 1451).
Ursinus gibt an, daß alle drei in der Fürstencapelle ihre
Ruhestätte gefunden, allein unsere Instruction enthält ganz
deutlich geschrieben nur den Singular „Son“ nicht „Sone“.

---

[14] Daß Friedrich der Streitbare in Meißen begraben liege, ist früher
bezweifelt, aber schon von Horn a. a. O. und Ursinus a. a. O. nachgewiesen worden.

[15] Wegen der letzten Beiden heißt es in der Urkunde vom J. 1445:
„unser lieben Frawen und muter und Heinrichs unser lieben Bruders seligen, die in derselben Capellen liphaftig die unsern lieben herrn und vater
begraben sind.“   .

Wir müssen also annehmen, daß bloß der eine der drei Verstorbenen, wahrscheinlich der zuletzt verblichene Friedrich, in
der Fürstencapelle beigesetzt worden ist.

Das Gesuch Friedrich des Sanftmüthigen ist aber, soviel
wir ersehn, unbeachtet geblieben, wir finden wenigstens keine
Nachrichten darüber, daß der Papst in den nächsten Jahren
der Capelle im Dome zu Meißen Reliquien überlassen oder
für sie besondern Ablaß verliehn habe.

An diese Stelle der Instruction schließt sich ein auf das
Bisthum Meißen bezüglicher Abschnitt mit den Worten:

„Item das Bisthum zu Meißen mit allen seinen Unterthanen geistlich und weltlich, ist ausgenommen vom Römischen
Stuhl aus dem Gehorsam des Erzbischofs zu Prag, der ein
Legat ist. Nun hat sichs ereignet, daß zu Prag bei langer
Zeit kein Bischof gewesen ist, würde nun die Krone Böhmen
zu christlichem Glauben wieder kommen, als das hofflich ist
und ein Bischof durch den Papst gesetzt, der Bischof wollte
seinen geistlichen Gerichtstab in das Bisthum zu Meißen er-
strecken, geistliche und weltliche Personen vor sich und seine
Prälaten heischen und fordern, als das vor Alters gewesen
ist, das dem Lande zu Meißen großen unvermeidlichen Schaden brachte — Seine Heiligkeit zu bitten, daß er die Ausnehmung, exemtio genannt, des Bischofs und Stifts zu Meißen
erneuere und bestätige, also daß ein Bischof zu Meißen dem
Bischof zu Prag nicht gehorsam und unterthänig als ein Suffra-
ganeus sein dürfe und daß keine Person, geistliche oder weltliche, um keiner Sache willen vor den Bischof zu Prag oder
seinen Prälaten sich verantworten oder stehn dürfe, desselben-
gleichen auch um die Ausnehmung von dem Erzbischof zu
Magdeburg."

Dieser Satz erläutert sich dadurch, daß durch päpstliche
Bullen vom 12. Decbr. 1399[16] und 6. Juli 1405[17] das

---

[16] Codex diplomaticus Saxoniae regiae ed. Gersdorf. 2. Haupt-
theil, Urkundenbuch des Hochstifts Meißen Bd. II. S. 244.

[17] ib. S. 322.

Hochftift Meißen von der Gerichtsbarkeit der Erzbischöfe zu
Magdeburg und Prag eximirt worden war, ein Verhältniß,
über welches der Herausgeber des Codex diplomaticus Saxoniae regiae, Herr Hofrath Gersdorf, in dem Vorberichte zum
2. Bande des Urkundenbuchs des Hochftifts Meißen (p. IX fl.
XXIII fl. XXVIII.) bereits erschöpfende Mittheilungen gegeben hat.

Die Inftruction endet dann mit den Worten: „Item wir
verstehn, daß die Fürsten am Rhein und andere Fürsten merkliche Sachen ihren Landen und Fürstenthümern zu Nutz und
Frommen und Gute an Seiner Heiligkeit haben erlangt, wollet
in Fleiß darauf Erfahrung haben zu Mantua und anderswo,
was Stücke und Sachen das wären, würdet ihr erkennen, daß
solche Stücke und Sachen uns, unsern Landen und Fürstenthümern nützlich und austräglich könnten werden, so steht in
Fleiß bei Seiner Heiligkeit auch danach, daß solche Stücke und
Sachen uns unsern Landen und Fürstenthümern auch zuge-
geben werden."

Die Gesandten haben gewiß sich befleißigt, bei ihrer Ankunft in Mantua den Kurfürsten von Sachsen, der ihnen zu
Anfang der Inftruction ertheilten Weisung gemäß, bei dem
Papste aufs Beste zu entschuldigen, allein er erachtete die angegebenen Gründe nicht für genügend. Ein päpstliches Schreiben aus Mantua v. 13. Aug. 1459 beklagt, daß der Kurfürst
wie andere Fürsten, trotz der wiederholten Aufforderung, auf
dem zum 1. Juni 1459 nach Mantua ausgeschriebenen Tage
ausgeblieben und ladet zum Erscheinen zu einer neuen Versammlung auf den Tag Martini ein. Wir finden aber nicht,
daß der Kurfürst dieser erneuerten Einladung Folge gegeben
habe.

Heinrich von Könneritz und seine sechs Söhne.

Zeitbilder aus dem sechzehnten Jahrhundert
von Julius Traugott Jacob von Könneritz,
Staatsminister a. D.

Vorwort.
Stellung der Familie von Könneritz vor dem Reformationszeitalter.

Schon in der Bemerkung der Redaction vor dem Aufsatze über die Weigerung der Leipziger Ritterschaft, gegen die Stadt Magdeburg zu ziehn (Bd. 4, S. 121), ist erwähnt, daß dessen Verfasser die ihm gestattete Einsicht des Haupt-Staatsarchivs unter anderm auch dazu benutzt habe, über die in dem Zeitalter der Reformation lebenden Mitglieder seiner eignen Familie nähere Notizen zu sammeln und an das Licht zu ziehn.

Ich mache von der Erlaubniß der Redaction Gebrauch, indem ich die gewonnenen Lebensbilder von Heinrich von Könneritz und seinen sechs Söhnen, als den damals lebenden und besonders hervortretenden Gliedern der Familie, und zwar in ungetrennter Reihenfolge veröffentliche.

Um aber den großen Einfluß richtig bemessen und würdigen zu können, den die Wiederbelebung der Wissenschaften und der Aufschwung der Geister in jener großen und denkwürdigen Epoche selbst auf einzelne Familien ausübte, sei es erlaubt, wenn auch nur in den allgemeinsten Zügen zur Vergleichung vorauszuschicken, welchen Standpunkt die Familie

bis dahin in dem öffentlichen und staatlichen Leben eingenommen hatte.

Die Familie von Rönnerih oder auch Conrih, Roenrih,
Roenbrih, Kunrih, Kuenrih, wie der Name früher, oft sogar
zu einer und derselben Zeit, verschiedentlich geschrieben worden
oder Glieder des Geschlechts sich selbst geschrieben haben[1], ist
ein altes Meißner Adelsgeschlecht.

Schon in der Versicherungsurkunde[2] vom 16. April 1191,
welche Markgraf Conrad dem Bischofe von Naumburg über die

---

[1] So schreibt sich Heinrich v. R. im 16. Jahrh. bald Ronrih, bald
Roenrih, bald Roenbrih, während die Grabschrift in der Kirche zu Lobstedt ihn selbst Ronerih, den Sohn Kunerih nennt. So wird in Verordnungen des Kurfürsten Morih der Eine Roennerih, der Andere, obgleich
ausdrücklich als dessen Bruder bezeichnet, Küenrih geschrieben. Der Frei-
herrnbrief Kaisers Rudolph von 1609 schreibt sie Roenbrih. Nur auf einer
falschen Erklärung des Wappens dagegen beruht es, wenn manche glauben, sie hätten sich ursprünglich Rannerih geschrieben und dieß von Rannen ableiten. Das Wappen, sehr deutlich gezeichnet auf einer Erzplatte
im Dome zu Naumburg von 1496 und auf einem Codex in der Rathsbibliothek zu Leipzig vom J. 1529 zeigt nicht drei Rannen, sondern drei
Stempel in Holzfarbe mit zwei Handhaben, Rammel oder sogenannte
Jungfern. Nicht zu verwechseln sind sie ferner mit den Roenih, Rötterih,
Rödterih, Ruenring oder Künring, wie gleichwohl hier und da geschehen ist.
So war der in Jauchs Adelslexikon unter der Familie Rönnerih auf-
geführte Christlieb, Commandant und Landschafts-Director von Coburg
nicht ein Ronnerih, sondern ein Rönih. So war der von Wehse in seiner
Geschichte der sächs. Höfe Th. 6, S. 80 unrühmlich erwähnte und 1715 in
Ungnade entlassene Vice-Kanzler und Appellationsgerichts-Präsident kein
„Roennerih", sondern ein „Rötterih", wie sofort bie unter seiner Under-
schrift ergangenen Verordnungen im Codex Augusteus ausweisen. Und
ebenso beruht es nur auf einer Verwechselung mit dem Namen Kuenring,
wenn einige Genealogen behaupten, daß ein Ronnerih das Kloster Zwetl
in Tyrol gestiftet habe.

[2] Abgedruckt in Lepsius' Geschichte der Bischöfe zu Naumburg Th. 1,
S. 263. Nach einer Urkunde d. d. Merseburg, 15. August 1330 (in den
neuen Mittheilungen Bd. 1, H. IV, S. 87) verkaufte ein Heinrich, Krulle
genannt, von Ronrih, der ehrbare Dienstmann — honestus famulus —
eine Hufe in Klein-Görschen an den Pfarrer in Groß-Görschen. Der
Beiname Krulle kommt jedoch nicht weiter vor und ist daher nicht in

Ausübung der Voigtei-Rechte im Bezirke der Stifts-Kirche zu
Zeitz ausgestellt hat, ist ein Conrad de Konneritz als Zeuge
aufgeführt, wahrscheinlich von dem bei Zeitz gelegenen Edelsitze
Koenritz oder Koenbritz, der jetzt mit dem Rittergute Etzoldshayn vereinigt ist. Die große Zahl der in jener Urkunde
genannten Zeugen — außer den Geistlichen allein 33 Layen —
und die darunter vorkommenden Namen, welche fast durchgängig mit den Benennungen von Rittergütern übereinstimmen, lassen übrigens darauf schließen, daß bei jenem Geschäfte
alle im Stiftsbezirke angesessene Vasallen zugezogen waren,
die Urkunde auf einem Landthing abgefaßt wurde.

Seßhaft war die Familie hauptsächlich in der Gegend
von Zeitz, Weißenfels, Pegau, Borna und Altenburg. Sehr
hoch steigt zwar die Zahl der Realitäten an, mit denen sie
nach und nach oder gleichzeitig beliehen worden sind. Allein
mit Unrecht würde man hieraus auf einen großen Grundbesitz
schließen wollen. Die Mehrzahl der aufgefundenen Fälle beschränken sich bei näherer Prüfung auf einzelne Höfe, Aecker,
Wiesen, auf Berechtigungen in Dörfern oder Dorf-Antheilen,
auf Zinsen und Renten. Die Rechtssitte früherer Zeiten,
Pfandschaft in die Form von Zeit-Käufen, Darlehn in die
Form von Renten- und Gillen-Käufen einzukleiden, und diese
Geschäfte auf eine nur kurze bestimmte Zeitdauer abzuschließen
und dagegen von Zeit zu Zeit zu erneuern, vermehrte die
Zahl der Lehnsreichungen. An Gütern von nur einigem Belang finden sich darunter vielmehr nur wenige.[8]

einen Familiennamen übergegangen, wie dieß bei einigen anderen Geschlechtern vorkommt, bei denen gewisse Unterscheidungszeichen mit dem
Zusatze „dictus", „genannt" nach und nach Familiennamen geworden
sind.

　[8] Gahlis, Zschopau, das Amt Liebenwerda, Medessen, Löbschütz
(Lobstedt) nebst einem Hofe zu Borna von 1414 bis 1563, Groß- und
Kleinzössen zu derselben Zeit, Kötteritzsch und Leißenau bis in das 17.
Jahrh. sind die nennenswerthesten. Außerdem besaßen sie von 1467 bis
ohngefähr 1560 eines der vier Freihäuser auf der Burgstraße in Leipzig,
welches früher Fürst Wolfgang von Anhalt besessen hatte.

War aber in früheren Jahrhunderten Grundbesitz für den Einzelnen wie für ganze Familien die erste Bedingung, um Macht und Ansehn, Einfluß auf die Gestaltung der öffentlichen wie der socialen Verhältnisse zu erlangen, gab der Umfang des Ersteren zugleich den Maaßstab für das Letztere, so ist es natürlich, daß die Familie unter jenen Verhältnissen wenig Bedeutung für die Entwickelung der vaterländischen Zustände haben konnte.

Wir finden vielmehr die einzelnen Glieder, wie die so vieler anderer Familien des niedern Adels, im 13., 14. und 15. Jahrh. nur, theils als Burgmannen und stipendiarii, beständige, theils, auf besonderes Aufgebot als Vasallen, nach Zeit und Umstände Kriegs- und andere Lehn-Dienste leisten.

So war in den Jahren 1348 bis 1363 unter den Markgrafen Friedrich dem Ernsthaften und dessen Sohn, Dietrich von Rönneritz Burgmann zu Koren und Hauptmann einer rittermäßigen Waffen-Genossenschaft, welche gegen die Benutzung von Gütern, Beziehung von Zinsen und gegen Vergütung der Kriegsschäden Reiterdienste verrichtete oder die Bewachung von Burgen zu leisten hatte, und welche bald societas des von Koeneritz, bald societas Uczmanstedt — (wahrscheinlich Oßmanstedt im Amte Roßla) — genannt wird. Als solcher quittirt er in den Acten bald über das empfangene Stipendium, 40 Schock breite Groschen, bald über den Ersatz von Schäden, welche die societas durch Verlust an Pferden und Kleppern, equis und spadonibus, in verschiedenen Zügen, gegen die Grafen Mansfeld (1362 und 1363) und auf einem Zuge nach Schwaben (1363) erlitten hatte. Gleichzeitig war er Beamter zu Koren und legt als solcher Rechnung ab. Die Gesellschaft zählte unter ihren Mitgliedern auch Einen von Meckau und Einen von Schoenfeld.

So war ferner nach Dietrichs v. R. Tode Günther I. im Jahre 1377 advocatus (Voigt) vom castro Eckardtsberge,

1388 Burgmann zu Koren und eventualiter mit dem Vorwerke Salis beliehen.[4]

In ähnlichen Verhältnissen, jedoch mit mehr Abwechselung
und eine größere Selbstthätigkeit entwickelnd, scheint Hans von
Könneriz auf Lobstädt bis 1477 gelebt zu haben. Nach dem
Tode seines Vaters Ramfold hatte er in der Theilung Lobstedt
(auch Lobschitz oder Loebschitz, ein Städtchen mit Rittersitz bei
Borna) angenommen, während der Bruder Günther die Güter
Groß- und Kleinzössen nebst Dittmannsdorf erhielt. Im J.
1442 wohnte er einem Zuge von Rittern bei, der nach dem
Aufgebote des Herzogs und Landgrafen von Thüringen,
Wilhelm des Eisernen, nach Luxemburg zog und sich hierzu,
150 Pferde stark, Mittwoch nach Epiphanias (11. Januar)
unter dem Grafen Ernst von Gleichen zu Creuzburg versam-
melte. Er selbst war hierzu mit drei Pferden aufgeboten.
Veranlassung zu diesem Zuge lag in den Ansprüchen des
Herzogs Wilhelm auf Luxemburg und Chimay. Ob aber
jener von Creuzburg abgehende Zug der bekannte, gegen die
Herzogin Elisabeth von Brabant und Philipp von Burgund
mit Beistand der luxemburgischen Stände unternommene
Kriegszug, oder die dem vorausgegangene friedliche Sendung
gewesen, ist zweifelhaft.

Im Jahre 1445 erscheint er unter den Mitgliedern der
Landschaft, welche den Bruderzwist zwischen Kurfürst Friedrich
und Herzog Wilhelm durch eine vorgeschlagene Theilung d. d.
Leipzig, den 29. Novbr. 1445 zu vermitteln suchten.[5] Schiedsmann war er ferner in einer Jagd-Irrung zwischen dem Kurfürsten und Anarch von Waldenburg, Herrn von Wolkenstein.[6]

---

[4] Urf. Donnerstag nach Nativ. u. Johannis 1388 bei Horn, Lebensbeschreibung Friedrich des Streitbaren S. 679. Das eigentliche Burg-
lehnzut von Koren, Salis, erhielt nach Günthers Ableben im Jahre 1398
der Ritter Siegfried von Schönfeld zu Radeburg in Lehn. Urf. bei Horn,
ibidem S. 701.

[5] Luenig part. spec. Cons. II. p. 227. —

[6] Urf. d. d. Zschopau, 24. Septbr. 1452 im Haupt-Staatsarchive.

In Auftrag des Kurfürsten verwaltete er 1448 bis 1451 die
Voigtei der Grafschaft Schwarzburg, die der Kurfürst zum
großen Verdrusse seines Bruders, des Herzogs Wilhelm, vom
Grafen Günther erkauft hatte, nach erfolgter Aussöhnung
aber den Lehnserben des Grafen Günther wieder überließ.[7]
Um diese Zeit besaß er zugleich die Güter Schloß und Stadt
„die Tschape" (Tschopau), die er — in welchem Jahre und
von wem? ist zweifelhaft — erkauft hatte, aber bald darauf
und zwar anscheinend schon im Jahre 1449, mit Einwilligung
Anarchs von Waldenburg, dem die Lehnsherrlichkeit hierüber
zustand, an den Kurfürsten von Sachsen um 2500 Thlr. — —
oder wie es anderwärts heißt, um 3000 Gülden, wieder verkaufte.[8] Wegen der rückständigen Kaufgelder von Tschopau
und einer andern Schuld überließ ihm der Kurfürst 1451
pfandweise Schloß, Stadt, Amt und Voigtei Liebenwerda.
Die Pfandobjecte wurden ihm zugleich, wie damals Sitte,
„Amtweise" eingeräumt, so daß er während seiner Besitzzeit
bis zum Jahre 1457, wo er dieselben nach erfolgter Ein-
lösung an Dietz von Miltitz übergab, als „Hauptmann" oder
auch „Voigt" zu Liebenwerda bezeichnet wird.[9]

Während des Besitzes und der Verwaltung von Liebenwerda war er mit dem benachbarten Kloster Dobrilugk wegen

---

[7] Ueber die Verwaltung der Voigtei legt er 1450 zu Torgau Rechnung ab.

[8] Nach Simons Beschreibung der Stadt Tschopau S. 185 hat er
auch um das Jahr 1440 daselbst gewohnt. Simon sowohl als Kreyßig
in den Beiträgen Th. 1, S. 30 schreiben offenbar irrthümlich „Rateritz".
Die betreffenden Urkunden im Haupt-Staatsarchive weisen nach, daß es
Rönneritz heißen muß.

[9] Ueber diese verschiedenen Rechtsgeschäfte finden sich Urkunden und
Nachrichten im Haupt-Staatsarchive, Urk. no. 7115, 7521 u. 7552 und
Cap. no. 13, fol. 127 u. Cap. no. 25, fol. 4, 5, 141 u. 142. Uebrigens
hatte der Kurfürst es nicht verschmäht, dem von Rönneritz, seinem Dienst-
und Lehnsmanne, wegen Bezahlung der Schuld einige Hofbeamten und
Vasallen als Bürgen zu stellen und diesen unter dem 6. Febr. 1457 einen
besondern Schadlosbrief auszuhändigen.

Forst- und Mühlen-Nutzungen in offene Fehde gerathen. Der
Voigt des Klosters, obschon es unter sächsischem Schutze stand,
„schoß ihn und tödtete ihm einen Knecht". Die Fehde wurde
vor dem Bischofe und dem Probste zu Meißen durch einen
Schiedsspruch d. d. Meißen, 20. März 1455 beendigt. Schieds-
leute waren Seiten des Kurfürsten von Sachsen die Ritter Heinrich von Bünau, Dietrich von Miltitz und Nickel von Schönberg,
von Seiten des Kurfürsten von Brandenburg aber der Abt
Johann von Alten-Zelle, Otto von Schlieben, Landvoigt der
Lausitz, und Hincze Kracht (Kreißigs Beiträge Bd. 4, S. 103).
Schon vorher um das Jahr 1447 hatte er eine Fehde zu bestehen gehabt. Hierbei waren zwei Gebrüder „die Balteren",
welche den Hans von Könneritz „zu mordbrennen zu fahen und
zu schlahen geholfen", gefangen worden. Sie mußten zu Torgau
Montag nach Drei Königen 1447 unter Bürgschaft Günthers
von Holder und Hans Frauenhorsts Urfehde leisten. Die Veranlassung zu dieser Fehde ist unbekannt. Da sie aber in die
Periode kriegerischer Ereignisse fällt, in der Urkunde auch der
Einfall in des Kurfürsten Land und der Angriff auf „seinen
Mannen" besonders betont ist und dem Kurfürsten Beistand
in seinen Kriegen zugesagt wird, so hat sie wahrscheinlich in
den damaligen politischen Händeln ihren Grund gehabt.

Außer den bis jetzt genannten Gütern besaß er zugleich
ein Freihaus zu Leipzig.

Im geistlichen Stande finden wir in jener Zeit zwei
Brüder: Burkhard in den Jahren 1432 bis 1465 und Andreas
bis gegen 1490. Burkhard war Probst des Jungfrauen-
Klosters zu Langendorf bei Weißenfels, Andreas Domherr,
zuletzt Senior des Kapitels zu Naumburg. Beide Brüder
und mit ihnen gemeinschaftlich ein dritter Bruder Heinrich,
alle drei zu jener Zeit wohnhaft in Weißenfels, schenkten dem
Kloster Langendorf eine nicht unbeträchtliche Anzahl von Gütern
an Höfen, Aeckern, Wiesen ꝛc. zu Posern, Greilschütz, Versfeld,
Melsen, Koschitz, Richardswerben und Nellschitz, insgesammt
um Weißenfels gelegen, und zwar zunächst zu Errichtung eines

Altars und Bestellung zweier Kapellane in Langendorf, daneben aber zu Seelenmessen für Herzog Wilhelm, dessen Aeltern und Freunde, sowie für ihre eigenen Aeltern und Freunde und insbesondere für einen verstorbenen Oheim Heinrich. [10]

Von dem genannten Andreas von Rönneritz befindet sich ein Monument nicht ohne Kunstwerth in der Domkirche zu Naumburg. Eine an der Wand aufrecht stehende Platte von Erz stellt ihn selbst, mit dem Kelche in der Hand, in ganzer Lebensgröße dar.

Auch von weiblichen Familiengliedern treffen wir jener Zeit einige im geistlichen Stande. So war Euphemie von Rönneritz 1446 Aebtissin zu Beutitz. Elisabeth 1486 Aebtissin des Klosters Langendorf. Zwei Töchter des oben erwähnten Hanns auf Löbschütz, Dorothee und Margarethe, waren Klosterjungfrauen zu Mühlberg und zu diesem Behufe von ihm im Jahre 1475 mit Zinsen im Dorfe Bergisdorf und der Flur zu Pausa ausgestattet worden. Catharina, eine Tochter Ramfolds, wurde Klosterjungfrau in Altenburg. Als Priorin des Klosters klagt sie später in einem Schreiben an Herzog Georg von Sachsen, den Beschützer des katholischen Glaubens, über die im Kloster eingerissene Verwilderung und bittet, da die mehrsten Jungfrauen fortgelaufen seien, ihr einige fromme Schwestern von Freiberg zuzuschicken. [11]

In dem sechzehnten Jahrhunderte, dem Zeitalter eines

---

[10] Die Schenkungsurkunde ist d. d. Weißenfels, 27. Octbr. 1451. Die Bestätigungsurkunde Herzogs Wilhelm als Lehnsherrn d. d. Weißenfels, 22. Febr. 1456. Die Bestätigungsurkunde des Bischofs Peter zu Naumburg, welche die einzelnen Bestimmungen über Zweck und Verwaltung sehr ausführlich enthält, d. d. Zeitz, den 15. Aug. 1458. Die Verleihung der geschenkten Güter, sowie eines im Klosterhofe Denen von Rönneritz überlassenen Hauses, hatte sich die Familie durch den jedesmaligen Geschlechts-Aeltesten vorbehalten. Ueber die geordneten anniversaria und Seelen-Messen zu Gunsten der Schenkgeber s. Schöttgen und Kreyßig, Scriptores etc. II. 165 B. und fol. 168. Die Veranlassung zu dieser freigebigen Schenkung ist unbekannt.

[11] Bei ihrem Eintritte wurde sie von ihrem Vater im J. 1503 mit

höheren Aufschwungs der Geister sowie der Entwickelung der
öffentlichen Verhältnisse, haben allerdings auch einige Glieder
der Familie sich hervorgethan, indem innerhalb der Zeit von
1519 bis 1563 Heinrich von Könneritz auf Löbschütz und vier
seiner Söhne, insgesammt durch wissenschaftliche Studien darauf vorbereitet, wichtige Aemter im In- und Auslande be-
kleidet haben und auf den Gang der Angelegenheiten Einfluß
zu üben im Stande gewesen sind.

Mit dem Ableben des Letzten der Söhne Heinrichs im
Jahre 1563 dagegen — als wenn die Kraft in zwei Genera-
tionen sich schon gänzlich erschöpft hätte — tritt die Bedeutung der Familie für die öffentlichen Angelegenheiten auf
längere Zeit völlig in den Hintergrund. Wir finden die einzelnen Glieder die folgenden zwei Jahrhunderte hindurch nur
unter den Vasallen, als Besitzer wenig bedeutender Güter, als
Hofdiener oder, nachdem mit Einführung der stehenden Heere
der Soldatenstand ein wirklicher Lebensberuf geworden war,
im Militärstande, zu Zeiten, wie es scheint, sogar in wenig
glänzenden Verhältnissen: besonders bezeichnend ist es, daß,
während im Anfange des 16. Jahrhunderts, zu einer Zeit,
wo wissenschaftliche Vorbildung noch keineswegs Vorbedingung
öffentlicher Bedienstung war, ja öffentlicher Civildienst überhaupt noch nicht so allgemein als Lebensberuf betrachtet wurde,
von den sechs Söhnen Heinrichs mindestens fünf den Studien
sich gewidmet hatten, in den folgenden zwei Jahrhunderten
nicht Ein Glied der Familie in der Civil-Laufbahn angetroffen
wird. Nur erst um die Hälfte des 18. Jahrhunderts finden
wir und zwar in der Person eines Bernhard Siegmund von
Könneritz, der Stiftsregierungsrath zu Wurzen und Inspector
der Fürstenschule zu Pforta war, unter ihnen wieder einen
Civil-Staatsdiener.

Von jener Zeit an und besonders in der jetzt lebenden
Generation, die wir übrigens ganz außer Betracht lassen,

2 Schod oder, wie es in dem spätern Kaufe ihres Bruders Florian vom
J. 1533 heißt, mit vier silbernen Schod Zinsen aus Lorbschütz ausgestattet.

haben sich dagegen wieder viele Glieder dem Civil-Staats-
dienste zugewendet.

Nach dieser in allgemeinen Umrissen gegebenen Geschichte
der Familie, die mehr oder weniger der so vieler anderer
Geschlechter des niedern Adels in unserm Vaterlande gleicht,
konnte es allerdings, bei aller Pietät gegen Vorfahren, selbst
für ein Glied der Familie keinen Reiz haben, die Spuren
über die Schicksale jedes Einzelnen weiter zu verfolgen.

Dagegen schien ein näheres Eingehen auf das Leben und
Wirken Heinrichs von Könneritz und seiner Söhne in der Zeit
von 1519 bis 1563 und eine Vervollständigung der über dieselben gesammelten Nachrichten schon in sofern lohnend zu
werden, als dieß in eine für die Entwickelung der staatlichen
Verhältnisse, wie der Culturzustände Sachsens so wichtige
Periode fällt. Man konnte und mußte hoffen, hierbei weit
über den engen Bereich einer Familien-Geschichte hinaus, zugleich zu einer lebendigeren Anschauung jener Entwickelungs-
periode selbst zu gelangen.

Der Erfolg hat die Erwartung des Verfassers nicht
getäuscht.

Bei dem Eindringen in den reichen Schatz des Haupt-
Staats-Archivs haben wir so manche Winke und Andeutungen
aufgefunden, die zu richtiger Beurtheilung der Ereignisse und
der hierauf einwirkenden Persönlichkeiten beitragen können,
über Sitten und Gebräuche, über Culturzustände, über die
Art und Weise, wie die Staatsgeschäfte betrieben wurden,
über den Zustand der Rechtspflege, über die Stellung der
Diener zum Regenten nähern Aufschluß zu geben.

Wir haben uns daher auch nicht versagen mögen, Einiges
hiervon für Freunde vaterländischer Geschichte mitzutheilen.
Werden diese Mittheilungen an die Erzählung von den Er-
lebnissen jener Familienglieder angeknüpft, so geschieht dieß,
theils um bei der Reichhaltigkeit des Stoffs eine bestimmte
Grenzlinie zu finden, theils um einen Rahmen für diese an
sich unzusammenhängenden Bilder zu gewinnen.

Erster Abschnitt.

Heinrich von Rönneritz, Rath des Kurfürsten von Sachsen und Gründer des Flors von Joachimsthal und seines Bergbaues.

Heinrich von Rönneritz auf Zössen und Lobschütz, Rath des Kurfürsten Johann Friedrich und in dem Zeitraume von 1519 bis 1545 gräfl. Schlickischer Hauptmann in Joachimsthal, war in dem Jahre 1433 oder 1484 geboren.[12] Seinen Vater, Dietrich, verlor er in dem Alter von nur zehn Jahren. Als der einzige hinterlassene Sohn ererbte er die väterlichen Güter Zössen (Groß- und Klein-Zössen) und Dittmannsdorf, während er das Familiengut Lobschütz, jetzt Lobstädt genannt, ein Rittergut mit Städtchen bei Borna, nebst einem Hofe zu Borna, ingleichen Bergisdorf und das Gut Ablsdorf, an denen seine Linie bereits in der Gesammtlehn stand, erst im Jahre 1533 von seinem Vetter Florian um die Summe von 12,100 rhn. Gulden erkaufte. Seine Mutter Euphemia war eine geborne oder verwittwete von Medau.

Rechenberg in seiner Abhandlung[13] rechnet ihn, wiewohl er ihn irriger Weise mitten unter seinen Söhnen aufzählt, zu denjenigen von Adel, welche sich den Wissenschaften gewidmet, und Spangenberg (Adelsspiegel Tom. II. S. 77) rühmt, daß er viel auf schöne und gute Bücher gehalten, welche nach dem Zeugnisse des Zeitgenossen Mathesius, des bekannten Pfarrers und Chronisten von Joachimsthal (in der Einleitung zu seinen

---

[12] Nach der Grabschrift in der Kirche zu Lobstädt, nach welcher er 1531 (im März) in einem Alter von 67 Jahren verstorben.

[13] de nobilitate misniae literata, Altenburg 1694. §. 81: „Henricus literas etiam coluit." Da er ausdrücklich erwähnt, daß er zu den Schiedsrichtern zwischen Johann Friedrich und Herzog Georg gehört habe, so kann unter dem aufgeführten Heinrich eben nur der Berghauptmann zu Joachimsthal, Vater der übrigen von ihm aufgeführten Familienglieder, gemeint sein. Die Archivsacten bezeichnen jenen Schiedsmann ausdrücklich als Hauptmann zu Joachimsthal.

Bergpredigten S. 288), nach dessen Ableben von dem Sohne
der Liberey zu Joachimsthal geschenkt wurden.

Wo er seine Ausbildung erhalten und welche Wissenschaften er besonders erlernt, ist bei dem Mangel aller Nachrichten über seine Privatverhältnisse unbekannt. Waren jedoch
damals die höheren Bildungsanstalten vorzugsweise mit den
Capiteln der geistlichen Stifter verbunden und war der Cardinal von Meckau, Bischof von Brixen und früher Dompropst
zu Meißen, sein Ohm, so ist es nicht unwahrscheinlich, daß er
bei diesem, seinem Oheim, seine Ausbildung erhalten, möglich
aber auch, daß er die Kenntnisse, des Bergwesens mindestens,
bei einem andern Ohm, Hans von Könneritz, erlangt hat, der
gegen Ende des 15. Jahrhunderts bei dem Bergwesen in
Schneeberg angestellt war.[14] Wie dem auch sein möge, da
wissenschaftliche Vorbildung nach dem damaligen Culturzu-
stande noch keineswegs allgemeine Vorbedingung öffentlicher
Anstellung war und wer einmal zu irgend einem Amte dienlich befunden, auch für alle andere gerecht sein müßte, soviel
wird aus seiner Thätigkeit als Berghauptmann, aus seinem
Berufe als Richter in streitigen Bergsachen und besonders aus
der unter seiner Leitung im Jahre 1541 erschienenen sehr
gründlichen und ausführlichen Bergordnung für Joachimsthal
abgenommen werden müssen, daß er nicht blos des Bergwesens, sondern auch des Bergrechts kundig war.

Zu öffentlichen Geschäften scheint er zuerst von seinem
nächsten und unmittelbaren Lehnsherrn, dem Burggrafen von
Leisnig, gebraucht worden zu sein.[15] Schon in einem Lehns-

---

14 Nach dem Anführen in einer Proceßsache. Oberhofgerichts-Acten
Nr. 1026 vom Jahre 1506.

15 Die Burggrafen zu Leisnig hatten sehr zahlreiche und mächtige
Vasallen aus den angesehensten Geschlechtern, wie z. B. von Einsiedel,
Meckau, Kaufungen, Maltitz, Haugwitz, Ende, Rischwitz; Behren, Beschwitz, Ossa u. s. w. und einen besondern Lehnhof. Die Lehen lagen zerstreut bis in das obere Gebirge hinauf, wie z. B. Forchheim und Lauterstein. Die Burggrafschaft selbst aber war l. Urkunde des Kaiser Ludwig
von 1329 der Lehnshoheit der Markgrafen zu Meißen unterworfen, so daß

briefe des Burggrafen von 1510 wird er als Zeuge einer
erfolgten Beleihung aufgeführt und nach weiterm Inhalte des
sächs. Staatsarchivs wurde er in den Jahren 1515 bis 1518
von dem Burggrafen Hugo verschiedentlich bald zu Mannen-
gerichten, bald „um ihm mit seinem Rathe zu helfen", bald
„um ihm in Geschäften beizustehen" oder wohl auch nur als
Gefolgs-Mann „um mit ihm zu verreiten" verschrieben. Im
Jahre 1519 übernahm er das Amt eines Hauptmanns der
Grafen Schlicke „im Thale", wie der ganze bergbauende
District auf der Abdachung des sächsischen Erzgebirges nach
Böhmen hieß, oder „in Joachimsthal", wie der Hauptort des
Bergreviers nach erlangtem Stadtrechte genannt wurde.[16]

Um die Verhältnisse, welche zu Uebertragung dieses Amtes
Anlaß gaben, seine Wirksamkeit und seine Stellung während
dieser Zeit zu Sachsen richtig zu verstehen, möge es erlaubt
sein, als Excurs eine Schilderung von dem Aufschwunge, den
der Bergbau zu jener Zeit auf dem obern Erzgebirge genommen hatte, und der Bergverfassung vorauszuschicken.[17]

die Vasallen der Burggrafen zugleich mittelbare Vasallen der Letzteren
waren, bis mit dem Aussterben der burggräflichen Familie im J. 1538
das Afterlehnsverhältniß in ein unmittelbares überging.

[16] Er selbst datirt bald von „Joachimsthal", bald „vom Thale"
aus. Auch Behörden und Schriftsteller jener Zeit brauchen beide Benennungen untermischt. Daß sich sein Wirkungskreis nicht auf den Ort
Joachimsthal beschränkte, geht fast aus jeder Seite von Mathesius'
Chronik hervor.

[17] Die nachfolgenden Angaben sind theils aus Benselers Geschichte
des Bergbaues, Freiberg 1846, aus Geniaii Chronica Annaebergensi,
Meltzers Geschichte von Schneeberg, theils, soviel Joachimsthal betrifft,
aus Mathesius' Bergpredigten und Chronik, Nürnberg 1651, Agricola
de re metallica, Schallers Topographie von Böhmen und Graf Caspar
Sternbergs Geschichte der Bergwerke in Böhmen, Prag 1836, 2 Bde.,
sowie aus den Gesetzen jener Zeit entlehnt. Man entschuldige die große
Ausführlichkeit dieser Schilderung. Sie entstand zu einer Zeit, als in
unserm Vaterlande die Umgestaltung der Bergwerksverfassung und bald
darauf die Erlassung einer allgemeinen Gewerbordnung vorbereitet wurden, und hierbei so viele wichtige Fragen der Staats- und Volkswirthschaft, z. B. über das Verhältniß der Arbeitgeber zu den Arbeitnehmern,

Lange nachdem der Silberbergbau um Freiberg und Meißen aufgenommen worden, ja nachdem der um Meißen bei Scharfenberg, Nossen, Siebenlehn bereits wieder in Verfall gekommen war, wurden zu Ende des funfzehnten und Anfang des sechszehnten Jahrhunderts auf dem höchsten sächsischen Gebirge an der Grenze Böhmens — am Schneeberge 1471, am Schreckenberge 1490, später am Marienberge — besonders reiche Silbergruben entdeckt und in Betrieb gesetzt.

Fast märchenhaft lauten die Berichte der Chronikenschreiber über die gefundenen Schätze und den Betrag der gewonnenen Ausbeuten. Glaubhafter, aber darum nicht minder anziehend, die Schilderungen der Zeitgenossen über das Drängen und Treiben und das rege Leben, was hierbei in jene Gegenden einzog.

Sie gleichen in dieser Beziehung fast den Mittheilungen, die wir in der Neuzeit aus den Goldländern der neuen Welt erhalten haben. Nur daß die Gewinnungsart eine ganz verschiedene war, ganz verschiedene Vorbedingungen erforderte und daher auch dem ganzen Erwerbe und Berufe eine ganz andere Bedeutung gab. Während in jenen Goldländern, wenigstens in der ersten Zeit nach der Entdeckung, der lockere Boden nur mit Schippe, Hacke und Spaten durchwühlt, das Metall ohne große Anstrengung physischer Kraft, ja ohne tiefere Intelligenz und ohne Verwendung eines Betriebscapitales gefunden wurde und daher selbst der geschwächte und entnervte Mensch, jeder Abentheurer, sobald er nur Entbehrungen zu ertragen und sich vor Dieben, Räubern und Mördern zu schützen im Stande war, im Vertrauen auf einen glücklichen Fund dem Goldsuchen sich wohl hingeben mochte,

über dauernde und großartige, gemeinnützige Anlagen, deren Unternehmen und Erhaltung einzelnen Privaten nicht füglich angemuthet werden kann, über den Einfluß, den man dem Staate und dessen Behörden im Interesse des Gemeinwohls einräumen darf oder muß u. s. w., einer erneuerten Erwägung bedürfen und hierbei selbst dem Unberufenen ein Zurückgehn auf die Geschichte nothwendig schien, um eine angemessene Lösung zu finden.

mußten die Silbererze im sächsischen Erzgebirge, damals wie
noch jetzt, in den innersten Gängen des Stocks in hartem
Felsen mit Schlägel und Eisen unter äußerster Anstrengung
physischer und geistiger Kraft, in stetem Kampfe mit den Gefahren, die Naturereignisse bringen, unter Ableufung von
Schächten und Stollen, unter Benutzung mechanischer Kräfte,
aber auch mit Verwendung größerer Geldmittel gewonnen
werden. So verschieden die Gewinnungsart und die Vorbedingung, so verschieden auch der Einfluß des Gewerbes in
seinen Folgen auf die Gewerbtreibenden selbst, wie auf die
Culturzustände. Wer das Gewonnene ohne Anstrengung nur
dem Glücke verdankt, wird es ebenso leicht wieder vergeuden.
Wer es im Schweiße seines Angesichts errungen, sparsamer
zusammenhalten. Wie jene Gewinnungsart in den Goldländern das Menschengeschlecht nur erschlafft, muß diese, die
bergmännische, dagegen die physische und moralische Kraft
wie die Intelligenz der Menschen steigern.

Kaum wurden an einem Punkte des Erzgebirges zwischen
Sachsen und Böhmen reiche Silbergruben aufgeschlossen, so
zogen aus der Nähe und Ferne, dem Auslande wie dem In-
lande, Liebhaber herbei, Erzadern aufzusuchen und sich Grubenfelder verleihen zu lassen. Männer aus allen Ständen, Geistliche und Laien, Städter und Bauern, Bürger und Ritter, selbst
fürstliche Frauen, Individuen wie Corporationen und Stiftungen, Aebte, Klöster, Stadträthe, ja ganze Gemeinden, wie
z. B. die Gemeinde der Bürger der Altstadt Magdeburg.[16]

Die Ankömmlinge, bei dem Verlage, den der Angriff des
Baues und der Betrieb erforderte, reich mit Geldmitteln ver-

---

[16] Die Schönberge, die Planitze, die Pflug, die Maltitze, Christoph
von Carlowitz, Melchior von der Offa, die Staatsmänner Sachsens in
jener Zeit, trieben bedeutenden Bergbau, die Aebte zu Grünhain und
Chemnitz, der Stadtrath zu Chemnitz ic., auch die Mutter der Fürsten
Ernst und Albert ließ für eigene Rechnung bauen. Die Familien Har-
tiztsch, Roemer, Ziegler, Theler, Schönberg, Berblödorf, Honsberg ver-
dankten ihren Reichthum vorzugsweise dem Bergbaue.

sehen, die sie, da nöthig, von den Bürgern und Kaufleuten größerer Handelsstädte, wie Nürnberg, Augsburg, Leipzig, Magdeburg, Bremen, Erfurt, zum Theil gegen Zusicherung eines Antheiles am Gewinne, oder gegen Zusicherung des Verkaufs des gewonnenen Silbers, gern vorgeschossen erhielten, wurden freudig begrüßt. Jeder beeiferte sich, die Fundgrübener gastlich zu bewirthen — ob durchaus nur aus uneigennütziger Gastfreiheit oder zugleich in der Hoffnung, an dem Gewinne Theil zu nehmen — darüber schweigen die Zeitgenossen.

Bei dem großen Bedarfe an Arbeitskraft strömten, angelockt durch die Höhe des Lohnes, auch die Arbeiter — die Knaben (Knappen, ledigen Gesellen) in Massen herbei. Da gab es denn ein reges Leben. Wälder wurden gelichtet, Hütten und Häuser gebaut, Schächte abgeteuft, Stollen getrieben, Wasserhebemaschinen errichtet.

„Es ist unglaublich," schreibt der Hauptmann v. Gersdorf von dem erst kürzlich entdeckten Bergwerke von Marienberg im Jahre 1549, „was für große Anzahl Volk jetzo täglich im Felde liegt und schürft und hoffe zu Gott, der Marienberg soll diesen Sommer anfangen rege zu werden."[19]

Wie mit einem Zauberschlage wuchsen Dorfschaften, ja Städte von einem Umfange wie Schneeberg, Annaberg, Marienberg empor mit geräumigen Häusern und stattlichen Kirchen, sehr bald Mittelpunkte blühender Gewerbe, Sammelstätten für Reichthum, zugleich aber auch Pflegstätten für Cultur und Wissenschaft. Annaberg, ursprünglich Neustadt genannt, zählte schon nach Verlauf von sieben Jahren 600 Häuser nur allein innerhalb seiner Ringmauern und 12,000 Einwohner beiderlei Geschlechts, die vom Bergbaue lebten.[20] Der Aufschwung, den Annaberg nahm und der dem Schutze der heiligen Anna zugeschrieben wurde, erwarb der Stadt auch im Auslande, selbst

---

[19] v. Langenn, Kurfürst Moritz Bd. 2, S. 56.

[20] Horns Sammlung zu einer historischen Handbibliothek, Leipzig 1728 S. 410 flg.

bei Nichtbetheiligten, einen solchen Ruhm, daß ihr sogar aus
den fernsten Ländern (z. B. dem Benedicter-Abte auf L'isle
bei Lyon, der Aebtissin von Ruermond in Geldern, dem Bischofe von Samland) Reliquien von der heiligen Anna und
anderen Heiligen überlassen, vom Papste durch eigene Abgeordnete vier Gefäße mit heiliger Erde zu Weihung des Be-
gräbnißplatzes überschickt und demselben gleiche Indulgenzen
wie dem heiligen Felde in Rom verliehen wurden. Als später
1534 auf dem höchsten, ganz unwirthbaren Punkte des böhmischen Gebirges, am Sonnenwirbel, damals noch unter sächsischer Landeshoheit, die Stadt Gottes Gabe angelegt wurde,
die ebenso wie Platten eine Colonie von Schneeberg war,
wurden 600 Baustellen auf einmal abgesteckt.

Einen mächtigen Einfluß übte das Aufblühen des Bergbaues nicht blos auf die Cultur des Landes und Vermehrung
des Nationalvermögens, sondern auch auf den Bildungszu-
stand des Volkes. Der fromme Sinn der Fürsten, die dank-
baren Herzen der Bergbauenden bestimmten oder widmeten
einen Theil des reichen Segens für Kirche und Schule, für
Hospitäler, Wohlthätigkeitsanstalten und andere gemeinnützige
Zwecke und trugen so zu Verbreitung von Gesittung und Aufklärung bei. Gelehrte Schulen, an den Hauptsitzen des Bergbaues gegründet, beförderten das wissenschaftliche Streben im
Allgemeinen, die Kenntniß der für den Bergbau nöthigen
Fachwissenschaften, Naturkunde und Mathematik insbesondere.
Bei dem großen Interesse, welches der Bergbau allgemein
erregte, wendeten sich dem Letztern selbst Gelehrte zu, welche
sich ursprünglich einem ganz andern Berufe gewidmet hatten.
Agricola, der in seinem Buche de re metallica, eines der
ältesten und umfassendsten wissenschaftlichen Werke, über den
Bergbau geschrieben, war ursprünglich Arzt, anfänglich in
Chemnitz, später in Joachimsthal.[21] Und ein gelehrter und

---

[21] Er ging hauptsächlich nach Joachimsthal, um in den Bergwerken
und bei den Bergleuten die verloren gegangene Kunde von den Heilmit-
teln der Metalle kennen zu lernen.

eifriger lutherischer Theolog und Freund von Luther, Mathesius, hat in seinen als Pfarrer zu Joachimsthal gehaltenen
16 Bergpredigten, die er unter dem Titel Sarepta in Druck
gegeben, sehr gelehrte und umfassende Abhandlungen über
alle Zweige des Bergbaues, Mineralogie, Schmelz-, Münz-,
selbst Maschinenwesen geliefert.

Ohne kräftigen Schutz der Gesetze, ohne ein starkes Bergregiment hätte allerdings auch der Bergbau, aller günstigen
Umstände ungeachtet, einen solchen Aufschwung nicht nehmen
können. Aber auch in dieser Beziehung war in Sachsen der
Boden schon vollkommen vorbereitet. Das Bergregiment gehörte den verschiedenen Linien des sächsischen Fürstenhauses
gemeinschaftlich. Wie schon bei der Theilung zwischen Friedrich
dem Sanftmüthigen und Herzog Wilhelm im Jahre 1440, so
waren auch bei Theilungen und Auseinandersetzungen zwischen
Kurfürst Ernst und Herzog Albrecht 1483, sowie bei den späteren Sonderungen in den Speciallinien — bis zur Achtserklärung Johann Friedrichs — die Silberbergwerke, sowie alle
Nutzungen von den Bergwerken in den verschiedenen Landestheilen in Gemeinschaft geblieben.²⁴ Aber so viele auch hiernach betheiligt waren, Meißens Fürsten alle hatten längst
erkannt, daß, wenn auch die Gewinnung der Metalle ein
ausschließliches Recht der Fürsten war, es doch unmöglich sei,
die unterirdischen Schätze lediglich mit ihren eigenen Mitteln
auszubeuten, und daß überhaupt der größte hieraus zu ziehende
Nutzen weniger in dem unmittelbaren Gewinne für die fürstlichen Cassen, als in der Vermehrung des Nationalreichthums
in der Bedeutung für Volkswirthschaft und Cultur zu suchen
sei. Sie hatten daher längst schon, indem sie sich selbst nur

---

²⁴ Sind in den Verträgen neben den Bergwerken die Nutzungen
von den Bergwerken noch besonders genannt, so sind unter Ersteren die
auf fürstliche Rechnungen betriebenen Gruben, unter den Letzteren die aus
der Regalität fließenden Erträgnisse zu verstehen. Die Urkunden selbst.
S. Lünigs deutsches Reichsarchiv, P. Spec. Cont. II. Abth. 4, Abschn. 2,
S. 236 flg.

den Zehnten und den Silbereinlauf vorbehalten, den Bergbau
auf Silber gegen Muthung frei gegeben, dagegen aber mit
allem Eifer, im Wege der Gesetzgebung wie der Verwaltung,
zum Nutzen der Einzelnen wie zum Besten der Gesammtheit,
zu heben und zu sichern sich bemüht.

Die Rechte der Bergbauenden den Grundstücksbesitzern
gegenüber, die Bedingungen, unter denen die Abtretung von
Grund und Boden zu Anlagen oder von Wasserläuften für
Triebwerke verlangt werden könne, die Rechtsverhältnisse mehrerer Theilhaber einer Grube unter sich, die Rechtsverhältnisse
zwischen den verschiedenen einander nahe liegenden Gruben
eines und desselben Reviers, die rechtlichen Beziehungen der
Erzgruben zu den dem Abbaue unentbehrlichen oder doch nütz-
lichen Hülfsanlagen, der Stollen u. s. w. waren genau und
fest bestimmt. Zu Sicherung der Rechtspflege in streitigen
Rechtssachen war ein besonderes abgekürztes Verfahren angeordnet und die Gerichtsbarkeit besonderen, des Bergbaues
und des Bergrechts kundigen Gerichten übertragen, auch ein
Bergschöppenstuhl errichtet.

Durch die gesetzliche Zusicherung, daß kein Bergtheil confiscirt werden dürfe, war Ausländern das Anlegen ihrer
Kapitalien selbst für Kriegszeiten gesichert.

Kein Zweig des Rechts ist in unserm Vaterlande so frühzeitig durchgebildet worden, als das Bergrecht. Die Grund-
sätze über Gesellschaften zu Unternehmungen, welche nur durch
Zusammenbringung großer Kapitalien ausgeführt werden können, wie sie bei Actiengesellschaften nur erst in den letzten
Decennien zur Geltung gekommen sind, waren bei den Gewerkschaften für Bergbau schon vor mehreren Jahrhunderten
in Uebung und gesetzlich anerkannt.

Vielseitige Einrichtungen waren getroffen, Ordnung zu
erhalten. Fürstliche Beamte hatten die gesuchte Verleihung
zu ertheilen, die verliehenen Grubenfelder zu vermessen und
zu vermalen; damit gefährliche und Raubbaue verhütet, nach-
haltiger Betrieb und möglichste Ausnutzung der Mineralien

gesichert werde, die Baupläne zu prüfen, auch die Ausführung selbst zu leiten und zu beaufsichtigen und zugleich das fürstliche Interesse zu wahren. Ganz besondere Fürsorge war dem Verhältnisse der Arbeiter (den Bergknaben — Knappen) gewidmet.

Die Bergarbeiter, durch harte Arbeit gekräftigt, durch die Abgeschiedenheit, in der sie fern von der Mitwelt und dem Tageslichte in den geheimnißvollen Tiefen der Erde einen großen Theil ihres Lebens verbringen mußten, und durch die steten Gefahren, die ihr Beruf mit sich brachte, auf Gottvertrauen hingewiesen, in ihrem Muthe gestählt, waren an sich ein tüchtiger, arbeitsamer und frommer Menschenschlag, jedoch auch leicht reizbar, im Gefühle ihrer Kraft, in dem Bewußtsein ihrer Unentbehrlichkeit, ihrer Zusammengehörigkeit, leicht trotzig und widersetzlich. Bei gutem Lohne, wie ihn die Ergiebigkeit der Gruben damals gestattete, üppig und unbändig[25], bei etwa eintretendem Mangel oder geringem Lohn zu gemeinsamer Arbeitseinstellung, zum Fortziehen in Haufen oder zu gewaltthätigen Erpressungen geneigt. Hierin lag eine große Gefahr. Wo wäre stets hinreichende executive Macht zu erlangen gewesen, massenhafte Aufstände von vielen Tausenden, waren sie einmal ausgebrochen, mit Gewalt zu unterdrücken? Umsomehr hatte das Bergregiment Veranstaltung getroffen, ihnen vorzubeugen durch strenge Gesetze, durch strenge Handhabung der Ordnung, vor Allem aber durch die dem Berg-

---

[25] Als der Stadtrichter Kempf gegen Friedrich d. Weisen sich rühmte, die Knappschaft gebändigt zu haben, antwortete ihm der Kurfürst: „Ey, so kann das Bergwerk nicht wohl stehen; denn wenn das Bergwerk gut, da läßt sich das Gesinde nicht wohl zwingen; Es lebt ruchlos und wild in den Tag hin." (Benseler S. 390.) Auf das Wohlleben jener Zeit auf dem Bergwerke kann man daraus schließen, daß Kurfürst Moritz ein Verbot, bei Collationen mehr als sechs Tischgäste zu setzen und mehr als fünf Schüsseln zu reichen, sogar an die „Häuer" richten zu müssen glaubte. Freilich scheinen solche Festschmäuse nach der beigefügten Motive größentheils auf Kosten der Gewerkschaften gegangen zu sein. (Cod. Aug. T. II. S. 716.)

Stande gegebene Gliederung und Organisation. Die Arbeiter waren in Verbrüderungen, Knappschaften[24] eingetheilt, mit selbst gewählten Knappschafts-Aeltesten. Den Arbeitern jeder einzelnen Grube waren in den Steigern ihre nächsten, in Obersteigern und Schichtmeistern ihre weiteren Aufseher vorgesetzt. Diese genau gegliederte Organisation des Bergstandes machte die Handhabung einer Disciplin möglich, wie sie außerdem nur noch im Soldatenstande vorkommt.

Auf der andern Seite wurde für ihre Lage väterlich und gewissenhaft gesorgt. Die Fortdauer der Arbeit war möglichst gesichert, der Lohn, wenn auch nicht überreichlich, wurde mindestens sehr regelmäßig und pünktlich ausgezahlt. Die Arbeitszeit war auf ein bestimmtes Zeitmaaß, Schichten, genau beschränkt und so bemessen, daß ihnen Kraft und Muße blieb, sich durch Nebenbeschäftigung einen weitern Verdienst zu verschaffen, ja für eigene Rechnung Bergbau zu treiben. Knappschaftscassen, zum Theil aus ihren eigenen Beiträgen zusammengeschossen, sorgten für freie Behandlung in Unglücksfällen, für Unterstützung bei Krankheiten und für Pension der völlig Untüchtigen (Bergfertigen). In Zeiten der Theuerung schützten Bergmagazine vor gänzlichem Mangel. Bergschulen gewährten wohlfeilen Unterricht der Kinder. Die Knaben fanden selbst in einem Alter, wo sie bei einem andern Berufe schwerlich schon Erwerb gefunden haben würden, in dem Gewerbe selbst als Poch-, Wäsch-, Hunte-Jungen Verdienst.

Besondere Privilegien gewährten ihnen Immunität von öffentlichen Lasten, die bei der Gefährlichkeit, Unentbehrlichkeit und Gemeinnützigkeit ihres Berufs als Ausgleichungsmittel wohl zu rechtfertigen war.

Alles dies gab dem Bergvolke das Bewußtsein eines besondern Standes, das Gefühl der Sicherheit in und daher auch der Zufriedenheit mit ihrer Lage, der Liebe und An-

---

[24] Die erste Spur der Knappschaften (Verbrüderungen) finden sich zu Schneeberg im Jahr 1496. Benseler S. 374.

hänglichkeit an ihren Beruf. Der Beruf ging daher auch
gewöhnlich auf Kind und Kindeskind über und wurde fast
ein erblicher.

Kein Politiker, kein Socialist der Neuzeit wird eine Organisation der Arbeit und des Arbeiterstandes vorzuschlagen vermögen, die dem doppelten Zwecke, Beförderung der Arbeit und
Hebung und Sicherstellung der Arbeiterklasse, so vollständig
genügte, das Verhältniß zwischen Arbeitnehmer und Arbeitgeber so richtig abwog, als dies bei dem Bergwesen schon vor
Jahrhunderten gelungen war.

An Frömmigkeit und Genügsamkeit, an Fleiß und Ordnung gewöhnt, waren die Bergleute zugleich ein Fürsten und
Vaterland treu anhängender Volksschlag. Von besonderen
Beamten, die ihrem Berufe, ihren Sitten und Bedürfnissen
nahe standen, alle Gefahren mit ihnen zu theilen hatten,
gerichtet, geleitet, beaufsichtigt und regiert, zugleich aber auch
in ihren Rechten und Interessen vertreten, waren sie ihren
Führern gehorsam und ergeben. So bot die Klasse der Bergleute nicht, wie in der Neuzeit die Arbeitermassen in anderen
Erwerbsarten, Besorgniß und Verlegenheit, sondern ihren
Fürsten in Zeiten der Unruhen und Gefahr oft sogar Schutz
und Hülfe dar. Bergstädte mit ihrer großen Volkszahl an
rüstigen, kräftigen, an Disciplin schon gewöhnten Burschen,
mit ihrem Vorrathe an Pulver, mit ihrem Reichthume an
Metallen und Metallarbeitern, an Gießereien und Schmiede-
werkstätten, gaben zugleich in Kriegszeiten die besten Werbe-
plätze, die besten Rüststätten für geworbene Heere ab. Wollte
man dem Feinde entgegengehn, ein Kriegsheer ausrüsten, sagt
Graf Sternberg Bd. 2, S. 114 flg., so schickte man in die
Bergwerke und setzte die Bergknappen auf die zahllosen, zu
den Bergwerken erforderlichen Pferde und ein Kriegsheer war
gebildet.[15]

---

[15] Mathesius in seiner Chronik erwähnt ganzer Züge, die verschiedentlich in den Jahren 1518, 1529, 1533, 1543 aus Joachimsthal nach
Ungarn ins Feld gegangen.

Eine nicht unbeträchtliche, vielleicht zu reiche Zahl fürst-
licher Beamten sorgte für die Handhabung des Rechts und
der Ordnung. Wir finden bei den einzelnen Bergämtern
Bergmeister, Bergschreiber, Gegenschreiber, acht bis zwölf Ge-
schworene, welche den technischen Betrieb zu leiten und zu
beaufsichtigen hatten, Zehntner, Austheiler, Markscheider (zu
Vermessungen in den Gruben), Wardeine (zu Ermittelung des
Silbergehalts der rohen Erze), Hüttenschreiber, Hüttenreuter
(zur Controle über Pochwerke und Schmelzöfen). Selbst
Schmelzer, Abtreiber, Silberbrenner waren von den Bergämtern angenommen und vereidet.

Dem Ganzen war nach dem Umfange des Bezirks ein
Berghauptmann vorgesetzt, dem die wichtigsten Entschließungen
und Anordnungen in Verwaltungs- wie in Rechtssachen zugewiesen waren, Steiger und Schichtmeister hatten die Verwaltung der gewerkschaftlichen Gruben und waren zwar Beamte
der Gewerkschaften, konnten aber nicht ohne Genehmigung des
Berghauptmanns angestellt werden.

Die Bedeutung, welche Fürsten und alle Stände dem
Bergwesen beilegten, die Privilegien und Immunitäten, welche
dem Bergwesen überhaupt verliehen waren, wirkten auch auf
die dabei Angestellten zurück. Der Stand der Bergbeamten
war ein geachteter und gesuchter. Selbst unter Schichtmeistern
auf dem Schneeberge finden wir zu jener Zeit Mitglieder aus
den Familien Pflugk, Tümpling von Kaldenhausen, selbst einen
Rudolph Schlick (1466 zugleich als Geschworenen), später, 1475,
Schösser Herzog Albrechts zu Rochlitz.[88]

Aber nicht blos von ihren Fürstensitzen herab, durch
Regulative und Verfügungen aus der Ferne, übten die Fürsten
ihre Fürsorge. Vielleicht ebenso viel, wo nicht mehr noch,
that ihre persönliche und unmittelbare Einwirkung an Ort
und Stelle; oft und gern weilten die Fürsten beider sächsischer
Linien in den Bergstädten, sich von dem Zustande und Fort-

---

[88] v. Langenn, Herzog Albrecht S. 566 u. 571.

gange zu überzeugen, selbstthätig einzugreifen, Hindernisse und
Gebrechen kennen zu lernen und abzustellen. Vielfach erwähnen
die Chroniken jener Zeit die Besuche des Kurfürsten Ernst und
des Herzogs Albrecht, der Herzöge Heinrich und Georg, Friedrichs des Weisen und seines Bruders Johann, des Kurfürsten
Johann Friedrichs und der Brüder Moritz und August in den
Bergstädten.

Oft trafen sie hierbei sofort gesetzliche oder organische
Anordnungen, wie unter andern die vielen von Herzog Georg
in der Zeit von 1509 bis 1533 von Annaberg aus datirten
Verfügungen beweisen, und selbst wenn sie hierbei nicht selbst
Anordnung trafen, mußte doch schon ihre Anwesenheit, das
Interesse, was sie zeigten, belebend und anregend auf den
Bergbau und den ganzen Organismus einwirken. Herzog
Georg steckte selbst den Platz zu Erbauung der Stadt Annaberg ab. Herzog Heinrich gab, als im Jahre 1521 über das
höchste Gebirge von Wiesenthal aus über den Sonnenwirbel
ein Weg nach dem neuentstandenen Joachimsthale gesucht
werden sollte, persönlich die Richtung an, in der er zu führen
sei [17], und wohnte auch später, im Jahre 1534, der Absteckung
des Platzes für die auf 600 Häuser berechnete neue Bergstadt
Gottesgabe bei. [18]

Was den Fürsten Beruf war, wurde ihnen auch zum
Vergnügen. Herzog Georg besuchte 1532 das in Böhmen
aufblühende Bergwerk zu Joachimsthal. [19] Herzog Heinrich,

---

[17] Mathesius' Chronik unter den angeführten Jahrzahlen.

[18] Gottesgabe und Platten waren Colonien von Schneeberg und
standen ebensowohl wie Gräßlitz bis zur Vereinigung zwischen König Ferdinand und Moritz über die Vollstreckung der Acht gegen Johann Friedrich
unter sächsischer Hoheit. Das Areal von Gottesgabe, vor Erbauung der
Stadt Wintersgrün genannt, gehörte zu der vormals v. Tettauschen Herrschaft Schwarzenberg. (Meltzer, historia Schneebergensis S. 15 ff.)

[19] So wenigstens glaubt man das von Mathesius angegebene Ereigniß „1532 Herzog Georg im Thal gelegen" verstehen zu müssen. Denn
ist sie gleich bei der tabellarischen Einrichtung der Chronik unter der Rubrik
„Berg-Regiment" eingetragen, so kann doch von einem Bergregimente

obgleich das Bergregiment seinem Bruder Georg allein vorbehalten war, nahm doch an dem Bergbaue auf der wüsten
Schlette das lebhafteste Interesse. Er erbauete daselbst, nach
Freydingers Bericht bei Glasey, auf seine eigenen Kosten ein
Haus, fuhr oft hinaus, trug selbst Kleidung und Kappe der
Berghäuer. Die Vornehmsten auf dem Bergwerke mußten
sodann mit ihm an der Tafel speisen. Und als der unglückliche Johann Friedrich den Kaiser Karl V. im Jahre 1550
um Freilassung in ein Schloß seines Vetters Moritz bat, damit
er mit seiner Gemahlin leben könne, schlug er den im Walde
gelegenen Schellenberg vor, um das Waldwerk zu treiben,
oder Freiberg mit dem Befugnisse, seines Gefallens auf das
Bergwerk zu ziehen und Ergötzlichkeit daran zu haben.[30]

Gern haben wir bei der Erörterung des damaligen Zustandes des Bergwesens und seiner Verfassung verweilt. Wir
haben dabei das Bild eines fest geregelten, genau gegliederten,
in sich allein bestehenden und lebensfähigen Organismus gefunden. Genau gesondert und abgeschieden von den übrigen
Zweigen der Volks- und Staatswirthschaft. Fast ein Staat
im Staate, wohl etwas despotisch regiert, allein nicht im ausschließlichen Interesse der Landesfürsten noch der Einzelnen im
Staate, sondern aller seiner Glieder und des Gemeinwesens.

Daß Bergrecht und Bergverfassung nach den Bedürfnissen
und Ansichten jener Zeit weise durchdacht war, beweist nicht
nur der Aufschwung, den der Bergbau hierbei nahm, sondern
auch, daß beides über dreihundert Jahre ohne bedeutende
Aenderung bestehen konnte.

Und hat auch in neuester Zeit nach dem Gesetze über
Regalbergbau von 1851 Manches hiervon weichen müssen;
mußte eine Bevormundung, wie sie früher den Bergbauenden auferlegt war, mit dem jetzigen Bildungszustande unver-
träglich, ja hemmend erscheinen; mußte vielmehr in dem Zu-

des Herzogs von Sachsen in Joachimsthal selbstverständlich wohl nicht
die Rede sein.

[30] v. Langenn, Kurfürst Moritz I. S. 429.

geständnisse größerer Freiheit und Selbstständigkeit der Bergbauenden ein neuer Anreiz zu Unternehmungen gegeben werden; hatte mit dem Sinken der Ergiebigkeit der Gruben der
Bergbau auch an seiner Bedeutung für die Volkswirthschaft
verloren, und war daher eine besondere Bevorzugung vor
anderen Zweigen derselben nicht länger zu rechtfertigen; war
die gesonderte und isolirte Stellung, welche das Bergwesen
im Staate einnahm, mit den neuen Ansichten über Staatsverwaltung nicht weiter zu vereinigen, mußte sich daher auch
dieser Zweig den anderen Zweigen der Staatsverwaltung ein-
reihen und gleichstellen lassen; die Hauptgrundlagen des Rechts
und der Verfassung, wie sie vor vielen Jahrhunderten gefunden waren, haben auch jetzt im Wesentlichen ihre Geltung behalten können.

————

Von dem sächsischen Erzgebirge aus schritt im sechszehnten
Jahrhunderte der Bergbau weiter auch auf dem südlichen Ab-
hange desselben nach Böhmen vor. Nach einem, weil mit
unzureichenden Mitteln begonnen, vergeblichen Versuche zweier
Bürger aus Geyer (in Sachsen) und Schlackenwerthe (in Böhmen) traten im J. 1516 der Besitzer der Herrschaft Schlackenwerthe, Graf Stephan Schlick, der Burggraf Alexander von
Leisnig auf Penig, der zugleich Besitzer der benachbarten böhmischen Herrschaft Hauenstein war, ferner Wolf von Schönburg
und Hans Thomas-Hirn (oder Thumshirn[31]), ein reicher Berg-

————

[31] Der Name wird verschieden geschrieben, bald getrennt, so daß
„Thomas" lediglich ein Vorname sein würde, bald zusammengezogen,
bald Thomashürn, bald Thumshirn, Thumpshirn, Domashern, lateinisch
Domasernus, Tomasernus. So nennen die Urkunden über Annaberg
in Horns Handbibliothek S. 430 u. 433 den frühern Besitzer des Dorfs
Königswalde bei Annaberg, Fundator einer geistlichen Stiftung, Thumshirn, früher, im Jahre 1512, Bürger zu Elbogen. Daß diese Namen eine
und dieselbe Familie bezeichnen und daß der bekannte Feldhauptmann
Johann Friedrichs, Wilhelm Thumshirn, ihr angehörte, ist nicht zweifelhaft. Auch der Letztere wird in den Verzeichnissen der Landschaft unter

bauender aus Annaberg und Bürger zu Ellbogen zusammen, um auf dem kleinen, im Gebiete der Schlickischen Herrschaft Schlackenwerthe gelegenen Grunde Conradsgrün, Denen von Haßlau gehörig, gemeinschaftlich Bergbau zu betreiben. Der Erfolg war glücklich. Reiche Erzgänge wurden entdeckt. Aus nahe und fern zogen Fundgrübener und Arbeiter herbei und ein reges Leben, wie kurz zuvor am Schneeberge und am Schreckenberge in Sachsen, entwickelte sich nun auch im böhmischen Thale. Sehr bald zeigte sich aber auch die Nothwendigkeit eines kräftigen Regiments. Schon im Jahre 1518 brach ein Bergaufstand aus. Die Knappen, fast ausschließlich Sachsen, zogen in Haufen aus und lagerten sich zu Buchholz bei Annaberg. [33]

Da fühlten die Grafen Schlick, welchen das Bergregiment zustand, das Bedürfniß, dem Ganzen einen Hauptmann vorzusetzen, der nicht blos des Rechts verständig und des Bergbaues kundig, sondern auch ein tüchtiger Dirigent sei. Wie sie gerade auf Heinrich Könneritz, einen Ausländer und Vasallen des Kurfürsten von Sachsen, gefallen, ist unbekannt.

Privatnachrichten sagen, daß sie sich deshalb an die sächsischen Fürsten gewendet und diese ihnen Könneritz, ihren Vasallen, vorgeschlagen hätten.

Dies hat nichts Unwahrscheinliches. War Könneritz Lehns- und Dienstmann der sächsischen Fürsten, so bedurfte es an sich schon ihrer Genehmigung zu Uebertragung dieses Amts.

Es war aber auch damals gar nicht ungewöhnlich, daß Fürsten ihren Vasallen, Mannen, Dienern, selbst Räthen und Oratoren gestatteten, unbeschadet ihrer angeborenen Unterthanen- und Dienstpflicht, auch anderen Herren Dienste zu leisten. So war Christoph von Carlowitz gleichzeitig Rath von fünf Fürsten. Er war Rath des Kurfürsten Moritz, Kaiser

---

Kurfürst Moritz und den Acten bald Domatzkern, bald Thumbtirn geschrieben. Abraham Th., der unter Kurfürst August vielfach verwendet ward, schrieb sich Thumbtshirn.

[33] Mathesius' Chronik. Sternberg Bd. 1, S. 318.

Karls des Fünften, der Kurfürsten von Brandenburg, von
der Pfalz und Philipps von Hessen.   So war Melchior von
der Ossa zugleich Rath der Kurfürsten von Sachsen und Karls
des Fünften.   So gestattete später, als das Bergregiment in
Joachimsthal auf die Krone Böhmen übergegangen war, Kurfürst August auf das Ersuchen König Ferdinands seinem Rathe
Christoph von Carlowitz, im Jahre 1557 die Stelle als Oberhauptmann zu Joachimsthal — zunächst auf ein Jahr, später
bleibend — anzunehmen, wiewohl mit dem üblichen Vorbe-
halte der Pflichten und Dienste, mit denen er dem Kurfürsten
verwandt sei und bleibe, mit der Einschränkung, daß er nicht
gegen seinen eigentlichen Herrn dienen zu dürfen brauche, und
mit dem Rechte, sich desselben auch ferner als Diener von
Haus aus zu bedienen.[33]

Demnächst stand der Bergbau Sachsens in solchem Rufe,
daß schon damals wie noch jetzt für diesen Zweig der Cultur
gern und vorzugsweise Sachsen in das Ausland gesucht wurden.

Als die Gewerken von Iglau in Mähren im Jahre 1315
einen Stollen mit Wasser-Triebrädern anlegen wollten, war
es ein Sachse, ein Schönberg (Luso de pulchro monte)[34],
dem das Unternehmen übertragen wurde.

Als König Ferdinand im Jahre 1537 den Betrieb des
berühmten alten Silberbergwerks zu Kuttenberg prüfen und
begutachten lassen wollte, erbat er sich zu diesem Geschäfte
außer denen, die er im eigenen Lande bei den Schlicken zu
Joachimsthal und Jobst von Rosenberg finden zu können
glaubte, Sachverständige vom Herzoge Georg zu Sachsen.[35]

Eine weitere Veranlassung zu Rönneritzens Berufung mag
in den näheren Beziehungen gefunden werden, in welchen die

---

[33] Unter Räthen „von Haus aus", im Gegensatze von den Wesentlichen sind solche zu verstehen, welche zu einzelnen Geschäften berufen
wurden und daher für gewöhnlich nicht um den Fürsten und am Hoflager
zu sein brauchten, sondern zu Hause blieben.

[34] Sternberg Bd. 1, S. 72.

[35] Ebend. Bd. 1, S. 102.

sächsischen Fürsten damals noch zu Böhmen standen. Die Grenzlinie, welche die Natur so deutlich durch den zwischen beiden Staaten sich hinziehenden Gebirgskamm vorgezeichnet zu haben scheint, stimmte damals noch keineswegs mit der staatlichen Grenze überein. Gottesgabe, Platten, die Herrschaften Preßnitz und Gräslitz gehörten zu jener Zeit und bis zum Jahre 1546 anerkannt noch zu dem sächsischen Gebiete. Troß dem Egerschen Vertrage von 1459, durch welchen den Ungewißheiten über die Botmäßigkeit zwischen beiden Staaten ein Ende gemacht werden sollte, reichte die Gewalt der sächsischen Fürsten, theils in Folge früherer Erwerbungen von Eigenthum und Pfandschaft, theils als Ausfluß der Lehnsherrlichkeit oder übernommener Schutzhoheit, vorzüglich in dem Ellbogener und Eger Kreise, welche ursprünglich nicht zu Böhmen, sondern zum deutschen Reiche gehörten, weit in das böhmische Gebiet hinein. Nur erst der zwischen Kurfürst Moriß und König Ferdinand bei Gelegenheit der Achtsvollstreckung gegen Johann Friedrich abgeschlossene Vertrag hat die Gebiete beider Staaten politisch ganz getrennt. Auch die Bevölkerung in beiden Landen war zu jener Zeit bei weitem in der Maße nicht so abgeschieden, als dies seit der in Böhmen unternommenen Gegen-Reformation der Fall ist und bei Nachbarländern kaum glaublich erscheint. Viele Familien, wie die Burggrafen zu Leisnig, die Herren zu Plauen, die Herren von Schönburg, die Schlicke, die Tettau's, die Vitzthume, die Bünau's, die Pfluge, die Schönberge, waren untermischt in beiden Landestheilen ansässig.

In ganz besonders genauen Verhältnissen aber standen die sächsischen Fürsten zu den Grafen Schlick. Die von Lazzan genannt Schlick, Grafen von Passaue (Bassano in Italien), Herren zu Weißenkirchen (Holitsch in Ungarn), Burggrafen zu Eger und Ellbogen, hatten sich zu einem der mächtigsten Herrengeschlechte emporgehoben. Sie besaßen in Böhmen [36]

---

[36] Pelzel I. S. 503. In Sachsen besaßen sie im 15. und Anfang des 16. Jahrhunderts zu verschiedenen Zeiten theils pfandweise, theils

fast den ganzen Ellbogener Kreis und den größten Theil des
Egerschen Kreises. Von den deutschen Kaisern und Königen,
Siegmund, Albrecht und Friedrich dem Dritten, mit vielen
Privilegien und wichtigen Regierungsrechten ausgestattet,
namentlich, mit Ausnahme der Lehnssachen, von aller Terri-
torialgerichtsbarkeit entbunden [37], standen sie mit den regie-
renden Fürstenhäusern fast auf gleicher Stufe. Von der
Botmäßigkeit der Krone Böhmen und insbesondere der Herrschaft der böhmischen Stände hatten sie sich nach und nach
immer mehr frei zu machen gewußt. Mit den sächsischen
Fürsten dagegen waren sie seit den Streitigkeiten mit den
Heinrichen von Plauen um das erledigte Burggrafenthum
Meißen im J. 1439, sowie bei den Kriegen König Matthias
von Ungarn um die Krone Böhmen ein offenes Schutz- und
Trutzbündniß eingegangen [36], und noch im J. 1505 in dem
von den böhmischen Ständen um Ellbogen geführten Krieg
hatten die Schlicke von dem Herzoge Georg als ihrem Schutzherrn Beistand gesucht und, obgleich in unzureichender Weise,
auch wirklich erhalten. Ganz besonders aber mußte die unmittelbare Nähe von den sächsischen Bergwerken (die auf sächsischem Gebiete entblößten Erzadern strichen vielfach nach
Böhmen hinüber, die Bergbauenden waren größentheils, die
Arbeiter fast ausschließend Sachsen) und die Solidarität der
Interessen es den sächsischen Fürsten wünschenswerth erscheinen
lassen, daß der im böhmischen Thale aufgehende Bergbau nach
gleichen Grundsätzen geregelt und verwaltet und zu diesem Behufe von einem ihrer Vasallen verwaltet und dirigirt werde.
Möglich auch, daß das Lehnsverhältniß, in welchem Rönneritz

eigenthümlich die Voigtei Voigtsberg mit den Städten Adorf und Oelsnitz,
Schloß und Stadt Stollberg, Schöneck mit den Lehnen Elsterberg und
Schwarzenberg. Kretschigs Beiträge Bd. 1, S. 810 bis 812.

[37] Siegmunds Haupt-Privilegium von 1437, von Kaiser Karl 1520
erneuert bei Lünig, P. Spec. Cont. I. Böhmische Sachen S. 100.

[38] Müller, Geschichte d. Burggrafthums Meißen S. 860, Anmerk. 1
u. 866. Pelzel I. S. 305. Sternberg I. S. 820.

zu den Burggrafen von Leisnig stand, die Veranlassung war,
daß er für Joachimsthal gewonnen wurde, da Burggraf
Alexander von Leisnig einer der ersten Gründer.

Wie dem aber auch sei, die in der Person Könneritzens
getroffene Wahl scheint in allen Beziehungen den gehegten
Erwartungen entsprochen zu haben.

Heinrich von Könneritz trat sein Amt als Hauptmann im
Thale im Jahre 1519, mithin unmittelbar nach Eröffnung
der ersten Silbergruben in jener Gegend, an und hat dasselbe
20 Jahre lang, bis in das Jahr 1545, wo das Bergregiment
von den Schlicken auf die Krone Böhmen überging, verwaltet.
Seine Verwaltung fällt genau in die Periode, in welcher
Joachimsthal zur höchsten Blüthe sich entwickelte. Die Geschichte von Joachimsthal und seines Bergbaues in jener Zeit
ist daher zugleich die Geschichte der Amtsthätigkeit des damaligen Berghauptmannes. Indem wir aus Matthesius' und
aus Graf Sternbergs (Geschichte des böhmischen Bergbaues)
über jene Einiges anführen, erhalten wir zugleich ein Bild
von Könneritz' Wirken.

Die kleine Colonie Conradsgrün, wie sie ursprünglich
hieß, wuchs in dem Zeitraume von nur 3 Jahren zu einem
bedeutenden Orte heran. Im Jahre 1520 (ein Jahr nach
Könneritzens Antritt) wurde sie unter dem Namen Joachimsthal zu einer freien Bergstadt erhoben, mit Stadtrecht und
vielen Privilegien begnadigt.

Da wurde denn neben dem Bergregimente ein besonderes Stadtregiment eingesetzt, ein Bergschöppenstuhl errichtet,
durch Erlassung einer Bergwerks-, Stadt- und Polizeiordnung
für Sicherung des Rechts, für Ordnung und Ruhe, durch
Erbauung und Dotirung von Kirchen und Schulen für das
geistige und sittliche, durch Herbeiziehung von Aerzten, Badern
und Apothekern für das leibliche Wohl gesorgt. Die Stadt
erweiterte sich bis zu dem Umfange von 1200 Häusern, binnen
Kurzem waren 914 Zechen gangbar. Die Zahl der Beamten
und Schichtmeister stieg bis auf 400, die der Steiger bis auf

800, die Zahl der Bergknappen bis auf 8000. Ganz in unmittelbarer Nähe thaten sich in böhmischem Gebiete[39] neue
Ortschaften auf, zum Theil wichtige Bergwerke, wie Dürnberg
und Hengst, ja im Jahre 1529 eine ganz neue Bergstadt
Aberthann, insgesammt Colonien von Joachimsthal, dem
dasigen Stadtrathe untergeben. Die Einwohner waren und
blieben Bürger[40] oder Schutzverwandte der Haupt-Bergstadt
Joachimsthal.

Große Schätze an Silber wurden zu Tage gefördert.
Kann man auch Mathesius' Angaben nicht zum Maßstabe
nehmen, da sie, soweit sie detaillirt sind, nur die vertheilten
Ausbeuten, mithin lediglich den Nettogewinn, angeben, insofern sie aber allgemein lauten, fast fabelhaft erscheinen, so
hat doch Graf Sternberg nach einer combinirten Berechnung
gefunden, daß in dem Decennium von 1526 bis 1535 jährlich etwa 60,000 Mark Silber in Joachimsthal gewonnen
worden sind.[41]

Die Bergbauenden waren bei der Aufnahme des Bergwerks in jener Gegend großentheils Sachsen. Wir finden
darunter die Aebte zu Grünhain und Chemnitz, viele Bürger
in Freiberg, Leipzig, Meißen, Annaberg, den Rath zu Chemnitz.[42] Später traten die reichen Bürger zu Erfurt, Nürnberg, Halle und Magdeburg hinzu.

Wurde doch selbst im Jahre 1558, lange nach Uebergang
des Bergregiments auf die Krone Böhmen, der allgemeine

---

[39] Schallers Topograph von Böhmen. Der Archivar von Joachimsthal giebt die Zahl aller dem Rönneritz im Thal untergegebenen Personen
auf 20,000 an. Nach Sternberg S. 381 wurden noch 1562 nur allein
1320 Zechen mit Zubußen betrieben, die sich selbst verbauenden ungerechnet.

[40] Gleichzeitig erhoben sich auf dem angrenzenden sächsischen Gebiete
die bedeutenden Bergorte Gottesgabe und Platten.

[41] a. a. O. I. 415 ff.

[42] Nach einer Vorstellung in einer einzelnen Streitsache zwischen
zwei Gruben. Acta des Haupt-Staatsarchivs Nr. 7215, Bergwerk in
Joachimsthal betr. Bl. 1.

Gewerktag der Joachimsthaler dennoch in Sachsen und zwar zu Leipzig abgehalten.[43] Das zum Betriebe der Gruben, soweit die eigenen Mittel der Grübner nicht ausreichten, sowie das zur Silbereinlösung erforderliche Geld wurde von reichen Handelsherren, besonders den Fuggern in Augsburg, den Nützold und andern in Nürnberg, von Kaufleuten in Leipzig vorgeschossen.[44]

Auch in der kirchlichen Bewegung jener Zeit gewann Joachimsthal bald eine besondere Bedeutung. Schon im J. 1522 erklärte es sich (nach Seckendorfs Geschichte des Lutherthums) für die evangelische Lehre. Welche Hoffnung man hieran für die weitere Verbreitung der lutherischen Confession knüpfte, ergiebt sich schon aus der besondern Betonung, mit welcher alle Geschichtsschreiber gerade dies Ereigniß hervorheben. Denn waren auch die Böhmen durch Huß schon längst dem Papstthume abgewendet und für die Reformation vorbereitet, so hatte doch gerade in den deutschen Kreisen Böhmens der Hussitismus keine Wurzel gefaßt, ja in den Utraquisten sich damals eine den Anhängern Luthers entgegengesetzte Partei erhoben.[45] Und in der That wurde denn auch Joachimsthal der Paß, durch welchen der Protestantismus von Sachsen aus lief nach Böhmen hinein vordrang, sowie später, im Kriege gegen den Schmalkaldischen Bund, die Brücke, über welche die böhmischen Stände Johann Friedrichen die Hand zu reichen suchten und der beste Werbeplatz für seinen Feldhauptmann Thumbhirn, als er nach der Schlacht von Mühlberg von Böhmen aus hinter dem kaiserlichen Heere hinweg seinen kühnen Zug durch Thüringen nach Niedersachsen unternahm.[46]

[43] Sternberg Bd. 1, S. 374.

[44] Ebendas. S. 374, 284 u. 361.

[45] Ranke, deutsche Geschichte Bd. 2, S. 338 flg.

[46] Als Thumbhirn im Frühjahre, 19. März 1547, in Joachimsthal einrückte, ließen sich 400 junge Leute freiwillig von ihm anwerben, und als es neun Wochen später durch Hassenstein (Lobkowitz) für die Krone Böhmen wieder eingenommen wurde, wanderten alle ledigen Gesellen im

Die überall hervortretende Erscheinung, daß gerade das Bergvolk der evangelischen Lehre besonders zugänglich war, im sächsischen Erzgebirge wie im Harze, in Böhmen wie im Salzburgischen und in den Bergstädten Ungarns, mag zum Theil in dem besondern religiösen Sinne der Bergarbeiter, der durch ihren Beruf geweckt und genährt wird, großentheils aber auch in dem Umstande ihren Grund haben, daß Luther eines Bergmannes Sohn war. Wenn übrigens Luthers Vater zur Promotion seines Sohnes mit 20 Pferden in Erfurt einreiten und dem Sohne ein Geschenk von 100 Gulden machen konnte, so wird man sich überzeugen müssen, daß er nicht etwa ein „armer Bergmann", ein bloßer Häuer, sondern Besitzer eigener Gruben sein mußte.

Das gewonnene Silber zu verwerthen, wurde im Jahre 1519 eine Münzstätte in Joachimsthal selbst errichtet. Die Grafen Schlick waren von den Kaisern bereits 1483 mit dem Münzrechte im ganzen deutschen Reiche begnadigt worden, wollten aber hierzu auch noch die besondere Genehmigung der Krone Böhmen zu erlangen suchen.

Da König Ludwig damals noch unmündig war, so ritt Heinrich Könneritz bald nach dem Antritte seines Amts mit dem Grafen Schlick im Jahre 1519 nach Anspach zu den Markgrafen Georg und Kasimir von Brandenburg, den Vor-

---

Bertrauen auf Thumbhirn und Pflugk, der immitteist nach Magdeburg geflüchtet war, aus. Sternberg Bd. 1, S. 345 bis 348. Welche Fülle militärischer Kräfte jene Bergorte damals in sich bargen, geht aus einigen weiteren Angaben hervor. Bei einer Heerschau über die waffenfähige Mannschaft von Joachimsthal und seinen Dependenzen Aberthan, Hengst und Dornberg im September 1546 ergab sich eine Zahl von 2170 Mann. Die Mannschaft von Platten betrug 1100 Mann mit großen Stückbüchsen bewaffnet. Die Joachimsthaler Mannschaft konnte in Schlachtordnung ausrücken, um die böhmischen Söldner zum Gehorsam zu bringen, und als Kaspar Pflugk im Frühjahre 1547 von den Joachimsthalern 500 Hakenschützen verlangte, wurden durch Umlegung des sechsten Mannes von den Angesessenen allein 300 zusammengebracht, wonach die gesammte ansässige Mannschaft 1800 Mann betragen haben muß.

mündern Ludwigs, sich Raths zu erholen. Diese, nur zu
Vormündern für die Person des jungen Königs bestellt,
nicht zu Ausübung von Regierungsrechten in dessen Staaten
ermächtigt, konnten eine Genehmigung nicht aussprechen. Die
Stände Böhmens aber, welche verfassungsmäßig während einer
Erledigung des Thrones oder in Behinderungsfällen des Thron-
inhabers die Rechte der Krone ausübten, ertheilten den Schlicken
die Erlaubniß, Münzen mit des Königs Bild und Umschrift
und auf der Rückseite mit dem Wappen der Grafen Schlick zu
prägen[47], ließen auch das Privilegium in die Landtafel des
Königreichs eintragen. Im Jahre 1519[48] wurden nun die
ersten Münzen im Werthe der sogenannten Gülden-Groschen,
8 Stück auf die feine Mark Erfurter Gewichts gerechnet,
geprägt. Sie erhielten unter dem Namen „Schlickenthaler"
oder „Joachimsthaler" bald allgemeinen Cours, so daß sogar
in einem Vertrage zwischen sächsischen Fürsten von 1533 die
von dem einen Theile an den andern zu zahlende Geldsumme
in Joachimsthalern bedungen wurde[49], und nachdem die Eintheilung des Goldgülden in 24 Groschen vorgeschrieben worden[50], zur Rechnung nach „Thalern" geführt haben soll.

Durch die reichen Erträge der Silbergruben, durch die
Ansiedelung vermögender und gebildeter Fremden, durch den
lebhaften Verkehr mit den bedeutendsten Handelsstädten Deutschlands gelangte Joachimsthal bald nicht nur zu einem großen
Wohlstande, sondern auch zu einer hohen Stufe von Cultur.
Schon 1521 hatte der Ort seine Stadtschule mit einem gelehrten Rector — Philipp Eberbach — an der Spitze. Selbst

---

[47] Sternberg I. S. 828.

[48] Nach Mathesius' Chronik und Schüllers Topographie. Wenn
nach Sternberg die Stände erst 1520 die Genehmigung ausgesprochen, so
wird man annehmen müssen, entweder, daß die Grafen Schlick ihnen vor-
gegriffen haben, oder daß die Ausfertigung der Urkunde nur verzögert
worden.

[49] Lünig P. Sp. Sax. p. 263.

[50] Kurf. Moritz' Münz-Ordnung von 1572.

Männer der Wissenschaft, hervorragende Größen ihrer Zeit, wurden herbeigezogen. Agricola aus Glauchau, der sich durch seine Werke „de re metallica“, „Bermannus“ und andere berühmt gemacht hat, und den selbst die Neuzeit als Minera= log mit einem Werner vergleicht [51], lebte und wirkte mehrere Jahre, von 1527 bis 1531, als Arzt zu Joachimsthal.

Mathesius aus Rochlitz, gewesener Famulus bei Luther, ein ebenso erfahrener und berühmter Schulmann als wissen= schaftlicher Bergverständiger und geachteter Theolog, durch seine Sarepta, seine Berg=Predigten, seine Hochzeit=Predigten, sein Leben Luthers in 17 Predigten und die Joachimsthaler Chronik bekannt, war von 1532 bis 1540 Rector, von 1541 an Geistlicher zu Joachimsthal. Erklärlich daher, daß, wie Mathesius in der 17. Predigt über Luthers Leben anführt, die größten Leute und Lichter Wittenbergs, Theologen, Ju= risten und Aerzte wie Melanchthon, Justus Jonas, Cruciger, Major Pfeffinger, Dr. Weller, Meiler, Camerarius, Fabricius und viele andere treffliche Juristen und Aerzte gern in Joachims= thal weilten, selbst Fürsten herbeizogen, die Stadt und das Bergwerk zu besuchen.

Nach dem Bilde, welches wir hier von dem raschen Auf= blühen Joachimsthals und seines Bergbaues bis zum Jahre 1545 gegeben haben, wird man, auch ohne weitere Belege in den Archiven von Joachimsthal aufzusuchen, auf die Wirk= samkeit des Hauptmanns von Rönneritz und den Umfang seines Berufs schließen können. Denn wie groß oder wie gering auch der Antheil gewesen sein möge, den er an den einzelnen Maßregeln gehabt, soviel ist sicher, daß ohne die größte Thä= tigkeit und Berufstreue, ohne Einsicht und Kenntniß, ohne Energie und Consequenz des dem Ganzen als Dirigenten vor= gesetzten Hauptmanns solche Resultate schwerlich erlangt wer= den konnten. Daher hat ihm denn auch nach seinem Ableben sein Zeitgenosse Mathesius in der XI. Berg=Predigt seiner

---

[51] Dr. Becher, Die Mineralogen Agricola des 16. und Werner des 19. Jahrhunderts, Freiberg 1820.

Sarepta S. 118 den Nachruf gewidmet, der Gewinn, den seine
Kinder aus ihren Gruben gezogen, sei eine göttliche Beloh-
nung für den Fleiß und das Verdienst des Vaters um das
Bergwerk. In der Vorrede zu seinem Werke rühmt er zugleich, daß der Hauptmann und seine Ehefrau (Barbara von
Breitenbach aus Crostewitz) Kirche und Schule gefördert und
den Armen treulich geholfen habe.

Mit welchem Eifer Könnerit während seiner Amtirung
den Zusammenhang mit den benachbarten Sachsen gesucht und
gepflegt, die Solidarität der Interessen des Bergbaues in beiden Staaten beachtet, das freundliche Verhältniß mit den sächsischen Fürsten unterhalten, darüber liegen die sichersten urkundlichen Belege vor.

Für das Stadt- wie für das Bergregiment, für das Ge-
meinwesen wie für Kirche und Schule wurden gleich bei dem
Beginnen vorzugsweise Sachsen angestellt. Bergmeister, Bergschreiber und Schichtmeister, Bürgermeister und Stadtschreiber,
Pfarrer und Schullehrer, Arzt, Apotheker und Bader wurden
nach Mathesius' Angabe aus Sachsen berufen.

Ein Streit unter den Familiengliedern der Grafen Schlick
über die Nutzungen der Bergherrlichkeit im Jahre 1520 wurde
vor die sächsischen Fürsten zum Austrage gebracht. Graf
Stephan Schlick betrachtete das Bergwerk Joachimsthal als
eine Pertinenz der ihm gehörigen Herrschaft Schlackenwertha.
Die Glieder der Ellbogener Linie dagegen verlangten, weil es
auf dem Grund und Boden eines der Herrschaft Ellbogen und
ihnen allen lehnspflichtigen Dienstmannes aufgethan sei, daß
die Nutzungen der Bergherrlichkeit als gemeinschaftliches Gut getheilt werden müßten. Auf den Wunsch beider streitender Theile
wurde die Differenz von den Herzögen von Sachsen Georg und
Heinrich und zwar dahin entschieden oder verglichen, daß Graf
Stephan der Ellbogener Linie die siebente Mark abgeben solle. [52]
Als während der Abwesenheit des unmündigen Königs

---

[52] Sternberg Bd. 1, S. 321. Schaller S. 84. Mathesius' Chronik
bei dem Jahre 1520.

Ludwig sich von Neuem Parteien unter den Böhmen gebildet
hatten und sich zu gegenseitigem Kampfe rüsteten, waren es
die sächsischen Fürsten, bei denen der Hauptmann Könneritz
um Schutz für Joachimsthal nachsuchte. In einem Berichte
v. 23. Novbr. 1520 zeigte er dem Herzoge Heinrich von Sachsen
an, die Städte in Böhmen seien in zwei Parteien getheilt, von
denen der eine Haufe sich bei Sahr verschanzt habe; sein Herr,
Graf Stephan Schlick, sei mit der Ritterschaft wider sie ausgezogen; nun sei er aber für Joachimsthal besorgt und bitte
daher die sächsischen Fürsten um Hilfe, namentlich um Geschütz,
Pulver und vier bis fünf Hundert Mann Fußvolk. Zur Unterstützung seines Gesuchs berief er sich „auf die Gnade, die der
Herzog stets den Schlicken erwiesen, und daß auch die sächsischen Landsassen und Unterthanen, die ihre Nahrung größtentheils im Thal, und viel Vermögen hineingewendet hätten,
auch jährlich viel Geld daraus zögen, dabei in Gefahr stünden“.
Herzog Heinrich antwortete umgehend, daß dieser Handel zu
wichtig sei, um sofort Entschließung zu fassen, er werde ihm
aber weiter nachdenken und seine Entschließung durch eine
eigene Botschaft zukommen lassen. Bald nach Anfang des
Jahres 1521 kam jedoch die eigenhändige Antwort des Herzogs, daß er bis dahin nicht erfahren können, „ob die Empörung auf des Königs Geschäft und Befehl vorgenommen oder
nicht, daher ihm bei der mit der Krone Böhmen bestehenden
Erbeinigung nicht zukommen wolle, sich in diese Sache einzu-
lassen oder irgend einem Theile beizustehn“. Uebrigens verhoffe
er, da er ebenfalls vernommen, daß der Haufen sich verschanzt
habe, es werde für Joachimsthal die Gefahr vorübergehn.

Um das Bergvolk im Zaume zu halten, wurde auf des
Hauptmanns Betrieb von den Grafen Schlick und zugleich von
einem andern Bergherrn in Böhmen, Hanns Pflug auf Rabenstein und Petschau, den sächsischen Fürsten ein Cartell über
gleichmäßige Behandlung der Arbeiter, über die Höhe des
Arbeitslohnes, Zurückweisung entlaufener Knappen und Aus-
lieferung von Aufhetzern und Uebelthätern angeboten und bei

dem Kurfürsten Friedrich dem Weisen unter dem 3. Juli 1520
durch eigene Abgesandte noch besonders befürwortet.

Der Kurfürst empfahl seinen fürstlichen Bettern das Abkommen, suchte aber zuvor um deren Einverständniß nach.
Ob dies damals schon erklärt worden, ist aus den Acten nicht
zu ersehen. Wenigstens hat aber später Herzog Heinrich, als
er allein zur Regierung der herzoglichen Lande gelangt war,
im Jahre 1540 dies Cartell genehmigt.

Streitigkeiten unter den benachbarten Gruben beider Länder wurden theils durch Intercession der sächsischen Fürsten in
einzelnen Fällen, theils durch einen im Jahre 1534 über die
in die gegenseitigen Gebiete hangenden und streichenden Gänge
im Allgemeinen abgeschlossenen Vergleich[63], theils durch ge-
nauere Feststellung der Landesgrenzen erledigt. Auch wegen
des in Böhmen ergangenen Verbots der Silberausfuhr und
des freien Silberverkaufs wurde in den Jahren 1524 und
1544 von den Bergbauenden in Böhmen die Verwendung der
sächsischen Fürsten bei den Grafen Schlick und später bei der
Krone Böhmen in Anspruch genommen.

Das bleibendste Denkmal in seinem Streben um den Bergbau hat sich aber Rönneritz ohnstreitig durch die unter dem
26. Septbr. 1541 für Joachimsthal erlassene Bergordnung gestiftet. Bei dem ersten Aufthun hatten die Grafen Schlick die
kurz zuvor im Jahre 1509 für Annaberg in Sachsen gegebene
Bergordnung angenommen und in besonderem Abdruck von
1518 für Joachimsthal publiciren lassen.[54] Allein sie war,
wie schon die vielen und in den Jahren 1518 bis 1535 schnell
auf einander folgenden Zusätze für Sachsen darthun, noch sehr
rhapsodisch und ungenügend.

Die Grafen Schlick ließen daher durch Rönneritz eine neue
Bergordnung anfertigen und im Jahre 1541 publiciren.[55]
Sie umfaßt in vier Theilen das materielle Bergrecht, das

[63] Melzers Geschichte von Schneeberg.
[54] Thomas Wagners Corpus Juris metallici, Leipzig 1791. S. 3.
[55] Bei Wagner S. 3 flg.

Proceßverfahren und zugleich die administrativen Vorschriften zu Erhaltung der Ordnung im Bergbaue.

Mit der Bergordnung von 1541 hatte Joachimsthal die frühere Berggesetzgebung in Sachsen bei weitem überflügelt. Das beste Zeugniß für ihre Zweckmäßigkeit mag darin gefunden werden, daß sie, nachdem das Bergregiment von den Schlicken auf die Krone Böhmen übergegangen war, unter dem 1. Jan. 1548 nun auch als königliche Bergordnung von Neuem publicirt wurde[66], daß sie ferner auch jetzt noch in Geltung ist und daß sie nebst den alten Berggebräuchen zu Joachimsthal selbst noch in dem sächs. Mandate v. 26. August 1713 ausdrücklich als Rechtsquelle auch für Sachsen anerkannt worden ist. Bezeichnend zugleich für die Solidarität der Interessen und die gleichmäßige Entwickelung des Bergrechts in beiden Staaten ist es übrigens, daß, wie in Sachsen die sächsischen Behörden an die Joachimsthaler Bergordnung gewiesen worden sind, so in der Letztern umgekehrt (Art. XIII.) der Bergschöppenstuhl zu Freiberg neben dem zu Joachimsthal als rechtsprechende Behörde in Bergsachen für Joachimsthal anerkannt war.

Konnte Könneritz mit einiger Zufriedenheit auf den Erfolg seines Wirkens hinblicken, so hatte er doch auch in seinem Berufe manche bittere Erfahrungen zu machen, manche Widerwärtigkeiten und Kämpfe zu bestehen.

Im Jahre 1525 brach in Joachimsthal eine offene Empörung aus. Sie war um so gefährlicher und gewaltthätiger, als sie zugleich durch religiösen und politischen Fanatismus angefacht war, nicht blos den Bergstand, sondern auch andere Schichten des Volkes ergriff, sich selbst über den Bezirk des Thales hinaus erstreckte und alle damals gährenden Elemente zu gleicher Zeit zum Ausbruche brachte.

---

[66] Eine Vergleichung beider bei Wagner ergibt die vollständige Uebereinstimmung, mit alleiniger Ausnahme einiger rein formellen Redactionsveränderungen, die durch das Uebergehen des Bergregiments auf die Krone unerläßlich geworden waren.

Carlstadts ärgerliche Streitigkeiten, Herzog Georgs im Jahre 1523 zu Erhaltung der katholischen Gebräuche erlassene strenge Befehle hatten viele Sachsen nach Böhmen getrieben [57], Thomas Münzers wüthender Fanatismus das Volk zum Ungehorsam gegen die Obrigkeit, die Bauern namentlich zu offener Gewalt gegen Adel und Ritterschaft aufgereizt. Da brach denn im Frühjahre 1525 in derselben Zeit, wo Herzog Georg in Verbindung mit andern Fürsten die Bauernhaufen bei Frankenhausen und Mühlhausen schlug, Thomas Münzer gefangen nahm und auch im sächsischen Erzgebirge um Schlettau, Grünhain, Klösterlein, Aue, Wolkenstein und Lauterstein einzelne Ausbrüche vorkamen, auch in Joachimsthal eine offene Empörung aus. Zusammengelaufene Haufen von Bauern, hauptsächlich von den Herrschaften der Grafen Schlick, Derer von Vitzthum und anderer, durch den Beistand, den Graf Stephan Schlick im Jahre zuvor mit 60 Reitern dem Markgrafen von Brandenburg gegen die Bauernhaufen geleistet hatte, noch besonders erbittert, rückten vor dessen Schloß in Joachimsthal, der Freudestein genannt, und vereinigten sich mit der ebenfalls aufgestandenen Knappschaft. Das Rathhaus, die Häuser der Grafen Schlick und andere wurden zerstört und geplündert, alle städtischen Privilegien und Schriften vertilgt, der Bürgermeister Thiffen gefangen auf das Bergwerk geschleppt. Graf Stephan Schlick rückte zwar sofort von Schlackenwerth aus mit 300 Mann Fußvolk und einigen Reitern gegen die Aufrührer vor, mußte aber, da er vernahm, daß der Haufen der Rebellen über 3000 Mann stark sei, wieder umkehren. Schnell sammelten sich indeß aus der Nachbarschaft weitere Streitkräfte, den Aufruhr zu stillen. Wolf von Guttenstein zog mit 700 Mann Trabanten und 90 Reitern heran, Sebastian von Weitmühl mit vielem Fußvolke und Stephan Schlick selbst hatte weitere 2500 Mann zusammengebracht. Die Stadt Annaberg, bei welcher die aufrührerische Gemeinde

[57] Mathesius' Sarepta Bl. 135b. u. dessen 9. Berg-Predigt Bl. 96b. Sternberg Bd. 1, S. 324 flg. Kreißigs Beiträge Bd. 3, S. 403 flg.

Joachimsthal, jedoch vergeblich, um Zuzug nachgesucht hatte, schlug dieß ab und schickte vielmehr eine ansehnliche Deputation, aus dem Amtsverweser, Bergmeister, zwei Mitgliedern des Stadtraths, zwei der Bürgerschaft und zwei Mitgliedern der Knappschaft bestehend, um Blutvergießen vorzubeugen.[58] Inzwischen war auch Graf Alexander Burggraf von Leisnig auf Haustein (einer Herrschaft in Böhmen in unmittelbarer Nähe von Joachimsthal), den die gleichzeitigen Chronisten als eine Art Giganten mit einer wahren Donnerstimme schildern, angekommen.

Er warf sich den Rebellen entgegen, erbot sich zum Vermittler und brachte den Aufruhr zum Stillstande. Die Rebellen, durch die ernsten Anstalten erschreckt, ließen sich zu Unterhandlungen herbei, die denn auch durch Vermittelung des Burggrafen und der Annaberger Deputirten am 25. Mai zu einem Compromiß führten. Hiernach gelobten die Rebellen von Neuem, gehorsam zu sein, sich zu zerstreuen und an ihre Arbeit zurückzukehren. Mit Ausnahme derer, welche die Häuser geplündert, wurde den Aufrührern Amnestie zugesichert. Die Erledigung der vorgebrachten oder noch vorzubringenden Beschwerden wurde auf die Entscheidung eines niederzusetzenden Schiedsgerichts gestellt, wozu Graf Schlick vier, der andere Theil (der Rath, die Gemeine und Knappschaft) ebenfalls vier Schiedsmänner auf einen im voraus festgesetzten Tag stellen sollten. Die Schiedsrichter, wozu die Joachimsthaler ihrerseits zwei Deputirte von Annaberg und zwei von Freiberg erwählt hatten, traten zusammen und brachten denn auch eine 35 Artikel umfassende Uebereinkunft zu Stande. Von den Aufrührern wurden übrigens zwei Sachsen, welche das Kloster unterhalb Schönberg beschädigt, den sächs. Deputirten übergeben und nach gerichtlicher Untersuchung geköpft. Siebzehn andere Gefangene, deren Bestrafung dem Grafen Schlick als Berg- und Gerichtsherr überlassen blieb, wurden zwar eben-

---

[58] Bericht des Raths zu Annaberg an Herzog Georg v. 23. Mai 1525.

falls verurtheilt, jedoch weil sie kein Blut vergossen und nachdem sie öffentlich in voller Gemeinde ihre Schuld bekannt und
sich damit entschuldigt hatten, „sie seien vom Teufel verführt
worden", begnadigt.[80] Nur mit Mühe war es dem Hauptmann
Rönneritz, nach einer Notiz aus dem Archive zu Joachimsthal,
während des Aufruhrs selbst gelungen, alles Werthvolle der
Grafen Schlick zu retten und die Gemahlin des Grafen Stephan
Schlick, die eben erst das Wochenbett verlassen, mit ihrer Tochter
Sidonie in Sicherheit zu bringen.

In einem nach Bewältigung des Aufruhrs unter dem
30. Mai an Herzog Georg gerichteten Schreiben bemerkt Graf
Schlick, indem er dem Herzoge zugleich zu dem erlangten Siege
bei Frankenhausen und Mühlhausen Glück wünscht: „Er komme
von Tag zu Tag zu immer sicherer Ueberzeugung, daß der Aufruhr durch den Zug des Herzogs nach Frankenhausen und Mühlhausen veranlaßt worden sei; man habe nun auch an einem
entgegengesetzten Punkte ein gut Feuer anzünden wollen, um

---

[80] Ueber die Bedeutung dieses Aufstandes enthalten die Berichte des
Raths zu Annaberg vom 23. Mai annoch einige nähere Notizen, die insofern hier Platz finden mögen, als sie zugleich den innigen Zusammenhang der Bergorte und des Bergstandes selbst in den verschiedenen Ländern zeigten. Die Knappschaft und die Gemeinde zu Joachimsthal waren
den 20. Mai aufgestanden, schickten ihre in 16 Artikeln speciell formulirten
Beschwerden an die Gemeinde und Knappschaft zu Annaberg und baten
um Beistand und Zuzug (der Stadtrath bezeichnete dies ausdrücklich als
eine Gewohnheit bei dem Bergstande). Sie fanden in Annaberg
bei der Mehrheit „großes Mitleiden". Viele, insbesondere die ledigen
Gesellen, wollten ihnen zuziehen. Der Stadtrath wehrte dem, beschloß
aber, um Blutvergießen zu verhüten, eine Deputation abzusenden, forderte auch, eingedenk einer von den kürzlich anwesenden Räthen des Herzogs erhaltenen Anweisung, die Stadträthe zu Chemnitz und Freiberg zu
gleichmäßiger Absendung von Deputationen auf. Der Aufstand schien
dem Stadtrathe um so gefährlicher, als auch viele Bauern aus den nahe
gelegenen Dörfern und anderes Volk den Joachimsthalern zuziehe und
Graf Schlick seinerseits sich ebenfalls mit vielen Völkern stärke. Im
Uebrigen war er um die Erhaltung der Ruhe im eigenen Orte besorgt.
Er erwähnt, daß er Pulver und Waffen Tag und Nacht mit starker
Mannschaft bewachen lassen müsse.

den Aufruhr allgemeiner zu machen und die Streitkräfte des
Herzogs zu theilen". Er folgert dies namentlich aus dem
Zuzuge der Bauern und vermuthet, daß er von den Predigern angestiftet worden sei. Deshalb bittet er auch den Herzog, den gefangenen Münzer befragen zu lassen, ob er nicht
mit einigen Predigern im Thale im Einverständnisse gewesen
sei. Möglich, daß Graf Schlick richtig sah. Daß aber in
Joachimsthal und unter dem Bergvolke selbst ebenfalls besonderer Gährungsstoff vorhanden war oder wenigstens benutzt
worden ist, geht aus dem Inhalte der formulirten Beschwerde-
punkte hervor. Sie betrafen fast durchgängig Einrichtungen
bei dem Berg- und Münzwesen, das Verbot des freien Silber-
handels, die Ausfuhr des rohen Silbers und der groben Münzsorten, oder städtische Gebrechen. Nur der 12. Punkt berührt
eine kirchliche Frage und scheint aus den Artikeln der Bauernhaufen entlehnt zu sein. „Weil Pfarrer und Prediger vom
gemeinen Kasten erhalten würden, so nähmen sie für sich auch
das Recht in Anspruch, sie selbst zu wählen und, wenn sie sich
ungebührlich hielten, auch wieder zu entsetzen."

In Zeiten allgemeiner Aufregung wird freilich der Ursprung und das Ziel eines Aufruhrs nie genau zu ergründen
und zu bestimmen sein. Hat sich der Gährungsstoff einmal
unter größere Schichten der Gesellschaft verbreitet, so wird er
leicht nach verschiedenen Richtungen hin zum Ausbruche kommen. Ein Jeder wendet sich gegen die Einrichtung, durch welche
er sich zunächst gedrückt fühlt oder gedrückt glaubt.

Der Heerd der Unruhe und Empörung war wohl in dem
benachbarten Zwickau, dem ursprünglichen Schauplatze von
Münzers Wirken, zu suchen, die Empörung in und um Joachimsthal nur eine Nachahmung der damals in einem großen Theile
Deutschlands ausgebrochenen Bauernunruhen.[40]

Nicht wenig Hindernisse und Schwierigkeiten bereiteten

---

[40] Ueber die damaligen Unruhen im sächs. Gebiete des Erzgebirges
siehe J. K. Seidemanns Abhandlung in den Acten der k. bayer. Academie
d. W. Cl. X. Bd. 1. und den besondern Abdruck derselben, München 1865

hiernächst dem Hauptmann Rönneritz die unter den Mitglie-
bern der Familie Schlick selbst vorwaltenden und sich wieder-
holenden Mißhelligkeiten.

Nachdem Graf Stephan Schlick, der bis dahin das Bergregiment allein geführt hatte und alleiniger Herr gewesen, im
Jahre 1526 in der Schlacht bei Mohacz zugleich mit dem
Könige Ludwig geblieben war, brachen über die Erbfolge und
das Recht zur Beleihung mit der Bergherrlichkeit neue Streitigkeiten aus, die zwar zunächst im J. 1527 durch Wolf von
Schönburg auf Glauchau und Waldenburg vermittelt, aber nicht
vollständig gehoben wurden.[61] Im J. 1532 kam ein weiterer
Vergleich zu Stande. Daß aber das hierbei gewählte Aus-
kunftsmittel: die streitenden Familienglieder in der Ausübung
des Bergregiments alterniren zu lassen, als die Einheit und
Consequenz störend, ein unzweckmäßiges war und dem Wirken
des Hauptmanns hinderlich werden mußte, ist begreiflich.

Die größten Schwierigkeiten und Widerwärtigkeiten aber
bereitete dem Hauptmann von Rönneritz das Verfahren der
böhmischen Hofkammer.

Schon längst hatte die immer höher steigende Macht der
Schlicke Eifersucht und Mißgunst, ihre Verbindung mit den
sächsischen Fürsten das Mißtrauen der Stände Böhmens und
der Kronbeamten erregt. Besonders genährt und unterhalten
wurde dies Mißverhältniß durch die Heinriche von Plauen,
Titular-Burggrafen von Meißen, welche seit dem durch den
Großkanzler Caspar Schlick im J. 1439 vermittelten Macht-
spruch des römischen Königs über die erledigte Burggrafschaft
Meißen erbitterte Feinde der Schlicke waren. Hierin lag die
Veranlassung zu den Fehden der Reuße von Plauen mit den
Schlicken und den sächsischen Fürsten um Ellbogen in dem J.
1471 und folgende Jahre. Nur die Eifersucht der Stände
auf die Grafen Schlick — neben den Guttensteins damals die
einzigen Herren in Böhmen, welche den Grafentitel führten —

---

[61] Sternberg I. S. 327.

war es, welche im Jahre 1502 die Entscheidung des Königs Ladislaus hervorrief, daß die Grafen nicht den geringsten Vorzug vor den Herren haben sollten.⁶² Mißtrauen, die Schlicke könnten ihre Herrschaften der Krone Böhmen ganz entziehen und der Botmäßigkeit der sächsischen Fürsten zuführen, war ferner der Grund zu einem förmlichen Kriegszuge, welchen die böhmischen Stände mit bedeutenden Streitkräften unter Kolowrath im Jahre 1505 gegen die Schlicke und deren Schutzherrn, den Herzog Georg von Sachsen, unternahmen.⁶³

Die Reichthümer, welche die Schlicke durch die auf ihren Herrschaften eröffneten Bergwerke erwarben, gaben dem Neide und der Mißgunst neue Nahrung, und — ein eigenes Spiel des Verhängnisses — abermals war es ein Herr von Plauen, Burggraf Heinrich V., welcher in Prag als Kronbeamter damals bei König Ferdinand in großem Ansehen stand und überhaupt „die Rädlein drehte".⁶⁴

Schon aus diesen Verhältnissen würde das Verfahren der böhmischen Hofkammer gegen die Grafen Schlick und ihre Bergwerke erklärlich sein. Noch deutlicher erklärt es sich aber aus ihren engherzigen Ansichten und rein fiscalischen Tendenzen. Die Hofkammer Böhmens hatte sich nie bis zu der Ansicht erheben können, welche die Meißner Fürsten glücklicher Weise seit alten Zeiten befolgten: daß der hauptsächliche, aus Betreibung der Bergwerke zu ziehende Nutzen in der Vermehrung des Nationalvermögens und in der Hebung der Volkswirthschaft liege. Sie suchte ihn vielmehr in dem unmittelbaren Gewinn für die königlichen Kassen.

Mit Unmuth mußte daher die Hofkammer sehn, welche Reichthümer die Schlicke sammelten, während hiervon für die königl. Kassen irgend ein unmittelbarer Gewinn nicht abfiel. Konnte sie auch den Schlicken die eigenen Gruben und den

---

⁶² Pelzel Bd. 1, S. 501.
⁶³ Pelzel Bd. 1, S. 503.
⁶⁴ Märker S. 373 bis 382. v. Langenn, Kurf. Moritz Th. 1, S. 279. Sternberg Bd. 2, S. 118.

Zehnten von den Fundgruben nicht sofort entreißen, so war
sie doch um so mehr bemüht, mindestens den aus der Ver-
werthung des gewonnenen Silbers zu hoffenden kleinern Gewinn den königl. Kassen zuzuwenden, und so verschritt sie,
hauptsächlich mit Hülfe des Obermünzmeisters der Krone,
Christoph von Gensdorf, zu einer Reihe von Maßregeln,
welche dem Bergbaue und der Ausübung des Bergregiments
durch die Grafen Schlick im höchsten Grade hinderlich waren
und von Graf Sternberg Band 1, S. 318 bis 323, 327 bis
331 und 335 bis 343 ausführlich geschildert und treffend
characterisirt worden sind.

Durch die Streitigkeiten unter den Familiengliedern nach
Ableben des Grafen Stephan, welche bis zur gerichtlichen
Entscheidung nach Prag gelangten, war die Krone auf die
wichtigen, der Familie Schlick ertheilten Privilegien aufmerksam geworden. Man unterwarf sie einer strengern Prüfung
und hielt sich im Jahre 1530 für berechtigt, zunächst das von
den Ständen im Jahre 1520 ertheilte Münzprivilegium um-
zuwerfen. Das Münzrecht und das aus diesem abgeleitete
Recht auf Vorkauf des gewonnenen Silbers wurde für die
Krone eingezogen, den Grafen Schlick der freie Verkauf nur
in Ansehung des Zehnten und nur auf Zeit gelassen.

Zu Wahrnehmung und Ausübung der der Krone zuge-
sprochenen Rechte wurden von der Krone eigene Beamte in
Joachimsthal angestellt, welche durch die von ihnen verlangten
strengen Controlemaßregeln mit den Grubenbesitzern und den
Beamten der Grafen Schlick fortwährend in Conflicte und
Reibungen geriethen.⁶⁵ Den Motiven, welche das Verfahren
der Hofkammer im fiscalischen Interesse bisher bestimmt
hatten, traten zu jener Zeit neue und wichtige politische Rücksichten hinzu. Joachimsthal, unmittelbar an der Grenze Sachsens gelegen, von vielen Sachsen und Protestanten bewohnt,

---

⁶⁵ Auch das sächs. Archiv enthält Nachrichten von Beschwerden der
Bergbauenden (in Böhmen) über Ausübung des Vorkaufsrechts mit der
Bitte an die Herzöge, sich diesfalls jenseits zu verwenden.

war bei den immer drohender sich gestaltenden Verhältnissen zwischen Karl V. und den Fürsten des Schmalkalder Bundes ein politisch und militärisch wichtiger Punkt geworden, dessen man sich versichern zu müssen glaubte.

Die Kronbeamten, welche schon lange darauf hingearbeitet, das Bergwerk im Thale in die Hände der Krone zu bringen, verfolgten nun diesen Zweck mit doppeltem Eifer.[66]

Die Grafen Schlick ihrerseits vertheidigten ihre Rechte gegen die Krone mit großer Heftigkeit, ja sogar mit Bitterkeit. Sie wurden deshalb des Verbrechens der beleidigten Majestät angeklagt und bestraft. So gedrängt, submittirten sich die Grafen endlich am 19. Septbr. 1545, indem sie ihre ganze Bergherrlichkeit an die Krone abtraten.[67]

Wie richtig Graf Sternberg das Verfahren beurtheilt, wenn er sagt, das Streben der Kronbeamten sei längst nur darauf gerichtet gewesen, die Schlicke durch unrühmliche Ränke vom Bergwerke abzudrängen, geht am deutlichsten aus einem von ihm angeführten einzelnen Zuge hervor.

So lange das Bergregiment den Grafen Schlick zustand, hörten die Kronbeamten nicht auf, über die von den Grafen im Jahre 1541 gegebene Bergordnung zu schmähen. In einem Berichte v. 15. Juni 1542 konnten die Commissarien, darunter von Gensdorf, nicht Worte genug finden, diese Bergordnung als eine höchst nachtheilige darzustellen, welche das Bergwerk vollständig zu Grunde richten und die Bergbauenden vertreiben müsse. Kaum war aber das Bergregiment auf die Krone übergegangen, als dieselben Commissarien dieselbe Bergordnung als sehr zweckmäßig rühmten und selbst darauf antrugen, sie unter des Königs Namen von Neuem publiciren zu lassen.[68]

Bei dem Uebergange des Bergregiments an die Krone

---

[66] Sternberg S. 309 u. 345.

[67] Nur der persönlichen Milde des Königs Ferdinand ist es zuzuschreiben, daß einzelne Glieder ihren Antheil am Zehnten mindestens bis zum Jahre 1555 wieder erhielten.

[68] Sternberg S. 345 flg.

trat auch Könneritz von seinem Posten ab. Er zog sich auf seine Güter nach Sachsen zurück.

Doch noch einmal und zwar in einem für die Geschichte wichtigen Zeitpunkte, im Monat März 1547 kurz vor dem Einrücken Kaiser Karls nach Sachsen, treffen wir ihn in Joachimsthal.

Sofort nach dem über Markgraf Albrecht von Brandenburg am 2. März 1547 zu Rochlitz erfochtenen Siege schickte Johann Friedrich den Obristen seines Fußvolks, Wilhelm Thumbhirn mit 12 Fähnlein, 4000 Mann stark, und einigen Hundert Reitern unter Georg von Planitz in das Erzgebirge, um Herzog Moritzens Völker zu vertreiben und sich über Joachimstal mit den von dem böhmischen Ständebund unter ihrem erwählten Ober-Feldhauptmann Caspar Pflug erwarteten Hülfsvölkern zu vereinigen. Thumbhirn nahm Annaberg und Marienberg ein, vertrieb die Böhmen aus Gottesgabe und Platten und besetzte am 19. März vermöge Capitulation Joachimsthal, ließ dessen Einwohner durch Caspar Pflug auf die drei Stände des Königreichs vereiden und ging von da weiter nach Böhmen auf Komotau, Ellbogen und Falkenau vor.[69]

Um dieselbe Zeit war Heinrich von Könneritz in Joachimsthal, von wo aus er dem Feldobristen Johann Friedrichs Nachrichten zukommen ließ. Thumbhirn, dem er im J. 1532 eine seiner Töchter zum Weibe gegeben, war sein Schwiegersohn.[70] Unter dem 22. März schreibt Könneritz vom Thale aus an den im nahe gelegenen Annaberg stehenden Thumbhirn, daß Nicolaus Minkwitz, der bekannte thätige Unterhändler für den Schmalkaldischen Bund, der abgesendet war, das Bündniß mit den böhmischen Ständen zum Abschlusse zu bringen, daselbst angekommen sei, jedoch wegen Krankheit nicht weiter könne, kaum zu sprechen vermöge und der Arzt für seine Genesung wenig hoffe, da ihm ein heftiges Gift beigebracht zu sein

---

[69] Horlleber S. 625, 710, 827, 886. Sternberg Bd. 1, S. 345.
[70] Mathesius' Chronik.

scheine.[71] Er entschuldigt ferner den Bürgermeister und Rath
von Joachimsthal, daß sie das von Thumbhirn nach Annaberg
verlangte Fähnlein Knechte nicht absenden können, weil sich
zu Eger und Engelsberg viel Volk versammle und sie selbst
zu jeder Stunde einen Einfall (von des Königs Ferdinand
Truppen) besorgen müßten, und endlich dem Thumbhirn, wie
er selbst wisse, auch erst heute an drei Hundert Knechte von
Joachimsthal aus zugezogen seien. In einer Nachschrift bemerkt er noch, daß ihm eben ein Schreiben aus Nörlingen
(Nördlingen?) zugekommen, wonach der Kaiser mit gewiß
40,000 bis 50,000 Mann ausgezogen sei, des Kurfürsten
Lande heimzusuchen, in vierzehn Tagen nicht weit vom Thale
sein könne und seinen Weg auf Pagenberg (Bamberg)
nehme.[72]

Ueber eine Theilnahme des Hauptmann Könneritz an
jenen Verhandlungen mit den Ständen Böhmens findet sich
jedoch keine Spur.

---

[71] v. Langenn, Kurfürst Moritz Bd. 1, S. 237. Heinrich v. K. war
im Uebrigen mit Nicolaus Minkwitz, den er zugleich seinen Schwäher
nennt, innig befreundet. Im J. 1530 leistete er mit vielen Anderen von
Adel bei dem Herzoge Georg Bürgschaft für seine Einstellung, um ihn
von der Haft zu befreien.

[72] Die hier mitgetheilten Nachrichten stimmen mit den von Hortleder
und Anderen aufgezeichneten überein. Minkwitz meldete seine Erkrankung
nach Prag. Der Bund der Stände schickte daher Abgeordnete nach Joachimsthal, denen er seine Aufträge mündlich mittheilen könne. Die Verhandlungen nahmen Fortgang. So sehr übrigens die protestirenden Stände
einen offenen Kampf gegen König Ferdinand annoch zu vermeiden, ihrem
Verfahren durch Berufung auf die mit Johann Friedrich bestehende Erbeinigung, durch Hinweisung auf ihre Privilegien und die Pflicht, das
Königreich gegen das Einbringen fremder Kriegshorden zu schützen, den
Schein eines Rechts zu geben suchten, als weshalb sie sogar die eigenen
ungarischen Truppen ihres Königs und die mit ihm ziehenden Herzöge
Moritz und August von Sachsen als „fremde eingefallene Feinde" bezeichnen, so unverkennbar war ihre Parteinahme für Johann Friedrich. Während sie ihrem Könige durch Versagung des Zuzugs, durch abmahnende
Patente, durch Anlegung von Verhauen, durch Schließung der festen Plätze,
durch Versagung von Proviant wesentlich Abbruch thaten, leisteten sie

Durch seine Anstellung als Hauptmann in Joachimsthal war übrigens das Verhältniß zu seinem Vaterlande und zu seinem angestammten Lehns- und Landesherrn keineswegs gelöst. Er blieb vielmehr fortwährend in Verbindung.[73] Ja, wenn er im Mai 1544 in einer zu Joachimsthal ausgestellten Schuldverschreibung sich selbst als „dieser Zeit Hauptmann in Joachimsthal" bezeichnet, so scheint es, als habe er sich selbst nur als dahin geborgt betrachtet. Ungeachtet seiner Stellung als Hauptmann zu Joachimsthal war er zugleich Rath des Kurfürsten Johann Friedrich von Sachsen für besondere Aufträge, ein sogenannter Rath von Haus aus.[74] Als seinen Rath bezeichnet ihn der Kurfürst selbst in mehreren Verordnungen, ohne daß eine Bestallung aufzufinden gewesen wäre. Vielfach liefern die Acten des sächsischen Archivs Nachweise, daß er während jener Zeit von seinen angestammten Fürsten zu öffentlichen Geschäften berufen und benützt wurde.

So wurde er im Herbste 1535 von Kurfürst Johann Friedrich mit drei Pferden[75] verschrieben, ihn nach Wien zu begleiten. Zweck der Reise war, mit dem römischen Könige Ferdinand über allgemeine deutsche wie über Particular-

---

Johann Friedrichs Böllern namhaften Vorschub. Sie ließen ihnen Proviant zukommen, bewirtheten sie aufs Beste, fraternifirten mit ihnen. Ja viele Herren legten für sich und ihre Knechte gelbe Binden an, die Feldzeichen Johann Friedrichs. Der Brief Heinrichs an Thumshirn befindet sich im sächs. Archive zu Weimar.

[73] So sendete er 1534 an die Räthe Johann Friedrichs, Dolzig und Minkwitz, die Verhandlungen auf dem Prager Landtage, den Vertrag zwischen dem Könige und Ständen über Berg- u. Münzwesen, Nachrichten über die verwilligte Steuer und Hofneuigkeiten. Weim. Archiv Reg. l. pag. 97.

[74] z. B. in einer Verordnung an ihn d. d. Liebenwerda am Tage Peter Paul 1541, die Beurlaubung seines Sohnes Erasmus betr., ferner Verordn. an das Hofgericht zu Altenburg d. d. Torgau, 4. Septbr. 1544, das Merkauische Gestift betr.

[75] Mit soviel Pferden hatte er Lobsteht zu verdienen.

verhältnisse persönlich zu verhandeln und von dem Könige in Auftrag des Kaisers mit den sächsischen Landen beliehen zu werden. Rönneritz sollte sich ihm in Oelsnitz anschließen.

Um zugleich ein Bild der Sitte jener Zeit zu geben, so bestand der Zug allein aus drei Fürsten, zwölf Grafen, 300 Reisigen, 80 Wagenpferden. Die Verschriebenen wurden angewiesen, einige der besten Ehrenkleider mitzubringen, auch ihre Leute nach einem bestimmten, ihnen zugefertigten Muster zu kleiden. Er selbst erhielt nach damaligem Brauche ein Ehrenkleid. Um den Troß und insbesondere das Fuhrwesen zu beschränken, war nach Verhältniß der Pferde, mit denen jeder Einzelne zu dienen hatte, vorgeschrieben, auf wieviel Pferde ein Packpferd und Troßbube, ein großer oder zwei kleine Wagenkasten bewilligt würden.

In demselben Jahre und im Jahre 1536 war er bei der Ausgleichung der zwischen Herzog Georg und seinem Vetter Johann Friedrich entstandenen Irrungen thätig. Theils über den Theilungsvertrag zwischen beiden fürstlichen Linien, theils über die Behandlung, welche Herzog Georg den der evangelischen Kirche beigetretenen Vasallen angedeihen ließ, theils endlich über die Schmähungen, welche Luther gegen Herzog Georg verbreitete, war zwischen den Fürsten ein sehr heftiger, von beiden Seiten mit großer Erbitterung geführter Streit ausgebrochen. Zu dessen Beilegung traten zwölf Schiedsrichter zusammen, denen später noch 20 Verordnete aus den beiderseitigen Landschaften abjungirt wurden.

Die Verordneten kamen theils gemeinschaftlich (zu Leipzig), theils abgesondert (zu Grimma und Eilenburg) zusammen. Bei der großen Erbitterung war eine Ausgleichung zwischen beiden Fürsten lange nicht zu ermöglichen, bis das Vermittelungswerk endlich den thätigen Bemühungen Philipps von Hessen gelang, der hierbei stets zwischen den beiden Städten Weißenfels und Naumburg, wo sich die entzweiten Fürsten eingefunden hatten, hin- und herritt. Einer der Abjuncten des Schiedsgerichts und zwar auf des Kurfürsten Seite war Heinrich von Könneritz. [16]

Im J. 1537 war er Mitglied einer Commission, welche aus kurfürstl. Räthen und Verordneten der Landschaft zu Erörterung und Erledigung der Landesgebrechen und zu Treffung eines Abkommens zwischen dem Amte, der Ritterschaft und der Stadt Grimma und dem Kloster Nimbschen niedergesetzt war.

Mit den Räthen Johann Friedrichs blieb er in fortwährendem Geschäftsverkehre. Nach Inhalt des Gesammtarchivs zu Weimar theilte Könneritz im J. 1534 von Prag aus, wo er sich während des Landtags der böhmischen Stände aufhielt, den Räthen zu Weimar, Minkwitz und Dolzig, ausführliche Nachricht über das Ergebniß der Verhandlungen zwischen den Ständen und dem Könige über Steuer, Berg- und Münzwesen, über politische Verhältnisse und Hofangelegenheiten mit. Im J. 1539 entschuldigt er bei dem zu Leipzig versammelten Ausschusse sein Außenbleiben.

Die letzten Jahre seines Lebens verlebte er auf seinem Rittersitze Lobschütz oder Lobstädt. Von dort wurde er nebst seinem Eheweibe von Kurfürst Moritz noch im J. 1548 zu den Feierlichkeiten bei der Vermählung Herzog Augusts mit Anna von Dänemark nach Torgau verschrieben.

Er starb am 15. März 1551 und zwar nach dem in der Kirche zu Lobstädt befindlichen Leichensteine, der ihn in voller Rüstung darstellt, im Alter von 67 Jahren. Kurz zuvor stand er noch an der Spitze von zwölf der ältesten Mitglieder des Kreises, welche in einem Schreiben vom 18. Jan. 1551 die

---

[16] Rechenberg, Seckendorf. Hist. Luth. Lib. III. Sectio 16. §. 46. add. pag. 128, welcher hinzufügt, daß die Abjuncten insgesammt entweder Räthe oder Amtleute gewesen. Spangenberg Th. II. S. 191 u. 192. Des Letztern Angabe, als sei dies vielmehr ein Sohn des Hauptmanns gewesen, wird durch das Verzeichniß der 32 Verordneten in den Archivsacten, in welchem er ausdrücklich als Hauptmann zu Joachimsthal bezeichnet ist, widerlegt. Den von Philipp von Hessen vermittelten Vergleich siehe bei Luenig P. spec. Cont. II. pag. 267.

Weigerung der Leipziger Ritterschaft, vor Magdeburg zu ziehen, bei dem Kurfürsten Moritz zu entschuldigen suchten. Allein der Kurfürst war keineswegs zur Milde geneigt. Vielmehr mußte Könneritz es noch erleben, wie sein eigener Sohn Erasmus, Oberhauptmann des Kreises, auf des Kurfürsten Befehl am 14. März zu Leipzig in ritterliche Haft genommen wurde. Von seinem Privatleben und Charakter erfahren wir außer dem Lobe, daß Mathesius ihm und seinem Weibe ertheilt, nur wenig. Das Ansehen, was er in öffentlichen Angelegenheiten allerwärts genoß, die Fürsorge, die er der Erziehung seiner Söhne widmete, von denen er wenigstens fünf studiren ließ, die Erfolge, welche diese erreichten, legen jedoch auch in dieser Beziehung ein günstiges Zeugniß für ihn ab.

Daß die kirchliche Bewegung einen Mann in seiner Stellung nicht unberührt lassen konnte, versteht sich von selbst. So lange der protestantische Lehrbegriff noch nicht abgeschlossen, die Unterscheidungslehre noch nicht ausgebildet und genau festgestellt war, so lange fehlte es allerdings an einem bestimmten Merkmale, nach welchem die Confession der damaligen Zeitgenossen bezeichnet werden konnte. Viele, welche Luthers Lehren befolgten, verdammten, wie Luther vom Anfange an selbst, darum noch nicht alle Autorität des Papstes, noch nicht alle Vorschriften, Gebräuche und Ceremonien der römischen Kirche. Andererseits verwarfen viele, welche die päpstliche Kirche aufrecht erhalten wissen wollten, darum noch nicht alle evangelischen Lehrsätze, sondern wünschten und verlangten sogar eine, wenn auch nicht so weit gehende Reformation. Wir finden daher auch in den Schriften aus jener Zeit, wenn von dem Glauben der Zeitgenossen die Rede ist, nur die allgemein gefaßten Andeutungen „Er blieb bei der alten Lehre", „Er war der evangelischen Lehre zugethan" oder „Er hing der neuen Lehre an."

Allein daß der Hauptmann Könneritz der neuen Lehre wirklich anhing, muß schon aus seinem Verhältnisse als Vasall und Unterthan von Johann Friedrich, aus seiner Verbindung

mit Thumbhirn und Nicolaus von Minkwitz, den eifrigen Be-
förderern des Schmalkalder Bundes, vorzüglich aber aus der
Stellung, welche in der Zeit der kirchlichen Bewegung und
während des Kriegs gegen den Schmalkalder Bund Joachimsthal selbst, der Schauplatz seiner Thätigkeit und seine Schöpfung,
einnahm, vorausgesetzt werden. Seine große Theilnahme an
dem Fortgange der Reformation spricht sich aber auch ferner
aus einem Schreiben aus, das er von Joachimsthal aus am
Sonnabend nach Johannis 1540 an Johann Friedrichs Abgesandten auf dem Tage zu Hagenau, Hanns von Dolzig,
richtete, und worin er mit der größten Theilnahme um Nachricht von den politischen Händeln und besonders von dem
Fortgange der Verhandlungen über die Religionsstreitigkeiten
bittet, und zugleich über die „immermehr sich verbreitende
Nachricht von des Landgrafen Doppelheirath sich ausspricht,
die er nicht loben noch gutheißen könne und von der er viel
Aergerniß und beschwerliche Folgen befürchtet".[77]

Daß er außer den Familiengütern Vermögen hinterlassen,
ist nicht zu ersehen. Mehrere gegen ihn, besonders während
seiner Amtirung im Thale, bei dem Oberhofgerichte zu Leipzig
angebrachte Schuldsachen könnten auf das Gegentheil schließen
lassen. Inzwischen ist nicht zu übersehen, daß zu jener Zeit
der Aufschwung des Bergbaues wie die politische Lage für
den Augenblick große Geldmittel erforderte und die Kapitalien
in schnelle Circulation setzte. Auch war er durch seine Stellung wohl zuweilen veranlaßt, sich auch für andere zu ver-
bürgen. So beruhte die Schuld von 6000 Gulden, die er an
den Kurfürst Friedrich den Weisen zahlen sollte und deren der
Letztere in seinem Testamente von 1523 erwähnt, nur auf
einer Bürgschaft, die er in Gemeinschaft mit dem Oberst-
Burggrafen zu Prag für den von Schweyha, einem böhmischen Herrn, geleistet hatte.[78]

---

[77] Im Weim. Staatsarchive Acta Religionssachen 1540.

[78] Schöttgen und Kreysig, diplomatische Nachlese der Historie von
Obersachsen XI. 70.

Zweiter Abschnitt.

Heinrichs von Rönneritz Söhne.

Heinrich von Rönneritz hatte mit seinem Eheweibe Bar-
bara von Breitenbach aus dem Hause Kroßlewitz, außer einer
an Wilhelm von Thumbshirn, den bekannten Feldobristen
Johann Friedrichs, verheiratheten Tochter Margarethe[70], sechs
Söhne erzeugt: Johannes, Vollmar, Christoph, Andreas,
Nicolaus und Erasmus. Ihre Geburtsjahre sind nicht zu
ermitteln. Selbst die Reihefolge unter ihnen ist ungewiß.
Eine von einem Enkel oder für einen Enkel Heinrichs wahr-

[70] Die Hochzeit wurde im Jahre 1532 zu Joachimsthal gefeiert,
s. Mathesius' Chronik bei dem angegebenen Jahre. Thumbshirn, Sohn
eines der Mitgründer des Joachimsthaler Bergbaues, hatte schon unter
Frundsberg bei Pavia gefochten, bei der Erstürmung Roms im Jahre
1527 sich ausgezeichnet und war später oberster Hauptmann über das
Fußvolk Johann Friedrichs. Im Jahre 1543 nahm er mit Bewilligung
Johann Friedrichs Kriegsschaaren von dessen Schwager und Verbündeten, dem Herzog von Jülich, an, und erfocht mit dessen Völkern bei
Sittern den Sieg über das burgundische Heer. Am 22. Mai 1547 erlangte
er im Dienste Johann Friedrichs, nachdem er mit seinem Haufen den
kühnen Zug von Joachimsthal aus, durch dasiges Bergvolk gestärkt, hinter dem kaiserlichen Heere hinweg, über den Thüringer Wald bis an die
Weser gemacht hatte, bei Drakenberg in Gemeinschaft mit Mansfeld und
Graf Oldenburg den Sieg über Herzog Erich von Braunschweig. Beide
Siege wurden durch Prägung goldner Denkmünzen gefeiert. Bei der
Wittenberger Kapitulation von der Begnadigung ausgeschlossen, erwirkte
er doch bald die Wiederaushebung der ausgesprochenen Reichsacht. Er
ging auf seine Güter Frankenhausen und Haselbach mit Treben und er-
scheint von da aus mehrfach unter den Vasallen Kurfürst Moritzens.
Thumbshirn starb am 3. Decbr. 1551, seine Wittwe kurz darauf am
13. Juni 1552 an der Pest. Beide wurden in der nun eingeäscherten
Margarethenkirche in Zwickau beigesetzt. Das verschwundene Grab-
monument nebst der ausführlichen Inschrift ist in Schmidts Chronik von
Zwickau (1656) I. S. 91 beschrieben. v. Langenn, Kurfürst Moritz Bd. I,
S. 332, 349, 350, 366. Hortleber S. 394 flg. Manche Genealogen geben
dem Heinrich Rönneritz außer der erwähnten Margarethe noch mehrere
Töchter. Es fehlt aber hierüber an historischer Gewißheit.

scheinlich gegen das Ende des 16. Jahrhunderts über die sechs Brüder aufgenommene Notiz enthält nur eine sehr dürftige Beschreibung ihrer Persönlichkeit und der von ihnen betretenen Lebenswege. [50]

War jedoch der Vater, Heinrich, erst um das Jahr 1484 geboren, so wird man annehmen können, daß ihm die Söhne etwa von 1510 an nach und nach geboren worden sind. Bezeichnend ist es, daß Keiner derselben, auch soweit sie zu reiferm Mannesalter gelangt sind, das Jahr 1563 überlebt, Keiner sonach ein hohes Alter erreicht hat. Fast möchte man hieraus folgern, daß entweder der erwählte Beruf oder die fortdauernde Aufregung in jener vielbewegten Zeit die Lebenskräfte der in die öffentlichen Verhältnisse verwickelten Männer vorschnell aufgezehrt habe.

Zwei dieser Söhne starben noch vor dem Vater in jugendlichem Alter.

Johann, den Wissenschaften gewidmet, starb, als er der Studien wegen nach Italien gezogen, in Mantua. [51]

Vollmar wohnte nebst einem andern Bruder Erasmus, auf den wir weiter unten zurückkommen, im Jahre 1537 unter Graf Moritz Schlick, der die Böhmen anführte, einem Kriegszuge gegen die Türken bei.

---

[50] Diese Notiz zählt sie in folgender Ordnung auf: Andreas, Christoph, Erasmus, Vollmar, Johannes und Nicolaus und nennt die drei Ersteren die älteren, die drei Anderen die jüngeren Brüder. Allein da Vollmar schon 1537 nach dem Auftrage der böhmischen Stände 400 Reisige als Hauptmann werben und führen sollte, während Erasmus eine nur untergeordnete Rolle übernahm, so scheint mindestens Vollmar älter gewesen zu sein als Erasmus. Es wäre denn, daß Vollmar, als von Jugend auf zum Waffendienste bestimmt, zum Führer und Hauptmann geeigneter gewesen.

[51] Spangenbergs Adelsspiegel II. Bl. 192, womit auch die obenbezeichnete Familiennotiz übereinstimmt. König nennt zwar, unter Beziehung auf Rechenberg, de nobilitate Misniae ac litorata, den sechsten Sohn nicht Johann, sondern Heinrich; dies beruht aber nachweislich auf einer Verwechselung mit dem Vater.

Der Vater hatte sie hierzu für die Person mit achtzehn wohlgerüsteten Pferden ausgestattet. Nach der gänzlichen Niederlage, die das österreichische Kriegsheer unter dem Feldherrn Katzianer bei Esseck erlitt, wurden beide Brüder gefangen und auf die Galeeren geschmiedet, Volkmar aber auf der Ueberfahrt, da er krank war, enthauptet und in das Meer geworfen.[63]

[63] u. a. König's Adels-Lexikon. Möller's Denkwürdigkeiten des deutschen Adels, Merseburg 1820. Beck's Leben Johann Friedrichs des Mittlern, Weimar 1858, Th. 2, S. 130. In Uebereinstimmung hiermit steht ein Empfehlungsschreiben König Ferdinands d. d. Wien, 16. Octbr. 1542 für Nicolaus v. K. an Kaiser Karl V., welches, da es mehrere Angaben über die Familie bestätigt, hier vollständig folgen mag:

„Mein Herr Bruder,

Ich habe einen wesentlichen Hofrath bei mir, mit Nahmen Andreas von Könnritz, welcher einen jungen Bruder hat, mit Nahmen Niclaus von Könnritz, seines Alters ungefähr im 25. Jahr, der ist, wie ich berichtet bin, von seiner Jugend an steis in studio erhalten worden und hat nicht allein in der Lehre was fruchtbarliches ausgerichtet, sondern die Französische Sprache auch dermaßen begriffen, daß man seines Dienstes nicht in einerlei Wege und Weise, sondern vielfältig gebrauchen kann. Dieweil nun ernselder mein treuer Rath und Diener herzlich begehrt, daß berührter sein Bruder in Ew. Majestät Dienst kommen möchte, hat er mich unterthäniglich gebeten, ich wolle ein guter Verfüger sein, und bei Ew. Majestät diese Sache zum besten befördern helfen, welche ich ihme nicht habe wegern wollen, Angesehen, daß die von Könnitze eines ehrlichen alten Herkommens und von gutem Adel sind, auch in Betrachtung ihrer treuen Dienste, dieweil obgedachter Andreas von Könnritz bis in das eilfte Jahr ein Beisitzer am Kaiserlichen Kammergericht gewesen ist und sich nachmals an meinen Hof in Dienst begeben, allda er sich getreulich, ehrlich und wohl verhalten; zu deme so hat er andere zwene seiner Brüder bei der Niederlage vor Esseck gehabt, unter welchen einer ist Hauptmann gewesen über 400 Reißige und angenehme; diese beide als die Adelhäftigen ehrlichen Leute ritterlich sich erzeiget und verhalten, sind sie letzlich von Türken gefangen, der eine enthauptet, der andere mit Geld wieder erlediget worden. Derowegen habe ich nicht unterlassen wollen, an Ew. Majestät bemelten Niclaus von Könnritz mit Fleiß zu verschreiben, denn ich bin der Zuversicht, er werde den andern seinen Brüdern nachschlagen und nicht außm Geschlecht gerathen, unterthänigst bittende, Ew. Majestät wollen ihn zu einem Diener auf und annehmen, und da er nicht

Vollmar war bei diesem Zuge gegen die Türken Hauptmann „über Vier Hundert Reisige und angenehme".[83]   Die
übrigen vier Söhne haben sich unter dem Einflusse der damaligen Zeitrichtung insgesammt den öffentlichen Staats-
geschäften gewidmet.

Schon in der zweiten Hälfte des fünfzehnten Jahrhunderts, als die Liebe zu den Wissenschaften wieder erwacht
war, hatte auch der Adel angefangen, sich immermehr von
dem Kriegerhandwerke des Ritterstandes ab- und dem Studium der Wissenschaften zuzuwenden.[84]   Zwar war das
Studium damals mehr auf die alte classische Literatur und

einer Truchseß Stand bekommen möchte, welches er wohl am liebsten
hätte, daß er dennoch in andere Wege bequemlich untergebracht werden.
Ew. Majestät wollen sich hierinnen meiner zu sonderlichem Ehren und
Gefallen also erzeigen, daß er und seine Brüder daraus befinden mögen,
daß bei Ew. Majestät diese meine Vorschrift nicht unfruchtbar gewesen sei.
Befehle Ew. Majestät hiermit dem allmächtigen Gott, der wolle denen-
selben ein langwieriges Leben, eine gute Gesundheit verleihen.   Datum
Wien, den 16. Octbr. 1542."

[83] Die Stände Böhmens hatten dem Könige Ferdinand ein Tausend
Reiter zu stellen versprochen und durch den Kanzler der Krone, Hanns
Pflugl, Herrn von Rabenstein, den Kurfürst Johann Friedrich gebeten,
daß er dem Vollmar Rönneritz, seinem Dienst- und Lehnsmanne, gestatten
möge, 200 bis 400 gerüstete Reuter hierzu aufzubringen und in des Kurfürsten eignem Gebiete Werbung anzustellen.   Auch der König selbst verwendete sich dafür durch den Vicekanzler Held.   Der Kurfürst lehnte zwar
die Werbung in seinen eigenen Landen ab, da er in Folge des zu Nürnberg
gefaßten Beschlusses alle Kriegswerbung in seinen Landen verboten habe,
gestattete jedoch bei dem hohen Zwecke, dem der Kriegszug gelte, daß
Vollmar für seine Person dem Zuge beiwohne und dabei eine Befehls-
haberstelle annehme.   Weim. Arch. Rep. C, p. 241. z. N. 2 6. und Rep.
C. S. c.   Bei einer Abrechnung zwischen dem Könige von Böhmen und
dem Grafen Schlick im Jahre 1538 über die Erträge des Joachimsthaler
Bergzehnents wurde dem Grafen Schlick auch eine Summe von 1215 fl.
für Vollmar von Rönneritz zugeschrieben, der ihnen ebenfalls mit einer
Anzahl Berittener nach Ungarn gefolgt sei.   Sternberg Bd. 1. S. 339.

[84] Nicht ohne Grund konnte schon Hutten in seiner Ansprache an
Karl V., allerdings zugleich mit einigem Ingrimme über die Spitzfindig-
keiten der Stubengelehrten, den Kaiser auffordern, nicht Schreiber und

die humanistische, als auf die für das öffentliche Leben erforderlichen Fachwissenschaften gerichtet und fast schien es in
den ersten Decennien des sechzehnten Jahrhunderts, als würden bei dem allgemeinen Interesse, welches die kirchlichen
Fragen erregten, die theologischen Studien alle übrigen
verdrängen. Dem trat jedoch Luther im Jahre 1524 durch
sein offenes Sendschreiben an die Bürgermeister und Raths-
herren aller Städte deutscher Lande entgegen. Er warnte
darin vor einseitiger Richtung der Schulen, zeigte, wie nothwendig es sei, auch einen Gelehrtenstand zu bilden, der zu
regieren, das Recht zu sprechen, die Heilkunde aus-
zuüben verstehe; wies deshalb auf die Römer und ihre Bil-
dungsweise hin und empfahl namentlich Studium der Geschichte, der Redekunst und selbst der Poesie. Luther war es,
wie Ranke[65] sagt, der hiermit die Idee eines weltlichen
Gelehrtenstandes anregte und den stärksten Anlaß gab, daß
wissenschaftliche Fachbildung eine Vorbedingung zu Erlangung
von Staatsämtern, daß Verwaltung öffentlicher Aemter ein
wirklicher Beruf wurde.

Die Anregung eines so gewaltigen und umfassenden
Geistes konnte auf die Bildungs- und Berufswege des Adels
nicht ohne Einfluß bleiben.

Fast möchte man glauben, daß Luthers Mahnung auch
auf die Lebenswege der Söhne Heinrichs von Rönneritz Einfluß gehabt.[66] Vier Söhne desselben widmeten sich den Wissenschaften und wählten den öffentlichen Civildienst zu ihrem
Berufe. Die Schulbildung erhielten sie unstreitig wohl in
Joachimsthal selbst, wo der bekannte Schulmann und Theolog

Finanzer, sondern den Adel, der jetzt seine Kinder studiren lasse, zu Re-
gierungsgeschäften zu gebrauchen.

   [65] Deutsche Geschichte 3. Ausgabe, Bd. 2, S. 71 flg.

   [66] Mit Joachimsthal stand Luther in vielfacher Beziehung. Nach
Mathesius empfing er von dort in Wittenberg eine Deputation, die ihm
schöne Erzstufen überbrachten und durch ihren Gesang und Musik erfreuten.
Daß er Rönneritz persönlich gekannt, finden wir nicht.

Mathesius von 1532 bis 1540 Rector der Stadtschule war. Zur weitern Ausbildung besuchten drei Brüder, Andreas, Christoph und Erasmus, die Universität Freiburg im Breisgau, wo sie die Rechte studirten und schon damals sich das Lob der Geschicklichkeit und des Fleißes von Erasmus von Rotterdam erwarben.[67] Wo der vierte Bruder, Nicolaus, studirt habe? ist unbekannt. Alle vier aber haben sich hierauf in öffentlichen Aemtern bemerkbar gemacht, drei derselben, Andreas, Christoph und Nicolaus, hauptsächlich im Dienste des Hauses Oesterreich, zu welchem sie durch die Stellung ihres Vaters als Hauptmann zu Joachimsthal in Beziehung standen, Erasmus im Dienste des Kurhauses Sachsen, seines angestammten Fürstenhauses.

Was über die Laufbahn der Einzelnen, ihr Wirken in den verschiedenen Stellungen und ihre sonstigen Lebensverhältnisse in historischen Urkunden aufzufinden gewesen ist, mag in Nachstehendem folgen und zwar, da ihre Altersfolge ungewiß ist, nach der Reihe des Ablebens.

I. Andreas von Könneritz.

Nachdem er seine Studien vollendet und den Grad eines Doctor der Rechte erlangt hatte, wurde er vom obersächsischen Kreise im Jahre 1530 zum Assessor des Reichskammergerichts zu Speier ernannt[68] und zwar, obschon er den Doctor-Grad erworben hatte, auf der Ritter-Bank.[69] Da sein Vater damals erst 46 Jahre alt war, so muß Andreas in sehr jugendlichem Alter zu dieser Stellung gelangt sein. Dieß hat nichts

---

[67] Spangenbergs Adels-Spiegel Th. 2, S. 291. Erasmus von Rotterdam lebte in Freiburg von 1529 bis 1536.

[68] Harpprecht, Geschichte des kais. Kammergerichts Th. V.

[69] Die gelehrte Bank des Reichskammergerichts wurde damals von den geistlichen Kurfürsten und den drei Reichskreisen Franken, Schwaben und Baiern, die Ritterbank dagegen von den drei weltlichen Kurfürsten und den Kreisen Oberrhein, Westphalen und Sachsen besetzt. Ranke, deutsche Geschichte Bd. I. S. 458.

Auffälliges. Harpprecht zählt Fälle auf, daß zu jener Zeit selbst junge Männer von 19 Jahren zu Beisitzern des Kammergerichts ernannt wurden. Seiner Jugend ungeachtet zeichnete sich Könneritz unter den Rechtsgelehrten aus — „vir inter Jureconsultos eximiae laudis" — sagt Harpprecht von ihm.

Als der geächtete und vertriebene Herzog Ulrich von Würtemberg im Jahre 1534 unter Beihülfe der Krone Frankreichs und Philipps von Hessen sein Land mit Waffengewalt wieder zu erobern trachtete und hierbei Speier, der Sitz des Kammergerichts, ins Gedränge kam, wurde Andreas von dem Gerichte an den römischen König Ferdinand nach Prag gesendet, ihm mündlich über die gefährdete Lage des Gerichts Bericht abzustatten. Nachdem er gegen 11 Jahre bei dem Kammergerichte gewirkt hatte, nahm ihn im J. 1541 König Ferdinand als wesentlichen Hofrath in seine eigenen Dienste. Später wurde er zugleich Rath in der kaiserlichen Reichscanzlei.[90]

Im Jahre 1543 erschien er in einer Sendung des Königs an dem Hofe Johann Friedrichs von Sachsen, ihn zum Besuche des ausgeschriebenen Reichstags zu vermögen und wegen der Beschwerde, daß das Kammergericht dem kaiserlichen Befehle auf Einstellung der Processe gegen die Protestanten nicht nachkomme, zu beschwichtigen.[91]

Im Jahre 1550 war er nebst dem Bischofe von Speier als kaiserl. Commissar mit der Revision des nur erst im Jahre 1549 wieder eingerichteten Reichskammergerichts betraut. Der Bericht über diese Revision, welche vier Wochen dauerte, gab zu ausführlichen Verhandlungen auf den Reichstagen von 1550 und 1555 Anlaß.[92]

---

[90] Harpprecht Th. V. S. 116 u. 139. Hiermit stimmt auch der obige Empfehlungsbrief König Ferdinands an Karl den Fünften für einen jüngeren Bruder des Andreas überein. Cf. oben Anm. 82.

[91] Seckendorfs Hist. Luth. etc. Buch III. Sect. 8. §. 26. addit. 2 und §. 102. no. V.

[92] Harpprecht c. l. §. 10 und Th. 6, S. 270 flg.

Später soll Andreas nach den Angaben genealogischer Handbücher Landvoigt bei dem Hause Oesterreich zugehörigen Landschaft Ortenau in Schwaben gewesen sein, auch daselbst das Gut Berghofen besessen haben. Nähere Beweise hierüber fehlen. Nach einer andern Angabe hat er sich schon 1549 zu Freiburg im Breisgau niedergelassen.[83] In einer Schuld- und Pfandverschreibung, das Rittergut Loßnedt betreffend, in den Lehnsacten Blatt 5 vom Jahre 1547, die sein Vater zugleich in des Sohnes Namen vollzog, ist vielmehr Kynhofen als sein Aufenthaltsort angegeben. Von seinen Familien- verhältnissen ist nichts bekannt, er scheint vor 1553 gestorben zu sein und männliche Descendenten nicht hinterlassen zu haben.[84] In der Rathsbibliothek zu Leipzig wird ein sehr schön geschriebener Codex mit seinem Namen und Wappen aufbewahrt, vom Jahre 1529, den Naumann in seinem ge- druckten Cataloge Einleit. S. 20 und unter Nr. CIV. S. 31 näher beschreibt. Er enthält „Zasii enarratio in rhetoricam Ciceronis und Amelii Erklärungen über mehrere einzelne römische Gesetze, vielleicht während der Studienzeit nachge- schriebene Hefte oder Doctorand-Arbeiten.

II. Christoph von Könneritz.

Sein erstes Auftreten nach beendigten Studien fällt in das Jahr 1539, wo er auf dem Reichstage zu Worms in Substitution des Doctor Christoph von der Straßen für den

---

[83] Schreiber, Geschichte und Beschreibung der St. Freiburg. Frei- burg 1825 S. 156.

[84] Dies dürfte aus einem Schreiben seines Bruders Erasmus vom 9. Juni 1553 hervorgehen, in welchem er sein persönliches Außenbleiben zu dem Zuge gegen Markgraf Albrecht mit dem von Kurfürst Moritz in Folge des Ablebens seines Bruders erhaltenen Urlaub nach Oesterreich entschuldigt (Acta: Musterung der gestellten Ritterpferde von 1553). Ebenso hat Erasmus während des Reichstages 1555 um Urlaub nach Joachimsthal, damit er mit den Vormündern der von seinem Bruder hinterlassenen Töchter verhandeln könne. Auch die Lehnsacten über

Bischof von Meißen Session nahm. Die Reichsunmittelbarkeit der drei in Sachsen belegenen Hochstifter war nicht unbestritten, die Praxis schwankend. Die sächsischen Fürsten waren seit langer Zeit dem Sessionsrechte der Bischöfe, wie der besondern Veranschlagung der Stiftslande bei Aufbringung von Reichssteuern entgegengetreten. Sie behaupteten, daß sie in dem Gebiete der sächsischen Fürsten lägen und unter ihrem Schatzquantum schon mit inbegriffen seien. Zu jenem wegen Bewilligung der Türkenhülfe ausgeschriebenen Reichstage hatte der Kaiser, in der Hoffnung, an ihnen zugleich in den Religionsstreitigkeiten Unterstützung zu finden, das Ausschreiben auch an die Bischöfe der sächsischen Hochstifter ergehen lassen. Der Streit über ihr Sessionsrecht begann von Neuem. In einem ausführlichen Berichte an den Bischof von Merseburg d. d. Speyer, Montag nach Vitt 1539 erzählt Könneritz genau, wie er sich zuerst bei dem Reichs-Erzkanzler, dem Kurfürsten von Mainz, angemeldet und darauf im Fürstenrathe erschienen sei, die Räthe des Herzogs Heinrich zwar sofort dagegen protestirt hätten, er selbst jedoch darin verblieben sei und der Reichstag die Entscheidung über diesen Streit ausgesetzt und für diesmal die gegenseitigen Erklärungen nur zu Protokoll genommen habe. „Also habe ich," so schließt K. den Bericht, „des Widerspruchs der herzoglichen Räthe ungeachtet, für diesmal Stand und Session behalten und vertreten und der ganzen Handlung bis zu Ende beigewohnt!"[85]

Später trat Christoph in die Dienste des Königs Ferdinand, zunächst 1543 in des Regierungsraths Gremium von

---

Lobstädt enthalten nichts von männlicher Descendenz des Andreas. Vielmehr ist der Lehnbrief vom 24. Septbr. 1551 nur auf die beiden Brüder Christoph und Erasmus als Hauptbelehnte und auf dem von Medau als Gesammtländer gestellt.

[85] Acta des Haupt-Staatsarchivs a. Miscellarum G. 4914. und Acta Misnensia fol. 7. Ueber die Streitfrage selbst siehe Weißens sächs. Gesch. Bd. 3, S. 191 flg. und Fabricius Annales urbis Misniae p. 190.

Nieder-Oesterreich, wurde 1547 Hofkammer-Rath und bald
darauf Oberst-Kammer-Graf (oberster Verwalter, wie er sich
selbst nennt) der ungarischen Bergstädte in Neu-Sohl. In
dieser Stellung, die darauf hindeutet, daß er wie sein Vater
Heinrich auch des Bergwesens kundig war, verstarb er am
14. Aug. 1557.

Von seinem öffentlichen Wirken stehn weitere Nachrichten
nicht zu Gebote. Ueber seine Privatverhältnisse sei noch kürzlich Folgendes erwähnt. Er vermählte sich in Oesterreich mit
Agnes Freiin von Harrach, erwarb daselbst die Herrschaften
Haggenberg und Enzersdorf, später wiederkäuflich auch noch
die Burg und Herrschaft Laa und erlangte deshalb Aufnahme
in den Herren-Stand von Nieder-Oesterreich. Das Diplom
über den Freiherrn-Stand wurde aber erst seinen drei Enkeln,
Christoph, Leo und Heinrich Balthasar, unter Kaiser Rudolph
im Jahre 1609 ausgefertigt. Sie waren nach Mißgrill zu
sehr bedeutenden Herrschaften gekommen.

Mit Leo, dem zuletzt verstorbenen Enkel, der wegen
Geisteskrankheit unter Curatel stand, starb die männliche
Descendenz des Christoph in der ersten Hälfte des 17. Jahrhunderts aus. Die Herrschaft Haggenberg fiel hierauf an
die Descendenz eines andern Bruders Erasmus, „die Vettern
der Meißner oder oberstämmigen" Linie der Familie Könneritz (wie sie in den österreichischen Acten genannt wird) und
zwar an die drei Brüder Christoph Volkmar, Florian und
Bernhard Leo, Enkel des Erasmus auf Lobstedt, mit denen
Christoph und seine Descendenten im Lehnsverbande geblieben
war.[97] Die Meißner Linie gelangte auch in den wirklichen

---

[96] In Nieder-Oesterreich unter der Enns, unweit der Poststation
Hollebrunn.

[97] Acta des Haupt-Staatsarchivs, Genealogica von Könneritz
Nr. 11218. Schreiben vom 18. März 1659, worin sie anführen, daß sie
durch Verwendung des Kurfürsten Johann Georg I. in den Besitz der
vetterlichen Güter in Oesterreich gelangt seien. Ferner Acta des Haupt-
Staatsarchivs, Könneritzsche Angelegenheit, die Thonrädische Erbschaft

Beſitz der Herrſchaft, verkaufte ſie aber ſpäter um das Jahr 1650 an die Grafen Sinzendorf.

Chriſtoph von Könneritz gehörte übrigens ebenfalls der lutheriſchen Confeſſion an. Er ſelbſt wie ſeine Erben und wie die ihnen verſchwägerten Familien der Freiherren von Eck und von Gall werden von Raupach (Erläutertes evangeliſches Oeſtreich, Hamburg 1738, Th. 2. S. 302) aus- drücklich unter den proteſtantiſchen Mitgliedern des öſter- reichiſchen Ritterſtandes aufgeführt.

Eine Enkelin Chriſtophs v. K., Agnes, war an Andreas, Freiherrn von Thonradl oder Tantabel, das Haupt der pro- teſtantiſchen Stände Nieder-Oeſterreichs, vermählt, hatte ſogar in der Zeit der Gegen-Reformation der Religion wegen be- ſondere Schickſale zu erleben.   Thonradl war am 0. Juni

_____

betreffend, Wißgrills Schauplatz des nieder-öſterreichiſchen Adels Bd. V. S. 335—337. Auf Irrthum muß es beruhen, wenn Wißgrill die männ- liche Deſcendenz des Chriſtoph noch einen Grad weiter bis auf Urenkel fortführt und die letzten Sproſſen nach Verkauf der Güter aus dem Lande ziehen läßt. Nach Inhalt der Acten des Haupt-Staatsarchivs waren Chriſtoph (Vollmar), Florian und Bernhard (Leo), auf welche die Herrſchaft nach dem Ableben von Chriſtophs Enkel fielen, nicht ſowohl Deſcendenten als vielmehr Seitenverwandte Chriſtophs, Vettern von der Meißner Linie. Sie ererbten und verkauften Haggenberg nicht als Deſcendenten, ſondern als Lehnserben und Vettern und hielten ſich nur zu dieſem Behufe temporär in Oeſterreich auf. Ueber die Fortdauer des Lehnsverbandes jener öſterreichiſchen Linie an den Familiengütern in Sachſen geben die Acten im ſächſiſchen Archive über Lobſtädt und Wie- derau Nachricht. Chriſtoph erhielt nach ſeines Vaters Tode das väterliche Gut Lobſchütz im Jahre 1554 gemeinſchaftlich mit ſeinem Bruder Erasmus in Lehn. Als Lobſtädt nach des Erasmus Tode Schulden halber nicht erhalten werden konnte, mußte der damals noch lebende Sohn Chriſtophs, Heinrich, im Jahre 1566 zur Veräußerung von Lobſtädt ausdrücklich ſeine Einwilligung geben. Dagegen wurde er im Jahre 1601 von ſeinem Vetter in die Lehn an dem neuerkauften Rittergute Wiederau aufgenommen. Nach dem Ableben Heinrichs wurde die geſammte Hand an Wiederau auf die drei Söhne Heinrichs, Chriſtoph, Leo und Heinrich, verſällt. Die beiden Erſteren gaben auch als Mitbelehnte im Jahre 1612 ihre ſpecielle Genehmigung zu dem Verkaufe von Wiederau.

1619, während Thurn mit dem zugezogenen Heere der böhmischen Protestanten in den Vorstädten Wiens stand, mit
mehreren Verbündeten bereits in das Gemach des Kaisers
Ferdinand vorgedrungen, ihn gefangen zu nehmen und zu
nöthigen, seine Kinder in der protestantischen Kirche erziehen
zu lassen, als plötzlich der Trompetenschall des in die Burg
einrückenden Küraffier-Regiments Dampierre dem Vorhaben
ein Ende machte.[98]   Nur mit Mühe gelang es Thonrabl zu
entwelchen.   Er entfloh nach Leipzig, schloß im Exile für die
protestantischen Stände Oesterreichs mit denen von Böhmen,
Ungarn und Steiermark zu Posen den Bund vom 15. Jan.
1620[99] ab und verstarb zu Leipzig im Jahre 1625.[100]

   Agnes von Könneritz war ihrem Ehemanne Thonrabl
nach Leipzig nachgefolgt.   Nach dessen Ableben kehrte sie nach
Oesterreich zurück, um aus dessen Vermögen wenigstens ihr
Leibgedinge und den Wittwen-Genuß, der auf Ober-Gaffing
verfichert war, sowie das Erbtheil von ihrer Mutter, einer
gebornen Freiin von Edh, zu retten.   Da Ober-Gaffing vom
kaiserlichen Fiscus eingezogen und an den von Lichtenstein
verkauft worden war, mußte sie die Klage zugleich gegen die
Hofkammer richten.   Mitten im Processe starb auch sie im
Jahre 1643.   Die Vettern der Meißner Linie setzten den
Proceß als Erben der Agnes von Thonrabl fort, erlangten
auch im Jahre 1673 und 1676 günstige Erkenntnisse und
wirkten unter Verwendung des sächsischen Hofes aus, daß zu
Erledigung dieser Angelegenheit unter dem 13. Decbr. 1686

---

[98] Pelzel, Gesch. v. Böhmen Th. 2, S. 706 und über die Verbindung
mit Agnes von Könneritz Wißgrill a. a. O., beßgl. Ducelini German.
stemma-togeographica Tom. III. p. 237.

[99] Abgedruckt bei Luenig, Vas. Spec. Cont. S. 180 fl.   Sein ganzer
Titel ist daselbst Andreas Thonradi liber Baro de Thernberg et
Rebberg Dns. in Ober-Gaffing.

[100] Heydenreichs Chronik von Leipzig: „Andreas Thonrabl, ein österr.
alter ehrlicher Freiherr, welcher der Religion wegen aus Desterreich vertrieben war, ist am 16. Februar 1625 in der Paullner-Kirche begraben
worden".   Ein Grabstein ist jedoch allda nicht aufzufinden.

eine aus Mitgliedern der Regierung von Nieder-Oesterreich und der Hofkammer bestehende gemischte Commission zu Wien niedergesetzt wurde. Das endliche Resultat dieses Processes ist jedoch aus den in Sachsen befindlichen Acten nicht mit Bestimmtheit zu ersehen; doch geht daraus so viel hervor, daß die in Sachsen lebenden Vettern nicht blos Erben zu dem Nachlasse der Agnes verwittweten v. Thonrabl, sondern auch als Erben zu den Gütern ihres blödsinnigen Bruders Leo anerkannt waren; mithin die ganze Linie des Christoph von Rönneritz damals schon ausgestorben gewesen sein muß; ferner daß der Betrag der eheweiblichen Rechte der Thonrabl auf 20,000 Gulden festgestellt war und es sich nur noch um Compensationsposten handelte. Die Acten schließen mit einer Anfrage Derer von Rönneritz in Sachsen an den damaligen kursächsischen Gesandten am österreichischen Hofe, Grafen von Sinzendorf, vom 3. Febr. 1688, ob vielleicht der ganze Anspruch an Jemand in Wien zu verhandeln sei? Da diese Anfrage roth unterstrichen ist und weitere Verwendungen nicht gesucht worden sind, so scheint der Anspruch wirklich durch Verlauf vielleicht an die Grafen Sinzendorf selbst, die auch schon die ihnen dort angefallenen Güter erkauft hatten, erledigt worden zu sein.

III. Nicolaus von Rönneritz,

geboren um das Jahr 1517 oder 1518. Auf Fürbitte seines Bruders Andreas wurde er im Jahre 1542 in dem Alter von ohngefähr 25 Jahren von König Ferdinand an seinen Bruder Karl V. zur Anstellung im kaiserlichen Dienste, und zwar vorzugsweise zu der Stellung als Truchseß, empfohlen. Der Empfehlungsbrief König Ferdinands gedenkt der treuen Dienste, welche sein Bruder Andreas 11 Jahre bei dem Kammergerichte zu Speier und seitdem ihm selbst als Rath geleistet habe, die Thaten und Schicksale zweier anderer Brüder (Vollmar und Erasmus) in einem Kriegszuge gegen die Türken,

des ehrlichen alten Herkommens und guten Adels der Familie und rühmt dem Nicolaus insbesondere nach, „daß er nicht allein in der Lehre was fruchtbarliches ausgerichtet, sondern auch die französische Sprache dermaßen begriffen, daß man seines Dienstes nicht in einerlei Wege und Weise, sondern vielfältig gebrauchen könne". Eine in der Familie erhaltene Notiz schildert ihn als „eine schöne, lange, gelehrte und sprachenkundige Person."

Die Empfehlung Ferdinands hatte denn auch einen günstigen Erfolg. Nicolaus wurde Truchseß, später Rath, von Kaiser Karl V. angenommen, folgte dem kaiserlichen Hoflager und wurde von dort aus mit mehreren wichtigen Missionen bald in Deutschland, bald in den Niederlanden betraut. Seiner Stellung zum Kaiser ungeachtet, ließ er das Interesse seiner angestammten Fürsten und Lehnsherren, sowie der Protestanten niemals aus den Augen.

Während des kaiserlichen Hoflagers zu Worms unterhielt er im Jahre 1545 mit Christoph von Carlowitz, Herzog Moritzens Rath, einen lebhaften Briefwechsel. Carlowitz rühmt des Nicolaus guten Willen für Herzog Moritz. [101]

Im Herbst desselben Jahres, nach der Gefangennehmung Herzogs Heinrich von Braunschweig durch Landgraf Philipp von Hessen und Johann Friedrich von Sachsen, wurde Nicolaus vom Kaiser an den Landgrafen abgesandt, ihn zur Mäßigung in der Benutzung des Siegs, zur leutseligen Behandlung der Gefangenen und zur Entlassung des Kriegsvolks zu vermögen, oder, wie wenigstens Pland [102] vermuthet, um die weiteren Bewegungen der kriegführenden Fürsten zu beobachten. Er schrieb hierüber selbst an Herzog Moritz. Carlowitz wurde daher auch bei seiner Absendung an den

---

[101] v. Langenn, Christoph von Carlowitz S. 112 u. 124.

[102] Pland, Geschichte des protest. Lehrbegriffs, Leipzig 1798. Bd. 3, Th. 2, S. 289, nota 48.

kaiserlichen Hof von Moritz angewiesen, bei Granvella oder Rönneritz weitere Erkundigung einzuziehen.[103]

Mit Lazarus von Schwendi zugleich war er 1546 kaiserlicher Kriegscommissar in des Kaisers Lager bei Nürnberg.[104] Von hier aus wurde er bei dem Beginnen des Kriegs gegen Johann Friedrich von dem Kaiser im Januar 1547 an den Bischof von Würzburg abgesendet, ihn zum Zuzuge zu Herzog Moritz zu vermögen.[105]

Ganz besonders wird von den Geschichtschreibern über jene Zeit hervorgehoben, daß Nicolaus es gewesen, der von Brüssel aus in einem vertraulichen Briefe an seinen Bruder Erasmus, Rath des Kurfürsten von Sachsen, auf den Plan der spanischen Partei, Kaiser Karl zum unumschränkten Herrscher über Deutschland und selbst zum Gebieter über den Papst zu erheben, aufmerksam gemacht habe.[106]

Auch für die Entlassung Philipps von Hessen suchte er am kaiserlichen Hofe zu wirken[107] und stand er hierüber mit Kurfürst Moritz in unmittelbarem Briefwechsel.

Im Frühjahre 1549 war er auf einer Mission in Norddeutschland. Von dort berichtet er an den Kaiser über die Vereinigung der Städte Hamburg, Bremen, Nieder-Mölla und Braunschweig zu Verwerfung des Interims.[108]

Während der Belagerung von Magdeburg wurde er vom Kaiser Ende des Jahres 1550 mit einer Sendung an den Markgrafen Johannes von Brandenburg (Küstrin), den heftigsten Gegner des Augsburger Interims, betraut, „ihm von

---

[103] Instruction für Carlowitz vom 14. Jan. und dessen Bericht vom 3. März 1546 bei v. Langenn a. a. D. Bd. 2, S. 251 u. 253.

[104] Mameroni, Verzeichniß bei Hortleber S. 376.

[105] v. Langenn a. a. D. Bd. V. S. 320.

[106] Seckendorf, Hist. Luth. Lib. III. Scat. 3. §. 124. no. 2. p. 566. edit. Lat. Leipzig.

[107] Des Nicolaus ausführliches Schreiben an Kurfürst Moritz d. d. Brüssel, 25. April 1549 im Haupt-Staatsarchive, sub rubro Krams Schriften Bl. 133 flg.

[108] Ranke a. a. D. Bd. 5, S. 55.

des Kaisers wegen etwas ernstliches vorzuhalten". Auf der
Reise dahin beschied er seinen Bruder Erasmus, der gerade
in Zörbig die Leipziger Ritterschaft sammeln und dem Kurfürsten Moritz nach Magdeburg zu führen sollte, auf einige
Stunden nach Leipzig zu einer kurzen Besprechung, die auch
das Interesse des Kurfürsten Moritz berührte. Von dem
Erfolge dieser Besprechung gab Erasmus dem Kurfürsten
Moritz Nachricht. Später erschien Nicolaus im Hauptquar-
tiere des Belagerungsheeres selbst.

Kaiser Karl scheint dem Nicolaus wohlgewogen gewesen
zu sein. Schon nachdem im Jahre 1547 die Acht gegen die
Stadt Magdeburg ausgesprochen und durch Decrete des Reichskammergerichts auf Confiscation des Vermögens der Geächteten erkannt worden war, schenkte der Kaiser ihm und dem
Secretaire der kaiserlichen Canzlei, Obernburg, laut Urkunde
d. d. Augsburg, 23. Juli 1547 alles bewegliche und unbeweg-
liche Vermögen des Bürgermeisters zu Magdeburg, Valentin
Denartz, und des dasigen Rathssyndicus Dr. Levin von Emden.
Hierzu gehörten auch Bergwerke.

Kurfürst Moritz, der überhaupt damals noch wenig geneigt war, mit Execution gegen Magdeburg vorzuschreiten,
zögerte, die Bergtheile der Geächteten in Sachsen (im Ma-
rienberger, Annaberger und Buchholzer Reviere gelegen) einzuziehen, so daß der Kaiser unter dem 19. April 1548 ein
Monitorium an ihn erließ. Auch hierauf noch lehnte der
Kurfürst die Einziehung anfänglich ab, indem er sich damit
entschuldigte, daß die Berggesetze jede Confiscation von Berg-
nutzungen untersagten und wenn sie ja stattfinden sollte, die
zu erlangenden Beträge zunächst jedenfalls zur Entschädigung
seiner Lande und Leute verwendet werden müßten. Doch
fand er sich bald darauf veranlaßt, Könneritzen und Obern-
burgen die Bergtheile um 3000 Gülden-Groschen (auch Thaler
genannt) abzukaufen. Die erfolgte Einziehung wurde später
durch die Capitulation von Magdeburg annoch besonders
ratihabirt.

Im Frühjahre 1551 nach dem Tode seines Vaters kam Nicolaus v. K. zu Ordnung des väterlichen Nachlasses in Familienangelegenheiten nach Sachsen, versehen mit einem Empfehlungsschreiben des Kaisers an Kurfürst Moritz, worin er um Beschleunigung jener Angelegenheiten bittet, damit er seiner Dienste und seines Rathes nicht lange entbehre.

Während dieses Aufenthaltes im Vaterlande hatte Nicolaus Gelegenheit, seinem Bruder Erasmus in dem gegen denselben von Kurfürst Moritz angeordneten Fiscalprocesse beizustehen. Er verwendete sich bei Kurfürst Moritz wiederholt für baldige Ansetzung eines Rechtstags und trat auch im Termine selbst am 26. Mai 1551 vor Kanzler und Räthen zu Dresden, nebst Sebastian Pflugk zu Strehla und Wilhelm Thumbshirn, als seines Bruders Helfer auf.

Noch in demselben Jahre starb er in Italien auf einer Mission Karls V. an die Höfe zu Mantua und Ferrara[100] noch in dem rüstigsten Mannesalter von etwa 35 Jahren.

IV. Erasmus von Könneriz.

Ueber ihn werden bei der Reichhaltigkeit des Stoffes, der gerade für die sächsische Geschichte von Interesse ist, besondere Mittheilungen folgen.

---

[100] Bericht Dr. Franz Kramms an Herzog August d. d. Augsburg, 20. Septr. 1551 im Haupt-Staatsarchive.

Der Streit um die sächsische Kurwürde bis zur Entscheidung durch Kaiser Karl IV.

Von Dr. Friedrich Sachse.

Als Karl IV. durch die Prager und später durch die sächsische Bulle dem Streite um die sächsische Kurwürde zwischen der wittenbergischen und lauenburgischen Linie für immer ein Ende zu machen suchte, hatte die wittenbergische schon ein gewisses historisches Recht auf die Kurwürde erlangt, da sie immer an der Wahl der auf den Thron gekommenen Kaiser thätigen Antheil genommen; jene Bullen waren nur Bestätigungsurkunden dieses Rechtes. Auch hatte der Streit nie einen kriegerischen Charakter angenommen; eine Seltenheit gewiß in jenen fehdelustigen und kampfbereiten Zeiten des Mittelalters, in denen Erfolge des Schwertes gewichtiger sprachen, als Rechtssatzungen und Reichstagsbeschlüsse, und der Einzelne sich berufen fühlte, sein Recht, gleichviel ob wirkliches oder vermeintliches, zu verfechten, freilich auch gar zu oft berufen fühlen mußte. Die Lauenburger Fürsten hätten dies aber wohl schwerlich wagen können. Denn nicht nur war ihr Land, oft noch unter mehrere Familienglieder getheilt, von noch geringerm Umfange, als das ihrer gegnerischen Vettern, auch die größere Anzahl der deutschen Fürsten gestand ihnen die Kurberechtigung nie zu und die, welche es zeitweilig thaten, waren im Kampfe gegen die mächtigere Partei. So ist ihre Wahlstimme nie von großem Einflusse gewesen; sie

unterstützen nur ohnmächtig die selbstsüchtigen Pläne einzelner
Fürsten, die ihre Berechtigung zur Betheiligung an den Wahlen natürlich nicht lange untersuchten. Der Wittenberger Linie
kam aber vor allen Dingen zu statten, daß sie sich im Besitze
des wirklichen Herzogthums Sachsen befand, zu welchem Lauenburg erst unter Albrecht I. dauernd hinzugekommen war[1] und
daß mit dem Namen auch der Ruhm des alten Herzogthums
Sachsen auf das jetzige Land dieses Namens übergegangen
war. Außerdem bewirkte auch der Umstand, daß kurz nach
der Trennung Lauenburgs von Sachsen-Wittenberg der Regent
dieses Landes über jenes die Administration führte, daß die
Streitigkeit schon im Entstehen für die Lauenburger wenig
Hoffnung eines glücklichen Ausganges aufkommen ließ. Trotzdem ist die Beharrlichkeit, mit welcher die lauenburgischen Fürsten mehr als 100 Jahre, selbst noch nach der kaiserlichen Entscheidung, an ihren vermeintlichen Kurrechten festhielten, von
nicht geringem Interesse für die Specialgeschichte der sächsischen
Kurwürde.

Als Herzog Albrecht I. a. 1260 starb, hinterließ er zwei
noch unmündige Söhne, Johann und Albrecht. Die Vormundschaft über diese führte die Mutter Helena; doch stellen
schon 1265 mit ihr zugleich die Söhne Urkunden aus. 1271
war die vormundschaftliche Regierung beendet; die gemeinschaftliche Regierung der Länder Wittenberg und Lauenburg
dauert aber fort und wenigstens bis zum Tode der Herzogin
Helena a. 1273 finden wir alle Urkunden von beiden Fürsten
gemeinschaftlich ausgestellt.[2] Was die Theilung, nach welcher
dem ältern Bruder Johann die neu erworbenen lauenburgischen, dem jüngern, Albrecht, aber die wittenbergischen Länder
zufielen, veranlaßt und wann sie stattgefunden hat, ist nicht
bekannt. Jedenfalls war sie eine friedliche und geschah mit
Beider Uebereinstimmung; denn noch nach derselben erfolgte

---

[1] 1227 vom Grafen von Schwerin für geleisteten Beistand gegen
Dänemark.

[2] Kobbe, Gesch. Lauenburgs II. S. 5 ff.

bei einzelnen Urkunden Johanns die Bestätigung Albrechts II.
Auch blieben einzelne Landestheile, wie z. B. die 1269 erworbene Burggrafschaft Magdeburg, in gemeinschaftlichem Besitze
und beide führten den gleichen Titel eines „Herzogs von Sachsen, Engern und Westphalen und Reichsmarschalls".[3] Und in
der That machten beide Brüder bei der Wahl Rudolfs von
Habsburg von der Kurstimme gemeinschaftlich Gebrauch. Denn
wenn auch Johann nicht ausdrücklich bei der Wahl genannt
wird, so ist er doch acht Tage später bei der Krönung zugegen.[4]
Ebenso erscheinen Beide in der Bestätigung des a. 1279 unter
Vermittelung des Papstes Nicolaus III. geschlossenen Vertrags
König Rudolfs mit Karl von Anjou über die italienischen Besitzungen[5] und in den Unterschriften des neuen österreichischen
Herzogsbriefes[6] 1282 als Kurfürsten.

Doch nicht für die Dauer konnte sich eine einzelne Wahlstimme, wie es ja auch bei der Wahl Rudolfs im brandenburgischen Hause der Fall war, in den Händen Mehrerer
theilen. Die Theilstimmen mußten wegfallen, wenn man das
Stimmrecht wieder an die Erzämter knüpfte, wie es unter
den Hohenstaufen üblich gewesen war.[7] Freilich war noch
nicht festgesetzt worden, ob, wenn Theilungen vorkamen[8], die
Linien gemeinschaftlich oder der Aelteste des Hauses die Stimme

---

[3] Phillips, Deutsche Königswahl S. 175, Anm. 679.

[4] Böhmer, Reg. p. 51 fg. 1. Aufl.

[5] Raynald, Ann. Eccl. ad a. 1279 §. 11; 1280 §. 2 sqq. Leibnit.
Prodom. Cod. jur. gent. p. 20.

[6] Lichnowsky, Geschichte des Hauses Habsburg I. Reg. Nr. 761 ff.
Böhmer, Reg. p. 118.

[7] Albert v. Stade, Chron. p. 215. Palatinus elegit, quia Da-
pifer est, Dux Saxoniae, quia Marscalcus et Margravius de Brandenburg, quia Camerarius, Rex Boemiae, qui Pincerna est, non
eligit, quia non est Teutonicus.

[8] Der Grundsatz der Untheilbarkeit, welche sich bis gegen Ende
des 13. Jahrh. als vorherrschend behauptete, wird ausdrücklich durch die
Constitution Friedrichs I. von 1158 sanctionirt, durch den Sachsen- und
Schwabenspiegel, durch richterliche Urtheile dieser Zeit und Aussprüche
der Zeitgenossen bestätigt, durch zahlreiche geschichtliche Beispiele bewiesen.

führen sollte, aber daß nur Einer wähle, da ja nur Einer das Erzamt verwalten konnte, mußte sich nach diesem Principe ebenso von selbst ergeben, als man getreu demselben Heinrich den Stolzen wohl im Besitze zweier Herzogthümer, aber nicht zweier Erzämter gelassen hatte. Mit der zunehmenden Wiederherstellung des Reiches nach Rudolfs Thronbesteigung kam auch in dieser Beziehung die alte Ordnung wieder zur Geltung. Wenigstens wurde auf dem Hoftage zu Erfurt 1290 Böhmen die Kurstimme ausdrücklich wegen des Erzschenkenamtes zugesprochen.[9] Aber für alle Fälle war die Wahlberechtigung dadurch nicht festgestellt. Hatte man auch zu Erfurt den Beweis geliefert, daß das Wahlrecht nicht auf dem Herzogthume an sich ruhe, da bei Rudolfs Wahl der Herzog Heinrich von Bayern[10] die an Böhmen zurückgegebene Stimme geführt hatte, so war bis jetzt doch keineswegs bestimmt erklärt worden, daß die Erzämter beim Entstehen zweier oder mehrerer Linien immer nach dem Rechte der Erstgeburt forterben sollten. Wie sollte es nun gehalten werden, wenn gerade der Aelteste des Hauses nicht in der Herrschaft des Stammlandes succedirte?

Dies war der Fall im sächsischen Hause. Die Art der Theilung also wurde der Grund zum künftigen Streite beider Linien. Denn während die Lauenburger deshalb auf die fürstlichen Rechte Anspruch machten, weil dieselben nach ihrer

---

Cf. Schulze, „Das Recht der Erstgeburt" S. 96—149. — Ueber die dann eingetretene Theilbarkeit der Fürstenthümer das. S. 228 ff.

[9] Böhmer, Reg. p. 142 am 4. März 1289; p. 151 am 20. Septbr. 1290 Bestätigung.

[10] Als Heinrich v. Bayern nicht zur Wahl zugelassen werden sollte, wandte er sich an den Papst Gregor X., der noch auf Seite Alphons von Castilien stand, mit der Bitte, daß er seine Stelle unter den übrigen Wahlfürsten mit väterlicher Milde bestimmen möchte. (Pez, thesaur. anecd. noviss. Cod. dipl. VI. P. II. p. 187.) Letztere warteten aber die Entscheidung nicht ab, wählten und überließen die Entscheidung Rudolf selbst, der auf dem Reichstage zu Augsburg 1275 ein Bayern günstiges Urtheil fällte. Böhmer Reg. p. 70. Kopp, „Geschichten von Wiederherstellung und dem Verfall des heil. röm. Reiches" I. 107.

Meinung ihrem Vater Johann, als dem ältern Sohne Albrechts I., ausschließlich zukamen, so machten die Wittenberger ebenso zuversichtlich geltend, daß diese Rechte an den Besitz des eigentlichen Herzogthums gebunden seien. Und dieser letztere Grund mochte in diesem Falle gerade insofern ein besonderes Gewicht haben, als Lauenburg ein erst neu erworbenes Land war und bisher gar nicht zum Stammlande gehört hatte. Der Repräsentant des Sachsenvolkes — denn ursprünglich übten die Hauptvölker durch ihren Herzog das Wahlrecht — blieb also dem Reiche gegenüber Albrecht II. Und das war ein Vortheil, da Sachsen das Stimmrecht noch nie verloren hatte. Auch verschaffte dem Herzoge Albrecht II. persönlich bei König Rudolf der Umstand eine gewichtigere Stellung als seinem Bruder Johann, daß er der Schwiegersohn desselben war.[11] Ihn finden wir auch oft im Gefolge des Königs.

Mehr noch aber als dieses verwischte die etwaigen Ansprüche Lauenburgs auf die Kurwürde der frühe Tod Johanns[12], dessen unmündige Söhne von nun an unter die Vormundschaft ihres Oheims kamen, eben des Albrechts von Sachsen-Wittenberg, gegen den ihre Rechte hätten gewahrt werden sollen. Natürlich, daß dieser unter solchen Umständen sich auch bei geringerm Rechte, als er hatte, in den Besitz der kurfürstlichen Rechte bringen konnte. Und gerade jetzt fehlte es nicht an Gelegenheit, davon Gebrauch zu machen. Aber irrig würde es sein, wollte man glauben, daß Albrecht an seinen Neffen Verrath geübt hätte und diese mit ihm unzufrieden gewesen wären; aus den vorhandenen Urkunden dieser Zeit läßt sich der sichere Schluß ziehen, daß das gute Vernehmen zwischen beiden Theilen bis Ende der Vormundschaft 1296 durch nichts gestört worden ist.[13]

[11] Nach Kopp a. a. O. I. 18 fg. verlobte Rudolf schon vor seiner Wahl zwei seiner Töchter mit dem Pfalzgr. Ludwig und Herzog Albrecht von Sachsen, um des Thrones sicherer zu sein.

[12] Er starb am 30. Juli 1285. Kobbe II. S. 11, Anm. 20.

[13] Kobbe II. 33, Anm. 30.

Albrecht betheiligte sich 1292 an der Wahl Adolfs von Nassau, aber es wären müßige Fragen gewesen, ob er für sich selbst oder in seiner Eigenschaft als Vormund für seine Neffen das Wahlrecht übe; Niemand, nicht einmal diese, dachten daran, sie aufzuwerfen. Schwerlich würde er so entschieden auf die Seite der Opposition, die sich bei dieser Wahl geltend machte, getreten sein, wenn er sich nicht für allein berechtigt zur sächsischen Kurstimme gehalten hätte und nur stellvertretender Wähler gewesen wäre. Eine Verwendung für seinen Schwager Albrecht von Oesterreich, den Sohn König Rudolfs, hätte ihm in diesem Falle größern Vortheil gebracht. Denn nur das eigene Interesse leitete die Fürsten bei dieser Königswahl und dieses gestattete ihnen nur, einen Machtlosen auf den Thron zu erheben. Zwar erklären sich der Pfalzgraf Ludwig und der Erzbischof von Trier für Albrecht von Oesterreich, doch gelingt es endlich dem Erzbischofe Gerhard von Mainz, sämmtliche Stimmen in seine Hand legen zu lassen und somit einstimmig seinen Verwandten, den Grafen Adolf von Nassau, zur Krönung zu bringen.[14] Ihre selbstsüchtigen Absichten beschönigen die Fürsten der Opposition mit den hohlen Worten: „es sei nicht recht, daß der Sohn unmittelbar auf den Vater folge".[15] Aber sie sollten bald merken, daß auch ein König ohne Hausmacht ihre Pläne durchkreuzen könne, denn Adolf stützte sich gegen ihre Anmaßungen auf den deutschen Orden und ein zahlreiches Söldnerheer. Und hierinnen ist vielleicht auch der wahre Grund seiner baldigen, abermals einstimmigen Absetzung[16] zu suchen, an der namentlich auch der Herzog von Sachsen-Wittenberg thätigen Antheil nahm.

Adolfs Sturz hob Albrecht von Oesterreich. Der

---

[14] Böhmer, Reg. 137, 194, 383. Böhmer, Font. I. 17.

[15] Joh. Victoriens., Lib. III. c. 1. (Böhmer, Font. I. 331.) Albertum quidem dignum, sed non justum, ut filius immediate patri succedat in hoc regno.

[16] Joh. Victor., p. 336 — propter enormes excessus. Chron. Colm. p. 57. Böhmer, Reg. p. 158. Trithem, Chron. Hirs. p. 69.

Marschall von Sachsen brachte die Botschaft seiner Wahl dem
neuen Könige ins Lager[17], der es freilich auch an Versprechungen und Zugeständnissen nicht hatte fehlen lassen.

Um diese Zeit erfolgte der Tod Albrechts von Sachsen-
Wittenberg. Er soll nach der einen Nachricht bei der Krönung
seines Schwagers zu Aachen von der Menge des dort versammelten Volkes erdrückt, nach einer andern in einem Ge-
fechte mit den Magdeburgern bei Aken a. d. Elbe verwundet
worden sein.[18] Gewiß scheint, daß er, als König Albrecht
seinen ersten großen Hoftag im November 1298 zu Nürnberg
hielt, nicht mehr am Leben war. Die Herzöge Johann und
Albrecht von Lauenburg hätten es sich sonst wohl nicht bei-
kommen lassen, auf diesem Hoftage ihre Ansprüche auf das
Recht der Königswahl und auf das Reichsmarschallamt geltend zu machen. Wir erfahren dies aus zwei Urkunden vom
11. Novbr. 1298[19], in denen die Erzbischöfe Wicbold von Cöln
und Boemund von Trier ihnen bestätigen, daß sie sich hier in
Nürnberg durch Gesandte erboten hätten, das ihnen allein
zustehende Recht an der sächsischen Kurwürde zu beweisen[20]
und daß sie den König um Anberaumung eines Termins
wegen dieser Beweisführung gebeten hätten. Dieser Wunsch
scheint ihnen nicht in Erfüllung gegangen zu sein, doch erklären ihnen der Erzbischof von Cöln am 10. Jan. 1300 und
der Erzbischof von Mainz am 13. März 1301 urkundlich, sie
bei nächster Königswahl als wahre Mitfürsten zuzulassen und
ihre Wahlstimmen anzuerkennen.

[17] Pfister, Gesch. der Teutschen III. S. 95, am 24. Juni 1298. —
Wiederholte Wahl am 27. Juli in Frankfurt — Wahlbericht an den
Papst und die übrigen deutschen Fürsten bei Pertz, Mon. G. 11. Legg.
II. p. 467, 470.

[18] Kobbe II. 34.

[19] Cudenborf, Registr. II. 173, n. 81 u. 62. Walz, Gött. Gel.
Anz. 1859, S. 664. Am meisten ermuthigte sie jedenfalls, daß ihr Vetter
Rudolf bei dem Tode seines Vaters noch unmündig war.

[20] Cudenborf, II. S. 174 u. 175. Ueber dies u. d. Folgende zu vergleichen: Phillips a. a. O. S. 176 ff.

Die Frage liegt nahe, warum sich gerade die drei geistlichen Kurfürsten so entschieden für Lauenburg erklärten.[21] Gingen sie mit dem Plane um, auch Albrecht von Oesterreich abzusetzen und den schon zweimal mißglückten Versuch von Neuem zu machen, einen Fürsten auf den Thron zu bringen, der es nicht wagen würde, sie ihrer angemaßten Rechte und Freiheiten zu berauben? Fast scheint es so. Wenigstens soll Gerhard von Mainz auf der Jagd, ins Horn stoßend, gesagt haben: „Ich will bald wieder einen andern König herausblasen".[22] Albrecht war allerdings hart mit ihnen umgegangen. Weil sie gegen das mit Philipp von Frankreich zum Schutze gegen den Papst geschlossene Bündniß Albrechts und namentlich die damit zusammenhängenden Pläne desselben[23] auftraten, da ihre eigenen Interessen gefährdet schienen, nahm ihnen der König die bei seiner Wahl geliehenen Rheinzölle, hielt dem Erzbischofe von Mainz die versprochenen Reisekosten zurück und verklagte sie außerdem wegen ungerechter Bedrückungen beim Papste. Das hatte 1299 zu einer Verbindung dieser drei Kurfürsten geführt. Sie beschuldigten den König der Treulosigkeit, des Königsmordes[24] und anderer Dinge und forderten den Pfalzgrafen Ludwig, der sich im October 1300 mit ihnen verband, zum Schiedsrichter in diesem Streite mit dem Könige auf.[25] Auf einem neuen Hof-

---

[21] Der Papst Bonifacius VIII. hatte a. 1299 Diether von Nassau, den Bruder des getödteten Königs Adolf, gerade deßhalb zum Erzbischof von Trier befördert, damit er durch diesen Albrecht besser Widerstand leisten könne.

[22] Pfister III. S. 101.

[23] Wiederherstellung des arelatischen Reiches für seinen Sohn Rudolf, der schon Oesterreich inne hatte, dessen Ernennung zu seinem Nachfolger als deutscher König, Grenzregulirung zwischen Frankreich und Deutschland, wobei große Theile an Frankreich zurückfielen u. s. w.

[24] Es ist ungewiß, ob Albrecht den König Adolf mit eigner Hand getödtet hat.

[25] Heinrich Rebdorf: asserentes, quod sit officium Palatinae dignitatis ex quadam consuetodine de causis cognoscere, quae ipsi Regi movebantur.

tage zu Ulm [26] erscheint keiner der geistlichen Kurfürsten. Doch
Albrecht zögerte nicht lange mit der Zurechtweisung. Zu ihrer
noch größern Demüthigung zog er mit gewaffneter Macht gegen
sie, verband sich mit den rheinischen Städten, die schon so oft
ihre Klagen über jene Erzbischöfe vergeblich erhoben hatten,
und zwang sie, nachdem er sie besiegt und ihre Gebiete schreck-
lich verwüstet hatte, Frieden zu suchen. [27] Ein Brief des Papstes
an die Unterworfenen vom 13. April 1301 [28], in welchem er
ihnen befiehlt, vom Könige abzulassen, bis sich derselbe vor
ihm gerechtfertigt und von ihm Urtheil über ihn gesprochen
sei, war unter solchen Umständen natürlich unnöthig.

In diesen Feindseligkeiten nun scheinen die Sympathieen
der geistlichen Kurfürsten für die Herzöge von Lauenburg ihren
Grund zu haben. Denn da es wohl als gewiß angenommen
werden kann, daß der Herzog Rudolf von Sachsen-Wittenberg
immer auf Seite des Königs blieb, was ja schon daraus hervorgeht, daß er später dessen Sohn Friedrich von Oesterreich
wählte, so mußte demnach den geistlichen Kurfürsten daran
gelegen sein, die sächsische Kurstimme ihm abzuwenden und in
die Hände der ihnen ergebenen Herzöge von Lauenburg zu
bringen. Ausdrücklich verspricht der Erzbischof von Cöln dem
Herzoge Johann (s. Anm. 20), daß er bei nächster Königswahl
mit ihm zusammen bleiben und ihn in allen Ehren, Rechten,
Vortheilen und Nutzen, welche aus einer solchen Wahl hervorgehen könnten, nach allen seinen Kräften unterstützen und befördern wolle. Natürlich mußten sich auch die lauenburgischen
Fürsten zu Gleichem verpflichten. [29] Diese Verträge scheinen

---

[26] Böhmer, Reg. 2. Febr. 1300. p. 219.

[27] Friedensschlüsse der Erzbischöfe: Böhmer, Reg. p. 228, 232, 233.
Chron. Colm. (Böhmer, Font. II. 95.) Sie mußten alle unrecht-
mäßigen Zölle aufheben und versprechen, die Rheinschifffahrt nicht zu
beeinträchtigen.

[28] Raynald, Ann. eccl. ad 1301.

[29] Es wird zum J. 1308 zu erwähnen sein, wie sie dem Erzb. von
Cöln versprechen, nur nach seinem Rathe zu wählen. Ueberhaupt ist ihre
Abhängigkeit von diesem Fürsten bei der neuen Königswahl unzweifelhaft.

indeß dem Herzoge von Sachsen-Wittenberg nicht bekannt
worden zu sein, wenigstens war das gute Vernehmen zwischen
den Stammvettern auch jetzt noch nicht getrübt, ja sie schließen
sogar im Jahre 1308 zu Lauenburg eine Erbverbrüderung. [30]

Doch noch in diesem Jahre veränderte sich das Verhältniß zwischen beiden Linien. Der deutsche Königsthron war
wieder erledigt und somit der Zeitpunkt gekommen, wo die
ermuthigten lauenburgischen Herzöge zum ersten Male von
ihrem Wahlrechte Gebrauch machen konnten. Sie erbieten sich
denn auch sofort durch Gesandte an den Erzbischof Heinrich
von Cöln, nochmals ihre rechtmäßigen Ansprüche auf Kur und
Marschallamt zu beweisen und sind zuversichtlich genug, sogar
gegen Zulassung Wittenbergs zur Wahl zu protestiren. In
einer Urk. v. 4. Aug. 1308 verspricht ihnen auch der Erzbischof,
sie in ihren Rechten als Kurfürsten schützen zu wollen, wogegen
sie sich verbindlich machen, nur nach seinem Rathe zu wählen. [31]
Einen schlimmern Rathgeber hätten sie aber schwerlich finden
können; indem sie seinem Beispiele folgten, verscherzten sie sich
am sichersten die Anerkennung der übrigen Kurfürsten.

Die Sachlage war folgende. Durch Albrechts kraftvolle
Regierung hatte der deutsche Königsthron in den Augen vieler
Bewerbungsfähiger Reize erlangt, wie er sie seit langer Zeit
nicht mehr gehabt. Viele deutsche Fürsten ersehnten daher
ihn [32] und es hatte ganz den Anschein, als ob die Wahl eine
schwierige werden würde. König Albrecht hatte die Fürsten
so kräftig zu zügeln gewußt, daß sich, obgleich es sein Lieb-
lingswunsch gewesen war, die Krone in seinem Hause erblich
zu machen, nur geringe Sympathieen für dasselbe zeigten.
Zudem war der von ihm selbst zum Nachfolger bestimmte erst-
geborene Sohn Rudolf schon 1307 gestorben und der nächst-

---

[30] Kobbe II. S. 42.

[31] Phillpps a. a. O. S. 176 u. 177. Auch der Markgraf Otto von
Brandenburg verpflichtet sich mit seiner Theilstimme auf solche Weise dem
Erzbischofe von Cöln.

[32] Böhmer, Reg. p. 272.

folgende, Friedrich, erst 23 Jahre alt. Sieben Monate blieb
der Thron erledigt und als man endlich die Wahl vollzog,
schien es weniger aus der Ueberzeugung, den Würdigsten gefunden zu haben, geschehen zu sein, als vielmehr, um den
fremdländischen Bewerbungen so schnell als möglich ein Ende
zu machen. Denn beinahe eifriger als deutsche Fürsten die
deutsche Krone zu erlangen suchten, bemühte sich der König
von Frankreich Philipp IV., dieselbe seinem Bruder Karl von
Valois zu verschaffen.[33] Derselbe König, dessen Krone der Papst
Bonifacius VIII. dem deutschen Könige Albrecht versprochen
hatte, versuchte durch den nachfolgenden Papst Clemens V. die
deutsche Königskrone an sein Haus zu bringen. Er dachte
nicht so vernünftig als Albrecht, der sich wohl zum Kampfe
bereit erklärte, die Krone aber mit den Worten ablehnte:
„Deutschland und Frankreich seien nach Karl dem Großen
weislich getrennt worden, damit keines über die andere die
Oberherrschaft sich anmaßen sollte".[34] Philipps Bemühungen
waren jedoch vergeblich. Obgleich er Abgeordnete mit Em-
pfehlungsbriefen an die Kurfürsten sandte, ließ sich doch nur
der Erzbischof von Cöln, welchem der Kardinal Raymund einen
Brief voll von Lobeserhebungen Karls von Valois geschickt
hatte und mit diesem der Herzog von Lauenburg gewinnen.[35]
Bei den anderen Fürsten war das Nationalgefühl stärker, als
der Neid über die Erhebung Eines aus ihrer Mitte und selbst
der Papst, obgleich ganz durch französischen Einfluß gewählt
und auf französischem Boden residirend, mahnte im Geheimen
zur schnellen Wahl eines Andern.[36] Dies führte am 22. Octbr.
zu Boppard zu einem Bunde zwischen den Markgrafen Otto
und Waldemar von Brandenburg, dem Herzoge Rudolf von

---

[33] Böhmer, Reg. p. 253.

[34] Trithem., Chron. Hirs. ad a. 1301: „antiqua Regum provi-
sione cautum" etc.

[35] Olenschlager, Staatsgesch. Url. 7.

[36] Diotars Reimchronik S. 120. Trithem., Chr. Hirs. l. c. quate-
nus sine mora Imperatorem eligerent.

Sachsen-Wittenberg und den Pfalzgrafen Rudolf und Ludwig, in welchem sie sich eidlich versprachen, bei der bevorstehenden Königswahl einstimmig zu verfahren und wenn auf einen der Markgrafen von Brandenburg oder auf einen der beiden Pfalzgrafen, oder auf den Herzog Friedrich von Oesterreich, oder auf den Grafen Albert von Hanau die meisten Stimmen der geistlichen Kurfürsten fallen sollten, diesen beizustimmen; einen Andern aber nur anzuerkennen, wenn die Stimmen aller übrigen Fürsten einig wären, einen Herzog von Bayern oder einen Grafen von Württemberg hingegen gar nicht anzunehmen. — Unterdessen hatte sich schon der Erzbischof Balduin von Trier mit dem Erzbischofe von Mainz insgeheim über die Wahl seines Bruders, des Grafen Heinrich von Luxemburg, geeinigt und auch der Erzbischof von Cöln trat ihnen bei, nachdem sich Heinrich um seine Stimme beworben hatte.[37] Eine Vorwahl wird im November von diesen drei geistlichen Kurfürsten, dem Pfalzgrafen Rudolf, dem Herzoge Rudolf von Sachsen und dem Markgrafen Waldemar von Brandenburg zu Rense vorgenommen und am 17. Novbr. findet die feierliche und einstimmige Wahl zu Frankfurt statt. Bei dieser Wahl las der Erzbischof von Trier in seinem und Aller Namen eine Erklärung ab, worin er alle in Bann und Interdict Befindlichen und Alle, die nach Gewohnheit kein Recht hätten, dem Wahlgeschäfte beizuwohnen, ermahnte, sich zu entfernen; er mit den übrigen Kurfürsten wolle Keinen zulassen, der scheinbar ein Recht zur Wahl habe und wenn ein Solcher mitstimme, so solle seine Stimme nichts gelten. Alle Kurfürsten stimmten dieser Protestation bei und jeder Einzelne wiederholte, daß er seine Stimme „für sich und in seinem Namen" — pro me et nomine meo — abgegeben habe.[38] Unzweifelhaft wurde hiermit die Wahlberechtigung der Her-

---

[37] Böhmer, Reg. p. 375. 20. Sept. — Font. 1. p. 358: per pacta interposita etc.

[38] Wahlbericht an den Papst, cf. Pertz, Mon. G. II. IV. p. 490. Olenschlager, Urkundenbuch S. 69. Böhmer, Font. II. 376.

zöge Johann und Erich von Lauenburg zurückgewiesen, die ihre Stimme dem Markgrafen Waldemar übertragen hatten. Dieser stimmte nun zwar, außer für sich, auch noch für seinen Oheim Otto und die Herzöge von Lauenburg, jedoch für letztere mit dem Zusatze: „wenn nach Recht und Gewohnheit gefunden würde, daß sie bei der Wahl zuzulassen seien.[39] So wurden auch hier nur dem Herzoge Rudolf von Sachsen-Wittenberg die Kurprivilegien thatsächlich zuerkannt, der auch zu Eingang des Wahldecrets unter den Kurfürsten mit genannt ist und somit die süßen Hoffnungen der lauenburgischen Fürsten vernichtet; sie müssen sich begnügen, eine Bescheinigung ihrer Protestation zu erhalten und sich mit der Versicherung zu trösten, daß ihnen ihre Ansprüche vorbehalten werden würden, bis darüber rechtskräftig entschieden sei. Daß sich der Erzbischof von Cöln für sie besonders verwendet hatte, wie man erwarten sollte, läßt sich nicht nachweisen.[40]

Zu größerer Geltung, ihre Ansprüche auf die Kur zu bringen, verschaffte den Herzögen von Lauenburg der Zwiespalt bei der Königswahl nach Heinrichs VII. Tode Gelegenheit; sie hatten hier wenigstens die Genugthuung, einmal wählen zu dürfen. Auch hier finden wir sie mit dem Markgrafen Waldemar verbunden, der mit ihnen am 31. Octbr. 1313 sogar einen Vertrag[41] schließt, nach welchem sie sich nicht

[39] si de jure vel consuetudine repertum fuerit, eos fore in ipsa electione admittendos.

[40] Phillipps a. a. O. S. 177 u. 178 versucht nachzuweisen, daß die Lauenburger bei dieser Wahl doch einigermaßen zur Anerkennung ihres Kurrechtes gekommen seien. Darauf wenigstens ist aber nichts zu geben, daß sie bei den Markgrafen von Brandenburg Gehör fanden, da auch diese die Stimme getheilt hatten und so übrigens nach einer Urk. v. 1. Octbr. 1308 (Sudendorf III. S. 179) sowohl die wittenbergische als lauenburgische Linie als kurberechtigt anerkennen. Auch hier hätten sich jedenfalls die Theilstimmen nicht mehr erhalten, wenn die beiden Markgrafen nicht immer Hand in Hand gewählt hätten und etwa Einer die Kur an sich allein zu bringen versucht hätte.

[41] Sudendorf II. S. 160. Gercken, Diplom. vet. March. Brand. II. n. 207. Bodmann, Cod. Rud. 323.

nur verbindlich machen, gleichförmig zu wählen und zwar
wiederum nach Rath des Erzbischofs von Cöln, sondern in
welchem Waldemar auch verspricht, sie gegen ihren Vetter
Rudolf zu schützen, — gewiß für sie ein wichtiger Schritt
vorwärts — und den Herzog Erich, dem sein Bruder Johann
schon am 16. Octbr. eine Wahlvollmacht ausgestellt hatte⁴²,
zur Wahl nach Frankfurt zu geleiten. Sie entscheiden sich in
diesem Vertrage noch nicht bestimmt für einen Fürsten, wollen
sich dadurch aber verwahren, daß kein ihnen Gehässiger auf
den Thron komme. Und der war in jenen Zeiten der am
wenigsten Gehässigste, welcher die Wahlstimmen am theuersten
erkaufte. So ließen sich auch der Markgraf Waldemar und
die Herzöge von Lauenburg durch Versprechungen Ludwigs
des Bayern gewinnen, nachdem sie zuvor vom Erzbischofe von
Mainz gegen Friedrich von Oesterreich eingenommen waren.⁴³
Dies trennte aber diese Verbündeten vom Erzbischofe von Cöln,
der mit den beiden anderen Erzbischöfen von Mainz und Trier
in einer Fehde stand und der schon deshalb zur österreichischen
Partei übertrat. Vierzehn Monate dauerten die Wahlumtriebe
in Deutschland. Die luxemburgische Partei, deren Vertreter
die Erzbischöfe von Mainz und Trier waren, lenkte ihr Augen-
merk auf Ludwig von Bayern, der sich durch den Sieg bei
Gamelsdorf den Ruf eines tapfersten und umsichtigsten Fürsten erworben hatte⁴⁴ und gewann für diesen Plan, wie schon
erwähnt, auch den Markgrafen von Brandenburg. Sie über-

---

⁴² Sudendorf II. S. 179. — Johann war durch körperliche Schwach-
heit und andere wichtige Ursachen verhindert, selbst zu kommen.

⁴³ Reg. Volc. V. 287. Einzelnen Kurfürsten gemachte Versprechun-
gen erwähnt Pfister III. 155, 156. — Dem Herzoge Johann und Erich von
Lauenburg verspricht er an seinem Wahltage in einer Urkunde (Sudendorf
II. S. 181) 2200 Mark reinen Silbers Wahlkosten und verpfändet ihnen
für diesen Betrag am 25. Septbr. 1320 die Stadt Lübeck. (Sudendorf II.
S. 182.) — Ueber die Zugeständnisse, die er den Fürsten später machte:
Böhmer, Reg. Ludwigs des Bayern S. 1—3.

⁴⁴ Chron. de gest. Princ. (Böhmer, Font. I. 2.) — Vita
Lud. IV. ib. p. 152.

ging hierbei den Sohn des vorigen Königs — Johann von
Böhmen, sei es, weil dieser erst 17 Jahre alt war und sich
noch nicht im Besitze von Böhmen befestigt hatte, sei es, weil
sie an dem früher ausgesprochenen Grundsatze festhielt, daß
es nicht tauge, wenn der Sohn dem Vater in der Königswürde unmittelbar nachfolge. Ob in Ludwig von Bayern
wirklich moralische Bedenklichkeiten aufstiegen [45], als man ihn
in Wahlvorschlag bringen wollte, da er mit seinem Bruder,
dem Pfalzgrafen Rudolf, schon seinem Vetter Friedrich von
Oesterreich seine Unterstützung bei der Königswahl zugesagt
hatte, und ob er die auf ihn gefallene Wahl wirklich nur mit
Widerstreben [46] annahm, dürfte fast zweifelhaft erscheinen,
wenn man in Erwägung bringt, wie hohe Bedingungen er
einging, um den Thron zu erlangen (Anm. 43). Sein Bruder, der Pfalzgraf Rudolf, bleibt Friedrich von Oesterreich
treu und mit ihm stehen zusammen der Erzbischof von Cöln [47],
der Herzog Rudolf von Sachsen-Wittenberg [48] und Heinrich
von Kärnthen, der seine Ansprüche auf Böhmen noch nicht aufgegeben hatte. Beide Parteien versammeln sich am 19. Octbr.
1314 zur Wahl; die bayerische in Frankfurt, die österreichische
zu Sachsenhausen auf dem Südufer des Main; beide erscheinen mit bewaffneter Macht und haben ihre Wahlcandidaten
bei sich. Der Erzbischof von Cöln, der wegen schon erwähnter
Fehde nicht persönlich erscheinen konnte, hatte seine Stimme
dem Pfalzgrafen Rudolf übergeben. Noch immer scheint aber

---

[45] Volkmar, Chron. — Joh. Vilodur in Eccard. Corp. Hist. med.
aevi I. p. 1788.

[46] Chron. de gest. Princ. (Böhmer, Font. I. p. 47): Non enim
regnum concupivit etc.

[47] Nach Böhmer, Reg. Ludw. S. 234 hatte dieser sich schon am
22. Novbr. 1812 mit dem Pfalzgrafen Rudolf verbunden, nach Ableben
Heinrichs VII. dem Herzoge Friedrich von Oesterreich zur Königswürde zu
verhelfen. — Vergl. ib. S. 235 — 9. Mai 1314.

[48] Chron. Leob. ad aa. 1313. 1314. Oienschlager, Staatsgesch.
Urk. 17—19. Er erklärte sich etwas später für Friedrich, als die genannten Fürsten.

der Erzbischof von Mainz eine Vereinigung beider Parteien
für möglich gehalten zu haben. Denn als am 19. Octbr. der
Pfalzgraf Rudolf und der Erzbischof von Cöln nicht in Frankfurt erschienen, ließ er sie durch Boten noch einmal zur Wahl
einladen, indem er ihnen meldet, daß er die Vollziehung derselben auf den 20. Octbr. verlegt habe. Des Herzogs Rudolf
von Wittenberg wird dabei nicht gedacht. Hielt man seine
Anwesenheit nicht für nöthig und glaubte man durch die Herzöge von Lauenburg⁴⁹ die sächsische Kurstimme rechtmäßig vertreten? In Sachsenhausen war jedoch schon am 19. Octbr.
Friedrich von Oesterreich gewählt⁵⁰; die aufgeforderten Fürsten erschienen deshalb nicht in Frankfurt. Die Wahl Ludwigs
erfolgte also ohne sie am 20. Octbr.

Deutschland hatte also nun wieder zwei Könige und nur
die Waffen konnten nun entscheiden, welcher von beiden es
bleiben werde. Diesen Kampf um die Krone zu verfolgen,
gehört nicht hierher, gewiß scheint aber, daß der Herzog von
Sachsen-Wittenberg nicht daran Antheil genommen habe.
Dieser wird im Gegentheil, je mehr Ludwig die Oberhand
gewinnt, wankender in seinem freundschaftlichen Verhältnisse
zu Friedrich und nähert sich, wenigstens nach der Aussöhnung
beider Könige, immer mehr Ludwig von Bayern. Es mochte
ihn empfindlich schmerzen, daß er sich die Markgrafschaft Brandenburg verscherzt hatte, auf die er nach Waldemars Tode
1319 die nächste Anwartschaft hatte und die, wenn Friedrich
von Oesterreich siegte, jedenfalls ihm zugefallen wäre. Auch
hatte er in derselben während seiner vormundschaftlichen Regierung für Heinrich von Landsberg, den Sohn Waldemars,
ziemlich festen Fuß gefaßt und war besonders der Mittelmark
und der Lausitz lieb und werth geworden, so daß sie ihn gern

⁴⁹ Sie waren beide erschienen, obgleich nur Johann wählt und auch
er nur im Wahldecrete genannt ist. Olenschlager, Staatsgesch. 67. —
Durch die lange Verzögerung der Wahl hatte sich die frühere Wahlvollmacht Johanns an Erich erledigt. (Anm. 42.)

⁵⁰ Wahldecret bei Olenschlager, Staatsgesch. 63.

zum Regenten behalten hätten. Der König Ludwig gab aber
die Mark, nach dem frühzeitigen Tode Heinrichs von Landsberg
seinem ältesten Sohne Ludwig und dieser kam, noch ein Kind,
unter Vormundschaft des Grafen Berthold von Henneberg 1323
dahin. Doch gibt Rudolf seine Ansprüche nicht eher auf, als
bis ihm 1328 als Schadenersatz für die Summen, die er in
der Verwaltung der Mark aufgeopfert, die Lausitz und ein
Theil der Mittelmark verpfändet wird.[51] Erst 1338 oder
1339 konnte der Markgraf dieses Pfand wieder einlösen.
Daß in dieser Zeit eine wirkliche Versöhnung mit dem
bayrischen Hause vollendet war, läßt sich wohl kaum bezwei-
feln. Scheint auch Rudolf 1323 noch nicht auf die Verhandlungen eingegangen zu sein, zu denen König Ludwig den
Grafen Berthold von Henneberg bevollmächtigt[52], so bekennt
er doch schon Novbr. 1324 mit seinem Bruder Wenzel, daß
sie Ludwig für einen rechten Herrn haben und ihr Gut von
ihm nehmen wollen, wenn König Friedrich sie an ihn weise.[53]
Gewiß ein Beweis versöhnlicher Gesinnung. Und warum
sollte er noch feindlich gesinnt bleiben, als Friedrich sich selbst
mit Ludwig versöhnt hatte? Die romantische Freundschaft
beider Könige wurde zwar sehr bald wieder zerstört, da weder
die Kurfürsten[54], noch der Papst eine Doppelherrschaft anerkannten und Leopold von Oesterreich fortfuhr, den König
Ludwig zu bedrängen, Rudolf von Sachsen blieb aber auf
der bayrischen Seite. So findet sich aus dem Jahre 1338
eine Urkunde, in welcher Ludwig dem Grafen von Henneberg
die Vollmacht giebt, die Mark Landsberg nach dem Tode der
Markgräfin Agnes dem Herzoge Rudolf von Sachsen oder
einem Andern zu verleihen, wie es seinem Sohne Ludwig am
nützlichsten sein würde.[56] Ausdrücklich beurkundet er ferner,

---

[51] Riedel, Cod. dipl. Brand. II. u. p. 51.
[52] ibid. S. 9 v. 23. Octbr. 1323.
[53] Böhmer, Reg. Ludw. S. 240, No. 61. Vgl. auch S. 66, u. 943 u. 944.
[54] Olenschlager, Urkundenb. n. 44 u. 50.
[55] Riedel, II. u. S. 42 v. 27. Jan. 1328.

daß er den Herzog Rudolf in seinem Rechte, das er als des
Reiches Erz- und Erbmarschall habe, lassen wolle.[56] Dagegen
verspricht der Herzog auf Verlangen des Königs für den Fall,
daß dieser stürbe oder nicht beim Reiche bleiben wolle, den
Herzog Heinrich von Niederbayern als Nachfolger in der
deutschen Königswürde zu wählen[57] und ist in einer Zusammenkunst Ludwigs mit mehreren Reichsfürsten, wo ebenfalls über
diese Angelegenheit verhandelt wird, zugegen.[58] In einem Tone,
der beinahe an ein inniges Verhältniß denken läßt, benachrichtigt er 1336 den Kaiser, daß er dem Erzbischofe von
Magdeburg die Regalien gereicht habe.[59] Auch findet sich
sein Name häufig in dieser Zeit unter den Zeugen auf Urkunden des Markgrafen Ludwig von Brandenburg.[60] Offenkundig steht er auf dem Kurvereine zu Rense den 15. Juli
1338 auf Seite König Ludwigs. Und sogar in Familienangelegenheiten erwählt ihn der König zu seinem Vertrauten.[61]

Es schien nöthig, diese Actenstücke aufzuführen, da die
Ansicht ziemlich verbreitet zu sein scheint, als ob Rudolf den
Kaiser Ludwig nie anerkannt habe[62] und noch mehr deshalb,
weil er dieses selbst später der Stadt Nordhausen gegenüber
behauptet.[63] Diese Behauptung ist offenbar falsch und läßt
sich nur dadurch erklären, daß er damals schon wieder eifrig

[56] Böhmer a. a. O. S. 83, n. 1353.

[57] ibid. S. 240, n. 66.

[58] ibid. S. 281.

[59] Riedel II. u. S. 114 v. 23. Septbr. 1336. „Dem allermechtigsten
Fürsten meynen genedigen herren Chaysser Ludewige von Rome Entbiet
ich Rudolf, von got's gnaden Hertzoge zu Sachssen und Oberster Marschall
des heyligen Römischen Rychs meyn getruwen willigen dinst gereit zu
allen zeiten."

[60] Riedel II. u. ⅓ B. S. 108, 110, 129, 134, 137.

[61] ibid. II. u. S. 138 u. 139 v. 15. Septbr. 1338. Vergl. auch unten
Anm. 81.

[62] Auch Klöben, Diplom. Gesch. des Markgr. Waldemar III. S. 66
sagt: „das Verhältniß sei stets ein sehr gezwungenes und gespanntes
geblieben."

[63] Klöben, III. 89 v. 11. Juli 1346.

für die Wahl Karls IV. thätig gewesen war und daß er sie in einem Schreiben thut, in welchem er zur Anerkennung dieses neuen Königs ermahnt.

In welchem Verhältnisse standen aber die Herzöge von Lauenburg zu König Ludwig? Fast in dem Grade, in welchem Rudolf sich ihm näherte, scheinen sie sich von ihm entfernt zu haben. Sei es nun, daß sie sich scheuten, mit Rudolf in die Schranken zu treten, sei es, daß König Ludwig von dem bessern Rechte Rudolfs überzeugt war, nirgends finden wir, daß sie als Kurfürsten auftreten oder vom Könige als solche, wie Herzog Rudolf, bezeichnet werden. Ihre Hoffnungen, endlich zu ihrem Rechte zu gelangen, waren offenbar dadurch, daß sich Rudolf an Ludwig anschloß, bedeutend gesunken, um so mehr, da dieser um diese Zeit unter den Kurfürsten überhaupt keinen entschiedenen Gegner mehr hatte und somit an die Aufstellung eines andern Gegenkönigs oder die Aufrechthaltung Friedrichs von Oesterreich vor der Hand nicht zu denken war. Nur der Papst Johann XXII. war sich gleich geblieben in seinem Hasse gegen Ludwig; aber seine Vorschläge und Aufforderungen fanden in Deutschland nur taube Ohren und Bann und Interdikt hatten durch zu häufige Anwendung ihre schreckende Kraft verloren.[64] Und doch war er jetzt der Einzige, bei dem die Lauenburger Anerkennung und Beistand finden konnten. An ihn wenden sie sich auch und zwar, um ihrem Anliegen mehr Nachdruck zu verleihen, durch zweite Hand. So wenigstens wird das Schreiben der beiden Grafen Heinrich von Schwerin und Johann von Holstein an den Papst[65], worin sie

---

[64] Vergl. Eichhorn, Teutsche Staats- und Rechtsgesch. III. 4. Aufl. S. 18 fg. Der Versuch des Papstes, Karl IV. v. Frankreich zum deutschen Könige zu machen, scheiterte, nach Albert. Argent. p. 123. Sogar die Minoriten sind jetzt auf Seite Ludwigs. Cf. Albertini Mussati Ludovicus Bavarus in Böhmer, Font. I. p. 180.

[65] Sudendorf II. S. 183. Riedel II. u. S. 55. — Genannte Grafen erklären ausdrücklich, diese Urkunde auf Begehren des Herzogs Erich, „des heiligen römischen Reiches Erzmarschall“, ausgestellt zu haben. — Kobbe, II. S. 74. Bündniß zwischen diesen Fürsten, wenn auch aus anderm Grunde.

die Kurberechtigung Erichs von Lauenburg bezeugen, zu erklären sein. Das Schreiben datirt aus dem Jahre 1328, aus
demselben, in welchem der Papst die Kurfürsten zu einer neuen
Königswahl aufgefordert hatte. Offenbar glaubten die Lauenburger abermals eine günstige Gelegenheit gekommen, von
ihrem Wahlrechte Gebrauch machen zu können; mit Hast benutzen sie dieselbe, ohne zu bedenken, daß in jenen Zeiten ein
Anschluß an den Papst ihren Plänen nur hinderlich sein konnte.
Aber auch die Beweisführung ist in jenem Schreiben nicht der
Art, daß sie den Papst besonders günstig stimmen konnte; sie
rechnet entschieden auf die Unbekanntschaft des Papstes mit
den früheren Königswahlen und mit den deutschen Verhältnissen.[66] Das Schreiben hatte keinen Erfolg; ebenso wenig
ein zweites gleichlautendes vom Jahre 1334 von denselben
Grafen[67] und ein ebenfalls gleichlautendes von Simon, dem
Herrn von Lippe und Adolf, dem Grafen von Schaumburg.[68]
Ja sogar auch die Bischöfe von Ratzeburg, Lübeck und Schwerin
verwenden sich für Erich beim Papste im Jahre 1333[69], nennen

---

[66] Der östliche Theil des alten Herzogthums Sachsen, wozu das Ha-
delnland gehöre (der Sage nach der Ursitz der Sachsen), habe früher das
Wahlrecht inne gehabt und zwar immer der älteste der regierenden Linien.
Diesen Theil besitze Herzog Erich. Seine Vorfahren hätten sich an der
Wahl Rudolfs von Habsburg, Adolfs von Nassau, Heinrichs von Luxem-
burg (hier durch die Bevollmächtigten Wolf von Swartenbeck und Johann
von Crummensie), sein Bruder Johann in Gegenwart Erichs an der Wahl
Ludwigs von Bayern betheiligt. Außerdem appellirten alle Fürsten im
Osten des Reiches thatsächlich an ihn, als den Erzmarschall, und in allen
Theilen Sachsens, Westphalens, Bayerns, der Markgrafschaft Branden-
burg, Slaviens, Holsteins und in den benachbarten Orten sei nur Eine
Stimme in Betreff seiner Gerechtsame und zwar seit Zeiten, die über
Menschengedenken hinausreichten.

[67] Sudendorf II. S 167.

[68] ibid. S. 180. Auch die gleiche Abfassung genannter Urkunden
dürfte ein Beweis für die Umtriebe der Lauenburger sein. Es ist auf
keinen Fall anzunehmen, daß diese Schreiben etwa durch verletztes Rechts-
gefühl ihrer Aussteller hervorgerufen wurden.

[69] ibid. S. 186.

ihn den Marschall des heiligen römischen Reiches und heben
ganz besonders hervor, daß er sich von Ludwig dem Bayern
und seinem Sohne, dem Markgrafen von Brandenburg, gewendet habe, während Rudolf von Sachsen-Wittenberg es mit
diesem halte. Wenn irgend ein Mittel, so mußte dieses beim
Papste Johann XXII. wirksam sein, aber er starb 1334 und
es ist nicht bekannt, daß er die Herzöge von Lauenburg auch
nur zum Festhalten an ihren Ansprüchen ermuntert habe. Im
Jahre 1328 forderte er im Gegentheile den Herzog Rudolf zum
Widerstande gegen den Markgrafen Ludwig, der sich die Mark
Brandenburg angemaßt habe [70], auf, vielleicht ein Beweis,
daß er von diesem, wenn er sich von ihm leiten ließe, kräfti-
gern Beistand gegen das bayrische Haus erwartete, als von
den Herzögen von Lauenburg. [71]

Merkwürdig ist, daß im J. 1322 trotz aller Kurstreitig-
keiten die Herzöge von Sachsen-Wittenberg in einem zwischen
den lauenburgischen Herzögen selbst ausgebrochenen Streite ver-
mittelnd auftreten und mit ihrer Hülfe eine Erb- und Landes-
theilung zu Stande kommt. [72] Wenn Herzog Rudolf nicht schon
damals sich sicher im Besitze der Kurwürde fühlte, so hätte er
vielleicht diese Streitigkeit zu seinem Vortheile zu benutzen gesucht; wir finden jedoch nirgends, daß er sich durch die Ansprüche seiner Stammvettern auf die Kur beeinträchtigt fühlt

---

[70] Riedel II. u. S. 54 v. 15. Juli 1328.

[71] Dasselbe Schreiben ist auch an den Herzog Heinrich von Mecklenburg und den Fürsten Johann von Wenden gerichtet. Daß diese Gegner
des bayrischen Hauses waren, wußte der Papst — noch in diesem Jahre
verwenden sie sich bei ihm für die Lauenburger —; es war ihm aber jedenfalls nicht bekannt, daß Herzog Rudolf und Herzog Erich die Rollen um
diese Zeit schon vertauscht hatten. Wenn freilich Raynald., Ann. eccl.
§. 21 Recht hat, wenn er erzählt, daß der Papst Jan. 1331 dem Herzoge
Rudolf auf seine Anfrage gerathen habe, den vom Kaiser ausgeschrie-
nen Reichstag nicht zu besuchen, da, wer Pech angreife, sich auch besudele
— so wird man die eingetretene Aussöhnung wohl erst nach dieser Zeit zu
suchen haben. Oder hielt es Rudolf im Geheimen auch mit dem Papste?

[72] Cohrs II. S. 48.

und er direct gegen sie Maßregeln ergreift, weshalb es auch
von seiner Seite in diesem Streite nie zu feindseligen Gesin-
nungen gekommen zu sein scheint und sich sein vermittelndes
Eingreifen in dem erwähnten Familienzwiste wohl erklären
läßt. Dem Reiche gegenüber war seine Kurwürde freilich erst
gesichert, seitdem er allein auf dem Kurfürstentage zu Rense
1338 als Inhaber der sächsischen Kurstimme zugegen und als
solcher auf demselben anerkannt war.[73]

Der Friede des Reiches schien in dem Zusammenhalten
der Kurfürsten gegen die Anmaßungen der Päpste wurzeln zu
wollen; Kaiser Ludwig selbst zerstörte diese Hoffnung und mit
ihm seine eigene Sicherheit auf dem Throne. Sein oft eigen-
mächtiges Verfahren in dem Streben, die Macht seines Hauses
zu vermehren, vielleicht auch sein schwankendes Benehmen in
dem zwischen Frankreich und England ausgebrochenen Kriege,
erregte die Unzufriedenheit der Kurfürsten. Zu keiner Zeit
wäre dies für ihn gefährlicher gewesen, als jetzt. Denn nicht
nur verfolgte auch der jetzige Papst Clemens VI. ihn mit un-
ermüdlichem Hasse und stellte desto empörendere Forderungen,
je versöhnlicher Ludwig sich zu zeigen begann, auch im Reiche
selbst trat immer mehr Johann von Böhmen offener als Gegner gegen ihn auf. Dieser, der schon seit 1330 ein zweideu-
tiges Benehmen gegen den Kaiser beobachtet hatte und der
allein auf dem Kurfürstentage zu Rense nicht erschienen war,
suchte mit ebenso großem Eifer die Krone seinem Hause wieder
zu gewinnen, als Ludwig sich anstrengte, sie bei dem seinigen

---

[73] Urkunde, in welcher sich die Fürsten zum Schutze ihrer Rechte an
der Kur und ihrer Wahlfreiheit verbanden, bei Schmauß, Corp. jur.
publ. n. VI. p. 10; auch bei Dienschlager, Staatsgesch. n. 67. —— Con-
stitutio Ludovici IV. imp. et ordinum imp. de jure et excellentia
imperii et potestate electi regis Romanorum, bei Schmauß V. p. 9;
bei Dienschlager n. 68. Wenn Böhmer im Jahre 1830 — Reg. S. 241,
n. 71—74 die meisten auf den Kurverein zu Rense bezüglichen Urkunden
für unächt erklärt, so ist doch damit S. 311 (zum 15. Juli) zu vergleichen.
Die von den Kurfürsten abgegebene Erklärung gegen den Papst bei
Klöben III. Urk. 1.

zu erhalten. Und der Papst stand auf Johanns Seite und unterstützte kräftig dessen Pläne. Gewiß, es war unter solchen Umständen nicht schwer, die Kurfürsten zum Abfalle von Ludwig zu bewegen; durch die Wahl eines neuen Königs konnte erhalten bleiben, was die Selbstsucht Ludwigs [74] zu rauben drohte, ihre eigene einflußreiche Stellung im Reiche und die freie Entwickelung der Territorien. Gegen den Papst treten sie zwar noch einmal (Septbr. 1344) entschieden auf [75] und verweigern seine Forderungen, aber sie wahren dadurch mehr die Rechte des Reiches [76] und ihre eigenen Interessen, als daß sie die Person Ludwigs vertheidigen und für die Würde desselben eintreten. Denn noch auf demselben Reichstage zu Frankfurt kamen die Tyroler Vorgänge und die Wahl eines neuen Königs zur Sprache [77], wenn auch noch nicht die Absetzung Ludwigs. Dem Papste gelang es jedoch bald, diese herbeizuführen. Nachdem der Sohn Johanns von Böhmen, der Markgraf Karl von Mähren, die schmachvollsten Bedingungen eingegangen [78], der Markgraf Ludwig von Brandenburg und Rudolf von der Pfalz von der Wahl ausgeschlossen, der Erzbischof von Mainz, Heinrich von Virneburg, als ein treuer Anhänger des Kaisers Ludwig

---

[74] Die Mark Brandenburg gibt er seinem noch unmündigen Sohne. — Bayrisches Gesetz. — Verfügung über Tyrol (Urkunde bei Olenschlager n. 81 sq.) — Einziehung der Grafschaft Holland u. s w.

[75] Alb. Argent. p. 134.

[76] Alb. Argent. Die vom Papste gestellten Forderungen zielten auf das Verderben und die Zerstörung des Reiches: articulos in perniciem et destructionem Imperii esse conceptos. Auch die Städte bemerken, daß der Papst nach dem Schaden des Reiches trachte: ad laesionem Imperii nititur — aber ihnen ist Ludwig noch das Oberhaupt desselben. Ihre Worte: „Cum civitates non possint stare nisi cum Imperio et Imperii laesio earum sit destructio" etc. eröffnen dem Kaiser noch eine reiche Hoffnung und sie haben treulich bei ihm ausgehalten.

[77] So erzählt wenigstens Joh. Vit. Chron. in Thesauro Hist. Helv. I. p. 1904 sq., doch allerdings als der Einzige unter den Zeitgenossen.

[78] Raynald, ann. eccl. §. 19. — Der Papst war am Hofe Philipps IV. von Frankreich, damals Abt Peter, überdieß Karls Lehrer und Freund gewesen.

sogar abgeset und an seine Stelle Gerlach von Naſſau, kaum
20 Jahre alt, ohne jedoch das Erzſtift einnehmen zu können,
erhoben und der Erzbiſchof von Cöln, wie der Herzog Rudolf
von Sachſen durch Beſtechungen gewonnen war[79], — kam die
Wahl Karls IV. am 11. Juli 1346 in Renſe zu Stande. Der
Erzbiſchof Balduin von Trier, der ja ſelbſt zu dem luxem-
burgiſchen Hauſe gehörte, hatte ſchon längere Zeit in geheimer
Verbindung mit dem Papſte geſtanden.[80]

Der Papſt hatte durch die Erhebung Karls IV. zum
deutſchen Kaiſer einen bedeutenden Sieg erfochten; die Kurfürſten waren zu engherzig, ihm auch dann entgegen zu treten,
wenn ſeine Pläne mit ihrem Vortheile zuſammentrafen. Weil
er den Markgrafen von Mähren als tauglich zum römiſchen
Könige erkannt hatte, erſucht er die Kurfürſten, ihn zu wählen.[81] Ob dem Herzoge Rudolf von Sachſen, deſſen Beweg-
gründe zur Wahl hier namentlich in Betracht kommen, die
Hoffnung aufſtieg, daß bei dem Sturze Ludwigs vom Kaiſer-
throne auch deſſen Sohn in Brandenburg die mächtigſte Stütze
verlieren werde und er ſelbſt alſo dort wieder Fuß faſſen könne,
iſt nicht nachzuweiſen. Gewiß iſt allerdings, daß er bald er-
neuete Verſuche machte, um in den Beſitz der Mark zu gelangen.
Vor der Hand fand jedoch der Kaiſer Ludwig noch kräftige
Unterſtützung von Seiten der Städte und vieler Fürſten und
behielt auch im Felde die Oberhand. Erſt nach ſeinem plötzlichen Tode am 11. Octbr. 1347 gelang es dem neugewählten
Könige Karl, ſich nach und nach, aber auch jetzt nicht ohne
Widerſtand, in den Beſitz des Reichs zu bringen.

Herzog Erich I. von Lauenburg ſcheint in der letzten Zeit

<hr>

[79] Alb. Arg. p. 135. Coloniensis et Dux Saxoniae magna pe-
cunia sunt corrupti. — Heinr. Rebd. p. 436.

[80] Böhmer, Reg. p. 232, n. 171, 172.

[81] ibid. p. 233, n. 195. Hiernach ertheilt er auch dem Erzbiſchofe
Balduin von Trier die Vollmacht, die zur Kur kommenden Fürſten und
namentlich den Herzog Rudolf von Sachſen vom Banne loszuſprechen; —
ein neuer Beweis, daß dieſer auf Seite ſeines Gegners, d. i. Kaiſer Ludwigs, geſtanden hat.

keine Schritte gethan zu haben, die Kurwürde an sich zu bringen oder sich bestätigen zu lassen. Dagegen nennt sich in einer Urkunde vom Jahre 1342 sogar der in einem Nebenlande von Lauenburg regierende Albrecht IV., Herzog zu Bergedorf und Mölln, „Römischer Reichsmarschall".[82] Er hat von diesem Amte nie mehr gehabt als den Titel und auch den nur für kurze Zeit, denn er starb 1344. Herzog Erich I. nimmt aber 1348 thätigen Antheil an der Wahl eines von der bayrischen Partei aufzustellenden Gegenkönigs. Zu diesem Zwecke kam er mit den von der Wahl Karls IV. ausgeschlossenen Kurfürsten im Januar 1348 zu Oberlahnstein, Rense gegenüber, zusammen.[83] Rache an der luxemburgischen Partei zu nehmen, war das Hauptmotiv bei dieser Wahl, Besonnenheit und wahre Sorge für das Reichswohl sucht man hier vergebens bei den Wahlfürsten. Einstimmig bieten sie die Krone einem Ausländer, dem Könige Eduard III. von England, an und machen sich somit eines Vergehens schuldig, das bei den vorhergehenden Wahlen mit Entrüstung zurückgewiesen wurde. Eduard III. lehnte jedoch die dargebotene Krone ab[84] und dem deutschen Reiche blieb eine Schmach erspart. Für eine neue Wahl im Juni übertragen die Herzöge Erich — Vater und Sohn — dem Markgrafen Ludwig dem Aeltern von Brandenburg ihre Stimme, nachdem sie sich von diesem mit 6000 Mark für die bayrische Partei hatten erkaufen lassen.[85] Aber auch der jetzt gewählte Markgraf Friedrich von Meißen, Schwiegersohn des vorigen Königs Ludwig, trägt Bedenken und läßt sich am 21. Decbr. gern von Karl IV. mit 10,000 Mark für die Ehre eines Gegenkönigs abfinden[86], auf der fast durchweg noch kein Segen geruht hatte. Endlich ließ sich Günther von Schwarz-

---

[82] Kobbe II. S. 65.

[83] Pelzel, Karl IV. S. 195.

[84] Olenschlager, Urkundenb. S. 271. Riedel II. 11. S. 208.

[85] Riedel II. 11. S. 206, 207, 208. Waren sie abermals im Begriffe, von dieser Partei abzufallen?

[86] Olenschlager a. a. O. S. 309 ffg.

burg am 30. Jan. 1349, aber auch nicht ohne Bedingungen
gestellt zu haben, bestimmen, das Kreuz, deutscher König zu
heißen, auf seine Schultern zu nehmen, ließ sich aber schon
im Mai dieses Jahres durch Ludwig von Brandenburg gegen
eine Summe von 20,000 Mark zur Verzichtleistung bewegen,
nachdem Karl IV. dessen Recht auf Thyrol anerkannt hatte.[87]
Auch Erich von Lauenburg hatte ihm durch Bevollmächtigte
seine Stimme auf dem Wahlfelde bei Frankfurt gegeben.[88]
Es darf uns nicht wundern, daß wir diesen jetzt wieder Hand
in Hand mit der bayrischen Partei gehen sehen; wo er einen
Versuch machen kann, sein Wahlrecht zur Geltung zu bringen,
thut er es, ohne viel nach seiner persönlichen Ueberzeugung
gehen zu können.   Daß er aber sich und seine Nachkommen
durch diesen Schritt das Wahlrecht für immer verscherzt habe,
wie Philipps behauptet[89], ist wohl eine irrige Meinung. Die
kaiserliche Entscheidung zu Gunsten der wittenbergischen Linie,
die noch zu erwähnen sein wird, ist nicht durch die zufällig
feindliche Stellung der Lauenburger bei der Thronbesteigung
Karls IV., sondern wie im Vorhergehenden zu zeigen versucht
worden ist, durch die Entwickelung der Streitigkeit bedingt.
Ueberdieß söhnen sich diese ja noch vor jener Entscheidung mit
Karl IV. aus.[90]
     Das anfangs außerordentlich freundschaftliche, dann ge-
spannte und endlich wieder intime Verhältniß Herzog Rudolfs
von Sachsen-Wittenberg zu König Karl auseinander zu setzen,
würde zu innig mit einer Darstellung des Auftretens des falschen Waldemar und des Kampfes um Brandenburg in dieser
Zeit zusammenhängen, als daß hier näher darauf eingegangen

----

[87] Alb. Arg. p. 152.   Heinr. Rebd. p. 445.   Pelzel I. 255.

[88] Riedel II. 11. S. 238.

[89] Philipps, Deutsche Königswahl S. 181.   Auch Pfister III. 227.

[90] Beckmann, Gesch. v. Anhalt V. S. 50.   Die Aussöhnung geschah
auf dem Fürstentage zu Bautzen, der zur Untersuchung über die Aechtheit
des falschen Waldemar von Brandenburg anberaumt war, am 19. Febr.
1350.   Der Kaiser ertheilt ihnen hier sogar gewisse Lehnschaften und
Hoheiten.

werden kann.[91] Ueberdieß scheint jenes veränderliche Verhältniß zwischen Beiden weder auf die Streitigkeit um die
Kur zwischen den sächsischen Linien selbst, noch auf die Entscheidung derselben einen tiefern Einfluß ausgeübt zu haben.
Denn wie sehr auch die Hoffnungen der Herzöge von Lauenburg durch die Aussöhnung mit dem Kaiser in einer Zeit, in
welcher derselbe mit Rudolf von Wittenberg ziemlich gespannt
stand, gestiegen sein mögen, — Vortheil in Bezug auf die
sächsische Kurwürde haben sie nicht erlangt. Vielmehr sicherte
Karl IV. schon am 4. Octbr. 1355 in der Prager Bulle
Herzog Rudolf dem Aeltern von Sachsen-Wittenberg, wie es
scheint, auf dessen Ansuchen, die alleinige Berechtigung zur
sächsischen Kur zu[92], ohne nur im Geringsten die Ansprüche
der Lauenburger zu berücksichtigen, und diese urkundliche Bestätigung ist auch hier durch die oben auseinander gesetzte
historische Entwickelung der Kurberechtigung begründet; sie
wird als eine hergebrachte bezeichnet. Und mit diesem Geschenke der Zuerkennung der Kurprivilegien verband Karl IV.
zugleich das größere der Feststellung einer Erbfolge und der
Untheilbarkeit für das Kurfürstenthum Sachsen. Auf diese

[91] Hat doch gerade in dieser Beziehung die deutsche Geschichtsforschung
noch heute nicht den Schleier zu heben vermocht, den sagenhafte Berichte
über diese Begebenheit verbreitet haben. Denn so gründlich und umfassend
auch Klöben (Diplom. Gesch. des Markgrafen Waldemar) Alles, was für
die Aechtheit des wiedererschienenen Waldemar angeführt werden kann,
gesagt hat, es wird dem nüchternen Beurtheiler doch immer schwer werden, sein Resultat anzunehmen. Gewiß ist, daß in dieser Angelegenheit
die Interessen des Königs und Herzog Rudolfs zusammentrafen; jener
erlangte, wenn Waldemar als der ächte erkannt wurde, die Lausitz, dieser
Brandenburg.

[92] Griebner, De aurea bulla Saxonica. Dissert. Lpzg. 1725 —
hat die einzelnen sächs. Bullen abgedruckt. Außerdem bei Goldast, De
majorata p. 133. L. II. c. III. — Rudolfus dux, avunculus noster
dilectus et nemo alius tanquam Saxonie dux et sacri Imperii Archi-
marschallus verus et legitimus Princeps elector existat, sicut existit,
sibique competat, sicut et competit, vox, jus et potestas eligendi,
in electione Regis Romanorum in Imperatorem promovendi ......

Weise sollte allem erneuten Zwiespalte zwischen beiden sächsischen Linien vorgebeugt werden, — doch fügen sich die Herzöge von Lauenburg der kaiserlichen Entscheidung nicht und
suchen noch lange Zeit ihr vermeintliches Recht auf die Kurwürde zur Geltung zu bringen. Auch durch die sächsische
goldene Bulle vom 27. Decbr. 1356 und die späteren, aus
den Jahren 1376 und 1414, die sämmtlich der wittenbergischen Linie die Kur bestätigen, lassen sie sich nicht zum
Schweigen bringen, so nutzlos auch ihre Gegenbemühungen
sind.

Miscellen.

1.

Im Jahre 1558 wurden die Thürme des Schlosses zu Wittenberg, welche bis dahin, wie es scheint, mit steinernen Platten gedeckt waren, mit Knöpfen versehn. Die Schrift, welche man wie gewöhnlich in einen derselben einzulegen beabsichtigte, entwarf Philipp Melanchthon. Der Kurfürst August schrieb deshalb unter dem 4. August 1558 an den Schösser zu Wittenberg: „Wir haben dein Schreiben sammt der Gedächtnißschrift in die Thurmknaufe, so der Herr Philippus Melanchion auf unser gnädiges Begehren gestellt hat, hören lesen, und gefällt uns solche Schrift sehr wohl. Befehlen dir auch hiermit, du wollest dieselbe auf unsere Kosten auf Pergament oder Papier, wie es für das Beständigste angesehn wird, aufs reinlichste umschreiben lassen und noch mit Errichtung der Knäufe so lange verziehn, bis wir dir aller unserer jetzigen Münzen ein Stück dazu schicken, daß man die dabei lege. Wollest uns auch des Herrn Philippi Concept sobald das umgeschrieben, wiederzuschicken und ihm daneben vermelden, daß wir gern sehn wollten, daß seiner neben dem Herrn Doctori Martino Luthero seliger, auch darin gedacht würde. Da er aber Solches von ihm selbst zu stellen vielleicht Bedenken tragen würde, so magst du solches von unsertwegen mit dem Herrn Magistro Paulo Ebero reden.“

Aus einem kleinen Umstand ersehn wir zugleich, wie hoch der Kurfürst August Melanchthon stellte — er verlangte dessen Autograph zurück, jedenfalls um es als werthvolles Andenken zu bewahren. Ein sonderbares Honorar erhielt aber Melanchthon für seine Arbeit. Ein Rescript vom 9. Septbr. 1558 befahl nämlich dem Schösser zu Wittenberg an: „Du wollest

dem würdigen und wohlgelahrten Herrn Philippo Melanch-
thoni, Professori unserer Universität zu Wittenberg, die
steinernen Tafeln damit die beiden Thürme auf unserm
Schloß daselbst bedeckt und getäfelt gewesen und wir ihm zu
Pflasterung seiner Keller willig begnadet, auf sein oder seines
Eidams Magistri, Caspar Pencers, Ansuchen folgen und
bis vor seine Behausung führen lassen."

2.

Herzog August zu Sachsen, der am 7. September 1589
geborne Sohn des Kurfürsten Christian I. bezog bereits in
seinem 12ten Lebensjahre die Universität zu Wittenberg.
Ueber seinen Empfang daselbst schrieb er seinem Bruder dem
Kurfürsten Christian II. aus Wittenberg am 26. April 1601[1]:
„Freundlicher lieber Bruder, Ew. L. gebe ich hiermit zu vernehmen, daß durch Göttliche Beschirmung ich nicht allein zu
Torgau, sondern auch allhier am Dienstag glücklich angelangt
bin, darauf auch am Donnerstag ich dem Herrn Rectori und
ganzer Universität durch den Herrn Dr. Polycarpum[2] prä-
sentirt worden. Nach solchem hat mir der Herr Rector ein
Legel Malvaster, ein Legel Alicantenwein und zwei Eimer
rheinischen Wein, ein Faß Zerbster Bier und allerlei Confect
verehrt, davon etwas bei dem gehaltenen Convivio aufgegangen. Mit der Deposition[3] bin ich auf beschehene Vorbitte
verschont, jedoch an der Tafel und unter der Mahlzeit vom
Herrn Rector examinirt worden, wie es aber sonst mit meinen
Jungen zugegangen, kann Ew. L. von Herrn Polycarpo weitläuftig Bericht einnehmen. Der Allmächtige verleihe zu meinem Studiren Segen, Glück und alle Wohlfahrt ꝛc."

[1] Act. b. Haupt-Staatsarchiv zu Dresden „Allerhand Schreiben an
Churfürst Christianum II. zu Sachßen anno 1598—1611" Bl. 48 Loc. 8548.

[2] Dr. Polycarpus Leyser, Oberhofprediger, früher Professor in
Wittenberg, † 22. Febr. 1610.

[3] d. h. die unliebsamen Ceremonien, mit denen die „Pennale" bei
ihrer Ankunft auf der Universität empfangen und mit denen sie in die
Reihe der „civium academicorum" aufgenommen wurden.

9.

Wie im Mittelalter das Faustrecht blühte und die Raub-
ritter keck ihr Wesen trieben, ist bekannt. Wie weit aber bisweilen die Frechheit dieser Letzteren ging, beweist ein bei der
unlängst stattgefundenen Revision des Zwickauer Rathsarchivs
von Unterzeichnetem gefundenes humoristisches Schreiben eines
solchen ritterlichen Schnapphahns an den Zwickauer Stadtrath,
welches folgendermaßen lautet:

„Ich Dietrich von Franckleubin Bekenne in dißim meinen
offin brive vor ydermenniglich, die yn sehen oder hören lesen,
daz Ich dieß Feuer mit meiner eygenen hand angestoßen hab,
nymand anders dafur zu danken habt, auch die Fehdebrieffe
eurem Landesfürsten vor vierzehn tagen gen Torgav geschickt.
Daß solches alles von mir also geschehen ist, hab Ich mein
eygen Insigill zugezeugniß unten an dißim brive gedruckt.“

Das Siegel des Raubritters Dietrich v. Franckleben zeigt
ein Wappen mit einem streitenden Löwen, der auf ein Octav-
blatt geschriebene Brief selbst aber, dessen Schreiber einem alten
längst erloschenen, aus dem Stifte Merseburg stammenden
Rittergeschlechte angehört, weder Datum noch Ort; doch läßt
sich aus den Schriftzügen und der Orthographie des Originals
durch Vergleichung schließen, daß das Schreiben dem Ende des
14. Jahrh. angehören mag. Mit dem Landesfürsten ist darin
wahrscheinlich Markgraf Wilhelm I. oder d. Einäugige († 1407)
gemeint, welcher nächst Meißen auch bisweilen in Torgau resi-
dirte. Was aber das Feuer betrifft, welches der gestrenge
Ritter Dietrich mit eigener Hand in Zwickau angelegt zu haben
sich mit höhnischen Worten rühmt, so scheint damit eine der
beiden Feuersbrünste gemeint zu sein, welche im J. 1387 die
Stadt Zwickau theilweise verheerten.

Gr.   Dr. Hsß.

Das Lehnsverhältniß zwischen dem Stifte Hersfeld in Hessen und den Markgrafen von Meißen.

Von Advocat K. Gautsch in Dresden.

Es hat bereits Märker in seiner Geschichte des Burggrafthums Meißen[1] bei Erwähnung des Gerichts unter dem rothen Thurme in Meißen mit anderen urkundlichen Nachrichten darüber auch eine Urkunde beigebracht, nach welcher dieser rothe Thurm im J. 1292 dem Markgrafen Friedrich mit anderen Besitzungen von dem Abte zu Hersfeld in Hessen zu Lehn gereicht worden ist, und sich dabei über dieses Lehnsstück, sowie das ganze Lehnsverhältniß selbst, dessen Entstehung, Umfang u. s. w. verbreitet. Frühere vaterländische Geschichtsschreiber sagen darüber nichts, obwohl ihnen, wie Märker a. a. O. nachweist, schon seit 70 Jahren urkundliche Nachweise darüber in Wenck's Heff. Landesgeschichte[2] vorgelegen haben.

Erregt nun schon die Seltsamkeit des Umstandes, daß die Markgrafen von Meißen mitten in ihrer Mark gelegene Orte von der nicht in derselben, sondern so fern davon liegenden Abtei Hersfeld zu Lehn getragen haben, Aufmerksamkeit, so steigert sich diese noch mehr dadurch, daß man aus überlieferten Urkunden sieht, wie unter diese Lehnstücke Städte von

---

[1] Märker, Das Burggrafthum Meißen. 1842. S. 146 flg.
[2] Wenck, Hess. Landesgeschichte. Bd. II. Abtheil. I. S. 482.

15*

Bedeutung in damaliger Zeit und große Strecken Landes
gehörten.   Es dürfte daher jede Bemühung gerechtfertigt erſcheinen, etwas zur Aufklärung des noch ganz im Dunkeln
liegenden Verhältniſſes beizutragen; und Verf. dieſes, der ſich
ſchon vor Jahren mit dieſem Gegenſtande beſchäftigt hat,
glaubt der Deffentlichkeit eine von ihm gemachte Entdeckung
nicht länger vorenthalten zu dürfen, die bisher den Geſchichts-
forſchern, ſelbſt dem neueſten, ſehr gründlichen über alte Zu-
ſtände³, entgangen iſt. Da nun auch die erlangte Erlaubniß,
das K. S. Haupt-Staatsarchiv hierzu zu benutzen, die früher
mangelnde Gelegenheit, alles etwa noch Unbekannte aufzu-
ſuchen, ſowie das darüber Vorhandene nochmals nach den
Originalien zu prüfen, gewährt hat, ſo läßt ſich um ſo zu-
verſichtlicher mit dem Ergebniſſe früherer wie neuerer Unter-
ſuchungen hervortreten.

Der erſte im ſächſ. Haupt-Staatsarchive vorhandene urkundliche Nachweis über das Lehnsverhältniß iſt eine Originalurkunde des Abts Heinrich v. Hersfeld, gegeben zu Hersfeld
VII. Calend. Novbris des J. 1289 (26. Octbr.), worin derſelbe beurkundet, daß er diejenigen Lehne, die er, nach ihrer
Erledigung durch den Tod des Markgrafen Heinrich von
Meißen, deſſen Sohne, dem Landgrafen zu Thüringen und
Pfalzgrafen von Sachſen, Albert, geliehen, auch den Söhnen
dieſes Landgrafen, den Fürſten Friedrich und Theoderich,
unter dem Titel eines rechten Lehns zum gemeinſchaftlichen
Beſitze mit ihrem Vater geliehen habe. In dieſer Urkunde
werden aber die in Lehn gereichten Stücke nicht aufgeführt
und benannt. Dies geſchieht erſt in einer zweiten deſſelben
Abts, ausgeſtellt zu Hersfeld, X. Kal. Augusti 1292
(23. Juli), worin er bezeugt, welche Stücke der Markgraf
Friedrich von Meißen, Sohn des Landgrafen Albert von
Thüringen, in dem Markgrafthume Meißen von der Abtei

³ Dr. v. Poſern-Klett, Zur Geſchichte der Verfaſſung der Mark
Meißen im 13. Jahrh. Leipz. 1863.

Hersfeld in Lehn habe und haben müsse, dieselben alle aufzählt und am Schlusse noch ausspricht, daß dieselben, wenn
Markgraf Friedrich ohne Erben mit Tode abgehen sollte, an
den Landgrafen Albert von Thüringen, dessen Vater, und an
Theoderich, dessen Bruder, übergehen sollten; was nothwendige Folge der nach voriger Urkunde erfolgten Mitbeleh-
nung war.

Weiter findet sich ein Lehnbrief des Abts Andreas, gegeben zu Gotha, 14. Cal. Novbris (19. Octbr.) 1316 vor,
worin derselbe dem Landgrafen Friedrich sämmtliche Lehne,
welche dieser von der Abtei Hersfeld hat und die er ihm zu
leihen verbunden sei, namentlich das von Lutolf von Gruningen erkaufte Schloß Gruningen, leiht. Obwohl der Aus-
druck der Urkunde „universa feuda" sich auf alle Lehne ohne
Unterschied, sonach auch auf die in der Mark Meißen gelegenen deuten läßt, so fällt doch auf, daß darin Friedrich, der
damals Thüringen und Meißen besaß, blos Landgraf von
Thüringen genannt wird und es läßt dies die Vermuthung
zu, daß in dieser Urkunde die Beleihung nur mit allen in
Thüringen gelegenen hersfeldischen Lehnen, deren es mehrere
gab, hat beurkundet werden sollen. Hierzu kommt, daß der
Vater Friedrichs, Albert, der zuletzt nur noch Thüringen besaß, im J. 1314 verstorben war, also wohl dessen Sohn mit
den durch den Tod des Vaters zur Erledigung gekommenen
Lehen wieder beliehen wurde.

Darauf folgt ein deutscher Lehnbrief des Abts Berlt für
Elisabeth, Gemahlin des Markgrafen Wilhelm von Meißen,
gegeben zu Eltsin, am 2. Octbr. (fer. 2 prox. p. Michaelis)
1385, über den ihr zum Leibgedinge von Letzterem ausgesetzten rothen Thurm auf dem Schlosse und der Burg zu
Meißen mit den dazu gehörigen Gütern in der Pflege und
dem Gerichte des Schlosses Meißen. Dieselbe Markgräfin
erhält dann noch im J. 1391 durch Urkunde v. 27. Septbr.
(feria 4 nach dem Tage Matheus des Apost.) von dem Abte
Reinhard eine Verschreibung über ihr Leibgedinge am rothen

Thurme auf dem Schlosse und der Burg zu Meißen und
an allen anderen Städten und Schlössern im Lande
Meißen, die ihr Gemahl vom Kloster Hersfeld zu Lehn
gehabt hatte.

Nach langer Unterbrechung kommt nun erst in einem
Actenfascikel aus der frühern kurfürstlichen Canzlei¹ eine
Niederschrift vor, daß Friedrich, Herzog zu Sachsen, Mark-
graf von Meißen und Landgraf von Thüringen im J. 1441
Sonntags nach St. Sebastian (22. Jan.) zu Bamberg vom
Abte Conrad zu Hersfeld die Lehn am rothen Thurme in
Meißen und was dazu gehört, und andern, was er vom
Stifte Hersfeld haben soll, empfangen habe.

In allen aus der Zeit nach 1292 bis hieher reichenden
Actenstücken finden sich, wie man sieht, keine speciellen Auf-
führungen der Lehnstücke. Es mögen daher entweder über
die seit 1292 stattgefundenen Beleihungen keine förmlichen
Lehnbriefe mit Aufzählung der Lehne ausgestellt, oder nur
kurze, in allgemeinen Ausdrücken sich bewegende Bekenntnisse
gegeben worden sein; oder man hat sich, als Acten zu halten
begonnen wurde, mit kurzen Notizen und Registraturen wie
die vom J. 1441 begnügt.   Selbst die einzige, darüber Aufschluß gebende Urkunde vom J. 1292 mochte in Vergessenheit
gerathen sein oder in irgend welchem Archive begraben liegen;
kurz, ein Verzeichniß der Lehnstücke besaß man wenigstens im
15. Jahrhunderte nicht.   Dies ersieht man daraus, daß der
Kurfürst Friedrich im J. 1454, als er mit der Krone Böhmen in dem durch den bekannten Egerschen Vertrag im J.
1459 beigelegten Streite über die von derselben zu Lehn rüh-
renden Stücke der Markgrafschaft Meißen lag, sich veranlaßt
fand, in einem Schreiben von Grimma aus am Sonnabend
nach Assumption Mariä (b. 17. Aug.) — und dies ist das
nächste vorhandene Actenstück — den Abt zu Hersfeld zu er-

---

¹ Bezeichnet: „Handlung zwischen Herzog Georgen zu Sachsen u.
Hr. Ernst, Abt zu Hirschfeld ꝛc. v. J. 1521." Loc. 8939.

suchen, ihm doch die Schlösser und Städte zu benennen, die er von ihm und dessen Gotteshause zu Lehn trüge, weil die Böhmen wegen etlicher Schlösser und Städte, die sie für ihre Lehn ausgäben, mit ihm zu „teydingen" angefangen hätten und er jener hersfeldischen Lehne sich nicht „erinnern" könne.

Darauf erhielt derselbe vom damaligen Abte Ludwig eine Antwort, datirt Hersfeld die Sanct Renff martiris (d. 28. Novbr.) 1454, worin letzterer ihm meldet, daß er, weil er nur seit kurzer Zeit „an der Herrschaft", noch nicht Zeit gehabt habe, sich davon hinreichende Kenntniß zu verschaffen, allein einige Bücher und Register eingesehen habe und habe einsehen lassen, darin er „etzlich Schloß und Steter" mit ihren Zuge= hörungen „funden", die der Kurfürst von ihm und seinem Stifte zu Lehn haben solle, die in „dieser Ingeschloßne Zedel ungeverlichen verzeychnet sint". Er erbietet sich aber auch, wenn es der Kurfürst begehrte, seine Privilegia, Bücher und Register mit Muße „besehen zu lassen" und was sich darin finde, ihm „verzeichnet" zu senden.

Die letzte urkundliche Nachricht über eine Belehnung ist endlich eine einfache Registratur, in welcher berichtet wird, daß Ernst und Albrecht, Gebrüder, Herzöge zu Sachsen, Mark= grafen zu Meißen und Landgrafen zu Thüringen, am St. Agathen=Tage (5. Febr.) 1478 zu Vacha vom Abte Ludwig den rothen Thurm zu Meißen und was dazu gehört, und anders, was sie von dem Stifte „in Gott und Recht zu Lehn haben sollen", in Lehn empfangen haben.

Aus den Zeiten des Herzogs Georg kommen zwar noch Actenstücke über Verhandlungen mit dem Stifte Hersfeld wegen der Lehnstücke vor, allein dieselben betreffen thürin= gische, nämlich das Amt Gebesee und die Voigtei zu Kölleda. Eines derselben handelt von Irrungen zwischen dem Hause Sachsen und Stifte Hersfeld wegen der Steuern und Folge im Kloster Memleben v. J. 1503 bis 1543. Bei allen diesen Gelegenheiten werden die im Markgrafthum Meißen gelegenen Lehnstücke nicht berührt.

Einen speciellen Nachweis derselben gewähren uns demnach nur die zwei schon erwähnten Urkunden, die vom J.
1292 und das im J. 1454 aus Hersfeld an Kurfürst Friedrich
gesendete Verzeichniß[5], von denen zum Verständnisse des Weitern zwei von den Originalien im K. S. Haupt-Staatsarchive
genommene genaue Kopien am Schlusse sub A. u. B. abgedruckt werden.

Nach dem Wortlaute der ersten sind diese Lehnstücke:

I. der rothe Thurm in Meißen mit allen seinen Zubehörungen,

II. ein sogenanntes praedium hersfeldense, welches da
beginnt, wo die große Striegis entspringt, dem Laufe
derselben bis in die Mulbe folgt und die Mulbe abwärts bis zur Zschopau läuft, dann die Zschopau
aufwärts bis an die alte böhmische Straße, welche
die Grenze zwischen den Besitzungen von Chemnitz und
Hersfeld bildet, und auf dieser Straße fort bis Pachow,
von da aufwärts bis Nibperg, was Wernherus gebaut
hat, und von dem Flusse, der vor Nibperg vorüberfließt, bis zu dem Flusse Striegis geht,

III. der Berg Lubene mit vierzehn Dörfern.

In den angegebenen Grenzen, heißt es sodann in der
Urkunde weiter, liegen folgende Städte und Burgen:

1. die Stadt Zschopau und alles, was zu deren Villicatio
gehört;

---

[5] Dieses Verzeichniß, vom Abte „Jedder" genannt, Beil. B., sowie
der berührte Schriftenwechsel zwischen dem Kurfürsten und dem Abte ist
nach sehr alten, muthmaßlich gleichzeitigen Kopien in dem oben angezogenen Fascikel: „Handlung zwischen rc. v. J. 1521." enthalten, sodann
in einem Fascikel, bezeichnet: „Copeyen So zum Stift Hirschfeld gehören"
(Loc. 8939.), aber von neuerer Hand und endlich das Verzeichniß: Feodum
Herssfeldense incipit etc., auch in einem Kopialbuche betitelt Liber
Unionum no. 1316. Bl. 309. zu finden. Das erste Blatt des Fascikels
„Handlung zwischen rc." ist ein Originalbrief des Abts Cuffsi zu Hersfeld vom J. 1522, worin er den Herzog Johann zur Lehnsnahme auf-
fordert.

2. Lichtenwalde und alle dazu gehörigen Villicationen;

3. Frankenberg, Burg und Stadt und was dazu gehört;

4. Dreinwerben mit seinen Zubehörungen;

5. Döbeln, Burg und Stadt mit deren Zubehörungen;

6. Roßwein mit seinen Zubehörungen;

7. Freiberg mit seinen Zubehörungen;

8. Dresden, die Stadt mit ihren Zubehörungen bis Pirna und endlich

9. Oederan mit allen seinen Zubehörungen.

Der „Zebbel" dagegen beginnt zuerst lateinisch mit Angabe

I. eines hersfeldischen Lehns (feodum hersfeldense), welches an dem Orte anfängt, wo die große Striegis entspringt und in denselben Grenzen wie das praedium hersfeldense der Urkunde v. J. 1292 liegend beschrieben wird. Die fast wörtliche Uebereinstimmung der Beschreibung scheint dafür zu sprechen, daß beide aus einer und derselben Quelle, einer ältern Aufzeichnung, entlehnt worden sind.

Derselbe bringt ferner

II. den Berg Lubene mit vierzehn Dörfern, und fährt dann fort: „Das sind die Lehn, welche der Markgraf von Meißen aus unsern Händen empfängt", worauf fast mit denselben Worten der Urkunde v. 1292 die verschiedenen Orte Zschopau ꝛc. aufgezählt werden; dagegen nicht darin gesagt wird, daß sie innerhalb der vorbeschriebenen Grenzen liegen, wie in der Urkunde von 1292.

Endlich folgt in einem Nachsatze in deutscher Sprache, wodurch er sich als Auszug aus einer deutschen Urkunde kennzeichnet:

III. der rothe Thurm auf dem Schlosse zu Meißen mit den Gütern, die zu selbigem gehören und in der Pflege und dem Gerichte dieses Schlosses gelegen sind.

In die eben gebildeten drei verschiedenen Gruppen lassen sich auch die Lehnstücke nach ihrer zerstückelten Aufführung ganz ungezwungen zerlegen. Diese letztere, im Vereine mit der wörtlichen Fassung, berechtigt zu der Vermuthung, daß

dieſe Verzeichniſſe der Lehnſtücke aus verſchiedenen Urkunden
zuſammengeſtellt wurden, daß alſo auch die Lehnsverhältniſſe
ſelbſt auf verſchiedenen Urkunden beruhten und zu verſchiedenen Zeiten entſtanden waren. Es werden demnach auch bei
der Forſchung nach der Entſtehung derſelben die einzelnen
Gruppen auseinander zu halten ſein. Die Nothwendigleit,
dies zu thun, wird im Laufe unſerer Unterſuchung noch deutlicher hervortreten.

Zur Gewinnung einer ſichern Grundlage für die Nach-
forſchung nach dem Urſprunge des Lehnsverhältniſſes glaubte
man folgende ſtaats- und lehnrechtliche Grundſätze des Mittelalters im Auge behalten zu müſſen. Das Markgrafenthum
war urſprünglich ein Reichsamt, geknüpft an ein Reichslehn,
die Marl, und wenn vielleicht auch frühzeitig ſchon vom
Reichsoberhaupte eine erbliche Berechtigung gewiſſer Familien
auf die Nachfolge in dem Markgrafenthume als Würde anerkannt werden mochte, ſo war doch das Territorium, an
welchem dieſe Würde haftete, nicht erbliches Beſitzthum der
mit der Würde beliehenen Familie, nicht Allod, und es ſtand
alſo ihr keine freie Verfügung darüber zu. Denn veräußern
und verpfänden konnten Inhaber von Reichslehnen nur von
den ihnen eigenthümlich gehörigen Beſitzungen, ihren Familiengütern, ihren Allodien, aber von dem ihnen verliehenen
Reichslehne nichts. Geſchah es dennoch, ſo war die Geneh-
milgung und Zuſtimmung des Reichsoberhauptes allemal dazu
erforderlich und nicht blos der Erwerber, ſondern auch der
bloße Pfandnehmer halte bei dem Reichsoberhaupte um die
Beleihung nachzuſuchen und damit ſeinen Beſitztitel autoriſiren
zu laſſen. Erbliches, freies Eigenthum konnte jedoch auch
durch Lehnsauftragung in Lehn umgewandelt werden und es
kommt häufig vor, daß ſich Beſitzer von Allodien durch einen
ſolchen Act zu Vaſallen eines Mächtigern, eines Reichsfürſten
oder geiſtlichen Stifts ſelber machten. Die Markgrafen von
Meißen hätten alſo nur hinſichtlich ihrer Allodial- und Fa-
milienguter eine Lehnsauftragung vornehmen können.

Nun enthalten aber alle uns jetzt zugänglichen Urkunden keine Spur davon, daß die ersten Markgrafen von Meißen ebenso wie die späteren aus dem Hause der Grafen von Wettin in denjenigen Gegenden, wo die herßfeldischen Lehne vorkommen, Allodialgüter besessen hätten, woraus sie dem Stifte Herßfeld solch ansehnliche Schenkungen hätten machen oder zu Lehn auftragen können. Es ist sogar weit gewisser, daß die Familiengüter der ersten Markgrafen, wie der aus dem Wettiner Stamme, außerhalb der Mark Meißen lagen. Die ganze Mark Meißen war aus Gauen gebildet worden, die man den Slawen entrissen hatte. Allode konnten daher nur alte, im Gaue ansässige, slawische Geschlechter und freie Grundeigenthümer besitzen und aus solchen sind die Markgrafen von Meißen nie gewählt gewesen.

Nach der Ansicht des Dr. v. Posern-Klett[6], welcher beizupflichten, ist es aber nicht wahrscheinlich, daß die Markgrafen von Meißen Theile ihrer Mark Stiftern zu Lehn aufgetragen und damit den Reichslehnsverband negirt hätten, derselbe meint daher, daß erst Friedrich der Gebissene durch die drohende Haltung der Reichsgewalt, die ihn bekanntlich nicht als rechtmäßigen Inhaber des Reichslehns anerkennen wollte, dazu veranlaßt worden sei, den ganzen südlichen Theil der Markgrafschaft der Herßfelder Kirche zu Lehn aufzutragen.

Allein, wie weiter unten nachgewiesen wird, war nicht der ganze südliche Theil der Markgrafschaft herßfeldisches Lehn und das, was aus diesem Theile herßfeldisches Lehn war, ist dies zum größten Theile zu einer Zeit geworden, die viel weiter zurückliegt.

Der Verfasser ging demgemäß bei der Beschäftigung mit dieser Frage von der Ansicht aus, daß das fragliche Lehnsverhältniß aus den oben aufgestellten Gründen ohne Zuthun der Markgrafen von Meißen entstanden sein müße und daß das Stift Herßfeld, weil es doch so fern von der Mark

---

6 In der angef. Schrift S. 22.

Meißen lag und in gar keinem kirchlichen Verbande mit derselben stand, in den Besitz dieser ansehnlichen Lehne zu einer
Zeit gelangt sein möchte, wo es in der Mark Meißen nur
geringe oder gar keine Klöster und Stifter gab und die
deutschen Kaiser aus den kaum den Slawen entrissenen Provinzen reiche Schenkungen an sehr entfernte Stifter machten.
Auf einen sehr frühen Ursprung ließ auch der Umstand
schließen, daß schon in einer noch näher zu berührenden Urk.
v. J. 1214 der Besitzungen Hersfelds im Meisnischen gedacht
wird und das Lehnsverhältniß nach Heinrichs des Erlauchten
Zeit als ein zwar bestehendes, aber seinem Umfange nach
völlig unbekanntes erscheint.

Zu Ausspürung der Entstehung des Lehnsverhältnisses
erschien es daher dienlich, jede vor dem J. 1292 ausgestellte
Urkunde, worin einer der in dem Verzeichnisse der Lehn genannten Orte vorkam, zu beachten und dann die Beziehungen
zu prüfen, die darin etwa zu Stiftern und Klöstern enthalten
oder angedeutet waren.

Auf diesem Wege ist es denn auch gelungen, die Entstehung des Lehnsverbandes der einen Gruppe jener Lehnstücke zu entdecken und zwar in einer Urkunde, welche schon
seit 70 Jahren gedruckt vorliegt und allen Forschern zugänglich
gewesen ist, deren Bedeutung aber für diese Angelegenheit,
sowie in anderer Beziehung noch gar nicht erkant worden ist.

Es ist dies die in Wenck, Hess. Landesgesch. Th. II.
Abth. I. Nr. 27, abgedruckte und auch von Wilhelm in seiner
Geschichte des Klosters Memleben mitgetheilte Urkunde vom
J. 981.

Nach dieser Urkunde schenkte der Kaiser Otto II. dem
Kloster Memleben in der goldnen Aue in Thüringen, außer
anderen, außerhalb des Gaues Daleminze und der Mark Meißen
gelegenen Besitzungen, wie die Worte lauten: castella quae-
dam et loca in partibus Slavoniae Doblin et Hwoznic
nuncupata, in pago Dalemince seu Zlomekin vocato, juxta
fluvium Multha dictum.

Hier treffen wir zum ersten Male in gedruckten Urkunden auf einen unter den hersfeldischen Lehnstücken später aufgeführten Ort, die Burg Döbeln — was Hwoznie war, kann noch unerklärt bleiben — und finden dabei zugleich, daß dieselbe in Beziehung zu einer außer der Mark Meißen gelegenen geistlichen Stiftung gekommen ist. Nun fragt es sich aber, wie gelangte Döbeln von Memleben an Hersfeld? denn dieses ist doch für unsere Untersuchung von Wichtigkeit. Die Antwort darauf ist in der Geschichte des Klosters Memleben zu suchen und wird auch glücklicher Weise noch darin gefunden. Eine uns ebenfalls aus hessischen Archiven zugänglich gemachte Urkunde des Kaisers Heinrich v. J. 1015[7] giebt sie, indem in derselben das in Verfall gekommene Kloster Memleben mit allen seinen Besitzungen der Abtei Hersfeld einverleibt wird, damit diese auf solche Weise emporkomme. Auch Thietmar in seinem Chron. S. 472 der Ausg. des Ursinus berichtet diese Maßregel des Kaisers. Dieses Verhältniß ist nun aber, wie historisch feststeht, von da an fortwährend geblieben; das Kloster Memleben ist nicht wieder selbstständig geworden und folglich sind auch nach dem Jahre 1015 in Folge dieser Einverleibung Memlebens in Hersfeld von letzterm alle Rechte über die vorher dem erstern zugehörigen Besitzungen ausgeübt worden.

Somit tritt denn auf einmal aus längst bekannten Urkunden ganz klar und deutlich hervor, wie die Abtei Hersfeld im 11. Jahrh. in den Besitz von „castella et loca" gelangen konnte, welche mitten im Gaue Daleminze und der Mark Meißen lagen, von denen wir zur Zeit Döbeln als dazu gehörig ganz unbestritten ansehen können. Das Vorkommen desselben aber mit anderen hersfeldischen Lehnstücken berechtigt zu der Annahme, daß die Schenkung des J. 981 unverändert geblieben sei, sowie zu der Vermuthung, daß in den Lehnsverzeichnissen vom J. 1292 u. 1454 vieles von dem im J. 981

---

[7] Schultes Direct. diplom. I. p. 139 aus Schmink Mon. Hassiaca. Collect. III. p. 248.

Geſchenkten noch enthalten ſein werde. Hierüber Näheres
nachher in der Unterſuchung über den Umfang der Schenkung
ſelbſt, wobei man nachweiſen wird, daß dieſe ſich auf das
ganze nachmals ſogenannte „territorium“ oder „praedium
hersfeldense“ erſtreckte.

Gegenwärtig bleibt noch die Frage zu erörtern: wie und
wenn die Markgrafen von Meißen dieſe an Memleben verſchenkten „loca & castella“ entweder von dieſem Kloſter
ſelbſt oder noch von Hersfeld wieder in Lehn erhalten haben
und dieſer Nachweis wird wohl nicht mehr, wenigſtens nicht
aus ſächſiſchen Archiven zu führen ſein, allein aus den Zeit-
und Verfaſſungsverhältniſſen und analogen Fällen laſſen ſich
Vermuthungen herleiten, die einigen Anſpruch auf Anerkennung ihrer Richtigkeit haben. Verſetzt man ſich nämlich in
die Verhältniſſe jener Zeit, wo die Schenkung erfolgte, ſo
drängt ſich die Anſicht auf, daß das Stift Memleben die ihm
geſchenkten Beſitzungen, die in einer Grenzprovinz des Reichs
lagen, worin die Herrſchaft der Deutſchen noch wenig befeſtigt
war und das Chriſtenthum noch wenig Anhänger zählte, die,
wie auch noch nachgewieſen werden ſoll, einen ziemlichen
Umfang hatten und ſo entfernt von ihm lagen, nicht ſelbſt
benutzen und verwalten, geſchweige denn beſchützen konnte.
Mächtige Dynaſtenfamilien, wie anderwärts, deren Schutz die
Kirche durch eine Beleihung mit ihrer Beſitzung oder durch
Uebertragung der Voigtei hätte erwerben können, gab es in
dem Gaue Daleminze nicht. Die Markgrafen treten in dieſer
Grenzprovinz damals als die einzigen Mächtigen hervor; die
höchſten militäriſchen wie richterlichen Functionen waren der
Ausfluß ihres Reichsamtes; ſie allein waren im Stande, der
Abtei das umfängliche Beſitzthum zu wahren. Man will nur
daran erinnern, wie nach der Schenkung im J. 981 bis in die
Mitte des folgenden Jahrhunderts hinein die Mark Meißen
durch Einfälle der Herzöge von Polen heimgeſucht ward und
oftmals viele Jahre lang deutſcher Herrſchaft ganz entzogen
war. Es kann alſo eine nur durch die Verhältniſſe gebotene

Nothwendigkeit gewesen sein, die Besitzung den jeweiligen
Markgrafen zu leihen.

Vielleicht aber war es auch eine von dem Kaiser an
seine Schenkung geknüpfte Bedingung, daß Memleben den
Markgrafen zu Meißen die in deren — so zu sagen — Amtsbezirke gelegenen, zu deren Reichslehne gehörigen Besitzungen
leihen mußte, oder ein altes Herkommen im deutschen Reiche
und selbstverständlich, daß solche an geistliche Stiftungen verschenkte Stücke den Inhabern der höchsten militairischen und
richterlichen Würde in der Provinz wieder in Lehn gegeben
werden mußten, weil das Voigteirecht darüber ihnen schon
vermöge ihrer Würde zustand. Gerade in der Mark Meißen
finden wir zeitig durch kaiserliche Schenkungen an Stifter
und Klöster gekommene Stücke als markgräfliche Lehn in
späteren Zeiten wieder. So z. B. erhielt das Stift Naumburg von Heinrich IV. im J. 1064 das Burgward Gröba bei
Riesa[8], im J. 1065 das Burgward Strehla und Boritz, und
in dems. Jahre die Städte Grimma und Oschatz, im J. 1074
das Schloß Rochlitz mit dem Gaue und das Burgward Leisnig
geschenkt, lauter Stücke, die einen großen Theil der Mark
Meißen ausmachten, und nach Urkunde v. J. 1228 befand
sich das Stift noch im Besitze vieler derselben.[9] Verschiedene
Stücke davon erklärt Markgraf Dietrich in einer ums Jahr
1210 ausgestellten Urkunde[10] für Stift Naumburgische, ihm
gegebene Lehne, und auch im J. 1238 finden wir einige
davon unter den Lehnen, welche Heinrich b. Erl. von Naumburg zu Lehn hat, aufgeführt. Endlich bekennt Landgraf
Albert noch im J. 1301, daß dem Stifte Naumburg das
„jus feudi" an der Stadt Grimma und Oschatz zustehe.

Das Stift Merseburg erhielt im J. 1021 vom Kaiser
Heinrich die Stadt Leipzig geschenkt, die später als bischöfliches Lehn der Markgrafen erscheint.[11]

---

[8] Lepsius, Geschichte der Naumburg. Bischöfe. S. 217 flg.

[9] Lepsius a. a. O. S. 278.   [10] Lepsius a. a. O. S. 270.

[11] Tittmann, Geschichte Heinrichs d. Erl. S. 78.

Wie dem nun auch sei; die frühe Zeit der Schenkung läßt
vermuthen, daß auch sehr früh schon das Stift Hersfeld oder
Kloster Memleben sein Besitzthum den Inhabern des Mark-
grafenamtes lieh, und sie macht es ferner erklärlich, daß
Urkunden über diesen Act sowenig wie über die Beleihung
der Markgrafen mit den naumburgischen und merseburgischen
Lehnstücken auf unsere Zeit gekommen sind, vielleicht gar nicht
ausgestellt wurden, wie dies häufig der Fall war, weil die
Reichung der Lehn in Reichs- oder andern Versammlungen
vor zahllosen Zeugen durch symbolische Handlungen vorgenommen wurde und darüber dann nur in den Lehnbüchern
oder Registern des Lehnsherrn Vermerk gemacht wurde.
Diese Möglichkeiten lassen daher auch nicht so befremdlich
erscheinen, daß im Archive der Markgrafen über die in allgemeinen Ausdrücken nachgesuchten und ertheilten Beleihungen
mit den hersfeldischen Lehnen keine Urkunden vorgefunden
und uns erhalten wurden und daß nach Verlauf von Jahrhunderten ein specielles Verzeichniß derselben von dem Lehn-
herrn erbeten werden mußte, dieser aber seiner Sache selbst
nicht recht gewiß zu sein scheint.

Somit vermochten wir das, was Dr. v. Posern-Klett
nur als Vermuthung ausspricht (a. a. O. S. 21), daß Hersfeld schon vor Alters Grundbesitz zwischen Striegis und
Zschopau hatte, zur Gewißheit zu machen. Inwieweit aber
die fernere Vermuthung desselben Forschers, daß Markgraf
Friedrich den ganzen südlichen Theil der Markgrafschaft
wegen der drohenden Haltung der Reichsgewalt dem Stifte
Hersfeld zu Lehn aufgetragen und damit den Reichslehnver-
band negirt habe, richtig sei, darüber wird sich erst ein Urtheil
bilden können, wenn erörtert worden ist, was von der
Schenkung des J. 981 zu den in der Urkunde vom J. 1292
und 1454 aufgeführten Besitzungen gehört, wie nun weiter
erörtert werden soll.

Der Kaiser also verschenkte in der ziemlich kurzen, oben
angeführten Urkunde einige „loca et castella" seines Eigen-

thums „in partibus Sclavoniae" und zwar die Doblin und Hwoznie genannten, in dem Gaue Daleminze oder Zlomelia geheißen, an dem Fluffe Multha, ingleichen andere am Ufer der Aelivie (welche uns jedoch nicht berühren, da sie außerhalb der Mark Meißen liegen) „cum burgwardiis et omnibus utensilibus illic rite pertinentibus", deren Aufzählung nun nach der gewöhnlichen Formel erfolgt. Also betraf die Schenkungen loca, Ortschaften, und castella, Burgen.

Obwohl nun die Urkunde nicht erkennen läßt, welcher darin vorkommender Ort ein „castellum" und welcher ein bloßer „locus" war und zu welcher Claffe sie das uns lediglich beschäftigende Doblin und Hwoznie rechnet, so gestatten uns doch später hervortretende Verhältniffe anzunehmen, daß sowohl Doblin als Hwoznie schon damals zu „castellis", den Burgen, gehört haben. Denn in verschiedenen späteren Urkunden erscheint letzteres als Burgward Gozne und ersteres, Doblin, als castrum. Man kann auch die Worte der Urkunde: loca et castella, so verstehen, daß alle verschenkten Besitzungen nicht theils loca, theils castella, sondern sowohl loca als auch castella waren, in welchem Falle gar kein Zweifel über die damalige Eigenschaft von Hwoznie und Doblin zu erheben nöthig ist.

Nun tritt aber ein für unsere Untersuchung bedeutsamer Umstand dadurch hinzu, daß der Kaiser nach Aufzählung aller in der slawischen Grenzprovinz verschenkten Orte und Burgen feine Schenkung auch auf die dazu gehörigen Burgwarde erstreckt, indem er fagt „cum burgwardiis" etc. Es ist aber bekannt, daß man damals mit dem Namen Burgward sowohl eine Befestigung, Verschanzung, als auch einen Bezirk bezeichnete [18], und daß die Marken gegen die Slawen in Gaue, wie das Innere Deutschlands, zerfielen und diese Gaue wieder

---

[18] Von vielen Belegen nur einen sprechenden: Im J. 1004 schenkte Kaiser Heinrich dem Bisthume Magdeburg civitatem Chut cum toto ejus territorio seu burgwardio.

in Burgwarde, Bezirke, eingetheilt waren. Als Bauwerk betrachtet, war das castellum oder castrum von dem burgwardium ſehr verſchieden, denn mit erſterem Namen bezeichnete man nach mittelalterlichem Sprachgebrauche Gebäude mit Wall und Graben umgeben, Steinburgen, während die Burgwarde nur einfache rohe Erdbefeſtigungen, aufgeworfene Wälle mit Graben waren. Hiernach konnte man ein castellum wohl ein burgwardium, nicht aber umgekehrt ein burgwardium ein castellum nennen; nur in den alleräilteſten Zeiten dürften etwa beide Bezeichnungen für die einfache Beſchaffenheit beider Arten gepaßt haben.

Wenn nun in unſerer Urkunde castella cum burgwardiis verſchenkt werden, ſo hat der Kaiſer damit keinenfalls ſagen wollen, daß er Burgen mit Burgwarden in der Bedeutung von Befeſtigung verſchenke, was eine ebenſo ſonderbare Tautologie geweſen wäre, als wenn jetzt Jemand eine Feſtung mit Befeſtigung ſagen wollte, ſondern der Kaiſer hat Burgen oder Burgwarde mit den dazu gehörigen Burgwards-bezirken weggegeben. Ganz ungezwungen läßt ſich nämlich annehmen, daß im Laufe der Zeit aus urſprünglich ganz einfachen Erdfeſtungen ordentliche Steinburgen, castra, entſtanden und weil ſie ihre Bauart, nicht aber ihre politiſche Eigenſchaft verändert hatten, auch der mit ihnen verbundene geweſene Bezirk bei ihnen verblieb.

Wollte man die burgwardia lediglich auf die loca beziehen und die Urkunde ſo auslegen, als ob in den Orten, wo Burgwarde als Befeſtigungen geweſen, nichts als dieſe mit dem Orte verſchenkt worden ſeien, ſo ſteht dem entgegen, daß es dem Kloſter Memleben wegen der großen Entfernung von den verſchenkten Orten und der Werthloſigkeit des Grundbeſitzes in damaliger Zeit wenig genützt hätte, wenn die Schenkung in nichts als den bloßen, noch dazu ſehr zerſtreut liegenden Orten oder ſogar nur in einem ſolchen Befeſtigungswerke beſtanden hätte. Es erſcheint alſo vollſtändig berechtigt, im vorliegenden Falle unter der Bezeichnung „burgwardia“ Burgwardsbezirke zu verstehen.[13]

Von der Richtigkeit dieser Annahme wird man noch fester überzeugt werden, wenn man näher prüft, was für einen Strich Landes das später sogen. „praedium hersfeldense“ umfaßte und damit haben wir uns nun eingehender zu beschäftigen.[14]

Das „praedium hersfeldense“, wie die Urkunde vom J. 1292 es nennt, besteht in einem Landstriche, dessen östliche Grenze nach der in jener Urkunde enthaltenen Beschreibung an demjenigen Orte beginnt, wo die große Striegis entspringt, was bekanntlich in der Gegend von Ober-Langenau, südwestlich von Freiberg, stattfindet, verfolgt dann den Lauf dieses Flusses bis zur Vereinigung desselben mit der (Freiberger) Mulde, welche bei dem Dorfe Nieder-Striegis, zwischen Roßwein und Döbeln erfolgt und geht die Mulde abwärts (per decursum) bis zum Zschopauflusse (Schapa), welcher beim Schlosse Schweta unter Döbeln in die Mulde fällt.

Hier verläßt die Grenze die Freiberger Mulde, und da der folgende Theil der Beschreibung einige Schwierigkeiten darbietet, so wird es zweckmäßig sein, denselben in einzelne Strecken zu zerlegen und zu erörtern. Es heißt darin weiter:

1. Die Zschopau aufwärts bis zur alten böhmischen Straße.

Geht man von dem Einflusse der Zschopau in die Mulde an der ersteren aufwärts, so gelangt man nicht eher zu einer nach Böhmen führenden Straße, als bei der Stadt Zschopau selbst, und zwar an die von Chemnitz aus über Zschopau, die Heinzebank, Marienberg und Reitzenhain nach Sebastiansberg

---

[13] Durch eine große Anzahl Urkunden läßt sich belegen, daß allenthalben da, wo der Name des Orts mit dem Zusatze: cum burgwardio steht, unter letzterm der Burgwardsbezirk gemeint wird.

[14] Märker in seinem Burggrafthume Meißen S. 148 ist der erste, der die Grenzbeschreibung zu erklären versucht hat.

in Böhmen führende. Vor Alters, als Marienberg noch nicht
vorhanden war, ging sie wahrscheinlich von einem Punkte
über Zschopau mehr östlich als jetzt, wie die Fortsetzung der
Beschreibung vermuthen läßt, denn es heißt darin:

    2. und auf jener Straße bis Pachowe.

    Zuvörderst ist zu constatiren, daß letzteres Wort nicht Pa-
thowe, wie Märker a. a. O. gelesen hat, sondern Pachowe heißt,
wie auch Wend a. a. O. gelesen und die Einsicht des Originals
im K. S. Haupt-Staatsarchive ergeben hat. Märker versteht
unter diesem Namen das Dorf Bockau bei Lengefeld. Auf
der fraglichen Straße gelangt man jedoch nicht nach jenem
Dorfe, sondern in Verfolgung derselben an ein Flüßchen,
welches die kleine Bockau oder das rothe Wasser genannt wird
und über dem Dorfe Rittersberg in die große Bockau fällt,
welche letztere, auch das schwarze Wasser genannt, in Böhmen
bei Sebastiansberg entspringt, von jener böhmischen Straße
aber erst an der Landesgrenze bei Reitzenhain berührt und
überschritten wird. Das Dorf Bockau dagegen liegt links
ganz abseits von dieser Straße, oberhalb des Zusammenflusses
der vereinigten beiden Bockauen mit dem Flöheflusse, eine
Meile abwärts von dem Orte, wo die kleine Bockau überschritten werden muß, und 2½ Meile von dem Punkte, wo
jene Straße die große Bockau berührt. Die einfache Angabe:
„bis Pachowe“, verbunden mit der Wahrnehmung, daß man
auf jener Straße an einen Ort sowohl als wie einen Fluß
sehr ähnlichen Namens gelangen kann, veranlaßt Zweifel, ob
man darunter das Dorf oder den Fluß, und zwar entweder
die zuerst berührte oder die weiter hinaufliegende Bockau zu
verstehen habe. Weil die Beschreibung jedoch nachher fort-
fährt: „Pachowe aufwärts (Pachowe sursum), so dürfte es
viel für sich haben, wie vorher unter den Worten „Schapam
sursum“ die Verfolgung eines aus dem Gebirge herabkom-
menden Gewässers anzunehmen. Für die Richtigkeit dieser
Annahme scheint auch die fernere Beschreibung zu sprechen,
wie sich später ergeben wird. Sie fährt fort: .

3. Pachowe aufwärts bis Nidberg, was Weruher gebaut hat.

Diese Stelle ist uns noch unverständlicher, als die vorige, denn weder um Bockau, noch an der Bockau aufwärts, wie wir gewiesen werden, liegt ein Ort, ein Schloß mit dem Namen Nidberg. Aus dem Nachsatze ist zwar auf eine Burg zu schließen, welche von einem Ritter Wernher gebaut worden war, und es mag dies zur Zeit der Aufsetzung dieser Beschreibung ein sehr bekannter Mann gewesen sein, allein uns ist diese Bezugnahme ganz unverständlich. Es mangelt uns an einem Anhalte zu weitern Nachforschungen um so mehr, als man nicht weiß, in welchem Jahre die Grenzbeschreibung verabfaßt worden ist (denn jedenfalls rührte sie nicht aus dem J. 1292, wo die Urkunde gegeben ward, her, sondern war in Hersfeld schon vorhanden), als ferner ein Adelsgeschlecht von Nidberg im Gebirge nicht bekannt ist und endlich der Name Wernher damals ein sehr gebräuchlicher war. Außerdem wird der Standort des „Nidberg" durch den nachfolgenden Satz sehr ungewiß, denn dieser lautet:

4. von dem Flusse, welcher an Nidberg vorüberfließt, bis in den Striegisfluß.

Hiermit scheint nämlich offenbar gesagt werden zu wollen, daß Nidberg an einem Flusse lag, aber nicht an einer der Bockauen, sondern an einem ohne Namen oder dem Beschreiber seinem Namen nach nicht bekannten Flusse. Denn lag es an der Bockau, so wäre es doch sehr widersinnig gewesen, wenn der Grenzbeschreiber erst gesagt hätte: „die Grenze liefe an der Bockau aufwärts bis Nidberg" und nicht sogleich fortführe: „von der Bockau bis in die Striegis", oder von da, nämlich Nidberg, bis in die Striegis. Nun wird auch nicht die Grenze von Nidberg, sondern von einem bei Nidberg vorüberfließenden Flusse weiter gezogen, und man findet daher, daß drei Punkte, die Bockau, Nidberg und ein Fluß bei Nidberg von einander geschieden werden. Man kann demnach auch Nidberg sowohl an der Bockau aufwärts, als wie östlich seitwärts von derselben suchen und hierbei hat man wieder die Wahl zwischen der kleinen und großen Bockau. Hinsichtlich letzterer ist noch ein Umstand zu erwägen. Wollte man nämlich die Grenzlinie bis an den Grenzort Reitzenhain, wo die böhmische Straße die große Bockau zuerst berührt, laufend denken, so würde man, weil man in der Beschreibung sodann die Bockau aufwärts bis Nidberg gewiesen wird, genöthigt werden, von Reitzenhain noch weiter aufwärts zu gehen und nicht nur nach Böhmen hinein gerathen, sondern auch, weil die Bockau eine südwestliche Richtung hat und man von Nidberg oder dem vorüberlaufenden Flusse wieder nach dem in Nordosten entspringenden Striegisflusse herabgehen muß, auf demselben Wege eine Strecke lang wieder an der Bockau zurück, abwärts gehen und erst von einem wieder unterwärts oder seitwärts ganz willkührlich gewählten Punkte die Grenze nach der Striegisquelle bei Ober-Langenau ziehen müssen. Weit ungezwungener dürfte es daher sein, anzunehmen, die Grenze sei auf der böhmischen Straße, etwa zwischen der Heinzebank und dem heutigen Marienberg, herüber nach der vereinigten Bockau in der Richtung nach Zöblitz gesprungen, oder diese Straße habe damals eine solche abweichende Richtung verfolgt, sei dann die Bockau ein Stück aufwärts und zwar bis zur Burg Nidberg gelaufen, welche in östlicher Richtung seitwärts gelegen, und ferner von dieser nach einem benachbarten Flusse, der weiter östlich geflossen, und von diesem endlich nach der Striegis herab gegangen. Durch Einschlagen dieser Richtung beschreibt man allmälig den Bogen, den man schlagen muß, um die Richtung nach der großen Striegis zu erlangen. Nimmt man ferner an, daß die Grenze des Gebiets die alte böhmische Straße verließ und nach der kleinen Bockau seitwärts ging und dann an dieser aufwärts lief, so stößt man auch jenseits dieses Flüßchens auf Ueberreste alter Burgen, deren eine das alte Nidberg gewesen sein kann, und zwar sind dies

     a. die Trümmern einer Burg auf einem im Walde lie-

genden hohen Felsen, dem sogen. Burgberge, welche im J.
1296 vom Burggrafen Alberich von Leisnig auf den Resten
einer alten, von einem böhmischen Ritter angelegten
Burg erbaut worden sein soll, der alte Lauterstein genannt;

b. das weiter abwärts gelegene Schloß Lauterstein,
angeblich im J. 1319 von einem Burggrafen von Leisnig
erbaut, später Sitz des Amtes Lauterstein und im 30jährigen
Kriege zur Ruine geworden; vielleicht in den ältesten Zeiten
auch schon vorhanden [15], und endlich von beiden südlich mehr
in der Richtung nach Böhmen

c. im Hauptwalde, eine Stunde von Zöblitz, auf einem
sehr hohen Felsen, das sogen. alte Raubschloß, wovon im
J. 1750 noch sehr ansehnliche Ueberreste zu sehen gewesen
sind.[16] Diese Burg lag an keinem Flusse, aber in deren Nähe
entspringt ein Bach, der sogen. Knöslebach, der nach der vereinigten Bockau herabfließt.

Zieht man nun von einem beliebigen Punkte vom Dorfe
Bockau, oder an einer der beiden Bockauen, oder einem Punkte
über denselben nach Böhmen hinauf eine Linie, um nach dem
Striegisflusse oder Ober-Langenau zu gelangen, wie die Beschreibung weist, so wird man stets auf den Flößefluß stoßen,
welcher, längs des Gebirges von Südosten kommend, oben bei
Neuschönberg eine nordwestliche Richtung einschlägt und in dieser
nach der Zschopau hinabläuft. Diesen muß man allemal überschreiten, um nach der Striegis zu kommen, und dieser ist auch
weit ansehnlicher als die vereinigte Bockau. Es dürfte demnach
keine zu kühne Vermuthung sein, den nicht benannten Fluß
der Grenzbeschreibung, welcher an Nidperg vorüberfloß und
von dessen Ufer aus die Grenze wieder hinab nach der Striegisquelle lief (amnis, qui praeterfluit Nidperg), für die
Flöße zu halten und demnach auch die alte Burg Nidperg an

---

[15] Ueber beide vergl. Nachrichten von Lauterstein in Haiche, Magazin
Bd. II. S. 464.

[16] Vergl. Strinbach, Historie v. Zöblitz S. 12, §. 4.

der letztern, oder in dem Dreiecke zu ſuchen, welches von der
Bodau und der Flöhe und der böhmiſchen Grenze gebildet
wird.

Daß unter den Worten: „von dem Fluſſe, der an Nidperg vorüberfließt, bis in den Striegisfluß,‟ nicht hat ver-
ſtanden werden ſollen, daß dieſer ungenannte Fluß in die
Striegis einmündete, dies anzunehmen verbieten ſowohl die
gebrauchten Worte: ab amne etc., womit geſagt iſt, vom
Fluſſe ab, nicht den Fluß hinab oder dem Laufe nach, wie es
oben bei der Mulde heißt: per decursum amnis, als auch
die geographiſchen Verhältniſſe, weil weder die Bodau, noch
die Flöhe in die Striegis läuft und die Beſchreibung da enden
mußte, wo ſie ausgegangen war, nämlich an dem Urſprunge
der Striegis (ubi oritur etc.), und ein Fluß ſich nicht in die
Quelle eines andern ergießen kann. Die Dürftigkeit der
Grenzbeſchreibung auf der zwei bis drei Meilen weiten Strecke,
von der Bodau oder Flöhe bis zu jenem Urſprunge berechtigt
zu der Folgerung, daß zu der Zeit, wo die Beſchreibung auf-
geſetzt wurde, dieſer Theil des Gebirges noch ſehr unbekannt
und unangebaut war und dem Beſchreibenden, in Ermangelung
von Dörfern, oder Flüſſen, oder Punkten mit feſten Namen,
nichts übrig blieb, als ſich mit allgemeinen Angaben zu begnügen. Jedenfalls läßt ſich annehmen, daß die Grenze des
territorium hersfeldense gegen Süden mit der damaligen
Grenze zwiſchen Böhmen und dem Gaue Daleminze zuſammen-
fiel, denn außerdem wäre ein ſchmaler, längs der Landes-
Grenze hinlaufender, Niemandem nutzbarer Streifen Landes,
lauter Wald, übrig geblieben.

Noch hat man einige Bemerkungen an ſchon berührte
Punkte zu knüpfen. Die Weſtgrenze ward alſo, wie wir
ſahen, von der alten böhmiſchen Straße von der Zſchopau
weg gebildet und es iſt noch in der Beſchreibung geſagt, daß
dieſe Straße das Eigenthum von Kemnitz und Hersfeld ſcheide.
Es könnte nun zwar gefragt werden, was unter der Bezeichnung „Kemnitz‟ zu verſtehen ſei, ob die Stadt oder das

Kloster. Allein, da wir die Stiftungs-Urkunde über das Kloster Chemnitz vom J. 1134 besitzen und darin der Stifter, Kaiser Lothar, demselben ein Gebiet von 2 Meilen (selbstverständlich Quadrat-Meilen) schenkt, dagegen, wie eben diese Urkunde darthut, damals Chemnitz weder Stadt war, noch im J. 1292 letztere einen so umfänglichen Grundbesitz hatte, so ergiebt sich zweifellos, daß unter der proprietas Kemnitz unserer Urkunde das Klostergebiet gemeint sei. Uebrigens hält auch der Sprengel des Archidiaconats von Chemnitz genau die böhmische Straße von Zschopau nach Heinzebank und Marienberg hin inne, denn man findet in demselben keine Kirche, welche östlich der Straße liegt, sondern lauter westlich davon gelegene Kirchspiele, wie dies eine Vergleichung der Karte mit der alten Meißner Bisthums-Matrikel ergiebt.[17] Diese Bezugnahme der Grenzbeschreibung auf Kloster Kemnitz läßt übrigens auch noch vermuthen, daß diese Beschreibung nach der Stiftung des letztern, also nach dem J. 1134, aufgesetzt worden sein müsse.

Die Ostgrenze des prædium hersfeldense dagegen wurde, wie wir gesehen haben, von dem Striegißflusse bis zur Quelle desselben hinauf und von da ab durch eine nach der Flöhe gezogene, mehr oder weniger nach Westen sich neigende Linie gebildet. Sie wird aber auch noch durch eine andere Urkunde festgestellt. Wir begegnen ihr nämlich in der Grenzbeschreibung des Gebietes des Klosters Altenzella bei Nossen vom J. 1185. Die 800 Hufen Landes, welche Kaiser Friedrich diesem Kloster im Miriquidi-Walde auf Bitten des Markgrafen Otto geschenkt hatte, wurden auf ihrer Westseite von der großen Striegis begrenzt. Denn die südliche Grenze des Klostergebiets lief von der Freiberger Mulde oberhalb Freiberg über Berthelsdorf nach der Quelle der Striegis bei Ober-Langenau herüber und von da aus längs dieses Flusses abwärts bis Frankenstein, respectirte aber hier die uns nun

---

[17] in Calles Series episc. Misn. in sehr fehlerhaftem Abbrucke.

bekannte Grenze des praedium herafeldense nicht länger,
ſondern verließ die Striegis, ſprang ein Stück nach Weſten
ab und lief über Bockendorf bei Haynichen, wo ſie ebenfalls
auf eine böhmiſche Straße traf, auf dieſer herab nach dem
Dorfe Gruna bei Roßwein, wo ſie wieder die Striegis erreichte und dann noch ein Stück an dieſer hinabging, aber
dieſe nochmals kurz vor ihrem Einfluſſe in die Mulde verließ,
und nach Oſten in die Mulde herüberſprang.[18]

Es läßt ſich nun aus der Stiftung und Begabung des
Kloſters Altenzella manches für unſere Unterſuchung Bedeut-
ſames abnehmen und folgern. Zuerſt ſieht man, daß ſchon
im J. 1185 das „praedium herafeldense" nicht mehr re-
ſpectirt, ſondern ein Theil davon dem Kloſter Zella einverleibt wurde, ohne daß das Stift Herafeld um ſeine Einwilligung angegangen wurde, wie man kek behaupten kann, da
des Stiftes Herafeld, noch weniger deſſen Beſitzthums in
einer der vielen, uns erhaltenen altzelliſchen Urkunden erwähnt
wird. Hieraus wieder läßt ſich folgern, daß die Rechte des
Stifts Herafeld an dieſem Landſtriche ſchon im J. 1185 entweder vergeſſen, oder nur auf geringe Nutzungsrechte zuſam-
mengeſchrumpft ſein mochten, oder daß gleich urſprünglich die
Schenkung dem Kloſter Memleben nicht volles Eigenthum gewährt habe. Sodann kann man auch die Vermuthung auf-
ſtellen, daß ſchon im J. 1185 die Markgrafen von Meißen
dies praedium herafeldense zu Lehn trugen, weil Markgraf
Otto ganz eigenmächtig ein Stück deſſelben dem Kloſter Alten-
zelle übereignet hat, ohne nur die Einwilligung des Stifts
Herafeld zu erwähnen oder vorzubehalten.

Das „praedium herafeldense" umfaßte demnach, wie
wir glauben nachgewieſen zu haben, einen von der Freiberger
Mulde, und zwar vom Einfluſſe der Striegis bis zu dem der
Zſchopau in dieſelbe gegen Norden, der Zſchopau und der
Straße über die Heinzebank und Marienberg nach Böhmen

---

[18] Ausführlich beſchrieben in Beyer, Kloſter Altenzella S. 23 flg.

gegen Westen, der Landesgrenze zwischen Meißen und Böhmen gegen Süden und von einer vom Einflusse der Striegis
in die Mulde in ersterer hinauf bis an ihre Quelle und von
da in einer in das Gebirge hinauf laufenden Linie gegen
Osten begrenzten und abgeschlossenen Landstrich von ungefähr
12—13 Quadrat-Meilen Flächeninhalt.

Innerhalb dieses praedium hersfeldense findet man nun
von den in der Urkunde vom J. 1292 besonders benannten
Orten, Städten und Burgen: Döbeln, Dreiwerden, Frankenberg, Lichtenwalde, Zschopau und Oederan; und wir können
daher kaum noch einen Augenblick darüber in Ungewißheit
schweben, wie sie hersfeldische Lehn geworden sind, da sie auf
dem schon im J. 981 verschenkten Landstriche entweder schon
vorhanden, oder später entstanden, also ganz selbstverständlich
als Theile des Ganzen und Zubehörungen dessen Eigenschaft
haben mußten.

Eine ganz andere, aber bei näherer Erwägung und Vergleichung gewiß irrige Ansicht hat Märker in s. angef. Werke
über den Umfang des praedium hersfeldense. Derselbe geht
nämlich von der Voraussetzung aus, daß, weil es am Schlusse
der Urkunde vom J. 1292 heißt: „Die Burgen und Städte,
welche in vorbeschriebenen Grenzen liegen, sind ꝛc.", sich die
Grenzbeschreibung auf alle, zum Hersfelder Lehn gehörige,
in der Urkunde aufgezählte Orte beziehe, und sucht daher dieselben auch alle hineinzubringen. Dazu giebt ihm die Un-
klarheit der Grenzbeschreibung von der Bockau bis zum Ursprunge der Striegis Gelegenheit. Denn weil in der Nähe
vom Dorfe Bockau und dem Flusse Bockau kein Ort Neidberg
zu finden ist, dagegen bei Sebnitz ein Ort dieses Namens, wo
eine alte Burg gestanden haben soll, vorkommt, so nimmt derselbe an, daß die Grenze des praedium hersfeldense von der
schwarzen Bockau bei Lauterstein in der Richtung der Landesgrenze bis nach jenem Neidberg bei Sebnitz gegangen sei,
dort in der Sebnitzbach abwärts, vermuthlich nach der Elbe
zurück, an dieser herab bis Dresden, und unter Dresden nach

dem Ursprunge der großen Strlegis herüber sich erstreckt habe.
Allein dieser Annahme stehen sehr erhebliche Gründe entgegen.

Zuerst ist es schon an sich nicht erklärlich, daß die Beschreibung von Bodau bis nach Neidberg bei Sebnitz hin
einen Sprung hätte thun sollen, ohne nur mit einem einzigen
Worte hauptsächlicher Punkte zu gedenken. Man bedenke den
großen Zwischenraum von vielen Meilen zwischen jenen beiden
Punkten; man erwäge, daß die Elbe zweimal, hinwärts und
herwärts je einmal, zu überschreiten ist und vergleiche hiermit
die dürftige Angabe der Urkunde: „die Pachowe aufwärts bis
Nidperg, und von dem Flusse, der an Nidperg vorüberfließt,
bis in den Fluß Strigis." Man erwäge ferner, daß die
Mulde, die Elbe, Pirna, Dresden und viele andere in den
frühesten Zeiten bekannte Orte und Flüsse auf der von Märker
angenommenen Grenzlinie berührt werden und halte die Namen
Pachowe, Nidperg und Strigus dagegen, die von ganz unter-
geordneter Bedeutung waren. In den von Märker gezogenen Grenzen ferner lagen die Schlösser Dohna, Tharand,
Frauenstein und mehrere Herrschaften, und diese sollten mit
vielen dazwischen liegenden Städten nicht als Lehnstücke aufgeführt worden sein, während die Urkunde das ganz unbedeutende Dörfchen Dreiwerden an der Zschopau unter denselben nennt?

Wenn Märker weiter in dem angegebenen Hersfelder
Gebiete den ungefähren Umfang der Gaue Chutici orientalis und Nisani erblicken will, so irrt derselbe ebenfalls gar
sehr. Denn der Gau Nisani reichte westlich blos bis an die
Weißeritz, ging bei Tharand nach der Saubach bei Wilsdruf
hinüber, letztere bis zum Einflusse in die Elbe hinab, über die
Elbe hinüber in die Gegend von Radeberg und von da nach
der Stolpner und Sebnitzer Gegend hinauf. Wenn Märker
nach der Grenzbeschreibung das Stück abschneidet, was von
diesem Gaue von Schandau bis Dresden herab jenseits auf
dem rechten Elbufer lag, so hätte in derselben ein sehr großes
Stück von letzterem gefehlt. Der Gau Chutici orientalis

dagegen lag gar nicht zwischen Bodau und Elbe oder Weißeritz, sondern zwischen der westlichen Seite des Chemnitzflusses
und der Zwickauer Mulde. Nun lag aber das nach der Urkunde vom J. 981 verschenkte Gebiet (und mit diesem hat es
die Grenzbeschreibung blos zu thun) lediglich im Gaue Daleminze, und es gehörte der Landesstrich zwischen Zschopau
und Striegis, und von der Striegis und bis zur Weißeritz
nach allen vorhandenen Urkunden so unbestreitbar in den
Gau Daleminze, daß man in dieser Gegend auch nicht einen
Fuß breit an einen andern Gau abgeben kann.[19]

Uebrigens hat Märker ein viel näheres Neidberg, ein
Vorwerk gleichen Namens, bei Hermsdorf über Königstein am
Bielabache ganz übersehen, welches nach seiner gefaßten Meinung ebenso gut und noch besser, wie Neidberg bei Sebnitz,
in sein Hersfelder Gebiet paßte.

In das von Märker angenommene Gebiet paßt aber
auch das mitbenannte Roßtwin nicht hinein, denn dieses liegt
auf dem rechten Ufer der Mulde, fast eine Stunde oberhalb des Einfalles der Striegis in die Mulde, also ganz
außerhalb der gezogenen Linie von Dresden nach dem Ursprunge der Striegis. Und wo soll der Berg Lubene mit
seinen 14 Dörfern in diesem von Märker gedachten Gebiete
seinen Platz finden?

Es scheint demnach gar nicht zweifelhaft zu sein, daß
man die Worte der Urkunde vom J. 1292 (quae jacent in
praedictis terminis) durchaus nicht streng wörtlich zu nehmen,
und auf alle Lehnstücke ohne Ausnahme, sondern nur auf
diejenigen Orte zu beziehen hat, die in dem beschriebenen Gebiete wirklich liegen. Die offenbar vorhangene Unrichtigkeit
in dieser Angabe ist auch leicht erklärbar, und man denkt sich
den Hergang folgendermaßen.

Der Verfasser der Urkunde, vielleicht ein Geistlicher des

---

19 Wir besitzen leider noch keine andere Beschreibung unserer Gaus,
als die von v. Leutsch in seinem Markgraf Gero versuchte, theilweise sehr
unrichtige. Derselbe versetzt wider alle urkundliche Beweise das obere

so entfernten Stifts Hersfeld, besaß gar keine genaue Kenntniß in der Geographie des Meißnerlandes, sie war bei ihm auch nicht vorauszusetzen. Derselbe fand eine Grenzbeschreibung des sogen. praedium aus alter Zeit vor; inzwischen waren aber andere, anderwärts gelegene Stücke des Markgrafen-thums Lehn geworden, und er hielt nun dafür, daß alle vor ihm gefundene Lehnsstücke in den Grenzen des alten „prae-dium" lägen und schrieb ohne allen Scrupel den Nachsatz: „quae jacent in praedictis terminis" hin.

Man glaubt nunmehr durch diese Untersuchung gnügend dargethan zu haben, daß die zweimal aus hersfeldischem Archive hervorgegangene Grenzbeschreibung sich nur auf die allererste Erwerbung des Klosters Memleben beziehe und damit zugleich die Entstehung des Lehnsverhältnisses der oben zusammengestellten zweiten Gruppe der hersfeldischen Lehnstücke der Markgrafen von Meißen und der dazu gehö-rigen Orte Zschopau, Lichtenwalde, Frankenberg, Dreiwerden, Döbeln und Deberan nachgewiesen zu haben. Ein Gleiches noch bezüglich der andern beiden Gruppen, also des rothen Thurms in Meißen mit dem Berge Lubene und seinen 14 Dörfern, sowie der Städte Dresden, Freiberg und Roß-wein 2c. zu thun, ist eine noch zu lösende Aufgabe. Wir hoffen, daß hierüber aus dem noch nicht sehr zugänglichen und veröffentlichten Urkundenschatze des Stifts Hersfeld [20] Licht verbreitet werde, denn aus unsern vaterländischen Archiven dürfte dies kaum zu erwarten sein.

Das Ergebniß vorstehender Untersuchung bestätigt end-lich die von Hrn. Dr. v. Posern-Klett a. a. O. ausgesprochene Vermuthung nicht, daß der ganze südliche Theil der Mark Meißen von dem Markgrafen Friedrich aus den angegebenen

---

Gebirge bis an die Elbe in den Gau Chutici und nach dieser falschen An-gabe hat sich Märker bei seiner Conjectur wahrscheinlich gerichtet.

[20] Nach Wenck, Heff. Landesgesch. 1. Abth. 2. Bd. S. 281, Note k. ist ein ungeheurer Haufen hersfeldischer Urkunden und eine Menge von Copialbüchern noch vorhanden.

Grünben der hersfelbischen Kirche zu Lehn aufgetragen worden sei. Denn unter dem ganzen südlichen Theile dieser Mark, welche aus dem Gaue Nisani, Dalemince und beiden Chutici gebildet war, kann man sich nur den Strich Landes denken, der sich von der Grenze des Gaues Milska gegen Nisani, also der westlichen Grenze der Ober-Lausitz ausgehend, längs des Gebirges und der Grenze von Böhmen bis an die Zwickauer Mulbe hin erstreckte, also parallel mit der böhmischen Grenze lief. Seine Ausdehnung würde mindestens 12 Meilen betragen haben. Es ist aber gezeigt worden, daß das von der alten Grenzbeschreibung umschlossene Stück der Mark an der Südseite, an der Grenze von Böhmen, nur eine Breite von 2—3 Meilen hatte und sich in dieser Breite nach der Mulbe herab erstreckte und daß die außerhalb des „territorium hersfeldense" liegenben Lehen, die Städte Freiberg, Dresden, Roßwein, der Berg Lubene ꝛc., lauter einzelne, nicht zusammenhängende Stücke waren. Endlich hat sich auch gezeigt, daß das territorium hersfeldense weder vom Markgrafen Friedrich, noch einem andern dem Stifte zu Lehn aufgetragen worden ist.

Der Verf. hätte noch über das castellum Hwoznic der Urk. v. J. 981, wo es gelegen und weshalb es unter den im J. 1292 und 1454 genannten Lehnstücken nicht genannt wird, noch etwas zu sagen, allein da bies die Grenzen eines für dies Archiv bestimmten Aufsatzes überschreiten würde, so gedenkt er seine Forschungen barüber in einem besondern Aufsatze niederzulegen und theilt davon nur soviel im Voraus mit, daß die Urkunde vom J. 981 in Verbindung mit der Grenzbeschreibung für unsere vaterländische Geschichte und alte Staatsverfassung sehr wichtig ist, weil sie uns den vollständigen Umfang zweier alten Burgwarbsbezirke, Doblin und Gozne, überliefert und zugleich die westliche Grenze des Burgwarbsbezirks Mochowe und die östliche des von Kemnitz festsstellen hilst.

Beilagen.

A.

Heinricus dei gracia abbas ecclesie Hersfeldensis Notum esse cupimus universis christi fidelibus hanc literam inspecturis et constare, quod illustris princeps fridericus marchio misnensis, filius illustris principis domini alberti Thuringie Lantgravii habet et habere debet in feudo a nobis et a nostra ecclesia, in marchionatu mysnensi omnia subscripta inferius et notata, videlicet Rufam turrim in mysna cum universis suis pertinenciis et incipit predium hersfeldensis ecclesie a loco, ubi major striguz fluvius oritur, secundum cursum illius omnis in mulda (sic!) fluvium et per decursum mulde usque schapam et schapam sursum usque ad antiquam semitam Bohemorum, que secernit proprietatem Kemeniz et Hersvelt, et per semitam illam usque pachowe[81], pachowe sursum usque Nidperg, quod Wernherus edificaverat et ab aunc qui preterfluit ante Nidperg usque in amnem Striguz, adhuc pertinet ad proprietatem illam mons Lubene cum quatuordecim villis. Hee sunt civitates et castella, que jacent in predictis terminis, civitas schape et omnia, que attinent illi villicationi, Lichtenwalt et omnes villicationes ibidem attinentes, Frankenberg, castrum et civitas et quidquid ibi attinet, Drinwerdin cum suis pertinenciis, Doblin et castrum et civitas cum suis pertinenciis, Russewin cum suis pertinenciis, Vriberg cum suis pertinenciis, Dreseden civitas cum suis pertinenciis usque Perne[82]

---

[81] Märter a. a. O. S. 14 hat Pathowe; das Original zeigt aber ganz deutlich Pachowe.

[82] Die Urkunde will nach ungezwungener wörtlicher Auslegung sagen, daß die Stadt Treſben mit ihren bis Pirna reichenden Zubehörungen zu den Lehnſtücken gehöre. Märter aber a. a. O. S. 149 und 153 hat nach usque ein Komma geſetzt, was aber im Originale gar nicht vorhanden iſt und macht ſodann Pirna ſelbſt zu einem herſfeldiſchen

et Oderen cum suis pertinenciis universis. Hec omnia
et singula supradicta, si quod absit, dictus marchio, fridericus absque heredibus discederet ab hac luce, ad
illustres principes, dominum Albertum Lantgravium Thuringie patrem suum prefatum et ad Theodericum ejus fra-
trem transient et transibunt. Datum Hersvelde anno domini M°, CC°, LXXXX secundo X°, Kal. Augusti.

B.

Feodum Hersfeldense incipit in loco ubi major Strigus oritur et tendit secundum cursum Illius amnis in Mulda
flumen et per decursum Mulde usque Sopha et Sopham
sursum usque ad antiquam semitam Bohemorum que secernit proprietatem Kemnitz et Hersfeldensem et per
semitam illam usque Pachowo sursum usque Nidperg
usque in amnem Strigus, adhuc pertinet ad proprietatem
illam Mons Lubine cum quatuordecim villis.

Hec sunt feoda, que Marchio Misnensium recipit de
manibus nostris: civitas Siaphe[20] et omnia que attinent
huic Villicationi, Lichtenwalt et omnes Villicaciones Ibidem attinentes, Frankenberge Castrum et civitas et quic-
quid ibidem attinet, Dreywerden cum suis pertinenciis,
Dobelin et Roswin cum suis pertinentiis, Friberg cum suis
pertinenciis[21] usque Perne, Oderen cum suis pertinenciis.

Vnnd denn Rotthenn Thurn off dem Schloß zu Meichenn
mit denn guternn die zu dem selbigenn thurn gehorenn Vnnd
Jn der pflege vnnd gericht desselbigenn Schloß zue Meichsen gelegen sindt, die von vns vnnd vnserm Stifft zu Lehenn gehenn.

Lehnstäde, was aber sicherlich unrichtig ist und kaum widerlegt zu werden
braucht, weil usque allein stehend keine Bedeutung hat.

[20] Der Schreiber des Zettels hat sich verschrieben und über t noch
ein e gesetzt.

[21] Die Worte von „Dobelin — pertinenciis" stehen als Einschal-
tung unter dem lateinischen Theile des Zettels.

Die sächsisch-schwedischen Verhandlungen zu Kötzschenbroda und Eilenburg 1645 und 1646.

Nach den Quellen des K. S. Haupt-Staatsarchivs von Prof. Dr. Karl Gustav Helbig.

Von den Verhandlungen zwischen Sachsen und Schweden, durch welche das seit 1636 arg mitgenommene Kurfürstenthum[1] drei Jahre vor dem Ende des dreißigjährigen Kriegs von der Kriegsnoth erlöst wurde, findet sich in den deutschen und sächsischen Geschichten[2] nur oberflächlicher und dürftiger Bericht. Etwas ausführlicher sind dieselben in der erst seit 1855 in Stockholm gedruckten Fortsetzung des trefflichen Werkes vom schwedischen Kriege von Chemnitz (Theil 4, Buch 5 u. 6) dargestellt, zwar auch nicht genügend, aber nach den schwedischen Quellen richtig und in den wesentlichsten Punkten übereinstimmend mit den Ergebnissen meines Studiums der sächsischen Acten. Daß Koch, der von gewissen Seiten vielgerühmte Biograph Ferdinands III., im 2. Bande seiner 1866 gedruckten Geschichte diese wichtige Quelle absichtlich ignorirt oder nicht gekannt hat, charakterisirt eigentlich schon genügend seine Ge-

---

[1] Vergl. Beil. 1.

[2] Weiße, Gesch. der kursächs. Staaten. Bd. 5, S. 41—48. Gretschel und Bülau, Sächs. Gesch. 2. Aufl. Bd. 2, S. 322—324. Dann Chemnitz 4. Th. 4. Buch, S. 166. 5. Buch, S. 180 ff. 6. Buch, S. 75 ff. Die sächsischen Historiker stützen sich auf Wecks Mittheilungen (Dresdner Chronik) und auf Pufendorf. Die Acten des sächs. Archivs haben sie nicht benutzt.

schichtschreibung. Wie unzuverlässig dieser Schriftsteller ist, der, wie früher Klopp und Hurter, dem dreißigjährigen Kriege den Charakter eines Religionskriegs abspricht[3], wie flüchtig und ungenügend er seine österreichischen Quellen benutzt, davon geben auch die Resultate meiner archivalischen Forschungen für dieses kleine Stück Geschichte manches Zeugniß, und so dürfte denn dieser kleine Beitrag zur Aufklärung der sächsischen Geschichte und zur Culturgeschichte jener Zeit auch als ein Beitrag zur Kritik der ultramontan-kaiserlichen Tendenzhistorik betrachtet werden.

Der Prager Frieden, zu dessen Abschluß der Kaiser Ferdinand II., weil er im Vortheil war, den Kurfürsten Johann Georg von Sachsen 20/30 Mai 1635 gezwungen hatte, konnte den deutschen Religionskrieg nicht beendigen, weil theils viele deutsche Protestanten sich durch denselben benachtheiligt fühlten, theils aber auch die Schweden trotz ihrer den Evangelischen geleisteten Dienste nach demselben gar zu schnöde zurückgeschickt werden sollten.[4] Mögen auch die Fremden ohne Rücksicht auf das, was dem Reiche frommte, vorzugsweise ihrer politischen Interessen wegen den Krieg fortgesetzt haben, so mußte ihnen doch bei der bedrängten Stellung der Evangelischen die Bundesgenossenschaft eines guten Theils der deutschen Protestanten im Kampfe gegen den Kaiser und die Katholischen zu Theil werden. Natürlich war auch hierbei politischer, dem Kaiser und dem Reiche seit lange entfremdeter Ehrgeiz vielfach wirksam. Dennoch kann nur von einem unhistorischen Parteistandpunkte aus geläugnet werden, daß der Gegensatz der Confessionen und die dadurch bedingte Stellung der Gegner fortwährend bedeutend einwirkte, daß also, wenn auch gegen früher abgeschwächt, der Charakter des Krieges der eines Religionskrieges blieb.

[3] Vergl. Grenzboten 1865. Nr. 18.
[4] Vergl. meine actenmäßige Darstellung der Prager Friedensverhandlungen in Raumers histor. Taschenbuch, 3. Folge, 9. Jahrg. 1858.

Seit 1636 hatten sich die kurz vorher allerdings sehr
bedrängten Schweden, von Frankreich unterstützt, wieder so
weit gekräftigt, daß sie hoffen durften, sich in Deutschland bis
zur Befriedigung ihrer Ansprüche halten zu können. Das
Glück schwankte hin und her, so daß es wieder zu einem
Gleichgewichte kam, endlich aber die Kaiserlichen und ihre
Bundesgenossen öfter im Nachtheil waren. Während dieser
Zeit — es ist die Zeit Baners und Bernhards von Weimar
— hatte Sachsen wegen der energischen Unterstützung, welche
der Kurfürst seit dem Prager Frieden dem Kaiser gewährt
hatte, von Baner viel leiden müssen. Doch da die Schweden,
bei dem bald günstigen bald ungünstigen Kampfe, in Sachsen
doch nicht festen Fuß fassen konnten, so verschmerzte der dem
Kaiser Ferdinand III. getreue Johann Georg seine Niederlagen und die, immer wieder vorübergehende, Noth seines
Landes. Nach 1640 aber, als der junge Kurfürst von Brandenburg zur Rettung seines Landes den Krieg gegen die
Schweden aufgegeben hatte, kamen die durch Frankreich
noch kräftiger unterstützten Schweden unter ihrem großen
Feldherrn Torstenson in Nord- und Mitteldeutschland zu so
bedeutender Macht, daß auch der getreuste Reichsfürst, wie
es Johann Georg war, sich besinnen mußte, ob er beim Festhalten am Prager Frieden und dessen Verpflichtungen sein
Land sollte zu Grunde richten lassen.

So war der Stand der Dinge 1642, als nach dem
Siege Torstensons bei Breitenfeld Leipzig von den Schweden
belagert wurde. Die Söhne des Kurfürsten, der Kurprinz
Johann Georg und der Administrator von Magdeburg, August,
welche schon längere Zeit nach Brandenburgs Beispiel Sicherstellung Sachsens gegen Schweden gewünscht hatten, suchten
ihren Vater Ende des Jahres 1642 zu Unterhandlungen mit
Torstenson zu bestimmen, um Leipzig zu retten und, als dies
verloren war, weiteres Unglück abzuwenden. Torstenson, dem
sehr viel daran lag, sich beim Vorrücken gegen die Kaiserlichen
den Rücken zu decken, hatte sich schon vorher im Verkehre mit

dem Administrator entschuldigt, daß es von Seiten der
Schweden nicht überall gleich zugegangen.   Doch das sei
raison des Krieges und er könne es nach seinen Instructio-
nen nicht ändern. Er suche einen rechten, ehrlichen, evangelischen, allgemeinen, reputierlichen Frieden. „Was wird einmal unsere posterität von uns sagen. Es sind so viele blutige
Schlachten gehalten, es haben so viele vornehme, tapfere,
ehrliche Leute ihr Blut vergossen, es sind so viele herrliche
Victorien erhalten worden. Gleichwohl haben sie einen so
schlechten Frieden gemacht, wir sind unserer Einheit beraubt,
unsere Religion wird uns nicht vergönnt, Haus und Hof
haben wir verloren und müssen nunmehr das Elend bauen".
Endlich hatte er mit Hinweis auf das Beispiel des Kurfürsten
von Brandenburg Sachsens Neutralität verlangt: sonst müsse
er das Land verwüsten, so leid es ihm thäte. Als nun der
Kurfürst genehmigt, daß durch Herrn von Haugwitz Unterhandlungen versucht würden, trat Torstenson, welcher des
Kurfürsten Stimmung wohl kannte, sehr gemäßigt auf. Er
verlangte, unbeschadet der Verpflichtung Sachsens gegen den
Kaiser, nur einen Waffenstillstand mit Zugeständniß eines
festen Elbplatzes, eine leibliche Contribution und für die
Schweden freien Durchzug durch das Land. Die Majorität
der geheimen Räthe des Kurfürsten war gegen den Waffenstillstand und meinte, Schweden möge lieber ohne Rücksicht
auf Frankreich dem Kaiser in Osnabrück in seinen Friedens-
bestrebungen entgegenkommen und so den Abschluß des allgemeinen Friedens beschleunigen helfen. Nur der kurfürstliche
Rath Joh. Georg Oppel erklärte sich in einem sehr verständigen Gutachten 22. Decbr. 1642 mit Hinweis auf Brandenburgs Neutralität und was bei Johann Georg wirksamer sein
konnte, mit der Empfehlung des klugen Verfahrens Bayerns
für Berücksichtigung der Anträge der Schweden. „Kurbayern
hat bisher alle Dinge dermaßen glimpflich und klüglich guber-
niert, daß sie ihr den französischen Krieg gar nicht eigen
gemacht, anders würden die französ. Völker aus dem nahe

an der Unterpfalz grenzenden Elsaß so leicht und viel eher, als die Schweden aus Pommern und der Mark in die Lausitzen, thüringische und meißnische Lande, Gelegenheit genug gehabt haben, und verbleibe dennoch Bayern in Kais. Maj. treuer Devotion, schicken ihre Völker zur Reichsarmada und werden von Frankreich so gar feindlich nicht tractiret, sondern conserviren ihre Lande und Leute zu ihrem großen Nutzen und zu der Unterthanen Wohlfarth und Besten."

Doch der Kurfürst hatte bereits die Unterhandlungen abgebrochen. Es war ihm hier wie öfters widerfahren, daß er eine Aeußerung Torstensons unbegreiflicher Weise mißverstanden hatte und dadurch verletzt worden war. Denn indem ihm dieser geschrieben, er wolle ihn nicht vom Kaiser abtrennen, wenn nur alles zu des allgemeinen evangelischen Wesens Bestem gerichtet würde, wurde der Kurfürst sehr bös und antwortete, er habe mit Befremden vernommen, daß er vom Feldmarschall beschuldigt werde, als ob er seine kurfürstlichen Pflichten nicht zu des evangelischen Wesens Bestem verwende.

Dieses Mal schien der Erfolg des Kurfürsten Politik zu rechtfertigen. Allerdings besaßen und behielten die Schweden Leipzig. Aber Torstensons Anschlag auf Freiberg schlug fehl, die Schweden kamen in Böhmen und Mähren nicht vorwärts, ja Torstenson mußte mit dem Haupttheere sich nach Norden zurück gegen die Dänen wenden und der Kurfürst konnte in Sachsen dem Königsmark so ziemlich Stand halten.

Bald aber wendete sich wieder alles zum Vortheile der Schweden. Torstenson beendete rasch den dänischen Krieg, rieb das von Gallas befehligte kaiserliche Heer in Norddeutschland auf und drang wieder nach Sachsen vor. Gern hätte er den Kurfürsten in Güte gewonnen und seit December 1644 bemühte sich, von ihm angeregt, fortwährend August, sowie auch der Kurprinz und Oppel, auf Johann Georg zu wirken. Es zeigt sich hier deutlich, wie die sogenannte schwedische Partei durchaus nicht aus Sympathie für die damaligen Schweden, sondern in Erinnerung der Verdienste Gustav Adolfs um die

Rettung der Evangelischen und in der gerechten Besorgniß
vor der katholischen Reaction den Schweden entgegenkam —
wieder ein Zeugniß der fortwährenden Einwirkung confes-
sioneller Interessen auf den Krieg. So schreibt August an
seinen Vater im Januar 1645, wie seit 1635 alle Anschläge
gegen die Schweden zu nichte geworden und wie schlimm es
jetzt mit den Kaiserlichen stehe, und schließt seinen Brief also:
„Weil zur Verrichtung so großer Dinge die schwedische Macht
gewiß viel zu wenig ist und Gottes Werk hierunter augen-
scheinlich zu erkennen, so kann ich nicht glauben, daß eben
diese Armee, so jetzo von Wallensteinischen, Mannsfeldischen,
Bayrischen, Götzischen, Italienischen und andern Völkern zu-
sammengeführt wird, diejenige sei, welche des höchsten Fürsicht
aufhalten solle, wie die Zeit wohl weisen wird.⁵ Was Gott
in diesen Zeiten führet, das ist aus seinem Worte, seinen
Werken und so viel Zeichen und Wundern handgreiflich zu
erkennen. Die Päpstlichen haben durch ihre abscheulichen
reformationes und spanische Inquisition Christo den Krieg
angekündigt, welcher sich auch nunmehro aufgemacht hat, mit
ihnen es aufzunehmen und hinauszuführen. Wie das ab-
laufen kann und wer den Sieg erhalten wird, ist leichtlich zu
erachten und derowegen zu bedenken, was zu eines Jeden
Frieden dient. Ew. Liebden wollen aber nicht ver-
meinen, daß ich gut schwedisch sei und dieses aus
sonderer Affection gegen sie schreibe, denn sie mich
gewißlich bisher nicht danach tractiret, sondern ich
vermeine, daß es die Wahrheit an sich selbst und für alle
Menschen, die nur über sich nach dem Himmel sehen und auf
Gottes Werk Achtung haben, augenoffenbar sei, verhoffe
deswegen, daß Ew. Durchlaucht es nicht anders als aus
treuem Herzen gemeint erkennen werden."

Während Torstenson bereits nach Böhmen aufgebrochen
war, veranlaßten die Drohungen Königsmarks und des Leip-

---

⁵ Er hatte ganz richtig prophezeit: diese Armee wurde im März 1645
bei Jankau von Torstenson vernichtet.

ziger Commandanten Axel Lillie den Herzog August zu wiederholten Vorstellungen bei seinem Vater, der sich 23. März
(2. April) 1645 Rath und Rettung bittend an den Kaiser
wendete und Ende Aprils von demselben mit der Mahnung,
festzuhalten an Kaiser und Reich, auf sofortige Geld- und
Proviantunterstützung und spätere Hülfe kaiserlicher Truppen
vertröstet wurde. Dabei beruhigte sich der Kurfürst und
empfahl daneben dem Kaiser in seinem Dankschreiben Amnestie
und glimpfliches Verfahren in Religionssachen in den Erb-
ländern — ein Beweis, daß in dieser Beziehung sich die Verhältnisse nach Ferdinands II. Tode nicht wesentlich geändert
hatten.

Bald aber steigerte sich die Gefahr. Torstenson war nach
dem glänzenden Siege bei Jankau nach der Donau gerückt
und hatte Wien bedroht: vom Mai an belagerte er Brünn.
Dort hatten die Kaiserlichen genug zu thun und konnten daher
den Sachsen nicht helfen. Im Norden belagerten die Schweden das von kaiserlichen und kurfürstlichen Truppen besetzte
Magdeburg und Torgau und jetzt mußte sich, um den wider
Erwarten vor Brünn aufgehaltenen Torstenson zu decken,
Königsmark zu den äußersten Mitteln entschließen, um den
„verstockten Sinn" des Kurfürsten zu ändern und denselben
zu Unterhandlungen zu zwingen. Er ließ durch Herzog August
und den Herzog Friedrich Wilhelm von Altenburg 31. Juli
(10. Aug.) den Kurfürsten bedrohen, daß er auf Torstensons
Ordre, wenn der Kurfürst auch fernerhin Unterhandlungen
zurückweise, Kursachsen durch schwere Contributionen alle
Mittel zu Feindseligkeiten entziehen und die Gegend um Dresden mit Feuer und Schwert kahl machen werde. Allerdings
eine harte Maßregel, doch blieb den Schweden, die lange
genug damit gezögert hatten, nichts anderes übrig.⁶ Zugleich
hatte er Rochlitz genommen, die vom Kurfürsten von der kai-

---

⁶ Hier jammert Koch über die Grausamkeit des von den Schweden
gedrohten Verfahrens. Hatten es doch die Kaiserlichen unter Wallen-
stein in Freundeslande weit schlimmer gemacht.

serlichen Armee aus Böhmen herbeigezogenen Regimenter bis
Dresden zurückgeworfen und war bis Meißen und Kesselsdorf
vorgedrungen, von wo aus er 8./18. Aug. nochmals dem Kurprinzen friedlich die Hand bot: „man würde Ihrer Durchlaucht nichts vorschlagen, was Derselben disreputierlich noch
dem Lande und Leuten schädlich sei". Zwar wendete sich sofort der Kurfürst Hülfe bittend an den Kaiser, doch deutete er
auf die Noth hin, welche ihn zu Verhandlungen drängen
werde und gleichzeitig mußte der Kurprinz sich bei Königsmark
über die Feindseligkeiten der Schweden beklagen und ihm
schreiben, daß er sich als Kurfürst nichts vergeben dürfe, doch
wurde derselbe Kurprinz sofort zu Unterhandlungen bevollmächtigt und Herzog August davon unterrichtet. Da man
sich von beiden Seiten sehr entgegenkommend zeigte, von
Seite Schwedens, um Torstenson den Rücken zu decken, von
sächsischer Seite, um dem Lande einige Ruhe zu verschaffen,
so kam man 27. Aug. (6. Sept.) nach sechs Conferenzen glücklich zu Ende, von denen die ersten zwei im Dorfe Costebaude,
die andern im Pfarrhause in Kötzschenbroda (zwischen Meißen
und Dresden) von den sächsischen Bevollmächtigten Oppel, den
Obersten Wolf Christoph von Arnim und Hans von der
Pforbten und den schwedischen Abgeordneten General Axel
Lillie, Obersten Sarrazini und Secretär Haffner abgehalten
wurden. Die von den Schweden anfangs geforderte Neutralität Sachsens war sofort entschieden zurückgewiesen und
von den Schweden nicht weiter verlangt worden: der Kurfürst
durfte seine drei von der Reichsarmee herbeigezogenen Regimenter dem Kaiser wieder nach Böhmen zurückschicken und
die andern drei Regimenter im Lande behalten. Auf weitere
Theilnahme am Kriege und weitere Verstärkung seiner Armee
mußte er dagegen verzichten, Leipzig in den Händen der
Schweden lassen, in Torgau den Schweden gestatten, die Hälfte
der Besatzung zu geben, sich zu einer Contribution von monatlich 11000 Thlr. und Naturalien verstehen und den Schweden stets den möglichst beschleunigten und dem Lande unge-

fährlichen Durchzug durch Sachsen gestatten. Der Vertrag
wurde für sechs Monate abgeschlossen. Vom Erzherzoge Leopold Wilhelm, dem Generalissimus des kaiserlichen Heeres,
war während der Verhandlungen ein Schreiben eingetroffen,
worin dieser Sachsen Hülfe in Aussicht stellte, „er wollte mit
dem Kaiser berathen, wie Torstenson von Brünn abzutreiben
oder aber dem Kurfürsten zu succurrieren sei", und gleichzeitig war ein Trostbrief des Kaisers angelangt, wie er bei
des Kurfürsten bewährter heroischer Standhaftigkeit die Zurückweisung etwaiger schwedischer Vorschläge hoffte. Doch
darauf konnte der geängstigte Kurfürst jetzt keine Rücksicht
nehmen: er entschuldigte sich sofort, sowie später nach dem
Abschlusse des Waffenstillstands 30. Aug. (9. Septbr.) beim
Kaiser mit der Versicherung seiner im Vertrage gewahrten
Treue gegen Kaiser und Reich und mit der Darstellung seiner
hilflosen Lage und damit schien sich vorläufig der Kaiser zu
beruhigen. Torstenson ratificirte sehr gern 14. Septbr. diesen
Vertrag in Stoderau unweit Wien, wohin er nach Aufgabe
der Belagerung des wohl vertheidigten Brünn eine nicht gerade erfolgreiche Demonstration gemacht hatte, denn jetzt vor
Allem brauchte er Deckung und freie Hand für Königsmark,
der sich von Meißen nach Schlesien gewendet hatte. Aber
auch in Sachsen war man mit dem Waffenstillstande sehr zufrieden. Die Dresdener Geistlichen sprachen ganz entschieden
ihre Freude aus und priesen bei der kirchlichen Feier des
„Te Deum laudamus" die Verdienste Gustav Adolfs; das
Volk war zufrieden, weil es jetzt nirgends von Feinden behelligt wurde und sich nicht, wie früher, vor der Rache der
Schweden zu fürchten brauchte, denen es als Evangelischen,
trotz ihrer Gewaltthätigkeiten, doch geneigter war, als den
Kaiserlichen. Einige Excesse schwedischer Parteien an der
böhmischen Grenze gegen Ende des Jahres waren von Torstenson entschuldigt und scharf gerügt und von Wrangel bestraft worden, so daß das Gerede bei den Kaiserlichen, als ob
Sachsen während des Stillstands nicht weniger gelitten hätte,

wie während des Krieges mit den Schweden, als eine Tendenzlüge zu betrachten ist, wie sie zu allen Zeiten beliebt gewesen sind.[7]

Sollte aber dieser erfreuliche Zustand fortdauern, so mußte nach der Bestimmung des Stillstandes der Vertrag vor Ablauf der 6 Monate erneuert werden. Daher wendete sich der Kurfürst, der damals den Rückzug der Schweden aus Böhmen fürchten mußte, Ende Januars 1646 wegen neuer Unterhandlungen an Torstenson, der schwer erkrankt das Commando an Wrangel abgegeben und sich nach Leipzig zurückgezogen hatte. Dieser kam dem Anerbieten willfährig entgegen und es wurde auf seinen Wunsch statt Oschatz, welches sächsischer Seits vorgeschlagen worden, das gegen feindliche Ueberraschung besser gesicherte Eilenburg unweit Leipzig zum Verhandlungsorte bestimmt.

Dieses Mal aber dauerte es noch einige Zeit, ehe die Conferenzen begannen und auch der endliche Abschluß verzögerte sich viel länger. Zwar war die Ausgleichung mit den Schweden im ganzen Lande populär, aber der Kurfürst selbst hätte gar gern die Schweden zum Lande hinausgejagt. Damals gerade, wo die Kaiserlichen im Fränkischen so nahe und mit Vortheil standen, mochte er sich solchen Illusionen hingeben und zögerte daher, so lange es möglich war. Dazu kam, daß ein außerordentlicher kaiserlicher Gesandter, Ulrich Adam Poppel von Lobkowitz, im Januar nach Dresden kam, um die Erneuerung des Waffenstillstands zu hintertreiben. Dieser fand zwar unter den am Hofe einflußreichen Leuten wenig günstiges Terrain[8], wurde aber doch vom Kurfürsten selbst mit vieler Rücksicht behandelt und mit seinen Mahnungen und

---

[7] Noch versichert, natürlich ohne alle Kenntniß der damaligen sächsischen Verhältnisse, daß Sachsen während des Waffenstillstandes mehr gelitten, als wenn es mit den Schweden in Krieg geblieben wäre.

[8] In Mittheilungen jener Zeit werden die kurfürstlichen Räthe Sebottendorf und Reisch als kaiserliche Pensionäre und Gegner der Schweden genannt. Urkundliches habe ich darüber nichts gefunden.

Versprechungen andächtig angehört. Da aber von Seiten der
Kaiserlichen nichts geschah und der Stillstand Ende Februars
zu Ende ging, mußte der Kurfürst doch endlich Ernst machen.
Auch die bedenklicheren Räthe des Kurfürsten meinten, daß
man wenigstens die Unterhandlungen beginnen und die Schweben anhören könne, zumal da bis jetzt von den Kaiserlichen
nicht die geringste Hülfe gewährt worden sei. Wie schwierig
bei der Stimmung des Kurfürsten und in der Nähe des kaiserlichen Gesandten die Mission nach Eilenburg war, beweist
am besten Oppels und Arnims entschiedene Weigerung, den
kurfürstlichen Auftrag anzunehmen. Oppel glaubte, daß unter
den Augen des ihm wegen seiner Sympathien für Schweden
sehr aufsässigen Lobkowitz seine ganze Stellung gefährdet sei
und wünschte wegen etwaiger Verluste, welche der gefährliche
Auftrag ihm bringen könnte, die Zusicherung einer Entschädigung von Seiten der Landschaft. Da der Kurfürst drängte,
schrieb Oppel unter Anderem in der damals üblichen derben
Weise dem Kurfürsten: „Ich will mich unterthänigst getrösten,
Ew. Churf. Dchl. noch jemand anders werde mir solches Le-
gationsrecht nicht abschreiben, zumal wider die natürliche Billigkeit, Vernunft und christliche Liebe laufen und ein übel
proportioniertes Werk sein wollte, daß neben Wagniß meines
Leibes und Lebens ich gegen Verdienung etwa schnöder 20
Gülden Besoldung während der Reise ich wohl so viele tausend
Gülden und mehr meines Vermögens zu höchst unverantwort-
lichem Nachtheil meines Weibes und meiner Kinder hazar-
dieren, in Gefahr und ruin setzen soll." Dennoch gelang es
dem Kurfürsten, seinen allerdings vorzugsweise zu dieser Mission geschickten Rath zu beruhigen. Denn am 20. Februar
— wenige Tage vor Ablauf der Frist — wurden die Verhandlungen in Eilenburg von Oppel und Arnim begonnen.
Schwedischer Seits waren der General Axell Lillie und der
Rath Alex. Ersken von Leipzig gekommen. Beide Parteien
brachten, wie sie vorher angezeigt hatten, zu ihrer Sicherung
vor feindlichen Streifcorps, Bedeckung mit, die Schweden

200 Musketiere und 100 Dragoner, für die sie nur freies Quartier, und was sie sonst brauchen würden, gegen baare Bezahlung verlangten. Die sächsischen Gesandten hatten zur Reise von Dresden nach Eilenburg 3 Tage gebraucht. Doch richtete der Oberst Arnim sofort eine Postverbindung ein, daß die Berichte und Briefe innerhalb je 20 Stunden hin- und hergehen konnten.

Allerdings standen die Wünsche des Kurfürsten und der Schweden in so schroffem Gegensatze, daß eine Ausgleichung unmöglich gewesen wäre, hätten nicht die verständigen und gewandten sächsischen Bevollmächtigten sich an den Befehl des Kurfürsten halten können, auf keinen Fall die Verhandlungen abzubrechen. Dies gab ihnen die freie Hand bei der Unterhandlung, welche ihnen der Kurfürst direct durchaus nicht zugestanden hatte. Der Kurfürst wollte einfache Verlängerung des Stillstandes auf 4—5 Monate und hoffte sogar die Rückgabe Leipzigs. Torstenson wollte zwar das seitherige Verhältniß Sachsens zum Kaiser sich gefallen lassen, aber einen Waffenstillstandsvertrag für die ganze Zeit des Krieges bis zum allgemeinen Frieden und Verpflichtung der Nachfolger der Königin und des Kurfürsten zum Festhalten des Vertrags. Dies war ihm die Hauptsache und daran hat er festgehalten. An eine Rückgabe Leipzigs war zunächst nicht zu denken. Eher war er zum Nachlasse in Feststellung der Contribution bereit. Der Kurfürst war über diese Forderungen außer sich. Lobkowitz erhielt jetzt und später sogleich alle Berichte von Eilenburg zur Ansicht und drängte den Kurfürsten, die Unterhandlungen sofort abzubrechen: er versprach im Namen des Erzherzogs Leopold Wilhelm, der noch in Franken stand, schleunige Hülfe und 80,000 Gulden Unterstützung zum Kriege mit den Schweden. Dagegen arbeiteten sämmtliche Söhne des Kurfürsten für die Förderung der Verhandlungen.* Diese hatten

* Was hier und weiter unten von den Sympathien der Prinzen für die Schweden gesagt wird, findet sich urkundlich in den Acten des Archivs. Noch zeiht Pusendorf der Lüge, daß er dieses behauptet hat, was doch

denn auch ihren guten Fortgang. Torstenson hatte für die
weitern Verhandlungen eine Verlängerung des Stillstandes
bis zum 24. März verwilligt. Anfang März kam Arnim mit
dem schwedischen Vertragsentwurfe nach Dresden, welcher
natürlich sofort dem Loblowitz mitgetheilt wurde. Dieser setzte
in einem ausführlichen Memoire auseinander, daß der Vertrag gegen die Reichsconstitutionen sei und sich für den Kurfürsten nicht zieme: es müsse ein ungegründeter Religions-
scrupel sein, der den Kurfürsten zur Fortsetzung der Unterhandlungen bestimme. Darauf rief der Kurfürst den Kanzler
Heinrich von Friesen zu sich, eröffnete ihm seine und Loblo-
witzens Bedenken, „es sei das, was die Schweden wollten, kein
armistitium, sondern ein Bündniß", und verlangte von den
Geheimen Räthen, mit Berücksichtigung aller staatsrechtlichen
Verhältnisse und der Reichsdocumente, worauf die Verpflichtung der Kurfürsten gegen den Kaiser beruhte, ein ausführliches Gutachten darüber, ob er sich, unbeschadet seiner Pflichten
gegen Kaiser und Reich, mit den Schweden über einen solchen
Vertrag vergleichen dürfe. Dieselbe Aufforderung mit der
Einhändigung aller Unterlagen, und einem Exposé über die
sächsische Politik seit dem Augsburger Religionsfrieden, erging
an die beiden ersten Geistlichen Dresdens, den Oberhofprediger
Weller und den Superintendenten Strauch, sowie an einzelne

---

ganz richtig war, und will seine Anklage dadurch beweisen, daß er S. 144
im Texte einen Auszug aus einem Berichte des Loblowitz an den Kaiser
giebt, „worin die Kurfürstin, die meisten Räthe, die Geistlichen als Freunde
der Schweden erwähnt würden, aber des Kurprinzen nicht gedacht wäre".
Daraus ließe sich nur schließen, daß der Kurprinz sich dem Loblowitz gegenüber sehr reservirt gehalten habe. In einer Note bei Koch steht aber ohne
irgend einen Nachweis der Quelle — nicht etwa als Inhalt eines Loblowitzi-
schen Berichtes — daß der Kurprinz durch Geschenke gewonnen worden sei
und daß Loblowitz vom Kaiser 12,000 Thlr. für ihn verlangt habe. Wenn
Koch dies urkundlich nachweisen könnte, so hätte er es müssen im Texte
hervorheben und hätte sich den künstlichen Beweis ersparen können, den
er für seine Behauptung darin sucht, daß Loblowitz den Kurprinzen nicht
unter den Schwedischgesinnten genannt habe.

Beamte, die Hofräthe Pistoris, Dr. Leuber, Dr. Haffius und
Herrn von Lüttichau. Alle erklärten sich für die Ausgleichung
mit den Schweden. Die Geistlichen hatten in sehr ausführ-
lichem Gutachten versichert, daß die Verlängerung des Stillstandes Gottes Worte nicht zuwider, sondern zu Gottes Ehren
sei, die Pflichten gegen Kaiser und Reich nicht verletze und zur
Rettung des Landes und Volkes nothwendig sei. Ein Passus
in dem schwedischen Vertrage, „daß der Kurfürst weder direct
noch indirect den Schweden oder ihren Conföderirten ein
Hinderniß bereite", erschien dem guten Weller deshalb bedenklich, da unter den Conföderirten der Schweden auch Papisten
und Calvinisten wären, welche letztere der göttlichen Wahr-
·heit überall entgegen träten. —

Während dieser Bemühungen Johann Georgs, sein Gewissen zu beruhigen, verstrichen mehrere Wochen. Die Schweden wurden ungeduldig und drängten Oppel, der in Eilenburg
zurückgeblieben war. Ein Brief an Arnim in Dresden deutete
darauf hin, daß von kaiserlich Gesinnten in Dresden intriguirt
worden war, daß aber auch die Schweden in Dresden gute
Spione hatten. Oppel schreibt: „Inzwischen habe ich von
Herrn Ersten (dem schwedischen Rathe) sehr viele particularia
und Geheimnisse penetrirt, daß Er sich zu seiner Herkunft
verwundern wird. Wird über hiesigem Werke nicht guter
Rath ergriffen, so ist schon eine Kappe geschnitten zu Chfstl.
Dchl. und dem Lande Untergang, welcher durch vertrösteten
succurs so wenig wird können abgewendet werden, als Gallas
mit seinem succurs Königl. Maj. von Dänemark gerettet hat.
Es ist nicht genug zu verwundern, woher sie alle in
Dresden vorgehende particularia, davon ich selbst
kein Wort weiß, erfahren, haben mir schriftlich ge-
zeigt, wie sich etliche bei meines patroni (Arnims)
Ankunft in Dresden bezeiget haben". Dem Kurfürsten
schrieb Oppel 19. 29. März, daß die Schweden bereits wieder
Truppen nach Magdeburg vorrücken ließen, da die sächsische
Garnison, trotz des im Februar gegebenen Versprechens des

Kurfürsten, noch keine Ordre zum Abzuge erhalten habe und daß der Contributionsrest von 20,000 Thlrn. dringend verlangt werde. Gleich darauf, 20./30. März, kam Arnim nach Eilenburg mit der kurfürstlichen Resolution, die wieder nur für einen kürzeren Waffenstillstand instruirte, aber ausdrücklich jedes Abbrechen der Verhandlungen untersagte. Der Kurfürst hatte also seinen frühern Standpunkt wieder eingenommen, von dem aus freilich zu keiner Ausgleichung zu gelangen war. Der Kaiser war direct von allem benachrichtigt worden mit der Bitte, wenn sich die Verhandlungen zerschlügen, sofort zu helfen und Lobkowitz, der sich, im Einverständnisse mit dem Kurfürsten, unter dem Vorwande, die Bergwerke zu besehen, nach Freiberg gewendet hatte, wurde beruhigt und hoffte den baldigen Abbruch der Verhandlungen. —

Als Arnim nach Eilenburg gekommen war, bat Torstenson Oppel, zu ihm nach Leipzig zu kommen. Er wurde feierlichst von 6 Obersten und 2 Abtheilungen Reiter im Leibwagen Torstensons eingeholt und auf das Ehrenvollste behandelt. Torstenson und Wrangel verhandelten zunächst mit ihm, nachdem sie 24. März (3. Septbr.) ein Ultimatum aufgesetzt hatten. Torstenson wies die Zumuthung einer Fortsetzung des frühern Stillstandes, der übereilt und ungeschickt abgeschlossen worden, entschieden zurück, der neue Vertrag müsse ein anderes Fundament haben, d. h. auf längere Zeit ausgedehnt werden und die Nachfolger verpflichten. Sonst zeigte er sich nachgiebig, verlangte statt der 20,000 Thlr. Contributionsrest nur 5000 Thlr., moderirte die weitere monatliche Contribution von 18,000 Thlrn., die er anfangs verlangt hatte, auf 5000 Thlr. und versicherte in jeder Beziehung möglichste Berücksichtigung der Wünsche des Kurfürsten. Namentlich wurde das Bedenken desselben, daß das in dem schwedischen Ultimatum indirect ausgesprochene Preisgeben seines Schwiegersohnes Georg von Hessen-Darmstadt gegen Amalie von Hessen-Cassel, die schwedische Bundesgenossin, unziemlich sei, dadurch gehoben, daß Torstenson in einem Nebenrecesse, in der Hoffnung gleicher

Wirksamkeit des Kurfürsten, die Bemühung um friedliche Ausgleichung der Streitigkeiten der beiden hessischen Linien zu-
sagte.   An eine sofortige Rückgabe Leipzigs war natürlich
nicht zu denken, doch solle dies speciell der Entscheidung der
Königin Christine anheimgegeben werden. Im Uebrigen, wie
Reservation der Pflichten des Kurfürsten gegen Kaiser und
Reich, freier Durchzug der Schweden durch Sachsen, Benutzung
der Elbpässe außer bei Dresden, verblieb es bei den früheren
Bestimmungen.

In Folge der über diese Verhandlungen nach Dresden
gesendeten Berichte, gab der Kurfürst allmählich immer mehr
nach und willigte, als der Termin des Stillstandes bereits
abgelaufen war, in alle von den Schweden gestellten Bedingungen, so daß der Tractat, „gültig bis zum allgemeinen Friedensschlusse oder bis zu einem General-
armistitium", in Eilenburg 31. März fertig und der Receß
nebst den Nebenrecessen mit diesem Datum Anfang Aprils von
beiden Seiten unterzeichnet wurde.   Die Schweden wünschten
das Datum vom März, weil „der April ein so unbeständiger
Monat sei". Die Ratification des Kurfürsten erfolgte 17. April,
die der Königin von Schweden 18. Novbr. 1646.[10]

Schwerlich hätte Johann Georg nachgegeben, wenn die
Kaiserlichen, statt nur immer zu versprechen, eine kräftige
Diversion nach Sachsen gemacht hätten.   Da dies aber nicht
geschah, so konnten die fortgesetzten Mahnungen und Zusiche-
rungen, die Lobkowitz von Freiberg aus schickte, nichts nützen.
Die österreichischen Geschichtsschreiber sprechen hier unwillig
von schwedischen Ränken. Die Gegner natürlich mit demselben
Rechte von den Ränken des Lobkowitz und seiner Freunde.

Ehe noch der Kurfürst ratificirte, hatte er sich von den

---

[10] Beide Verträge sind abgedruckt in I. Du Mont Corps universel
diplomatique. Tom VI. P. I. p. 325, 340; letzterer allerdings in einer
französischen Uebersetzung nach einer italienischen Uebertragung. Deshalb habe ich Beilage 2. die Artikel nach dem hiesigen Archive befindlichen deutschen Originale abdrucken lassen.

geheimen Räthen Friesen, Sebottendorf, Metzsch und Oppel aus dem ganzen Material der früher eingeholten Gutachten ein Exposé aufsetzen lassen, welches natürlich den Vertrag recht- fertigte. Es waren darin alle Bedenken des Lobkowitz zurück- gewiesen, namentlich war das Festhalten an Kaiser und Reich betont, der nachtheilige Einfluß des Separatvertrages auf die allgemeinen Friedensverhandlungen geläugnet, die Bedrängniß des Landes hervorgehoben, das Ausbleiben der kaiserlichen Hülfe beklagt. Auch war nachgewiesen, daß durch den neuen günstigeren Vertrag das Land bedeutend erspare, da Torstenson die Contribution so sehr gemindert hatte. Auf Lobkowitz Be- merkung, daß der Waffenstillstand dem Lande mehr Verderben bringen werde, als der Krieg mit den Schweden, war treffend bemerkt worden: „Freilich ein Stein, der auf ein Glas fällt, zerbricht dasselbe, und das Glas, das auf den Stein fällt, zer- bricht auch; doch ist es leidlicher, wenn das Glas unversehens auf den Stein fällt, als wenn man den Stein selbst darauf wirft".

Nachdem sich der Kurfürst nochmals mit seinen 3 Söhnen, Johann Georg, Christian und Moritz, die sämmtlich „schwedisch gesinnt" waren, berathen hatte, ertheilt Lobkowitz 17.27. April im Sinne des früher erwähnten Exposé die nöthigen Mitthei- lungen, und in einem Schreiben an den Kaiser versicherte der Kurfürst, mit Hinweis auf die dem Lobkowitz übergebene Recht- fertigung des Vertrags, seine unverbrüchliche Treue gegen denselben. Die 3 sächsischen Regimenter verblieben natürlich beim kaiserlichen Heere.

Charakteristisch ist ein hierbei vorkommendes Gutachten der geheimen Räthe vom 11/21. April. Der Kurfürst hatte von denselben guten Rath über zweckmäßige Weise der Vertheilung der Contribution verlangt, da so viele Unterthanen sich säumig und widerspenstig gezeigt hätten. Dabei sollten sie an das zeither unterbrochene, richtige Einlaufen der Kammergefälle denken, „damit er seine Tafel und Hofstaat, die Kurfürstin und Prinzen standesgemäß versorgen könne und ihm durch unnachlässiges Anlaufen das Leben nicht schwer gemacht werde". Die Räthe aber empfahlen dem Kurfürsten für diesen Zweck die Berufung des Ausschusses der Ritterschaft und der Städte, „denn es werde Ihre Kurffl. Dchl. selbst ermessen, indem es solche Sachen seien, welche Dero sämmtliche Kurfürstenthum und Lande betreffen, daß ihnen, den geheimen Räthen als Privatpersonen und Ihr. Kurffl. Dchl. unterthänigsten Dienern nicht gebühre, hierinnen einer allgemeinen Landschaft, von der sie keine Vollmacht haben, einzugreifen und etwas Gewisses zu disponieren".

So zufrieden man im Allgemeinen mit der durch den Vertrag gewonnenen Ruhe und Erholung in Sachsen war [11], so wenig konnte sich der Kurfürst beruhigen, daß er gewisser-maßen an die Schweden gefesselt war und bei den Kaiserlichen als ungetreu erscheinen konnte. Oppel und Arnim mußten es entgelten, so daß sie 25. Novbr. 1646 sogar sehr gereizt an den Kurfürsten schrieben, „sie müßten, weil der Kurfürst auf den Stillstand einen Groll geworfen habe, bei jeder Auf-wartung hören, daß der Kurfürst ihn verwünsche und daß sie als die Urheber von ihren Feinden verunglimpft würden. Sie hätten nichts weiter gethan als was der Kurfürst be-fohlen und genehmigt, nachdem sie die Unterhandlung ver-geblich depreciert hätten. Was wäre aus Sachsen geworden, wenn damals nicht abgeschlossen worden sei? Sie hätten es satt, sich täglich die Ohren reiben zu lassen und es grauete ihnen fast zur Audienz zu gehen &c." Dessenungeachtet blieb es zum Heile des Landes bis zum allgemeinen Frieden bei der Waffenruhe. —

Auf diese Weise war also in Eilenburg der Hauptvertrag zwischen Sachsen und Schweden zu Stande gekommen, welcher in Kötzschenbroda nur vorbereitet worden war. Weil aber seit den Kötzschenbrodaer Verhandlungen die Schweden nicht

---

[11] Einige Excesse der Schweden, namentlich gegen säumige Contri-butionspflichtige, worüber in Torgau geklagt wurde, können in Vergleich zu dem frühern Kriegszustand gar nicht in Betracht kommen.

mehr als Feinde in Sachsen aufgetreten sind, so ist der Eilen-
burger Vertrag über den Rötzschenbrodaer beinahe ganz vergessen worden.

Beilagen.

1.

Ein trauriges Zeugniß von der argen Verwüstung Sachsens durch die Schweden in den dreißiger Jahren des 17. Jahrhunderts giebt ein bei den Acten von 1646 liegendes Verzeichniß des Zustandes der Rittergüter im Amte Torgau. Da
heißt es: Oberst Hans von der Pforte: Puschwitz und Wesenigk niedergebrannt, das zu Wesenigk etwas wieder gebaut,
aber daselbst keine Unterthanen. Hauptmann Heinrich von
Leipziger Erben zu Bennewitz. Das ganze Dorf liegt seit
1637 wüste, der Edelhof niedergerissen und seit der Zeit kein
Mensch hingekommen. Desgl. Georg von Leipziger Erben zu
Klitzschen: 1637 Dorf und Edelhof niedergebrannt und seitdem kein Mensch hingekommen. Wilhelm von Lindenau zu
Robershain und Greendorf. Beide Dörfer wüste seit
9 Jahren, der Edelhof niedergebrannt, der Besitzer im Pfarr-
haus ohne Unterthanen. Hans von Dommitzsch zum Vogelgesang seit 1637 wüste: der Dommitzsch tobt, der unmündige
Sohn in Dänemark. Oberforstmeister von Koseritz in Dreße:
1637 niedergebrannt und alles wüst, der Herr wohnt in Behla.
Gottfr. von Müchels Lehnserben zu Rötzsch: 1637 der Edelhof und die meisten Güter zerstört, noch 4 Unterthanen.
Oberstleutn. Wolf Meurer zu Strehlen: alles wüst, niemand
dort wohnhaft. Nic. Severus zu Loffa: alles wüst, noch
3 Unterthanen. Von Rischwitz zu Röcknitz: alles wüst,
4 Unterthanen. Von Schleinitz zu Hyt: seit 1637 wüst.
Siegm. v. Mordeisen zu Dörren-Reichenbach: alles zerstört und wüst, wohnt niemand da. Andres v. Wesenigk zu
Olzscha wegen Döbelitz: Edelhof verbrannt, noch 4 Unter-

thanen. Hans von Tranborf zu Camitz, Komthurei Dom=
mitzsch und Rath zu Torgau wegen Wahitzschen: alles zer=
stört und wüst. —

2.

Die ben 31. Mai 1646 in Eilenburg zwischen Johann
Georg und Torstenson vereinbarten Artifel lauten in der
Originalurkunde also:

1) Es soll zwischen Ihr. Königl. Maj. zu Schweden, Dero
Conföderirten und Derer Erben und successoren als auch
Königreich und Landen eines Theils und Ihrer Kurfürstl.
Durchl. zu Sachsen, Dero Erben, successoren, Kurfürsten=
thum und Landen anderes Theils a dato bis zu Endung der
zu Osnabrück und Münster jetzo fürgehenden Universalfriedens
tractaten und Abzug allerseits Plenipotentiarien und Ge=
sandten ober bis ein allgemeines armistitium erfolgt, ein auf=
richtiger und geruhiger Stillstand der Waffen sein, in solcher
Zeit bann von beiden Theilen alle entweder von sich selbst
oder durch andere veranlaßte hostilitäten und Feindselig=
keiten, wie die Namen haben und unter was praetext die=
selben erdacht werden mögen, cessieren und aufgehoben sein.
Nach Abfließung aber der im Stillstande jetzt benannten Zeit=
ausgangs vorgedachter tractaten oder da ja kein allgemeines
armistitium erhandelt würde, soll jeder Theil verbunden sein,
noch zehn Monate hernach den Stillstand zu halten, in dem=
selben ersten Monate aber entweder die Verlängerung zu
tractieren oder Loskündigung berührten Stillstandes zu thun.

2) Solle Ihre Kurfürstl. Durchl. bei Dero Pflicht gegen
die Kaiserl. Maj. und das römische Reich salvo hoc armistitio
gelassen und darinnen nicht beschwert werden.

3) Als auch im abgelaufenen armistitio zwischen beiden
Theilen vereinigt, daß S. Kurfstl. Dchl. drei Deren Regimenter
zu Pferd der Kais. Hauptarmee zuschicken mögen, so hat es
auch für diesmal dabei sein Verbleiben, und wollen Ihre
Kurfstl. Durchl. dieselben bei währenden diesem Stillstande in

keinem Commando wider Jhre Königl. Maj. zu Schweden und
Dero Conföderirten beordern noch von den übrigen Dero annoch habenden Regimentern Völker nachschicken, besondern auch
zu deren als auch sonsten aller Jhrer Königl. Maj. und Dero
Conföderirten Feinden Diensten einige Muster-Recruten-Sam-
melplätze oder andere Kriegsbereitschaften in Dero Landen
nicht verstatten, maßen ein solches von der Kön. Schweb.
Generalität auch Jhre Kftl. Dchl. nicht soll angemuthet werden.
Ob Jhre Kftl. Dchl. Dero noch habenden Völker im Dienste
behalten wollen oder nicht, das stehet gänzlich zu Dero Freiheit und Beliebung, wie denn auch den Offizieren und Sol-
baten, die ihrer Dienste etwan möchten erlaffen werden, wohin
ein jeglicher will, zu wenden billig freisteht, die übrigen aber,
so sie etwan behalten, in Dero Städten und Flecken also
logieren, damit dieselben den Königl. Schweb. Garnisonen sich
nicht zu nahe und zwar jenen auf 3 Meilen befinden, dadurch
ein oder andere Ungelegenheit erwachsen und sich ereignen
möchte.

4) Da nach Forderung und Veranlaffung der unvermeidlichen Kriegsraison von Königl. Schwedischen Seiten entweder ganze Arméen oder commandirte Regimenter und
Parteien durch Jhre Kftl. Dchl. Lande gehn und dieselben
betreten müssen, soll solches diesem Stillstand nicht verfänglich
sein, noch an Kftl. Dchl. Seiten verwehrt werden, wobei dann
jedesmal gute ordre gehalten, die Marche, soviel immer möglich, schleunig fortgesetzt, nach verrichtetem dreitägigen Mar-
chieren länger nicht als einen Tag gerastet, bei Zeiten davon
advertieret und der Kftl. Commissarien disposition (da
sie ohne Verzug gemacht) wegen des nächsten Weges und
Proviant (so außer decourtation des unten gesetzten monat-
lichen Quanti geliefert wird) gemäß gelebt werden; im Falle
aber über die nothdürftigen Lebensmittel Abnahmen und
andere im Stillstand verbotene insolentien vorgehen und die
Thäter angezeigt und ergriffen werden können, soll bei dem
Regiment, darunter die Thäter gehören, die Abnahme nach-

zuhuchen den Kurfürstl. Unterthanen frei und ungehindert zugelassen und der Oberste gegen den beklagten Theil alle hülf-
liche Mittel zur Erlangung des Abnahms gebrauchen, nichts
desto weniger soll der Thäter als ein Uebertreter dieses armi-
stitü rechtmäßig bestraft werden. Sollten auch einige Offi-
ziere dergleichen Uebelthaten wissend sein, oder solcher Abnahme sich theilhaftig gemacht haben, sollen sie dasselbe nicht
allein de proprio erstatten, sondern gleich dem Thäter gestraft
werden und lassen Er. Excellenz auch geschehen, im Fall einige
Partei der Gewaltthaten sich in Güte nicht abweisen läßt,
daß alsbann die Unterthanen solche mit Gegengewalt abzu-
wehren bemächtigt sein sollen. Bei solchen Marchen und
auch sonsten in allen Begebenheiten wird den Königl. Schweb.
Offizieren, Soldaten sammt andern Bedienten, sie sein wessen
condition sie wollen, so von einem der Generalität aufrich-
tigen Paß haben, frei, sicher und ohne einigen Aufenthalt
aller Orten in Ihr. Kfftl. Dchl. Landa ihre Privatnothburft
auszurichten pass und repass verstattet, welches den Kursächsischen in den schwedischen Garnisonen auch widerfahren soll.

5) Ob auch zwar Ihre Kurf. Dchl. begehren lassen Ihro
die hinterstelligen inhabende Orte Ihrer Lande wieder einzuräumen, weil man aber Königl. Schwedischen Theils für diesmal in solches einzuwilligen sich nicht bemächtigen könne und
zu Ihr. Kön. Maj. anderweiten disposition ausgesetzet, so
verbleibt vermöge des fünften articuls des ersten Stillstandes
Ihro Kfftl. Dchl. die völlige administration und Einkünften
in Dero sämmtlichen Ländern ungehindert in Handen, darunter
auch die Grafschaft Henneberg mit contribution und Einkünften zu Ihrem Antheil begriffen, wie dann auch Dero Bedienten ihre Aemter ruhig zu verwalten gestattet. Hiervon
wird in specie das Schloß und Stadt Leipzig mit deren darein
fallenden gangbaren Intraden, wie die Namen haben mögen,
ausgenommen, wie dann auch davon ausgeschlossen werden
die Lehnschaften als Schwarzburg und andere Graf- und Lehn-

schaften, Ableien und dgl. (außer was in Kftl. Dchl. Aemtern
und nicht in den Graf- und Herrschaften gelegen, welche billig
bei den Aemtern verbleiben) sammt den schutzverwandten
Städten Erfurt, Mühlhausen, Nordhausen, doch ohne Nachtheil Dero davon habenden Schutzgerechtigkeiten, wie auch das
Magdeburgische Amt Querfurt.

6) Hingegen wollen Ihre Kurfftl. Durchlaucht aus Dero
Landen monatlich 8000 Reichsthaler von Anfang des nächstfolgenden Maji in Leipzig dem Kön. Schweb. Obereinnehmer
geben lassen, zum jährlichen Magazin aber soll jedes Jahr
während dieses Stillstand 5000 Scheffel Korn Leipziger
Maaß, wie auch zu der Garnison verordneten Reitern monatlich 100 Fuder Heu, 300 Scheffel Haber Leipz. Maaß und
nach dessen proportion die Nothdurft an Stroh sammt denen
aus abgewichenem Stillstand herrührenden Resten, sie seien
an Geld, Magazin, Korn und Fourage, im künftigen Monat
Martio und April, welche von neuer Contribution befreit sein
sollen, gleichmäßig zu Leipzig an den Obereinnehmer gereicht
werden, wie nicht weniger die in diesem Lande auf die Leipziger und Erfurter Garnison haftenden alten Restanten, so
in allen auf 5000 Rchsth. remittieret, vom 1sten Septbr. an
bis Anfangs December jetzo laufenden Jahres bezahlt werden,
in Entstehung da in einer Anforderung (sie rühre aus vorigen
oder jetzigen tractaten) die Zahlung vermöge dieser angeführten Abtheilung nicht erfolgen thäte, alsdann solle die
Kön. Schweb. Execution ergehen und deren spesen keineswegs
zur Liquidation gebracht werden: über vorige angezogene
Leipziger und Erfurter Restanten aber sollen keine praeten-
siones von Ihr. Kftl. Dchl. Landen gefordert, besondern, da
sich einige ereignet, gänzlich cassiert und aufgehoben sein.

7) Wie nun Ihre Kön. Maj. zu Schweden und Derer
Confoederirten Waffen in Ihren actionibus von Ihr. Kftl.
Dchl. kein Hinderniß directe oder indirecte zugefügt werden
soll, so solle Schwedischem Theil der Elbpaß überall außer
3 Meilen von der Kftl. Residenzstadt jedesmal offenstehen.

Das Schloß Torgau verbleibt mit beiderseits salvaguardia, die Schlösser, so Ihr. Kfstl. Dchl. beim ersten Stillstand wieder eingeräumt, als Meißen, Leißnig, Rochlitz, Grimma, Ziegenrück und bis dato von keinem Theil besetzt worden, sollen hinfort bis zum Ausgang dieses Stillstandes unbesetzt bleiben.

8) Wie die commercien, sie haben Namen, wie sie wollen, für Ihre Kfstl. Dchl. und Dero Hofstaat allenthalben zu Wasser und zu Lande ihren freien Lauf haben, also sollen ingleichen die Königl. Schweb. Güter, sie haben Namen wie sie wollen, gleich den Kurf. Sächs. Gütern frei und ohne einigen Aufenthalt und Ungelder zu Wasser und zu Lande gegen vorgezeigten Generalpaß passieret, hierunter aber keiner Privatperson Güter eingemengt verstanden, auch einiger Unterschleif nicht gebraucht werden.

9) Würden sich auch auf einem oder dem andern Theil Gefangene befinden, sollen sie auf freien Fuß ohne rançon und Bezahlung aufgewendeter spesen gesetzt werden.

10) Da in währendem diesem Stillstand zwischen höchstgeb. Ihr. Kön. Maj. und Ihr. Kfstl. Dchl. Zubehörigen einige Zweihelligkeiten in civilibus und criminalibus vorgehn sollten, so verbleibt einem jeden Theil über die Seinigen die gebührende und competierende Cognition, und sollen die Kläger dahin verwiesen werden, tragen sich auch excessen zu, daß der Delinquent zu gebührlicher Haft gebracht werden müßte, so soll solcher captus von der Zeit immer 3 Tage demjenigen, dessen jurisdiction der Delinquent unterworfen, und zwar den Schwedischen nach Leipzig (wo das Verbrechen nicht bei Durchzügen geschehn, alsdann es an den Commandanten zu verweisen) intimiert, der dann selbigen zu gebührendem Recht und Abstrafung gegen Reversales solle abzuführen verstattet werden.

11) Ihre Kfstl. Dchl. wollen bei währenden diesen Stillstand keine neuen Festungen anlegen, noch mehr Oerter, als anitzo besetzt, mit Garnison belegen. Bloße Einquartierungen bleiben Ihr. Kfstl. Dchl. ungewehrt, doch daß selbige nicht in

ben Quartieren, fo bem Königl. Schweb. Etat adsigniert, logiert werden.

12) Urkundlich haben beiber Theile obbenannte Deputierte Herrn biefen Vergleich eigenhändig unterfchrieben unb befiegelt, auch angelobt, baß beiberfeits Hoher Committenten Ratification à dato inner 8 Tagen an eines Jeden Ort eingeliefert unb bie Königl. Schwebifchen verbunden fein follen, Ihre Kön. Maj. zu Schweben Confirmation à dato inner 6 Monat Sr. KfU. Dchl. zu Sachfen einzuantworten. Geben in Eulenburg, ben Ofterbienftag, war ber 31. Martii Anno 1640.

Zur Chronik Dresdens.

Von Dr. Karl von Weber.

Wenn man durch die Straßen, über die Plätze einer Stadt wandert, die man liebt und seit langen Jahren kennt, liegt ein eigenthümlicher Reiz darin, sich in die Vergangenheit des Ortes zurückzuversetzen, sich zu vergegenwärtigen, wie sich die Oertlichkeiten im Laufe der Zeiten entwickelt, welche Wandelungen sie erfahren haben, welche historische Erinnerungen sich an sie knüpfen. Aus diesem Gesichtspunkte wollen wir hier, unter Benutzung zum Theil noch ganz unbekannter archivalischer Quellen, einen Theil der Stadt Dresden in das Auge fassen, der durch die Aufstellung des Monuments des hochseligen Königs Friedrich August eine neue Zierde erhalten hat — den Neumarkt. Wir wenden uns dabei zurück bis zum Jahre 1520, in welchem diese Gegend zuerst mit zur Stadt gezogen ward, indem Herzog Georg damals die Frauenvorstadt mit Mauern und Gräben umgeben ließ. Die alte Stadtmauer blieb aber noch stehn, bis Kurfürst Moritz sie im Jahre 1548 abbrechen ließ. Der Raum, der jetzt den Neumarkt bildet, nebst der jetzigen Rampischen Gasse, ward damals zum größten Theil eingenommen durch die Stechbahn und den Frauenkirchhof, in dessen Mitte die uralte Frauenkirche stand. Im übrigen war es ein wüster Platz voll Löcher und Untiefen, auf dem nur wenige kleine

Häuser standen. Moritz befahl, um den Platz wenigstens einigermaßen zugänglich zu machen, 1548, daß aller Abraum von Gebäuden dahin geführt werden solle. Als 1549 der Getreidemarkt dahin verlegt ward, erging der Befehl, „da der Platz tief und unwegsam sei, solle jeder, der Holz aus der Dresdner Haide beziehn wolle, ehe es ihm verkauft und verschrieben werde, drei Fuder Steine auf den Platz an der Frauenkirche fahren". Die Holzläufer werden sich nun schwerlich einer besondern Sorgfalt bei Auswahl der Steine beflissen haben und so rückte denn die Ansammlung brauchbaren Materials zum Pflastern langsam vorwärts. Der Stadtrath wendete sich daher um Abhülfe an Kurfürst August, der hierauf unter dem 28. März 1556 an den Schösser zu Dresden nachstehendes Rescript erließ:

„Wir haben unserm lieben auch getreuen Rath allhier zu Dresden zum öftern Malen befehlen lassen, darob zu sein, daß die neuen Gassen und Plätze, sonderlich bei den Thoren und Einfahrten gepflastert werden möchten. Nun haben sie uns berichten lassen, daß sie ganz willig wären, solchem unserm Befehl unterthänigst zu gehorsamen, es mangelte ihnen aber an Pflastersteinen, deren könnten sie sich weder an der Elbe noch an der Weiseritz mehr erholen und uns derhalben unterthänigst bitten lassen, weil ohne dies die Bauersleute die Steine von ihren Aeckern räumen und auflesen, sich auch der Stadt Wege und Stege fast täglich brauchen müssen und ihnen, als die schwach bespannen, oftmals am Beschwerlichsten vorfiele, wenn sie in den tiefen Wegen stecken blieben, zu Beförderung dieses Werks zu beschaffen, daß alle Bauern in den Dorfschaften unterm Amte Dresden diesseit und jenseit der Haide, auch des Bischoffs und Capitels zu Meißen Dörfer, ein jeder Hüfner der Pferde hält, innerhalb eines Monats nach baldo ein Fuder Pflastersteine sammeln und hereinführen müsse. Daneben wollten sie, der Rath, soviel ihnen möglich Bestellung thun, daß an der Elbe hinauf alle Pflastersteine so in der Nähe zu bekommen, angeführt und herabgeschifft

würden. Wenn denn hierdurch gemeine Stadt nicht nur ge-
säubert und geziert würde, sondern auch die höchste Nothburft
erfordert, daß die Wege gepflastert und besetzt werden, damit
man zu Roß und Wagen besser fortkommen könne, als begehren wir und befehlen Dir hiermit, Du wollest solches
allen unsern Amtsunterthanen und andern Dorfschaften dies-
seits und jenseits der Elbe, die sich unserer Halde und Hölzer
gebrauchen, anzeigen und verkündigen lassen, daß ein jeder
Hüfner, der Pferde oder Geschirr hält, innerhalb eines Monats den nächsten nach dato ein volles Fuder Pflastersteine
lesen und hereinführen und dieselben auf dem Platz am Elbthor, da der Schutt gelegen (an welchem Thore man denn
erstlich zu pflastern anfangen soll) abladen, doch daß sich ein
Jeder, ehe er abladet, zuvor bei dem Schösser oder beim
Landknechte angebe, damit man seinen Namen aufzeichne und
wisse, wer gefahren habe oder nicht, auch die Ladung besichtigen möge, denn welcher nur halbe Ladung bringen wird,
der soll noch eine Fuhre zu thun schuldig sein, mit Bedrohung,
welcher seine Fuhre nicht in einem Monat hereinbringen wird,
daß man demselbigen künftig kein Holz weisen, ihn auch sonst
wenn er in die Stadt kommt, aufhalten soll."

Inzwischen wendete sich nun auch die Baulust dem Platze
zu und Kurfürst August war auch bereit, den Unternehmern
hülfreich an die Hand zu gehn. Dies belegt u. a. ein Reskript
vom 10. Jan. 1565: „Nachdem Gregor Schuster Mälzer allhier den Platz so er von Hans Dehnen seel. Erben auf dem
Neumarkt an der Moritzstraße allhier erkauft, vermöge eines
Musters, so er uns abgemalt übergeben lassen, beides gegen
den Markt und auch gegen die Gasse durchaus vier Geschoß
hoch über die Erde mit einem Erker auf der Ecke zu bauen
Willens, welcher Bau denn, wo derselbe also vollbracht, der
Stadt und der ganzen Gasse eine sonderliche Zier sein würde
und er aber solchen stattlichen Bau ohne unsere gnädige Hülfe
nicht vollbringen kann, als haben wir ihm auf sein unter-
thänigstes Bitten in Betracht, daß er sonst gute Lust hat, die

Stadt mit Gebäuden zu zieren, mit zwei Öfen Kalk und Ziegel begnadet."

Hatte der Kurfürst in diesem Falle einen Bau (anscheinend die jetzige Stadt Rom) befördert, so sah er sich aber wenige Jahre darauf veranlaßt, Uebergriffen entgegenzutreten. Am 13. Juli 1568 verfügte er aus Sitzenroda „an die Befehlshaber der Gebäude und den Rath zu Dresden. Liebe Getreue. Ihr, der Rath, wißt euch zu erinnern, mit was Maß und Vorbehalt wir aus Gnaden vergönnt und zugelassen auf den Platz an unserer Rennbahn gegen das Elbthor zu bauen und solche Häuserlein euch zum Besten zu vererben, doch daß kein Licht noch Fenster nach dem Schlosse, Kanzlei oder Rennbahn solle verstattet noch offengelassen werden, daß auch ein guter geraumer Platz gegen das Haus über dem Thor unverbaut und frei bleiben sollte, damit die Gemächer in demselbigen Hause an Licht, Luft und Aussehn nicht verhindert würden. Es ist auch unsere Meinung und Bewilligung anfänglich anders nicht gewesen, denn daß solche Gebäude nur eines Geschosses hoch über der Erde sollen aufgeführt und allerlei Handwerksläden darin gebaut werden. Wir haben auch hernach aus Gnaden zugesehn und geschehn lassen, daß zu Verblendung der Rennbahn die Gebäude noch mit einem Geschoß erhöhet wurden. Wir kommen aber in Erfahrung, daß sich Phillipp Nestler während unseres Abwesens unterstehn soll, sein Häuslein, so gegen unser Schloß und Kanzlei an dem Ort liegt, der sonst ganz frei und unbebaut hat bleiben sollen, noch eines Geschosses höher zu führen, dessen wir uns zu euch nicht versehn, daß ihr ihm solches ohne unsere ausdrückliche Bewilligung und über geschehenes Verbot verstatten sollen, wissen auch nicht, wer sich dessen hinter uns gemächtigt. Weil uns aber dasselbe unleiblich aus Ursachen, daß uns dadurch nicht allein Licht, Luft und Aussehn aus denselben anliegenden Gemächern im Schloß und Kanzlei verhindert, sondern auch Feuers halben gefährlich, sonderlich aber das der stinkenden Sudlerei und

Rauchs halben, so er fast täglich kocht, die Fenster in solchen
Gemächern, wenn fremde Herrschaften darin gelegen, nicht
ohne Verdruß oftmals haben zugemacht werden müssen, als
befehlen wir euch sämmtlich, ihr wollet gedachtem Nestler von
Unsertwegen ernstlich verbieten, daß er sein Haus und Dachung
nicht allein keines Fingers hoch erhöhe, sondern, ihr unser Befehlshaber der Gebäude, wollet auch dieselbe Blendung an der
Lehmgrube, so weit sie über die Dächer geht, wieder ablegen
und niederbrechen und dem Nestler auflegen, daß er seine
Feuermauer den andern seinem Nachbar gleich wiederum ab-
trage, damit man aus den Fürstengemächern in der alten
Kanzlei auf den Platz und vor das Thor sehen könne, wollet
auch sonst darob sein, daß alle Fenster in den Seitengiebeln
nach dem Schloß wärts zugemauert werden, daran geschieht
unsere gefällige zuverlässige Meinung."

Es handelte sich hiernach damals um ein Haus auf der
jetzigen Augustusstraße.

Eine Verschönerung des Platzes und die Beseitigung einer
„unförmlichen Wassertheilung" bezweckte ein Rescript des Kurfürsten August d. d. Annaburg, den 21. Jan. 1570 an den
Rath zu Dresden folgenden Inhalts:

„Wir sind von unserm Kämmerling, Balthasar von Kott-
witz, unterthänigst berichtet worden, daß eine hohe unförmliche
Wassertheilung von dem Leubnitzer Röhrwasser auf dem Platz
am neuen Markt gerade gegen seinem Haus überstehe, welche
nicht allein den Platz daselbst gar verunziere, sondern auch
allerlei Unflath dabei und dahinter gemacht, ihm auch und
andern Nachbarn am Ausfehn hinderlich und aus andern
Ursachen mehr beschwerlich sein soll, welche Theilung doch
euerm selbst Erachten und Vorschlag nach, viel bequemer an
Unserer Lieben Frauen Kirchhof hinter dem vergitterten Narrenhäusel stehn und untergebracht werden könne. Es sei aber
allein um die Unkosten solchen Verrückens zu thun, weil aber
gemeiner Stadt daran gelegen, daß solche unförmliche Miß-
stände und unsaubere hinderliche Gelegenheit von den gemei-

nen Plätzen abgeschafft werden, gedachter unser Kämmerling
auch sowohl als andere umliegende Nachbarn an denselbem
Platz, sich erbieten sollen, zu solcher Veränderung selbst eine
gute Steuer zu geben, zu dem, daß am oberrührten Ort des
Kirchhofes die Wassertheilung viel sicherer und bequemer stehe,
als mitten auf dem Platz, so begehren wir und befehlen euch
gnädigst, ihr wollet einen Anschlag machen, was solche Veränderung der Wassertheilung kosten werde und hernach von
denselbigen umliegenden Nachbarn an dem Platz vernehmen,
was sie hierzu contribuiren und geben wollen, daß der Platz
frei geräumt und ledig werde und alsdann die übrigen Kosten
auf die Gewerken, so Wasser von solcher Theilung haben,
legen und austheilen, damit also der Platz auf vorstehenden
Frühling geräumt und die Theiluug hinweggeschafft werde."

Wir sehn zugleich aus diesem Rescripte, daß damals
„ein vergittertes Narrenhäusel" in unmittelbarer Nachbarschaft der Frauenkirche sich befand. Zu einer andern Verbesserung bewilligte der Kurfürst selbst einen Beitrag: er befahl
nämlich unter dem 14. Novbr. 1578, daß an den Stadtrath
69 fl. 12 gr. 9 pf. ausgezahlt werden sollten „zur Verfertigung
einer neuen Schelle zum Seiger auf dem Neumarkt."

Während Kurfürst August, wie wir gesehn haben, die
Bebauung der Plätze an der Rennbahn nur mit großen Be-
schränkungen gestattete, war dagegen Kurfürst Christian I.
hierin nachsichtiger. Ein Rescript vom 16. Febr. 1587 an
den Rath zu Dresden lautete: „Welchergestalt wir von unserm Büchsenmeister Peter Hölen, Hans Kurzrock, Uhrmacher,
Welten Graffnern, Goldschmieden, und Hans Stoll, Stabloch,
welche uns ihre Wohnungen zu Erweiterung unserer Rennbahn gegen billige Bezahlung abgetreten, unterthänigst angelangt, ihnen den Platz auf dem Neumarkt allhier am Kirchhof
da die Obstbuben bisher gestanden, zur Erbauung anderer
Wohnungen einräumen zu lassen, das habt ihr inliegend zu
ersehn. Wie uns denn unser Hauszeugmeister Paul Buchner
daneben berichtet, daß solches Niemand zum Nachtheil, son-

dern vielmehr zu gemeiner Stadt Zier und Wohlstand, auch ohne Geringerung euers Einkommens füglich wohl geschehe, so begehren wir gnädigst befehlende, ihr wollet Supplicanten solchen Platz einräumen und verstatten, daß sie andere Wohnungen darauf erbauen mögen."

Gegen dieses Rescript erhoben aber mehrere Hausbesitzer im Kirchgäßlein, Caspar Bürge, Jonas Spengler, Anna Dreßin, Wittwe, und Georg Winkelmann lebhaften Widerspruch. Sie führten an, es sei zu ihrer Kenntniß gekommen, daß einige Nachbarn an der alten Stadtmauer unter den kurfürstlichen Ställen, um den Raum, wo die Hölen seien, gebeten, um Häuser darauf zu erbauen, ihre eignen Häuser lägen aber in der engen Gasse, welche wegen der Kirchhofsmauer weder Luft noch Licht habe, dieser Uebelstand werde aber durch den projectirten Häuserbau noch verschlimmert werden xc.

Auch der Stadtrath hegte große Bedenken. In seinem Berichte vom 25. Febr. 1587 sagte er:

„Ew. Ch. G. haben uns unterm 16. Februar gnädigst befohlen, Peter Hölen, Hans Kurtzrock, Velten Graffnern und Hans Stollen am Neumarkt, da jetzt die Hölen an der Kirchhofmauer ihr Obst, Butter und Käse in unterschiedenen Gemächlein verschlossen, feil haben, zu Erbauung anderer Wohnung einzuräumen, darauf sollen Ew. Ch. Gn. wir hierwieder unterthänigst nicht bergen, daß vor Alters und noch bei Menschen Gedenken, da Churfürst Moritz hochlöblichster christlicher Gedächtniß, die Stadt erweitern, die Stadtgräben ausfüllen lassen und die Kirche zu Unserer lieben Frauen, sammt dem Kirchhof mit in die Stadt und derselben Mauer gebracht, damals der Kirchhof noch weit herein auf den Markt gegangen und derwegen eingezogen und enger gemacht worden, daß sich in Zeit der Noth und Kriegsläuften das Kriegsvolk und die Bürgerschaft daselbst sammeln und Ordnung machen können, sonst hätte der Kirchhof seine Größe wohl behalten. So haben wir auch seitdem den Platz in Wochenmärkten und fast täglich zu Holz, Latten, Brettern, Heu und Stroh, dazu er doch noch

zu klein, auch von den Bauersleuten, die ihr Zugvieh hiebevor auf den Gassen, den Leuten vor den Thüren stehn und
füttern lassen und bei den Bürgern Armuths halber nicht
einkommen können, zur Fütterung gebraucht, auch in Jahr-
märkten die Töpfer des Orts feil haben lassen und damit
Anleitung gegeben, daß auf solche Zeit derselben wider aus
andern Städten anher gekommen, welches dem Rath auf seine
Nutzung bisher getragen und noch trägt. Nun ist gemeiner
Stadt Einkommen dadurch auch gemehrt worden, daß wir
eben an dem Ort vor wenig Jahren den Käse-, Obst- und
Butterhölen eine solche Bequemlichkeit gebaut, daß sie solche
ihre Waare bei Nachts des Orts verschlossen und des Tags
auf der Stätte feil haben können, dafür wir jährlich 39 fl.
Zinsgeld bekommen. Auch hat man vor kurzen Jahren auf
Befehl Ew. Ch.Gn. geliebten Herrn Vaters, Herzog Augusten,
Churfürsten zu Sachsen 2c. die beiden Röhrenhäusel des Leubnitzer Borns und Weiseritzwassers, so hiebevor auf dem Markt
frei gestanden, des Orts verändern und mit der Gewerken
großer Beschwerung und Unkosten an die Kirchhofsmauer setzen
müssen[1] 2c. Wenn nun dieses Beides wieder verändert und
verrückt werden sollte, müßten wir in der Stadt und sonderlich auf den beiden Märkten keine andere bequeme Stelle zu
finden 2c. Zudem so hätten unsere Vorfahren, der Rath,
vorlängst die Hölenbuben unterwärts steinern gebaut und
gewölbt, jedoch weiter nicht, denn wo sie jetzt stehn, wenn
man die Todten, so des Orts in großer Anzahl begraben
liegen, nicht geschont hätte, die denn billig ihre Ruhe haben
sollen. Sollte man nun dieselben aus und an ihrer statt
Keller und mit unterthänigster Reverenz zu melden, Heimlich-
keiten graben, die man denn in täglicher und stäter Wohnung
nicht entrathen kann und haben muß, das wäre unchristlich
und würde allerlei böse Nachrede, auch wohl Ursache geben
zu einem Gestank und Gift, die Sterben erregen könnten. So

---

[1] In Folge des von uns erwähnten Rescripts vom 21. Jan. 1576.

würde es auch die Kirchhofsmauer die keinen Grund hat, nicht
ertragen und an den darin gewölbten Schwibbogen und Epitaphien allerlei Schaden bringen, auch das Graben verursachen, daß die neulich des Orts gelegten und noch unver-
westen Körper mit ihren Leichensteinen und Gedächtnissen
nachsinken und fallen würden, zu geschweigen, daß man die
Mauer gar abtragen und der Verstorbenen Gedächtniß ver-
rücken und verderben sollte. Was das für einen Mißstand
am Markt und Kirchgäßlein, wenn davor gebaut werden
sollte, geben würde, das ist vor Augen und gut zu gedenken.
So wüßten wir auch nicht wo obbemeldete Hölen und Wasser-
leitungen hin sollen, denn sie des Orts bis anher Niemand
gehindert noch gewehrt, viel weniger zu Schaden gestanden.
Aus diesen und andern mehr Ursachen, der wir jetzt geschwel-
gen, wollen wir unterthänigst hoffen, Ew. Ch. Gn. werden uns
entschuldigt nehmen, daß wir solche Hölengebäude der neu-
lichen Zeit gebaut, nicht alsbald einreißen und Ihnen, den
Supplicanten dieselben neben dem Platz, davon gemeine Stadt,
wie obsteht, ihren Nutz und Einkommen hat, den sie in ihrem
Schreiben banieder schlagen und nicht wissen wollen, einräumen ꝛc. Da aber vorgewendet wird, der Kirchhof stände zu
bloß und bedürfte wohl einer andern Zierung gegen den
Markt und die neuen Stallgebäude, sind wir unterthänigsten
Erbietens, die Mauer soviel sich leiden will, ohne Schaden
der Schwibbogen und Gewölblein, auch Epitaphien auf dem
Kirchhof, desgleichen fern gegen den Markt ohne Verengerung
desselben und Beunruhigung der Todten also zu erhöhn und
zur Zierde zu bauen, daß Ew. Ch. Gn. ein gnädigstes Gefallen tragen und haben sollen."

Der Raum, um den es sich damals handelte, scheint die
Südseite des jetzigen Neumarkts zu sein, wo jetzt das Haus
des Kaufmanns Mayer und die ehemals Kindschen Häuser
stehn. Die Bedenken wurden jedoch nicht für so erheblich
erachtet, wenigstens finden wir nicht, daß die Erlaubniß zum
Bau der Häuser zurückgenommen worden wäre.

Im Jahre 1602 ward auf dem Neumarkte, der sich nun
immermehr zu entwickeln begann, eine Verbesserung eingeführt,
indem durch die Marktordnung die einheimischen Hökem, die
schon früher dort einen Platz gesucht und gefunden, zum Theil
in die Läden beim Kirchhofe, zum Theil auf den Markt selbst,
die Landleute und anderen Fremden aber mit dem Verkaufe
ihrer Producte auf den Altmarkt verwiesen wurden.

Neben diesen friedlichen Beschäftigungen diente aber der
Neumarkt auch als Hinrichtungsplatz. Aus der großen Zahl
derer, deren Blut dort floß, wollen wir nur einige Beispiele
erwähnen. Am 9. Octbr. 1601 ward auf dem Judenhofe der
Kanzler Krell, ein Opfer politischen und religiösen Fanatismus,
mit dem Schwerte enthauptet, das noch im königl. historischen
Museum aufbewahrt wird. Mit dieser Hinrichtung, die in die
erste Zeit der Regierung Kurfürst Christian II. fiel, brachte
der Wahn ein angebliches Attentat gegen diesen in Verbindung.
Als der Kurfürst am frühen Morgen des 8. April 1603 durch
die Gräfenhainicher Haide fuhr, fiel ein Schuß, den ein Gau-
ner als Signal für seine Zuhälterin abgefeuert hatte. Man
meinte aber, der Schuß sei auf den Kurfürsten gerichtet gewesen und es ward deshalb eine Untersuchung eingeleitet, die,
da man durch die Folter Geständnisse über ein Attentat zu
erpressen wußte, das nie stattgefunden hatte, zu den aben-
teuerlichsten Ergebnissen führte, und da einige völlig unschuldige Anhaltiner mit in die Sache verwickelt wurden, Sachsen
beinahe zur Anwendung der Waffengewalt gegen Anhalt geführt hätte. Der Vorgang ist bereits ausführlich nach den
Acten des Haupt-Staatsarchivs in Raumers histor. Taschen-
buche (4. F. J. I. S. 219 fl.) erzählt. Ein Paar verruchte
Bösewichter, die den Tod wegen anderer Verbrechen vielfach
verdient hatten, erreichte bei dieser Gelegenheit die Nemesis.
Michel Heinrich ward am 29. Jan. 1605 auf dem Neumarkte
lebendig geviertheilt und sein Genosse Hans Menzel aus Bitterfeld gerädert.

Aus späterer Zeit gedenken wir noch des Hauptmanns

Johann Popelius, der am 6. Febr. 1633 auf dem Neumarkte enthauptet ward. Er hatte am 7. Septbr. 1631 die ihm an-vertraute Festung Pleißenburg dem Feinde ohne Noth über-geben. Er ward begnadigt, aber trotz der gemachten Erfah-rung in seinem Posten belassen und erst, als er am 23. Octbr. 1632 abermals die Pleißenburg übergeben, zur Untersuchung gezogen, die ihm ein Todesurthel brachte.

Ein merkwürdiges Beispiel summarischen Verfahrens end-lich bietet die Hinrichtung des Kammerpagen Tham Löser. Er hatte im Trunke den Sohn des Bürgermeisters Hilliger, mit dem er beim Spiele in Streit gerathen war, am Abend des 14. Octbr. 1649 vor dem Hause des Bürgermeisters (Eckhaus der Moritzstraße und Frohngasse) erschossen. Ohne Verhör, nach summarischer Vernehmung einiger Zeugen, ward er, auf mündlichen Befehl des Kurfürsten an den Amtmann, am 20. Octbr. 1649 auf dem Judenhofe mit dem Schwerte hin-gerichtet. (S. des Verf. Aus vier Jahrhunderten II. 394.)

Im Jahre 1715 ward auf dem Neumarkte eine neue Hauptwache erbaut, wie wir sie auf einem Bilde Canaletto's im königl. Museum erblicken. Bei dieser Gelegenheit wurden die Trödelbuden beseitigt, die sich hinter der alten Wache ein-genistet hatten.

Wir nähern uns nun der Gründung des schönsten Ge-bäudes, welches den Neumarkt ziert, der Erbauung der Frauen-kirche. Die alte Frauenkirche, ein uraltes Bauwerk, war im J. 1722 so baufällig geworden, daß man sich genöthigt sah, um den gänzlichen Einsturz noch aufzuhalten, den Thurm mit den Glocken und das Chorgewölbe abzutragen. Der Neubau ward bekanntlich dem berühmten Georg Bähr (Rathszimmer-meister) und dem Maurermeister Johann Gottfried Fehre, nach den von Ersterm gefertigten Rissen, welche der Zimmergeselle Johann Georg Schmied „munblret" hatte, übertragen. Die Kosten des Baues wurden auf ungefähr 120,000 Thlr. be-rechnet. Der König Friedrich August bewilligte dazu zunächst Lieferung des erforderlichen Steinwerks aus den Pirnaischen

Steinbrüchen um die sehr niedrige Hoftaxe, Stellung von 20 Maurern und 20 Zimmerleuten um das Hoflohn und Geleitsfreiheit für das Holz zum Kalk- und Ziegelbrennen. Die alte Frauenkirche, deren man sich zum Gottesdienste bediente, näherte sich aber ihrem Verfalle so rasch, daß man sie im Jahre 1725 gegen die gegenüberstehenden Häuser abschleifen mußte. Am 3. Juli 1726 ward mit dem Grundgraben der neuen Kirche begonnen, wobei zuerst 44 Handlanger thätig waren, deren jeder 3 gr. 3 pf. täglich erhielt.* Als am 26. August 1726 der Grundstein gelegt werden sollte, entstand die Frage, wem dieses Ehrenamt zu übertragen sei? Das Geheime Consilium, das bei Abwesenheit des Königs, der in Polen war, die Frage zu entscheiden hatte, war deshalb in einiger Verlegenheit, die aber durch einen Präcedenzfall beseitigt ward. Im Jahre 1705 war die Legung des Grundsteins der neuen Kirche in Loschwitz dem Ober-Consistorialpräsidenten übertragen worden. Daran hielt man sich denn und der Ober-Consistorialpräsident von Leipziger vollzog in Allerhöchstem Auftrage die feierliche Handlung. Diese ging auch glücklich vor sich, als aber die Procession sich auf den Rückweg begeben wollte, konnte sie diesen nicht durch das Kirchhofsthor nehmen, weil eine Gruft plötzlich eingestürzt war, wobei drei Frauen beschädigt wurden. Allerdings ein böses Omen! Am 8. Febr. 1727 ward zum letzten Male in der alten Frauenkirche geprebigt und diese dann gänzlich abgetragen.

* Gleichzeitige Nachrichten über den Bau enthalten: (Rothe) Kurzer doch zuverlässiger Bericht von den Solennitäten welche bei beschehener Legung des Grundsteins zu der neuen Frauenkirche in Dresden am 26. August 1726 vorgegangen ꝛc. Dresden 1726, und Freybergen Historie der Frauenkirche. Dresden 1728. Nachrichten über die Erbauung der Frauenkirche zu Dresden. Aus dem städtischen Archive entnommen ꝛc. Dresden 1834. Der Sammler für Geschichte und Alterthum, für Kunst und Natur im Elbthale S. 161 fl. Lindau, Geschichte der Haupt- und Residenzstadt Dresden II. 189 fl. Nachrichten über die alte Frauenkirche s. Schäfer, Sachsen-Chronik S. 359 fl.

Große Schwierigkeiten machte die Aufbringung der Kosten des Baues. Bis zu Ende des Jahres 1729 waren bereits 87,557 Thlr. 7 gr. 10 pf. verwendet worden. Außerordentliche Zuschüsse wurden erlangt durch Geschenke des General-Feldmarschalls Grafen von Wackerbarth (1000 Thlr.), der Königin (3000 Thlr.) und des Königs, der unter d. 11. Juni 1729 für 500 Thlr. Mauerziegel und Kalk, im Jahre 1730 4000 Thlr. und 1731 3000 Thlr. aus der Laternen-Impost-casse bewilligte. Er genehmigte auch im Jahre 1733, daß der Ueberrest der für die Salzburger Emigranten gesammelten Gelder im Betrage von 28,366 Thlr. 21 gr. 6 pf. dem Rathe zur Fortsetzung des Baues überlassen werde, eine Entschließung, welche damit begründet ward, daß „die Salzburgischen Emigranten von den Puissancen, von welchen sie angenommen, bereits mit benöthigtem Unterhalt versehn worden." Eine zum Besten des Baues im J. 1726 bewilligte Lotterie fand keinen Anklang, am wenigsten in Dresden selbst. Bis zu Ende des Jahres 1727 waren von den 48,000 Loosen, auf welche die Lotterie berechnet war, nur 5673 abgesetzt; man sah sich daher genöthigt, die Lotterie zu reduciren. Eine beantragte Auflage auf das Bier ward für bedenklich erachtet: aus dem deshalb erstatteten Berichte ersehn wir übrigens, daß im Jahre 1726 in Dresden gebraut worden waren 18,023 Faß, von fremdem Biere waren 8193 Faß eingeführt worden.

Der Bau rückte inmittelst allmälig vorwärts und es galt nun die Frage zu entscheiden, aus welchem Material die Kuppel und Laterne zu erbauen seien. Der Stadtrath faßte am 20. Octbr. 1729 den Beschluß, die Kuppel bis an die Laterne von Stein aufzuführen.[3] Kurze Zeit darauf, am 29. April 1730, fiel oder stürzte sich von der Höhe des Baugerüstes ein verkommenes Genie herab, Melchior Ernst von

---

[3] Nachrichten über die Erbauung der Frauenkirche S. 18, 19.

Ardcher, der auch als Baumeister sich versucht hatte, er fand sofort den Tod.[4]

Der König, der großes Interesse an dem Baue nahm, ließ am 18. August 1731 den Baumeister Bähr zu sich rufen, dieser mußte ihm die Risse und Prospecte vorlegen und erläutern, worauf der König die jedenfalls sehr zweckmäßige, auch von Bähr sofort als solche anerkannte Aenderung in Vorschlag brachte, daß nämlich das Hauptportal an der Mittagsseite zu stehn kommen solle. Ueber die Audienz referirte Bähr ausführlich zu Protocoll[5], aus dem wir nur noch berichten wollen, daß „Ihro Maj. bei denen demonstrationibus Sich ein bis zweimal allergnädigst vernehmen lassen, man müsse dem Bau unter die Arme greifen, damit er bald seinen Endzweck erlange." Wahrscheinlich auf diese Aeußerung bauend, brachte der Rath bald darauf das Gesuch an, der König möge das Kupfer zum Dache schenken. Der Oberstlieutenant Pöppelmann trug diese Bitte dem Könige, der inzwischen nach Warschau gegangen war, vor. Er schrieb deshalb am 11. Novbr. 1731 an den General-Feldmarschall und Gouverneur Grafen von Wackerbarth, daß der König Bedenken getragen habe und geantwortet, „das Kupfer werde ihm von der Kanzlei als baares Geld angeschlagen, er könne deshalb mit selbiger in keine Unordnung gerathen, weil schon Alles disponirt ꝛc., man sagt immer von geben, aber nicht woher nehmen." Der König schlug vielmehr vor, „es möge die Kirche statt mit Kupfer, welches viel koste, mit gutem und tüchtig gemachten Blech, welches der Dauer halben ebenso gut wäre, bedeckt und demselben ein Oelanstrich gegeben werden, eingesehn Ihre Majestät dies aus der Erfahrung hälten."

Bis zur Bedachung war man aber damals noch nicht gelangt, vielmehr wurden, je weiter der Bau vorschritt, im-

---

[4] v. Weber, Zur Chronik Dresdens S. 144 ff.
[5] Nachrichten ꝛc. S. 86 ff.

mermehr Bedenken gegen dessen Haltbarkeit bei Befolgung
des Plans laut, Bedenken, die vorzugsweise gegen den Beschluß, die Laterne von Stein zu errichten, gerichtet waren.
Der Stadtrath wendete sich daher im Jahre 1737 an den
Gouverneur General Grafen von Friesen (Wackerbarth war
inmittelst gestorben) mit der Bitte „um Verfügung an die
Civil- und Militair-Ober-Baucommission, diesen Zweifel
durch ein architectisches Gutachten zu lösen.“ Unter dem
6. April 1737 gab hierauf der Gouverneur an den Generalleutnant v. Bobl die Ordre, er solle die Anfrage des Raths
mit der Ober-Baucommission in genaue und reifliche Erwägung ziehn, die Kuppel der Kirche visitiren und examiniren
lassen und sobann ein architectisches Gutachten, ob es halt-
barer und sicherer, wenn die Laterne von Stein oder Holz
bis an die Spitze aufgeführt werde, überreichen. Während
die Ober-Baucommission mit dieser Arbeit beschäftigt war
und ehe noch ihr Gutachten abgeschlossen worden, fand oder
suchte Bähr am 16. März 1738 den Tod durch einen Fall
vom Baugerüste der Kirche. Bähr, der jedenfalls ein genialer
Mann von großen und kühnen Ideen war, sollte den Lohn
seiner vieljährigen Mühen nicht ernten, er mußte, wie so
manches Talent, von der Mißgunst und Verkleinerungssucht
verfolgt, dem Mißtrauen unterliegen. Eine zahlreiche Commission, bestehend aus den Obersten Fürstenhof, Oberstleutnant Erndel, Major Krubsacius, und den Ober-Landbau-
meistern Le Plat, Longuelune und Knöfel untersuchte nach
Vorlegung der Baurisse (die sonach Bähr nicht, wie eine
Sage erzählt, vor seinem Tode verbrannt hatte) die Kirche
in Gegenwart einiger Abgeordneten des Raths und das einstimmige Gutachten ging dahin, daß man die Kuppel nicht
weiter belästigen dürfe, „sondern wenn man die Aufsetzung
der Laterne bewerkstelligen wolle, erstlich dasjenige, was zum
Anfang der Laterne von Stein bereits aufgesetzt worden, bis
auf den Zocco wieder abtragen und an dessen Statt ein

kleines Laternchen von Holz so leicht als immer möglich, damit wenn es mit Blei oder Kupfer gedeckt, es die Schwere der abgetragenen Steine nicht übertreffe, wieder aufsetzen solle." Der Baumeister Jo. Gaetano Chiaveri sprach sich sogar für Abtragung der ganzen äußern Kuppel und Aufsetzung einer hölzernen Laterne aus. Glücklicher Weise erschien aber doch die vorgeschlagene Abtragung eines Theiles des schon stehenden Baues als etwas so Auffälliges und Unerwartetes, daß man noch ein Gutachten von dem Landbaumeister Schatz in Leipzig einholte, welches denn unter einer ausführlichen Motivirung dahin ging, daß nichts abzutragen sei, aber auf die Kuppel über den obern Kranz eine Balustrade gesetzt und der 14 Ellen breite Raum zu einem Observatorium bestimmt werden sollte.

Dieser Vorschlag ward durch ein königl. Rescript vom 4. Juli 1739 genehmigt. Allein der König fand sich veranlaßt, diese Anordnung zu Ende März 1740 zurück zu nehmen. Ein hierüber im Geheimen Cabinete am 31. März 1740 aufgenommenes Protocoll besagt: „rc. nachdem das nachher aufgesetzte Model der Kirche die verhoffte Decoration nicht gegeben, als haben Höchst Dieselben Dero Willensmeinung geändert und das hier sub A im Risse angefügte Project zu einer förmlichen Laterne, so auf obbesagte Frauenkirche gesetzt werden soll, anderweit allergnädigst aggreiret rc."

Dem geläuterten Geschmacke des Königs verdanken wir also ausschließlich die gelungene Lösung der Frage.

Die Kirche war übrigens bereits am 28. Febr. 1734 durch feierlichen Gottesdienst und eine brillhalbstündige Predigt des Superintendenten Löscher eingeweiht worden, der Bau selbst aber erlangte durch Aufsetzung des Knopfes erst am 27. Mai 1743 seinen Abschluß. Bei dem Bombardement 1760 bestand er glücklich die Feuerprobe. Die Gesammtkosten des Baues betrugen 288,810 Thlr. 13 gr. 6⅓ pf.

In unmittelbarer Nähe der Kirche standen aber damals

noch die den Platz verunstaltenden baufälligen Gebäude des Maternihospitals und hinter ihnen der Pulverthurm. Diesen Raum erhielt der Ober-Landbaumeister Johann Christoph Knöfel geschenkt, der dort ein Palais erbaute, welches im Jahre 1762 der Graf von Coßell erweiterte, jetzt der Sitz der Polizei. Auch die Reste der Kirchhofsmauer verschwanden, die Umgebung der Frauenkirche ward geebnet und so erlangte der Platz seine gegenwärtige Gestalt.

Der kursächsische General der Infanterie Wostromürsky von Rockittnig.

Von Carl Sahrer von Sahr auf Dahlen.

Dem Besucher des Museums des Königreichs Böhmen zu Prag werden beim Aufsteigen aus den Sammlungen des ersten Stockes in die Bibliotheksräume, nächst dem riesigen Bambusrohre, in der Ecke des Treppenhauses, zwei große Driskammen von gemaltem Bleche in die Augen fallen.

Auf der einen ist in der Umrahmung von allerhand kriegerischen Emblemen ein Wappen — ein erhobener, rechter, silberngerüsteter Arm mit silberner Streitaxt im rothen Felde — zu sehn. Darüber die Inschrift:

„Der Wohlgeborne Herr Herr Hannß Herrmann Wostromirsky von Rockittnigk ward gebohren am 14. Augusti 1647. Starb als königl. pohln. u. Churfürstl. sächs. General und Commendant der Vestung Dreßden d. 7. Februar ao. 1718. Der letzte seines Uhralten Geschlechts."

Auf dem Pendant erblickt man des Generals Namenszug mit einer Krone darüber, auf den jetzt nicht sichtbaren Seiten der beiden Fahnen ist sein Stammbaum gemalt.

Auf Grund dieses Stammbaums [1] und einiger andern

---

[1] Dieser liegt mir, auf Pergament nach sechszehn Ahnen gemalt, vor, am 3. Septbr. 1708 vom Wirklichen Geh. Rath, Kämmerer und Königl.

Quellen, unter denen die selten geworbenen Funerallen[2] des Generals die ergiebigsten sind, habe ich Einiges über ihn und seine Familie zusammengestellt.

Hanns Hermann Ostroměřsķy z Rokitniķa[3] stammte aus einer böhmischen, zwischen Iser und Elbe und im Taborer Kreise ansässig gewesenen, und nach der Schlacht am weißen Berge zum Theil nach Kursachsen ausgewanderten Familie, über deren Ursprung der angeführte Lebenslauf, welchen der General selbst einige Jahre vor seinem Tode hatte anfertigen lassen, S. 97 flg. Nachstehendes meldet:

„Als Anno 1158 Kayser Friedricus Barbarossa wider die Rebellischen Mayländer zu Felde zoge, stunde der damahlige Böhmische Hertzog Wladislaus Ihme darinnen so tapffer und treulich bey, daß Er dadurch sich den Titul und die Würde eines Königes, seinen Wappen den weißen Löwen mit

---

Böheimbischen Cammer-Assessor Grafen Wenzl Ignatius Wratislaw, Herrn von Mitrowitz und dem Wirklichen Kämmerer, Rath, Hoff Lehn und Cammerrechtsbeysitzer, Grafen Franz Helfried Doračiķy, Herrn von Pabirnitz, mit ihren „ehrlichen Namen, Gräfflichen Unterschriften und Petschaften“ attestirt und weist unter lauter Wappen des böhmischen Herrn- und Ritterstandes den siebenden Storch im blauen Felde (Dobrensķy z Dobkenic), den silbernen Pfahl im rothen Felde (Mitrowsķy z Nemyšle), die drei silbernen Eberzähne (Ainsķy), die zwei blauen Löwen in den goldenen, die zwei goldenen Löwen in den blauen Schildabtheilungen (das unvermehrte Wappen der Walдstein) und andere nach.

[2] Den weitläufigen Titel dieser bei Jacob Harpeter in Dresden gedruckten, 128 Seiten in Folio umfassenden Schrift hier anzuführen, muß ich billig Bedenken tragen. Es enthält dieselbe 1) die als „Selige Sterbens-Lust“ bezeichnete, am 14. Febr. 1718 in der Kirche zum H. Creuz zu Dresden gehaltene Gedächtnißpredigt (S. 1 bis 92); 2) den Lebens-Lauff des Verstorbenen (S. 93 bis 110); 3) Die von Hanns George von Grünrodt bei der Abführung des entseelten Körpers nach Tahlen zu Dresden am 15. Febr. 1718 abgelegte Abhandlungsrede (S. 111 bis 122); 4) Die Process-Ordnung bei dem Begräbniß (S. 123 bis 130); 5) Die von M. Johann Balthasar Matthesius bei der Beisetzung in der Kirche zu Tahlen am 17. Febr. 1718 gehaltene Standrede (S. 131 bis 142).

[3] So lautet der Name in böhmischer Sprache, während die Ueberschrift dieses Aufsatzes der deutschen Unterschrift des Generals entspricht.

einer gülbenen Crone, und seinen tapfferen Böhmen einen
unsterblichen Nachruhm erworbe. Insonderheit aber schlugen
sich einsten eine Parthey muthiger Volunteurs von lauter
Böhmen zusammen, brachen bey Nacht in die belagerte Stadt
Meyland, massacrirten viel von Bürgern und Soldaten,
hieben die Stadt Thore auf, und drungen mit großer Beuthe
mitten durch solche und die Feindlichen Trouppen, zu jeder-
mans Verwunderung wieder in ihr Lager glücklich zurücke.
Der Kayser admirirte selbst diese so klug als Heldenmüthig
ausgeführte Entreprise, erkennete deren vornehmste Häupter
und Anführer des Ritter-Standes würdig, und ersuchete da-
hero ihren König Wladislaum, Sie mit allen deren Nachkommen darein zu erheben, auch jedem mit einem, seiner
hierbey etwan erwiesenen Tapfferkeit einstimmenden Wappen
zu begnadigen. Der Heldenmüthige und über seiner Böhmischen Helden erworbene Ehre selbst erfreute König, ruffte
solche vor sich, conferirte einem nach dem andern sein Ritter-
mäßiges Wappen, und als Er hierbey an deren Anführer
kam, so damahlen Bochdal hieße, sagte Er zu Ihn:

Aber da nun die Mayländer Ihre Thore alle verschlossen,
wie kontet Ihr dann, durch solche so glücklich wieder heraus-
kommen? Gnädigster König antwortete dieser, Ich habe mit
diesem Beile, welches Ich einem andern aus der Hand ge-
rißen, so scharf geziehlet (auf Böhmisch lautete es: Tack
Woszromirszil:), daß Ich das Thor durch mein zuhauen
gar bald eröffnet. Nun sagte der König, so solst du hinfort
Woszromirsky heißen, und einen geharnischten, ein Beil
haltenden Arm, in deinem Wappen-Schilde führen. Endlich
nachdem die Mayländischen Rebellen wieder zu schuldigem Gehorsam gebracht, kehrten die sieghafften Böhmen mit Ihrem
durch Ihre Tapfferkeit neu gekröhntem Könige in ihr Vaterland zurücke, laufften, und überkahmen daselbst Standes-
mäßige Güther, welche Sie gleichfalß nach ihren neu erlangten
Ehren-Nahmen benenneten.''

Daher also, si fabula vera, der Name des Geschlechts,

daher das Wappen und der Name des von dem ersten seines Stammes, Bohdal aus Rokitnik im Königgrätzer Kreise, erbauten Gutes Wostromět.

Paprocký im Ritterstande S. 298 erwähnt nur den Namen Wostromjrský z Wostromjte; daß diese Familie mit der von uns besprochenen eine und dieselbe, geht einmal aus dem gleichen Wappen (rytjrské bradatice angj ruka drži), dann daraus hervor, daß er einige Mitglieder der Familie als im Tytulak (Titelbuch, dem böhmischen Staats-Kalender) auf 1589 verzeichnet aufführt, wo gleichwohl nur von Wostromjrský z Rokitnik die Rede ist.

Hiernach und nach dem Jahrgange 1556 des Titelbuchs scheint es nun, daß in der zweiten Hälfte des sechszehnten Jahrhunderts sich der Besitz der Familie auf Wostromět und Hrabisko beschränkte, welche an der in der neuesten sächsischen Kriegsgeschichte wichtig gewordenen Straße von Jitin nach Hotic liegen und gegenwärtig zur fürstlich Trautmannsdorf-fischen Herrschaft Radim gehören. Diese mag in der ersten Hälfte des sechszehnten Jahrhunderts Johann W. mit Anna Dobřenska von Dobřenic vermählt, des Generals — wie man ehedem in Genealogicis zu sagen pflegte — „vorältster Herr Vater von väterlicher Seite" besessen haben. Sein Sohn, Hermann auf Wostromit und dem nahe dabei gelegenen Soblice war vermählt mit Anna Elisabeth, des Siegmund Rabenhaupt z Suché Tochter von Katharina Kuchelska z Nestagow, aus welcher Ehe Johann stammte auf Mladejow und Statibow, rechts der von Jitin nach Münchengrätz führenden Straße gelegen, welcher sich mit Katharina, des Johann Nasin von Riesenburg und der Salomena Waldstein Tochter vermählte. Nach Sommer[*] sind diese Güter schon im Anfange des siebenzehnten Jahrhunderts in die Hände des Conrad von Hodegow übergegangen. Johann W. wanderte nach der Schlacht am weißen Berge aus und ist vermuthlich mit dem

---

[*] Das Königreich Böhmen. Prag 1834. Bunzlauer Kreis. S. 879.

von Pelzel[5] erwähnten Rittmeister in schwedischen Diensten identisch. In dieselbe Armee trat auch sein Sohn Nicolaus, der ihm als achtjähriger Knabe in das Exil gefolgt war.

Die Stammgüter Wostromiř, Hradisko und Sobzice befanden sich zu Zeiten des Winterkönigs in den Händen des Wenzel Wostromirsky, wahrscheinlich eines Bruders des eben genannten Johann. Sie wurden ihm, welcher in die Hälfte (nach dem Confiscationsbuche in zwei Drittheile) verurtheilt war, confiscirt, auf 8536 Schock 40 Groschen tarirt und dem Herzoge von Friedland für die Taxe laut Contract vom 13. Jan. 1623 verkauft. Später erwarben diese drei Güter und zwar die beiden ersten im Jahre 1680 von Ferdinand Rudolf des Carmes, Freiherrn von Antheimb, das letztere 1661 von Stanislaus Dohalsky von Dohaliž die Karthäuser des von Albrecht von Waldstein mittelst Urk. vom 8. Decbr. 1627 gestifteten Klosters zu Walditz, welche in deren Besitz bis zum Jahre 1782 blieben, in welchem Jahre das Kloster unter Kaiser Joseph II. aufgehoben und mit den übrigen dazu gehörigen Gütern dem k. k. Religionsfond zugewiesen wurden.[6] Zur Herrschaft Radim geschlagen, wurden sie 1824 vom Fürsten Trautmannsdorff erstanden.

Auch ein anderes Mitglied der Familie wird unter den Exulanten genannt, Emil Wostromirsky, der in zwei Drittheile condemnirt war. Ihm wurden ein Theil von Boroltn, Kostelec Podolský und Kevnow im damaligen Bechiner Kreise confiscirt, auf 8532 Schock 45 Groschen tarirt und laut Contract vom 26. März 1623 um 8000 Schock an Wilhelms von Rosenberg stattliche Wittwe, die Fürstin Polyxena Lobkowitz, geborne von Pernstein, die muthige Retterin der am 23. Mai 1618 „defenestrirten" kaiserlichen Statthalter, überlassen. Sie liegen bei Tabor links der von dort über Miltin nach Wotitz (weiter nach Beneschau und Prag) führenden Straße und ge-

---

[5] Geschichte der Böhmen von den ältesten bis auf die neuesten Zeiten. Dritte Auflage. Prag und Wien 1782. II. S. 756.

[6] Sommer a. a. O. Bischower Kreis S. 143 flg. u. 284.

hören jetzt zur Herrſchaft Giſtebniz.[7] Peſched[8] erwähnt noch unter den nach Zittau geflüchteten böhmiſchen Frauen Frau Eva Woſtromirſka von Rieſenburg.

Andere Mitglieder der Familie dagegen mögen in Böhmen geblieben ſein; nach einer Notiz bei Schimon[9] hätte Nicolaus W. v. R. auf Großbarchow[10] 1628 den Ritterſtand erlangt und nach Sommer[11] befindet ſich in der Pfarrkirche zu Sobzic die Grabſtätte der 1676 verſtorbenen Frau Dorothea W.

Wir kehren zu Nicolaus zurück.

Gegen das Ende des Krieges vermählte ſich dieſer mit Fräulein Barbara Magdalena, des kaiſerl. Rittmeiſters Johann Georg Materna Tochter, von Veronika Auchelska z Neſtagow, aus deren Ausſtattung noch eine mit dem Allianzwappen ver- zierte Truhe im Schloſſe zu Dahlen erhalten iſt. Zwiſchen 1650 und 1657 kaufte er das Rittergut Alt-Köliz bei Oſchatz, wohnte den Localviſitationen von 1658 und 1670 bei und beſaß daſſelbe noch bei ſeinem Tode am 29. März 1676.[12] Noch vor wenig Jahren ſoll auf dem Calbitzer Kirchhofe, der in der letzten Zeit einer gänzlichen Umwandlung unterlegen hat, die Inſchrift auf dem Grabſteine des ſchwediſchen Kriegers zu entziffern geweſen ſein, gegenwärtig ſucht man vergeblich nach derſelben.

[7] S. Materialien zur alten und neuen Statiſtik von Böhmen, Heft VI. XI. Sommer, Taborer Kreis, S. 64.

[8] Die böhmiſchen Exulanten in Sachſen, Leipzig bei S. Hirzel 1857. S. 77 u. 138.

[9] Der Adel von Böhmen, Mähren und Schleſien. Böhm. Leipa 1859. S. 193.

[10] Nördlich der von Chlumez nach Königgrätz führenden Straße, jetzt zur Herrſchaft Holitz gehörig. Sommer a. a. O. Bitſchower Kreis, S. 280.

[11] a. a. O. Bitſchower Kreis, S. 152.

[12] Im Calbitzer Todtenregiſter iſt W. als Quartiermeiſter bezeichnet und die Bemerkung beigefügt, daß die Exequien am 4. Juni gehalten wurden. W. ſcheint übrigens auch in ſächſiſchen Dienſten geſtanden zu haben, denn er wird bei der Beiſetzung Kurfürſt Johann Georgs I. als einer der acht Rittmeiſter in Viſiren genannt, welche die vor den Proceſſ-Wagen ge- ſpannten Pferde führten.

Es ist uns die Kunde nachbarlicher Beziehungen aufbewahrt worden, welche mit den nahe gelegenen Gütern Dahlen und Börln unterhalten wurden. Jenes besaß damals Augustus von Döring (geb. 1620, † 1682), des bekannten sächsischen Finanzmannes Dr. David Dörings Sohn, seit 16. Febr. 1648 mit Sabina Katharina von Grünrodt aus dem Hause Wiederode vermählt, unter dessen zahlreicher Familie sich mehrere Altersgenossen der Kinder des Rittmeisters fanden. Das ebenfalls Döringische Börln hatte durch einige Jahre während jener Zeit der Sohn eines andern böhmischen Exulanten, Leo Zb'ursky ze Zb'áru (Leo Sahrer von Sahr) erpachtet.

Als Calbitz 1668, Sonnabend vor Lätare den 19. Febr. abbrannte, kam das Flugfeuer auch auf den Rittersitz Alt-Rölitz, verzehrte das Herrenhaus nebst allen Nebengebäuden und brachte Nicolaus um sein ganzes bewegliches Vermögen, so daß er nur eine Bibel, einen Hund und einen Hahn, der aus dem Feuer ihm nachflog, gerettet haben soll. Der damalige Pfarrer, Melchior Gerlach, hielt acht Tage darauf in der Filialkirche zu Malkwitz über dieses Ereigniß eine Gedächtnißpredigt, die er in Freiberg drucken ließ.[13] Des Nicolaus Kinder mögen nach dem Tode des Vaters das Gut an Heinrich Anselm von Ziegler und Klipphausen, den Verfasser des zu Frankfurt a. M. 1695 in Folio erschienenen täglichen Schauplatzes der Zeit, verkauft haben. Als solche sind uns, außer dem General, über welchen später ausführliche Mittheilung geschehn wird, bekannt: 1) Adam, der im Jahre 1677 als gefreiter Corporal unter den Herrn Staaten von Holland bei dem fürstl. Birkenfeldischen Regiment erwähnt wird; 2) Gottlob Carl, getauft am 3. Juli 1664[14]; 3) Eva Helena, geb. am 25. Decbr. 1667, vermählt am 17. Febr. 1702 mit dem damals fünf und vierzigjährigen Besitzer von

---

[13] S. Hofmann, historische Beschreibung der Stadt, des Amtes und der Dlöter Dschatz. Dschatz 1813 u. 1817. II. S. 198, 202, 204.

[14] Aus den Taufnachrichten der Kirche zu Großböhla bei Dschatz, wohin das Rittergut Alt-Rötitz eingepfarrt ist.

Dahlen, Hanns August von Döring, des vorgenannten August Sohn. Durch ihre einzige Tochter, Auguste Helene, welche am 4. Novbr. 1728 im drei und zwanzigsten Lebens-jahre starb, ward sie die Schwiegermutter des als Verfasser der Reichshistorie, Gründer der schönen Bibliothek zu Nöthnitz und Winkelmanns Gönner bekannten Grafen Bünau und starb, seit 16. Septbr. 1733 verwittwet, zu Dahlen am 9. April 1749. Den wenigen über sie vorhandenen Nachrichten nach war sie eine sehr originelle Frau. 4) Anna Rosina, welche als Wittwe des kursächsischen Hauptmanns von der Infan-terie Deyerling, am 16. Juni 1743 zu Dahlen starb und daselbst am 20. in der Stille beigesetzt wurde. 5) Johanna Barbara, welche durch viele Jahre unvermählt bei Frau von Döring in Dahlen lebte. 6) Nicolaus, welcher nach Angabe des vom Professor Lorenz zu Grimma 1850 herausgegebenen Grimmenser Albums die dortige Fürstenschule vom 28. Novbr. 1663 bis zum 1. Septbr. 1667 besuchte, jung verstarb und nach Ausweis des Calbitzer Todtenregisters am 29. April 1674 „more nobilium" begraben ward.

Hanns Hermann W. v. R., ein siebentes Kind des Nico-laus W., ward geboren zu Dresden am 14. August 1647 und Tags darauf getauft, anfangs zu Dresden, dann in Alt-Rötitz erzogen und besuchte nach den im Lebenslaufe enthaltenen eigenen Angaben die Fürstenschule zu Grimma von 1660 bis 1664. Es scheint aber dem künftigen General die Zeit in Grimma sehr lang gedünkt zu haben, indem er nach Ausweis des bereits oben erwähnten Grimmenser Albums erst am 28. Novbr. 1663 mit seinem Bruder Nicolaus dort recipirt wurde. Bereits im J. 1664 suchte er Kriegsdienste und trat als Musketier unter die lüneburgischen Truppen in das Regi-ment des Obristen Mollison, in welchem er bei der Compagnie des Hauptmann Bülau Gefreiter ward. Im J. 1667 nahm er in dem unter dem Herzoge Bernhard von Holstein in den Niederlanden stehenden spanischen Infanterieregimente Dienste, war zwei und ein Drittel Jahre in demselben gefreiter Kor-

poral und acht Monate Fähnbrich. Als dieses Regiment
1670 aufgelöst wurde, trat er als Gefreiter in das holländische Regiment des Obersten Torsey; bald darauf ward ihm
im Königsmarkischen Regimente ein Fähnlein anvertraut und
er 1672 zum Leutnant, 1673 zum Capitainleutnant in demselben befördert, worauf er von 1676 bis 1677 als Capitain
eine wirkliche Compagnie befehligte. In diesem Jahre rief
ihn Kurfürst Johann Georg II. als Vasallen und Landeskind
nach Dresden zurück; da jedoch durch den Nymwegischen Frieden bald darauf das ganze Reich in völlige Ruhe gesetzt wurde,
so konnte er, steter Vertröstungen ungeachtet, durch drei Jahre
keine Anstellung erlangen. Erst 1680 ernannte ihn Kurfürst
Johann Georg III. zum Capitain beim Leibregimente zu Fuß
und übertrug ihm die Adjutantendienste bei der in der Residenz stehenden Garde, in welcher er, als der Kurfürst 1682
zum Entsatze von Wien aufbrach, eine wirkliche Compagnie
erhielt, welche er durch sieben Jahre lang befehligte, nach
deren Ablauf er 1690 Oberstwachtmeister beim reußischen
Regimente ward. Im Jahre 1692 ernannte ihn Kurfürst
Johann Georg IV. zum Major bei der unter dem Oberst
Baron von Mensebach neu formirten Leibgarde von grands
mousquetuires, 1694 ward er Oberstleutnant bei des Grafen
Dohna Regiment zu Fuß, 1697 kam er als solcher zu dem
Röbelischen Regiment zu Fuß und Jahres darauf als wirklicher Oberst zu der in Dresden stehenden Garde. Brigadier
im J. 1699 erhielt er, als in Folge des zwischen dem kaiser-
lichen Hofe und dem Kurfürsten von Sachsen am 16. Jan.
1702 abgeschlossenen Tractates der letztere dem Kaiser für
200 m. Thlr. jährlicher Subsidien 8000 Mann gegen Frankreich und Bayern zu stellen sich verpflichtet hatte, ein Commando unmittelbar unter dem mit der Oberleitung betrauten
Generalleutnant von der Schulenburg. Er nahm an der
Schlacht von Höchstädt Theil und trat, als die Ereignisse des
Feldzugs von 1703 in Polen die Abberufung des sächsischen
Corps von der Reichsarmee veranlaßten, unter Schulenburg

den Rückmarsch nach Sachsen an, um am 20. Mai 1704 in Dresden einzutreffen. Wenige Wochen darauf rückte W. wieder ins Feld. Das für den polnischen Feldzug bestimmte sächsische Truppencorps — bestehend aus 3500 Pferden und 7800 Mann Infanterie — brach von Guben in der Niederlausitz, wo es sich versammelt hatte, am 27. Juli 1704 unter Steinau und Schulenburg auf. W. war einer der unter denselben commandirenden fünf Generalmajore. Die Operationen dieses Feldzugs, der mit der von Schulenburg gegen die Schweden unter dem General Rhenschild verlornen Schlacht bei Fraustadt am 13. Febr. 1706 endigte, sind, wie die Ereignisse des früheren Feldzugs in Bayern, ausführlich in den Denkwürdigkeiten des venetianischen Feldmarschalls Grafen von der Schulenburg, (Leipzig, Weidmannsche Buchhandlung 1834. Zwei Theile) vom Conferenzminister Grafen von der Schulenburg geschildert worden. W. erhielt bei Fraustadt eine gefährliche Schußwunde und wurde nach eilfmonatlicher Gefangenschaft in Stockholm gegen den bei Kalisch gefangenen schwedischen General Meyerfeld ausgewechselt. Generalmajor nach Eroberung der Cober-Dünamünder Schanze bei Riga ward er 1705 Commandant der Residenzfestung, in demselben Jahre Generalleutnant und am 25. Novbr. 1714 General der Infanterie.[15]

---

[15] Aus dieser Zeit finden sich mehrere Briefe und Berichte von ihm im Haupt-Staatsarchive zu Dresden. Sie sind aber von keinem erheblichen historischen Interesse und beweisen nur, daß der wackere General den Degen besser als die Feder führte. In einem Briefe an den General-Feldmarschall Gr. von Flemming vom 27. Juli 1710 beklagte er sich, daß man in Beziehung auf seine Soldrückstände ihn nicht wie die anderen Generale behandeln wolle. Er schrieb: „Obgleich Ew. Excellenz die große Gnade vor mich gehabt und mir die Bezahlung meiner rückständigen Reste ausgewürkt, nichts destoweniger hat mir doch der Herr Geheimbdte Rat von Hohm zu verstehn gegeben, daß mir selbige die Zeit meines Lebens jährlich à 12 pro Cento verinteressiret werden sollen und man mich also allen ungeachtet, da doch in meiner harten und kostbaren Gefangenschafft ein Ziemliches verzehrt und auch noch biß dato schwehre Dienste habe, nicht gleich denen andern Generals tractiren wollen, Ersuche diesen nach Ew. Exc. nochmahls ganz ergebenst, die Gnade vor mich zu haben und

In vier und fünfzigjährigen Kriegsdiensten hatte W. fünf Hauptschlachten und sechs Belagerungen beigewohnt, und schon seit längerer Zeit bei abnehmenden Lebenskräften dem Tode ruhig entgegen gesehn. Namentlich litt er an den Folgen und Beschwerden seiner Gefangenschaft. Bereits einige Jahre vor seinem Tode ließ er seinen Sarg und ein ziemlich reiches Epitaphium, auch den nachmals gedruckten Lebenslauf anfertigen. Er entschlief, obwohl er am Neujahrstage 1718 für wiedererlangte Gesundheit sein Dankopfer in der Schloßkirche abstatten und seiner hohen Charge völlig wieder vorstehen konnte, am 7. Febr. desselben Jahres früh 1 Uhr zu Dresden.

Nach der Rückkehr aus Holland hatte sich Wostromirsky 1677 mit Dorothea Magdalene von Döring vermählt, einer am 10. April 1656 gebornen Tochter des oben erwähnten Augustus von Döring auf Dahlen, welche als Wittwe zu Dresden am 15. April 1720 starb und am 26. in die Gruft vor dem Altare der Dahlner Kirche an seiner Seite beigesetzt wurde. Sie hatte ihm fünf Töchter geboren: 1) Johanna Dorothea, welche in zarter Kindheit verstorben ist [16]; 2) Rahel Sophia, Herrn Friedrich Leberecht von Damnitz vermählt; 3) Johanna Charlotte, bei des Vaters Tode noch unverheirathet; 4) Dorothea Helene, dem kursächsischen Kammerherrn Bonaventura Kurnatowski de Bytyn vermählt; 5) Christiane Henriette, welche bereits 1718 Wittwe eines Obersten von Hoverbeck war.

Nach dem Verkaufe von Alt-Rötitz hatte er das unweit Wurzen, am linken Muldenufer gelegene kleinere Rittergut Schmölln [17] erworben, welches nach seinem Tode auf seine

---

an den Herrn Geheimbden Rath von Hoym bestwegen zu schreiben, damit man mich doch gleich denen andern Generals bezahlen und befriedigen möchte."

[16] Nach Ausweis der Calbitzer Todtennachrichten am 24. Decbr. 1680 Christablelligem Gebrauche nach begraben.

[17] Nicht Schmöllen bei Bischofswerda, wie im Schumannschen Lexikon von Sachsen Bd. XVIII. S. 705 angegeben ist.

Töchter überging und sich noch längere Zeit im Besitze der Familie Kurnatowski befunden hat.

Der General hatte die Beisetzung seiner Leiche in eine bei seinen Lebzeiten zugerichtete Gruft in der Stadtkirche zu Dahlen angeordnet. Nachdem am 14. Febr. Mag. Polycarp Kunad in der Dresdner Kreuzkirche die weitläuftige Gedächtnißpredigt gehalten, erfolgte Tags darauf die Abführung der Leiche nach Dahlen. Hanns Georg von Grünrodt auf Seifersdorf hielt vor der zahlreichen Versammlung, die sich im Trauerhause eingefunden hatte, eine Abdankungsrede, worauf sich der Zug in Bewegung setzte, von der Artillerie, der Königin Regiment und des königlichen Prinzen Regiment eröffnet. Der Leiche und den nächsten Leidtragenden folgten Herzog Johann Adolf zu Sachsen-Weißenfels, Se. Excellenz der Graf Moritz von Sachsen, fünf Cabinetsminister und dreißig andere sächsische Excellenzen bis vor das Meißnische Thor in Alt-Dresden, wo drei Mal sechs Stücke abgefeuert wurden und die Musquetiere in den Zwischenräumen Salven gaben. Die Beisetzung zu Dahlen erfolgte am 17. Febr. mit abermaliger Standrede des dortigen Pastors, M. Johann Balthasar Mathesius. Nach der Angabe des Verstorbenen ward sein Epitaphium an der Mittagseite des Chores der Kirche in bedeutender Höhe aufgerichtet. Die beiden Blechfahnen, welche zur Seite desselben herunter hingen, galten mit der Zeit, so wenig die darauf gemalten Stammbäume dafür sprachen, für beim Entsatze von Wien erbeutete Türkenfahnen, wurden in der Gemeinde mißliebig und im Herbste des Jahres 1849 von dem Stadtrathe zu Dahlen eigenmächtig entfernt. Obwohl an dem frühern Orte nach einiger Zeit wieder befestigt, wurde doch, als im Jahre 1862 bei der Herstellung der Kirche die Entfernung zahlreicher Einbauten aus dem siebzehnten Jahrhunderte beschlossen worden, die Beseitigung der beiden weil in den Chor hineinragenden Blechfahnen eine Nothwendigkeit. Indem man die anderen Theile des Epitaphiums an der frühern Stelle beibehielt und zwei bei Eröffnung der Wostromirsky'schen

Gruft, deren Ausfüllung geboten schien, aufgefundene Sand-
steinplatten mit den Wappen der Eltern des Generals zu den
Seiten der herrschaftlichen Empore einmauern ließ, glaubte
man der Pietät zu genügen und es konnte sich nur noch
darum handeln, die entfernten Fahnen wo möglich vor dem
Untergange zu schützen und für dieselben eine passende Aufstellung ausfindig zu machen.

In vollständig genügender Weise ist ihnen diese durch die
liebenswürdige Vermittelung der Gräfin Caroline Raczynska,
geborner Fürstin Oettingen-Wallerstein, im Prager Museum
zu Theil geworden.

Das am Epitaphium befindliche Portrait des Generals
mit dem größten Theile der dasselbe umgebenden Embleme
hat M. Bobeneyr zu Dresden gestochen.

Sachsens wüste Marken.

(Nachtrag.)

Von Dr. E. Herzog in Zwickau.

Als wir im II. Bande dieses „Archivs" S. 59—110 u.
193—218 ein alphabetisches Verzeichniß der wüsten Marken
des Königreichs Sachsen lieferten, haben wir uns schon im
Vorworte in Bezug auf die nicht zu erzielende absolute Voll-
ständigkeit desselben verwahrt. Fortgesetzte Forschungen setzen
uns jedoch in den Stand, das Verzeichniß durch den folgenden Nachtrag zu vervollständigen, welcher mit Beibehaltung
der alphabetischen Form nächst einer Anzahl neuer Artikel
auch einige Berichtigungen und Zusätze zu den bereits mitgetheilten Artikeln enthält. In Bezug auf die einzelnen sächsischen Amtsbezirke haben wir schon angedeutet, daß Wurzen
und Oschatz die meisten (resp. 37 und 31) wüsten Marken
enthalten: es folgen hierauf die Amtsbezirke Borna mit 19,
Leipzig mit 16, Grimma und Großenhain mit je 14, Chemnitz
mit 9, Markranstädt, Meißen, Mügeln und Taucha mit je 8,
Lausigk und Zwenkau mit je 7, Dresden mit 6 wüsten Marken u. s. f. — Das S. 210 erwähnte Verzeichniß der wüsten
Marken in der preußischen Provinz Sachsen findet sich in
Dr. Förstemanns Neuen Mittheilungen des thüringisch-
sächsischen Alterthumsforschenden Vereins zu Halle, Bd. I.
(Halle 1834) Heft 1, S. 1—78 und Bd. II. (ebend. 1835)

Heft 2, S. 260—287; und von den wüsten Marken des Herzogthums Sachsen-Altenburg hat Wagner im III. Bande der Mittheilungen der osterländ. Alterthumsforsch. Gesellsch. zu Altenburg, Heft 2, S. 209—280 ein ausführliches Verzeichniß geliefert.

A. Zur I. Abtheilung.
(Anm. K.D. bedeutet Kreisdirectionsbezirk und G.A. Gerichtsamt.)

Bernsdorf (K.D. Bautzen, G.A. Pulsnitz). Ein Dorf dieses Namens, welches nebst dem dabei gelegenen Burgwalde 1309 urkundl. als Zubehör der Herrschaft Pulsnitz vorkommt, scheint vor dem Hussitenkriege in der Nähe des Keulen- oder Augustusberges bei Großnaundorf gestanden zu haben.

Blumberg (II. S. 64). Dieses Dorf bei Oschatz ist schon im 14. Jahrhunderte untergegangen und war urkundl. bereits 1395 eine Wüstung.

Braschwitz (S. 65). Diese wüste Mark bei Wurzen liegt zwischen Colmen, Lossa und der Siebewitz-Mark.

Clabe, Glabe (K.D. Leipzig, G.A. Grimma). Eine am rechten Ufer der Parde oder eigentlich am Seifgraben zwischen Großsteinberg und Naunhof, nahe (südl.) bei letzterem Städtchen gelegene, aber zur Großsteinberger Flur gehörige wüste Holzmark, welche wohl aus dem Hussitenkriege herrühren mag.

Colm (S. 67), auch **Colmen.** Dieses ehemal. Dorf bei Liebertwolkwitz gelangte 1543 zugleich mit Holzhausen an die Universität Leipzig.

Debschütz (S. 69). Die Connewitzer Mühle, mit welcher noch 1459, wo sie der Familie Reiche gehörte, ein Kupferhammer und Schleifwerk verbunden war, ist ein Rest des Dorfes D., welches dem Leipziger Thomaskloster seit 1275 gehörte.

Denitz (K.D. Leipzig, G.A. Wurzen). Eine zwischen Böhlitz, Lossa und Großzschepa gelegene, an die Braschwitz-

und Tauchnitzmark stoßende wüste Feld- und Wiesenmark, welche zum Rittergute Rischwitz gehören soll und nicht mit dem Dorfe Dehnitz bei Wurzen zu verwechseln ist.

Echardtsche Folgen (K.D. Dresden, G.A. Brand). Eine zwischen Erbisdorf, Mühlisdorf, Berthelsdorf und Langenau, unweit des fiskalischen Forsthauses Münchenfrei am Freiwasser (einem Quellbache der Striegiß) gelegene, zum niedern Freiwalde oder Freiberger Rathswalde gehörige, mit dem Mühlisdorfer Steinvorwerke rainende Holzmark, auf welcher noch zu Anfang des vorigen Jahrh. Mauerwerk des sogen. „Alten Hofes" sichtbar war. Hier standen wahrscheinlich die schon in den Kriegen des 13. Jahrh. verschwundenen 4 Villae Echardi oder Echardtschen Güter, welche in der Altzeller Klosterurkunde v. 2. Aug. 1185 vorkommen und irgend einem Ritter Echardt als markgräflichen Vasallen ihre Gründung dankten. Vergl. Klotzsch, Sammlg. verm. Nachr. z. sächs. Gesch. I. 127.

Eygen (K.D. Dresden, G.A. Lommatzsch). Dieses ehedem bei Reckanitz gelegene Dorf zehntete 1322 an die Margarethenkapelle der Meißner Domkirche und gehörte damals einem Jentzko v. Lytzenitz (Lützschnitz).

Frundisdorf (K.D. Dresden, G.A. Schönfeld). Es wird 1403 als ein Zubehör des Rittergutes Pillnitz genannt und lag wahrscheinlich in dessen Nähe bei Cloben (II. 67), scheint aber im Hussitenkriege zerstört worden zu sein.

Gor (S. 75). Goher bei Oschatz wird schon 1395 urkundlich ein wüstes Dorf genannt.

Gospodiz (K.D. Dresden, G.A. Meißen). Dieses burggräflich meißnische Dorf „in dem Gerichte zu Misne" (districtus Misnensis), in welchem das Meißner Domcapitel 1356, 1381 und 1414 Zinsen erwarb, ist schwerlich Kobitzsch (s. Cod. diplom. Sax. reg. II. 2. S. 198), sondern vielmehr eine im Hussitenkriege untergegangene Ortschaft bei Meißen. Vergl. Märker, Burggrafth. Meißen S. 173.

Grüna, Grunau (K.D. Leipzig, G.A. Wurzen). Eine

zwischen Kühnitzsch und Dornreichenbach gelegene Mark, welche
zum Rittergute Kühnitzsch gehört und wahrscheinlich aus dem
Hussitenkriege herrührt. Vergl. Schöttgen, Wurz. Chron.
S. 776.

Hermersdorf (S. 81). In dem Dorfe H. oder Hermsdorf, welches bei Großenhain zwischen Krauschütz, Strauch
und Delsnitz (an der Grenze) lag und im Hussitenkriege untergegangen ist, erwarb 1426 das Meißner Domcapitel einige
Güter. Ein Rest des Dorfes ist die Brandmühle am Elgastbache.

Herrnsdorf (K.D. Zwickau, G.A. Remse). Zwischen
Pfaffroda, Weidensdorf und Remse liegt eine Mark H., welche
wahrscheinlich von einem schon vor dem Hussitenkriege zerstör-
ten Dorfe dieses Namens herrührt; wogegen auf der anstoßenden, gegen 60 Acker umfassenden und jetzt zum Rittergute Remse
gehörigen Feld- und Wiesenmark Kallhausen noch bis ums
Jahr 1650 die Gebäude eines ehemaligen Klosterwerks K. gestanden haben sollen. Vergl. das Archiv Bd. III. S. 221.

Horst (K.D. Dresden, G.A. Großenhain). Das wahrscheinlich im Hussitenkriege untergegangene Dorf H. mit 9 Hufen
verkaufte 1380 Hans v. Mylen nebst Stößgen, in dessen Nähe
es lag, an das Meißner Domcapitel. Jetzt scheint die Wüstung
ganz oder größtentheils zu Stößgen zu gehören. Vergl. Cod.
dipl. Sax. reg. II. 2. S. 85 ff.

Kallhausen, s. oben Herrnsdorf.

Krilau (S. 85) liegt zwischen Taucha, Plößitz und Som-
merfeld.

Krummen-Lampertswalde (K.D. Leipzig, G.A. Wur-
zen). Eine hart an der preußischen Grenze zwischen Ochsensaal,
Thammenhain und Frauwalde gelegene, wahrscheinlich aus
dem Hussitenkriege herrührende und dem Rittergute Fallenhain zustehende wüste Holzmark, welche bis 1815 ins Amt
Torgau gehörte. Der Dschatzer Rath, welcher sie seit 1484
besaß, verkaufte sie 1619 an das genannte Rittergut. Vergl.
Hoffmann, Dschatzer Chr. I. 373.

Nibabubowitz (K.D. Leipzig, G.A. Leisnig). Ein Dorf N., in welchem den Burggrafen v. Leisnig bis 1254 die Gerichtsbarkeit zustand, überließ 1234 nebst Kndeland der röm. König Heinrich VII. dem Cisterzienserkloster Buch: es ist wahrscheinlich schon vor dem Hussitenkriege untergegangen und vielleicht mit der Mark Gepholz (s. Archiv II. 74) identisch.

Dderitz (S. 89) bei Mügeln, liegt zwischen Limbach, Leuben und Schlanzschwitz, und das erwähnte Vorwerk wird auf der Kameralvermessungskarte von Sachsen Kopschütz genannt.

Dlschwitz (S. 98). Der letzte Rest dieses ehemaligen Dorfes bei Leipzig war die sogen. alte Funkenburg, welche am 24. Juli 1617 durch Blitzschlag abbrannte.

Papperzhain (S. 100) bei Grimma, war auch der Stammsitz eines gleichnamigen, aber schon im 14. Jahrh. erloschenen Rittergeschlechtes, welches zuerst 1278 mit Ulrich v. P. (Cod. dipl. Sax. reg. II. 1. S. 190) urkundl. erscheint.

Pflicker Mark (S. 102), liegt zwischen Windorf, Knautkleeberg und Albertsdorf.

Pickwitz (S. 102) bei Großenhain, liegt zwischen Nassebuhla, Stroga und Glaup am Elgastbache.

.Rustel (S. 108) bei Strehla, liegt zwischen Fichtenberg, Kobenthal und dem Vorwerke Kleintrebnitz.

Schönstädt (S. 194). Diese Holzmark von 22½ Hufen liegt unweit der Mark Irrenberg und war urkundl. schon im J. 1349 eine Wüstung.

Schwarzroba (K.D. Leipzig, G.A. Dschatz). Dieses unweit Strehla gelegene, jetzt aus einem Schäfereivorwerke und 3 Drescherhäusern mit 20 Einwohnern bestehende, zur Commun Canitz gehörige und dahin gepfarrte Dörtchen soll ehedem ein bedeutendes Dorf gewesen sein, welches von den Hussiten (nach Anb. schon im 11. Jahrh. von den Polen) zerstört worden.

Siebewitz (S. 196) bei Wurzen, ist nicht im dreißigjährigen Kriege zerstört worden, sondern war nach Cod.

21*

dipl. Sax. reg. II. 1. S. 206 urkundl. schon 1402 eine wüste Mark.

Trojan (S. 201) bei Borna, liegt zwischen Wyhra, Threna, Blumroda und Zedlitz, und scheint einem Rittergeschlechte den Namen gegeben zu haben, von welchem 1233 ein Otto v. Trojan vorkommt.

Walditz (K.D. Leipzig, G.A. Oschatz). Im J. 1366 lag am Jahnaflüßchen bei Jahna ein in die dasige St. Gotthardskirche gepfarrtes Dörfchen W. mit Mühle: jetzt mag es wohl mit Binnewitz vereinigt sein.

Wiebendorf (K.D. Leipzig, G.A. Geithain). Ein Dorf dieses Namens soll vor dem Hussitenkriege an der Stelle des Wiedenholzes bei Narsdorf gestanden haben.

Wilsch (S. 206). Der letzte Satz dieses Art. von „W. ist wahrscheinlich das Wilsca" an ist ganz zu streichen.

Wingoswitz (K.D. Leipzig, G.A. Döbeln). Dieses bei Ottewig zwischen Döbeln und Lommatzsch gelegene, bis dahin vom Burggrafen Albert v. Döben besessene Dorf schenkte Markgraf Heinrich der Erlauchte 1241 dem Cisterzienserkloster Buch: es mag wohl im Hussitenkriege untergegangen sein.

Wiprechtswalde (S. 206) war nach Cod. dipl. Sax. reg. II. 1. S. 206 schon 1349 eine Wüstung, ist aber vielleicht im Hussitenkriege zum zweiten Male zerstört worden.

Wolfersdorf (S. 207) bei Oschatz, liegt zwischen Dahlen und Kleinböhla.

B. Zur II. Abtheilung.

Jochrim (S. 213) findet man auch Jochgrim geschrieben. Stolpen war ursprünglich nur der Name der Burg.

Kernitz (K.D. Dresden, G.A. Meißen). Das 1287 urkundl. vorkommende Dorf K. oder Görnitz, wie es später hieß, soll an der Stelle der Görnischen Vorstadt der Stadt Meißen gestanden und diese Vorstadt sowohl als auch die Görnische Gasse und das ins Triebischthal führende Görnische Thor davon den Namen haben.

Lausigk (A.D. und G.A. Leipzig).   Ein Dorf dieses Namens scheint 1287 oberhalb der Leipziger Nonnenmühle an der Pleiße gestanden zu haben, aber schon im 14. Jahrh. zur Petersvorstadt Leipzigs gezogen worden zu sein.   Schumanns Lexikon (X. 661) versetzt dasselbe irrthümlich an die Parbe bei Schönfeld.

Reinhardsdorf (A.D. Bautzen, G.A. Camenz). Dieses Dorf, dessen Mühle (wahrscheinlich die jetzige Reinhardsmühle) an das Nonnenkloster Marienthal zinste, scheint am Reinhardsberge gelegen und schon im 13. oder 14. Jahrh. zur Stadt Camenz gezogen worden zu sein. Vergl. das Archiv Bd. IV. S. 88.

Zetzschitz (S. 217).   Da Meila bei Lommatzsch unter diesem Namen schon 1287 als Zinsdorf des Meißner Domstiftes urkundl. vorkommt, so mag Zetzschitz wohl ein anstoßendes Dörfchen gewesen sein, welches im 15. Jahrh. mit Meila verschmolzen ist.

Für wüste Marken möchten wir endlich auch noch folgende Flurstücke halten:

a) den Aubrich (G.A. Radeburg), ein an der Röder bei Cunnersdorf östl. gelegenes Flurstück, b) die Brösen (G.A. Großenhain), ein südöstl. bei Blochwitz gelegenes Holz, c) die Demitz (G.A. Markranstädt), ein östl. bei Lausen gelegenes Flurstück, d) den Ganitzsch (G.A. Leipzig), ein an der Luppe westl. bei Gundorf gelegenes Holz, und e) die Geßnitz oder Gößnitz (G.Amt Pegau), ein bei Großprießligk südöstlich gelegenes Flurstück.

Miscellen.

1.

Am 12. Februar 1575 meldete Kurfürst August seinen Räthen in Dresden, dem Rentmeister Bartel Lauterbach und dem Kammermeister Hans Harrer, daß Hans Göbell aus Preußen, der sich mit einer neuen vortheilhaften Münzdruckerei angegeben, sich beklagt habe, es sei trotz aller seiner Proben und Anerbietungen durch den Münzmeister Hans Biener der Bericht an ihn, den Kurfürsten, verhindert worden, und befahl ihnen deshalb, unter Beiziehung des Wardeins David Beuttner, den Münzmeister und Göbell auf einen Tag vor sich zu bescheiden und sie gegen einander zu verhören. Der Wardein solle beide Münzen, die mit dem Hammer und die mit dem Druckwerke verfertigten, probiren und berichten, ob der Hammer oder das Druckwerk in Betreff des Schrots und der Münzkost vortheilhafter sei. Auch solle er um der Klage willen, daß das Werk von nicht ganz sachverständigen Leuten untersucht worden sei, noch den Georg Stumpfell, des ober- und niedersächsischen Kreises Generalwardein und den Münzwardeln Caspar Hase zuziehen. — Diesem Befehle gemäß wurde eine Prüfung angestellt, worüber Abraham Riese anstatt des verhinderten Beuttners dem Kurfürsten Bericht erstattete. Göbell hatte behauptet und damit vor allen einen Vorzug seines Münzdruckwerks begründet, daß durch dasselbe dem Uebelstande des ungleichen Schrotes abgeholfen und die Kosten bedeutend vermindert würden. Die Prüfung ergab, daß die durch das Druckwerk hergestellte Münze der Mark nach im Schrot mit des h. Reiches Münzordnung übereinstimme, doch

Stück für Stück aufgezogen eine Ungleichheit im Schrote er-
weise, freilich so gering, daß ein Auswippen der schweren
Stücke keinen Vortheil mehr bringe. Die Hammermünzen
aber zeigten eine so große Ungleichheit im Schrote, daß das
Auswippen der schwereren zu großem Schaden des ganzen
Landes einen nur zu guten Vortheil bot. Dagegen war wieder bei dem Münzdruckwerke der Abgang größer gewesen, als
bei den Münzschlägern oder Ohmen, auf 100 Mark um 3 Loth
1 Qu., wobei aber die Münzdrucker erklärten, daß sie bisher
zur Fertigung gröberer Münzsorten noch keine Gelegenheit
gehabt hätten, bei größerer Uebung aber bald lernen würden,
wie solche Abgänge beim Gießen, Glühen und Weißmachen zu
erhalten seien. Göbell legte eine darauf bezügliche Rechnung
bei und Riese meinte, wenn sie diese einzuhalten vermöchten,
so würde bei der Hammerarbeit alsdann um 5 Loth 1 Qu.
3 Pf. auf 100 Mark mehr Abgang sein. An Münzerlohn
erhielten Münzschläger oder Ohmen für 100 Mark Groschen
7 fl. 14 gr. 6 pf. Die Münzdrucker 5 fl., also ersparte man
auf 100 Mark 2 fl. 14 gr. 6 pf., mit den in Aussicht gestellten 5 Loth 1 Qu. 3 pf. zusammen 4 fl. 8 gr. 2 pf. Beiden
Parteien wurden nun beträchtliche Silbermengen — viele tausend Mark — überantwortet, um sie mit genauer Berrechnung
zu Groschen auszumünzen; der Kurfürst nahm sich also der
wichtigen Erfindung mit Ernst und Umsicht an. Das Ergebniß war wieder eine größere Gleichmäßigkeit im Schrote und
ein geringerer Arbeitslohn bei dem Druckwerke, bei den Ohmen
dagegen ein bedeutend geringerer Abgang, wahrscheinlich weil
sie die längere Uebung und Erfahrung im Mischen, Glühen
und Weißmachen voraus hatten. Göbell selbst, „der Münzdruckerei Verleger", schob die Schuld auf die „neue ungewöhn-
liche Arbeit und Kunst", denn zuvor in Preußen hätten sie sich
nur in der kleinsten Sorte der Münze wie Heller (1½ löthig)
versuchen können, weil hierzu die größten Unkosten und die
meiste Arbeit gehöre, bei den größeren Münzen müsse aber
die Behandlung erst durch die Uebung gelernt werden. Als

„Commoda der Münzdruckerei" gab er an, daß hierdurch am
Lohn ¹/₃ gespart werde, indem die Münzer 13 Mark, die
Drucker 20 Mark Zinsgroschen, jene 10, diese 16 Mark Heller
um einen Gulden machten, bei Thalern und halben Thalern
werde aber wahrscheinlich ¹/₂ gespart und manches auch an
Eisen, Kohlen, Stahl u. a. „Was die gleicheit des schrots
angehet," schrieb er, „worüber die meiste disceptation ist,
darumb die größten zusprüche wider diese invention oder derselben werd gesucht werden, darvon wird das examen per
ocularem demonstrationem des gelbes zeugnis geben, so mit
dem jetzigen vielmehr aber den kunfftigen newen werden ge-
fertiget. Es werden aber alle die, so die werd und arbeit
sehn und geometriam verstehen, daraus das fundament solcher
invention entspringet und die arbeit auch nach solcher reguliret
wird, leichtlich urteylen und schliessen können, das notwendig
damit gleichere schrot erhalten möge werden als sunst durch
den hammer, so von eines menschen hand regiret wird, nicht
möglich ist, sowol auch mit beförderung der arbeit am wasser,
so stetig gehet und nicht matt oder müd wird wie menschen .."
Obwohl der Vortheil der neuen Erfindung zu Tage lag, auch
der Verleger sich freiwillig erbot, ein verbessertes Werk auf
eigene Kosten herzustellen und ausdrücklich, um die Eifersucht
der Münzmeister zu beschwichtigen, versicherte, er denke nicht
daran, selbst zu münzen, sondern er wünsche nur Bestellungen
auf Münzdruckwerke zu erhalten, so scheint er doch schon nach
Verlauf eines Jahres in der Hoffnung auf eine schnelle Förderung durch den Kurfürsten irre geworden zu sein. In seinem letzten, mir vorliegenden Schreiben sagt er demselben
Dank, daß kurf. Gn. ihm mit Verlag und Unkosten habe
Förderung thun lassen, um die Werke seiner Invention,
welche bereits auf Fastnacht 1574 fertig gewesen, an das Wasser
zu richten; der Münzmeister aber habe der kurfürstlichen Verordnung zuwider dem Inventori und Gesinde, welches er bis
dahin zusammengehalten habe, nicht volle Arbeit, davon sie
sich hätten erhalten können, verschafft und er selbst habe weder

Verhör noch Abschied von kurf. Gn. erlangen können, so daß
er 9 Monate vergebens gewartet und eine große Summe
Geldes in müßiger Zeit für sich und seine Arbeiter verbraucht
habe. Da aber doch offenbar und bewiesen, daß solche Invention gemeinem Nutz und der Reichsmünzordnung zum
Besten wohl zu gebrauchen, er auch bereit sei, in neuen
Werken die Mängel des alten zu verbessern, so hat er schließlich den Kurfürsten, ihm beim Reiche zu einem Privileg auf
20 oder 15 Jahre zu verhelfen. Ueber einen weitern Erfolg
Göbells ist mir noch keine Nachricht bekannt geworden.

J. F.

2.

Um seine Rentnerei in Leipzig erweitern zu können, beabsichtigte Kurfürst August im Jahre 1578 ein daran stoßendes
Haus „des Georgen Scherls seligen Behausung am Thomaser
Kirchhoff" zu kaufen. Zu diesem Zwecke ließ er dasselbe von
seinem Rentmeister Joseph Michel besichtigen und eine genaue
Beschreibung aller Räumlichkeiten desselben fertigen. Das
Haus war ein sehr ansehnliches, nach der Bemerkung der bei
der Besichtigung betheiligten Bauverständigen vortrefflich erhalten und so wohl gebaut, daß sie sich unter 15,000 fl. ein
ähnliches nicht herzustellen getrauten. Dennoch war bis dahin
nur ein einziges Gebot von 5500 fl. darauf geschehen und
Kurfürst August hoffte dasselbe um 6000 fl. und einer besondern Vergütung von 5—600 fl. für die Wittwe zu erwerben.
Doch standen an Hypothekschulden allein mit versessenen Zinsen
auf dem Hause 5834 fl. 3 gr. 1 pf. Da die Beschreibung ein
vollständiges Bild der baulichen Einrichtung eines wohlhaben-
den Bürgerhauses giebt, aus jener Zeit aber kaum ein Haus
ohne Veränderung im Innern erhalten sein wird, theile ich
jene im Folgenden vollständig mit: „Die breite des hauses
von der Renterei an biß an das eck am Thomaser kirchhoff
heldet 38 ellen, die lenge aber vom eck den kirchhoff hinab
biß an des Custors hauß heldet 90 ellen. Das forderhauß,
so wie gemelt kegen der gassen 38 ellen langk, ist 20 ellen

breit nach bem Hofe unb 7½ ellen weit. Unber bem Forber-
hause seindt, so langk unb breit bas hauß ist, 4 unberschied-
liche keller, borin aber ble mauern unb pfeiler sere starck unb
wohl vergrundet. Uber ben kellern seindt vier unberschied-
liche gewelbe, borunter bas kleinste sechs ellen weit uf einer
seiten unb so lang als bas hauß breit ist, bas eckgewelbe aber
ist 11 ellen ins gevyrbe, bas anbere besto kleiner. Zwischen
biesen 4 gewelben ist ein besonbrer burchgang von ber gassen
biß in ben hoff 6 ellen weit unb so langk als bas haus ist.
Das anber geschoß hatt raum vor ber stuben wie bas hauß
als 7½ ellen unb zwei fenster legen ber gassen, barnach eine
stube 13½ ellen langk unb 12 ellen breit, eine becke mit stabern
(Ahorn) unb geleffelt, hatt 4 fenster, neben ber stuben eine
kammer 12 ellen ins gevierbe biß ans eck, baran ein klein
schreibstublein, hatt ein fenster, unb bie kammer legen ber
gassen 2 fenster, legen ber kirchen aber ein fenster, hinber
ber stuben nach bem hofe zu eine kuche so lang als bie stube
unb 7 ellen weit, hatt 3 fenster legen bem hofe. Das britte
geschoß hatt einen gleichmessigen raumb vor ber stuben wie
im unbern geschoß, bie stube ber unbern gleich mit taselwerck
unb anberm, beßgleichen bie kammer barneben biß ans eck,
mit soviel fenstern, wie bas anbere geschoß barunber, hinber
ber stuben eine kammer, hatt biese grosse unb weite wie ob-
berurte kuche im anbern geschoß unb 2 fenster legen bem hoff,
neben bieser kammer noch eine aus ber anbern kammer nach
bem kirchhofe mit 2 fenstern. Das vierbe geschoß biß un-
bers bach gleichen raumb wie vor ber stube in ben anbern
geschossen. Es ist aber auff solchen gegen ber gassen ein
schreibstublein unb kemmerlein baran gemacht, geteffelt, unb
hatt solch stublein unb kemmerlein jebes ein fenster legen ber
gassen, neben biesem stublein unb kammer wieber eine grosse
stube unb kammer, ben unberslen zweien geschossen mit fenstern unb ber grosse gleich, aber nicht geteffelt, unb seindt vor
biesen gemacheu zwei fenster legen bem hofe. Hinber bieser
grossen stuben legen bem hofe wiberumb ein stublein unb

kammer baran, ist auch nicht geteffelt, haben die lenge wie die grosse stube und kammer aber nur 7 ellen weit und haben die stuben und kammer jedes zwei fenster. Uber diesen 4 ge-schossen von der erden ist ein grosser ausgespurnter boben so langk und breit das hauß ist, und weren noch zween bobemen zu machen. — Zwischen diesem forder und dem hinderhause ist ein hof gepflastert 17½ ellen breit und so lang als das hauß kegen der gassen, hatt einen steynern grossen thorwegk kegen dem kirchhofe, uber dem thorwege ist ein breiter gangk, darauf eine stube und kammer 7 ellen langk und 6 ellen breit. Im hinderhause seindt 3 gewelbe kegen dem hofe, der ist jedes 9 ellen langk und 6 ellen weit, ingleichnus 3 gewelbe kegen dem kirchhofe, derer thuren und leben auch ufn kirchhof gassen, und seindt in den leipzigischen merckten vermietet wor-ben, und alle diese gewelbe kreußgewelbe. Hinder den 6 ge-welben seindt 9 underschiebliche stelle nachm hofe zu, in wel-chem 33 pferde geraume stallung haben können. Unter dem hintersten stalle ist ein gewelbter keller, helbet 9 ellen ins gevirbe. Uber ben stellen seindt drei underschietliche bobemen, borunder einer mit einem estrich beschlagen, borauf man ge-treibe schütten kann, die andern zu hew und stro. Zwischen den stellen und der Renterei ist ein hof gepflastert, borein man aus dem fordern hofe gehet, 63 ein langk und 6½ ein breit, babei gehet ein raum hinder die Renterei 10 ellen ins gevierbe, aus dem fordern hofe gehet eine stige uf den brei-ten gangk, barauf kennen in das forder und hinter hauß gehen. Im hinderhause uber den gewelben und stellen seindt 5 stuben und kammern an einander auf beiden seiten und ist ein sahl barzwischen 6 ellen breit. Under diesen funf stuben ist eine grosse stube am ort kegen der Renterei zu 15 ellen langk und 11 ellen breit, die andern stuben aber seindt 9 ellen langk, 4 ellen breit, borunder 2 stuben nachm kirch-hofe, der jbe 2 fenster, die andern aber 3 fenster haben, und alle diese funf stuben seindt schlecht mit geleihmten taffeln geteffelt. Uber diesen funf stuben und kammern seindt under

bem bache 4 kammern unb 3 schuttbobemen unberschiettlich unb
eine jbere so lang als bas hauß ist. Unb ist sonst bas hauß
mit holz unb steinwerge auch ber bachung wohl verwahrt,
unb wirt von ben werckleuten basür gehalten, baß jhiger zeit
solch hauß mit 15000 fl. nicht zu erbawen." J. F.

3.

Kurfürst August hatte im Jahre 1579 mit bem Augs-
burgschen Kaufmanne Konrab Roth (ober Rotl) mittels Aufrichtung einer „thüringischen Gesellschaft bes Pfefferhanbels
zu Leipzig" ein großartiges Compagniegeschäft abgeschlossen,
welches nichts weniger beabsichtigte, als ben gesammten Pfeffer-
unb Gewürzhandel für bas beutsche Reich in Leipzig zu einem
Monopole zu machen. Bei bieser Gelegenheit ließ ber auf
alles bebachte unb stets lernbegierige Fürst über Lissabon alle
möglichen Drogen, Pflanzen unb anberes kommen unb zog
über alles Neuentbeckte die eifrigsten Erkunbigungen ein.
Konrab Roth gab babei manche für ben bamaligen Stanb
ber Natur- unb Heilwissenschaften nicht uninteressante Nachrichten, unter anbern über ben Tabac, welche wohl zu ben
ältesten beutschen über biese Hanbelspflanze gehören mögen.
Am 23. April 1579 schrieb er an Hans Harrer, ben Kammermeister bes Kurfürsten, aus Augsburg: „Es ist ain in-
bianischer saumen (Samen) vor wenig jharen per Lixbona
khomen, ber tabaco genant wirt, welchen ich allhie jarlich
geseet unbt in guotter perfection khomen, von welchem bie
Inbianer ben obbemelten palsam gemacht. Hab es allhie
ben balbierer geben, bie uß ben plettern ain salb gemacht,
barmit si alle wonben unbt gar alt schäben von gronbt aus
gehaplen, b'arob sie zu verwonbern. Ich hett euch gern bessen
saumen gsanbt, aber mein volckh allhie haben jn jn meinem
abwesen aller verseet, bas ber schon uffgheet, wett jr bero
stecklit ober griene pletter haben, thuo ich euch berselben jn
einem kerblin einmachen, bis mir saumen wiber von lixbona
zukompt, alsbann will jch euch mitthaplen." — Von bem er-

wähnten Wunderbalsam hatte der Kurfürst eine Probe durch
Herrn Ungnad aus Konstantinopel erhalten und sich darauf
bei Roth erkundigt, ob solcher auch in Indien zu bekommen
sei. Roth hatte geantwortet, daß man wohl nicht denselben
Balsam aus „den Indias Orientales und Occidentales"
bringe, wohl aber einen besonders gemachten Balsam (aus
den Tabacksblättern), der auch allerlei Wunden und Stiche
heile und viel heilkräftiger sei als jener. Am 5. Juni
schreibt Roth wieder an den Kammermeister des Kurfürsten:
„— — sende euch ain buch, darin jr wert die virtutes und
aigenschafft des Jndianischen Tabago nach lengs finden, wer
in einem thretzlin etlich pflantzen von dem frischen Tabago."
Was nun aus diesen Pflanzen damals geworden ist, darüber
finde ich in den Briefen Harrers keine Nachricht.

Von Interesse ist auch die folgende Beschreibung des
Bezoar, welchen Konrad Roth petro de petzaar nennt: „Ist
gut fur allen gieft und verhutet den menschen davor, stercket
das hertz und macht dasselbe frölich, ist gut für den schweren
gebrechen. Ein jung kindt von einem biß zu funf jahren soll
man eingeben ein graan und von funf biß auf zehen jahren
drey graan, einem gewachsenen menschen funf graan, und
wenn schon einer hundert graan einnehme, so taus jhme nicht
schaden. Die pedro de petzaar seindt zu erkennen volgender
gestalt: sie sollen erstlich nicht schwartz sondern gelbbraun sein
und heüblein eines uber das annder haben, das, wenn man
gahr ein wenig davon schabet, erdeckt sich das annder heübi-
lein, also stets forth. Jtem: so man die pedro de petzaar
gar vorschlest, wird man drinnen finden ein kleinen splitter
von holtz und das verursachet, das diß thier so es an
den gesteibe und geströüß abrost (vom Gesträuche abreißt),
verschlickt es die hültzerne kleine knospen, welches in magen
mitt ainem schleim wirbt umbgeben, und von jahr zu jahr
jhe lenger jhe grösser, dieses kömmet in perfection zu einem
stein, so man pedro de petzaar nennt. Pedro heist stein,
petzaar ist ein jndianisch wort, das heist bock. Und am sel-

bigen jnbianifchen bod ift haut unb haar, füß unb kopf, bie
hörner unb bie klauen, blut unb fleifch, in fumma alles gut
wieber bas gibt, unb in ben magen unb ber nieren finbet
man biefes pedro be pezaar etwann 25 jtem 30 mehr ober
minber in einem thier. Unb fo etwan ein unmuth hell eingenommen, ber folle funf graan von biefem pedro be pezaar
einnehmen, bas erfrifchet jhme bas herz, unb wer's einnimmet
unb was wenigs barauf fchwizet, nüzet ben menfchen fehr."

Wie mannigfaltig bie Beftellungen bes Kurfürften auf
Liffabon waren, mögen einige Beifpiele beweifen: „Augusto
Electori 2c. foll Er Conrab Roth bucher mittbringen als
nemblich: biblia Hispanica, biblia Gallica, biblia Italica,
biblia Anglica, biblia Portugallica, item Avicennam Arabicum apud Guilielmum Postellum Parisiis. Unbt alles,
was man in Arabifcher, Aethiopifcher unb Perfifcher fprachen
bekommen kann, item infonberheit Alcorannum Arabicum 2
ober 3 Exemplar." „Memoria pro Lixbona. 1 fchnur groffer
perlin pro duc. 6000 ungevar, 1 Orientifchen magnet bes
beften, 1 Orientifchen faphir uberlengt, fo an hals zu henckhen,
300 carneoles fchon gefchnitten umb an ben arm zuo henckhen
bie clainften, alles was frembbes aus ben Jnbias khombt.
Jtem von allen feltzamen fomen (Samen) unb gewerz, jtem
von allerlep fortt holz, Brafill thezlin unb sanguinneos, fel-
zame thier unb vögell, ber ftaine kefer unb kopff, bie rotthuettin
unb fonft ein anbere gefchichte fraw, teuffel unb jbolos auß
Jnbia, umb ain geletiten mebico, fo fer gelehret unb experi-
mentiert feyn, umb ain balbirer fo nach bem gefchickhften, zuo
erfharen was guoti feyn fur bie bletwung ber feitten unb viler
winbt fo ber menfch in jm hatt, ein magt bie wol kochen kann
unb fein rein were u. f. w. In Lizbona jnbianifch neetwergth
einzukhauffen von allerlei rüftung, fo man erbenckhen mag,
mappa munbi von ber hanbt gemacht uf pergament in Lizbona, pro bie Jnbias zu verfchidhen järlich: 1 appobedher
gefellen, bie jre Churf. D. gefällig, 2 balbirer, Meifter Georg
Rath, 2 Doctor."   J. J.

4.

Mit der Sanitäts- und Reinlichkeitspolizei war es bekanntlich in früheren Zeiten sehr übel bestellt, die Behörden nahmen in der Regel keine Notiz von Uebelständen, die jetzt überall beseitigt sind. Eine Ausnahme machte aber der Stadtrath zu Leipzig, der im J. 1556 die Anordnung erließ oder erneuerte, daß die Schweine aus der Stadt entfernt werden sollten.[1] Darüber beschwerten sich aber die Bäcker und es erging deshalb unter dem 7. August 1556 Seiten der kurfürstl. Räthe an den Stadtrath zu Leipzig folgendes Rescript:

„Gute Freunde. In Abwesen unsers gnädigsten Herrn des Kurfürsten zu Sachsen haben wir euer Schreiben, die Bäcker betreffend, verlesen, und wiewohl es eine feine Zier und Wohlstand, daß es in vornehmen Städten rein und sauber gehalten und alle Unlust und böser Geruch bei Seite gethan und abgeschafft werde, So wissen wir uns doch der Bäcker Vorwendung, warum ihnen ganz beschwerlich vorfällt, die Schweine aus der Stadt zu thun, zu erinnern und nachdem wir gleichwohl auch hierbei vermerkt, daß solcher Handel bei den vorigen Regierungen vor langer Zeit und Jahren, mehr denn einmal vorgewesen, aber allewege unvergänglich geblieben, so möchten wir gern genügsame Ursachen vernehmen, warum solches bis anhero niemals ins Werk gesetzt werden mögen. Aber wie dem (sei), damit den Bäckern zu einigem Ungehorsam oder Auflehnung wider euch kein Raum gelassen, So wollen wir aus allerhand vorgebrachten und bewegenden Ursachen (doch bis auf hochgedachten unsers gnädigsten Herrn gnädigstes Gefallen) lassen geschehn, daß ihr vermöge eurer jetzigen neuen Ordnung mit den Bäckern gebührliche Verschaffung thut. Nachdem wir aber wohl erachten können, daß dadurch alle Schweine aus der Stadt nicht ge-

---

[1] In der Stadt Leipzig Willkühr war in §. 14 nur bestimmt, daß in keiner Mühle Schweine gehalten werden sollten, die überjährig seien. Schneider, Chronicon Lipsiense. S. 242. Leipzig 1655.

bracht werden mögen, sondern etliche arme und andere Bürger
in der Stadt Schweine halten werden, so wollet ihr es dahin
richten, daß ermeldeten Bäckern noch Gelegenheit in der Stadt
nicht weniger als Andern verstattet, auch wiederfahre und also
mit Einem als dem Andern Gleichheit gehalten und das Ding
dermaßen angestellt werde, daß sie sich hierin nicht zu beklagen,
als wolle ihnen zu ihrer Nahrung dasjenige wie Andern, nicht
nachgelassen werden, Auch damit sie die Mastschweine mit guter
Bequemlichkeit ohne besondern ihren Schaden hinaus thun
können, ihnen hierzu gute geraume Zeit ansetzen und geben" ꝛc.

Wir sehn, die Hofräthe trugen Bedenken, die Verordnung
des Rathes in ihrer ganzen Strenge zur Anwendung bringen
zu lassen und so mag die Maßregel entweder gar nicht zur
Ausführung gekommen oder wenigstens allmälig wieder außer
Beachtung gekommen sein, wir finden wenigstens in Vogels
Leipzigischem Geschichtsbuche (Leipzig 1714) S. 621 die Notiz,
daß im Jahre 1645 der Rath durch ein öffentliches Patent
den Bürgern Schweine zu halten und zu mästen verbot, die
Häuser visitiren und die Schweinekoben einreißen ließ.

Die Kölbel von Geyßing.

Von Prof. Dr. Hallwich.

Im sächsischen Obererzgebirge, in der Stadt Alt-Geyßing, steht ein Haus, vor Zeiten das „hohe Haus" genannt, nun aber ein niederes, einstöckiges Wohngebäude, das Stammhaus eines in Sachsen wie in Böhmen zu Zeiten vielbegüterten Adelsgeschlechtes, der „Kölbel aus dem hohen Hause von Geyßing." — Wird derselben unter eben dieser Bezeichnung zu Ende des 14. Jahrhunderts zum ersten Male urkundlich gedacht, und zwar als einer durch den Zinnbergbau auf dem Geyßingberge reich gewordenen, freien Bürgerfamilie, so finden wir bereits ein Menschenalter später im sächsischen Lande, aber auch schon in Böhmen einzelne Glieder dieses Geschlechts. Und wieder nach Jahrzehnten ist dasselbe hier wie dort in dem Besitze einer ganzen Reihe von großen und kleinen Erb- und Lehengütern, mit deren Geschichte es aufs Engste verbunden ist. Von Freiberg aus, wo sie schon 1453 Platz gefunden auf der Schöppenbank, verbreiten sich die Kölbel, ein Geschlecht von Bergleuten, über fast alle bedeutenderen Bergorte Meißens; eine Geschichte des sächsischen Bergbaues kann die Familie nicht umgehen. Und so haben die zahlreichen genealogischen Abhandlungen, die den sächsischen Zweig der Familie wiederholt behandelt haben[1], aller-

---

[1] Man sehe: B. König, Adels-Hist. II. 594 sg.; J. J. Gauhe, Adels-Lexikon I. 787; v. Uechtritz, Diplom. Nachl. I. 64, III. 72, V.

dings ihre Berechtigung. Ebenso aber dürften dann die folgenden Blätter, deren erster Zweck es ist, jene Abhandlungen nach einer Seite hin zu ergänzen und zu berichtigen, nicht als eine müßige Arbeit erscheinen. Wir versuchen in dem Folgenden — auf Grundlage zuverlässiger, bis auf ein Geringes durchwegs bisher unbekannter Daten — die ersten Niederlassungen, die allmälige Verbreitung, die Blüthe und den Verfall, mit einem Worte die Geschichte der Familie Kölbel, soweit dieselbe in Böhmen begütert gewesen, in möglichstem Zusammenhange zu erzählen.

Der erste Ort in Böhmen, in welchem wir die Kölbel finden, ist die Bergstadt Graupen bei Teplitz. — Nachdem diese Stadt im Jahre 1426 und wieder 1429 durch die Hussitenstürme, deren ganze fürchterliche Wucht in eben denselben Jahren auch das benachbarte Meißnerland getroffen, fast gänzlich zerstört und verödet worden war, sind ihre Besitzer, die Herren von Koldiz, bemüht, den Ort mit seinem einst so regen, blühenden Bergbau nach Möglichkeit wieder aufzurichten. Und nach kurzer Zeit erblicken wir daselbst mehr als hundert Familien, fast alle aus Meißen und der Nachbarschaft eingewandert, die Allnpeck, Kolbitz, Monhaupt, Löser, Taubenheim, Münzer u.s.w. u.s.w., unter ihnen in der vordersten Reihe die Kölbel. Durch seinen Reichthum sowohl als durch sein persönliches Ansehen nimmt in der Familie wieder — dieselbe besteht aus den Brüdern Nikel, Hans und Peter — der Aelteste, Nikel Kölbel, den ersten Platz ein. — Es war ein reges Leben, das sich zu jener Zeit in dem jetzt wieder verfallenen Graupen zu entwickeln begann;

180, VII. 16 sg.; v. Ledebur, Abelslexik. b. preuß. Monarchie I. 456; C. H. Knesche, N. allgemein. deutsch. Abelslexik. V. 183. — S. auch Brandner, Gesch. von Lauenstein a. b. D.; Sachs. Kirchen-Galerie IV. Bd. V. Abth. S. 20, 125; Mittheilungen des Freiberger Alterthumsvereins II. (1863) S. 89. — Ohne hier in die Kritik der einzelnen Aufsätze einzugehen, stellen wir die folgenden Thatsachen einfach als solche hin, und wird es dann dem Kenner ein Leichtes sein, in den bezeichneten Werken das Wahre von dem Falschen zu scheiden.

vom Fuße des Gebirges durch die ganze Länge des Passes,
über die heutige Landesgrenze hinaus, finden wir Grube an
Grube, Stolln an Stolln, und oben auf dem Kamme des
Gebirges, an der Müglitz, Gernitz und Tellnitz, und wieder
unten im Thale, auf der einen Seite bis an die Geiersburg,
auf der andern Seite tief in den Grund von Eichwald, stehen
die Hütten und Mühlen, die Fluth- und Seifenwerke u. s. w.
und hämmern und pochen Tag und Nacht. — Den Namen
Nikel Kölbel hören wir erst um das Jahr 1450. Da steht
er aber schon, als Richter der Stadt, an der Spitze der
innern Verwaltung derselben; auf dem Mückenberge in dem
„Losern", dem „Melzern", in „Breterers Zeche" u. s. w., wie
in Geyßing, hat er zahlreiche Grubentheile, dazu mehrere
Hütten und Mühlen und mehr als ein Haus in der Stadt.
Es muß bereits vor 1443 geschehen sein, daß er der Kirche
zu Graupen die nicht unbedeutende Summe von 300 ungar.
Goldgulden übergeben hat zur Erbauung eines Altars daselbst
zu Ehren der Heiligen Petrus und Paulus.² Das Alles setzt
eine langjährige Thätigkeit am selben Orte voraus. Im Jahre
1452 erscheint nun Nikel Kölbel auch als „Hauptmann auf
dem Graupen", als Vertreter der Stadt nach Außen hin.³ —
Als zu derselben Zeit in der Meißner Nachbarschaft, auf dem
„Altenberge" bei Geyßing, durch Entdeckung eines mächtigen
Zinnerzlagers der Bergbau an dem genannten Orte wieder in
Schwung kam, befanden sich neben vielen anderen Graupener
Familien auch die Kölbel unter den ersten bedeutenden Fund-
grübnern daselbst; unter den Bergtheilen Nikel Kölbels werden
von nun auch wiederholt die auf dem Altenberge genannt.⁴

---

² Stadtbuch I. in Graupen S. 5, 14, 28, 30 fg., 581. — Liber
manualis (Mscr. daselbst) fol. 32. — Den Nachweis über die obigen,
wie über alle weiteren, die Stadt Graupen insbesondere betreffenden Daten
wird die in Bälde zu veröffentlichende Geschichte dieser Bergstadt liefern.

³ Stadtb. S. 585.

⁴ Stadtb. a. v. O. — Monachus Pirnensis ap. Mencken
II. col. 1529. — S. auch Mittheilungen des Freib. Alterthumsvereins III. (1864) S. 164 fg.

„Herr" Nikel Kölbel war vermählt mit Wittwe Ursula Altenberg, die aus erster Ehe einen Sohn, Lorenz Altenberg, hatte. Am 2. Jänner 1459 erscheinen Nikel Kölbel und sein Stiefsohn Lorenz vor Richter und Schöppen zu Graupen — unter welchen Letzteren eben auch Nikel Kölbel genannt wird — und erklärt Lorenz Altenberg, nun mündig, in Allem, was er an dem Gute seines Vaters zu beanspruchen hätte, von seinem Stiefvater Nikel Kölbel befriedigt worden zu sein, und nur für den Fall, als seine Mutter früher stürbe als dieser, einen Anspruch an denselben erheben zu wollen.[5] Nikel Kölbel sollte aber seine Frau nicht überleben, wenn er auch noch lange Jahre in Graupen und der Umgegend thätig ist. Noch über zehn Jahre hindurch finden wir ihn unter den Schöppen dieser Stadt oder als Bürgen für den einen und den andern Nachbar, als Biederbmann unter strittigen Parteien u. s. w. — Schon am 27. Juni 1462 macht er sein

[5] Stadtb. S. 12. — Sollte nicht schon der genannte Name L. Altenberg, der mit seinem andern als dem gleichnamigen Orte bei Gehßling in Verbindung gebracht werden kann, auf ein höheres Alter dieses Ortes schließen lassen, als dies bei dem Pirn. Mönch (a. a. O.) und seinen Nachschreibern (P. Albinus, „Meißn. Bergl Chronica" S. 22, M. Chr. Meißner, „Umständl. Nachricht von der ... Zin-Berg-Stadt Altenberg" S. 1 u. fg., Brandner (a. a. O.) S. 244 u. fg.) angegeben wird? — Man vergl. das „Johannes de antiquo monte" bei J. G. Horn, Henr. Illustr. p. 223 und J. F. Klotsch, Urspr. d. Bergwerke in Sachsen S. 313. — Siehe das. S. 5 fg., sowie Dr. G. C. Benseler, Gesch. Freibergs S. 47. — Daß der Pirn. Mönch — die einzige Quelle, wie gesagt, für alle Spätern, die von diesem Gegenstande handeln — mit den Worten: „Doselbst (zu Altenberg) ist ein reich czwitter erczt anno Cristi MCCCCLVIII. gefunden" durchaus nicht ausdrücklich die erste Gründung der Stadt gemeint haben muß, geht schon aus der Vergleichung dieser Worte mit anderen Stellen bei demselben Autor deutlich hervor, der z. B. (l. e. col. 1618) von Graupen als einer Bergstadt „von Zihenbergsart erbauet von den Swerczalen, Holcren, Glaczen etc." spricht, was offenbar auf die Wiederaufnahme dieses Bergwerks nach dem J. 1429, keineswegs auf die bestimmt in das 13. Jahrhundert fallende Entstehung dieser Stadt abzielt. — Man sehe auch die Worte Lindners bezüglich Lauensteins (l. c. col. 1573).

Testament. Die Ehe mit Frau Ursula war kinderlos geblieben; und so verpflichtet Nikel an dem genannten Tage für
den Fall seines Todes zunächst sein Weib zur Herausgabe
alles dessen, was von seinem Nachlasse bestimmt sei zu der
von ihm gestifteten Messe in der Graupener Kirche, und verschreibt ihr von dem übrigen Erbe den ihr gebührenden dritten Theil, „woran das wäre, an gereihtem Gelde, an Theilen, Hütten, Mühlen, an Zinn, an Zinsen, Behausungen,
Lehen oder anderen Gütern . . .“, nur die „Kleinode, Kleider
oder anderen Geräthe“ ausgenommen; „das mag 'er geben
und wenden, wo er hin will“.[6] Ein Codicill fügt dem Ganzen hinzu, daß die zwei übrigen Drittheile des Vermögens
nach Nikel Kölbel „niemandem Anderen denn seinen Brüdern und ihren Kindern“ zufallen sollen „nach seinem Tode,
den Gott lange wieder wende“.[7] — Diese Brüder aber, wie
schon erwähnt, waren Hans und Peter Kölbel.[8]

Nikel Kölbel, obgleich schon bejahrt, war unermüdlich in
der Vergrößerung seines Besitzes. Noch im J. 1472 muthet
er mit Lorenz Fischer aus Graupen und anderen Gewerken
in der Nähe von Pirna; Montag nach Cantate (27. April)
d. J. bekennen der Kurfürst Ernst und Herzog Albrecht von
Sachsen, daß sie den Genannten „und ihren Gewerken das
Bergwerk, in der Bernhecke genannt, in der Pflege zu Pirna
gelegen, ob sie Silber allda treffen würden, Münzfreiung
zu haben und zu bauen geliehen haben“ gegen die Verpflichtung zur Leistung des Zehents von dem daselbst gewonnenen
Erze.[9] Im Jahre darauf starb Nikel Kölbel. In derselben
Zeit wird auch sein Stiefsohn Lorenz Altenberg schon zu den

_____

[6] „Vnde So sollen alle vorige verschreibungen vnde auffge-
bunge hie zcu Grawppen vnd auff dem gesing berge alle tot vnd
gantz abgethan sein . . .“ Stadtb. S. 19, 20.

[7] Das. S. 22.

[8] Das. S. 14, 20 fg.

[9] Haupt-Staatsarchiv Dresden, Acta: Verschreibungen über
Bergwerke ao. 1470. Loc. 4491, fol. 7.

Todten gezählt. Anfang des Jahres 1474, am 16. Jänner, erscheint die „tugendliche Frau Ursula Kölblin, des ehrsamen Mannes, Herrn Nikolaus Kölbels, verlassene Wittwe", vor Gericht zu Graupen und verschreibt daselbst testamentarisch erstlich der Kirche zu Graupen ein Zweiundbreißigtheil in der Zeche „Losern" auf dem Mückenberge; sodann, „zu ewigen Zeiten ein Gestifte zu machen", die Summe von 400 Schock Groschen den „armen, nothdürftigen Leuten in Graupen zu Kleidern und Seelenbädern"; ihrem Erbherrn Timo von Kolbitz ein Sechszehntheil auf dem „Melzern"; alles Uebrige von ihrem Erbe ihren drei Enkeln, Kindern ihres Sohnes erster Ehe, „es seyen Maiblein oder Knechtlein".[10] — Von diesen Kindern lernen wir zwei Söhne, Lorenz und Stephan Altenberg, kennen, unter Vormundschaft des Hauptmanns zu Freiberg, Nikel Manheri, der am 19. Jänner 1477 die von Frau Ursula gestifteten 400 Schock Schwertgroschen an den Richter zu Graupen übersendet. Da wird auch Frau Ursula bereits zu den „Seligen" gerechnet. Die jungen Altenberg, obwohl noch lange Mitgewerken des Graupener Bergbaues, blieben in Freiberg.[11]

Die Brüder Nikel Kölbels in Graupen genossen, wie es scheint, nicht lange das auf sie gefallene Erbe. Vielleicht schon vor dem Jahre 1475 ist der Eine, Peter, gestorben, oder er ist von Graupen fortgezogen, um sich anderwärts einen Heerd zu gründen; er wird hier nicht mehr genannt. Von Hans, dem zweiten Bruder, wird zur selben Zeit ausdrücklich gesagt, daß er todt sei. Im J. 1475, am 6. Juni, übergeben die Söhne des Letzteren, mit Namen Peter und Matthes, vor dem Graupener Stadtgerichte dem Priester

---

[10] Stadtb. S. 83. — Das Datum dieser Urk., in Zusammenhang gebracht mit einer Gerichtsverhandlung desselben Jahres 1474 (Stadtb. S. 44), die sich ausdrücklich noch auf den Schiedspruch des „wohltüchtigen Niklas Kölbel" beruft, erweist vollkommen, daß der Genannte, der eben 1472 noch gelebt, erst kurz vor 1474, also wohl 1473 gestorben sei.

[11] Liber manual. fol. 5. — Stadtb. S. 94, 101 fg.

des Altars „Petri und Pauli" ein Haus in Graupen unter
dem Schlosse, „das Nikel Kölbel, dem Gott gnade, Herrn
Heinrich, seinem Capellan, gemacht und gebaut hat und einem
jeglichen Capellan, der künftig sein wird", und welches „An-
falls halber an sie verstorben ist".[12] — Sonach scheinen diese
beiden Neffen Nikel Kölbels die einzigen noch in Graupen
lebenden Erben desselben zu sein. Noch 1481 stehen sie hier
als Zeugen vor Gericht.[13] Neben ihnen erscheint zugleich ein
Bartel Kölbel daselbst zum Jahre 1483, als Gläubiger des
Graupener Bürgers Thomas Waal.[14] Dies ist derselbe Bartel
Kölbel, der vor einiger Zeit nach den Herren von Karlowitz
das Rittergut Naundorf mit Sabisdorf bei Schmiedeberg
(in der Pflege Dohna) erworben hatte, woselbst er alsbald
in Gesellschaft mehrerer Gewerken eine Zeche, „zum heiligen
Kreuz", aufnahm, über welche Kurfürst Ernst und Georg
Albrecht ihm und seinen Mitgewerken am 16. Mai 1484
„zehn Jahre nächst nach Datum dieses Briefes, nacheinander
folgend, die Münzfreiung verliehen", dazu „den Erzkauf an
allem Erz und Metall, das auf eine Meile Weges bei und
um Sabisdorf auf den Bergwerken und Gruben gewonnen
würde"[15], und dessen erblichen Besitz mit allen Zubehörungen
sowohl ihm, Bartel, als seinen Brüdern Bernhard, Caspar,
Michel und Nikel Kölbel am 24. Octbr. 1486 Herzog Albrecht
bestätigte, wie sie diese Güter „von dem hochgebornen Herzog
Ernst Churfürsten ꝛc. seliger Gedächtnis, Seiner Gnaden Bruder, und Seinen Gnaden zu Lehen redlich hergebracht, inne-
gehabt, besessen und gebraucht . . ."[16]

---

[12] Stabib. S. 595.   [13] Das. S. 107.

[14] Lib. man. f. 15.

[15] Haupt-Staatsarch. Acta: Berschreib. b. Bergw. Loc. 4491,
f. 116.

[16] Das. Lehenarchiv: H. Albrechts zu Sachsen Lehenbuch ab a. 1486.
— Bartel Kölbel, in der Folge mit Wilhelm von Karlowitz in Streitigkeit
betreffs der Jagdgerechtigkeit zu Sabisdorf („Saibisdorff"), erscheint urkundlich noch i. J. 1493; seine Gemahlin, „Justine Kolbelin", wird 1508,
15. Novbr., „Witwe zu Retterndorff" genannt (Haupt-Staatsarchiv

Indeſſen gingen in der Bergſtadt Graupen ſchlimme
Dinge vor. Timo von Kolbih, der Vierte dieſes Namens
als Beſiher der Stadt, ein überaus frommer, aber ebenſo
verſchwenderiſcher Mann, verſchuldete die Stadt in unglaublich liederlicher Weiſe, ſo daß der Bergbau daſelbſt nothwendig
leiden mußte. Als jedoch Herr Timo den vor Kurzem noch
blühenden Ort nach aller Möglichkeit ausgeſogen hatte, dann
verpfändete und endlich verſchleuderte, kam derſelbe in der
kürzeſten Zeit (1487—1530) nach einander in die Hände
der Schönburg, Starſchedel, Schleinih, Kolowrat,
Kowan, Waldſtein, Malhan und Rohmital. Jeder
dieſer Beſiher verſuchte, die auf die Herrſchaft aufgewendete
Summe Geldes ſo raſch als möglich aus derſelben wieder
herauszuſchlagen; es läßt ſich denken, daß wie jeder andere
Gewerke auch die Familie Kölbel nur zu bald den Druck
ſolcher Verhältniſſe zu fühlen begann. Wenn nicht noch in
den lehten Jahren der Wirthſchaft Timo's von Kolbih in
Graupen, ſo doch bald darnach, haben Peter und Matthes
Kölbel Graupen als ihren Wohnſih aufgegeben. Von dem
Lehtern verliert ſich zunächſt jede Spur. Peter (II.) Kölbel
ging nach dem benachbarten Ritterſihe Kulm. Er hatte ſchon
in Graupen ſich vermählt, und zwar mit Katharina v. Milin
(Müchlen), der Tochter des Beſihers von Türmih. Dieſer
Ehe nun entſprangen, aller Wahrſcheinlichkeit gemäß, die in
der nächſten Zeit neben Peter Kölbel in Kulm auftretenden
Glieder dieſer Familie: ein zweiter Peter (III.), Otto,
Georg und Nikolaus Jaros. — Noch vor Ausgang des
Jahrhunderts aber ſtarb die Mutter der Genannten, Katha-
rina, und ward in der Gruft zu Kulm beſtattet.[17] In welchem

Cop. 12, Bl. 28; Orig. Nr. 6998; Cop. 110, Bl. 22). — Für die weitere
Geſchichte der von Bartel K. und ſeinen Brüdern ausgegangenen Zweige
dieſer Familie ſind ferner von Intereſſe die bisher noch nicht benühten
Urkk. Cop. 110, Bl. 257, 189; Cop. 9, Bl. 163; Cop. 220, Bl. 3 des genannten Archivs.

[17] Wolfg. Kropf, „Geſch. von der Herrſchaft Kulm" (Mscr. der

Jahre Peter Kölbel der Aeltere gestorben, läßt sich nicht ermitteln. Ebenso wenig ist sicherzustellen, ob der Letztgenannte
auch schon den Graupener Bergbesitz der Familie aufgegeben
habe. Im Jahre 1504 erscheint in Graupen vor Gericht ein
Peter Kölbel als Zeuge [18] — ob der Vater oder der Sohn,
muß dahingestellt bleiben. In dem letztgenannten Jahre hat
Otto Kölbel schon ein kleines böhmisches Lehngut im Besitze,
einen ehemaligen Bestandtheil der Herrschaft Graupen, Schloß
Herbitz. [19] Noch aber finden wir nach einigen Jahren auf
der Burg zu Graupen den „gestrengen Otto Kölbel“ als
Hauptmann daselbst (1512) [20] — wie zu vermuthen, denselben
Otto, der das Gut Herbitz inne hatte, in dessen Schlosse jedoch
1508 als Theilbesitzer des Gutes auch ein Georg Kölbel
genannt wird. [21] Im Jahre 1513 aber, 25. Novbr., erkauft
„Herr Otto Kölbel von Geyßing auf Herbitz“ von
Albrecht von Wiesowitz auf Geiersberg das Lehen Strisowitz
auf der Höhe über Herbitz. [22] Zur selben Zeit hat ein andrer
Zweig unsrer Familie auf der nördlichen Seite des Striso-
witzer Berges gleichfalls eine Besitzung erworben, das Dorf
Podau, welches ein Wenzel Kölbel erkauft hat, nach dessen
Tode im Jahre 1519 Hermann und Bernhard Kölbel „von
Geyßing“, die Söhne desselben, das Erbe nach dem Vater

Schloßbibliothek zu Tetschen) S. 1; nach dem betr. (nun nicht mehr vorhandenen) Grabsteine in Aulm.

[18] Stadtb. S. 354 fg.

[19] Kulmer Notizen (handschriftl. Mittheilungen des p. t. Bezirks-
vicars und Dechants P. Jos. Hampel in Aulm nach Archivalien dieses
Ortes). — Herbitz, das im Jahre 1393 und noch 1487 unter den Theilen
der Herrschaft Graupen aufgezählt wird (Libri erectionum, Copiar.
des böhm. Museums in Prag tom. IV. p. 73; Böhm. Lehentafel in
Prag No. VI. Lit. B 19, fol. 77), fehlt in einem solchen Verzeichnisse vom
Jahre 1507 (Graf Caspar Sternberg, Geschichte der böhm. Bergwerke,
Urkundenb. No. 95, S. 146 fg.).

[20] Lib. man. f. 51.

[21] Bischof Dietrichs Materialien (Mscr. der Dombibliothek zu
Bautzen). — Kulmer Notizen.

[22] Lehentafel Prag LXII. p. 376.

angetreten haben; zu Pockau aber gehörten damals die Orte (Deutsch-)Neudorf und Kamitz, Dörfer in der nächsten Nachbarschaft von Pockau, sowie Theile des zur Burg bei Brüx gehörigen Lehens Garbitz.[23] — Wenn uns nicht Alles trügt, so dürfen wir in Hermann und Bernhard die Enkel, und somit in deren Vater Wenzel den Sohn des uns seit 1481 aus den Augen gekommenen Matthes, des (jüngern?) Sohnes Hans Kölbels erblicken. In Zukunft steht die Familie, soweit dieselbe von den Brüdern Nikel Kölbels ausgegangen, wie mehr in directer Beziehung zu dem Graupener Zinnbau.

Von den Erben Peters des Aeltern ist für uns von der meisten Bedeutung dessen gleichnamiger Sohn. „Herr Peter Kölbel von Geyßing der Jüngere", verheirathet mit Magdalena von Duppau, der Schwester des seitherigen Herrn von Kulm, erkaufte in dem Jahre 1536 nach Busek Waletzky von Duppau die Herrschaft Kulm sammt Zubehör.[24] Von nun ist dieser Ort der Mittelpunkt aller weiteren Erwerbungen der Familie Kölbel in Böhmen. — Noch im Jahre 1536 aber, Sonntag vor Philippi und Jacobi (30. April), starb im Schlosse zu Kulm die Gemahlin Peter Kölbels, vier Jahre vor dem Bruder Bohuslav von Duppau, dem Letzten seines Geschlechts, der in Kulm gelebt.[25] Ein Jahrzehnt verwaltete der neue Herr von Kulm diese seine Besitzung; noch einmal, 1544, sehen wir ihn in Graupen, als „Erbherrn von Kulm" zu Gerichte über einen seiner Unterthanen.[26] Im Jahre 1547, am Tage Wenceslaus (28. Septbr.), starb er und ward in der Gruft zu Kulm beigesetzt. Sein Grabstein zeigt das Wappen seiner Familie, wie es allerwärts bekannt ist: im Schilde zwischen drei Rosen eine aufgeblühte Lilie sammt zwei Knospen, die sich über dem gekrönten Turnierhelme wiederholen.[27]

[23] Landtafel Prag Instr. No. 46, lit. D 9. — Stadtb. in Graupen S. 384. [24] Landtafel Instr. No. 250, lit. F 28.

[25] Nach den Grabsteinen an der Außenseite der Kirche zu Kulm.

[26] Lib. man. f. 124 sq.

[27] Grabstein an der Kirche zu Kulm.

Peter (III.) hinterließ, soviel bekannt, drei Söhne: Otto, Adam und Ladislaw, sämmtlich noch unmündig, als der Vater starb; an ihrer Statt sehen wir im Jahre 1548 den schon genannten Vetter derselben, Nikolaus Jaroš, in Kulm zu Gericht sitzen.[18] Sowohl Otto als Georg auf Herbitz dürften bald nachher, wenn nicht schon vordem, mit Tode abgegangen sein, sowie nach 1548 von Nikolaus Jaroš auch weiter keine Meldung geschieht, so daß die Güter Kulm und Herbitz an die eine von Peter (II.) Kölbel ausgehende Linie der Familie übergegangen ist. Seit 1549 wird Otto Kölbel der Jüngere Herr auf Kulm, seit 1552 Adam Kölbel Herr von Herbitz genannt.[19] — Schon mehrere Jahre früher, am 31. Decbr. 1543, hatten Hermann und Bernhard Kölbel auf Pockau dies ihr Besitzthum sammt Zugehör wieder verkauft, und zwar an den Besitzer von Türmitz, Johann von Milin, um die Summe von 1425 Schock böhm. Groschen. Es wählten sich die Brüder einen andern Aufenthalt, ein Lehen der Burg von Brüx, in der nächsten Nähe von Kulm, Dorf Pristen mit Zugehör, in dessen Besitz wir in der Folge Hermann und Bernhard sehen. Neben den Brüdern sehen wir jedoch auch noch einen Vetter derselben, Siegmund Kölbel von Geyßing, genannt.[20] Die Besitzungen der Kölbel zu der Zeit bestanden somit in den drei Herrschaften Kulm, Herbitz und Pristen. Zu Kulm gehörten zunächst die Dörfer Straden und Böhmisch-Neudorf (ersteres, wie Pristen und Garbitz, Afterlehen der Burg über Brüx); andere Ortschaften sollten in Bälde dazukommen. Ueberdies war die Familie Kölbel mit den benachbarten Gutsbesitzern in die engste Verbindung getreten. Otto auf Kulm hatte zur Frau Marianna aus der Familie Glatz vom Althof, einem wie die Kölbel in Graupen reichgewordenen Patriziergeschlechte, dessen damaliger Vertreter, Hans Glatz, Herr von Lieben, Gratschen und

[18] Bisch. Dietrichs Mat. — W. Kropf a. a. O.
[19] Kulmer Notizen.
[20] Landtafel Instr. No. 46, D 9.

Kleischa (Orte in der Nähe von Aussig), wieder Eva Kölbel, wohl eine Schwester Otto's, zur Gemahlin genommen hatte, während Mandalena Kölbel, muthmaßlich die jüngere Schwester dieser, mit Hans Hora dem Aeltern von Očelowiß vermählt war. Adam Kölbel auf Herbiß war verheirathet mit Eva von Nitschwiß; die Frau starb aber schon im Juni 1570.[31] Zu dieser Zeit hat Adam Kölbel sein Besißthum schon bedeutend erweitert. Er ist der Herr der mit dem Gute Herbiß grenzenden Lehenherrschaft Prediß.[32] — Dies ist der vierte Ring in der Kette der Besißungen unsrer Familie. Mit dem leßtern Besiße aber waren vorerst gewisse Unannehmlichkeiten verbunden. Adam Kölbel gerieth in eine längre Zeit andauernde Streitigkeit mit der Gemeinde der Stadt Aussig, deren Pfarrherr „von Alters her" auf dem Grunde und Boden der Herren von Prediß gewisse Strecken Acker und Wiese zum Nußgenusse hatte, Berechtigungen, welche Adam Kölbel dem P. Valentin Schärffer streitig gemacht zu haben scheint, wogegen das königl. Kammergericht zu Prag sie, jedoch unter ausdrücklicher Wahrung der obrigkeitlichen Rechte Adams, am 11. Septbr. 1574 aufs Neue bestätigte.[33] — Bereits seit 1566 wohnt im Schlosse zu Herbiß Adams Bruder Ladislaw.[34] Von Bernhard Kölbel auf Pristen hören wir nichts weiter; Hermann Kölbel wird noch 1566

---

[31] Aulmer Notizen (nach dem betr. Grabsteine). Vergl. J. Schaller, Topogr. V. 170.

[32] J. Schaller, Topogr. V. 184. Vergl. die Widersprüche bei Sommer, Böhm. I. 185 u. 208. — Das bestimmte Datum der Erwerbung von Prediß durch Adam K. ließ sich leider in der Lehentafel Prag, wo allein dasselbe zu suchen ist, bis zum heutigen Tage nicht eruiren. Noch 1507 gehörte Prediß zur Herrschaft Graupen, schon 1529 ist es getrennt von derselben (Sternberg a. a. O. — Lehentafel LXII. S. 482). Im Uebrigen scheint der Besiß der Kölbel sich nicht auf die ganze Herrschaft ausgedehnt zu haben. S. Anm. 68.

[33] Urkundencopie (nach einer im Besiße der Familie Pidhart in Türmiß befindl. Abschrift). — Vergl. den Extract bei J. Sonnewend, Gesch. v. Aussig S. 184 fg.

[34] Aulmer Notizen.

genannt, dann iſt nur mehr von „Frau Kölblin zu Priſ⸗
ſen" die Rede, der Vormünderin ihrer Söhne Wenzel und
Johann.[35]

Der Kreis von Erwerbungen war unterdeß noch um ein
Weiteres gewachſen. Der Vetter Hermanns und Bernhards,
Siegmund Kölbel, den wir 1543 unter den Verkäufern von
Podau geſehen, hatte bald nach dieſem Jahre, und zwar als
„Hauptmann des Hochlöbl. Königs von Frankreich", die Herr⸗
ſchaft Strausnitz erkauft (a. d. Pulsnitz, Leitmer. Kreis,
Dom. Ober⸗Liebich), als deren Herr er 1554 mit Hinter⸗
laſſung eines Sohnes Litold (Leopold) verſtarb.[36] Litold
wieder brachte noch andere Beſitzungen an ſich, zunächſt, eben
als Preblitz an die Familie kam, das Gut Schönfeld, am
Senſelnbach, in der nächſten Nähe von Türmitz, ein Beſitzthum
der Familie Schönfeld von Schönfeld, die zur Zeit ſowohl
auf dem linken als dem rechten Ufer der Elbe begütert war.
Am 29. Novbr. 1576 verkauften nun die Brüder Ludwig
und Hanuß Schönfeld von Schönfeld „und auf Markersdorf"
unſerm Litold Kölbel von Geyßing „und auf Schönfeld" auch
das Gut Markersdorf, und zwar das Dorf Markersdorf,
das ganze Dorf Meiſtersdorf, Ober⸗ und Unter⸗Ebers⸗
dorf, einen Menſchen im Dorfe Freudenberg u. ſ. w., Alles
für die Summe von 15,500 Schock meißn. Groſchen.[37] Die
Herrſchaft, auf dem rechten Elbeufer, zwiſchen Benſen und
Böhmiſch⸗Kamnitz gelegen, ward jedoch alsbald wieder ab⸗
gegeben; ſchon am 12. Auguſt 1580 verkaufte dieſelbe Litold
an den Herrn von Benſen, Wolf von Salhauſen, nachdem er
bereits früher einzelne Theile davon veräußert, um 8250 Schock
böhm. Groſchen, unter der Zeugenſchaft Adam Kölbels von
Geyßing „und auf Preblitz" u. A. m.[38] Wir finden Litold,

---

[35] Gerichtsbuch A 2 in Graupen Bl. 416b. und Gerichtsbuch
A 3 daſ. Bl. 48b.

[36] Bl. Kropf a. a. O.

[37] Landtafel Inſtr. No. 62, lit. Q 14.

[38] Daſ. Inſtr. No. 65, lit. D 9.

der vermählt war mit Katharina von Liesdorf, kurz darauf als Herrn des kleinen Dorfes Gatschken wieder, in der Nähe von Podau.

Am 23. Jäner d. J. war zu Kulm Frau Mandalena Hora von Otelowitz, nach der Geburt zweier Kinder, gestorben und „liegt alda mit ihren Kinderlein begraben".[39] Otto Kölbel auf Kulm war rastlos thätig. Man rühmt an ihm besonders die Sorgfalt, die er auf die Pflege der Aecker seiner Herrschaft verwendete, die sich bald bis zum Strisowitzer Berge erstreckte, welche Höhe Otto gleichfalls bearbeiten ließ, so daß dieselbe einer der ergiebigsten Weinberge wurde. Nachdem er 1562, Dienstag nach Lätare (10. März), noch einen letzten Besitz Der von Duppau in Böhmisch-Neudorf erworben, vollendete er im Jahre 1580 den Aufbau einer neuen Kirche sammt Thurm in Kulm.[40] Zur selben Zeit geschah es, daß der Kaiser Rudolph II. durch besondere Commissäre die beiden Herrschaften Graupen und Geiersberg, die an den Fiscus gefallen waren, abschätzen, theilen und veräußern ließ. Es eilten die benachbarten Grundherren, deren viele mit den genannten Herrschaften rainten, zur Arrondirung ihrer Besitzungen so viel als möglich anzukaufen. So erwarben Georg und Hans Hora der Jüngere von Otelowitz, Söhne der Eva Kölbel, schon 1580 den schönen Meierhof Hottowitz mit den Dörfern Lochtischitz, Willitz, Haberschie, den Wald über Schönfeld, Rabeney genannt, u. s. w. und Hans erkaufte außerdem, nachdem er 1582 von der Wittwe Hans Gramosers von Gramos in Graupen deren Haus daselbst erstanden, im Jahre 1584 (25. Juni) noch ein großes Stück Wald, die „Malß" genannt, mit sammt einem Bache, auch so genannt, lauter ehemalige Zugehörungen der Herrschaft Graupen.[41] Otto

---

[39] Grabstein an der Außenseite der Kulmer Kirche.

[40] Chronik des Schutzstädtls Karbitz Mscr. Bl. 65 b. — Kulmer Rot. — W. Kropf S. 3.

[41] Gerichtsb. A 3 in Graupen Bl. 205 fg. — Fundamentum Grupnensium (Mscr. in Graupen) p. 72. — W. Kropf S. 12.

Kölbel aber brachte bis zum Jahre 1584 folgende frühere Theile derselben Herrschaft an sich: die Dörfer Ober- und Nieder-Arbesau, Schanda, Liesdorf, Auschine, sämmtlich Orte in der östlichen und nördlichen Nachbarschaft von Kulm; dazu eine ausgedehnte Strecke Wald an der Tellnitz, gegen Nollendorf [48], so daß Otto Kölbel vom Strisowitzer Berge bis auf den Kamm des Erzgebirges fast der einzige Grundherr war.

Inzwischen hatte Adam Kölbel auf Preblitz nach dem Tode seiner ersten Gemahlin sich zum zweiten Male vermählt, mit Katharina von Berbisdorf. Beide Ehen waren sehr gesegnet. Es gingen aus ihnen nicht weniger als zwanzig Kinder, zehn Söhne und zehn Töchter hervor, von denen jedoch drei Söhne und drei Töchter noch vor dem Vater starben. Die Namen der überlebenden Söhne waren: Bernhard, Friedrich Hannibal, Otto Hasdrubal, Adam, Rudolph, Wenzel und Johann; die uns bekannt gewordenen Namen der Töchter aber: Barbara, Katharina, Elisabeth und Johanna. Adam vermehrte seine Herrschaft Preblitz durch den Kauf von Böhmisch-Kahn, sowie durch Klein- und Deutsch-Kahn, die er selbst erbaute, ein bleibendes Gedächtniß seines segensreichen Wirkens. Außerdem erscheinen später unter den Zugehörungen von Preblitz: Strisowitz, Tilisch, Kamitz u. A. m. Zur Erziehung seiner Kinder hatte er einen gewissen Wilhelm Hirschfeld berufen, einen protestantischen Geistlichen, aus Gotha gebürtig. [49] Die Berufung sollte, wie wir gleich sehen werden, auch für weitere Kreise ihre Folgen haben. Die Zeit der Verwaltung der Güter Herbitz und Kulm durch Adam und Otto Kölbel ist die Zeit der Protestantisirung nicht nur der genannten Orte, sondern der ganzen umliegenden Landschaft, die Zeit, von welcher ein Historiker des vorigen Jahrhunderts äußert, daß „in dieser Außig-Teplitz- und Graupner Gegend die

---

[48] Landtafel Instr. No. 22, lit. I 13. — Bisch. Dietrichs Mat.
[49] Chronik von Karbitz Bl. 2b.

Ketzerei um das Jahr 1570 unterschiedliche Nester gemacht und von ihrem Gift so viele Junge ausgehedt, daß in wenig Jahren mehr Un- als Recht-Katholische in den Städten, Flecken und Dörfern anzutreffen waren . . ."[44] Nicht eine der geringsten Ursachen solcher Resultate war der genannte Wilhelm Hirschfeld. Schon im Jahre 1564 klagt der katholische Priester zu Karbitz, in dessen Kirchspiel auch die Kirche St. Laurenz bei Herbitz „seit Menschengedenken" gehörte, daß Adam Kölbel auf Herbitz, dessen Besitzung bisher kein Gotteshaus besaß, die letztere Kirche „weggenommen"[45], d. h. (wie wir später erfahren) dem Erzieher seiner Kinder, W. Hirschfeld, zur Besorgung übergeben habe[46], als dem ersten öffentlich angestellten protestantischen Priester in der Gegend. Dazu kamen andere, den Bestrebungen Adam Kölbels nach dieser Richtung überaus günstige Ereignisse. Eine im Jahre 1564 zu Bilin gehaltene Pastoralconferenz des katholischen Clerus dieses Archidiaconats, unter Vorsitz des Prager Erzbischofs, verurtheilte den seitherigen (kathol.) Pfarrer von Kulm sowohl als den von Böhmisch-Kahn und noch andere aus der Nachbarschaft mit ihnen „propter excessus" zum Arreste; seit der Zeit blieben beide Hirtenämter, zu Kulm und Böhmisch-Kahn, unbesetzt.[47] Aehnlich kam es mit Karbitz und der Kirche dieses Städtchens, das sich vergebens um die Neubesetzung seiner Pfarre an das Consistorium wandte. Wilhelm Hirschfeld in St. Laurentius indessen erzielte durch eine große, vielgerühmte Beredtsamkeit außerordentliche Erfolge, so daß schon 1573 der Magistrat von Karbitz einen förmlichen Contract mit ihm abschloß, demzufolge sich derselbe Priester verbindlich machte, „jeden dritten Sonntag den Gottesdienst in

[44] P. Joh. Miller, S. J. „historia Mariaescheinensis" (1710) p. 24.

[45] Lib. missiv. d. d. 4. Sept. 1564 (Mscr. der erzbischöflichen Bibliothek zu Prag).

[46] Chron. v. Karbitz Bl. 2.

[47] Libri visitation. in der erzbischöfl. Bibliothek zu Prag.

Karbiß zu halten und die übrigen vorfallenden Amtspflichten
zu verrichten"[48], bis im Jahre 1575 der bisherige Pastor
von Garbiß, einer Besitzung der gleichfalls lutherischen Bünau,
Mathias Fritsch, die Karbißer Pfründe erhielt, nach einiger
Zeit aber Wilh. Hirschfeld durch Otto Kölbel auf Kulm an
diesem letztern Orte als erster protestantischer Pfarrer daselbst
installirt ward.[49] — Wenn jedoch die Thätigkeit Hirschfelds
als Priesters offenbar mit Erfolg gekrönt war, seine Erziehungs-
resultate waren nicht die besten. Die Söhne Adams machten
dem Vater viele Sorgen; zwei von ihnen, Friedrich Hannibal
und Otto Hastrubal, wurden ihres verworfenen Lebenswan-
dels wegen durch einen förmlichen Spruch des böhmischen
Landtags ausgeschlossen von allem Rechte auf einen Besitz in
Böhmen; der Vater selbst nennt sie „verschwenderisch und
verbrecherisch".[50]

Da riß der Tod wieder tiefe Lücken in die Familie
Kölbel. Ist schon vor dem Jahre 1584 die Gemahlin Litolb
Kölbels auf Strausnitz und Gatschlen, Katharina von Lies-
dorf, unter den Todten, starb am 16. Juni desselben Jahres
Elisabeth Kölbel, die Tochter der soeben Genannten, 18 Jahre
alt, und ward zu Arnsdorf in der Kirche bestattet, woselbst
noch heute ihr Grabstein zu finden ist.[51] Litolb hielt sich
von da an in Komotau auf, wo er vielleicht auch einzelne
Grundstücke besaß, während in Strausnitz Ladislaw Kölbel,
sein Sohn, die Verwaltung übernahm — wie es scheint, der
Letzte dieses Zweiges der Familie. Ein Jahr nach Elisabeth
Kölbel verstarb in Kleischa, nachdem schon 1564 Hans Glaß
vom Althof daselbst das Zeitliche gesegnet hatte, dessen Gemahlin Eva Kölbel, am 7. März 1585, überlebt von einem

---

[48] Chron. v. Karbiß a. a. O.   [49] Daselbst.
[50] Landtafel No. 26, lit. C 80.
[51] Der Stein, das Einzige in Arnsdorf, was an die Kölbel erinnert
(vergl. Sächs. Kirchen-Galerie a. a. O. S. 20), liegt unter der Kanzel,
zum Theil versteckt durch einen Beistuhl; doch sind die Schrift und das
Wappen der Kölbel deutlich zu erkennen.

Sohne, Adam Glatz, dem Letzten seines Geschlechtes. Nur einen Monat später, am 9. Tage des April 1585, verschied auch Otto Kölbel von Geyßing „auf Böhmisch-Neudorf und Kulm“, mit Hinterlassung eines Sohnes Peter[52], welchem schon am 16. Septbr. darauf Kaiser Rudolph II. den Besitz der väterlichen Güter, mit dem Rechte, über dieselben frei zu verfügen, in einem Majestätsbriefe bestätigte.[53] — Im selben Jahre wie Eva und Otto Kölbel starb auch deren Schwager, Hans Hora der Jüngere von Oelowitz, Gemahl der Mandalena Kölbel, der sich seit 1580 fast immer in Willitz aufgehalten. Am 11. Octbr. 1585 legt er sein Testament in Graupen nieder, demzufolge er sein Haus daselbst mit den dazu gehörigen Aeckern und Wiesen seiner Frau verschreibt „wegen ihrer allzeit wohlgeleisteten ehelichen Treue und Liebe“[54]; nach drei Tagen starb Hans Hora der Jüngere.[55] — Nicht genug daran. Der Tod verlangte bald noch weitere Opfer. Auch Adam Kölbel auf Preblitz fühlte sich dem Tode nahe; er schrieb sein Testament, am 11. August 1590. Darin verschreibt derselbe seiner Gemahlin Katharina als Wittwengut sowohl als zur Erziehung der vier jüngsten, noch unmündigen Söhne 400 Schock Groschen und die Dörfer Klein- und Böhmisch-Kahn; dem ältesten Sohne Bernhard, vermählt mit Johanna von Sulewitz, das Lehengut Preblitz; die ungerathenen Söhne Friedrich Hannibal und Otto Hasdrubal erhalten eine jährliche Rente von 15 Schock Groschen; sollten sich dieselben aber nach sechs Jahren, bis zu welcher Zeit der Jüngste von den Söhnen großjährig geworden, gebessert haben, soll das Gut Preblitz in sieben gleiche Theile getheilt und den einzelnen Söhnen überlassen werden. Als Testamentsvollstrecker

---

[52] Grabstein in der Rückwand der Kulmer Kirche; an demselben ist jedoch nur mehr der Name zu erkennen; das Datum bei W. Kropf S. 3.

[53] Landtafel Instr. No. 141, lit. K 4.

[54] Stadtb. in Graupen S. 513.

[55] Grabstein in Kulm. — Die Herrschaft Willitz kam an die Familie Ottendorf (Gerichtsb. A 3 in Graupen Bl. 315).

und Vormünder zugleich erbittet der Erblasser seinen Bruder
Ladislaw auf Herbitz und den Vetter Peter Kölbel auf
Kulm.[56] Nach kaum einem Jahre, Sonnabend nach Oculi
(23. März) 1591 in der Nacht, starb Adam Kölbel von
Geyßing auf Predlitz.[57]

Mittlerweile hatte die Wittwe Hans Hora's, Mandalena Kölbel, die sich mehrere Jahre in Graupen aufhielt,
von den Zugehörungen ihres Hauses daselbst etliche Theile
verkauft[58]; nach kurzer Zeit hat sie sich wieder vermählt, und
zwar mit Wenzel Kölbel auf Pristen, den wir schon kennen
und der nach dem ersten Gemahl seiner Frau nun auch die
Güter desselben, vor Allem Hottowitz sammt Zugehör, in
Besitz nahm. Damals lebte aber in Graupen noch ein andrer
Kölbel, Christoph Wilhelm, vermählt mit Anna, geb.
Türmitzky von Milin. Dieser Letztern verkaufte nun Frau
Mandalena Kölbel, mit Wissen ihres Gemahls, Herrn Wenzel
Kölbel von Geyßing auf Pristen, als ihrer „lieben Frau
Schwägerin", am 26. März 1588 ihr Haus in Graupen mit
allem Zugehör, worauf wieder Anna Kölbel am 20. Juni
d. J. dasselbe ihrem Manne „allhier zum Graupen" als sein
Eigen verschrieb.[59] Doch lebte der Letztgenannte nur noch
kurze Zeit; bereits im Jahre 1596 ist Frau Anna Kölbel
wieder vermählt, mit Hans Ilburg von Wresowitz und Neu-
schloß auf Wobora und Kremuz, und verkauft am 6. Aug.
d. J. das erwähnte Haus an Caspar Andersch von Ollen-
dorf.[60] — Aber während dieser Zeit hat sich in Graupen

---

[56] Landtafel Jnstr. No. 26 a. a. D.

[57] Kulmer Notizen. Uebereinstimmend mit denselben die Grabschrift bei Schaller V. 170. — Wir erwähnen hier im Vorbeigehen die
bei A. Schimon, „der Adel von Böhmen" S. 71 vorkommende Notiz,
nach welcher Adam K. v. G. im Jahre 1581 in den (böhm.) Adelstand erhoben worden sein soll. Die nicht zuverlässige Quelle läßt uns kein besonderes Gewicht auf diese Nachricht legen. — S. Anm. 107.

[58] Gerichtsb. A 3 in G. Bl. 340 fg.

[59] Stadtb. in G. S. 517 fg.

[60] Das. S. 531.

wiederum ein neuer Zweig der Kölbel eingebürgert. Matthes
Kölbel, der Sohn eines armen Bergmanns in Lauenstein,
Georg Kölbels, kaufte am 24. Juni 1584 von Balthasar
Engelbrecht in Graupen dessen Haus „im hinteren Grunde,
die Türkei genannt", sammt dem Hofe, zwei Gärtlein daran,
einer Wiese und einem Stück Acker, Alles zusammen für die
Summe von 228 Schock meißn. Groschen. Alljährlich zahlte
Matthes die bestimmten Termine pr. 8 Schock Groschen, bis
1590[61]; da starb er Anfang 1591, mit Hinterlassung einer
Wittwe, Christine, und vier Kinder, „Georg, Hänsel,
Katharina und Barbarlein". Die Vormünder der Letzteren verkaufen das Haus am 3. Juli 1591; der Schwieger-
vater Christinens, der noch eine Forderung an den verstorbenen Sohn geltend zu machen hat, verzichtet nach dem
Empfange von 6 Thalern auf alle weiteren Ansprüche an
das Vermögen seiner Schnur und deren Kinder.[62] Die arme
Wittwe mit den Waislein ist der größten Nothdurft preis-
gegeben. Sie erkauft im Jahre 1595 von dem Reste ihrer
Habe wieder ein Häuschen in Graupen „ober der Badestube
unter'm Kehrichthaufen gelegen", für den Preis von 14 Schock
meißn. Groschen, welche Summe sie im Jahre 1597 glücklich
bezahlt hat; noch im Jahre 1600 wird sie genannt, doch mag
sie bald darauf gestorben sein.[63] Von ihren Kindern finden
wir nur Georg wieder, Anfang des 17. Jahrhunderts, als
„E. E. Raths zu Graupen Heger".[64] Die Anderen blieben
verschollen. — Nicht viel besser sollte es einem zweiten Ein-
wanderer nach Graupen, Jakob Kölbel, „Kürschner aus
Lauenstein", ergehen, der im Jahre 1595 ein Haus daselbst

---

[61] Gerichtsb. A 3 in G. Bl. 311b. fg.

[62] „Neu Gerichtbuch der Kayserlichen Freyen
Bergstadt vnd Berges Graupen" v. Jahre 1589 (A 4) Bl. 46,
101, 111.

[63] Das. Bl. 46, 259.

[64] „Protokoll Oder Verzeichnuß, waß bey dieser Bergl Stadt
Grauppen . . . sich denckwürdiges zugetragen hat". Bl. 10, 16 fg.

erkaufte, daſſelbe 1602 wohl gänzlich bezahlte[65], auch nach
Jahrzehnten in den Stadtrath kam und an den unaufhör-
lichen Streitigkeiten der Stadt mit der „Obrigkeit“ oder
„Schutzherrſchaft“ — das war die Frage — den redlichſten
Antheil nahm[66], aber zu Glück und Ehre, wie er wohl gehofft
haben mochte, doch nie gelangen konnte. Er verſchwindet in
den Stürmen, die in den nächſten Jahren neuerdings über
Graupen kamen. Glück und Segen waren von der Bergſtadt
eben längſt gewichen.

Einen überraſchenden Gegenſatz zu allem dieſen bietet die
nächſte Geſchichte der Kölbel außerhalb Graupens, die, wie
der Herr von Kulm und Neudorf, höchſtens noch als Gläubiger in dieſer Stadt erſcheinen.[67] Außer den Herren auf
Kulm und Neudorf, Preblitz und Herbitz, Priſten und Hottowitz lebten noch gegen Ende des Jahrhunderts zu Komotau
Litold und zu Strausnitz Ladiſlaw Kölbel.[68] In Kürze
ſei zugleich noch einer Frau Sabina Kölbel erwähnt, Mutter
Heinrich Lobeckh's von Lobec und auf Lobec, mit deren
Erlaubniß der Letztere im Jahre 1586 ſein Erbe in Lobec an
ſeine Tochter Bohunka Kölbel, Gemahlin Damians von
Pelzeldorf auf Kallen und Běška, um die Summe von 1300
Schock m. Gr. verkaufte[69]; doch gehen uns bezüglich dieſer
beiden weiblichen Glieder des Stammes Kölbel beſtimmte
Anhaltspunkte über deren Aſcendenz und Deſcendenz gänzlich ab. — Bald nach Adam Kölbel auf Preblitz ſtarb auch
deſſen Bruder Ladiſlaw auf Herbitz, ohne Leibeserben zu

---

[65] Gerichtsb. A 4, Bl. 22.

[66] Protok. Bl. 8 fg.

[67] Gerichtsb. A 3, Bl. 329 fg.

[68] Sebaſtian Faulnar z Fontenſteyna „Tytulat obſahugjcý w ſobě w Gaſſku Cleſſem . . .“ (1589). — Daß die Familie Kölbel Preblitz nur zum Theile beſaß, wird auch wahrſcheinlich nach der eben ange-
führten gleichzeitigen Quelle, derzufolge 1589 neben Adam Kölbel v. G.
u. auf Preblitz noch ein „Erhart Sſenſfeld z Sſenſfeldu a Preb-
licſch“ lebte.

[69] Landtafel Inſtr. No. 68, lit. B 21.

hinterlaſſen. Und ſo ging auch Herbiß an die Söhne Adams
über, und zwar mit Einſchluß Friedrich Hannibals und Otto
Haſtrubals, die alsbald nach des Vaters Tode auch als
Theilbeſißer der in ſieben Parzellen zerlegten Herrſchaft Predliß erſcheinen, alſo wohl ihr früheres ſchlechtes Leben aufgegeben haben. Wenn ſeit 1591 Bernhard Kölbel, (wie
bekannt) der Aelleſte von den nunmehrigen Beſißern von
Predliß, vor Allen den Titel eines Herrn von Herbiß führt[70],
ſo wird das durch das Folgende erläutert. Unter Vermitt-
lung Johanns von Bila, Heinrich Kauß' von Kauß, Wenzel
Kölbels auf Hoitowitz und Peter Kölbels auf Kulm
verkauft am 2. Feber 1593 „Friedrich Hannibal Kölbel
auf Herbiß" der Gemahlin Bernhards, Frau Johanna Kölbel, das „ihm nach ſeinem Vater Adam Kölbel von Geyßing
und ſeinem Vetter Ladiſlaw K. v. G. zugefallene Erbe" in
Herbiß, für die Summe von 4300 Schock meißn. Groſchen[71];
gleichwohl bleibt der Verkäufer nominell noch immer „Herr
auf Predliß und Herbiß". Als am 24. Mai 1596 Kaiſer
Rudolph II. den Beſißern des bisherigen Lehens Herbiß daſſelbe als ein Allodialbeſißthum überließ, wurden noch alle
ſieben Söhne Adams als die Herren daſelbſt genannt.[72]

Unter Peter (IV.) Kölbel von Geyßing erlebten Kulm
und die Zugehörungen ihre größte Blüthe. — Als er, ein
Mann von 29 Jahren, vermählt mit Marianna v. Bünau,
einer Tochter Rudolphs von Bünau auf Blankenſtein (dadurch
zugleich verwandt mit der ebenfalls lutheriſchen Familie Tür-
mißky von Milin, deren lettter Sproſſe mit der jüngſten
Schweſter Maria's vermählt war)[73], nach dem Tode ſeines
Vaters die Verwaltung ſeiner Güter übernahm, war das
Werk der Reformation daſelbſt vollendet. Wilhelm Hirſchfeld,

[70] Kulmer Notizen.
[71] Landtafel Inſtr. No. 185, lit. M 17.
[72] Daſ. Inſtr. No. 127, lit. D 6.
[73] Daſ. Inſtr. No. 141, lit. K 4. — Bal. Königs II. 254 fg. —
Hallwich, Herrſchaft Türmiß I. 18 fg.

deſſen religiöſes Streben die Paſtoren in Garbitz, Türmitz,
Karbitz, Raudnig u. ſ. w. auf das Kräftigſte unterſtützt, hatte
ſeinen guten Ruf als tüchtiger Redner, wie als kräftiger Vertreter ſeiner kirchlichen Gemeinde wohl zu wahren gewußt
und verſtand es, denſelben während einer 47jährigen Amts-
verwaltung ungeſchwächt zu erhalten.[74] Peter Kölbel aber
war ſowohl für den materiellen als den geiſtigen Aufſchwung
ſeiner Güter bedacht. Schon im Jahre 1590 hat er von der
Wittwe des letzten Glatz vom Althof deſſen letzte Beſitzung
Kleiſcha, dazu noch einige Bauerngründe, insbeſondere in
dem Dorfe Lieben, und von Wenzel Kölbel (nun „der Aeltere“ genannt) zugleich einen Theil von Priſten erworben,
nachdem der Letztere, wie geſagt, die Herrſchaft Hottowitz an
ſich gebracht.[75] Wenige Jahre nach dem Tode ſeiner Mutter
Marianna, die in der Nacht zum 7. Octbr. 1593 ſtarb[76],
erwarb Herr Peter, dem Beiſpiele ſeiner Vettern in Herbitz
gemäß, in Gemeinſchaft mit Wenzel Kölbel auf Priſten für
die Summe von 1500 Schod meißn. Gr. von der Gemeinde
der Stadt Brüx, die vom Kaiſer ſowohl die Burg über Brüx
als alle Zugehörungen derſelben erkauft, die Orte Straßen
und Priſten als „freie Kauf- und Erbgüter“ (Aug. 1597).[77]
Zwei Jahre zuvor hatte Peter um den Ritterſitz Kleiſcha eine
feſte Mauer aufgeführt.[78] In der Herrſchaft Kulm beſtand
bisher keine Schule. Dieſem Uebelſtande abzuhelfen, kaufte
Peter am 24. Novbr. 1600 von dem Gerichtsgeſchwornen
Jakob Dietze zu Kulm deſſen Haus ſammt Hof und ſonſtiger
Zugehör um den Preis von 189 Schod und richtete daſſelbe

---

[74] Chron. v. Karbitz a. a. O.

[75] Landtafel Inſtr. No. 185 a. a. O. — Biſch. Dietrich, Maer.
— Wolfg. Kropf S. 5, 6.

[76] Kulmer Notizen. — W. Kropf (S. 2, 3) nach dem Grabſteine
in Kulm. Der Stein iſt noch vorhanden, in demſelben aber von der
Schrift nichts weiter als der Todestag erkennlich.

[77] Landtafel Inſtr. No. 172, lit. G 19.

[78] Chron. v. Karbitz Bl. 5b.

auf das Beste zu einem Schulgebäude ein, indem er es zugleich von „allen Roboten, Renten, Zinsen und Gaben" für alle Zeiten befreite, die Einkünfte der künftigen Schule bestimmte und eine Lehrerstelle an derselben fundirte, an deren Dotirung sich durch jährliche Lieferungen die sämmtlichen zur Herrschaft Kulm im engeren Sinne gehörigen Dorfschaften, Schanda, Liesdorf, Ober= und Nieder=Arbesau und Auschine, betheiligen mußten.[79] — Im Jahre 1601 gab Peter Kölbel durch den Kauf des Städtchens Karbitz seinen Besitzungen eine weitere Ausdehnung. Karbitz, vor Zeiten ebenfalls, wie Preblitz, Herbitz u. s. w., ein Lehen der Herrschaft Graupen, war im J. 1580 an die Stadtgemeinde Leitmeritz gekommen, gegen gewisse Verbindlichkeiten der Letztern gegenüber der Bürgerschaft von Karbitz, unter welchen die Hauptbedingnisse waren, daß das Städtchen niemals „Einem von Adel" verkauft, dann bei seinen „alten Gewohnheiten 2c." belassen werden solle und ebenso „bei seinem lutherischen Glauben verbleiben" dürfe. Trotzdem geschah es eben, daß die Stadt Leitmeritz am 8. Septbr. 1601 unser Städtchen, sammt einem Theile des Waldes Tellnitz bis zum gleichnamigen Bache und aller sonstigen Zugehör für die Summe von 17,620 Schock meißn. Gr. an Peter Kölbel auf Kulm verkaufte.[80] Allerdings versuchte Karbitz, diesen Kaufvertrag zu annulliren. Als Peter Kölbel am 11. Octbr. 1601 „mit Vielen von Adel" bei dem Bürgermeister in Karbitz, Mathias Sturm, abstieg und von der Gemeinde die Huldigung verlangte, weigerte sich dieselbe standhaft, eine solche zu leisten, und das aus folgenden Gründen: „Erstens, weil sie ohne ihr Wissen und Wollen und gegen den mit der Stadt Leitmeritz geschlossenen Vertrag verkauft worden; zweitens, weil sie von den Leitmeritzern noch 1000 Thaler zu fordern habe, welche sie denselben eben darum erlegt hatte, weil es hieß, es solle Karbitz für immer bei Leit=

---

[79] Urkundenkopien in dem „Kulmer Gedenkbuch" (Mscr. auf der Pfarrei zu Kulm) S. 15 u. fg.

[80] Landtafel Instr. No. 175, lit. N 6.

meriß bleiben; und brittens, weil die Leitmeritzer sogar die
Neumühle (jetzt „Hasenmühle") an Herrn Peter Kölbel verkauft haben, die doch ein Eigenthum der Gemeinde ist." —
Die Huldigung unterblieb für diesmal; „und Herr Kölbel
ging, wo er hergekommen war", setzt der Chronist hinzu.
Der Karbitzer Rath verreiste nach Prag, gehörigen Orts Beschwerde einzulegen. Die Leute vergaßen, daß sie von Allem,
worauf sie sich beriefen, nichts Schriftliches aufzuweisen hatten, und so mußten auch sie zurück, „wo sie hergekommen
waren"; als Herr Peter Kölbel noch am 4. Decbr. 1601 mit
dem Kreishauptmann Anton von Salhausen in Karbitz erschien
und der Bürgermeister Sturm, wenn auch mit Widerstreben,
den Hofbefehl verlas, der die Unterwerfung unter die neue
Obrigkeit „ohne Aufschub" verlangte, ging auch die Huldigung vor sich „und die Gemeinde gab ihrem neuen Grund-
herrn den Handschlag".[81]   Das Städtchen solle, obgleich
Herr Peter Kölbel sich schon 1602 auch in den Besitz der
eben gleichfalls erkauften „Neumühle" setzte, den Tausch der
Obrigkeit nicht zu bedauern haben.

Mittlerweile gingen in den übrigen Zweigen der Familie Kölbel mannigfache Veränderungen vor. In Herbitz hatte
die Gemahlin Bernhards, Johanna von Sulewitz, diesem
schon im Jahre 1599 ihren von dem Schwager Friedrich
Hannibal erkauften Antheil an der Herrschaft, wie überhaupt
ihr „bücherliches und unverbüchertes Vermögen, gegenwär-
tiges und künftiges", abgetreten[82], starb aber schon am
19. April 1600, ohne, wie es scheint, ein Kind zu hinter-
laßen.[83] Zur selben Zeit starb auch Adam Kölbel, der jüngere Bruder Bernhards; am 8. Septbr. 1602 verkauft Wenzel
der Jüngere, der Bruder Beider, dem Letztern seine Theile
sowohl in Preblitz als in Herbitz, „wie er dieselben nach
Adam Kölbel, ihrem Vater, Ladislaw, ihrem Vetter, und

---

[81] Chron. v. Karbitz a. a. O.
[82] Landtafel Instr. No. 216, lit. A 13.
[83] Kulmer Notizen. — S. Schaller a. a. O.

Adam dem Jüngeren, ihrem Bruder", an beiden Orten besessen, für die Summe von 5000 Schock meißn. Gr., was
noch im selben Jahre (28. Septbr. und 5. Novbr.) Rudolph
und Johann, die jüngsten Brüder Bernhards, auch für ihre
Theilbesitzungen thaten[84], so daß nunmehr Bernhard und
Otto Hastrubal die ausschließlichen Besitzer von Preblitz
und Herbitz waren. Die Brüder Rudolph, Wenzel und Johann nennen sich künftighin „Herren auf Gatschken und Böhmisch-Kahn". Doch auch Otto Hastrubal gab die Besitzung
auf; er verkaufte dieselbe noch im J. 1602, am 28. Novbr.,
aber nicht an den Bruder Bernhard, sondern an Wenzel
den Aeltern (auf Pristen und Hottowitz). Das Erbe Otto
Hastrubals bestand neben etlichen Zimmern im Schlosse Herbitz, das die Söhne Adams bisher gemeinschaftlich bewohnt,
in einer Mühle daselbst, mehreren Teichen und Waldungen
um Stkisowitz, vor Allem aber dem Hofe in Preblitz, dem
Patronatsrechte über die Kirche St. Laurenz und neun unterthänigen Wirthschaften.[85] Bevor jedoch der letztere Kaufvertrag der Landtafel einverleibt werden konnte, starb Wenzel
der Aeltere Kölbel, der Käufer, noch in den letzten Wochen
des Jahres 1602 oder Anfang 1603. Es traten in den Besitz
der voraufgezählten Güter die — sämmtlich noch minderjährigen — Kinder des Verstorbenen, Johann Hermann,
Adam, Otto, Wilhelm und Wenzel, unter Vormundschaft
ihres Onkels Johann Kölbel, der sich auch „auf Preblitz"
schreibt. Derselbe verkaufte schon am 19. April 1603 im
Namen seiner Mündel das ehemalige Besitzthum Wenzels des
Aeltern in Pristen für die Summe von 5400 Schock an

---

[84] Landtafel Instr. No. 185, lit. C 30; lit. M 20, 22. Der einzige Unterschied in den Kaufcontracten besteht darin, daß der Antheil
Johanns mit 5100, statt wie die Uebrigen mit 5000 Schock, veranschlagt
wird.

[85] 3 in Preblitz, 1 in Herbitz, 2 in Stkisowitz, 1 in Tüsch, 1 in
Kamitz und 1 in Neu-Bowrzin (sic). Landtafel Instr. No. 185,
lit. E 23.

Herrn Peter Kölbel auf Kulm[56], hatte aber noch nicht die
Intabulirung des Kaufvertrages vom 28. Novbr. 1602 erlangt, als Otto Haftrubal, der Verkäufer, starb. Es mußte
sich der Vormund Johann Hermanus und seiner Brüder mit
den Brüdern des Letztverblichenen, als dessen Erben, ins Ein-
vernehmen setzen. Die Verhandlungen mit denselben waren
im besten Gange, da starb wieder Johann Kölbel, der Vormund Johann Hermanns. Erst im J. 1611, Montag nach
Mariä Geburt (12. Septbr.), kam die beinahe durch neun
Jahre besprochene Kaufurkunde zu Stande, in der Weise, daß
die Erben der Verstorbenen einfach den Vertrag v. 28. Novbr.
1602 erneuerten. Schon aber war das Schriftstück fertig bis
auf die Unterschriften und die Besiegelung, als Einer der Betheiligten, Friedrich Hannibal, „von einer großen und
schweren Krankheit" befallen wurde, „die ihn des Verstandes
beraubte", so daß der verhängnißvolle Contract nur von den
Brüdern Bernhard, Rudolph, Wenzel und Johann einerseits
und dem nun mündigen Johann Hermann Kölbel unterzeichnet und besiegelt werden konnte.[57] — Friedrich Hannibal,
dessen Jugendsünden sich nun auf das Erschreckendste an dem
armen Manne rächten, hatte unterdessen, ruhelos wie er war,
vielfach gewechselt mit seinen Besitzungen. Bereits um 1600
hatte er Jelschan, ein Dorf am Suchybache bei Tibliß, und
eine Mühle in dem letztern Orte erworben, die er aber wieder
1601 an Georg Udritschky von Udritsch, Herrn auf Tibliß,
für 1100 Schock böhm. Groschen verkaufte.[58] Nach kurzer
Zeit war er Herr von Libochowan am rechten Ufer der
Elbe, als welcher er am 11. August 1606 den Freisassenhof
in Jelschan sammt allem Zugehör „und einem Unterthan
Paul Bati, mit einer Chaluppe, die er gekauft von Mracel,
Bürger der Stadt Leitmeriß, in der Weise, wie dieser selbst

---

[56] Landtafel Instr. No. 182, lit. A 29.

[57] Alle Einzelnheiten in der schon erwähnten Urk. Landtaf. Instr.
No. 185, lit. E 23 fg.

[58] Landtafel Instr. No. 176, lit. A 13. — Vergl. Sommer, I. 78.

einst von Herrn Adam Gallus von Loblowitz guten Andenkens
dieselbe erkauft hat", um den Preis von 4050 Schock meißn.
Gr. an Frau Katharina Kekule geb. von Steinbach auf So-
bochleben und Geiersberg überließ.[89] Frau Kekule veräußerte
dasselbe Gut alsbald an Christoph Rausendorf von Sprem-
berg und auf Welboth, der es jedoch schon 1610 wieder an
die Familie Kölbel abtrat, an Wenzel Rölbel von Geyßing
und auf Böhmisch-Kahn für den Kaufpreis pr. 5800 Sch.
meißn. Gr.[90] — Als im Jahre 1612, Dienstag nach Peter
und Paul (3. Juli), auch Bernhard Kölbel auf Preblitz und
Herbitz seine Theile in diesen Herrschaften, „wie er sie nach
seinem Vater Adam, dem Vetter Ladislaw und den Brüdern
Adam und Otto Hastrubal ererbt und besessen", und ebenso
die Brüder Bernhards, Friedrich Hannibal, der wieder
genesen scheint, Rudolph, Wenzel und Johann, ihre letzten Besitzungen daselbst den Brüdern Johann Hermann,
Adam, Otto, Wilhelm und Wenzel für die bedeutende
Summe von 24,200 Schock meißn. Gr., mit nur ganz geringen Exceptionen, verkaufte, erlangte der oftgenannte Kaufvertrag vom 28. Novbr. 1602 erst seinen eigentlichen, end-
giltigen Abschluß, und die Güter Preblitz und Herbitz kamen
an die Linie Wenzel des Aeltern Kölbel von Geyßing.[91]
Bernhard und seine Brüder führen künftig den Titel „Herren auf Herbitz, Gatschlen und Böhmisch-Kahn"; doch sind
sie eben factisch nur im Besitze der beiden letzteren Ortschaften.
Libochowan hat Friedrich Hannibal nach wenigen Jahren den Grafen von Heisenstein verkauft.[92] Wenzel Kölbel
selbstverständlich hat noch das besondre Epitheton „auf

---

[89] Landtafel Instr. No. 181, lit. E 10.

[90] Ebendas. 184, lit. M 22.

[91] Das. 136, lit. D 30, E 1. Einen ziemlich vollständigen Extract
der letzteren Urk. f. in der Monogr. „Die Herrschaft Türmitz" 1.
22 fg., deren Angaben über die Familie Kölbel durch das Obige wesentlich
vervollständigt und verbessert werden.

[92] Landtafel Instr. No. 318, lit. B 2.

Jetschan". Die neuen Besitzer von Preblitz und Herbitz
aber scheinen sich in das Besitzthum in der Weise getheilt zu
haben, daß Johann Hermann, der Aelteste, das Gut Herbitz (mit dem Dorfe Bohna und dem größten Theile von
Tilisch), die übrigen Brüder Preblitz (womit neben den
bisherigen Zugehörungen auch Raudney und ein Wein-
dorf [sic] verbunden sind) gemeinschaftlich erhielten, wozu
Adam, der Zweitälteste, auch noch Nellut (unter dem Berge
Kostial, in der Nähe von Triblitz) brachte, als dessen Herr er
künftig vor Allen erscheint.

Wir kehren zu Peter Kölbel auf Kulm zurück. Die
Thätigkeit dieses Mannes, die sich bereits auf mehr als ein
Dutzend Gemeinden erstreckte, war unermüdet. Wie sein Vater
wird auch er zugleich als ein tüchtiger Landwirth gerühmt.
Von Errichtung der Schule in Kulm ist bereits gesprochen
worden. Schon im Jahre 1602 ward in Karbitz durch Peter
Kölbel das seit 1572 in Trümmern liegende Schulgebäude
zwei Geschoß hoch wieder aufgebaut; im Jahre 1607 wurde
auf Anordnung desselben Herrn ein neuer Kirchhof ebenda-
selbst angelegt und ummauert, zu gleicher Zeit der Bau eines
neuen Rathhauses begonnen. Auch befahl Peter Kölbel, da
der alte, hölzerne Glockenthurm des Städtchens einzustürzen
drohte, den Bau eines steinernen Thurmes, zu welchem im
Mai 1612, in Peter Kölbels Gegenwart, der Grundstein gelegt ward. Im Jahre darauf erbauten die Karbitzer eine
neue Frohnfeste, wiederum ausdrücklich „auf Anordnung der
Obrigkeit".[93] Zur selben Zeit (1613) ließ Peter Kölbel das
„Herrenhaus" zu Reudorf niederreißen und fester und höher
wieder aufbauen. Im J. 1612 stand schon das Rathhaus
in Karbitz und 1615, am 25. Juli, ward dem Kirchthurme
daselbst der Knopf aufgesetzt. Unmittelbar darauf wurde der
Umbau des bisherigen Pfarrhauses in Kulm in ein steinernes
Gebäude begonnen, dessen Vollendung aber Peter nicht mehr

---

[93] „Weil die alte im J. 1572 abgebrannt war, hatte der Rath indessen das Spital zur Frohnfeste gebraucht."

erleben sollte."[94] Nur Schade, daß der Chronist außer dieser
Reihe von Baulichkeiten fast mit keinem Worte der weiteren
Resultate der gewiß auch auf andere Dinge gerichteten Thätigkeit Peter Kölbels erwähnt hat. — Von seiner Gemahlin
Maria von Bünau hatte er fünf Söhne erhalten und, soviel
bekannt, vier Töchter, welchen Kindern er die vorzüglichste
Erziehung angedeihen ließ. So wissen wir von seinem Sohne
Bernhard, geboren 1590, daß derselbe die angesehensten
hohen Schulen in Italien und anderen fremden Ländern besucht; er bezog auch die Universität zu Prag. Peter Kölbel
hatte Sinn für wahre Bildung und hat sich dieser Sinn bestimmt auch zu bethätigen gewußt. — Im Jahre 1616 faßte
Peter den Entschluß, auch die St. Laurenzkirche bei Herbitz,
die sehr heruntergekommen war, einem völligen Umbaue zu
unterwerfen. Selbstverständlich sollten die betreffenden Unterthanen Peters das Ihrige zu dem frommen Werke beitragen.
Und so verlangte die Obrigkeit u. A. von den Einwohnern
des Städtchens Karbitz die Zufuhr von Steinen zu dem
Baue u. dergl. m. — Das sollte der Anlaß zu sehr großer
Unzufriedenheit der Bürger werden, die es noch nicht vergessen hatten, daß Peter vor zwölf Jahren aus Anlaß der
Hochzeit einer seiner Töchter (wir kennen leider weder Braut
noch Bräutigam) bei ihnen die Lieferung von 44 Scheffel
Hafer verlangt und auch durchgesetzt hatte. Der „Stadtrath"
trat zusammen und beorderte eine Deputation geradewegs an
den Kaiser, mit der Bitte, „sie von solchen Beschwerden (sic)
freizusprechen, weil dieselben gegen ihre Freiheiten wären".
Die Abgeordneten kamen in der That vor den Kaiser Mathias
zu Prag. Der Kaiser verlangte, die „alten Freiheiten" zu
sehen; leider hatte man wieder vergessen, Documente mitzubringen, die Abgeordneten kehrten zurück und als dann der
Bürgermeister selbst mit allen confirmirten Privilegien nach
Prag kam — da war der Kaiser fort. Die so getäuschte

---

[94] Chron. v. Karbitz Bl. 6 fg.

Gemeinde beschloß, sich nun direct an die Obrigkeit zu wenden. Acht Personen, zum Theil aus dem Rathe, zum Theil aus der gesammten Gemeinde, wurden nach Kulm beordert. Peter Kölbel aber, der, eben als die Karbitzer nach Prag gekommen waren, gleichfalls in dieser Stadt gewesen, empfing die Deputirten überaus ungnädig; sie wurden — „Einige in den Arrest, die Andern in das Hirtenhäusel eingesetzt". Da „verklagten" die Karbitzer wieder ihren Herrn bei Gericht in Prag; der Herr ward vorgeladen; die Karbitzer jubelten. Es kam zum Verhöre und die von Karbitz wurden — verurtheilt, so daß „die Abgesandten, die Aeltesten ausgenommen, als ungehorsame Unterthanen ins Gefängniß wandern mußten". Jetzt blieb den armen Arrestanten nichts übrig, als sich zu fügen. Sie schickten an Herrn Kölbel eine Bittschrift, in der sie ihn baten, sich ihrer gnädigst anzunehmen, damit sie durch seine mächtige Fürbitte wieder aus dem Gefängnisse befreit werden möchten. Das wirkte, und nach Verlauf von vier Wochen wurden sie wieder auf freien Fuß gesetzt. Die Deputirten aus dem „Hirtenhäusel" und dem Arreste in Kulm kehrten auch zurück.[95]

Damals hatte bereits Herrn Peter Kölbel ein harter Schlag betroffen. Am 2. Juli 1616, Nachts in der zwölften Stunde, war zu Prag sein Sohn Bernhard, im Alter von 26 Jahren, gestorben. Wohl zum Besuche des Kranken war der besorgte Vater in Prag gewesen, als die lästige Deputation der Karbitzer Gemeinde eben dahin kam, und läßt sich, wenn in dem Verfahren Peters gegen diese Leute etwas Hartes zu erblicken ist, dies wohl zur Genüge entschuldigen. Am 22. Juli ward der Leichnam des geliebten Kindes, das „ein gehorsamer Sohn seiner Eltern gewesen", in die Gruft zu Kulm beigesetzt.[96] — Nach einigen Monaten langte in Karbitz die von Kaiser Mathias Montag nach St. Galli (17. Octbr.)

---

[95] Chron. v. Karbitz a. a. O.

[96] Der Leichenstein in der Kulmer Kirche (Hauptschiff, Evangelienseite) zeigt außer der stehenden Figur des jugendlichen Todten und der

1616 gefertigte Bestätigung der Privilegien des Städtchens an, um welche, wie der Aussteller sagt, „Wir von dem adeligen Peter Kölbel von Geyßing und zu Kalm, unserm lieben Getreuen, unterthänig gebeten worden sind".[97] So wußte Peter selbst eine ganz nothwendige Strenge durch Güte und Wohlwollen wieder zu mildern und endlich vergessen zu machen. — Der Tod seines Sohnes Bernhard scheint den sechszigjährigen Mann aufs Härteste betroffen zu haben. Er dachte an sein Ende. Dienstag nach Reminiscere (19. Febr.) 1617 schrieb er seinen letzten Willen nieder. Die ihm von Maria von Bünau geborenen Söhne — es überlebten ihn Otto, Heinrich, Peter (V.) und Hans Wenzel — sollen Universalerben sein; zum Vormunde der noch minderjährigen Peter und Hans Wenzel wird der Aelteste, Otto, resp. der Zweitälteste, Heinrich, bestimmt — mit dem Beifügen, „daß sie (die Vormünder) jene beiden unmündigen Söhne insbesondre zur Uebung in der čechischen Sprache an-

---

Handschrift, acht Wappen, darunter die der Kölbel, Glatz, Bünau und Schönfeld.

[97] Originalurk. in čech. Sprache (Pergam. mit dem gr. kaiserl. Siegel) im Rathsarchive zu Karbitz. — Der Majestätsbrief bestätigt die Confirmation einer „Wappenbegnadung" durch Kaiser Maximilian II. vom J. 1571 (die eigentliche Begnadung fällt in das Jahr 1549) und die dem Städtchen von Kaiser Rudolph 1580 verliehene Bräugerechtigkeit. Das nothwendig älteste Privilegium des Städtchens, die Erhebung des ehemaligen Dorfes zum Markte (erwähnt als solchen finden wir Karbitz zuerst im J. 1523, in der Lehentafel Prag No. LXIII. p. 233), wird weder in dieser noch in einer andern im Rathsarchive zu Karbitz vorfindlichen kaiserl. Confirmation erwähnt. — Daß Peter Kölbel, wenn er von Karbitz die Leistung von Roboten verlangte, vollständig im Rechte war, geht aus dem Inhalte der vorerwähnten Privilegien sowohl als insbesondere aus einem Vertrage hervor, nach welchem erst im Jahre 1673, am 23. Septbr., die Bewohner des Städtchens von ihren damaligen Herren, Wilhelm Albrecht Grafen Kolowrat-Krakowsky und dessen Sohne Johann Franz „gegen Uebergab des Bräuwerks aller obrigkeitlichen Robothen, Arbeithen ... gänzlichen befreyet und erlassen" wurden. Confirm. durch K. Leopold, d. d. 28. Novbr. 1674, und K. Karl IV., d. d. 27. Jan. 1735 (Crigg. Perg. c. s. caes. maj. in Karbitz).

leiten und verhalten sollten". Wir kommen auf den Passus
zurück. Die zwei noch ledigen Töchter, Anna und Maria,
sollen bei der Mutter wohnen, so lange sie ledig wären, während welcher Zeit sie von den Brüdern jährlich 100 Schock
(meißn.) für Kleider und anderweitige Bedürfnisse zu erhalten
hätten; bei der Verheirathung hat jede Tochter ein Heirathsgut von 1000 Schock meißn. Groschen, eine goldne Kette im
Werthe von 200 ungar. Goldgulden, endlich auf Kleider u. s. w.
600 Schock aus dem Vermögen des Erblassers zu bekommen;
nicht minder soll von den Brüdern die Hochzeit der Schwestern
ausgerichtet werden; „dies Alles gerade so, wie es die übrigen
schon verheiratheten Töchter erhalten haben". „Was meine
geliebteste Gattin anbelangt", so fährt Testator fort, und die
Verfügung sollte später ihre Bedeutung erlangen, „so will ich,
daß dieselbe für den Fall, als sie sich mit ihren Söhnen nicht
vertragen sollte, auf dem Schlosse Kleischa mit den beiden
ledigen Töchtern wohnen möge und das ganze Gut Kleischa,
wie es nach meinem Tode vorgefunden wird, sammt allem
wie immer genannten Zugehör, mit Ausschluß zweier Wein-
gärten, die meinen Söhnen zukommen und unter sie getheilt
werden sollen, zur Nutznießung haben möge, jedoch mit dem
Beding, daß sie, so lange sie im Besitze und Nutzgenusse dieses
Gutes Kleischa sich befindet, von den Söhnen weder ihr Heirathsgut noch auch die Zinsen hievon zu verlangen berechtigt
ist. Sollte jedoch meine Gattin ihren Wittwenstand verändern
und heirathen, so soll sie ohne allen Widerspruch das Gut
Kleischa sofort nach Veränderung ihres Wittwenstandes den
Söhnen wieder abtreten; sollte sie sich weigern, ... dann
mögen die Söhne, entweder gemeinschaftlich oder Einer von
ihnen, vor den Prager Landtafelbeamten dieses Gut als ihr
eigenes Erbe erklären und mit deren Hilfe in den Besitz und
den Genuß desselben sich setzen. Dagegen sollen diese Söhne,
binnen einem halben Jahre nach Abtretung des Gutes Kleischa
an sie (die Söhne), das Heirathsgut der Mutter pr. 1500 Schock
meißn. auszahlen, widrigenfalls ... diese berechtigt wäre,

ihnen zur Strafe, die Burg Böhmisch-Neudorf sammt dem
Hofe und dem Dorfe mit allem Zugehör ganz und gar zu
genießen insolange, bis ihr dieses Heirathsgut pr. 1500 Schock
und der allenfällige Schadenersatz vollständig ausgezahlt sein
wird ..."[98] Noch im Jahre 1618 schenkte Peter Kölbel der
Schule zu Karbitz ein Stück Acker „am oberen Fiebig"[99]; am
Ostermontage (16. April) dieses Jahres wohnte er der feierlichen Consecration der eben fertig gewordenen St. Laurentiuskirche durch den Pastor Heinrich Roth von Karbitz persönlich
bei.[100] Gerade ein Jahr darauf, am 16. April 1619, legte
sich Peter Kölbel von Geysing, „Herr auf Kulm und Kleischa",
zur ewigen Ruhe nieder, im 63. Jahre seines Alters. Da
jedoch zur selben Zeit seine Söhne alle sich außer Landes
befanden, ward indessen die Leiche des Edelmanns in ein
Gewölbe des Kulmer Schlosses gesetzt und erst am 4. Septbr.
in die jüngste Schöpfung des Todten, die St. Laurentiuskirche, beerdigt.[101] Heute steht sein Stein, gegenüber dem
seines Sohnes Bernhard, auf der Epistelseite des Hauptschiffes
in der neuen Kirche zu Kulm; die Pietät der Nachwelt hat
das steinerne Bild des Mannes vor Vielen zu erhalten gewußt,
eine hohe, kräftige, vollbärtige Gestalt in voller Rüstung. Er
verdiente die Achtung, vor Vielen.

Was die Söhne Peters, eben als der Vater starb, fern
hielt von ihren Besitzungen, ja von dem Lande Böhmen, ist
in der Geschichte dieses Landes deutlich gesagt. Es wäre
überflüssig, zu erzählen, wie zu derselben Zeit der furchtbare
Sturm eben losgebrochen war, der Böhmen, der ganz Mittel-
europa in zwei Hälften zerriß. Aus keinem andern Grunde,

---

[98] Landtafel Instr. No. 141, lit. K 4.

[99] Chron. v. Karbitz Bl. 7.

[100] Ebendas. — Der Thurm der Kirche weist an der Außenseite die
Zahl 1618.

[101] Der Grabstein und die Kulmer Notizen stimmen in dem
oben angeführten Datum überein. — Die Chron. v. Karbitz nennt
den 17., W. Kropf den 19. April.

als um nicht Partei machen zu müssen in dem in Böhmen
wülhenden Kampfe, um nicht im Lager ihrer Glaubens-
genossen wider den Kaiser, ihren obersten Herrn, im Lager
des Kaisers wider ihre Glaubensfreunde streiten zu müssen,
waren die Söhne Peters aus dem Lande gegangen. Im
September 1619, wie erwähnt, kehrten dieselben zurück und
empfingen am 17. d. M. die Huldigung in Kulm wie in
Karbitz und den anderen unterthänigen Orten. Im November
des folgenden Jahres, wie allbekannt, geschah der Schlag auf
dem Weißen Berge, der den Sieg der kaiserlichen und katholischen Waffen entschied. Die Herren von Kulm, wie wohl
alle ihre Verwandten, wurden nach Prag citirt, dort ihre
Willensmeinung zu äußern über ihre künftige Haltung: „ob
sie katholisch oder — ihrer Besitzungen verlustig werden wollten". Sie wählten das Letztere. Und so wurden sie, bis auf
Einen von ihnen, verurtheilt zum Verluste eines Drittheils
ihres Vermögens; Wilhelm Kölbel auf Preblitz verlor die
Hälfte; Alle mußten sie das Land verlassen. — Da ward es
lebendig in Kulm, in Preblitz, Kahn u. s. w. — Von allen
früher genannten Besitzern der Herrschaften Preblitz und Herbitz
aber hören wir nur Johann Hermann Kölbel auf Herbitz
(mit Bohna und Tilisch), Adam auf Netluk (Theilbesitzer von
Preblitz) und den erwähnten Wilhelm auf Preblitz nennen; aus
der Linie Böhmisch-Kahn, der einst aus zehn Söhnen bestehenden
Familie Adam Kölbels auf Preblitz und Herbitz, wird gar nur
ein einziger Sprosse genannt, Rudolph. Bezüglich des Gutes
Aleischa meldeten Otto und die Brüder die Berufung an, „das
Gut sey eigentlich der Mutter Eigenthum". Die Berufung
hatte offenbar den Punkt des Testamentes Peter Kölbels im
Auge, der von dessen Gemahlin spricht und den wir oben
wörtlich angeführt. Jeder Unbefangene sieht ein, daß die
Auslegung jener Stelle, wie sie Otto und die Seinen geltend
zu machen suchten, von vornherein nur ein sehr schwacher
Versuch war, der Familie einen kleinen Rest des ehemaligen
Besitzes zu retten. Von Prag zurückgekehrt, beeilten sich die

24*

Brüder und Vettern, ihre Habseligkeiten so schnell als möglich
fortzubringen. Die Bewohner der ganzen Gegend thaten
das Mögliche, ihnen dienlich zu sein. Was fort zu bringen
war, ward theils nach Teplitz, theils nach Kleischa geschafft.
Als aber von Prag die gerichtliche Entscheidung wegen des
letztern Ortes eintraf, und zwar, wie vorauszusehen war,
gegen die Familie, eilte diese über die Grenze. Eine kaiserliche Commission erschien und entband die ehemaligen Unterthanen der Kölbel von dem Gehorsam gegen dieselben. Schon
am 6. August 1622 ward in Kulm Herr Peter Heinrich
von Stralendorf von der böhmischen Kammer als Grundherr eingeführt, an dessen Stelle jedoch Wolfgang Leopold
von Stralendorf, der Bruder des Vorigen, die Verwaltung
der Herrschaft Kulm übernahm. Am 5. Octbr. 1623 ward
durch die Statthalterschaft von Böhmen das Besitzthum Johann Hermann Kölbels, Herbitz mit den Zugehörungen,
das Kirchenpatronal ausgenommen, das sich der König vor-
behielt, an den kursächsischen Hofmeister Johann Caspar
Kürbitz für die Summe von 6,714 Schock 22 Gr. 6 Pf.
meißn. verkauft. Die Güter Predlitz und Böhmisch-Zahn
(Adam, Wilhelm und Rudolph Kölbel gehörig) wurden
zusammengeworfen mit einer Besitzung Wilhelm Steinbachs,
Schloß und Dorf Knižitz im Saazer Kreise, und für den
Preis von 47,496 Schock 30 Gr. 6 Pf. am 14. Octbr. 1623
durch kaiserl. Commissäre dem Obristlieutenant im Waldstein-
schen Regimente Ritter Franz von Couriers abgetreten. [102]
— Wolfgang Leopold von Stralendorf brachte zugleich den
ersten katholischen Priester mit nach Kulm, P. Simon Sche-
melius von Bautzen, der sowohl Kulm als Karbitz und die
St. Laurentiuskirche zur Verwaltung übernahm. Die kaiserlichen Dragoner und die Mönche folgten, um mit allen denk-

_____

[102] Landtafel Instr. No. 153, lit. G 20—23; lit. II 18. — (Man
vergl. [Rieggers] Materialien zur alten und neuen Statistik v. Böhmen IX. 4, 6, 7, 23, 58, 63. — Pescheck. Gegenreform I. S. 494 sg.) —
Kulmer Gedenkb. S. 9 sg. — Chron. v. Karbitz Bl. 7b.

baren Mitteln das ehemalige Dominium der Kölbel wieder
„katholisch zu machen".[102]

Die mühsam aufgebaute Herrschaft der Familie Kölbel
in einem der schönsten Theile von Böhmen war mit einem
Schlage vernichtet. Von allen Gliedern der Familie scheint
nur Eines dem allgemeinen Mißgeschicke entgangen zu sein,
Wenzel Kölbel, wohl derselbe, der im Jahre 1610 die Herrschaft Jelschan erworben hatte; wenigstens wird nirgends
einer Confiscation dieses Gutes Erwähnung gethan; am
22. Juni 1626 aber erkaufte „Wenzel Kölbel von Geyßing
das Lehen und den Hof Preblitz und das Dorf Herbitz"
für die Schätzungssumme von 7450 Schock 8 Groschen.[104] —
Noch durch beinahe ein halbes Jahrhundert hielt sich die Familie in Böhmen. Allerdings war das, was nun der letztgenannte Kölbel erkauft, bei Weitem nicht die ganze ehemalige
Herrschaft Preblitz und Herbitz, sondern nur ein kleiner Theil-
besitz, und mag selbst Wenzel niemals mehr persönlich denselben verwaltet haben. Von der Thätigkeit des einen Besitzers
wie seiner Nachfolger haben wir nicht mehr zu registriren, als
daß am 26. März 1631 Wenzel Kölbel durch seinen Bevollmächtigten Paul Libecky sein Besitzthum in Preblitz um die
Summe von 4800 Schock an Salomon Freudenberg von
Habelsberg verkaufen ließ[105], am 8. Mai 1673 aber Herbitz, das erste und das letzte liegende größere Besitzthum der
Kölbel in Böhmen, ein Enkel Wilhelms, Bernhard Kölbel

---

[102] S. u. A. die Mittheilungen des Vereins für Geschichte
der Deutschen in Böhmen, 1. Jahrg., No. III. S. 27 fg.

[104] Lehentafel Quat. LXIV. p. 669. — Zwei Jahre darauf verkauft eine „Eva Hrušla geb. Kölbel von Geyßing" der Frau Dorothea Schwab geb. Buchwal einen Hof Witlebel im Saazer Kreise (Landtafel Instr. No. 312, lit. T 16).

[105] Lehentafel (Lib. prot.) VI. f. 172. — Cfr. ibid. t. LXVIII.
p. 34. — Im J. 1638, 13. Septbr., verkauft „Sidonia Kölbel geb.
Kaplik von Sulewitz auf Sentomitz" das letztere Gut demselben „Salomon Freudenberg von Habelsberg auf Preblitz, kfl. Grenzzolleinnehmer
in Außig". (Landtafel Instr. No. 391, lit. D 18).

von Geyßing, veräußerte, an **Wilhelm Albrecht Kolowrat-Krakowsky.**[106] Seit der Zeit ist uns kein bestimmtes Datum bekannt, das auf die Erwerbung irgend einer böhmischen Besitzung durch die Familie Kölbel hinweisen würde.[107]

Der Einfluß, welchen die Familie auf den Kreis ihrer Wirksamkeit in Böhmen ausgeübt, ist nicht zu unterschätzen. So eng der Kreis gezogen war — es bleibt der Rede werth, daß jener Landstrich Böhmens zwischen Kulm und Aussig, heute einer der blühendsten, fruchtbarsten im Lande, vor Ankunft der Kölbel meist noch dicht mit Wald bedeckt, durch diese so zu sagen erst urbar gemacht, bis auf die Höhe des Strisowitzer Berges bebaut und gepflegt ward, so daß er eben werden konnte, was er heute ist. Die Kirchen von Kulm und Karbitz und die des heil. Laurenz, dann die Baulichkeiten in Herbitz, Preblitz, Aleischa, Böhmisch-Neudorf u. s. w. sind ebenso zum größten Theile noch in unseren Tagen redende Zeugen dieser Wirksamkeit, nicht minder die Dörfer Klein- und Deutsch-Kahn, die, wie erwähnt, erst durch die Kölbel entstanden sind. — Es kommt hier ferner in Betracht, was die Familie für die **Verbreitung des deutschen Elementes** in Böhmen gethan hat. Seit Peter (III.) Kölbel, dem Erwerber von Kulm, „fing man an, das (bisher durchwegs čechisch geführte) Kulmer Grundbuch deutsch zu schreiben".[108]

---

[106] Kulmer Gedenkbuch S. 6. — Schon seit 1628 war das Schloß in Herbitz nicht mehr bewohnt, es „stürzte theilweise zusammen; bloß die Mauern wurden noch in Stand gehalten".

[107] Die Notizen A. Schimons (S. 71 u. 76) — von einem „Herrmann Kelbel von Löwengrün, k. Führungscommißär", der 1675 in den böhm. Adelsstand, sowie von einem „Franz Kölbel von Löwengrimm (sic), Salzamtskontrollor zu Deutschbrod", der am 27. Jänner 1780 in den Ritterstand erhoben worden sein soll — setzen durchaus nicht Erwerbungen von liegenden Gründen durch die gen. Familie voraus, bedürfen aber überdies noch einer Bestätigung. Die „Adelserhebungen" in der böhm. Landtafel nennen den Namen Kölbel gar nicht.

[108] W. Kropf Bl. 2. — Der Autor hatte die Bücher, die nun freilich verschwunden sind, vor Augen gehabt.

Wenn der zweite Nachfolger Peters, gleiches Namens, seine Söhne testamentarisch „insbesondere zur Uebung in der čechischen Sprache" aufzufordern für gut fand, so hatte das eben seinen besondern Grund, und dieser lag einzig und allein in jenem famosen Landtagsschlusse der böhmischen Stände vom Jahre 1615, demzufolge bekanntlich „künftig und zu ewigen Zeiten Leute, welche der čechischen Sprache nicht kundig wären und sich derselben nicht gehörig zu bedienen wüßten, weder zu Bürgern einer Stadt, noch zu Inwohnern auf dem Lande angenommen werden sollten" u. s. w.[109] Es war nicht sonderliche Liebe zu der Sache, was den Alten sprechen ließ, wie vorerwähnt; nur eine allzugroße Aengstlichkeit, wie wir dieselbe heutiges Tages, angesichts gewisser ähnlicher Verhältnisse in Böhmen, bei dem für die Zukunft seiner Kinder besorgten Vater einigermaßen begreiflich finden. Die Kölbel aber selbstverständlich blieben deutsch und seit der Mitte des 16. Jahrhunderts ist Kulm und Alles, was dazu gehörte, ist ebenso in Kürze Preblitz und Herbitz, ist Pockau, Pristen u. s. w. deutsch geworden und deutsch geblieben.

Nach welcher Richtung die aus Böhmen exilirten Glieder der Familie sich zunächst ins Ausland gewendet, ist sehr leicht zu errathen. Gleichwohl haben wir in ganz Sachsen von Allen, die dahin gezogen, nur von Einem eine sichere Spur entdecken können. Abam Kölbel, der auf Nettluk gesessen, war mit Weib und Kindern nach Zöblitz gegangen, bei Marienberg, von wo er sich nach Annaberg begab, um dort zu sterben.[110] Einer oder der Andere seiner Brüder oder Vettern soll sich nach Sadisdorf, wo noch die Nachkommen des genannten Bartel Kölbel wohnten, Einige aber mögen sich nach Arnsdorf bei Roßwein gewendet haben, wo das

---

[109] Näheres zunächst in J. M. Pelzel, Gesch. d. Deutschen u. ihrer Sprache in Böhmen. (A. Abhandlungen b. k. böhm. Ges. d. Wissensch. I. [1790] S. 262 fg.)

[110] K. D. Richter, Kurzgef. Religionsgesch. der Stadt St. Annaberg, S. 17.

Geschlecht der Kölbel noch lange Jahrzehnte blühte.[111]   Auch in Oesterreich fand die Familie später wieder eine Heimath. In Wien steht heute noch ein stattliches Haus, das „Kölbel-haus" genannt (Landstraße, Ungargasse); doch gehen uns bislang die näheren Anhaltspunkte ab, von welchem Zweige des einst so ausgebreiteten Stammes Kölbel die Bewohner dieses Hauses abzuleiten wären.

---

[111] Brandner, Lauenst. S. 250. — Vergl. Val. König (a. a. O.), dessen Angaben übrigens zum größten Theile basiren auf einer Leichen-predigt Tobias Winklers, Pfarrers zu Greifendorf (Stadtbiblioth. Zittau Theol. 4° 117/6).

Stammtafel der Familie Kölbel.

Der Alchymist Sebastian Siebenfreund.

Von Dr. Karl von Weber.

Zu der großen Zahl der Alchymisten und Wunderdoctoren, die im 16. Jahrhunderte auftauchten und, von einem mystischen Nymbus umgeben, zeitweilig eine Rolle spielten, von der Gegenwart aber vergessen sind, gehört auch Sebastian Siebenfreund. Seine Lebensbeschreibung enthält eine alte, im Haupt-Staatsarchive zu Dresden befindl. Handschrift, deren Verfasser sich als einen Landsmann, Freund und Schüler Siebenfreunds bezeichnet. Am Schlusse stehn sehr unleserlich einige Worte, die wir „communicatio Dr. Martini mihi est facta" entziffern, wonach anscheinend auf einen Dr. Martin als den Verfasser hingedeutet wird. Wir wollen den Inhalt der Schrift in der Hauptsache hier mittheilen, da unser Manuscript die Notizen, welche wir in einigen Druckschriften über Siebenfreund gefunden[1], wesentlich ergänzt, dieser auch, als

---

[1] Theob. de Hoghelande de alchemiae difficultatibus Colon. Agripp. 1594 p. 158. Keren Happuch, Posaunen Eliä des Künstlers oder teutsches Fegfeuer der Scheidekunst, Hamburg 1702 S. 101 fl. Fegfeuer der Chymisten, Amsterdam 1702 S. 29 fl. Alethophilus, Glückliche Erober- und Demolirung des durch den Schall einer thönernen Elias-Posaune auf Befehl eines chymischen Pabstis angekündigten Fegfeuers der Scheidekunst, Leipzig 1705 S. 106 fl., 117. Moehsen, Beiträge zur Geschichte der Wissenschaften in der Mark Brandenburg, Berlin und Leipzig 1783 S. 9, 39.

im damaligen Sachsen geboren, darauf Anspruch machen kann,
im Archive für die sächsische Geschichte erwähnt zu werden.

Der Verfasser des erwähnten Aufsatzes, den wir sonach
als Dr. Martin bezeichnen wollen, beginnt mit den Worten:
„Die väterliche Liebe, mein Kind, thut mich zu diesem gegenwärtigen Concept gegen dir bewegen und antreiben, daß ich
die verschloßne und bishero in tiefster Verborgenheit verwahrte, meinem Herzen geheime Gedanken zu Papier bringen
und im höchsten Vertrauen als ein fidele depositum in per-
petuam rei memoriam Testament und letzten Willensweise
hinterlassen wollen“. Wir dürfen hiernach also annehmen,
daß Dr. Martin wenigstens die Absicht gehabt habe, die
Wahrheit mitzutheilen, und wenn unsere Leser dennoch auf
die Vermuthung kommen sollten, daß Wahrheit und Dichtung
in der Erzählung gemischt sei, so mögen sie mit uns wenigstens keine absichtliche Täuschung argwöhnen.

Sebastian Siebenfreunds Geburtsjahr ist nicht bezeichnet,
er muß aber nach den in unserer Erzählung und den angezogenen Druckschriften erwähnten Thatsachen in dem ersten
Viertheil des 16. Jahrhunderts das Licht der Welt erblickt
haben. Sein Geburtsort war die Stadt Schkeuditz bei Leipzig, wo sein Vater, der auch den Namen Sebastian führte,
als Bürger und Tuchscheerer lebte. Nachdem unseres Sebastian Mutter verstorben, verheirathete sich sein Vater anber-
weit und der Sohn erster Ehe mußte die Erfahrung machen,
„daß eine Stiefmutter“ — wie unser Autor sagt — „auch
einen Stiefvater gibt“. Sebastian entfernte sich daher aus
dem elterlichen Hause und trat bei einem polnischen Abligen,
der in Leipzig studierte, in Dienst. Mit diesem ging er nach
Italien, wo sein Herr starb. Auf der Rückreise kam Siebenfreund nach Verona und fand dort in einem Benedictiner-
kloster, „darin mehrentheils Deutsche von Abel, Mönche oder
canonici regulares sind aufgenommen und zu chymischen labo-
ribus geordnet und gebraucht worden“, Unterkommen. Ein
Mönch unterrichtete auch unsern Siebenfreund in geheimen

Wissen. Er blieb dort 32 Jahre lang, bis zu seinem 50. Lebens-
jahre. Dann kehrte er nach Schkeudiß zurück. Sein Vater
war an der Pest gestorben, das Erbtheil des Abwesenden, den
man für todt gehalten, den zwei Kindern zweiter Ehe gegen
Caution überlassen worden. Sebastian suchte seinen Halb-
bruder Abraham auf, der als Tuchscheerer in Schkeudiß lebte,
während die Schwester sich in ein Städtchen im Amte Delißsch
verheirathet hatte. Er schenkte großmüthig seinen Geschwistern
sein Erbtheil, das gegen 2000 Thaler betrug, bis auf die
Summe von 300 fl.

In Schkeudiß lernte Martin, der damals sein 21. Jahr
erreicht hatte, Siebenfreund kennen. Dieser gewann ihn lieb
und forderte ihn zur Begleitung auf einer Reise nach Preußen
auf. Die Mutter Martins hatte zwar Bedenken, weil Siebenfreund „von jedermänniglich für einen Papisten und Jesu-
witer gehalten" ward, indessen die mütterlichen Bedenken
wurden beseitigt und mit einem „in das Wamms genäheten
Nothpfennig von 200 fl. und 50 Ducaten im Beutel" begab
sich Martin mit Siebenfreund auf die Reise. Ueber Stettin,
Danzig und Elbingen gelangten sie in ein 3 Meilen jenseits
Elbingen gelegenes Kloster[2], wo sie ¾ Jahr verblieben.
Siebenfreund fing hier „ganz in der Stille in seiner Kammer
an zu laboriren", wobei ihn Martin, ohne jedoch in das Geheimniß eingeweiht zu werden, „bisweilen mit zum Feuer
sehn mußte". Während Siebenfreund noch mit seinem Ex-
perimente beschäftigt war, kam eine Botschaft des polnischen
Großkanzlers Johann Zamoyski, welcher Siebenfreunds ärzt-
lichen Rath verlangte. Funfzig Heiducken, welche den Wagen,
den Zamoyski sendete, begleiteten, gaben dem Gesuche Nachdruck und Siebenfreund mußte daher sehr wider seinen Willen
sich fügen. Er zog nur Martin in das Geheimniß, vertraute ihm an, daß „das Werk, welches er im Feuer stehn

---

[2] Bei Herrn Happuch a. a. O. wird das Kloster Oliva bei Danzig
bezeichnet.

habe, nun fast zu Ende gehe und ein solcher Schatz und Herr-
lichkeit sei, daran ihm nächst Gott all sein Heil und Wohlfahrt
gelegen". Er gab ihm genaue Anweisung über die fernere
Behandlung des Werks und bat ihn „herzlich mit großen
Sorgen, er wolle ja keinen Menschen dabei kommen lassen
und keinen Fleiß noch Mühe sparen". Martin übernahm
den Auftrag und nach 7 Wochen, als alle von Siebenfreund
bezeichnete Merkmale eingetreten, „ließ er das Werk als vollendet abgehn". Nach 3 Monaten lehrte Siebenfreund zurück.
Erst nachdem er 8 Tage mit Beten zugebracht, wagte er das
Werk zu beschauen. Als er es in Farbe und Gewicht geprüft
und seinen Hoffnungen entsprechend gefunden, dankte er Gott
in brünstigem Gebete und sagte dann, indem er Martin um
den Hals fiel: „Mein Bruder, wir haben nun einen reichen
Schatz, in welches Besitzung und Genuß uns nichts ermangeln
soll, dessen wir in diesem zeitlichen Leben zu unserer Leibes-
nothdurft auch zur Wohlfahrt des Nächsten haben werden,
allein es wird mir noch an Einem, nämlich der Fermentation
ermangeln, dazu kann mir der Bruder, ob er will, mit 50 Ducaten wohl behülflich sein". Martin, obwohl ihm bekannt
war, daß Siebenfreund noch mehr als 100 Ducaten besaß,
bot sofort seinen Cassenbestand an, allein Siebenfreund eröffnete ihm, daß er nur seine Treue auf die Probe habe stellen
wollen. Er theilte ihm auch, nachdem sich Beide ewige Freundschaft gelobt, mit, „das Werk sei eine Universalmedicin und
Tinctur, so ihm zu Verona ein Ordensbruder auf dem Tod-
bett anvertraut", das Geheimniß müsse er in Beachtung eines
geleisteten Eides bewahren; sollte er eines plötzlichen Todes
sterben, so möge Martin nur seines „Reisekleides wahrnehmen, worin ein verborgenes Fläschchen und ein ganz kleines
geschriebenes Büchlein, darin der ganze modus procedendi
begriffen sei", sich finden werde. Siebenfreund ließ nun eine
hölzerne Büchse fertigen, in welcher er die Gläser mit seiner
Tinctur verwahrte, ein kleines Fläschchen aber trug er stets
„in seinem Futterhemd" bei sich.

Beide begaben sich nun wieder auf die Reise und gelangten über Danzig, Rostock und Lübeck nach Hamburg, wo sie
im goldnen Löwen abtraten. Ihre Nachtruhe ward aber durch
laute Klagetöne ihres Stubennachbarn gestört. Auf die an
den Wirth des Hauses gerichtete Frage, was er für einen
unruhigen Gast und Patienten habe? erwiderte dieser, es sei
ein Kranker, der schon seit 3 Wochen durch seine nächtlichen
Klagen ihm die Gäste verscheuche, den er aber doch, weil er
bei ihm erkrankt sei, „mit keinem Glimpf Fug oder Ehre
ausstoßen könne"; der Fremde, ein Schotte, sei ganz contract
und lahm, leide am Chiragra, Podagra ꝛc. und die Kunst
vieler Aerzte, die er zu Rathe gezogen, sei an ihm gescheitert.
Siebenfreund ging nun früh um 8 Uhr zu dem Kranken
sprach ihm Trost zu und fragte ihn nach seinem Glauben.
Der Fremde weigerte sich erst, darüber Auskunft zu geben,
flüsterte Siebenfreund aber endlich ins Ohr, er sei katholisch.
Durch diese Eröffnung in seinem Vorhaben bestärkt, forderte
Siebenfreund den Kranken nun auf, „er solle Gott fleißig
anrufen, das Uebrige aber ihm vertrauen, er wolle zu Gott
vertrauen, auf den andern Tag Abends solle er seiner Schmerzen nicht allein entbunden, sondern auch neben andern fremden Gästen mit ihm die gewöhnliche Abendmahlzeit halten".
Siebenfreund ließ nun einen Becher spanischen Wein bringen
und goß drei Tropfen seiner Medicin hinein. Der Wein
färbte sich sofort blutroth und ein lieblicher Geruch von
Ambra und Moschus verbreitete sich im Zimmer. Nachdem
Siebenfreund die Mischung mit einem goldnen Griffel umge-
rührt, gab er sie dem Kranken zu trinken und befahl, nachdem er ein Vaterunser gebetet, man solle den Kranken warm
zudecken, damit er schwitze und ihn 24 Stunden ganz unge-
stört lassen. Dies geschah. Am andern Morgen um 8 Uhr
betrat Siebenfreund und Martin, gefolgt von einigen Studenten, „welche Wunders wegen zusehn wollten", das Zimmer
des Schotten. Dieser lag noch im tiefen Schlafe. Siebenfreund
weckte ihn vorsichtig, „mit lachendem Munde sprechend, wie

nun Bruder es scheint wohl Du habest noch lange nicht ausgeschlafen, wie sieht es heute um uns beide?" Der Kranke, der nicht gleich zur völligen Besinnung kam, ward hierauf von Martin aus dem Bette gehoben, die Bettüberzüge, welche vom Schweiße „so starrend geworden, als wären sie gestärkt", wurden mit frischen vertauscht. Auf wiederholte Fragen Siebenfreunds, wie er sich befinde? antwortete endlich der Kranke: „ich weiß nicht bist du ein irdischer Mensch oder ein Engel in Menschengestalt, von Gott hergesandt, doch bekenne ich die Wahrheit, dein Medicament ist mehr göttlich, denn menschlich, also ganz haben mich meine Schmerzen verlassen, wiewohl ich noch große Mattigkeit verspüre in allen meinen Gliedmaßen". Hierauf reichte Siebenfreund dem Kranken noch einen Römer mit Wein, in welchen er einen Tropfen seiner Medicin gegossen und verordnete noch eine neunstündige Ruhe. Als die Zeit verflossen war, befahl er Martini, den Kranken zu wecken. Der Schotte lag im festen Schlafe, sprang aber, als er geweckt ward, freudig aus dem Bette, fiel auf die Kniee, dankte Gott mit heißen Thränen und versicherte, er fühle keine Mattigkeit mehr. Er ließ sich auch die für ihn bereitete Mahlzeit trefflich schmecken, zum Erstaunen mehrerer Studenten aus Wittenberg, die sich im Gasthause eingefunden hatten und unter denen sich auch ein Student aus Zwickau gebürtig, „ein böser Bube", befand. Die Wunderkur hatte großes Aufsehn erregt und die Studenten drangen in den Schotten, er möge sich doch von dem Mönche, wie sie Siebenfreund nannten, das Geheimniß mittheilen lassen, was dieser auch, aber vergeblich, versuchte. Martini und Siebenfreund wurden ebenfalls von den Studenten mehrmals des Abends beim Becherklang angegangen und eines Tags gelang es ihnen, Siebenfreund zu dem Geständnisse zu bringen, „er wisse transmutatio metallorum sei möglich, er wolle auch da es von nöthen, dasselbe oculariter bald dociren". Als man weiter in ihn drang, ließ er einen zinnernen Löffel bringen, „schüttete ein wenig von seiner Tinctur hinein, hielt sie über das Licht und

rieb sie mit den Fingern im Löffel herum, schüttte dann die
Tinctur wieder in das Glas. So weit nun die Tinctur den
Löffel berührt hatte, so weit hatte auch die Tinctur penetrirt
und den Löffel zu feinem Gold verwandelt". Der Schotte
ward durch diese Probe nur um so begieriger, hinter das
Geheimniß zu kommen, und da alle seine Bemühungen vergeblich blieben, verband er sich mit einigen der Wittenberger
Studenten, „wie sie dem Mönch das Facit machen und hinter
die Tinctur kommen möchten". Siebenfreund, dem dieser
Plan nicht entging, beschloß nun Hamburg zu verlassen und
miethete eine Kutsche nach Bremen. Statt aber dahin zu
reisen, fuhr er mit Martin nach Lüneburg. Sie entgingen
so den Nachstellungen des Schotten, der mit seinen Genossen
Siebenfreund auf dem Wege nach Bremen auflauerte. Von
Lüneburg reiste Siebenfreund mit Martin nach Wittenberg,
wo sie eine Wohnung beim Dr. Ernst Hattenbach, Kost und
Tisch aber bei Dr. Johann Major[3], „derselben Zeit berühmten Poeten", nahmen. Immittelst hatte „die obgedachte Gesellschaft", nachdem der Plan, Siebenfreund auf dem Wege
nach Bremen zu überfallen, vereitelt worden, sich zerstreut,
um die Spur des Verfolgten wieder aufzusuchen. Einige
Mitglieder der Bande kehrten nach Hamburg zurück, trafen
den Kutscher, der Siebenfreund gefahren hatte, an und be-
fragten ihn, wohin dieser seinen Weg genommen habe. Der
Kutscher versicherte zwar Martin später, er habe die Antwort
ertheilt, daß er die Reisenden nach Hildesheim gebracht und
sie Willens gewesen seien, nach Frankfurt a. M. zu reisen,
indessen bemerkt Martin, „er stelle an seinen Ort, ob der
Kutscher ihm die Wahrheit gesagt, oder nicht vielmehr Jenen
Nachricht gegeben, wo Siebenfreund hingekommen". Nach
etwa vier Wochen trafen die Wittenberger Studenten ebenfalls in Wittenberg ein und ihnen folgte, wahrscheinlich ins

---

[3] Joh. Major, Professor der Theologie zu Wittenberg, kam in Untersuchung wegen Crypto-Calvinismus, ward auch verschiedener Verbrechen
beschuldigt. Er starb zu Zerbst am 25. Novbr. 1600.

Geheim benachrichtigt, der Schotte, der noch den bekannten
Alchymisten Leonhard Thurneißer, der damals in Berlin seinen
Wohnsitz hatte [1], mitbrachte. Beide traten „im Wirthshaus
am Markt beim grauen Apfel" ab und versuchten vergeblich,
„wie sie Siebenfreund hinterkommen und hinterschleichen möchten". Dieser vermied jede Annäherung, „bis endlich es sich
begeben, daß Siebenfreund und Martin, sonder Zweifel auf
Anstiftung, mit der ganzen Gesellschaft in aedibus Dr. Majoris
auf eine Hochzeit eingeladen worden, da sie auch bei versam-
meltem Tisch insgemein und Martin in specie für sich selbst
zusagen mußten, ohne Außenbleiben zu erscheinen". Kurz vor
dem zum Feste anberaumten Tage erhielt Martin aber einen
Brief aus Schkeuditz, in welchem er aufgefordert ward brin-
gender Angelegenheiten halber, sobald als möglich dahin zu
kommen. Martin wollte Siebenfreund, den er für bedroht
hielt, nicht verlassen, gab aber endlich dessen Aufforderungen,
die nöthige Reise nicht aufzuschieben, nach. Schweren Herzens
und mit Thränen trennten sich Beide, nachdem Siebenfreund
Martin noch mitgetheilt, „es sei ihm als er den Brief in seine
Hände genommen, ein heißer Tropfen auf sein Herz gefallen,
brennend wie Feuer, das werde ihm nichts Gutes bringen".
In Schkeuditz fand Martin aber nicht, wie er hatte glauben
müssen, wichtige Angelegenheiten zu erledigen, sondern seine
Verwandten hatten ihn nur zu sich berufen, in der Besorgniß,
er möge in schlechte Gesellschaft gerathen sein und in der Absicht, „ihn zu Hause zu behalten und nach Gelegenheit zu be-
heirathen". Martin erkannte aber das Wohlwollende dieser

[1] Thurneißer war seit 1571 als kurbrandenburg. Leibarzt in Berlin.
Von dort entfloh er im Jahre 1584. In diese Zeit muß also der Vorgang
fallen, von dem Hogbelande in der angezogenen, 1594 erschienenen Schrift
sagt, daß er „nostra hac aetate" sich ereignet habe. Ueber Thurneißer
f. u. a. Moehsen, Beiträge zur Geschichte der Wissenschaften in der Mark
Brandenburg S. 1—198. Becker in der Zeitschrift für vaterl. Geschichte
und Alterthumskunde, herausgegeb. von dem Vereine für Geschichte und
Alterthumskunde Westfalens, Münster 1838 Th. I. S. 241 ff. v. Weber,
Anna Churfürstin zu Sachsen S. 285 ff.

Bestrebung nicht an, sondern begab sich, sehr unwillig, nach kurzem Aufenthalte in Schleuditz wieder auf die Rückreise nach Wittenberg, wo er am vierten Tage wieder eintraf. Dort hatte aber Siebenfreund inzwischen einen gewaltsamen Tod gefunden. Unsere Niederschrift sagt hierüber Folgendes: „Weil sich die ganze Tischgesellschaft nebst Dr. Major bei der Hochzeit zu erscheinen versprochen, hat sich mein Gesell, wiewohl ungern, auch dazu bereden lassen, gestalt dann an selber die sonderbare Anstiftung geschehn, daß die vorigen Studiosi, so bei uns in Hamburg gewesen, Dr. Leonhard Thurneißer und der Schotte mit Sebastian (Siebenfreund) und Dr. Major an einem Tisch zusammengesetzt worden, des ersten wie des andern Tages. Es hat aber vorgedachte Compagnie ihre Anstalt sonderlich dahin gerichtet, daß sie den Mönch, wie sie ihn nannten, dahin beredet, er wolle noch auf eine kleine Nachtcollation mit in Thurneißers Losament gehn, da man denn die Nacht mit Tanzen und aller Fröhligkeit zugebracht und war also zu ihrem Intent insonders dienstlich, daß ich damals abwesend war. Weil denn die ganze Hamburger Gesellschaft allezeit unzertrennlich bei ihm verblieben, kann vermuthlich sein, daß sie keine Gelegenheit vorbei gelassen, ihr Heil zu versuchen, ob sie noch etwas aus ihm bringen möchten. Als das aber mit Liebe nicht geschehn wollte und sie nunmehr wohl wußten, daß ich bald zurückkommen würde, also mußten sie ein andere Resolution nothwendig nehmen und gedenken, wie sie dem guten Gesellen näher kommen und die letzte Mahlzeit schenken möchten. Zu dessen Vollbringung nahmen sie ihn den andern Hochzeittag in bessere Achtung, wichen auch nicht von ihm, bis sie vermerkten, daß er wohl bezecht war, alsdann baten sie ihn, daß er noch auf eine Collation und Abendtrunk mit ihnen auf ihre Stube spazieren und Dr. Thurneißer, welchen sie auch zu sich erbeten, Gesellschaft leisten wolle. Der gute Mönch, so sich keines Arges vermuthet ließ sich bereden, ging mit auf ihre Stube in Dr. Strauchs Behausung am Markt, allda sie ihm so stark zufesten mit Trinken, daß er endlich sich erkläret, ihm sei unmöglich mehr Bescheid zu thun, sie sollten ihn eine Stunde schlafen lassen. Hiermit hatten sie, wonach sie lange getrachtet, sie brachten ihn in ein Bett und nachdem er sein schwarzes Atlaswamms unter das Haupt gelegt, boten sie gute Nacht, gingen hin und machten sie ferner fröhlich, bis sie vermerkten, daß er eingeschlafen, da nahmen sie ein Messer und schnitten ihm die Gurgel ab, brachten ihn auch alsogleich todt, nachdem sie Alles was sie bei ihm finden können, ihm abgenommen, in den Hof, allda eine große Zahl Floßhölzer und große Bäume an der Stadtmauer lagen, schleppten ihn hinauf und warfen ihn in den Stadtgraben".⁵ Dort ist die Leiche erst zwei Jahre später durch Zufall entdeckt worden.

Martin fand, als er in Siebenfreunds Quartier kam, die Thür geschlossen und auf Befragen erhielt er im Gasthause die Auskunft, Siebenfreund sei mit dem Schotten, Thurneißer und den Studenten ausgegangen, man habe ihn seitdem nicht wiedergesehn. Der Schotte, den Martin nun aufsuchte, gab an, Siebenfreund sei am zweiten Abend der Hochzeit noch einige Stunden bei ihnen gewesen, sei aber trotz ihres Zuredens plötzlich aufgebrochen „und ihnen mit Gewalt entlaufen, ehe man noch ein Windlicht angezündet". Alle weiteren Nachforschungen waren vergeblich, „es gab zwar ein seltsames Gemurmel unter dem Volk, weil aber die Gesellen sich meisterlich engelrein zu stellen wußten, konnte man in einer so schweren Sache ohne Judicia an sie, als privilegirte Personen, nicht kommen, bevorab sie pro forma den folgenden Morgen nach geschehenem Mord selbst in unserm Hause am Tisch und wo Sebastian sonst gern hinzugehn pflegte, ihn unterschiedlich gesucht, also seinen seltsamen Verlust heftig betrauerten und beklagten".

Einige Gläubiger, die noch von Siebenfreund zu fordern hatten, nahmen nun Martin in Anspruch. Dieser ließ Sieben-

---

⁵ Bei Herrn Happuch a. a. O. geht die Angabe dahin, die Leiche sei zwischen die Holzstöße und die Stadtmauer geworfen worden.

freunds Stube öffnen, fand dessen Reisekleid und in ihm das
kleine Büchlein, in welchem Siebenfreund „seine Handgriffe
beschrieben, sonderlich das Universal sammt beiden particu-
laribus ex eodem fonte prodeuntibus aufgezeichnet stand".
Medicin und Tinctur aber, die Siebenfreund stets bei sich
getragen, fehlten. Martin fand aber noch 550 Ducaten, mit
denen er in seine Heimath zurückkehrte. Zu Michael 1592
(die erste Jahreszahl, die in dem Aufsatze vorkommt) trat er
eine Reise durch Böhmen, Mähren ꝛc. nach Italien an und
kehrte durch die Schweiz zurück. Er erzählt noch, daß Thurneißer mit der Tinctur des Ermordeten „in Brandenburg
oculariter tingirt und glücklich viel morbos incurabiles curirt,
so lange das spolium ausgehalten, dann sei er nach Italien
gegangen und habe ein verzweifeltes unseliges Ende gefunden[6];
der Schotte sei wegen Sodomie in England hingerichtet worden[7]; der Student aus Zwickau habe eine Zeitlang tingirt, dann
dem Markgrafen Joachim Friedrich von Brandenburg „einen
vermeinten Proceß substituirt und sei ad dies vitae zu Dresden
in dem Graben in Eisen zu gehn condemnirt", dort existire
er noch „heut zu Tag 1594". Zwei andere am Morde Betheiligte sind nach Martins Angabe auf der Reise von Rostock
nach Stockholm „durch Schiffbruch verdorben, da sonst alle
Andern, die auf dem Schiff gewesen, mit dem Leben davon
gekommen."

Soweit Martins Erzählung. Nach seiner Angabe war
er sonach in den Besitz der Schrift gelangt, welche das Geheimniß der Universalmedicin enthielt. In den zu Eingang
dieses Aufsatzes erwähnten Druckschriften „Keren Happuch"
und „Fegfeuer der Chymisten" wird dagegen erzählt, daß der
Diener Siebenfreunds — also der Verfasser unserer Quelle —

---

[6] Von einer andern Hand ist in unserm Manuscripte mit rother Tinte
beigefügt, „daß ihm mit einer Drahtkugel das cranium abgeschossen".

[7] Bei Keren Happuch a. a. O. wird erzählt, der Wind habe ihn auf
einer Reise nach Schweden vom Schiffe in die See geweht, so daß er er-
trunken.

der das Kleid, „worin die Wissenschaft verwahrt gewesen", an sich genommen, von Martin Weiß, der nebst Thurneißer und Sebald Schwerzer[a] zu den Mördern gehört habe, drei Jahre lang verfolgt und endlich bei Clausthal von ihm erstochen worden sei. Der Ermordete habe aber die Schrift in sein Kleid eingenäht gehabt, sie sei durch den Todesstoß zerstochen und so mit Blut befleckt worden, daß sie unlesbar geworden. In diesem Zustande befände sie sich im Besitze des Königs von Dänemark. Ist diese Erzählung wahr, so meldet sie uns zugleich das blutige Ende des treuen Martin, unsers Gewährsmannes.

---

[a] Ein Adept, der zeitweilig in Sachsen lebte und der Kurfürst August und Mutter Anna in ihren chemischen Studien beistand. Im Jahre 1592 ward Hans Machnitzki von Seldeck, Bürger und Händler aus Olmütz, auf Schwerzers Antrag zur Untersuchung gezogen und längere Zeit auf dem Schlosse zu Hohnstein gefangen gehalten, weil er Schwerzer beschuldigt haben sollte, er habe die Kurfürsten August und Christian I. von Sachsen vergiftet.

Des Kurfürsten Augusts portugiesischer Pfefferhandel.

Von Dr. Johannes Falke.

Im 16. Jahrhunderte begannen die Fürsten Deutschlands eine ganz andre Richtung einzuschlagen, als sie in der Blüthezeit des Mittelalters verfolgt hatten. War damals der Krieg ihre einzige Beschäftigung, ritterliche Pracht und Macht ihre Freude, Kampfspiele, Jagd, Trinkgelage ihre Vergnügungen, so wandten sie sich jetzt, nachdem das Zeitalter der Reformation ein vielseitigeres und bewußteres Geistesleben angeregt hatte, auf mehr friedliche und nützliche Beschäftigungen, auf eine nach Grundsätzen geleitete Verwaltung und Besserung der ihnen angestammten Länder. Sie schärften ihre Aufmerksamkeit auf alle Zweige der Staatswirthschaft, besserten an der Justizpflege, der öffentlichen Sicherheit, den Verkehrsmitteln und sahen in der Förderung der wirthschaftlichen Verhältnisse der Unterthanen das Hauptziel ihrer Thätigkeit und zugleich das einzige nachhaltige Mittel zur Steigerung ihrer Einkünfte.

Anm. Dieser zu einem Vortrage in den Sitzungen des K. sächs. Alterthumsvereins bestimmten Arbeit sind folgende Acten des Haupt-Staatsarchivs zu Grunde gelegt: Portagiesische Handelungen. 1579. Loc. 7411 b. — Handlung und Contract welchen die Turingische Gesellschaft mit Conrad Rotten von Augsburg des Indianischen Pfeffers halber getroffen, ao. 1579. Loc. 7411. — Schriften betr. Die Meißnische u. Thüringsche Gesellschaft wegen des Kupfer- u. Pfefferhandels. 1580—81. Loc. 7411.

Darum finden wir auch um diese Zeit im deutschen Reiche die
Anfänge einer bewußten wirthschaftlichen Thätigkeit von Seiten der Regierung und fast gleichzeitig die Keime einer Wissenschaft der Volkswirthschaft, so einseitig und schief auch immerhin die Grundlagen derselben sein mochten. Hervorragend
unter den, solchen Zielen nachstrebenden Fürsten war der
Kurfürst August von Sachsen, der neben seltenen Verstandes-
gaben eine rücksichtslose Thatkraft in allem zeigte, was die
Durchführung seiner Verwaltungsgrundsätze betraf. Aber
freilich lebte er auch in einem Zeitalter, das wohl geeignet
war, tüchtige Geister zu hohen Zielen auf diesen Bahnen
fortzureißen. Die Entdeckung des neuen Seewegs äußerte in
der zweiten Hälfte dieses Jahrhunderts, da Kurfürst August
regierte, seine volle Gewalt auf die Umwandlung der Handelsverhältnisse Europas, ohne noch den Nachtheil, den Deutschland im 17. Jahrhunderte in Verbindung mit anderen un-
glücklichen Verhältnissen von solcher Umwandlung erfuhr, in
seiner vollen Schärfe hervortreten zu lassen. Hatte auch die
im vorhergehenden Jahrhunderte für den deutschen Handel
maßgebende Hansa bereits angefangen, ihre großartige Han-
delsbedeutung an neu aufblühende Handelsmächte abzugeben,
so konnten doch die süddeutschen Handelsstädte die Anregung,
welche der Umschwung des Welthandels ausübte, ganz auf
sich wirken lassen und nahmen, obwohl weit vom Meere, dem
Schauplatze des neugestalteten Welthandels, entlegen, mit
einer für Binnenstädte beispiellosen Rührigkeit und Kühnheit
an der Schiffahrt nach Indien, an den Eroberungen und
Entdeckungen in jenen fernen Weltgegenden, an der Ueber-
führung des unerschöpflich reichen Waarenstromes in die Häfen
und von hier in das Innere Europas selbstständigen Antheil.
Die Welser von Augsburg eroberten mit eigenen Mitteln
Venezuela, um hier für ihren Gewürzhandel einen bleibenden
Stützpunkt zu gewinnen, die Fugger waren fast bei allen
größeren überseeischen Unternehmungen nicht bloß süddeutscher,
sondern auch fremdländischer Kaufleute mit ihrer gewaltigen

Kapitalkraft betheiligt, die Ebner, Imhof, Fürer, Kraft, Rehm
und andere Geschlechter Augsburgs, Nürnbergs und Ulms
erkannten schnell die Bedeutung der neuen Handelswege und
griffen, ohne deßwegen die älteren Wege über Venedig, Genua
und Marseille nach Syrien und Aegypten fallen zu lassen,
über Antwerpen und Lissabon mit Kraft und Vortheil in die
neue Handelsrichtung ein. In kühner Mitwerbung mit diesen
altpatrizischen Handelshäusern strebten junge bürgerliche Familien dieser drei Städte nach dem gleichen Range und Gewinne auf der neuen Bahn. Meistens freilich gingen ihr
Unternehmungsgeist und ihre Spekulation weiter als ihre
Geldmittel und sie büßten dann nach glänzender, von allen
beneideter aber auch bekämpfter, kurzer Geschäftsblüthe ihre
Kühnheit mit tiefem Sturze und sahen gewöhnlich die Frucht
ihrer Arbeiten und Wagnisse den auf festerer Grundlage ruhen-
den Geschlechtern anheimfallen. Große Verluste durch Be-
raubung auf dem kriegserfüllten Seewege von Lissabon bis
Antwerpen waren gewöhnlich die Ursache, welche ihnen, die
größtentheils mit fremdem Kapitale arbeiteten, den in seinen
Folgen weithin fühlbaren Bruch bereiteten, während die Fugger,
Welser und ihre Mitgeschlechter bei lang aufgespartem Kapital-
reichthume solche Verluste länger zu ertragen und leichter durch
spätere glücklichere Unternehmungen zu ersetzen vermochten. So
fiel in Augsburg das mächtige Haus der Höchstetter, welches
freilich die Zeitgenossen nicht von dem, was wir als Schwindel bezeichnen, freisprechen, nach ihm das Haus der Mannlich,
dem alle die größte Solidität und Geschäftskenntniß in den
Unternehmungen, höchste Einfachheit in der Lebensweise bezeugen. Sieben Kauffahrer hatte es für die Fahrt in den
Orient unter Segel, als es in derselben Zeit das mit indischen Gewürzen von Lissabon nach Antwerpen segelnde Schiff
durch die seeräuberischen Geusen verlor, ein Unfall, der dieses
Haus auf immer aus der Zahl der glänzenden Firmen Augsburgs auslöschte. Dasselbe Schicksal hatte Konrad Roth, ein
andrer Bürger von Augsburg, der in der Größe seiner Spe-

kulationen, in der Kühnheit seiner Berechnungen, zugleich aber
auch im Hasse gegen die glücklicheren Geschlechter alle über-
traf, aber auch nicht mehr erreichte, als nach kurzem Glanze
den Sturz in die alles verschlingende Tiefe. Durch seine kaufmännischen Fähigkeiten gelang es diesem Manne, die Haupt-
stütze für seine ausschweifenden Handelsspekulationen in der
Verbindung mit dem vorsichtigsten aller Reichsfürsten, dem
Kurfürsten August, zu finden, der in der Absicht, für seine
Länder und insbesondre seine geliebte Handelsstadt Leipzig
die Theilnahme an dem Gewinne des großartigen neuen Welthandels zu ermöglichen, ein Kompagniegeschäft mit dem hoch-
strebenden Kaufmanne einging, wobei er freilich eine von ihm
gebildete Handelsgesellschaft vorschob, doch den ganzen Handel
auf eigne Rechnung und Gefahr anfing und zu Ende brachte.

Konrad Roth war unter den Kaufleuten Augsburgs ein
Emporkömmling. Nachdem er schon in Portugal und Spanien
die großartigsten Verbindungen sich verschafft und auch in
Augsburg eine Stelle im Rathe und andere Aemter begleitet
hatte, stand er immer noch bei den alten Handelsgeschlechtern
seiner Vaterstadt in geringem Ansehn und erst seine Verbindung mit dem Kurfürsten von Sachsen, der durch seine Silberbergwerke als reichster unter den deutschen Fürsten berufen
war, eröffneten ihm einen unbedingten Kredit bei den Fuggern
und Welsern, deren Geldhülfe die meisten großen Handels-
unternehmungen Süddeutschlands in jener Zeit stützen mußte.
Aus dieser Mißachtung und Ungunst, auf die er bei seinem
kühnen Auftreten gestoßen war, entsprang auch wohl sein Haß
gegen die alten Häuser, den er in seinen nach Dresden gerichteten Briefen offen bekannte und um deßwillen er nach seinem
Vorgeben hauptsächlich Leipzig im Gewürzhandel über Augsburg emporzuheben gedachte. Wie er in Lissabon zu so großem
Ansehn gekommen war, darüber findet sich keine Nachricht,
genug, wenige Jahre vor König Sebastians Tode gelang es
ihm, mit diesem einen Handelsvertrag abzuschließen, laut
welchem er allein allen aus Indien nach Lissabon kommenden

Pfeffer zum Vertriebe in die europäischen Reiche um eine
festgesetzte Summe übernehmen sollte. Im August 1578
fand der heldenmüthige König in Afrika seinen Untergang,
nachdem er noch kurz vorher den Pfeffercontract mit Roth
erneuert und erweitert hatte. Sein Nachfolger Heinrich bestätigte den noch nicht abgelaufenen Vertrag zunächst auf die
zwei folgenden Jahre. Niemand als Konrad Roth und Söhne
sollten in dem „Hause von India", der großen königlichen
Handelsniederlage in Lissabon, den Pfefferhandel übernehmen
und führen. Bald wurde der Vertrag auf fünf weitere Jahre
erstreckt und dabei festgesetzt, daß Konrad Roth soviel an
baarem Gelde nach Indien schicken sollte, als nöthig sei, um
daselbst jährlich 30,000 Quintal Pfeffer (ein Quintal ist etwas
mehr als ein Centner), wofern solcher Vorrath aufgetrieben
werden könne, zu kaufen. Da Roth wußte, daß in den
gesammten indischen Gebieten Portugals und auf den benachbarten Küsten und Inseln kaum 20,000 Quintal Pfeffer aufzubringen seien, so hatte er damit das Monopol der sämmtlichen Pfeffervorräthe, so weit sie von Portugal aus erreich-
bar waren, in Händen und rechnete, daß, wenn er überall
dieses Gewürz auflaufen ließ, so weit auf portugiesischen
Schiffen seine Agenten dringen könnten, auch die „Mohren
und Türken" bald keinen Pfeffer mehr nach Alexandria und
an das mittelländische Meer zu führen hätten; dadurch würde
dann der Pfefferhandel über Venedig ganz versiegen und ihm
eine beliebige Steigerung der Pfefferpreise möglich gemacht
sein. Bis dahin hatten die portugiesischen Statthalter trotz
des königlichen Verbotes den Eingebornen und Arabern
gegen „besondre Verehrung" Pfeffer genug zu kaufen vergönnt, welche diese dann an die syrischen und ägyptischen
Küsten den Venetianern zuführten; solchem Schleichhandel
wollte Roth zunächst mit Hülfe des Vertrags und einer größern Strenge von Seiten des Königs ein Ende machen. Um
aber das großartige Monopol aufrecht erhalten, den Absatz
über alle europäischen Reiche eröffnen und jede Mitwerbung

fremdländischer Kaufleute niederschlagen zu können, schloß er
weitere Verträge mit einer portugiesischen und einer italienischen Gesellschaft, welche gleichfalls vom Könige Heinrich bestätigt und in das Buch des Hauses von Jndia aufgenommen
wurden. Gemäß derselben theilte Roth die sämmtlichen, in
seine Hand zu bringenden Pfeffervorräthe in 30 Theile, behielt
für sich und seine Söhne 12½ Theile, überließ den Portu-
giesen 10, den Italienern 7½, übernahm aber gegen den
König für alle die Bürgschaft und die oberste Leitung des
Geschäfts. Darauf theilte er Europa in Provinzen, wies der
portugiesischen Gesellschaft Portugal, Spanien, Frankreich,
England zu, der italienischen Italien, Sicilien und die neben
liegenden Inseln und behielt für sich Niederland, Deutschland,
Polen und die gesammten Ostländer, wozu er Rußland, Ungarn, Böhmen uad alle österreichischen Länder rechnete. Für
diesen seinen Eigenhandel suchte er nun im Innern Deutschlands einen möglichst bequemen Mittelpunkt, den er insbesondre für den Vertrieb nach Böhmen, Polen und Rußland
am besten an der mittlern Elbe zu finden hoffte. Diese Hoffnung scheint ihn zuerst auf den Gedanken einer Verbindung
mit dem im deutschen Reiche mächtig hervorragenden Kurfürsten August geführt zu haben. Er hielt Torgau, als unmittelbar an der Elbe gelegen, für seine Zwecke am günstigsten,
doch gab er bald den Einwendungen des Kurfürsten nach, daß
Torgau nur eine kleine Stadt sei, die für so große Handels-
unternehmungen weder Gelegenheit noch Kapital biete, und
wurde nun mit ihm einig, Leipzig zum Träger dieses Handels
zu machen. Diese Stadt, meinte er, — und das war auch
wohl der Hauptgesichtspunkt des für das Wohl seiner Länder
unermüdlich bedachten Kurfürsten — würde durch solchen
Handel, der der größte in Europa sein werde, in großmäch-
tiges Aufnehmen kommen und großen Nutzen über das ganze
Land Sachsen bringen. Nachdem einmal dem spekulirenden
Augsburger eine Handelsverbindung mit dem mächtigen Reichsfürsten gesichert schien, genügte ihm schon der Pfeffer nicht

mehr und er beabsichtigte nun, auch den Zimmt, die Nägelein, Muskatnüsse, Mazis und alle „kleinen Spezereien" auf dieselbe monopolistische Art in seine Hand zu bringen, da sie alle aus derselben Quelle und auf demselben Wege bezogen wurden. So hoffte er mit Hülfe der kurfürstlichen Kapitalien für sich und seine Mitgesellschafter das Monopol der sämmtlichen Gewürz- und Droguenerzeugnisse Indiens in Besitz zu bringen und damit einen unausbleiblichen und unermeßlichen Gewinn zu sichern. Um aber Leipzig zu einem Weltmarkte fähig zu machen, der Nürnberg und Augsburg überragen könne, war sein weiterer Plan, hier eine Bank mit ausreichenden Geldmitteln zu begründen, daß den Wechselbedürfnissen sämmtlicher, aus allen Gegenden Europas hierher gezogener Kaufleute mit Geldsorten aller Art genügt werden könne.

Dem Kurfürsten gefiel der weitgespannte, doch nach damaliger Anschauung keineswegs unmögliche Plan, — war doch im 16. Jahrhunderte die Neigung, jeden Handelszweig zu monopolisiren, ganz allgemein. Um aber nicht selbst seinen fürstlichen Namen zu einem Handelsgeschäfte herzugeben und sich dadurch späteren Vorwürfen wegen eines Handels, den die Reichsgesetze verdammten, auszusetzen, errichtete er aus drei seiner vertrautesten Kammerbeamten eine „Thüringische Handelsgesellschaft des Pfefferhandels zu Leipzig", welche in seinem Auftrage und auf seine Gefahr den Vertrag mit Konrad Roth und Söhnen abschließen mußte. Laut dieser Urkunde verpflichtete sich Roth, von dem ihm gebührenden jährlichen Antheile des Pfeffers 8000 Quintal auf seine Verzollung, Flottgeld, Kosten und Assecuration gegen Leipzig in der Gesellschaft Platz und Haus trocken und ungerhulirt zu liefern, doch sollte beim Gerhuliren (Auslesen) in Leipzig an dem Sacke, der etwa 2 Quintal enthalte, höchstens 5 Pfund abgehen. Die Hälfte dieser Lieferung sollte die thüringische Gesellschaft übernehmen und den Centner mit 50 fl. (1 fl. etwa 1¾ Thlr.) zahlen, also daß 45 fl. 18 gr. auf den Pfeffer und 4 fl. 3 gr. auf die Kosten gerechnet würden, die andre Hälfte

sollte Roth und Söhnen verbleiben. Hinsichtlich der Zahlung
für die erste Hälfte wurde festgesetzt, daß dieselbe nur für das
wirklich Gelieferte jedesmal auf dem nächsten leipzigschen Jahr-
markte geschehen sollte, wenn aber ein Schiff zwischen Leipzig
und Hamburg sei und von demselben glaubwürdige Schrift
und Zeugniß der Gesellschaft geschickt werde mit der Nachricht,
daß dasselbe bis zur Marktzeit nicht kommen könne, so sollte
die Gesellschaft 30 fl. auf jedes Quintal der Ladung voraus-
bezahlen. Alle in Leipzig abgelieferten Pfeffervorräthe sollten
zusammengeschlagen, durch die gemeinsamen Diener, deren
jeder Theil zwei zu stellen hatte, gerbulirt und auf gleiche
Gefahr und Waguiß aller verkauft, der Gewinn nach Abzug
der Kosten und 5 Procent Zinsen für ausgelegte Gelder unter
beide Parteien zu gleichen Theilen vertheilt werden. Um die
Gesellschaft gegen eine frembländische Mitbewerbung zu schützen,
verpflichtete sich Roth, auf die oben bezeichnete Eintheilung
Europas in Provinzen strenge zu achten, den fremden Mit-
gesellschaften bei 10 Ducaten Strafe für jedes Quintal zu
verbieten, in die der thüringischen Gesellschaft zugewiesenen
Provinzen Nieder- und Oberdeutschland, Ostlande, Polen,
Böhmen, Ungarn, Schlesien und Oesterreich mit Pfeffer zu
handeln und in ihren Provinzen den Quintal niemals wohl-
feiler als um 30 Ducaten zu geben. Als erste Lieferung
sollten zum Ostermarkte dieses Jahres 1579 in Leipzig 1400
Quintal Pfeffer eintreffen und sobald man sehe, daß ein Absatz sich feststelle, von Roth alles versucht werden, um eine
Erstreckung des Vertrages auf längere Zeit von dem portugiesischen Könige zu erlangen. Zur Errichtung der Bank sollte
die thüringische Gesellschaft für den Anfang 50,000 fl. in
Leipzig niederlegen und Roth solches Geld gegen 2% Conto
versichern; alle auf Spanien und Portugal nöthigen Wechsel
sollte letzterer aber auf eigne Rechnung übernehmen. — Die
thüringische Handelsgesellschaft unterhandelte nun mit dem
Rathe von Leipzig wegen Abtretung eines hinlänglichen Lager-
und Geschäftsraums im Gewandhause, der zum wenigsten aus

drei Gewölben, einem Boden zum Trocknen, einer Schreibstube mit Kammer bestehen und außerdem einen bedeckten
Raum enthalten sollte, welcher den fremden Kaufleuten als
Zusammenkunftsort, wir würden sagen, als Börse dienen
könnte. Auch auf der kurfürstlichen Pleißenburg wurden sogleich drei Gewölbe zur Aufnahme von Pfeffervorräthen her-
gerichtet. Nach diesen Vorbereitungen meldete Roth, daß die
1400 Quintal bereits von Lissabon auf Leipzig via Hamburg
abgegangen seien, und trat nun sogleich mit dem zweiten
Projecte hervor, auch die Droguen und kleinen Spezereien,
d. h. alle Gewürze, die in geringerer Masse als der Pfeffer
nach Europa kamen, auf dieselbe Weise auf Kosten der thüringischen Gesellschaft aufzukaufen und sie zu geeigneter Zeit
um einen Monopolpreis wieder zu verkaufen. Doch in diese
zweite weitaussehende und kostspielige Spekulation sich einzu-
lassen, bevor einmal die erste Unternehmung in Fluß gebracht
war, vielweniger schon eine Bürgschaft des gehofften Gewinns
gegeben hatte, schien dem vorsichtigen Kurfürsten um so mehr
bedenklich, da auch Roth nur mit seinem Gelde arbeiten wollte.
Dennoch schlug er den Plan nicht sogleich von der Hand, sondern suchte nach neuen Theilnehmern im Geschäfte, die aber
eignes Kapital zuzuschießen vermöchten. Durch die Mitglieder
der Gesellschaft unterhandelte er mit dem Bürgermeister und
Rathe von Leipzig wegen Bildung einer neuen leipzigschen
Gesellschaft, fand aber nicht den erwünschten Erfolg. Es
scheint, als sei Leipzig damals in seinen Handelsverhältnissen
nicht besonders günstig gestanden; dem zurückgegangenen Handel dieser Stadt aufzuhelfen, war ja auch der ausgesprochene
Beweggrund für den Kurfürsten zur Aufrichtung des Pfefferhandels gewesen. Der Rath entschuldigte sich, daß es bei der
dermaligen Zeitlage in der Stadt an Kapitalien zu einem so
weitschweifigen und viel Geld erfordernden Handel fehle, zumal da alle vermögenden Kaufleute schon mehr, als ihnen
gut und dienlich sei, beim Kupfer- und Metallhandel, bei den
sächsischen und mansfeldischen Bergwerken und anderen Unter-

nehmungen betheiligt seien. So eifrig und vielfach Roth
drängte, so glänzend er die Vortheile eines solchen Handels,
der mit dem des Pfeffers naturgemäß aufs Engste verbunden
sei und in den Fracht= und Handelskosten durch jenen fast
schon gedeckt werde, darzulegen wußte, so lebhaft sich auch
der Kurfürst bemühte, seine getreuen Leipziger und ihre Han=
delsmittel zu diesem Handel heranzuziehn, diese verharrten stet
auf ihrer unterthänigsten Weigerung. Vielleicht mistrauten
sie als erfahrene Kaufleute einer ins Ueberschwängliche ge=
triebenen Spekulation, zumal sie den Vorsprung, welchen die
süddeutschen Städte in diesem Handel hatten, kennen mußten.
Roth konnte nichts weiter erreichen, als daß die thüringische
Gesellschaft kleinere Vorräthe von Zimmtrinde und anderen
Gewürzen mit übernahm, ohne eine bindende Verpflichtung
wie beim Pfefferhandel einzugehen. Unterdeß kam ein Vor=
rath Pfeffer nach dem andern in Leipzig an und die Gewölbe
der Pleißenburg wie des Gewandhauses begannen sich zu füllen.
An der rechtzeitigen Bezahlung mangelte nichts, denn mit Hülfe
des kurfürstlichen Kredits standen die nöthigen Summen stets
zur Verfügung. Die Bezahlung erfolgte theils in Frankfurt
in Baarem oder in Wechseln, theils durch Sendungen von
Kupfer und Kupfergeschirren, die in Lissabon auf Rechnung
der Gesellschaft verkauft wurden. Der Kurfürst suchte bei
seinen industriellen Unternehmungen stets die eine durch die
andre zu decken und benutzte deßwegen diesen Pfefferhandel
auch, um den Erzeugnissen seiner heimischen oder auf Gewinn
und Verlust übernommenen fremden Bergwerke einen vor=
theilhaften Markt im fernen Auslande zu verschaffen. So
versuchte er jetzt noch nebenbei, für seine in Sachsen gewon=
nene Lasurfarbe eine Niederlage in Lissabon zu gründen, was
aber wegen der geringen Nachfrage nach dieser Farbe nicht
gelingen wollte. Deßgleichen schickte er auf Roths Veranlas=
sung eine bedeutende Anzahl neuer, nach spanischer Art gear=
beiteter Feuergewehre mit dazu gehörigen Pulverhörnern nach
Lissabon, welche der portugiesische König an Zahlungs Statt

annahm, um sie bei seinen Kriegen in Afrika zu gebrauchen.
Zu diesem Handelsgeschäfte gehörte aber eine bedeutende
Anzahl von Arbeitern. In Leipzig brauchte man Factoren,
Magazinverwalter, Gerbuliter, die aus Augsburg geschickt
wurden, in Hamburg Spediteure, Schiffer und Lastträger, in
Lissabon wieder Factoren und Aufseher, die verschiedener
Sprachen kundig waren. Dazu hatte man Agenten nöthig,
um auf allen bedeutenderen italienischen, französischen und
deutschen Märkten die vorhandenen Vorräthe aufzukaufen und
den Preiswechsel zu beobachten. Ein Theil dieser Arbeiter
wurde an Ort und Stelle in Sold genommen, einen Theil
derselben stellte der Kurfürst, die Geschäftskundigsten ward
Roth in den süddeutschen Städten. Alles dies steigerte die
Auslagen der Gesellschaft bald in bedenklicher Weise und die
aufgewendeten Goldgulden überstiegen schnell das erste Hun-
derttausend, bevor noch einmal ein Pfund Pfeffer verkauft,
geschweige denn eine sichere Aussicht auf den Gewinn sich gezeigt hatte. Die Handelsgesellschaft bestürmte Roth, mit dem
Verkaufe der sich immer mehr häufenden Vorräthe wenigstens
im Kleinen anzufangen, damit nur Geld wieder hereinkomme
und Absatzwege sich allmählig bilden könnten. Das war aber
durchaus gegen Roths Absichten. Er war froh, einen Ort
gefunden zu haben, wohin er auf Anderer Unkosten einstweilen
die vorhandenen Pfeffervorräthe aus dem Handel verschwin-
den lassen konnte, um nicht eher verkaufen zu müssen, bis er
die Bestimmung des Preises ganz in seine Hand bekommen
hatte. Er bestand deßhalb auf den weitern Verschluß der
leipzigschen Lagerräume und zugleich auf den Einkauf aller
in den europäischen und besonders deutschen Handels- und
Seestädten vorhandenen Vorräthe, ohne welchen man nicht
Meister des Monopols werden könnte. In seinen zu diesem
Zwecke geschriebenen zahlreichen Briefen entwickelte er eine
für die damalige Zeit gewiß eben so seltene wie gründliche
Kenntniß aller Gewürzländer und ihrer productiven Fähigkeit, und zeigte stets die sorgsamste Aufmerksamkeit auf alle

bekannten oder eben erst entdeckten tropischen Pflanzen und
Merkwürdigkeiten. Dabei entging ihm auch nicht das Tabacks-
kraut, von welchem er, ohne eine Ahnung vom Tabackrauchen
zu haben, Samen nach Augsburg und Pflanzen nach Dresden
brachte, in der Meinung, aus dem Safte derselben einen
Wunderbalsam bereiten zu können. Dennoch steigerten sich
bei dem Kurfürsten und seiner Gesellschaft die Bedenken, denn
auch sie hatten noch ihre besonderen Agenten, wenn auch
nicht jenseits des Meeres, doch in Lissabon und den italienischen und deutschen Hauptmarktplätzen und überall erfuhren
sie, daß von Pfeffer noch viel zu beträchtliche Vorräthe vorhanden seien, um schon in der nächsten Zeit auf eine Preis-
steigerung desselben rechnen zu können. Als Roth jetzt das
Ansinnen an die Gesellschaft stellte, ihm einen Vorschuß von
150,000 fl. zur weitern Verfolgung dieses Geschäftes zuzu-
senden, und die Gesellschaft diesen Vorschlag, den sie aber
selbst mit überzeugenden Gründen zu befürworten weder wagte
noch vermochte, vor den Kurfürsten brachte, schlug dieser solches
Ansinnen entschieden ab und war durch kein Drängen von
Seiten Roths zu bewegen, seine Weigerung zu widerrufen.
So sehr Roth sich stets dem Fürsten und seiner Gemahlin in
allem gefällig und dienstfertig erwies, bald der unermüdlichen
Lernbegierde desselben mit Berichten über die Pflanzen-, Thier-
und Menschenwelt der indianischen Reiche zu genügen, bald das
Interesse des Fürsten durch Uebersenden von allerlei Selt-
samkeiten, kostbarer und heilkräftiger Steine und Gewächse,
Wunderbalsame und Droguen aller Art rege zu halten suchte,
auch wohl für die Hofküche der Kurfürstin Köche und Köchinnen
besorgte, so war doch der Kurfürst ein zu vorsichtiger und er-
fahrner Geschäftsmann, als daß er eine für die damaligen
Verhältnisse ungeheure Summe — hatte ihn doch das ganze
Voigtland bei weitem so viel nicht gekostet! — ohne genügende
Deckung hätte aus den Händen geben sollen. Das Drängen
Roths machte ihn nur noch bedenklicher und schließlich so
mißtrauisch, daß er die Handelsgesellschaft veranlaßte, einen

geschickten und der portugiesischen Sprache kundigen Agenten
nach Lissabon mit dem besondern Auftrage zu entsenden, dort
dem Roth und seinen Handelsdienern zur Seite zu bleiben
und das Interesse der thüringischen Gesellschaft in stete Obacht
zu nehmen. In Lissabon fand man alles, was den großen
Pfeffercontract und die Verhältnisse Roths zum portugiesischen
Könige betraf, in bester Ordnung, nur das Eine erschien bedenklich, daß der König ohne Erben war und nach seinem
Tode Portugal an die spanische Krone fallen würde, diese
aber ganz und gar keine Neigung blicken ließ, in solchem
Falle den Pfeffervertrag mit einem deutschen Kaufmanne zu
erneuern. Weil aber der König noch in guter Gesundheit
stand, so beruhigte man sich über diesen Punkt, und ein Mitglied der thüringischen Gesellschaft, der Rentmeister Harrer,
der auch bei den anderen gewerblichen Unternehmungen des
Kurfürsten ein sehr thätiges Mitglied war, half zunächst dem
Roth, da er wohl einsah, daß man, um mit Erfolg ins
Große spekuliren zu können, auch Großes wagen müsse, mit
einem Wechsel auf 60,000 fl., der von Roth sogleich auf dem
nächsten frankfurtschen Markte zu Geld gemacht wurde. Das
rettete Roth und Söhne aus der augenblicklichen Geldklemme,
denn sie hatten, um den Gewürzaufkauf nicht unterbrechen zu
müssen, eine Menge Wechsel ausgestellt, welche zu größtem
Theile in die Hände der Fugger, des damals größten Bank-
hauses von Deutschland, gekommen waren.

Wie sehr aber Roth mit kaufmännischem Unternehmungs-
geiste im großartigsten Style ausgestaltet war, beweisen zwei
andere Pläne, die er zur Förderung seines monopolistischen
Spekulationshandels mit Hülfe des Kurfürsten durchzuführen
gedachte. Bei seinen zahlreichen Correspondenzen zwischen
Augsburg, Nürnberg, Frankfurt, Leipzig, Dresden, Hamburg
und Antwerpen hatte er zur Genüge die damaligen Mängel
des Reichspostwesens kennen gelernt und den Nachtheil erfahren, welcher ihm bei Geschäften, deren Gewinn oft nur durch
die Schnelligkeit der Ausführung möglich war, durch die Lang-

samkeit und Unsicherheit der Briefbeförderung fast wöchentlich
erwachsen konnte. Die einzige Postanstalt im Großen war die
Reichspost von Thurn und Taxis, die sich aber nur auf die
großen Reichsstraßen mit Wien und Madrid als Ausgangs-
punkten beschränkte und auch hier für eine schnelle Abwicklung
kaufmännischer Geschäfte viel zu lange Pausen zuließ. Zwischen
Nürnberg, Augsburg, Frankfurt und Leipzig gab es zwar stets
wiederkehrende Fracht- und Personenverbindungen, die auch
zur Beförderung von Briefschaften benutzt wurden, doch ban-
den sich diese natürlich noch weniger an regelmäßige Abfahrt
und Ankunft und hatten mithin alle Nachtheile der Gelegen-
heitsbeförderungen. Jeder Geschäftsbrief, der Eile hatte, mußte
den weiten Weg durch einen besondern Boten geschickt werden,
wodurch der Brief natürlich sehr theuer kam und oft genug auch
ganz verloren ging, denn über die Untreue solcher Boten, selbst
wenn sie in landesherrlichen Diensten standen, wie auch über
die stete Kriegsgefahr auf diesen Straßen finden wir bei dieser Gelegenheit zahlreiche Klagen. Um nun solchen Mängeln
auf immer abzuhelfen, — Roth rechnete sicher auf einen langen
Bestand seines Geschäfts, — machte er dem Kurfürsten den
Vorschlag zur Errichtung einer besondern Post, welche alle
größeren Handelsstädte, die nach und nach in den Bereich des
Gewürzhandels gezogen würden, verbinden sollte. Der Kurfürst sollte die Autorität, Roth die Betriebsmittel hergeben
und die Einrichtungen dazu überall treffen und überwachen.
In seiner schnell entschlossenen Weise brachte er sogleich Plan
und Anschlag zu Papier und entwarf ein Verzeichniß aller
einzelnen Haupt- und Nebenstationen und deren Entfernungen,
ein Postennetz, das, wenn es zu Stande gekommen wäre, so
ziemlich das ganze innere Europa mit den hauptsächlichsten
Seehandelsstädten in Verbindung gesetzt hätte. Dem Kurfürsten leuchtete das Vortheilhafte einer solchen Einrichtung
sehr wohl ein, ebenso wenig aber täuschte er sich auch über
die Schwierigkeiten, die er bei Kaiser und Reich und dem von
beiden anerkannten Reichspostamte finden würde. Er gab

26*

seine Zufriedenheit dem Urheber des Planes zu erkennen, versprach, mit dem Kaiser darüber in Unterhandlung zu treten und verhieß im voraus seine ganze Unterstützung bei dieser Posteinrichtung, einstweilen wenigstens, soweit dieselbe innerhalb der Grenzen seiner kurfürstlichen Länder falle. Der rasche Kaufmann glaubte mit diesem Versprechen des vornehmsten Reichsfürsten alle Schwierigkeiten schon gehoben, reiste sogleich nach Prag, suchte sich zum Kaiser Zutritt zu verschaffen und da er diesen nicht so schnell fand, begann er schon hier die Vorbereitungen zu einer neuen Reichspost und rühmte sich überall dabei der Zustimmung und Beihülfe des sächsischen Kurfürsten. Dadurch aber nahm er sogleich den Kaiser und seine Hofbeamten vollständig gegen sich ein, denn diese sahen in dem neuen Projecte nur eine Concurrenzanstalt gegen das thurn- und taxische Reichspostamt, welches ja in diesem Geschäftszweige das Monopol vom Reiche erhalten hatte. Der Kaiser Maximilian II., persönlich in vertrautester Freundschaft mit dem sächsischen Kurfürsten, schrieb sogleich an diesen und gab sein Befremden zu erkennen, daß ein augsburgischer Kaufmann, genannt Konrad Roth, sich bei solchem ungewöhnlichen und gesetzwidrigen Unterfangen auf des Kur- und Reichsfürsten Autorität berufen könne, da doch Se. Liebden selbst das Reichspostamt anerkannt und als Reichsfürst zu schützen gelobt habe. Statt also den Antrag auf eine neue und bessere Posteinrichtung stellen zu können, sah sich der Kurfürst in die Verlegenheit gesetzt, den mit ihm verbundenen Kaufmann beim Kaiser entschuldigen zu müssen, von einer Mitwerbung mit dem Reichspostamte zunächst ganz abzusehen und nur leise Andeutungen zur Gestattung einer neuen Posteinrichtung zu besonderen Handelszwecken und mit Beschränkung auf die kurfürstlich sächsischen Länder und Unterthanen zu wagen. So war diese Unternehmung auf die lange Bank der Verhandlung geschoben und obwohl der Kurfürst sowohl wie Roth nicht nachließen, den Plan weiter auszuarbeiten, so war doch noch nichts erreicht und eingerichtet, als eine

plötzliche Krisis auf das Haupt des kühnen Spekulanten her-
einbrach.

Ein zweiter Plan desselben beabsichtigte nichts weniger
als die Gründung einer neuen und regelmäßigen Schifffahrt
zwischen dem Innern Deutschlands und Lissabon, dem Welt-
handelshafen. Die Waaren zwischen hier und Antwerpen
oder Hamburg wurden damals meistens auf niederländischen,
spanischen und hansischen Schiffen verführt. Die Spanier
und die Niederländer, diese und die Hansischen führten aber
Vernichtungskriege gegen einander und jedes unter feindlicher
Flagge segelnde Schiff wurde, sobald eine Partei desselben
habhaft werden konnte, mit sämmtlicher Ladung, mochte sie
gehören, wem sie wolle, als gute Prise erklärt und behandelt.
Dies hatten die Kaufleute Augsburgs und auch Roth zu
schwerem Nachtheile oft genug erfahren. Zur Heilung dieses
Uebels wollte nun Roth die Verbindung des Kurfürsten mit
dem dänischen Königshause benutzen. Letzteres sollte, denn
Dänemark begann damals auch an dem Welthandel zur See
selbstständigen Antheil zu nehmen, in regelmäßiger Fahrt
sechs wohlausgerüstete Schiffe zwischen Hamburg und Leipzig
gehen lassen; seine Flagge würde überall als eine neutrale
anerkannt werden und im Falle, daß dieses einmal nicht ge-
schähe, habe er Mittel genug, seine Schiffe gegen Vergewal-
tigung zu sichern. Als Hinfracht sollten diese Schiffe theils
die Bergwerkserzeugnisse Sachsens, die als Zahlung nach
Portugal gingen, einnehmen, theils aber auch sächsisches und
thüringisches Getreide, welches in Portugal, Spanien und
Afrika stets auf Absatz rechnen könnte. Für die Rückfracht
wollte Roth durch den Gewürzhandel sorgen und alle sechs
Schiffe in Miethe übernehmen. Mit dem Könige von Portugal hatte er zu diesem Zwecke schon einen Vertrag auf
Lieferung eines großen Vorrathes von Weizen abgeschlossen,
welcher für die afrikanischen Truppen und Flotten bestimmt
war und vom Kurfürsten geliefert werden sollte. Diesem war
auch das Vortheilhafte dieses neuen Geschäftes klar, zumal

da er selbst auf seinen Aemtern stets beträchtliche Getreide-
massen in Vorrath hatte und einzelne seiner Landestheile
jährlich einen großen Ueberschuß erbauten. Er ließ sogleich
über sämmtliche Vorräthe im Lande die nöthigen Aufnahmen
treffen und eröffnete mit dem dänischen Könige Unterhandlungen, die wenigstens, was die Beschaffung von Schiffen zu
dieser Fahrt betraf, Hoffnung auf Erfolg gaben. An näheren
Punkten jedoch und zwar unmittelbar an der Grenze seines
Kurfürstenthums traf er auf Hindernisse. Magdeburg ließ,
auf sein Stapelrecht gestützt, auf der Elbe kein Schiff mit
Getreide vorbei, das nicht im Hafen eine bestimmte Anzahl
von Tagen Niederlage gehalten, d. h. das Getreide zu Kauf
an die Bürger ausgeboten hatte. Und als der Kurfürst in
Hamburg nach geeigneten Magazinen Erkundigungen einzog,
erfuhr er, daß auch hier ein noch schärfer gehandhabtes
Stapelrecht bestehe, in Folge dessen Hamburg durchaus gar
kein Getreide aus dem innern Reiche auf der Elbe das Meer
erreichen ließ, bevor es nicht in die Hände hamburgischer
Kaufleute eigenthümlich übergegangen war. Auch die Beseitigung dieser Schwierigkeiten erlebte das Roth'sche Kunstgebäude
nicht.

Unterdeß häuften sich in Leipzig immer noch die Gewürzvorräthe, während andere unterwegs waren und ein Verkauf
erst in sehr kleinen Anfängen begonnen hatte. Nur ungern
hatte Roth, dem Drängen der Gesellschaft nachgebend, letztern
gestattet, denn überall waren noch Vorräthe zerstreut und
insbesondre im Besitze der mitwerbenden nürnbergischen und
augsburgischen Handelshäuser. Der Zeitpunkt, da es möglich
gewesen wäre, nach Belieben den Preis zu setzen, war noch
lange nicht gekommen. Zum weitern Aufkaufe brauchte er
aber immer wieder Geld und zugleich brauchte er Geld, um
dem portugiesischen Könige die aus Indien ankommenden
Waaren vertragsmäßig zu bezahlen, obwohl diese keineswegs
in überwältigender Masse zuströmten. Der Kurfürst zahlte
durch seine thüringische Gesellschaft nur die Vorräthe, die

wirklich in deren Gewölbe gekommen waren und auch diese
zum Theil nur in Baarem, zum Theil, wie schon bemerkt,
in Kupfersendungen.   Die durch Harrers Wechsel erhobenen
60,000 fl. waren schnell in diesen Abgrund verschwunden und
neue Wechsel mußten ausgestellt werden, die alle schließlich in
die Hände der Fugger und Welser, seiner gefährlichsten Con-
currenten, kommen mußten.   Es wäre vielleicht dennoch dem
um Mittel nie verlegenen Kaufmanne möglich gewesen, seine
Spekulation bis zu dem für den Verkauf geeigneten Zeitpunkte fortzuführen, denn durch seine jetzt überaus günstige
Stellung zu dem Könige von Portugal, dem Kurfürsten von
Sachsen und dem Könige von Dänemark, schien er bei dem
Bankhause der Fugger einen ungewöhnlichen Kredit erlangt
zu haben.   Es findet sich nicht, daß diese jemals Anstand
erhoben hätten, wenn Roth Wechsel auf sie für Lissabon zog.
Auch wußte ohne Zweifel dieses Haus, das ja über alle
Handelsverhältnisse insbesondre in Portugal und Indien die
sicherste Auskunft haben mußte, daß es auch im Falle einer
Krisis für Roth hinlänglich gedeckt sein würde, denn dieser
verschleuderte nie das erhobene Geld, sondern brachte stets
die kostbarsten und dem Verderben wenig ausgesetzten Waaren
dafür in seine Magazine.   Demgemäß hatte Roth hier immer
einen sichern Rückhalt und im Falle er seinen Sturz überlebt
hätte, würde er nur haben sehen müssen, daß er seine Spekulationen eigentlich doch nur für die Fugger und Welser, die
Malabores im Gewürzhandel, gemacht und für diese die Ka-
stanien aus dem Feuer geholt habe.   Vermöge der an sich
gebrachten Wechsel gehörte ja schon der größte Theil seiner
Vorräthe, mit Ausnahme der zu Leipzig lagernden, jenen
Häusern.   Bevor aber solches eintreten konnte, kam ein Unglück, für das Roth keine Schuld trug, an das er auch nie
hatte denken wollen, obwohl der vorsichtige Kurfürst dasselbe
sehr wohl mit in Rechnung gezogen hatte.   Die Zeit des
portugiesischen Pfeffervertrags war kaum zum dritten Theile
abgelaufen, da starb der König von Portugal und das König-

reich ging an die spanische Krone über. Damit erreichte der
Contract für immer sein Ende, denn die spanische Regierung
dachte am allerwenigsten an eine Erneuerung desselben. Roth
sah jetzt auf einmal alle Bedingungen seines Kredits und die
ganze Grundlage seiner weitschichtigen Spekulation vernichtet,
den unvermeidlichen Sturz vor Augen. Da überall noch
Pfeffer und andere Gewürze genug im Vorrathe waren, ihm
aber jedes Mittel zur Befriedigung der mächtigen Wechsel-
gläubiger fehlte, so hätte er die gesammten Vorräthe, so weit
er derselben Herr war, mit ungeheuerm Verluste jenen Con-
currenten und Gläubigern überlassen müssen und sich dennoch
nicht vom Sturze retten können. Um solches nicht zu erleben,
ergriff er das Mittel, was auch heute noch in solchen Fällen
ein leider nur zu gewöhnliches ist. Am 2. April 1580 kam
durch die Beamten der thüringischen Handelsgesellschaft über
Frankfurt nach Dresden die Nachricht, daß Konrad Roth
verschwunden und wahrscheinlich verstorben sei. Eines Abends
habe er, nachdem er den ganzen Tag unausgesetzt in seiner
Schreibstube gearbeitet hatte, dieselbe in aller Stille verlassen
und zuvor mit Kreide auf sein Pult geschrieben: „morgen
früh will ich verreisen“. Am andern Morgen sei er in Begleitung seines portugiesischen Dieners hinweg geritten, angeblich zu seinem Schwager, der sechs Meilen von Augsburg
wohnte, in der That aber in die Schweiz, wo er in einem
Dorfe bei Chur in der Nacht jählings gestorben sei. Dr.
Daniel Schacher, den man von Augsburg sogleich nachgeschickt
habe, berichtete, daß er sich wohl werde vergiftet haben. —
Großen Eindruck machte diese Mittheilung in Dresden, insbesondre auf den Kurfürsten August, der damals schon alterte
und anfing, der zahlreichen kaufmännischen und gewerblichen
Unternehmungen und ihrer steten Mühen und Aufregungen
müde zu werden. Aber auch bei dieser Gelegenheit bewährte
er seinen schnellen, durch lange Thätigkeit geübten Verstand.
Zunächst ließ er mit möglicher Beschleunigung durch die Mitglieder der thüringischen Gesellschaft ein gewissenhaftes Ver-

zeichniß aller an Konrad Roth gemachten Zahlungen und Vor-
schüsse, sowie aller in Leipzig lagernden Vorräthe sammt dem
Erlöse des schon Verkauften anfertigen und die Summe von
dem ziehen, was Roth noch an die Gesellschaft schuldete. Diese
Summe belief sich mit den Zinsen auf 120,315 fl. Alsdann
schickte er Abgeordnete mit den nöthigen Vollmachten nach
Hamburg, Antwerpen, Frankfurt und Venedig und ließ überall
die hier auf Roths Rechnung lagernden oder unterwegs auf
Leipzig befindlichen Gewürzvorräthe mit Beschlag belegen, wobei ihm das Ansehn, das er als Kur- und Reichsfürst genoß,
natürlich sehr zu statten kam. So hatte er seine Handelsgesellschaft für die Ausstände völlig gedeckt, ehe noch einmal
die Gläubiger in Augsburg und Nürnberg erfahren hatten,
wo überallhin diese Vorräthe zerstreut waren. Nachdem dieses glücklich gelungen war, sah der Kurfürst der weitern Ent-
wicklung des großartigen Concurses ruhig zu. Der Rath von
Augsburg ernannte eine Commission zur Verwaltung der
Masse, in welcher die Hauptgläubiger des Verstorbenen, die
Bankhäuser der Fugger und Welser, die erste Stelle einnahmen.
Während des langwierigen Prozeßganges tauchten noch allerlei
Gerüchte über Roths letzte Schicksale auf, denn trotz der ärzt-
lichen Bezeugung, die auch noch durch andere vom Rathe in
die Schweiz Abgeordnete bestätigt wurde, glaubten die Meisten
nicht an seinen Tod, sondern hielten denselben nur für einen
Vorwand. Bald hieß es, der Verschwundene sei mit einer ge-
retteten Geldsumme in ein schweizerisches Kloster gegangen,
um nach beendigtem Prozesse wiederzukommen, bald, er sei
über Genua nach Lissabon und von da nach Indien gereist
und werde einst zur Beschämung seiner Feinde mit unermeßlichen Schätzen zurückkehren und alles bezahlen, dann wieder,
der Herzog von Savoyen halte ihn auf einer Festung gefangen
und wolle ihn nur gegen hohes Lösegeld herausgeben. Auch
ein Pasquill erschien zu Frankfurt, welches die großen Verdienste dieses merkwürdigen Mannes um seine Vaterstadt und
um die ganze Handelswelt in das glänzendste Licht stellte und

die ganze Schuld seines Sturzes dem plötzlichen Tode des
Königs von Portugal zuschrieb. Dieses Schriftchen wurde
auch der thüringischen Gesellschaft von ihrem Faktor zuge-
schickt mit der Bemerkung, Roth habe dasselbe wohl noch bei
Lebzeiten selbst verfaßt, um sich durch neuen Kredit vor dem
unvermeidlichen Sturze zu retten. In Dresden und Leipzig
ließ man sich durch solche Gerüchte so wenig wie durch den
Gang des Prozesses beirren, behielt ruhig die deckenden Vorräthe in der Hand und forschte nun nach zahlungsfähigen
Käufern für dieselben. Es meldeten sich ziemlich viele, besonders Kaufleute aus Nürnberg und Augsburg, doch keiner
schien Mittel genug zu haben, um die Vorräthe im Ganzen
zu übernehmen, und der Kurfürst wie seine Rathgeber wollten
von einem Verkaufe zu kleinen Beträgen nur im äußersten
Nothfalle etwas wissen. Die Rehm, Tillherr, Imhof, Welser
von Nürnberg und Augsburg handelten, jedes Haus für sich,
um die kostbaren und allmählich sich schon im Preise hebenden
Gewürze, bis endlich der gesammte Lagervorrath mit allen
Ansprüchen der thüringischen Handelsgesellschaft auf Roths
Concursmasse gegen Bezahlung der gesammten rückständigen
Schuldsumme durch Vertragsurkunde vom 8. April 1581 an
die Curatoren der Rothschen Masse übergingen und so diese
Gewürze nach Augsburg, dem Mittelpunkte des damaligen
Gewürzhandels für die nördliche Hälfte des europäischen
Festlandes, und insbesondre in die Hände der Fugger und
Welser und ihrer Mitverwandten zurückkehrten. Der Kurfürst und seine Gesellschaft hatten das gesammte Kapital mit
allen Kosten und Zinsen wieder herausgerettet und von dem
schon verkauften, doch bei weitem kleinern Theile der Vorräthe
einen nicht unbeträchtlichen Gewinn gezogen. Freilich fielen
mit diesem Ausgange der Rothschen Spekulationen auch die
damit zusammenhängenden Pläne einer Bank zu Leipzig, einer
neuen Reichspost und der regelmäßigen Schiffahrtsverbindung
zwischen Leipzig und Lissabon.

Miscellen.

1.

Bei der unlängst stattgefundenen Revision des Zwickauer
Rathsarchivs fand sich unter andern ein Originalbrief des bekannten Ablaßkrämers und Dominikaners Johannes Tetzel,
jedoch ohne Datum und Jahrzahl. Wenn nun aber der darin
genannte Dr. Johann Roch († 1512) von 1497 bis 1507 im
Zwickauer Stadtrathe saß und seit 1504 auch zugleich Stadt-
syndikus war, Tetzel aber laut des Unterz. Zwickauer Chronik
II. 169 im Jahre 1507 seinen Ablaßkram zum ersten Male
in Zwickau aufschlug, so dürfte der Brief, welcher die Den-
kungsart des Verfassers charakterisirt, wohl um diese Zeit
geschrieben sein. Er lautet folgendermaßen:

„Durchlauchtigster Hochgeborenster Fürst, Gnedigster und
gnediger Herr! Doctor Roch, Bürger zu Zwickaw, hat mich
armen Mann in kurz verschinnen tagen czu Zeit vor einem
notario schendlich zu mein eren gescholben. Ist derhalben
mein bemütig gebet, Ew. Fürstl. Gnaden wolt einem erbaren
Rath zu Zwickaw bevelen, sulche Irrung zu verhören czwischen
uns beyden und In oftgenanten Doctorem, wo sy mein
unschuld ermessen, zu weisen, das er sich fürbaß mit sulcher
vorgessenheit czu mir nicht wolt nötigen. Auch kann ich
erleiden, wo ein erbar Rath czu Zwickaw befinde, das ich
Doctori Rochen (nicht) im Rücken gehandelt, aber (er mit
worten öffentlichen schimpflich gewest were, In mit einem

erbern abtragl nach erkentnis czu vormögen. Will ich derhalben vor Ew. Fürstl. Gnaden lang leben Gott fleißig
bitten.

>   Ew. Fürstl. Gnaden
>   demütiger Capellan
>   Bruder Johannes Tetzel, Prediger."

Der gedachte Syndikus Dr. Roch, welcher ohne Zweifel
in kirchlichen Angelegenheiten der Stadt Zwickau nach Zeitz
gereist war, wo der Naumburger Bischof als die damalige
oberste geistliche Behörde Zwickaus seinen Sitz hatte, hatte
sich dort in Gegenwart eines Notars wahrscheinlich mit starken Worten über den Ablaßkram Tetzels, der in Zwickau
sein einträgliches Geschäft eröffnet haben soll, ausgesprochen,
Tetzel das aber so übel genommen, daß er in Folge dessen
obiges Beschwerdeschreiben an den Landesherrn unmittelbar
(Kurfürst Friedrich den Weisen) richtete, worin er auf Untersuchung der Sache durch den Zwickauer Rath anträgt und
eventuell auf eine Geldentschädigung von Dr. Roch Anspruch
zu machen scheint. Wie aber die Entscheidung des gedachten
Stadtraths gelautet, ist nicht bekannt.

Zw.   Dr. Hg.

2.

Laut alter Innungsacten des Zwickauer Rathsarchivs
waren in Zwickau, wie anderwärts, beim Lossprechen der
Gesellen verschiedener Handwerksinnungen ehedem sonderbare
Ceremonien üblich, welche den rohen Geist des Zeitalters be-
urkunden und mit dem Unwesen des Pennalismus, der gleichzeitig bis zu Ende des 17. Jahrhunderts auf den Universitäten
grassirte, in Verbindung standen.

Am sonderbarsten waren jene Ceremonien, welche erst im
J. 1689 gesetzlich abgeschafft worden sind, bei den Drechs-
lern. Hier spielte der loszusprechende Lehrling mit einem
Gesellen Karte, während ihm ein anderer Geselle mit einer

Ruhe auf die Hände schlug. Dann wurde er, auf einer
Bank liegend, gemessen und unversehens heruntergeworfen.
Hierauf barbierte man ihn, auf einem einbeinigen Stuhle
sitzend, mit hölzernem Scheermesser, nachdem ihm zuvor mit
einer hölzernen Säge „Kopf und Beine abgesägt" und mit
einem dergl. Zimmerbeil „die Aeste behauen worden waren".
Nun wurden ihm mit einem Zahnstocher die Zähne ausgeputzt
und ein Ei in den Mund gesteckt. Dann wurde er gekämmt,
ihm ein sogenannter Grafenbart angesetzt und die Ohren ausgeputzt, wobei er wiederholt vom Stuhle geworfen wurde.
Nun kam die Taufe dran, welche ein Meister oder Geselle im
Namen der Drehbank und des Werkzeugs über dem von einem
Quasi-Meßner gehaltenen Taufbecken verrichtete, um sodann
das Pathengeld einzusammeln. Endlich mußte der Täufling
mit einer an einer Ofengabel hangenden Laterne in Begleitung zweier Gesellen auf den Markt gehen, um in einem
Korbe für 3 pf. Tabak und in einer Wasserkanne für 1 pf.
Essig zu holen, worauf ihm nach seiner Rückkunft vom Alt-
gesellen in Begleitung einer tüchtigen Ohrfeige der Gesellen-
kranz aufgesetzt wurde. Den Schluß der Ceremonie machte
ein Schmauß auf Kosten des neuen Gesellen. — Eine gleiche
Taufe „im Namen des Schärf- und Schlichthobels, der Rauch-
und Fügebank" fand auch bei den Tischlern statt, begleitet
von einer Ohrfeige und einer Predigt in etwas obscönen
Knittelversen, nachdem der Täufling zuvor gehobelt und mit
ihm überhaupt ähnliche Ceremonien, wie bei den Drechslern,
vorgenommen worden waren.

Beim Lossprechen der Maurer setzte man den Aspiran-
ten unter andern auf eine Stange und trug ihn zu Bade in
den Hof, wo ihm der jüngste Meister mit einem Mauerziegel
den Bart einseifte, um ihn mit einem hölzernen Scheermesser
zu raßren. Hierauf wurde er getauft und mit aufgesetztem
Gesellenkranze auf der Stange zu Bade getragen, wo man
ihn mit den Worten niedersetzte, „Wir trugen einen Jungen
weg und bringen einen ehrlichen Gesellen wieder".

Beim Lossprechen oder sogenannten „Gesellen-Schleifen"
der Zimmerleute und Böttcher wählte sich der neue Geselle einen Meister zum „Schleifpfaffen" und 2 andere Meister
nebst 2 Gesellen zu Schleifgöttern oder Pathen, und bei der
Taufe bekam er ein Glas Bier und eine gute Haarbüsche. —
Aehnliche Ceremonien fanden auch bei den Nagelschmieden
statt, namentlich die Taufe durch einen selbstgewählten Pfaffen
nebst Meßner und zwei Pathen, mit welchen der Täufling in
der oben bezeichneten Weise Karte spielte. Auch hier hielt der
Pfaffe eine gereimte Predigt und der Meßner bei der Taufe
ein auf einen alten Besen gestecktes Licht.

Zw.　　　　　　　　　　　　　　　　　　　　Dr. Hüg.

3.

Aehnlich wie im Mittelalter mit der Entstehung des
Ritterthums eine im gesammten christlichen Europa gleich-
artige Entwickelung der Anschauungen, der Ehrbegriffe, der
Bildung eines mächtigen Standes erwachsen war, erzeugte
das große Jahrhundert der absoluten Monarchie in den Cava-
lieren der Fürstenhöfe einen durch seine Sitte und seine Vor-
urtheile ebensowohl wie durch kastenmäßigen Familienzusam-
menhang von den übrigen Theilen des Volks geschiedenen,
sich selbst als den nicht nur privilegirten, sondern auch dieser
exemirten Stellung ausschließlich würdig betrachtenden Stand.
Und wie in dem Ritterthume des Mittelalters tritt auch hier
jenem stark entwickelten Standesbewußtsein gegenüber die
nationale Sonderung in den Hintergrund. Ohne Anstand
tritt der Cavalier in den Dienst eines fremden Fürsten, dem
er nur durch das Gefühl persönlicher Ergebenheit verpflichtet
ist, und widmet ihm seine Thätigkeit, selbst wenn dieselbe
gegen das Land seiner Geburt gerichtet ist; — noch ist das
nationale Gefühl nicht entwickelt genug, um daran Anstoß zu
nehmen. Nur England schließt sich — aus Gründen, deren
Erörterung uns hier nicht obliegt — gerade in dieser Zeit
auf das Strengste national ab, durch die unbedingte For-

berung des Indigenats für alle Beamten des Civil- und Militärdienstes. Aus allen anderen Staaten Europas könnte man leicht Beispiele in Menge beibringen, um diese Bemerkungen zu erläutern. Um Allbekanntes anzuführen, braucht blos an die Rolle erinnert zu werden, welche Prinz Eugen in Oesterreich oder Graf Görz in Schweden spielte. Auch aus Sachsen sind eine ansehnliche Anzahl Männer hervorgegangen, die in fremdem Dienste zu bedeutendem Einflusse gelangten. Jedermann kennt die merkwürdige Stellung, welche mehrere Angehörige der altsächsischen Familie von Schönberg in Frankreich einnahmen, und die große Bedeutung, welche der Marschall von Sachsen in demselben Staate errang. Andererseits bot der glänzende Hof der sächsischen Auguste einen erwünschten Sammelplatz für Fremde der verschiedensten Länder. Daß der politische Zusammenhang Polen in großer Menge nach Dresden zog, ist natürlich, aber auch aus fast allen anderen Ländern Europas finden wir Angehörige in sächsischen Diensten. Es ist vielleicht nicht ohne Interesse, eine Anzahl von ihnen den Lesern dieser Blätter nach und nach vorzuführen. Wir beginnen dieses Mal mit einigen Notizen über einen Mann, der mehrfach eine gewisse Rolle gespielt hat.

Thaddäus von Meagher stammte aus einer streng katholischen Royalistenfamilie Irlands, welche — jedenfalls in Folge der Niederwerfung des Jacobiten-Aufstandes durch Wilhelm III. — ihre Heimath verlassen und zunächst in Frankreich Zuflucht gefunden hatte. Ob Thaddäus selbst bereits auf französischem Boden geboren wurde, sind wir nicht in der Lage bestimmen zu können. Als Jahr seiner Geburt wird 1695 angegeben. Schon 1702 wurde er Leutnant in dem in französischen Diensten stehenden Regimente Galmoy, 1704 Hauptmann auf Wartegeld, ein Jahr darauf Hauptmann zu Fuß in demselben Regimente. Welche Verhältnisse ihn dann bestimmt haben mögen, den französischen Dienst zu quittiren, läßt sich nicht ermitteln. Er fand sich bewogen, am Dresdner Hofe sein Glück zu suchen, wohin die Gemeinschaft der Religion schon manchen vornehmen Irländer geführt hatte. (Es ist bekannt, daß sich auch die alte freiherrliche Familie von O'Byrn, nachdem sie Anfangs in Oesterreich Zuflucht gesucht hatte, nach Sachsen wendete, wo sie dann in der Folgezeit eine sehr hervorragende Rolle im Hofdienste eingenommen hat.) Im J. 1734 ernannte Friedrich August II. Meagher zum Titular-Oberstleutnant, versetzte ihn aber schon 1736 in dieser Charge zum Leibgrenadier-Garderegimente. Bereits am 18. Decbr. 1738 erhielt dann Meagher das Patent als Oberst, aber erst am 25. Juni 1740 wurde diese Ernennung der Generalität ꝛc. publicirt. 1742 wurde er Hauptmann der Schweizer-Garde und dieses Commando behielt er auch bei, als er im J. 1744 zum Generalmajor avancirte. Im folgenden Jahre wurde es ihm gestattet, seiner Charge gemäß im Felde Dienste zu verrichten und inzwischen das Commando der Schweizer-Garde aufzugeben. Noch in demselben Jahre (Octbr. 1745) wohnte er dem großen Lager bei Leipzig bei. Am 25. Mai 1752 avancirte er dann zum Generalleutnant, in welcher Stellung er ebenfalls das Commando der Schweizer-Garde beibehielt.

Daß Meagher bei dem Könige in Gunst stand, beweisen, abgesehen von seinem schnellen Avancement, mehrere Gnadenbezeigungen, von denen wir Nachricht haben. Von wiederholten Geldzahlungen, welche wir erwähnt finden, muß dahingestellt bleiben, ob sie mehr als Entschädigung für geleistete Ausgaben oder als Geschenk zu betrachten sind. Aber im J. 1744 erhielt er zu seinem Gehalte von monatlich 200 Thlrn. noch eine Zulage von 183 Thlrn. 8 gr. und im Jahre 1744 wurde bestimmt, daß nach seinem Tode diese Zulage dem künftigen Schweizer-Hauptmann zu Gunsten von Meaghers Erben abgezogen werden sollte; — eine Zulage, die nach des Generals Ableben auch in der That erfüllt worden ist. Außerdem wurde Meagher im J. 1739 zum Kammerherrn ernannt. — Ein besonderer Beweis des königlichen Vertrauens liegt aber darin, daß ihm der Auftrag wurde, die Prinzen Clemens und Albert im J. 1760 nach Wien zu begleiten. Der König legte besondern Werth darauf, daß Meagher sich im Gefolge seiner Söhne befinde. Er bemerkt dies in einem Schreiben an den General ausdrücklich und weist zugleich die Bedenken, welche derselbe mit Hinweis auf seine Beziehungen zu dem Könige von Preußen[1] gegen den ihm gewordenen Auftrag erhoben hatte, mit der Bemerkung zurück, daß die Sendung nach Wien durchaus keinen militärischen Charakter habe und in keiner Weise geeignet sei, jenem Verhältnisse zu Preußen zu präjudiciren. — Auch zu diplomatischen Geschäften wurde Meagher mehrfach verwendet. Während des österreichischen Erbfolgekriegs erhielt er eine Mission an die französischen Marschälle de Belle Jsle und Broglie, denen er Mittheilungen über die von Sachsen beabsichtigten Maßregeln zu machen hatte (Instruction vom 16. Octbr. 1741). Bei Beginn des siebenjährigen Kriegs wurde er an den König von Preußen geschickt, um über das mit der Zusicherung eines unschädlichen Durchzugs der preußischen Armee durch Sachsen nicht in Einklang stehende Vorgehen des Herzogs von Braunschweig in Leipzig Beschwerde zu führen. Am 1. Septbr. 1756 hatte er auf dem Schlosse zu Pretzsch Audienz bei dem Könige, dem er ein Handschreiben Friedrich Augusts überbrachte; schon am folgenden Tage kehrte er (freilich mit sehr trüben Aussichten für seinen Herrn) nach Dresden zurück.[2] Er wurde dann mit in das unglückliche Schicksal der sächsischen Armee verwickelt: er war in dem Lager am Lilienstein und nahm da an den entscheidenden Verhandlungen Theil, die endlich in der Capitulation ihren Abschluß fanden. — Nach Herstellung des Friedens trat er wieder in seine Stellung als Hauptmann der Schweizer-Garde ein, starb aber schon am 4. Mai 1765 in seinem siebzigsten Lebensjahre zu Dresden.

Dr. H.

---

[1] Welcher Art diese Beziehungen waren, ist leider nicht ersichtlich.

[2] Die Geheimnisse des Sächsischen Cabinets. Ende 1745 bis Ende 1756. Bd. I. S. 402 ff.

4.

Elisabeth, die Tochter des Kurfürsten August von Sachsen, welche mit dem Pfalzgrafen Johann Casimir vermählt war [1], besuchte im Herbste des Jahres 1578, während ihr stets schlagfertiger Gemahl einen Kriegszug nach den Niederlanden und von da einen Abstecher nach London unternahm, ihre sächsische Heimath. Als sie von hier mit dem Beginne des neuen Jahres nach der Pfalz zurückzukehren sich anschickte, waren August und Mutter Anna um so mehr darauf bedacht, ihr die Reise bequem und angenehm zu machen, als der damalige Zustand der Tochter besondere Schonung erheischte. Der kurfürstliche Geheime Rath Abraham Bock ward ihr deshalb als Reisemarschall zugeordnet. Seinen an den Kurfürsten und die Kurfürstin gerichteten Briefen verdanken wir die Kenntniß jener winterlichen Reise, die, mit heutigen Zuständen verglichen, so seltsam erscheint, daß eine kurze Schilderung nach Bocks Berichten vielleicht Interesse erregt.

Außer Letzterm bestand die Umgebung der Fürstin aus einem pfälzischen Hofmeister, aus der alten Gräfin von Hohenlohe, geb. Gr. Solms und Margaretha verw. von Schleinitz, aus Kammerfrauen, Jungfrauen und einer Anzahl Junkern und Knechten. Es war eine stattliche Zahl schwerer Wagen, die etwa am 13. Jan. von Dresden nach Meißen aufbrach. Die Pfalzgräfin selbst nahm mit der Gräfin von Hohenlohe auf einem Schlitten Platz; denn es lag Schnee und Elisabeth liebte die Fahrt auf dem Schlitten mehr als die in den damals noch unbequemen Wagen.

Aber schon auf dem Wege von Meißen nach Freiberg „hat sich die Schlittenbahn von wegen des eingefallenen Tauwetters etwas sehr verloren. Ihre fürstl. Gnaden sind aber doch auf dem Schlitten geblieben, außerhalb einmal haben sich J. F. G. des tiefen Wassers halben auf den Wagen gesetzt". Da jedoch in Freiberg wieder starker Schnee fiel, so war man

---

[1] v. Weber, Anna Churfürstin zu Sachsen S. 28.

guter Dinge und hoffte auf eine glückliche und bequeme Fahrt. In heiteren Gesprächen brachte man den Abend des 15. im Schlosse zu Freiberg an der Tafel zu. Die alte vielgewanderte Gräfin, „die viel vernünftige Historien erzählen kann"[1], wußte vortrefflich zu unterhalten. Indem man von dem niederländischen Kriege, von des Pfalzgrafen erwarteter Wiederkunft, von des Herzogs von Ferrara Hochzeit, von des Kaisers Töchtern, von den Fürstengräbern zu Meißen, welche Elisabeth besehen, von Diesem und Jenem sprach, übersah man, daß der Koch die Speisen versalzen, oder ließ vielmehr die Entschuldigung gelten, daß die Butter zu sehr gesalzen gewesen sei. Die Junker und das gemeine Gesinde aber saßen mit einander in einem kleinen Stübchen, denn, um Holz zu sparen, ließ man die große Hofstube nicht heizen.

Am folgenden Morgen wurde um 7 Uhr eine Predigt gehört; dann brachte die Stadtmusik, „welche gut ist", nebst vielem Stadtvolke der Fürstin ihre Huldigung dar. Vor Tisch wurden noch die „schönen artigen Zimmer", die August sich dort eingerichtet hatte, sowie die Gemäldesammlung in Augenschein genommen.

Aber ein starker Regen hatte von Neuem den Schnee zerstört, die Wege waren schlecht und Diener wurden ausgeschickt, um sie vorher zu bereiten; zugleich ward dem Amte Chemnitz für den folgenden Tag die Ankunft der Fürstin gemeldet. Als man jedoch am 17. um 9 Uhr aufbrach, hatte „der liebe Gott einen ziemlich großen Schnee fallen und darüber einen starken Frost kommen lassen". So erreichte man in 6 Stunden bequem Chemnitz. Hier äußerte, weil der folgende Tag ein Sonntag war, Elisabeth die Absicht, bis zum Montage stillzuliegen; es wurde aber bescheiden dagegen geltend gemacht, daß man, da der liebe Gott so gute Bahn gebe, dieselbe auch brauchen solle. Auf diese Vorstellung be-

[1] Die Kurfürstin Anna von Sachsen bezeichnete sie als „eine feine alte höfliche Gräfin, welche bei männiglich im heiligen Reich wohl verhalten", s. v. Weber a. a. O. S. 30.

27*

schloß die Fürstin, am Sonntage um 7 Uhr die Predigt zu besuchen, um 8 Uhr die Morgensuppe zu nehmen und um 9 Uhr „in Gottes Namen nach Zwickau aufzubrechen".

Der Reisemarschall hegte die beste Hoffnung. Alles war nunmehr gerichtet, das Gesinde in Ordnung gebracht, Jeder wußte „im Losament wie im Felde was er zu thun hatte". Dabei traf er noch Vorsorge, daß der Pfalzgräfin, um ihr jede Aufregung zu ersparen, nicht zu Ohren gebracht werden sollte, was Traurigkeit, Schrecken, Furcht oder Kleinmüthigkeit verursachen könnte. Zu Gott aber hoffte er, er werde der „treue Geleitsmann" sein, „wie er einst den lieben Erzvater Jakob in Egyptenland und Mesopotamien führte".

Aber in Zwickau stellte sich wieder Thauwetter und Regen ein. Dieses währte bis gen Plauen und Hof, „also daß die Wasser an etlichen Orten ziemlich sehr angeloffen. Wir sind aber Gottlob sanft und wohl fortkommen". Um die Unkosten zu sparen und die Zeit zu benützen, wurde in Plauen nicht Halt gemacht, und noch am 20. Jan. kam ungeachtet des steten Regens „Ihre fürstl. G. auf dem Schlitten, an welchem wir etwas stärker anspannen lassen, sanft und wohl nach Hof".

In Hof wurde am 21. geruht. Es schneite und fror zwar ein wenig, aber es sah doch nicht nach Schlittenwetter aus. Aber weil J. F. G. die Schlittenfahrt wohl bekommt, hoffte der Reisemarschall Wege zu finden, wie J. F. G. durch göttliche Verleihung, soviel sich nach Gelegenheit des Gebirgswegs leiden will, gemächlich fortkommen möge.

In Hof traf unversehens die Burggräfin zu Meißen ein und bat Elisabeth, mit ihr nach Himmelskron in das Kloster, in welchem Markgraf Georg Friedrichs Schwester Barbara wohnte, zu ziehen. Elisabeth hatte Lust dazu: Als aber die Gräfin Hohenlohe, Frau von Schleinitz und Abraham Bock beriethen, fanden sie, daß der Abstecher einmal gegen den Willen der kurfürstl. Eltern sein würde und hatten außerdem das große Bedenken, „daß es mit dem Markgräflichen Fräu-

lein die Gelegenheit habe, daß sie nicht wohl bei sich und
ein wüst und seltsam Wesen führe. Daher könnte dort die
Pfalzgräfin zu Schrecken oder traurigen Gedanken verursacht
werden". Es wurde also der directe Weg nach Bayreuth
beschlossen.

Am 22. gelangte man bis Gefres, am 23. von dort bis
Bayreuth. „Und wiewohl es fast durchaus aufgethaut und
von wegen des steten Regens viel Wasser war, auch ein sehr
steinigter und rauher Weg", so blieb doch die Pfalzgräfin auf
ihrem Schlitten. Aber es mußten mehr Pferde vorgespannt
werden, und die Kufen wurden zerstört trotz der Schuhe, die
man darunter gelegt hatte. So gab es am 24. in Bayreuth
allerlei zu bessern, und die Fürstin, ermüdet von Wetter und
Weg, war nicht in der besten Laune.

Ueber Pegnitz und Grefenberg ging es nach Nürnberg
zu. Nach der Sitte der Zeit hätte die Fürstin auf bayreuthi-
schem wie auf nürnbergischem Gebiete ein abliges Geleit haben
sollen. Aber Elisabeth verbat sich die Ehre, damit nicht die
Bayreuther mit den Nürnbergern an der Grenze in Fehde
geriethen.

Der Weg war schlecht genug, zehn oder zwölf Pferde,
so stark man sie bekommen konnte, wurden vorgespannt, und
doch ging es nur sehr langsam vorwärts. Die schweren
Wagen aber blieben noch hinter dem Schlitten zurück.

Als die Fürstin nach Grefenberg, dem ersten nürnbergischen Flecken, kam, wurde sie von zwei nürnberger Raths-
herren empfangen, die ihr Fische, Hafer und Wein verehrten
und sich zu aller unterthänigen Dienstwilligkeit erboten. Auch
an Vorspann und möglichster Besserung der Wege ließen sie
es nicht fehlen.

Noch größere Aufmerksamkeiten wurden ihr in der Stadt
selbst erwiesen. Ein Rathsherr wartete ihr auf in der Herberge. Wieder wurden Fische, Wein und Hafer verehrt, und
zuletzt noch durch den Befehlshaber der kaiserlichen Burg ein
großer Doppelbecher überbracht.

Folgenden Tags wurden Einläufe gemacht. Elisabeth hatte Lust, die Waaren vorher unvermerkt zu besehen, was indeß von ihrem Hofstaate nicht gebilligt wurde. Die Gräfin Hohenlohe begleitete sie bei den Einläufen, die in silbernen und goldenen Waaren, Tuch und Seide bestanden. Für den Pfalzgrafen-Kurfürsten kaufte sie die „Passion, welche gar schön und kunstreich geschnitzt und mit Ebenholz artig versetzt gewesen".

Von Nürnberg fünf Meilen entfernt ist Anspach. Man brachte aber wegen des schlechten Wetters und Weges zwei ganze Tage auf der Strecke zu. In Heilsbronn wurde übernachtet, wo Elisabeth die alten fürstlichen und anderen Monumente besah.

Wie beim Einzuge in Nürnberg „sich viele Verbannte und andere, die etwas verbrochen, herangemacht" und Bittschriften überreicht hatten, so fielen der Pfalzgräfin vor Anspach eine große Anzahl Frauen in Trauerkleidern zu Füßen, um für einen Todtschläger ihre Fürbitte zu erflehen.

Auf dem Schlosse von der alten Fürstin empfangen und zu längerm Bleiben genöthigt, machte Elisabeth um so lieber ein paar Tage Halt, als die großen Wagen noch zurückgeblieben waren. Am 2. Febr. wurde der Weg nach Mergentheim angetreten.

Es regnete fort und fort. Die Wege waren über die Maßen schlecht. Zwölf der stärksten Pferde mußten vorgespannt und fast alle Tage die Kufen erneuert werden. Die schweren Wagen aber versanken und mußten ganz zurückbleiben. Ein freundliches Intermezzo bildete das Nachtquartier bei dem Deutschmeister zu Mergentheim, der, als er am andern Morgen die Fürstin nicht länger zurückzuhalten vermochte, ihr ein Geschenk von Löffeln aus Perlmutter und Gabeln aus Silber verehrte, während die Gräfin von Hohenlohe einen Ring mit fünf spitzen Diamanten und die übrigen Damen andere Geschenke erhielten.

Am 4. Febr. erreichte man Boxberg, am 5. nach großer

Anstrengung Lohrbach, wo man bei der verwittweten Kurfürstin von der Pfalz, Amalie, vorsprach. Von da hatte
man nur noch ¹/₂ Stunde bis Mosbach am Neckar. Hier
aber fand man ein schönes und bequemes Schiff, das der
Kurfürst heraufgeschickt hatte; die ganze Gesellschaft fand bequem Platz. So erreichte man am 6. Octbr. um 3 Uhr nach
dreiwöchentlicher Anstrengung voll Freude Heidelberg und
wurde mit nicht minderer Freude empfangen.

Dr. K.

5.

Die Wittwe des im Jahre 1694 verstorbenen Herzogs
Christian des Jüngern von Sachsen-Merseburg, Erdmuthe
Dorothea, eine Tochter des Herzogs Moritz von Sachsen-Zeitz,
befand sich nach dem Tode ihres Gemahls in einer bedrängten
Lage, welche durch Streitigkeiten mit dem Kurhause noch verschlimmert ward. Sich dieser Situation zu entziehen, beschloß
sie 1710 sich um die erledigte Stelle einer Aebtissin zu Queblinburg zu bewerben. Sie schrieb deshalb d. d. Merseburg, den
11. Septbr. 1710 an ihren Bruder, den Herzog Moritz Wilhelm
von Sachsen-Zeitz: „E. L. können mir darin helfen und mich
aus aller Verdrießlichkeit, deren ich täglich hier so viele habe,
setzen, so käme ich doch meinen Feinden aus den Augen, die
mich gern hier weghaben wollen, hier ist periculum in mora,
die Wahl ist den 23. dieses". In einem späteren Briefe fügte
sie noch hinzu, daß die „Königsmarken" (die berühmte Aurora
Gr. v. Königsmark, die Mutter des Marschalls von Frankreich,
Gr. Moritz v. Sachsen, welche Pröbstin zu Queblinburg war)
und zwei Gräfinnen von Schwarzburg „für sie wohl portiret
seien". Der Herzog Moritz Wilhelm war gern bereit, seine
Schwester zu unterstützen, allein sein Einfluß reichte nicht weit
und seine Bemühungen bei dem Könige von Preußen, den er
zu gewinnen suchte, zeigten geringen Erfolg. Die Herzogin
richtete daher, nachdem sie bei der Wahl „ein votum" erlangt,
ein Schreiben an den Kaiser Joseph I. und beauftragte den

kursächs. Agenten von Pauernfeind, dasselbe in einer Audienz zu übergeben. Wie dieser den Auftrag erfüllt, berichtete er der Herzogin d. d. Wien, den 29. Novbr. 1710 folgendermaßen: „Vorgestern früh um 11 Uhr habe ich dem kaiserlichen Offersten Kämmerer Grafen v. Waldstein Ew. Hochf. Durchl. Creditiv an Ihro Kaiserl. Maj. überreicht und Abends darauf um 6 Uhr die kaiserliche Audienz gehabt. Sobald ich in die Antichambre getreten, hat mich der Kammerherr Graf Mallar abgeholt, sobald ich in die Thürschwelle getreten, die Thür hinter mir zugeschlossen, worauf ich mit drei gebogenen spanischen Reverenzen zu dem Kaiser, welcher bei einem großen Tisch unter einem Himmel en habit de campagne stand, approchirte und nach letzter Reverenz meine Anrede nach der im Kopfe gehabten Idee der ganzen Affaire hielt, und darauf Ew. Hochf. Durchl. allerdemüthigstes Petitum umständlich und prolixe recommandiret. Als ich meine Rede achevirel fing der Kaiser an: Wir haben aus dem von J. L. der Frau Herzogin von Merseburg an Uns abgelassenen Schreiben und Euern anjetzt gethanen wirklichen Vortrag weitläuftig ersehn, was ihr im Namen der Frau Herzogin Lbb. in der Quedlinburgischen Wahl habt vortragen wollen. Wir werden Uns ein Vergnügen machen Ihr Lbb. zu dienen und demnach die Sache sowohl mit Unsern Ministris als insonderheit Unserm Reichshofrath überlegen und euch gehörige Resolution darauf zu ertheilen nicht ermangeln. Ihr könnt immittelst Unsertwegen Ihro Lbb. der Herzogin zu Merseburg versichern, daß was nur möglich zu thun sein wird, Wir gern beitragen werden und blieben übrigens Ihro Lbb. der Herzogin allezeit mit kaiserlicher Liebe, Gnade und Affection wohlbeigethan.

Als der Kaiser bergestalt seine Rede vollendet, habe ich mich zu Seiner Gnaden befohlen und mich wiederum mit drei gebogenen Reverenzen rückwärts beurlaubt.

Ew. Hochf. Durchl. werden so gnädig sein und mir ehestens 89 Kaisergulden übermachen, so viel kosten die Audienzsportuln und 100 Thaler pflege ich allezeit für eine kaiserliche

Audienz von allen fürstlichen Personen zu bekommen, welche mich in ihren hohen Affairen pflegen zu gebrauchen."

Hundert Thaler für eine — allerdings „prolixe" — Rede an den Kaiser und sechs „gebogene spanische Reverenzen" schien uns allerdings ein ziemlich hohes diplomatisches Honorar, indessen die Herzogin bemerkte ihrem Bruder deshalb: „das ist das Erste, das denke ich ist nicht zu viel", doch fügte sie hinzu, daß sie „nicht einen Heller mehr an die Queblinburgische Affaire wenden werde". Daran that sie auch sehr wohl, denn ihre Bemühungen waren erfolglos, nicht sie, sondern Maria Elisabeth, Herz. von Holstein-Gottorp, ward Aebtissin zu Queblinburg.

6.

Der Herzog Moritz Wilhelm von Sachsen-Zeitz, mit dessen am 14. Novbr. 1718 erfolgtem Tode diese Nebenlinie erlosch, war ein gelehrter Herr, insbesondere in der Geschichte und Genealogie wohlbewandert.[1] Seine zahlreichen Correspondenzen, welche das Haupt-Staatsarchiv zu Dresden bewahrt, belegen dies, zugleich aber auch, daß er nach dem Geiste seiner Zeit an magische Künste glaubte, vielleicht solchem „geheimen Wissen" nachstrebte. Wohl hierauf bauend, bot ihm der k. polnische Geheime Secretarius und Bibliothekar, Alexander Raphaeli, der „als in allen Wissenschaften fundamental wohl erfahren" gerühmt wird[2], in einem Briefe v. 29. April 1706 mehrere „Sigilla" zum Kaufe an, welche er unter specieller Angabe

---

[1] Der zweibrückische Kanzler Greiffencranz schrieb über ihn an den berühmten Leibnitz (26. Febr. 1714): „Mr. le Duc de Saxe Zeiz est dès longtemps connu le seigneur le plus curieux et le plus instruit en histoire et en généalogies". Leibnitz, der vielfach mit dem Herzoge Moritz Wilhelm correspondirte, ihn auch, „zu dessen großem Contentement", wie der Herzog dem Hofrathe Zollmann schrieb, im Sommer 1711 auf 14 Tage besuchte, verfehlte nicht, diesem die schmeichelhafte Aeußerung sofort mitzutheilen.

[2] Er starb zu Zeitz am 17. Jan. 1713.

der ihnen inwohnenden geheimen Kräfte folgendermaßen specificirte:

„no 1 bei sich zu tragen wider Verfolgung der Feinde und hohen Verstand zu erlangen, 15 Thlr. —, —,

no 2 contra epilepsiam bei sich zu tragen, 15 Thlr.—,—,

no 3 wider Feuersbrunst und Donnerschlag, 15 Thlr.—,—,

no 4 ad amorem et gratiam, 15 Thlr. —, —,

no 5 ein großes Geheimniß Universal, 20 Thlr. —, —,

no 6 auf Bergcristall geschnitten Jupiter, zum Erlangen von Verstand von allen Geheimnissen und Künsten, alle Donnerstage (dies Jovis) fein anzusehn und bei sich zu tragen, 30 Thlr. —, —,

no 7 auf grünen Jaspis geschnitten, Löwe und Scorpion, wider Gift und Nachstellung, 20 Thlr. —, —,

no 8 ein auf grünen Jaspis geschnittenes Kreuz und auf der andern Seite Scorpion gegen Podagra, Schwindel und Augenschmerzen bei sich zu tragen, 20 Thlr.

no 9 ein rother orientalischer Stein, die Planeten, gegen contracturam bei sich zu tragen, 20 Thlr. —, —,"

Ob der Herzog auf den Handel eingegangen ist, besagen die Acten nicht. Wenn aber wirklich die „Sigilla" unter no. 1. und 6. die wunderbare Eigenschaft bewährt haben sollten, „hohen Verstand" zu verleihen und „zum Erlangen von Verstand von allen Geheimnissen und Künsten" zu verhelfen, so hätte Herzog Moritz Wilhelm davon großen Vortheil ziehn können bei den Schatzgräbereien, mit denen wir ihn mehrfach beschäftigt finden. Schon im Jahre 1699 zog er „einen medicus chymicus, Johann Georg Holzmann, der in der astrologia, philosophia, physiologia und geomantia sehr erfahren und auch von Schätzen, wie solche erlangt werden können, große Wissenschaft hatte", zu Rathe. Er sollte mit „seinen Büchern und Requisiten" helfen. Mit Hülfe derselben ermittelte Holzmann, nach seiner Angabe, daß in den Ruinen der alten Burg über Wetteburg (zwei Stunden von Naumburg), die schon seit Jahrhunderten wüst gelegen, und in dem Schloſſe zu Tautenburg Schäße vergraben lägen. Herzog Moriß Wilhelm ertheilte nun Holzmann einen Schußbrief mit der Zuſicherung einer wöchentlichen Auslöſung. Nach Beginn ſeiner Arbeiten erklärte Holzmann, daß der Schaß zu Tautenburg zwar „mit einer Menſchenſeele verſeßt worden, er jedoch Mittel wiſſe, denſelben ohne Menſchenſeelen, gegen Dargebung gewiſſer lebendiger Thiere, zu bekommen.“ Zu dieſem Behufe erbat er ſich vom Amtſchreiber zu Tautenburg, Andreas Schabenbegen, eine ſchwarze Henne und begann nun ſeine Beſchwörungen, die ihm auch, wie der Amtſchreiber dem Herzoge unter dem 19. Febr. 1699 meldete, ſoweit gelangen, „daß der Geiſt etliche Nächte ein Gepolter und Gehen am Boden und aus dem Keller auf den Saal im Schloſſe gemacht, ja einmal die in einem Querſack befindliche zum Opfer beſtimmte ſchwarze Henne herumgeworfen“. Weiter kam aber Holzmann nicht, denn der Herzog wollte mit ſolchem Teufelswerk nichts zu ſchaffen haben, er erklärte, „er wolle nicht in ſo böſe und ſchändliche Händel ſich weiter meliren“ und ließ Holzmann den Schußbrief wieder abfordern.

Zehn Jahre ſpäter betheiligte ſich aber Herzog Moriß Wilhelm wieder bei einem ähnlichen Unternehmen, deſſen Gelingen den damals ziemlich derangirten Finanzen ſeines Hauſes hätte aufhelfen können. Sein Bruder, der in Neuſtadt an der Orla reſidirende Herzog Friedrich Heinrich, hatte nämlich 1709 einen Mann ausfindig gemacht, „der durch natürliche und gute Künſte ſich getrauete, verborgene Schäße aus dem Boden zu heben“ und der ihm verſichert hatte, „daß in der alten Kirche und dem Schloß zu Ziegenrück ein Ziemliches vergraben liege“. Herzog Friedrich Heinrich ſagte dem Künſtler ein Viertheil der zu hebenden Schäße zu und gab ihm einen Vorſchuß von 400 Thlrn. Das Unternehmen ſchlug aber fehl und der Herzog ſeßte nun ſeine Hoffnungen auf das alte Schloß zu Arnshaugk unweit Neuſtadt a. d. O., ſowie die dortige Kirche und dem Schloßgarten, wo er Nachgrabungen veranſtaltete. Dieſe verurſachten aber mehr Koſten, als Herzog Friedrich Heinrich zu bestreiten vermochte. Er forderte deshalb seinen Bruder auf, die Sache auf gemeinschaftliche Kosten zu unternehmen und sendete ihm daher im April 1711 eine Urkunde, durch welche sie beide sich zusicherten, daß sie „diejenigen Sachen, so sich im Schloß, dabei liegenden Kirche oder Herzog Friedrich Heinrichs Garten zu Neustadt a. d. D. befinden und gefunden werden, gleich mit einander theilen wollten“. Dieser Urkunde fügte Herzog Friedrich Heinrich noch eigenhändig die Worte bei: „Bistu mein guter Freundt so stimme du mit ein, du bist mein Jonathan, ich wil dein David seyn“. Moritz Wilhelm ging auf den Vorschlag ein und wir finden denn nun in seinen Correspondenzen noch mehrere Notizen über den Versuch. Unter dem 5. Juni 1712 schrieb Friedrich Heinrich: „daß sich die bewußte Sache immer besser und besser anläßt, wie vergangene Woche große Steine von vielen Centnern so übereinanderliegen, kommen sind, und hoffe zu Gott, daß es nunmehr bald durchbrechen wird. Die vergangene Nacht ist ein schmaler Gang auf beiden Seiten bei der Arbeit kommen, welcher aber verschüttet oder verstürzt ist, was nun weiter passiren wird, lehrt die Zeit, ich habe ihn diesen Nachmittag mit Augen gesehn und ist er auf der linken Seite vermauert, nunmehr lasse ich Tag und Nacht arbeiten und wird morgen geliebts Gott der Anfang gemacht. Gott wird uns nun bald helfen“. Der Herzog ließ aber nicht nur Tag und Nacht arbeiten, sondern er beschäftigte sich auch selbst während der Nacht mit dem Unternehmen, indem er — wohl das Beste, was er dabei thun konnte — davon träumte. Er schrieb hierüber in einem eigenhändigen Briefe, dessen Adresse noch die Worte trägt: „wird dem Herrn Postmeister sehr recommandirt“ an einen „Herrn Schmiedt“, der sich der Kunst, Träume zu deuten, befleißigt zu haben scheint: „es hat mich heute frühe geträumt, als wenn ich in seinen Spiegel (jedenfalls ein sogenannter Erbspiegel) sehe, da ich denn sechs weiße Mönche um einen Altar sitzen sehe, auf solchen Stühlen, wie sie im Chor zu sitzen pflegen, welche eben das zu mir

fagten, was er mir geſtern geſagt hat, hernach träumte mich,
ich ſehe zwei Hirſche und erzehlte ihm hernach dieſen Traum,
ſo machte er dieſe Auslegung daraus, daß bedeutet zwei Schätze
ſo hintereinander folgen werden. Laß er mir nur durch ſeinen
Sohn die Antwort ſchreiben". Herr Schmiedt war nicht in
Zweiſel über die Deutung des Traums, er antwortete umgehend: „daß dieſes nochmal gewiſſe Anzeigung unſeres vor-
habenden Werks ſei, erhellt hieraus klärlich und glaube noch
gewiß, daß es geſchehen werde, wie ich ſchon geſtern an Ew.
Hochf. Durchlaucht mündlich gemeldet habe. Doch werde noch
genauer hierüber recognosciren und ferner Nachricht ertheilen".
Einige Tage darauf (4. Mai 1713) ſchrieb der Herzog Friedrich
Heinrich abermals ſeinem Traumbeuter Schmiedt: „Vergange-
nen 11. April 1713 frühe träumte mich, ich war an einem un-
bekannten Orte, da waren viel Gewölbe, hernach kam ich in
Zeitz in die Schloßkirche, da wollten eben die Schüler die
Litaney ſingen, hierauf erſchallte eine Stimme, die Stimme
ſagte, in der Kirche beim Altar liegt ein großer Schatz verborgen, wer den finde, dem wirds zeitlich und ewig wohl
gehen, der Zehtner weiß auch davon, hierauf fragte ich, obs
nicht die Kirche in meinem Garten wäre, ſo war die Antwort
ja und ich ſollte laſſen fortarbeiten, wo wäre aufgehört worden, den 11. in der Nacht hat der Maurer eine viertel Elle
hinein gearbeitet, besgleichen auch in der Nacht des 13. und
14. und 20. Aprilis. Am 21. Aprilis in der Nacht nur zwei
quer Finger, weil es ſehr feſte wird. Den 1. Mai 1713 in
der Nacht wieder ¼ Elle besgleichen auch vorgeſtern und
geſtern, die vergangene Nacht hat der Maurer 19 Bergeiſen
entzwei geſchlagen. Nun recognoscire Hr. Schmiedt ob wir
noch weit davon ſeyn und laſſe es mir bei ehſter Gegelegen-
heit es wiſſen". Unter der Unterſchrift ſteht noch: „Wenn
Er dieſes geleſen, ſo verbrenne er den Brief". Statt beſſen
hat ihn aber der Herr Schmiedt dem Herzog Moritz Wilhelm
zugeſendet, in deſſen Correspondenzen wir ihn gefunden haben.
Daß aber unter den Felſenſtücken, an welchen ſo viele Berg-

eisen zerschlagen worden, ein Schatz sich gefunden, darüber schweigen unsere Acten.

7.

Der deutsche Parnaß war vor 130 Jahren von Damen noch nicht so frequentirt, als in der Gegenwart, eine Frau, welche als Dichterin oder sonst als Schriftstellerin auftrat, war damals eine Seltenheit und konnte schon als solche Huldigungen entgegensehn, welche die Jetztzeit ungerechter Weise unsern zahlreichen Schriftstellerinnen zu versagen pflegt. Den Beweis dafür liefert Christiane Mariane verw. von Ziegler, geb. Romanus, die sich, wie uns Zedler in seinem Universallexicon (Th. 62. S. 576.) versichert, „durch ihre Gelehrsamkeit einen großen Namen in der Welt erworben, so daß ihr Ruhm bis an die äußersten Grenzen von Europa erschollen." Sie war aber nicht bloß gelehrt, sondern auch Dichterin. Im Jahre 1728 gab sie zwei Bände Gedichte unter dem Titel: „Versuch in gebundener Rede" heraus und im Jahre 1732 errang sie mit einem Gedicht „auf den Geburtstag des Königs von Polen und Kurfürsten von Sachsen Friedrich August" [1] den Preis der Poesie in der deutschen Gesellschaft zu Leipzig, in welche die Dame bereits 1730 „in Ansehung ihrer Schriften durch einhellige Wahl und aus eigener Bewegung" als Mitglied aufgenommen worden war. Eine noch höhere Ehrenauszeichnung ließ ihr die philosophische Facultät zu Wittenberg zu Theil werden, eine Auszeichnung, „die wenigstens von ganzen Universitäten (nach Zedlers Worten) noch keiner Person von ihrem Geschlecht ertheilt worden war." Die Facultät ließ die Frau von Ziegler am 17. October 1733 bei einer Magisterpromotion durch ihren Dechant, den Professor der Geschichte Krause, feierlich zur „kaiserlichen gekrönten Poetin" erklären. Das von Krause in seiner Eigenschaft als Pfalz-

---

[1] Abgedruckt in „Christianen Marianen von Ziegler geb. Romanus Vermischte Schriften in gebundener und ungebundener Rede". S. 227. Göttingen 1739.

graf ausgestellte lateinische Diplom ward ihr am 29. October 1733 mit Lorbeerzweigen und einem Epheukranz übergeben. Eine Anzahl von Brüdern in Apollo, Gottsched an der Spitze, nahm Veranlassung, der nunmehr creirten 10. Muse ihre Theilnahme schriftlich auszubrücken und so entstand die „Samm- lung der Schriften und Gedichte, welche auf die Poetische Crö- nung der Hochwohlgebornen Frauen, Frauen Christianen Marianen von Ziegler, gebohrenen Romanus verfertigt wor- den," welche im Jahre 1734, acht Bogen stark, mit dem Por- trait der Dichterin, in Leipzig erschien. Allein neben dieser Huldigungsschrift wurden gleichzeitig zwei andere Schriftstücke in Umlauf gesetzt, unter dem Titel „Parodien auf Christianen Marianen von Ziegler von der philosophischen Facultät zu Wittenberg zur kaiserlichen Poetin beschehene Krönung." Statt des Portraits der Dichterin war eine für sie sehr wenig schmei- chelhafte Zeichnung beigefügt. Die Parodie war eine Schmäh- schrift, in welcher zugleich der Frau von Ziegler, wie es in einem Vortrag des Kirchenraths vom 19. Mai 1734 heißt, „harte Verbrechen öffentlich vorgeworfen wurden." Das Nähere ersehn wir nicht, da die Schmähschriften selbst sich nicht in den Acten besinden. Der Verdacht der Urheberschaft fiel auf vier Leipziger Studenten, gegen welche deshalb eine Untersuchung eingeleitet ward. Ein Urthel des Schöppen- stuhls erkannte, daß gegen sie mit der Inquisition zu verfah- ren sei. Dagegen appellirten die Angeklagten. Der Kirchen- rath sprach sich in seinem Vortrage an das Geheime Consilium dahin aus, „daß der Unfug der studiosorum zwar zu miß- billigen sei, doch nach Beschaffenheit der Umstände die Ver- führung einer großen weitläuftigen und Geldfressenden In- quisition fast all zu hart scheine." Die Behörde stellte daher anheim, „die Sache gegen einen ernstlichen Verweis und Ab- stattung der Unkosten gänzlich zu aboliren, zumal da durch die fernere Untersuchung dieselbe und derselben Umstände je mehr und mehr bekannt werden würde und zu Decreditirung beider Universitäten bei den exteris gar leicht Anlaß geben könnte." Dieser Vorschlag fand Genehmigung und ein Königliches Specialrescript vom 7. August 1734 begnadigte die Spötter. Das Geheime Consilium erließ aber an den Kirchenrath folgendes Rescript: Nachdem wir aus euerm wegen der verwittweten von Ziegler jüngsthin von der philosophischen Facultät zu Wittenberg in Leipzig vorgenommenen Creïrung zur Poetin, erstatteten Bericht wahrnehmen müssen, was für üble Folgerungen aus dergleichen ohne euern Vorbewußt angefangenen, ganz ungewöhnlichen Dingen zu entstehn pflegen, befehlen wir gnädigst, ihr wollet zu deren künftiger Vermeidung, die Universität zu Wittenberg bescheiden, daß führohin in solcherlei außerordentlichen Fällen zuvörderst auch gebührende Anzeige geschehe und ohne darein erfolgte Einwilligung und eingelangte Resolution nichts unternommen werden solle, auch ein Gleiches an die Universität zu Leipzig verfügen."

So ist denn Christiane Mariane von Ziegler die erste und die letzte von einer Universität in Sachsen gekrönte Poetin gewesen.

Register zum fünften Bande.

Abtsdorf 140.

Adolf v. Nassau, Kg. 207.

Agricola, Cz. 140. 165.

Albrecht I., Kg. 207 ff.

—, Hzg. v. Sachsen-Wittenberg u. S.-Lauenburg 203 ff.

— IV., Hzg. v. Bergedorf 226.

— b. Beherzte, Hzg. v. Sachsen, verlobt m. Ursula 115; Herröldische Lehen 207; Bergbau 311. 343.

— I., Landgraf v. Thüringen 234 ff. 245. 263 f.

—, Hzg. v. Preußen 32. 41. 44 ff. 61.

Alexander, Sohn Friedr. v. Sanftm. 127

Albrecht, Geschlecht 838.

Altenberg, Stadt 339 f.

—, Lorenz 310 ff.; Steph. 342.

Altenburg, Kapelle 124 f.; Kloster 137.

Altenzelle, Kloster 255 f.

Alt-Gephing 837.

Alt-Mölk 311 f.

Amalie, Lgdfin. v. H.-Kassel 278.

Andreas, Abt zu Hersfeld 235.

—, Bauer 91.

Anna, Kfstin. 418.

Annaberg 145. 171. 375.

Arbelau 351. 360.

v. Arnim, W. Ch., kurf. Oberst 271. 274 ff. 281.

Arnsdorf 375.

Arnshaugl, 427.

Aubrich, v. 325.

Augsburg, Reichstag (1566) 65 f.

August, Kfst. v. Sachsen, schwed.-engl. Heirath 6; schottische Angel. 7 f.; Grumbach. u. nord. Händel 16 ff.; Wasserbohrer 112; Schreiben 230; Dresdn. Bauten 230 ff. 296; Münzwesen 326; Rentmerei in Leipzig 329; Pfefferhandel 332. 391. 393. 418.

—, Administr. v. Magdeburg 266. 268 f. 270 f.

—, Hzg. v. Sachsen (geb. 1589) 211.

Aulschiene 351.

Baruth, J. M. 90.

Bauernkrieg im Erzgeb. 170 ff.

Bähr, G., Baumeister 209. 302 f.

Benedikt, Pfarrer z. Göda 81.

Bennewitz, Dorf 282.

Benno, Bisch. v. Meißen 80.

Benser, G., Diakon. 102.

Berbisdorf, Familie 144.

Bergbau im Erzgeb. 143.

Bergisdorf 137.

Bergordnung v. 1541 168 f.

Bergrecht, sächs. 141.

Berlt, Abt z. Hersfeld 235.

Bernhard, Hzg. v. Holstein 311.

Bernsdorf, Wüstung 320.

v. Bernstein, Chr., kurf. Rath 22.

Berthold, Graf v. Henneberg 218.

Beschewitz, Dorf 93.

v. Beschwitz, Herren 141.

Berschitz, Dorf 93.

Beutig, Kloster 137.

Beutiner, D., kurf. Wardein 326.

Bezela v. Woldenberg 80.
Bezoar 311.
Biener, kurf. Münzmstr. 326.
v. Bila, J. 358.
Binnewitz, 324.
Birkholz, Hier., brandenburg Kanz-
ler 40.
Blankenstein 358.
Blumberg, Wüstung 320.
Bock, Abr., kurf. Geh. Rath 418 ff.
Bobenehr, N. 318.
v. Bodt, kurf. Generallieutn. 303.
Bohna, Dorf 305.
v. Bolberitz, J. 93; H. 104.
Boleßla, P., Probst 87.
v. Bora, Hans u. Cl. 111; Herren
112.
Boritz, Burgward 245.
Borna 192; Amt 319.
Borotin, Dorf 310.
Böhmisch-Kahn, Dorf 351 f. 354.
472.
Börln, Dorf 312.
Braschwitz, Wüstung 320.
v. Breitenbach, Barb. 161.
Breitendorf 84.
Brösen, die 325.
Buchner, P., kurf. Zeugmstr. 294.
Budissin, Tauscherkirche 96; Dom-
kapitel 104.
Burgberg, b. 253.
Burgwarde 248.
Butterbrief 121.
v. Bünau, Graf 313; H. 136; Rud.
358.
Bürge, C. 295.

Calbitz 311.
Camenz 325.
Camitz 289.
v. Carlowitz, Christoph 144. 156.
Caspar, Bisch. v. Meißen 91. 117.
120. 122.
Cavaliere, auswärtige, in sächsischen
Diensten 115.
Chemnitz 144; Amt 319; Kloster
161. 255.
Chiaveri, J. G., Baumstr. 304.
Christian I., Kfst. v. Sachsen; Dresd-
ner Bauten 291.
— II., Kfst. v. Sachsen 298.
—, Sohn Joh. Georgs I. 280.

Christine, Prinzessin v. Hessen 3 ff.
Chutici, Gau 258.
Clabe, Wüstung 320.
Clemens, kurf. Prinz 416.
Colm, Colmen, Wüstung 320.
Conneroitz, Mühle 320.
Conrad, Abt z. Hersfeld 236.
Conradsgrün 156.
v. Coßell, Graf 305.
Coßern 108.
Coßebaude 271.
v. Couriers, F., kais. Oberstleut. 372.
Crafft, Abt z. Hersfeld 231.
Crakau, W., Dr. 21.
Crostewitz 97. 102.
Czabropholn, Steph., Probst 89.

Dahlen 120. 307. 311 f. 316.
Daleminze, Gau 242. 259.
de Damaso, L., Cardinal 121.
v. Damnitz, J. L. 316.
Debislow, Wald 21.
Debschütz, Wüstung 320.
Demitz, die 325.
Deniz, Wüstung 320.
Deutsch-Kahn, Dorf 351. 354.
Deyerling, kurf. Hauptmann 313.
Dietrich v. Bedrängt, Mrkgf. 245.
—, Mrkgf. v. Landsberg 245. 263.
—, Bisch. v. Merseburg 122.
—, Pfarrer z. Göda 83.
Tietzmann, Mrkgf. v. Meißen 234.
Tittmannsdorf 134. 140.
v. Toberschütz, J. 102.
Dobirschau 115.
Dobrensky'sches Wappen 307.
Dobrilugk, Kloster 135.
Dobrisch, H. 68.
Dohna 117.
v. Toltzig, H., kurf. Rath 182.
Dommitzsch, Comthurei 281.
v. Dommitzsch, Hans 282.
Dorothea, Kgin. v. Dänemark 54.
Döbeliz 262.
Döbeln 239. 242 f. 257. 262 f.
Döbschke 85.
v. Döring, N. 312 f. 316.
Dörren-Reichenbach 282.
v. Drandorf, Hans 283.
Dreiwerden 250. 257. 262 f.
Dresden 239. 260. 262 f. 271. 277.
279; Neumarkt 289; Amt 319.

Treße, Dorf 282.
Treßin, A. 295.
Tretschen, Dorf 108.
v. Tuppan, Herren 246. 250.

Eber, Paul 230.
Eberbach, Ph., Rector 164.
Ebersdorf, Ober- u. Unter 349.
v. Eberstein, L., Graf 28. 37. 41.
    47. 62.
Eckardtsberge 184.
Eckardische Folgen, Wüstung 321.
Eico, Bisch. v. Meißen 78.
Eilenburg 273 ff.; Vertrag z. 283.
v. Einsiedel, kurs. Obermarsch. 118;
    Herren 144.
Elisabeth, Kgin. v. England 2 f.
—, Mrkgin. v. Meißen 25.
—, Tochter Kurfürst Augusts; Reise
    418 ff.
v. Ende, Herren 144.
Erdmuthe Dorothea, Hzgin. v. S.-
    Merseburg 423 f.
Erfurt 280.
Erich, Hzg. v. Braunschw. 11 ff. 19.
—, Hzg. v. S.-Lauenburg 214 f. 221.
    225 ff.
—, König v. Schweden 2 ff. 25 ff.
Erndel, kurs. Oberstleutn. 301.
Ernst, Kst. v. Sachsen, Herzfeldische
    Lehen 237; Bergbau 341; 343.
Erstein, AL, schwed. Rath 274. 277.
Etzoldshayn, Rittergut 149.
Eygen, Wüstung 321.

Fallenhain 322.
Fehre, J. G., Mauermstr. 290.
Ferdinand II., Kaiser 265.
— III., Kaiser 248.
Finkler, J., Pfarrer 104.
Flemming, J., Bauer 84.
Klöba, Fluß 253.
Frankenberg 254. 257. 262 f.
v. Frankleben, Theol. 252.
Frauenhorst, Hans 184.
Fraustadt, Schlacht b. 315.
de Frégeno, Marinus, Legat 116 ff.
Freiberg 240. 260. 262. 307. 414.
Freudenberg, Dorf 349.
Freudenberg v. Hebelsberg S. 373.
Friedrich v. Oesterreich, König 215 f.
— b. Streitb., Kst. 82.

Friedrich b. Sanstm., Kst., Conc.
    z. Mantua 113 ff. 134; Fehde 136;
    Herzf. Lehen 236.
— b. Weise, Kst. 140. 184.
— b. Freudige, Mrkgf., Herzf. Lehen
    229 ff. 241.
— b. Ernste, Mrkgf. 226. 236.
—, Sohn Friedrichs b. Sanstm. 127.
—, König v. Dänemark 2 ff. 12 f.;
    Verh. z. Lübed 21 ff.
— August I., Kst. v. Sachsen, Bau
    d. Frauenkirche 264. 301 f.
— II., Kst. v. Sachsen 416.
— II., Kg. v. Sachsen, sein Monu-
    ment 252.
— Heinrich, Hzg. v. Sachsen-Zeitz
    427 ff.
— Wilhelm, Hzg. v. Sachsen-Alten-
    burg 270.
v. Friesen, H., kurs. Kanzler 276.
    280; kurs. General 311.
Fritsch, Matth. 252.
Frankirsdorf, Wüstung 321.
Fürstenhof, kurs. Oberst 301.

Gabelenz, J., Pfarrer 95.
Gauitzsch, der 325.
Garditz, Dorf 346. 353.
Gaschlen, Dorf 350.
Gautzig, Dorf 87. 140.
v. Gaußig, Hans 94.
Gebeser, Amt 217.
Gebau 79.
Geiersberg, Herrschaft 350.
Georg b. Bärtige, Hzg. v. Sachsen
    147. 153. 154. 159. 166. 172;
    Irrung m. Joh. Friedrich 187;
    Bauten 289.
—, Lbgf. v. Hessen-Darmstadt 278.
— Johann, Pfalzgf. v. Veldenz 36.
    40.
Gerlach, Melch., Pfarrer 312.
v. Gersdorf, E. 104.
Getznitz, die, Wüstung 325.
Gepholz, b. Marl 321.
Ghodowe 79.
Gistebnitz, Herrschaft 311.
Glabe, Wüstung 320.
Glatz, Hans 347. 353.
v. Gleißenthal, H., kurs. Amtm. 7.
Gobonul 78.
Gor, Goher, Wüstung 321.

28*

Gospodiß, Wüstung 421.
Gottesgabe 151.
Goyne 242. 247.
Göbell, Hans 126 ff.
Göda, Pfarrei 77.
b. Göda ((Göban) Herren 79.
Görniß b. Meißen 324.
Gößniß, die 125.
Graffner, B., Goldschmiebs 204 f.
Gramofer v. Gramos, H., 350.
Granvella, Brief deff. 11.
Graupen 328. 341 ff.
Greendorf 249.
Greißschüß, Dorf 136.
Grefer, Dan., Sup. 99.
Grimma 245. 287; Amt 319.
Großbarchow 311.
Großenhain, Amt 319.
Großhänichen 93. 97.
Großnaundorf 330.
Großsteinberg 320.
Großzössen 131. 140.
Gröba b. Riesa 215.
v. Grumbach, Wilh. 11. 14 ff. 37.
Grunau, Wüstung 421.
Gruningen, Schloß 235.
Grüna, Wüstung 321.
Grünhain, Kloster 144. 161.
v. Grünrodt, H. G. 317.
Günther b. Schwarzburg 35. 226.

Haberschie 350.
Haffner, schweb. Secretär 271.
Haghemann, J., M. 91.
Handwerkerinnungsgebräuche 412 f.
Harrer, Hans, kurf. Kammermstr. 346. 342. 402.
v. Hartißsch, Herren 144.
Hase, C., Wardein 326.
Hassius, C., Dr. 384.
b. Haugwiß, Herren 141. 267; Gebr. 91; Balthaf. u. Peter 104; kurf. Kanzler 118.
Heinrich II., Mkr. 78. 241.
— b. Erlauchte, Mrkgf. 245.
—, Hzg. b. Sachsen 153 f. 166 f.
— b. Landsberg 217 f.
— b. Kärnthen 216.
—, Hzg. b. Niederbahern 219.
—, Hzg. b. Mecklenburg 222.
—, Hzg. b. Braunschweig 24.
—, Bggfn. v. Plauen 174.

Heinrich, Sohn Friedr. b. Sanftm. 127.
—, Abt z. Hersfeld 234.
—, Graf b. Schwerin 220.
—, Mich. 268.
b. Heisenstein, Graf 364.
Helena, Hzgin. b. Sachsen 210.
Henneberg, Graffchaft 285.
Herbiß, Schloß 345. 347. 366. 373.
b. Hermannsdorf, H. 93.
Hermersdorf, Wüstung 322.
Herrnsdorf, Wüstung 322.
Herosfeld, Kloster 233.
Hirschfeld, W., Pfarrer 351 f. 358.
b. Hobegow, C. 312.
b. Hohenlohe, Gräfin 112 ff.
b. Holber, G. 121.
Holzmann, J.G., Schatzgräber 126 f.
Honsberg, Familie 111.
Horst, Wüstung 322.
Hotlewiß 335.
v. Hoverbeck, Oberst 311.
b. Hoym, kurf. Geh. Rath 315.
Höchstetter, augsburg. Handelshaus 372.
Höl, P., kurf. Büchsenmstr. 204 f.
Ilwoznie castellium 242. 261.
Opt 282.

Jacob, Bisch. b. Plock 90.
Jacobus, Executor 121.
Jahna 324.
Jentsch, M., Pfarrer 97.
Jenßsch, L., Pfarrer 103.
Jetschau, Dorf 262.
Joachim II., Kst. b. Brandenburg, Grumbach, Händel 20; 28.
Joachimsthal 140. 142. 160 ff.
Jodrin 324.
Johann, Kg. b. Böhmen 216. 221.
— XXII., Papst 220 ff.
—, Hzg. b. Sachsen-Lauenburg 201. 214 f.
—, Hzg. b. Sagan 88.
—, Markgraf b. Cüstrin 36. 38. 62. 68 f. 75.
—, Fürst b. Wenden 222.
—, Graf b. Holstein 220.
— Friedrich b. Großmüthige, Kst., Schmalkalb. Krieg 178; Zug n. Wien 180; Irrung mit Georg 181.

Johann Georg I., Kfl. 255 ff.
— (Kurprinz) 256. 258. 280; 314.
— III. 314.
— IV. 314.
— Friedrich, Hzg. v. Sachsen-Gotha 74 f.
— Wolf, Hzg. v. Sachsen-Weißenfels 317.
— Casimir, Pfalzgraf 419.
— Albrecht, Hzg. v. Mecklenburg 42. 44. 46. 61. 68 f. 75.
— I., Bisch. v. Meißen 81.
— VI., = = = 95.
— VII., = = = 96.
— IX., = = = 98.
—, Abt z. Altzella 196.
—, Pfarrer s. Göba 52.
Johannes, Bisch. v. Lavant 91.
Jonas, Just., Dr., sein Tod 74 ff.
Joseph I., Ksr. 423 f.

v. Kaltenborn, J., Domherr 79. 104.
Kalthausen, Wüstung 322.
Kamin, Fr. 68.
Kamina, Dorf 85.
Kamiß, Dorf 346. 351.
v. Kaniß, Fr., preuß. Kämmerer 39. 42. 47.
Karbiß, Dorf 352. 360. 366 ff.
Karl IV., Ksr. 223 ff.
v. Karlowitz, auf Raunsdorf 313.
Karthause, Rittergut 111.
v. Kaufungen, Herren 111.
Kauz v. Kauz, H. 358.
Kesselsdorf 271.
Kindly'sches Wappen 307.
Kitliß, Dorf 84.
Klein-Kahn, Dorf 351. 354.
Klein-Jössen, Dorf 134. 140.
Kleitscha, Dorf 353. 359. 369.
Klitschen, Dorf 292.
Knösel, Ober-Landbaumeister 303. 305.
Knöteshain 292.
Kobitsch, Dorf 321.
Koch, J., Rathsherr z. Zwickau 411.
Kolbing, Geschlecht 338.
v. Kolbiß, Herren 339; Thimo 342. 344.
v. Kolowrat, Herren 344.
—-Krakowsky, W. A. 374.

Komotau 353.
Kopschütz 323.
Koren, Dorf 133 f.
Kormiß, Dorf 324.
Koschiß, Dorf 136.
v. Koseriß, Oberforstmstr. 282.
Koslelec Podolský 310.
Reimarsdorf 84.
v. Rowan, Herren 344.
v. Röderitz, Herren 131; W., Archidiakonus 90.
Kölbel, Geschlecht 317 ff.; Stammtafel 377.
Kölleda, Vogtei 237.
v. Königsmark, Kur. 423.
—, schwed. General 270. 272.
v. Köniß, Herren 131.
v. Könneritz, Familie 131; kursächs. Rath 130. 189 ff.; dessen Nachkommen 185 ff.; Graben 183.
v. Rötteritz, Herren 131.
Kötteritzsch, 132.
Kötzschenbroda 120. 271.
Krachi, Hinze 136.
Krause, Prof. in Wittenberg 430.
Krell, Nic., Kanzler 208.
Krilau, Wüstung 322.
v. Kröcher, M. C. 322.
Krubiacius, sächs. Major 303.
Krummen-Lampertswalde 322.
Kuhn, K., kais. Gesandter 53.
Kulm, Rittergut 344. 346 f. 352. 358. 365. 372.
Kunad, Vol., M. 317.
v. Kuntring, Herren 131.
Kuenatswelt de Bylen, B., kurf. Kammerherr 316.
Kurprod, Hans, Uhrmacher 204 f.
Küchmeißch 322.
Kürbiß, J. C., kurf. Hofmstr. 372.

Landsberg, Mark 218.
Landsberger Bund 17.
Langendorf, Kloster 136.
Languet 11. 36 f. 61. 66 f. 73.
Lasurfarbe, sächs. 352.
Lausitz 325; Amt 319.
Lausiß 218.
Lauterbach, A., Sup. 90.
—, B., kurf. Rentmstr. 42.
Lauterstein 253.
Lehmann, J. Chr., Prof. 112.

Leipzig 325; Burgstraße 172; Frei-
   haus 176, 162; kurf. Rentmerei
   329; Gewölbehandel 312, 313,
   315 ff.; Sanitätspolizei 335;
   merseburg. Leben 245; 30j. Krieg
   271, 275, 279, 283 f.; Amt 319.
v. Leipziger, H. u. G. 282; Ober-
   Consistorialpräs. 300.
Leißentritt, J., Domdechant 100.
Leisnig 120; Burgward 245; Burg-
   grafen von 111, 155, 239; 30j.
   Krieg 287.
Leißenau 112.
Leopold Wilhelm, Erzhg. 272, 275.
Leuber, Dr., kurf. Hofrath 277.
Leubnitz, K., Dr., 114.
Leuther v. Venzig, Pfarrer 81.
— v. Hoyndorf, Pfarrer 84 f. 87,
   89 ff.
Leyser, Polyk., Dr. 311.
Libochowan 263 f.
Lichtenwalde 239, 257, 262 f.
Lieben, Dorf 302.
Liebenwerda 112.
Liebdorf 351.
Lillie, Axel 270 f. 274.
v. Lippe, Sim. 22.
Löbau 85, 101.
v. Lobkowitz, U. Ab. Poppel, kais.
   Gesandter 273, 275 f. 279 f.; Po-
   legrna 310.
Löbschütz = Lobstädt 132, 138, 140,
   183, 195.
Lobstädt 131.
Lochschitz, Dorf 350.
Longueluene, Ober-Landbaumeister
   303.
Löscher, Sup. in Dresden 304.
Löser, Geschlecht 338, 342.
—, H. 120; Th., Page 289.
Lossa, Dorf 282.
Lubene, Berg 238 f. 260, 262.
Ludwig IV., Ksr. 215 ff.
—, Mrkgf. v. Brandenb. 218, 226 f.
—, Abt z. Hersfeld 217.
v. Lutiz, R. 91.
Lübed 21.
v. Lüttichau, kurf. Hofrath 277.
v. Lützschnitz, J. 321.

Major, K., Dr. 384 ff.
Malkwitz, Dorf 312.

v. Malitz, Herren 141.
v. Maltzan, Herren 344.
Manderl, R., Hauptmann 342.
Mannlich, augsburg. Handelshaus
   342.
Maria, Kgin. v. Schottland 6 ff.
— Elisabeth, Hzgin. v. Holstein-
   Gottorp 125.
Markersdorf 349.
Markranstädt, Amt 319.
Malerna, J. G., Ältmstr. 311.
Mathesius, J. B., Pfarrer 165, 217.
Matthäus v. d. Dahme, Kaplan 118.
Matthias, Ksr. 365.
v. Magen, J. 104.
Maximilian II., Ksr. 404; Beziehun-
   gen z. Kist. August 21; z. Lübed
   21, 23 ff.
Maxnel, Mich., etc. 120.
v. Meagher, Th 415 ff.
v. Medou, Herren 141, 144; Carb.
   141; Euphemia 140.
Nedessen, Dorf 132.
Meila, Dorf 325.
Meißen im 30j. Kriege 271, 287;
   Amt 319; Görnsches Thor 321;
   Bisthum 124, 193; Roth. Thurm
   215 f. 238 f. 260, 262 f.; Schloß-
   capelle 94, 124.
Meistersdorf 349.
Melanchthon, Ph. 250.
Melaune, Dorf 101.
Mellen, Dorf 141.
Memleben Kloster 217, 242.
Menzel, Hans 298.
v. Metsch, kurf. Rath 271, 280.
Meurer, W., Oberstleutn. 282.
Michel, K., kurf. Rentmstr. 329.
v. Miltitz, D. 145 f.
v. Miltwitz, N. 178 f. 182.
Mitrovsky'sches Wappen 307.
Mollison, Oberst 313.
Monhaupt, Geschlecht 338.
Mordeisen, Dr. 61, 74.
v. Mordeisen, S. 282.
Moritz, Kist. 183, 198 ff.; Bauten
   289 ff.
—, Sohn Joh. George I. 280.
—, Graf v. Sachsen 317.
—, Wilhelm, Hzg. v. Sachsen-Zeitz
   421, 425 ff.
v. Müchel, G. 282.

Rügeln, Amt 319.
Mühlberg, Kloster 137.
Mühlhausen 286.
Münzer, Geschlecht 338.
Münzwesen 326 ff.

Naredorf 324.
Naumburg, Dom 137.
Naundorf, Rittergut 343.
Nekaschütz, Dorf 104.
Neidberg b. Sebnitz 257; b. Herms-
dorf 259.
Neltschütz, Dorf 116.
Reschwitz, Dorf 87. 99. 105.
Nestler, Ph. 262.
Netluk, Dorf 365.
Neudorf, Teutsch- 346.
—, Böhmisch 347. 350. 370.
Neukirch, Dorf 91. 102.
Nicolaus, Bauer 65 f.
Ribabudowitz, Wüstung 321.
Nidberg 248. 251 ff. 262.
Nisani, Gau 258.
v. Nischwitz, Herren 141. 282.
Nordhausen 286.
v. Rotenhoff, L. 88 f.
Röthnig, Dorf 411.

v. Oelstwitz, Hans Hora 148.
Oderitz, Wüstung 321.
Oelsnitz 251. 257. 263 f.
Oelschwitz, Wüstung 321.
Oleska, Dorf 280.
v. Oppel, G. (S., kurf. Rath 267 f.
271 274 277 f. 280 f.
Oschatz 245; Amt 319.
v. Ossa, Herren 141 154; Melchior
141.
Oßmanstedt 137.
v. Ottendorf, G. K. 355.
Ottewig 321.
Otto II., Urk. 242.

Pachowe 248. 250. 262 f.
Papperhain, Wüstung 321.
v. Panernfeind, kurf. Agent 424.
Pausa 137.
v. Pelzeldorf, Dam. 357.
Perfen, Jörg 58.
Peter Pistoris, Pfarrer 81.
Peter gen. Czyst 181.
Pfefferhandel 302.

Pflider Mark, Wüstung 321.
v. d. Pforbten, Hans, kurf. Oberst
271 282.
v. Pflugk, Herren 144. 167; Casp.
178.
Philipp, Ldgf. v. Hessen 9 f.
Pickwitz, Wüstung 321.
Pietschwitz, Dorf 91.
Pillnitz 321.
Pirna 262.
Pistoris, kurf. Hofrath 277.
v. d. Planitz, Herren 144; Sinc. 94;
Gg. 178.
lr Plai, Ober-Landbaumstr. 309.
Platten 151.
Podau, Dorf 345 347.
v. Ponikau, H. 91.
Polen, Dorf 136.
Polnwesen unter Kurf. August 403.
Prager Bulle, d. 228.
Fredlitz, Herrschaft 348. 354. 372.
Pribislaus, Pfarrer 82.
Pristen, Dorf 347.
Pulonig, Herrschaft 320.
Puschwitz, Dorf 282.

Querfurt 286.

Rabeneck, Wald 350.
Radel, Dorf 91.
Radim, Herrschaft 310.
Raphaeli, A., k. poln. Geh. Secret.
425.
Ralibor 81.
Raubschloß, altes, b. Zöblitz 253.
Raudner, Dorf 365.
Reinhard, Abt z. Herzfeld 225.
Reinhardsdorf 325.
Reynow, Dorf 310.
Rhenschild, schwed. General 415.
Richardswerben, Dorf 136.
Richter, M., Amtsschösser 106; A.,
Fischmeister 107.
Riese, Abr. 326 f.
Rochlitz 245. 270; im 30j. Kriege
247.
Rosenthal, Dorf 102.
Roßwein 249. 259 f. 262 f.
Roth, K., augsb. Kaufmann 372 ff.
382 ff.
v. Rotmital, Herren 344.
Rödnig, Dorf 282.

v. Römer, Familie 144.
Rößsch, Dorf 282.
Rudolf II., Kfr. 350. 354. 358.
—, Hzg. v. Sachsen-Wittenberg 210.
  216 ff. 225.
—, Bisch. v. Meißen 88. 91.
Rustel, Wüstung 323.

Sabisdorf 341. 375.
Sahlis 122.
Sahrer v. Sahr, Leo 312.
v. Salhausen, X., Kreishauptmann
  361; W. 349.
Sarrazini, schweb. Oberst 271.
Sächsische goldne Bulle 229.
Scaphe civitas 263.
Schabernbergen, A., Amtsschreib. 427.
Schanda, Dorf 351. 360.
Schatz, Landbaumstr. 301.
v. Schaumburg, Ad., Graf 221.
Schernelius, Sim., P. 372.
Schleubitz 379.
v. Schleinitz 282; J., Probst 90;
  Marg. 418. 420; Herren 344.
v. Schlick, Steph., Graf 155; Fami-
  lie 158 ff.
v. Schlieben, D. 136.
Schmölln b. Wurzen 316.
v. Schönberg, Herren 144; Rudel
  146.
v. Schönburg, Herren 344; Wolf
  156.
Schönfeld, Gut 342.
v. Schönfeld, Familie 349; 133.
Schönstädt, Wüstung 323.
v. Schreibersdorf, Gebr. 100.
v. d. Schulenburg, General 314.
Schuster, G., Mäher 291.
Schwarzburg, Grafschaft 135; Lehn-
  schaft 285.
Schwarzroda, Wüstung 321.
Schweizer, S., Abept 389.
v. Sebottendorf, kurf. Rath 273. 280.
Scriffersdorf 317.
Sennichau, Dorf 94.
Severus, K. 282.
Siebenfreund, Seb. 378 ff.
Siedewitz, Wüstung 321.
Sigismund, Bisch. v. Würzburg 116.
— August, Kg. v. Polen 52.
Släßchen, Dorf 322.
Soblic, Dorf 311.

Spengler, J. 295.
v. Starschedel, Herren 344.
v. Steinau, kurf. General 315.
Steinläusigk 111.
Stoll, Hans. Stabsloch 294 f.
Stolpen, Amt 103.
Stör, L., brandenburg. Kammer-
  meister 40.
Straden, Dorf 347.
v. Stralendorf, Herren 372.
Strauch, Sup. in Dresden 276.
Strauenitz, Herrschaft 349.
Strehla 245.
Strehlen, Dorf 282.
Striegis, Große 255.
Stsljowitz, Lehen 345. 351.
Stumpseil, W., Generalwarbein 326.
Sturm, Matth., Bürgermstr. 344.
Swaanhoelaus Jasconbes 80.
Swoffheim, J., Dr. 113.

v. Tanrabel, Andr. 195.
v. Taubenheim, (Geschlecht) 334.
Taucha, Amt 319.
Tauchenwald, b. 96.
Tautenburg. Schloß 427.
Tautenwalde, Dorf 91.
Tetzel, Joh.; Brief 411.
v. Teuchern, Hauptm. z. Meißen 122.
v. Theler, Familie 144.
Thirmler, J., Pfarrer, 97. 99.
Thomas, Bisch. v. Meißen 91.
v. Thonrabl, Andr. 195.
Thumbshirn, Hans 155; Wilh., kurf.
  Oberst 175. 183; Familie 155.
Thurneißer, L. 385 f. 388.
Thüringische Handelsgesellsch. 396.
Tilisch, Dorf 351. 360.
Torgau 395; 30j. Krieg 271. 267.
Torsch, Oberst 314.
Torstenson, L. 265 ff.
Trojan, Wüstung 321.
Türmitz, Dorf 314. 317.

Uczmanstedt, societas 133.
Ubrischsk v. Ubritsch, G. 363.
Ulrich, Hzg. v. Mecklenburg 46.
Uhrst, Dorf 97.

Uröhfeld, Dorf 136.
Vogelgesang, Dorf 282.
Vepelius, J., Hauptmann 299.

v. Wackerbarth, Graf, Feldmarsch. 301 f.

Wahlitschen 283.

Waldemar, Mrkgf. v. Brandenburg 214.

v. Waldenburg, Anarch 134 f.

Walditz, Kloster 310; Wüstung 324.

v. Waldstein, Herren 244; Wappen 307.

Wasilinn, Anth. 3.

Weiß, Mart., Adept 380.

v. Weißenbach, Hans 111.

Weller, Oberhofprediger 276.

Wenzel, Hzg. v. Sachsen-Wittenberg 218.

Wernher, Erbauer v. Albperg 251. 262.

Wesenigt, Dorf 282.

v. Wesenigt, A. 282.

Wirdendorf, Wüstung 324.

Wiederau, Rittergut 195.

Wittig, Dorf 350. 351.

Wilhelm I., Mrkgf. v. Meißen 232.

—, Hzg. v. Sachsen 137.

—, Ldgf. v. Hessen 32.

Wilsch, Wüstung 324.

Wingoswitz, Wüstung 324.

Winkelmann, Gg. 295.

Wintergrün 151.

Wiprechtswalde, Wüstung 324.

Wittenberg, Schloß 230.

Wolfersdorf, Wüstung 324.

Wolfgang, Pfalzgf. v. Zweibrücken 34.

Wostromirsky v. Rokittnig, kurf. General 305 ff., dessen Ahnen 345 ff.

Wrangel, K. G., schwed. General 272.

v. Wiesowitz, A. 345; H. Ilburg 355.

Wurzen, Amt 319.

Zachmann, M., Pfarrer 95.

Zamoyski, J., poln. Großkanzler 340.

v. Zehmen, Herren 141.

Zetschitz 325.

Ziegenrück 247. 427.

Ziegler, Familie 144.

v. Ziegler, Christiane Mar. 430 ff.

— u. Klipphausen, H. A. 312.

Zotten, Th., kais. Hofrath 48.

Zöblitz 376; Raubschloß b. 259.

Zschopau, Gut 132. 135; Stadt 238. 249. 257; Fluß 249.

Zwendau, Amt 319.

Zwickau 111. 232.